新潮文庫

聖母の鏡

原田康子著

新潮社版

6725

目次

聖母の鏡

男

I

ミゲル・ゴンサレスが出稼ぎ先のバルセローナから故郷のアンダルシアへ帰ったのは、五年まえの六月初旬であった。一九八〇年代の前半、ミゲルは五十歳になっていた。

ミゲルは、二十四歳の年からバルセローナではたらきだした。自動車の修理工場や給油所等、おもに自動車関係の職場ではたらき、やがて化学工場のトラックの運転手となった。最後のつとめ先は大手の運送会社である。故郷へもどる直前まで、彼は国際便の長距離トラックに乗っていた。

国外へ荷を運ぶ大型車輛《しゃりょう》の運転手は、なまじな技術の持主ではつとまらない。技術はもちろん、体力も必要である。神経をすりへらす仕事ではあったが、それだけに待遇はよかった。運転手の中では高い収入を得られる職業であった。

ミゲルは、老眼がすすんだのを理由に解雇されたのである。目がよい者ほど早くに老眼になるといわれるが、彼もそのくちだった。長年の勘で運転にはなんら支障はなかったものの、荷受け書に目をとおしたり、通関の手つづきには老眼鏡を用いねばならなかった。いかに腕のよい運転手であっても、会社は老眼の男を使うほどあまくはない。年齢も年齢だった。当然の解雇といえたが、それはまた、彼が待ちのぞんでいた社命でもあった。

当人の希望で退職すると、一ペセタの退職金ももらえない規約であったが、馘首《かくしゅ》の場合は解雇金が出るばかりか、二年間は失業手当ても支給される。彼は、十六年間つとめた運送会社から三百万ペセタの解雇金を受けとることができた。彼が中古の乗用車を手に入れたのは帰郷の直前である。

ミゲルの故郷は、グラナダから四十キロほどはなれた農村であるが、妻子はグラナダに住んでいた。ひとり娘のマリアは四年まえに結婚し、長年、看護婦として病院勤務をつづけている妻のイネスが、ひとりで留守宅を守っていた。

グラナダというと、真っ先にミゲルの目に浮かぶのは、アルバイシンの白い家々である。

アルバイシンは、アルハンブラ宮殿と相対した丘陵上の町である。年を経た家屋やアパートが丘の斜面に立ちならび、坂道は迷路のように入り組んでいて、そこここに急坂や石段がある。石段のふちは欠け、雑草が根づいた石塀もあって、グラナダの市中では最も古い地域であることを物語っていた。

アルバイシンには、ミゲルの見知っている住いが三戸あった。彼自身の留守宅と娘夫婦の住居、それに、かって彼がイネスと所帯を持ったアパートである。

結婚当時も彼は、自動車の修理工場ではたらいていた。設備のととのったバルセローナの工場とは比較にならない小さな町工場で、工員も彼ひとりだった。運びこまれてくるのも車とはかぎらなかった。オートバイや農機具の修理も引き受けたし、ミシンを直したことさえある。いわば、なんでも屋である。それでも仕事は、ままとぎれた。朝、彼が工場へ出ると、太っちょの雇いぬしは大げさに顔をしかめて手をふった。「ミゲル、休みだ」。それは、ミゲルが一日ぶんの収入を失うことを意味していた。

イネスは共稼ぎを主張して、ミゲルといっしょになった女である。ミゲルとちがって、彼女の勤務先は名の通った病院だった。イネスが出産後もつとめをやめなかったのは、ミゲルの収入だけでは暮しが立たなかったためである。イネスも近在の出身であったが、赤子のマリアをグラナダ市内に住む伯母に託して病院勤務をつづけた。

ミゲルは農家の次男で、兵役につくまえからグラナダではたらきだしたのであるが、五〇年代の後半になってもグラナダには満足な仕事がなかった。国自体が貧しかった。スペインの奇蹟《きせき》といわれる経済の復興期をむかえたのは、ミゲルがグラナダをはなれてからである。

ミゲルがバルセローナへおもむいたのは、マリアが一歳の誕生日をむかえた直後である。一家の主人として、彼は妻子の生活を支えたかったし、なかばは妻の収入にたよっている暮しも耐えがたかった。だが、妻子との別居生活が二十六年間にもおよぶとは、彼には予測もつかなかった。短期間の出稼ぎですむとは思えなかったが、グラナダをはなれるとき彼の頭を占めていたのは、いかにしてよりよい職につくか、ということであった。

長かった出稼ぎではあるが、そのあいだ妻子と逢《あ》わなかったわけではない。最初の数年は仕送りと彼自身が食べてゆくのに精いっぱいで、帰省どころではなかったけれども、化学工場につとめて一、二年もたつと、クリスマス休暇はもとより、夏にも休暇をとってグラナダへ帰れるようになった。混雑した列車であっても、走っている時間よりも停車時間のほうが長く思われる列車であっても、彼はやはり妻子の顔を見たかった。

はじめてグラナダへ帰ったのは、マリアが五歳になった年の夏である。四年ぶりに見るマリアは色白の愛らしい少女に成長していて、彼は目を見はったものの、少々落胆もした。髪の色が、金髪から薄めの茶色にかわっていたのである。それは、幼少時のミゲルの頭髪の色の変化とおなじであった。郷里の村の母親が、よく話していたものだった。

——おまえの目の色は鳶色《とびいろ》でしょう。鳶色の目の子どもは鳶色の髪になるものよ。

なるほどマリアの目は、灰色がかったあわい鳶色である。早晩、マリアの髪も彼とおなじく鳶色になると思われたが、はたしてグラナダへ帰るごとに、マリアの髪は鳶色に近づいていった。

最初に帰ったときは、単なる休暇ではなかった。収入も安定したので、ミゲルは妻子をバルセローナへ呼び寄せるつもりだった。彼はイネスが同意するものと思いこんでいたのであるが、案に相違して、イネスは即座にことわった。理由を訊《き》くと、またもや、たちどころに答えが返ってきた。

「カタルニャには住みたくないわね。あそこの人たちはアンダルシア人を見くだしているわ」

「バルセローナに住んでいるのは、カタルニャ人だけじゃないよ。むしろ、よそ者の多い街だ。一家をあげて移住してきた連中も大ぜいいる」

「よそ者を使って上手に儲《もう》けているのがカタルニャ人じゃないの。カタルニャではカタルニャ人が王さまよ」

マリアとちがって、イネスの瞳《ひとみ》は黒かった。髪も黒に近い褐色であり、肌の色もやや浅黒かった。貧しかった新婚時代、イネスはミゲルを鼓舞するように、黒髪と黒い目こそアンダルシア女の特徴なのだ、と冗談めかして自慢したものである。ミゲルもイネスの目の輝きに心ひかれて結婚したのであるが、その目はまた、彼女の気の勝った性格を物語っていた。

「それに」とイネスはつづけた。「あなたは、あの誓いをわすれてしまったの？」

一瞬、ミゲルはきょとんとした。

「やっぱり、わすれていたようね。わたしはよくおぼえているわ。将来は、あなたの故郷で暮そうと誓い合ったはずよ。あの美しい泉のほとりでね」

それは、結婚前に両親にイネスを引き合わせるべく、ふたりで村へ出向いた折の話である。イネスは、ひと目で村が気に入って、いつかはここで暮したい、と言いだした。ミゲルは有頂天になって、ゆくゆくは農地を買い求めて村で暮す約束をかわしてしまったのだった。ミゲルも生れ育った村に愛着を持っていたから、心底に願望を秘めてバルセローナへ向かったのであるが、いざ、バルセローナではたらきだすと、農地の取得なぞ実現不可能な夢としか思えなくなった。農地を買うとすれば、あるていどはまとまった金が必要である。金をためるどころか、それまで彼は、帰省すら見合わせねばならなかったのである。

ミゲルは事情を説明したが、イネスは屈しなかった。なるほど、これまでは苦しかったかもしれないけれど、これからはちがう。あなたは一流の工場につとめることができたのだし、自分も昇給した。今後もまちがいなく昇給するはずであり、夜勤には二倍の手当てがつく。あと数年もたてば、ミゲルからの送金がなくても暮していける。あなたもまもなく三十歳になるのだ。将来の計画をきちんと立てるべきだ、とイネスは言った。もっともな言いぶんではあったが、ミゲルは妻子とバルセローナで暮すのぞみを捨てきれなかった。ひと月近くの休暇のあいだ、彼は何度か妻を説き伏せようとしたが、イネスは承知しなかった。しまいには、カタルニャへ行くくらいなら、いますぐアンダルシアの農婦になったほうがましだ、とまで言いだすしまつだった。

ミゲルは、バルセローナでの妻子との同居をあきらめざるをえなかった。彼が化学工場をやめて、より高い収入を得られる国際便の運転手になったのは、農地を手に入れたかったためである。イネスがカタルニャをきらっている以上、彼も先行きについて考えねばならなかった。

イネスの我の強さには彼も往生したけれども、クリスマスや夏の休暇をむかえるたびに、待ちかねたようにグラナダへ帰った。現金なもので、二度目の帰省からはイネスも機嫌よく彼をむかえたし、マリアも彼を待ちわびていた。

はじめて帰省したときはマリアもとまどいぎみであったが、彼になじむまでに日数はかからなかった。父親が出稼ぎ中であるうえに、母親は看護婦という家庭である。ひとりですごす時間が多かった少女のマリアが、父の帰省を待ちわびるようになったのも当然であった。

アルバイシンのアパートへ帰りついて、ドアをあけるたびに、真っ先に彼に飛びつくのはマリアだった。それが、イネスが留守のときなら問題はないのであるが、イネスがいる場合は、彼はイネスに文句を言われた。

「あなたがあまやかすもんだから、この子は家庭内のルールを無視するようになったじゃないの」

　イネスは彼の首に腕を巻きつけながら、マリア、サンドイッチにしちゃうよ、きょうのサンドイッチの中味はマリアだ、と言って彼の唇をもとめた。マリアにはそれも楽しかったのか、乳首の突起が目立つ年ごろになるまで、両親の抱擁のあいだに割りこむことをやめなかった。

　夏休みはひと月とれる仕きたりである。イネスも同様で、彼女は夫婦の休暇がかさなり合うようにつとめていたが、担当の入院患者が重篤《じゅうとく》であったり、同僚の看護婦との休暇の割りふりなぞもあって、ミゲルの休暇と多少ずれる場合もあった。

　帰省中、ミゲルは一度は生家に顔をだすようにしていた。父親は病死して、生家では母親が長男夫婦や孫たちと暮していた。グラナダまで帰って、母親の顔も見ずにバルセローナへもどるという法はない。ミゲルは妻子といっしょに故郷へ出かけたかったが、イネスが同行したのは一度だけである。イネスは彼の母親を好いてはいたが、長男のリカルド夫婦をきらっていた。

「あなたのお兄さんなのだから、悪く言いたくありませんけどね。リカルドは身勝手だし、神経の粗雑な男よ。それに、彼の女房のおしゃべり女。あのてのおしゃべり女は最もきらいなタイプね」

ミゲルは先が思いやられた。故郷に住みつくことになれば、いやでも兄夫婦とつき合わねばならないのである。その点をただしてもイネスはけろりとしていた。

「彼らといっしょに暮すわけじゃないのよ。わたしも五十女になれば、おしゃべり女房とも適当につき合ってゆけるでしょうよ」

ただし、泊りがけでミゲルの生家へ行くのはごめんだ、というわけである。家事に集中できるのは休暇のときくらいだと言われると、ミゲルも引きさがるほかはなかった。

ミゲルは、マリアひとりをともなって生家をたずねるのがつねだった。マリアは行く先がどこであれ、彼といっしょであれば、よろこんでついてくる少女だった。おばあちゃんのところへ行くよ、という彼のひとことで、マリアの目は輝いた。父と子は古ぼけたバスにゆられて、いなかの家へ向かったものである。

休暇が終ったあともマリアは、彼になぐさめをあたえてくれた。バルセローナへもどると、追いかけるようにマリアからの手紙がとどいた。おさなさをとどめた文字が、誤字のないきれいな筆蹟にかわるのは早かった。金を送ると、マリアが礼状を寄こすようになったのは十歳ごろからであったろうか。平生《へいぜい》、いそがしく暮しているせいかイネスは筆不精で、彼が送金しても簡単なはがきを寄こすだけであったが、その役目さえマリアに押しつけてしまったのである。

手紙に関しては、マリアはイネスと正反対であった。はがきではなくて封書にきまっていたし、なにより回数が多かった。十代になると、月に二、三度は、マリアは身辺の出来事を書き送ってきた。

義務教育の最終学年の春先、マリアは手紙で大学進学コースへ進むゆるしを求めてきた。マリアは学校の成績もよく、教師にもすすめられて、大学へ進む道をえらびたくなったようである。いまでも彼は、手紙の文面の一部をおぼえている。

——わたしの志望校は、もちろんグラナダ大学です。奨学金で大学を出ることができますし、これからはわたしもアルバイトをして学費の足しにします。お父さんの負担にならないようにいたします。お母さんは、好きな道をえらびなさいと言っていますが、お父さんの御意見をお聞かせください。わたしは、お父さんに無断で自分の進路を決めたくありません。それから、ちょっぴり残念なニュースをひとつ。このあいだ、お向かいのバロンが死にました。まるでわたしの飼犬のように、小さなときからあそんでいた犬なのでさみしくてなりません。食いしんぼうだったバロン。人間の年でいえば百歳にもなっていたそうですから、仕方ないですよね。

ミゲルは早速、承諾の返事を出した。マリアがのぞむなら、マドリードの大学へ行かせてもよいと思ったほどである。

ミゲルにとってマリアは、ただひとりの子どもである。できれば彼は、あとふたりは子が欲しかったのであるが、休暇をとりだしてからは、イネスが年齢と仕事を理由に子を欲しなかった。避妊《ひにん》はカトリックの戒律にそむく行為である。彼がさとしてもイネスは、重病人を看《み》とる仕事も主はめでたまうはずだ、とからかうしまつだった。それがベッドの中での会話であるから、ミゲルはたまったものではなかった。イネスに同意しないかぎり、彼女はベッドから降りかねなかった。

子がひとりで終ったのは、いたしかたのないなりゆきであった。その子が愛らしいばかりか、聡明な少女に成長したのである。聡明だからこそ、進学にさいしても勝手にことを運ぼうとはしなかった。マリアは思い悩んだすえに、手紙をしたためたにちがいない。いつになく固苦しい文面が、マリアの希望と不安を物語っていた。そう思うとミゲルは、マリアがいじらしく不憫《ふびん》にもなった。

その年、グラナダの妻子は、ミゲルのすすめでべつのアパートへ越した。マリアの進学を考慮しての転居であった。

それまでの留守宅は傷《いた》みが目立つうえに、手ぜまな安アパートだった。二つの寝室とサロンという間取りであったが、どの部屋もせまかった。サロンは鼻のつかえそうな小部屋であったし、とりわけマリアの寝室はせま苦しかった。床面積の大部分はベッドでふさがれ、勉強机なぞ置きようがない。マリアは、サロンのテーブルを学習用にもつかっていたのである。ミゲルは、マリアにゆとりのある部屋をあたえたかった。その部屋で心おきなく、まなばせてやりたかった。彼は、すでに運送会社に転職して高給を得ていたから、もはや貧困家庭とはいえなかった。イネスも転居には異存がなく、彼が夏に帰省したときには引越しがすんでいた。学年度がかわる九月に間に合ったわけである。

ミゲルは、あらたな住居にほぼ満足した。サロンはこれまでの小部屋の二倍以上の広さがあったし、備えつけの家具も質素なものながら手入れが行きとどいていて、全体に小ざっぱりした住いだった。マリアの寝室も夫婦の寝室と似た大きさで、窓ぎわに新品の学習机が置かれていた。家具つきのアパートであったが、学習用の机はなかった。机も、その上の電気スタンドも、転居先が決まるとすぐ、ミゲルが送った金で買ったものである。小花もようのスタンドのシェードが、少女の部屋らしいやさしさをかもしだしていた。

そのアパートはシャワーの出もよかった。前のアパートは配管がつまっていて、お情けのように水滴が落ちてくるシャワーであった。以前、イネスは、配管を取りかえるように大家に談じこんだが、アパートの持主は配管をかえようとはしなかった。シャワーも満足につかえないようなアパートだからこそ、家賃も安かったのである。

むろん、シャワーの出がよいからといって、ぜいたくなアパートではなかった。台所やシャワー室をのぞくと、わずかに三室の住いである。マリアの受験勉強に支障がなく、ミゲルが帰省したときにくつろげる住いであれば、それで充分だった。イネスもそこは心得てアパートをさがしたに相違ない。家賃も思いのほか安かった。

あとになって考えると、当時のミゲルには心身ともに余裕があった。彼は運転技術にすぐれているうえに体力にもめぐまれていたから、退職など当分先のこととしか思えなかったし、マリアが大学生になるという夢もあった。帰省中にときたまイネスといさかいをしても、ベッドの中で抱き合えば、たちまちわすれてしまう態ので、夫婦のあいだにもなんら問題はなかった。職場においても家庭においても安定した状態は、マリアが大学進学コースを終えるまでつづいた。

マリアは、希望どおりグラナダ大学にはいって薬学を専攻した。医者になることも考えたようであったが、病人と接していそがしく暮している母親をみているだけに、薬学を選択したらしかった。

マリアが大学生になってはじめてむかえた夏休みのことである。彼が帰省して一週間もたたぬうちに、マリアはおなじ学部の女子学生とふたりで、十日間の予定でガリシアへ旅立った。マリアも気がとがめたのか、旅の計画を話したのは彼が帰宅した二、三日後であった。マリアは彼に向かって、貯金もあるし、安いペンシオンに泊るからお金の心配はない、絶対に危険なまねはしないから旅に出してほしい、と口早にたのんだ。

「若い娘ふたりで大丈夫なのかね」

彼のことばに、イネスが笑顔で言った。

「大丈夫ですとも。この子はしっかりしてるし、アナは目はしのきく子ですからね。マリアを信用しましょうよ」

「ガリシアに特殊な薬草でもあるのか」

薬草があるかどうかは知らないけれども、この年ごろの娘は旅に出たくなるのではないか。北西部のガリシア地方は気候風土もちがうし、人種までちがう。若いうちに未知の土地に出かけるのは視野をひろげることになる、とイネスは積極的に旅行をすすめた。

マリアが旅に出ると、ミゲルはにわかに所在なさをおぼえた。大学進学コースに在学中は、夏休みというとマリアはアルバイトに出ることが多かったが、シエスタにはかならずアパートにもどってきたし、夜も両親といっしょにすごした。なによりもマリアは彼の帰省を待ちわびていた。マリアは、もはや父親を必要としない年齢になったのかもしれない。そう考えると、ミゲルは無性にさみしかった。

いまからこの調子では先が思いやられる、とイネスがからかった。

「マリアが結婚するときは、どんな愁嘆場を見ることになるものやら」

「結婚？　マリアが嫁に行くというのか」

「なにを言ってるのよ。ひからびた独身女になってほしくはないわね」

それはそのとおりなのであるが、ミゲルにはマリアの結婚なぞ想像もつかなかった。

マリアも少女のころの愛くるしさは消え、目鼻立ちのととのった美しい娘にかわっていたが、色気は感じとれなかった。清潔感のきわだつ容貌《ようぼう》で、日常の言動も学生そのものだった。

「マリアはまだ子どもだよ」

「あなたにはそう見えてもね」

恋をすると女はひと晩でかわる、とイネスは言い、でも、大学を出るまではマリアも結婚しないだろう、とつけ加えた。

「卒業まではまだ三年もありますよ」

「三年なんて、あっというまにたつさ」

マリアは、一年後の夏にバルセローナへくる予定であった。アナも同行するという話であったが、つれがあってもミゲルにはうれしい娘の計画だった。彼はマリアと相談して、翌年の彼の休暇は、一週間はバルセローナでとることにした。ガリシアからもどってまもなく、マリアが持ちだした話だった。

ミゲルは翌年の夏を心待ちにしていたのであるが、十一月にフランコが死亡して事情がかわった。民族がことなるうえに労働者の多いバルセローナは、最も弾圧の苛酷《かこく》だった都市である。フランコの死をきっかけに市内ではデモが頻発し、いつ大規模なデモが発生するか見当もつかなかった。しかも、フランコの独裁体制を支えていた強大な警察権力、グアルディア・シビルは、その力を温存していた。女子学生がやってくるような情勢ではなく、ミゲルは手紙で簡単に事情を説明し、夏は例年とかわりなくグラナダへ帰った。

マリアは出むかえのキスをすると、不服そうに口をとがらせた。

「フランコは死んだあとまでわたしを困らせるのね」

「仕方ないさ。いずれは世の中も落ちつくよ」

マリアは肩をすくめると、彼の耳もとに口を寄せ「ビバ、デモクラシア」とささやいて戸外へ出て行った。

イネスの反対もあって、その夏、マリアは旅に出なかった。バルセローナ行きをあきらめたときからアルバイト先をさがしたようで、洋品店にはたらきに出た。シエスタには帰ってきたが、以前のように外での出来事をことこまかに知らせることはなくなった。不機嫌なわけではなく、ときには冗談を言ってミゲルを笑わせもしたが、アパートにいるときも自室に引きこもりがちだった。ミゲルは、また一歩、マリアとの距離がひらいたようなおもいを味わった。

ミゲルが帰省をとりやめたのは、翌年からのことである。娘に相手にされなくなったさみしさもあったにせよ、それだけが理由ではなかった。ミゲルも四十代のなかば近くになっていた。運転手としては先の見える年齢であった。

イネスは前年、内科の婦長に昇進していた。彼女が約束どおり夫からの仕送りをことわったのは、マリアが大学進学コースへ進んだ年である。ミゲルは送金を打ち切る気にはなれず、家賃に加えてマリアの学費ていどの金を送りつづけていたが、それでも仕送りの金額は減っていた。預金もふえて、農地を買う目途もついていたが、出費はまだまだかさみそうだった。農地があっても家がなければ、いなかには住めないのである。たとえ、作業小屋を住宅に改造するとしても金はかかる。さらにはマリアを嫁に出さなくてはならない。彼は夏の休暇をとると、つてをたよってさがしておいたはたらき口に通ったのである。

臨時の職場は郊外のガソリンスタンドであった。ガソリンスタンドにはつとめた経験があり、本業のきびしさを考えると、まあ、適当なはたらき口であった。

近郊のガソリンスタンドは、夏場が稼ぎどきである。スペインで休暇をとる外国ナンバーの車が急増するためである。南下する車もあり、休みを終えて北上する車もある。従業員に休暇をあたえても、スタンドが営業をつづけるのは当然だった。

ミゲルはデュッセルドルフ便に乗っていたから、ドイツ語とフランス語は少し話せた。彼は、ドイツナンバーのドライバーにはドイツ語で応じ、フランスナンバーのドライバーにはフランス語で応じた。仕事の手ぎわもよかった。六十がらみのスタンドの主人は、かなりの頑固者であったが、ミゲルが気に入ったとみえ、マリアの結婚後も夏場の臨時雇いとして使ってくれた。

マリアが結婚したのは、七〇年代がまもなく終ろうとしていた年の春である。マリアは大学を出ると、薬剤師としてグラナダ市内の薬局につとめていたのであるが、薬局の女主人の甥《おい》と恋仲になったのだった。マリアの夫となったアントニオは、大学進学コースの教師であった。

結婚まえにマリアが寄こした手紙によると、アントニオもマリアと同様、グラナダ生れのグラナダ育ちだった。まなんだ大学もおなじである。もっとも同期生ではなく、学部もちがった。アントニオはマリアより四歳年長で、哲文学科で歴史を専攻した青年だった。そのせいか、アントニオはアルバイシンにあこがれていて、新居もアルバイシンに定めていた。

アントニオの父親は、グラナダ銀行の課長だった。課長にしてもミゲルとは階層がちがう。薬局の女主人は母方の叔母であったが、店舗はグラナダの目ぬき通りにあった。アントニオの一族は、グラナダの典型的な中産階級とみなさねばならなかった。ミゲルは、相応のしたくが必要と考えて留守宅に金を送った。

ミゲルが最後に帰省したのは、マリアの結婚式に出たときである。マリアは彼の参列を切望していたし、彼自身、ぜがひでも娘の晴れ姿を目におさめたかった。グラナダまで十九時間もかかる長旅であったが、他人の運転する列車なら、一週間乗りづめでも気らくというものである。彼は五日間の休暇をとり、三年ぶりにグラナダへ帰った。

アルバイシンのアパートへたどりついたのは、結婚式の前日の午後である。イネスとマリアがそろって出むかえたが、鞄《かばん》を置くやいなや、マリアが彼に抱きついた。目がうれしげに輝いていた。マリアは彼の両頰に接吻《せっぷん》をすると、息をはずませて送金の礼を言った。

「お父さんが帰ってこなかったら、どうしようかと思ったわ。付きそいなしの結婚式なんて冴《さ》えないわ」

「そりゃ、一大事だ」

「マリアは子どものころのくせを取りもどしたようね。ルール無視。でも、これが最後だから勘弁しましょうか」

イネスのことばにマリアは、もう一度彼の頰に接吻して、鞄をサロンの隅に運んだ。イネスは腰に両手をあて、つややかな黒い目で、なかば揶揄《やゆ》するように娘から夫に視線を移した。ミゲルはイネスを抱きしめた。

「おまえは一段と美人になったね。婦長の貫禄《かんろく》かね」

「あなたこそしぶい魅力が出てきたわ。フランス女の匂《にお》いがする」

「なにを言ってる。おれはボロ切れ同然だよ」

その日の夕方、ミゲルはマリアとつれだってアントニオに逢《あ》いに出かけた。アントニオの経歴を考えると、気の重い相手ではあったが、マリアの夫になる男であり、マリアが強引にミゲルを説き伏せたのである。アントニオはすでにアルバイシンに越していたので、マリアは新居を見せがてら、父親とアントニオとを引き合わせようとした。マリアとアントニオとで取りきめてあった訪問だった。

日はやや長くなり、やわらいだ水色の夕空がアルバイシンの上にひろがっていた。マリアははずむような足取りで、彼と並んで坂道をたどっていた。彼の目には、マリアの横顔も素直な鳶色《とびいろ》の髪も光沢を放っているように見えた。それは、結婚を目前にした娘の輝きだった。

かって彼は、おさなかったマリアをともなって、毎日のようにかいわいの散歩を楽しんだものである。マリアは彼の腕にぶらさがったり、いきなり腕を放して石段を駆けのぼると、上方で彼を待っていたりした。そういえば、ふたりに前後して一匹の犬がいつもついて来た。尻尾《しっぽ》の毛がすり切れた薄茶色のムク犬である。まったく、あいつはバロンなんぞという柄ではなかった。年月の経過をおもうと、ミゲルはわれ知れず胸が迫った。

アントニオは、スポーツシャツにジーパンという軽装で待っていた。眼鏡をかけた長身の青年で、巻毛に似たちぢれ毛の持主だった。細面のほうなので、アントニオの頭髪はよけい目についた。アントニオはミゲルの視線に気づくと、髪に手をやった。

「生れつきなんですよ。おやじもおふくろもこんな髪じゃないんですがね」

隔世遺伝なのかなあ、とつぶやくと、アントニオはあわてて親娘をサロンに通し、ミゲルと初対面のあいさつをかわした。マリアが先に立って台所や浴室まで案内し、そのあと三人でワインを飲んだ。

ミゲルはマリアをうながして、一時間ほどで帰ったのであるが、アントニオとはほとんど話さなかった。マリアが、ひとりでしゃべっていた。アントニオはいとおしげにマリアを見やったり、同意を求めるように笑顔でミゲルにうなずきかけたりした。いたずらっ子じみた目のうごきだったが、むしろそれは、アントニオの洒脱《しゃだつ》な人柄を物語っていた。ミゲルは、ようやく娘の結婚を祝福する気持になった。

結婚式も、そのあとの会食も、どうやら無事にすませることができた。夕刻の挙式であったから、アルバイシンのアパートへ帰ったときは十時をまわっていた。マリアの姿のない室内が空虚に感じられ、ミゲルはさみしさをまぎらわすようにイネスとコニャックを飲みはじめたのであるが、ふいにイネスをバルセローナへ呼び寄せたくなった。

ミゲルの職業は、死ととなり合わせているといってもよい。これまでは無事にすんできたが、今後も無事にすむとはかぎらない。彼も四十六歳になっていた。マリアも縁づいたのだし、この先はイネスとふたりでゆとりのある暮しを送りたかった。

イネスは無言でグラスを口に運んでいた。四十代のなかばになっても贅肉《ぜいにく》のない引きしまった体型を保っていたが、さすがに疲労のあらわな顔であった。目の下がくろずみ、皮膚にも張りがなかった。ただ、目にはつねよりも強い光があった。

「疲れているようだね」

イネスはおどろいたように彼を見ると、疲れるのも当然だ、大仕事のあとなのだから、とほほ笑んだ。

「バルセローナでいっしょに暮さんか。おまえはむかし、カタルニャはきらいだと言ったが、バルセローナで暮すのもあとわずかだ。おれもいずれは首だろうからね」

イネスは、ちょっと黙っていたが、テーブル越しに腕をのばして彼の片手を両手ではさんだ。

「さみしくなったのね。男親にはつらい日だっていうから」

「お察しのとおりだ」

「婚礼の夜だからよ。十日もたてばわすれるわ」

自分は、看護婦として最高といってもよい収入を得ている。バルセローナに婦長としてむかえ入れてくれる病院があるだろうか。あるはずはない。家庭にはいるほかはないのだろうが、ミゲルは留守がちであるうえに、バルセローナには友人知己もいない、とイネスは言った。

「そういう生活はありがたくないわね」

イネスには夫への愛情がないのだろうか、とミゲルは落胆したが、イネスの言いぶんにももっともなところがあった。

「あとすこしの辛棒じゃありませんか。これまでどおり、おたがいに頑張りましょうよ」

マリアは結婚したのだから送金は一切不要だ、とイネスはつけ加えた。そうしよう、と彼は答えた。

解雇は二、三年後とミゲルは予測していたのであるが、少々先にのびた。彼が解雇されたのは、マリアが結婚してから四年後であった。

II

ミゲルがバルセローナで住んでいたのは、港に近いゴシック地区の下宿屋である。かなり以前、化学工場につとめたころ下宿をかえたが、その下宿屋もゴシック地区にあった。彼は、二十六年間もゴシック地区で暮したことになる。

五年まえの六月、彼が両手に荷物を提げて下宿屋の前からはなれたのは、朝も早い時間であった。彼は、近所の駐車場にあずけておいた車を引きとると、運転席にはいってゴシック地区をあとにした。人影のまばらな街路に、ドーベルマンと散歩中の男の姿があった。犬の毛の光沢も、男の背恰好《かっこう》も、いまだに彼はおぼえている。

ミゲルは、市街の西から高速道路に車を乗り入れた。南へのびる高速道路を通るのは、はじめてだった。乗用車で長距離を走った経験もない。グラナダまではおよそ九百キロあったが、デュッセルドルフまでの道のりを思えば、さしたる距離ではなかった。

ミゲルが買った中古車は、白のシトロエンだった。車体をこすったのか、ボディーの後部に色のむらな部分があったが、走行距離は三万キロに達していないうえに、なにひとつ欠陥はなかった。外装の小さなむらも、値切るのに役立っただけである。運転歴の長い彼は、乗用車になじむのも早かった。

マリアの結婚後、彼は一度もグラナダに帰っていなかった。そのあいだにマリアには息子ができて、マリアは出産前に薬局をやめていた。ルイスと名づけられた男の子は、二歳の誕生日をむかえたばかりだった。ミゲルは祖父になったわけである。マリアが送ってくれた写真を見ても、とまどいが先立って、孫ができたという実感は湧《わ》かなかったのだけれども、解雇がきまってからは、彼もルイスと会うのが楽しみになっていた。

一方、心配ごともあった。故郷の母親の病状である。ひと月ほどまえ、兄がはがきで母の病気をつたえてきたのだった。リカルドは病名も知らせてこなかったので、ミゲルは問合わせの速達を出したのであるが、それにはなんの返事もなかった。返事を出す余裕もないほど病状は重いのかもしれなかったが、重態であれば電報という手段もある。

いずれにせよミゲルは、母親の七十五歳という年齢を思うと不安をぬぐいきれなかった。

当時の道路の状態は、このましいものではなかった。高速道路が貫通していたのはバレンシアまでであったし、ムルシアから先は砂利道があったり、修理中のために迂回路《うかいろ》にはいらねばならぬ箇所もあって、予想外に時間をついやした。南西部のアンダルシア地方は、六月ともなると日没がおそいのであるが、ミゲルがグラナダに近づいたときには、日は暮れ切っていた。

ミゲルは母親の病状が気がかりで、グラナダを素通りして、まっすぐ故郷の村へ向かった。途中で休息もとったので、彼が生家にたどりついたのは夜半に近い時刻であった。兄夫婦は寝じたくをしていたようである。玄関のドアを開けたリカルドはランニング・シャツにズボンという恰好であったし、兄嫁はあわててワンピースに着かえたのか、すこしおくれてサロンへ顔を出した。

リカルドの話によると、母親が体の不調をうったえだしたのは春先からだった。グラナダの医者に見せたところ、心臓病とのことだった。入院をすすめられたが、母が村で死にたいと言い張ったため、やむなく自宅で療養させている。投薬は受けているが、容態ははかばかしくない。

「夏は越せんかもしれんな」とリカルドは小声で知らせた。

「おふくろは眠ってるのか」

「いまの物音で目をさましたんじゃないか」

ミゲルは、さっそく母を見舞った。なるほど、母は病みおとろえてはいたが、意識ははっきりしていた。ミゲルをみとめると目に涙を浮かべ、ふたこと、みこと、ことばをかわして、きょうあすが峠の重態とは見えなかった。

ミゲルが生家の静けさに気づいたのは、母の寝室を出たあとである。夜中だから当然として、これまでとは様子がちがった。リカルドには四人の子がいて、三人の娘はすでに縁づいていたが、末っ子のマヌエルは独身のはずだった。マヌエルはマリアより四つ年下だから、二十三歳の若者である。そのマヌエルの姿がなかった。

「マヌエルは寝たのか」とたずねると、よそに手つだいに行っている、とリカルドは答えた。跡取りが家を空けるとは妙な話であったが、ミゲルはさして気にとめなかった。母の顔を見て彼は一応ほっとしていたし、眠気におそわれてもいた。彼はシャワーを浴びると、ひとりで寝酒を飲んでベッドにはいった。

翌朝、食事を終えるとすぐに、ミゲルは生家を出ようとした。リカルドが行く先をたずねた。

「きまってるさ、グラナダだ」

「マリアのところか」

「マリアよりも女房が先だな」

「やっぱりか」

リカルドはつぶやくと、ゆうべ女房が、もしかするとミゲルはなにも知らないのではないかと言っていたが、どうやら図星のようだな、となかばあきれ顔になった。

リカルドは骨太で、ミゲルより首ひとつ大きかった。ミゲルは、不安よりも兄に圧迫感をおぼえた。ふたりながら、戸口の近くに立ったままでいた。

「いったい、なんの話だ」とミゲルは聞いた。

「イネスはいないぞ」

「いない？　いないとはどういうこった」

「どうもこうもない。イネスは行方をくらました。あの女の父親が、イネスの居所をたしかめに来た。だいぶまえの話だ」

ミゲルは落雷に打たれたような気がした。頭の中が空白になった。

「たしかか」と、ややたって彼はたずねた。

「父親が来たのはたしかだ。胸くその悪いじじいだ」

「イネスはどこにいる」

「知るものか。マリアにでも聞いてくれ」

ミゲルは、ものも言わずに戸外へ走り出た。兄がなにやら背後で叫んだようであったが、ミゲルはふりむきもせずに集落の小さな広場へ駆けつけた。そこに前日、バルセローナから運転してきたシトロエンが停めてあった。彼は運転席にすべりこんで集落からはなれると、グラナダへ向かってスピードをあげた。

好天の朝であった。オリーブ畑の赤土と濃緑が車のかたわらをかすめ、ひまわり畑の黄が後方へ流れ去っていったが、彼の目には単なる色彩のつらなりでしかなかった。彼はリカルドのことばを信じられなかった。信じられるものではなかった。

グラナダの市中にはいると、ミゲルも車のスピードを落とした。人びとが出勤をいそぐ時間で、通行人も車も多かった。

アルバイシンの入り口で、ミゲルは坂道をおりてくるアントニオの姿をみとめた。背が高く、ちぢれ毛で眼鏡をかけたアントニオは目につきやすい。ミゲルは顔をそむけかけたが、相手はまったく彼に気づかなかった。アントニオはミゲルの帰郷を知らないうえに、車を買ったことも知ってはいなかった。アントニオは、口笛でも吹きだしそうな顔つきでミゲルの車とすれちがった。

娘夫婦の住いは、アルバイシンの南面にあった。パティオをかこんだ小体《こてい》な集合住宅の中の一戸である。外観は古びているが、どの部屋もひろくて若い夫婦には少々ぜいたくな住いであった。アルバイシンは、車の走行に適した地域ではないが、さいわいにも娘夫婦の住居の横はゆるやかな坂道で、駐車も可能だった。

ミゲルは玄関の前に立つと、ノッカーでドアをたたいた。マリアがドアを開けるまで、ノッカーを打ちつづけた。

マリアは顔を合わせるなり、目を見ひらいて棒立ちになった。色白のマリアの顔から血の気が引いてゆき、口もとがこまかくふるえだした。このとき彼は、イネスの失踪《しっそう》を事実として受けとめたのである。

ルイスがどこからかあらわれて、マリアのスカートの蔭《かげ》から物めずらしそうにミゲルを見あげた。はじめて見る孫であったが、彼には孫にことばをかけるゆとりはなかった。マリアも息子にはかまわずに、いつ帰ったのか、とかすれた声でたずねた。ゆうべ、おそくだ、と彼は声を抑えて答えた。

マリアはミゲルをサロンに通すと、気持をしずめるように台所へ向かった。おさない子がいるせいか、マリアは髪をうしろでゆわえて背中にたらしていた。その背に向かって、彼は酒を所望した。マリアもアルコールを欲したのかもしれない。グラスも二つ用意してくると、彼と向かい合ってテーブルについた。ワイングラスであったが、酒はアニス酒だった。ミゲルはリキュールのたぐいをこのまなかったが、度数の強いアニス酒は、その日の彼には恰好の飲み物だった。マリアは水で薄めて飲み、彼は生《き》のままグラスに口をつけた。

ルイスがマリアのひざに手をかけてアニス酒をねだった。マリアがなだめると、ルイスはミゲルのかたわらに来て、また彼の顔に見入った。マリアがとがめると、ルイスはテラスの近くまで駆けて行き、籐《とう》製のカウチによじ登った。ふつうならマリアもよろこんで父に息子を引き合わせたであろうが、場合が場合であった。

ミゲルは酒を飲みながら、しばらくルイスのうごきを目で追っていたが、ようやく口をひらいた。

「イネスはグラナダにはいないのだな」

「ええ」

「いつごろ、グラナダから出て行った？」

「わたしが結婚してまもなくだと思うわ」

ミゲルは息を呑《の》んだ。マリアはつらそうに目を伏せると、手にしたグラスを見やった。水で割るとアニス酒は、ほの白い半透明な液体にかわる。マリアは酒をすすって目をあげると、意外にしっかりした語調で言った。

「わたしが知ったのは結婚式の二週間あとね。たしか金曜日だったわ」

その日、マリアがシエスタを終えて薬局にもどると、実家の家主から電話がかかってきた。解約の期限が切れたので、じつは、きょう、アパートを見に行ったところ、台所用品や鏡台が残っている。残して行ったということは不用だということとなのだろうが、イネスの転居先は不明なので、あなたの意向をうかがいたい。そういう内容の電話であった。

「びっくりしたなんてものじゃなかったわ。お母さんの転居先がわからない。それは、お母さんがアパートから出て行ったということですかって聞くと、大家さんのほうがおどろいてたわ」

マリアは薬局の主人、アントニオの叔母のアリシアに事情を話して、ただちに問題のアパートで家主と会うことにした。アリシアは仕事に関しては厳格な女性であったが、マリアの動揺を見てただごとではないと察したらしく、なんなら早退をしてもよいと言ってくれた。

あのアパートに越したのは、マリアが大学進学コースへすすむ直前である。マリアは月々、家賃をおさめに行っていたので、家主とは顔なじみであった。愛想のよい太った未亡人で、マリアの結婚当時は六十年輩になっていた。家主はアルバイシンに、もう一棟アパートを持っていて、そこに住んでいた。

家主の未亡人は、先にアパートに着いて待っていた。鍵《かぎ》たばを手にしていた。彼女はマリアをむかえ入れると、腑《ふ》に落ちぬ面持ちで、あなたは知らなかったの、とたずねた。マリアがうなずくと、おかしいわねえ、あなたをおどろかすつもりだったのかしら、とつぶやいた。

サロンの戸棚が、マリアの目をとらえていた。そこにはグラスやコーヒーカップ類が、マリアの結婚前と同様に、きちんと並んでいた。安物の壺《つぼ》や、マリアがガリシアで買い求めた牛の首につける鈴も飾ったままだった。

マリアは聞きたいことが山ほどあったが、家主にうながされるままに、先に室内を見てまわった。どこも一応片づいてはいたが、早くもほこりの匂《にお》いが鼻についた。家主のことば通り、両親の寝室には鏡台が残っていた。マリアが、物ごころのついたころから見知っている小ぶりな鏡台である。台所はといえば、マリアがそこで暮していた当時と寸分の変化もなかった。鍋《なべ》や包丁はあるべき場所にあったし、食器もそっくり残っていた。大物は冷蔵庫と洗濯機である。イネスは、電話もテレビもつけようとはしなかったが、冷蔵庫と洗濯機は比較的早くから使っていたのである。マリアは冷蔵庫をあけてみたが、防臭剤の小箱が一個はいっていただけだった。電源は切ってあった。家主が見に来たとき、すでに切ってあったそうである。厨芥《ちゅうかい》はもちろん、乾物の豆類なぞも見あたらなかった。マリアはアパートのすみずみまで見まわると、両親の寝室へ取って返した。彼女は備えつけの洋服簞笥《だんす》の中を調べた。鏡台やナイトテーブルの引き出しも片はしから開けてみたが、中はすべてからであった。ピン一本、下着一枚、残ってはいなかった。

「お母さんは、衣類と身のまわりの小物だけ持ちだしたのよ。そうとしか思えないわ」

とマリアが言った。

「イネスが家主のところに行ったのはいつだ？」

「前の週の月曜日だという話だったわ。わたしの結婚式は土曜日だったから、結婚式の翌々日にアパートの解約をしたわけね」

　結婚式の翌々日といえば、ミゲルが故郷の村へ出かけた日である。イネスは勤務があるというし、彼のほうは、おさななじみに農地の入手について相談するつもりだった。彼は生家に一泊して、火曜日にグラナダ駅からバルセローナ行きの列車に乗ったのだった。

　マリアのグラスがからになっていた。マリアはアニス酒を注ぎ、こんどは少量の水で割った。

「お母さんが大家さんに、どこへ行くと言ったかわかる？」

　酔いのためか、気持がたかぶったのか、マリアの頬に赤味がさしていた。マリアは、ことばを引きちぎるように告げた。

「お父さんのところによ。お父さんと暮すと言って、アパートの解約をしたのよ」

「わたしのところ……」

「なっとくのゆく行く先よね。わたしは結婚したんですもの。大家さんでなくても信じこむわ。病院のほうには、はっきりバルセローナへ行くと話してあったわ」

　マリアは牛の鈴ひとつを引きとると、あとの処分は家主にまかせて、その足でイネスがつとめていた病院へ向かったのだった。鈴はショルダーバッグの中でやさしい音を立て、マリアは鈴を引きとったことを後悔した。それは、彼女の幸福だった学生時代の夏の記憶を呼びさます音だった。

「お母さんが退職したのは、アパートの解約をした日とおなじ月曜日よ。でも、お母さんは婦長だったし、規模の大きな病院でしょう。ひと月まえに退職の内諾を得てあったと聞かされたわ」

してみるとイネスは、なにくわぬ顔でミゲルをアパートにむかえ、結婚式をすませたことになる。ミゲルは、最後にイネスとすごした三日間の夜を思い起こした。結婚式の当夜こそ、イネスは疲労を理由にミゲルをこばんだものの、あとの二晩は抱き合ったのである。とりわけ日曜日は、シエスタの時間からイネスはミゲルを求めた。あれは、イネスのほどこしであったのだろうか。それとも別離を思い定めていたがゆえの惑溺《わくでき》であったのだろうか。ミゲルは見当もつかなかった。思いあたるふしがあるとすれば、婚礼の夜のイネスの強い目の光と、疲労の色が濃い顔である。あの疲労は、婚礼という大事を終えた直後のそれではなく、その後の行動が頭にあってもたらされたものかもしれなかった。

マリアは、病院へ行っただけではなかった。病院からアパートに引き返した。隣家の主婦のローラに会うためだった。イネスは家主に、アパートを出る日まで告げたわけではない。十日間という期限を設けての解約であったから、いつ、イネスがアパートを出たのか、わからなかった。マリアは、ローラなら、なにか知っているかもしれないと考えたのである。ミゲルもおぼえていたが、ローラはイネスよりやや年長の元気のよい主婦だった。

「わたしは時間の観念を失っていたわ。アパートの前にもどると、おとなりの窓には灯がともっていて、元のわたしの家は真っ暗なの。お母さんの心の奥をのぞきこんだようで、気が滅入《めい》ったわ」

ローラはマリアを見るなり、イネスはどこへ行ったの、バルセローナ？　とたずねた。マリアは答えようがなかった。戸口での立話だった。

「ローラおばさんは、わたしの結婚式のあと、お母さんを一度も見かけなかったそうよ。空家になったらしいと気づいたのも四、五日まえだというんですもの」

「無駄足を踏んだわけか」

「そうとばかりは言えないわね。立話をしているうちに、事情が呑みこめてきたわ」

イネスは、冷蔵庫からスプーンのはてまで置き去りにしてアパートを出て行った。不用であったとも考えられるが、それ以上に、出奔を近所にさとらせまいとしたにちがいない。なかでも、ローラの目を気にしたはずである。ローラはマリアと親しかったからである。つまり、イネスが最も警戒したのは、ほかならぬ娘の自分だとマリアは気づいたのである。

「お母さんがアパートを出たのは絶対に夜ね。それも、わたしが薬局から帰って晩御飯のしたくにかかるころ、八時半から九時前後の時間帯よ。そのじぶんはローラおばさんも台所に立ってるし、三月のなかばだったからおもては真っ暗よ。お母さんがアパートから出るのは簡単だったと思うわ」

「イネスとは婚礼のあと会わなかったのか」

「ええ。新婚早々だったし、わたしは月曜日からつとめに出たんですもの。お母さんにとっては、またとないチャンスよ。お母さんは十日間の期限づきでアパートを解約したっていうけど、十日間もぐずぐずしていたはずはないわ。週末にはわたしがアパートに顔を出す危険があるわ。水曜日か木曜日、どんなにおそくても金曜日には、お母さんはグラナダから出て行ったにちがいないわ」

それでも、マリアはのぞみを捨てきれなかった。家主が言ったように、イネスはマリアをおどろかそうとして、こっそりバルセローナへ行った可能性もあった。冷蔵庫も洗濯機も使い古したものであるし、食器も格別上等なものではない。ガリシアみやげの牛の鈴も、うっかり置きわすれて行ったとも考えられる。もっとも、マリアに無断でイネスがバルセローナへ来たと知れば、ミゲルが黙っているはずはなかった。ただちに電報で知らせてくるように思えた。アントニオとの新居には電話があったから、長距離電話をかけることもできるのだ。マリアの理性はイネスの失踪をみとめながら、彼女は息をつめるようにしてバルセローナからの知らせを待ちつづけた。

「わたしからお父さんに問い合わせるわけにはいかなかったわ。もしも、お母さんがバルセローナに行っていなかったら、わたしはお父さんに残酷な話をつたえる結果になる。そんなまねはできなかったわ。だから、待つしかなかった……」

マリアは語を切ると、席を立って廊下へ出て行った。寝室のドアを開ける音がした。ルイスがカウチからずり降りて、母親を追うように廊下のほうへ向かったが、ドアにたどりつくまえに、マリアはサロンにもどって来た。はがきを一枚、手にしていた。マリアは椅子《いす》にかけると、無言でミゲルの前にはがきを置いた。

西ドイツの古城を前景にしたライン川の絵はがきである。ミゲルがマリアに宛《あ》てて出したはがきであった。マリアも大学生になると、彼の送金に礼状を寄こすだけになったし、結婚直後であれば音信が間遠になってもふしぎではなかった。そう考えても、ときには父親を思いだしてほしくて、デュッセルドルフからの帰途、ブザンソンで休憩した折に、はがきをしたためたのである。消印の日付けをたしかめると、五月のなかばに投函《とうかん》したはがきであった。

「二ヵ月以上も待ってとどいたのが、その絵はがきよ。お父さんはなにも知っていない。最後のほうに書いてあるのに、イネスという綴《つづ》りが目にとびこんではなれなかったわ」

はがきを書いたブザンソン近郊の安食堂に立ちこめていたたばこの煙と油脂の匂いがよみがえって、ミゲルはふいに怒りをおぼえた。それは、娘をもあざむいたイネスへの怒りであり、妻の離反に気がつきもしなかった彼自身への怒りであった。

彼が四年間も気づかずにすごしたのは、マリアがイネスの失踪をかくしとおしたせいにもよる。はたらき盛りのころは彼も年に二回はグラナダへ帰ったけれども、帰省を取りやめたあとのクリスマスは妻子に贈物を送ってすませる習慣だった。マリアの結婚後は、マリアのすすめに従って、イネスへの贈物もマリア宛てに送っていた。小包みは郵便局へ受取りに行かねばならないのだから、若いマリアが受取ってイネスに渡すとすむのである。彼にしてみても、一個の小包みにまとめたほうが簡便だった。イネスからはクリスマスカードさえとどかなかったが、彼はべつに気にしなかった。便りは一切マリアにまかせていたのだし、いつごろからかイネスは彼に贈物をとどけなくなっていた。グラナダへ帰る都度、わたしの贈物はこのわたしよ、というのがベッドの中でのイネスのせりふだった。

いったい、いつごろからイネスの心は彼から離れてしまったのか。婦長になったころからとも考えられたが、その日の彼には、時期なぞ問題ではなかった。イネスの失踪を知ると同時に、イネスは誰とどこへ行ったのかという疑念が彼の心底に根をおろしたのである。マリアもおなじうたがいを抱いたからこそ、彼に伏せつづけたに相違ない。

イネスには不審な点はなかったのか、思いあたることはないのか、ミゲルは感情を殺してマリアにたずねてみた。ない、とマリアは答えた。

「お母さんが、わたしをごまかすのは簡単だったと思うわ。わたしはアントニオに夢中だったし、学生時代は学生時代で、興味のあることがたくさんあったんですもの。お母さんと親しかった看護婦さんも心あたりはないと言っていたわ」

イネスの失踪の理由を突きとめようとして、マリアは日を改めて病院をたずねたのだった。新婚早々のマリアにとって、二度目の病院行きは気がおもかった。

「収穫はゼロよ。お母さんと前後して退職したドクトルや看護士はひとりもいないし、おかしな風評もなかったそうよ」

ほかの病院の医師か患者が相手とも考えられたが、それは、あくまでも仮定にすぎない。仮定なら無数に立つけれども、マリアには仮定までたしかめる根気も勇気もなかった。

マリアの話によると、イネスがグラナダから出るところを見かけた者は、ひとりもいなかった。バスに乗ったのか、列車に乗ったのかもわからない。まして、行く先なぞ知りうるはずはない。イネスは、三月の闇《やみ》に吸いこまれるように姿を消してしまったのである。

「もちろん、お母さんがグラナダに残っている形跡はまったくないわ。あれから四年もたつんですもの。ここはバルセローナのような大都市じゃないわ。お母さんがいるとすれば、かならず誰かの目につくはずよ」

ミゲルの疑念は深まる一方だった。証拠がなくとも、なければかえって、イネスには男ができたとしか思えなくなった。グラナダを出るときも、イネスは男と別行動をとったにちがいない。おなじ列車に乗るようなおろかなまねを、イネスがするはずはない。

マリアの話から推測しても、イネスは用心深くふるまったのである。

アニス酒の瓶の中味が減っていた。瓶のなかば近くまであった酒が、残りすくなになっていた。マリアも飲んだにせよ、彼のほうが多く飲んだにちがいなかった。彼は無意識にグラスを口に運んでいたのであるが、酔いは一向にまわらなかった。

マリアは言葉を失ったように、宙に目を投げていた。ミゲルは、目の前に置かれたままの絵はがきをマリアのほうへ押しやった。

「どうやらわたしは、とんだ道化者になったようだな」

「お父さんが道化者なら、わたしは道化者の娘よ。お父さんの苦しみは、わたしの苦しみよ。この四年間、お父さんのことが頭から離れなかったわ。ひとりになると、西ドイツやフランスの自動車道路を走っているトラックが目に浮かんできたわ。お父さんはどのへんを走っているのかしら？　リヨンのあたりかしら？　ライン川を渡ったのかしら……」

マリアは途中から涙を流していたが、語尾は嗚咽《おえつ》といっしょになった。テーブルのかたわらで、おもちゃの飛行機をふりまわしていたルイスが、母親の嗚咽にさそわれたように大声で泣きだした。マリアは、あわててルイスを抱きあげると、テラスに立って行った。

テラスの戸は開け放されていた。テラスの手すり越しにアルハンブラ宮殿の塔がのぞまれ、その向こうにシエラネバダの山々がつらなっていた。夏空に白線を引いたように、山は雪をいただいていた。ミゲルにとってなじみの深いシエラネバダであったが、山を目にしている実感はなかった。中空に浮かんだまぼろしの山でも見ているようだった。山がまぼろしなら、山に見入っている彼自身もまぼろしに化したかのようであった。

マリアは、なにやらルイスに話しかけていたが、サロンへもどってくると、ルイスに飛行機をあたえて椅子にかけ直した。目《ま》ぶたは薄赤く腫《は》れていたが、ミゲルに向かっておもはゆげに笑いかけた。

「お父さんが帰って来たら、事実だけ冷静に話そうと考えていたのよ。でも、だめだったわ」

「つらい目に遇《あ》わせてしまったな」

「わたしにはアントニオとルイスがいますもの」

「アントニオの身内には何か言われなかったか」

「お母さんを批判したのはアリシアだけね。彼女は、はっきり物を言うタイプだから」

アリシアはイネスと同年輩の、独身の薬剤師である。学生時代には、反政府運動にかかわった経験もあるらしい。ミゲルもマリアの婚礼のときにアリシアと会ったが、ひたいの美しい痩《や》せぎすの女で、気さくな反面、鋭利な印象を受けた。

「アントニオのお父さんもお母さんも何も言わなかったわ。もちろん、おばあさんもね」

祖母というのは母方の祖母である。かれらは、むしろ、マリアを気づかってくれたそうである。

「イネスの父親がこなかったか」と、ミゲルは気がついてたずねた。

「来たわ。薬局へやって来たのよ」

イネスの父親は親戚《しんせき》の誰かが重病になり、イネスのつとめ先の病院へ電話をかけて退職を知り、おどろいてグラナダへ出て来たのである。初冬であったから、イネスが失踪《しっそう》して八ヵ月もたっていた。イネスが姿を消したと知ると、老人はマリアの越度《おちど》であるかのように難くせをつけた。

「アリシアが皮肉を言って追いはらってくれたわ。わたしは、どうしても彼を好きになれない。めったに会わなかったせいかしら。祖父という気がしないのよ。セニョール・オルテガは他人も同然ね。ロサーレス村のおばあさんは大好きなのに……」

「おふくろは寝ついている。あまりよくない」

マリアは目を見ひらくと、知らなかったわ、とつぶやいた。それから、帰って来たのはそのためか、とたずねた。彼は、解雇と母親の病気がかさなった事情を知らせた。

「それで、ゆうべは村に泊ったのね。解雇が近いとは予想していたわ」

マリアが最もおそれていたのは、ミゲルがかってのアパートへ帰ることだった。見も知らぬ他人と顔を合わせたら、父のおどろきははかりしれない。そこでマリアは、ミゲルがアパートにもどった場合は、現在の入居者からローラへ知らせてもらって、ローラの口からマリアのところへ行くように話してほしいむね、ローラにたのんであったのだった。

「おばあさんが病気だというのに、こう言っては不謹慎ですけど、そんなことにならなくてよかったわ」

「気をつかわせたな」

「今夜も村に泊るの？」

「向こうに荷物を置いてある」

「ここに泊ってよ」

アントニオもそれをのぞんでいる。ミゲルが帰郷したときは、当分、この家で暮すように、まえまえから夫婦できめてあった。遠慮をせずにこの家で暮してほしい、とマリアは懇願するように彼にすすめた。

「そうさせてもらうかもしれない」

彼は、そう答えたものの、当座の暮しについてさえ頭がまわらなかった。彼は、一刻も早く娘の家から立ち去りたくなっていた。娘の前では醜態をさらすわけにもゆかず、彼はできうるかぎり平静を保っていたのであるが、それも限界に達していた。

彼は無駄と思いながらも、一応マリアにたしかめてみた。

「イネスから便りはないのだな」

「あるものですか」

マリアの目がきらめいて、頬が紅潮した。

「娘を捨てた母親が手紙なぞ寄こすはずはないわ。彼女は強い性格のひとよ。たとえ、落ちぶれても、二度とグラナダに帰ってこないでしょうね」

ややたって、ミゲルは腰をあげた。マリアは引きとめたが、彼は娘をふりきって戸外へ出ると車に乗りこんだ。

Ⅲ

イネスの失踪を知った直後、ミゲルが突きあたった現実は住居であった。彼は、帰るべき家も失っていたのだった。

娘夫婦の住いは、彼の家ではなかった。郷里の生家も同様である。ミゲルは当分、身内の誰とも顔を合わせる気になれず、ひとまずグラナダ市内のペンシオンに部屋をとった。

トリニダド広場に近いペンシオンだった。細い通りをはさんで間口のせまい商店や飲み屋が並び、商店や飲み屋の階上がペンシオンになっている。ミゲルの宿泊先も数軒の飲み屋が並んだ上にあった。

アルバイシンから車でひと息の距離であり、彼はわけなく宿についたのであるが、飲みに出直そうとして当惑した。彼は、広場にのぞんだ表通りに車を停めて宿泊の手つづきをすませたのであるが、そんなところに車を置きっ放しにしておいては、マリアにさがし出されるおそれがあった。

マリアは彼を追って戸外へ出たので、彼の車を目にしていた。白のシトロエンは格別めずらしくはないにせよ、あいにく彼の車はバルセローナナンバーであった。グラナダの市中では、ほとんど見かけないナンバーである。彼が生家にもどらず、娘夫婦の家にも顔を出さなければ、マリアは車を手がかりに彼の宿を突きとめかねなかった。トリニダド広場の近辺にはペンシオンが多いのである。

グラナダ大学の法学部も広場の近くにあった。ミゲルの宿泊先は、広場と法学部とのほぼ中間にあった。さいわいにも法学部のとなりの大学付属の建物の前は駐車場になっていて、ミゲルはそこに車を入れた。駐車場の利用者は、当然大学の関係者が多いはずで、駐車しておいてもマリアの目にふれそうもない場所だった。

ミゲルがイネスの勤務先であった病院へおもむいたのは、マリアと逢《あ》った翌々日である。ミゲルは、マリアの話だけでは満足できなかった。マリアが会った看護婦は、イネスがひと月前に退職の内諾を得ていたことさえ知らなかったのである。おそらくイネスは、年下の気のよい同僚と親しくしていたにちがいない。そんな看護婦と会ってもしようがなかった。ミゲルは、ひとつでも具体的な事実を知りたかった。それには、イネスを敵視しないまでも、客観視していた同僚と会うべきだった。さしずめ、後任の婦長あたりが適当と思われた。ミゲルは一日でも早く病院へ行きたかったのであるが、前日は二日酔いに加えて朝から酒を飲んでしまったのである。

イネスがつとめていた病院は闘牛場の近くにあった。病院の多いかいわいで、そのひとつがイネスの元の職場である。彼は時間を見はからって、シエスタの少し前にたずねた。一滴も酒を飲んではいなかった。

後任の婦長は、ミゲルの来訪に興味を抱いたようだった。彼が内科病棟の看護婦詰所で来意をつげると、面会を承知して、まもなく廊下に姿をあらわした。四十代の後半に見える骨張った女で、ミゲルはつい「ひからびた独身女」というイネスのことばを思いだした。婦長はにこやかな笑顔で近寄ってきたが、それが作り笑いであることは、ひと目で察しがついた。彼女は大げさに目を見ひらいて、イネスがバルセローナへ行かなかったなんて、びっくりしましたわ、あちらの名門病院へ行ったとばかり思ってましたのよ、と言った。よくうごく薄い唇で、その唇は彼の問いに対してもなめらかにうごきつづけた。

——イネスに懸想《けそう》をしていた殿方ですか？　それは、大ぜいいたんじゃありませんか。あれほどの美人ですもの。でも、どうか、懸想をしていた個人の名までおたずねにならないでください。わたくしには職務がございますから、朋輩《ほうばい》の私生活を詮索《せんさく》するひまなんぞありませんわ。あら、まちがえました。イネスはわたしの朋輩じゃなくて上役でしたのに。イネスより半年か一年前におやめになられたドクトルですか？　その件につきましては、お答えするわけにはまいりませんわね。おやめになられた方もふくめて、わたくし、この病院のすべてのドクトルを尊敬していますのよ。イネス宛《あ》ての私信でございますか？　わたくしのような不器量な女でも私信をもらいますのよ。患者さんからの礼状ですけどね。イネスもおなじだったのではありませんか。かりに、特定の殿方からの私信がまじっていたとしましても、わたくしにはひとさまの私生活をのぞき見する趣味はございませんから、わかりっこありませんわ。セニョールには心から御同情いたしますが、わたくしにお話できることはこれだけですわ。

口先だけの同情だった。彼女はミゲルの反応と、自身の饒舌《じょうぜつ》を愉《たの》しんでいた。

「庶務のほうへいらしてはいかがでしょう。郵便物の仕分けは庶務の娘さんの受持ちですのよ」

ミゲルは言われるままに事務室へ行ったが、そこでのあしらいはまだひどかった。婦長がおしえてくれた娘の姿はなく、四十がらみの男が応待にあたったのであるが、用件を聞くなり相手はまくし立てた。

「四年も前にやめた婦長宛ての私信だって？　冗談じゃないよ。郵便物は毎日ごっそり届くんだ。患者にもくる。職員にもくる。きのう届いた郵便物さえおぼえちゃいないね。たとえ、院長宛ての手紙でもだ。だいたい、あんた、いま何時だと思ってんだ。シエスタだよ、シエスタ。とぼけた話で、わたしの貴重なシエスタの時間をうばわんでくれ」

ミゲルは、どのようにして病院を出たのかおぼえていない。具体的な事実を聞きだすどころではなかった。婦長に愚弄《ぐろう》され、事務の男にののしられたにすぎなかった。

ミゲルは二度と病院へ出向く気にはなれなかったが、あと一ヶ所、ぜがひでもたずねたいところがあった。イネスの生家である。生家であれば、イネスの消息を知っている可能性があった。

イネスは三人姉妹の次女である。姉も妹も他の土地の男と結婚して、生家に残っていたのは両親だけだった。イネスは、コルドバに嫁いだ妹のパウラを好いていたが、ミゲルはパウラの住所を知らなかった。また、むかし、赤子のマリアの面倒をみてくれたイネスの伯母も、マリアの結婚前に他界していた。パウラの住所をたしかめるにしても、イネスの生家をたずねるほかはなかった。

ミゲルは、できることならイネスの生家なぞへ行きたくなかった。マリアがきらっていたように、ミゲルもイネスの父親のフェルナンド・オルテガに好感を持てなかった。イネス自身が父親をきらいぬいていた。

すでに退職したけれども、フェルナンド・オルテガは長年、村役場の助役をつとめた男である。フランコ政権と密着していたファランヘ党の党員でもあった。恋仲になってまもなく、イネスはミゲルに父親に対する嫌悪《けんお》をつげた。

「彼が誰をあの世に送りこんだか、わたしは知ってるわ」

フェルナンドは密告者でもあったのだった。

「わたしがこの世で最も軽蔑《けいべつ》しているのは、フェルナンド・オルテガという男よ」ともイネスは語った。そのとき、イネスの目に宿った突き刺すような暗い光を、ミゲルはわすれることができない。

イネスの故郷は、ミゲルの郷里にくらべると面積がひろく、人口も多い村であるが、いかに大きな村落であっても、村という小さな共同体の中では、密告者の名はいつとはなしに知れるものである。幼少時のイネスは集落の子らから仲間はずれにされていたというが、それも当然であったろう。勝気な少女は、父を憎みながらも、村びとの反感をもはじき返して成長したにちがいない。イネスは、ひとりで生きていく手段として、早くにグラナダの伯母のもとに身を寄せ、看護婦の資格を得たのである。

イネスの結婚にさいしても、父と娘はひと悶着《もんちゃく》を起こした。父親の諒承《りょうしょう》を求める必要はないと言い張るイネスを説き伏せて、ミゲルはイネスとつれだって生家をたずねたのであるが、案のじょう、フェルナンドはよい顔をしなかった。長女を軍人に嫁がせたフェルナンドは、次女の夫にも軍人かファランヘ党の有力者の息子をのぞんでいたらしいが、イネスのえらんだ相手は貧しい自動車の修理工であった。父親が立腹したのもやむをえなかったろう。イネスは平然として、一家の無理心中を匂《にお》わせた。わたしは看護婦だから、その気になれば薬物は手にはいる。小細工を弄してミゲルとの仲を引き裂くようなまねをしたら、自分は黙っていないだろう。母親や妹まで巻きぞえにはしたくないが、こんな一家なぞほろんでもよいのだ、とまでイネスは言った。フェルナンドは真っ赤になって、「あんたの差し金か」と、ミゲルに聞いた。イネスは、とんでもない、わたしひとりの決意であり、神の意志でもあるだろう、と言い返した。

ミゲルがはじめてフェルナンドに会ったのは、そのときである。フェルナンドは頬のこけた小柄な男で、先入観からか陰険な印象を受けた。目と髪の色だけはイネスとおなじであったが、顔立ちはまったくイネスと似たところがなかった。母親は美人といってもよく、目鼻立ちはイネスと似かよっていたが、娘とちがって生気のとぼしい女だった。彼女は、娘と夫のあいだでおろおろし、最後は泣きながら、ふたりの結婚をゆるすように、夫に懇願したフェルナンドは、妻の涙と娘の脅迫に屈したかたちで、イネスとミゲルの結婚を黙認したのである。

結婚後は、イネスの生家をたずねたことはない。イネス自身が生家へ足を運ぼうとはしなかった。ミゲルが顔を合わせたのは母親のほうで、帰省中に何度かアルバイシンのアパートで会った。グラナダのイネスの伯母は母親の姉であったから、母親はときたまグラナダへ出てくると、娘のアパートにも立寄ったようである。マリアの話によると、フェルナンドはマリアがグラナダ大学にはいった年に、一度だけアパートへ来たそうである。フェルナンドも孫の進学がうれしかったのだろうが、そのマリアの結婚式にも、イネスは両親を招かなかった。ミゲルがバルセローナから書き送った招待客のリストの中には、イネスの両親の名も入っていたのであるが、イネスがリストからふたりの名を削ってしまったのである。アリシアならひと目でフェルナンドの前歴を見ぬくだろう、とイネスは語っていたが、出奔をひかえていては、母親はともかく、父の顔なぞ見たくもなかったのかもしれない。

過去をふり返ってみても、ミゲルにとってイネスの生家は気重な行く先だった。母親ひとりならまだしも、フェルナンドも年金暮しの身の上である。集落のきらわれ者であったとすれば、フェルナンドは家に引きこもりがちのように思えた。病院で手ひどい目に遇《あ》わされた直後であり、朝から酒を飲む日がつづいて、ミゲルがイネスの生家へ出向いたのは病院をたずねた一週間ほど後であった。

イネスの郷里はグラナダから近かった。車で西へ向かうと、二十分足らずで白壁の家が立ちならぶ大きな集落に着く。そこがイネスの郷里だった。

平地の集落だった。付近には岩山もなく、丘陵も見あたらない。本通りは広く、集落の中ほどで広場に似た十字路になっているが、街路樹が一本もなく、通りはほこりっぽく見えた。結婚前にイネスとつれだって来たときは、殺風景な集落のたたずまいに、ミゲルは意外な気がしたものである。美しい娘の郷里だから、美しい村だと思っていたわけではないけれども、平板きわまる集落だった。当時は家々の壁も薄よごれていたが、石灰を塗りかえたのか、どの家の壁もまばゆいほど白かった。家々の窓には申し合わせたようにゼラニュウムの鉢が並んでいて、それがこの集落の唯一《ゆいいつ》の彩《いろど》りになっていた。

イネスの生家は十字路の近くにあった。こぢんまりした二階屋で、通りにはおなじような造りの家が並んでいた。

昼近くだった。イネスの生家は、無人の家のように静まっていた。ミゲルは車をロックすると、戸口の呼び鈴を押した。中から老いた女の声の応答があって、イネスの母親と知れた。

イネスの母親は、ドアをあけると目を見ひらいた。同時にミゲルも息を呑《の》んだ。彼がイネスの母親と最後に会ったのは、マリアの学生時代である。彼女は髪のたっぷりした女で、当時は白髪も目立たなかったのであるが、白髪がふえ、髪も薄くなっていた。頬や腕の肉は落ち、あたかも病人のように見えた。彼女は涙を浮かべてミゲルを抱擁すると、涙をぬぐってミゲルをサロンに招じ入れた。

ミゲルは、一歩サロンに足を踏み入れて、思わず立ちどまった。さして広くはない簡素なサロンであるが、壁に額入りのフランコの肖像写真が飾ってあったのである。立場をかくすためか、ミゲルがはじめてこの家に来たときは、フランコの写真はなかった。もしかすると、この家の主人はフランコが死に、彼自身の力も失ってから、かっての盟主の写真を掲げたのかもしれない。それはフェルナンドの、かたくななまでの世間への反抗心を物語っていた。六月というのに、ミゲルはにわかに肌寒さをおぼえた。古い死体置場に迷いこんだようでもあった。

イネスの母親は、娘の行方を知ってはいなかった。

「どこで何をしているものやら……」

あなたには言うべきことばがない、と言って彼女はふたたび涙ぐんだ。パウラはイネスの居所を知っているのではないか、とミゲルが聞くと、パウラも知らないと言っている、と相手は答えた。

「たとえ知っていても、わたしどもには決しておしえてくれないでしょう。パウラもイネスの影響を受けて、フェルナンドをさげすんでいますからね。さげすまれてもしかた

「のないひとですが」

マリアにも逢いたいが、フェルナンドがゆるしてくれない。自分は曾孫の顔さえ見ていない……。母親は愚痴をこぼしはじめたが、途中で口をつぐんだ。奥に通じるドアが乱暴にあけられて、フェルナンドが飛びこむようないきおいでサロンにはいって来た。

フェルナンドは、ふたまわりも小さくなっていた。鼻の両脇《りょうわき》には深い皺《しわ》がたたみこまれ、のどの皮膚はたるんで、どう見ても貧相な老人でしかなかったが、落ちくぼんだ両眼は怒りのためにぎらついていた。

フェルナンドは、無断でミゲルをサロンに通した細君をののしると、ミゲルに向かって即刻立ち去るようにうながした。そのくせ、ミゲルが玄関ホールへ出ようとすると、フェルナンドはミゲルの前に立ちはだかって面罵《めんば》しはじめた。フェルナンドにしてみれば、ミゲルは最初から意にそまぬ婿《むこ》であり、長年、顔も出さなかった相手である。彼の怒りももっともなところがあったが、ミゲルにとって意外であったのは、フェルナンドがマリアの結婚式に招かれなかった件を深く根に持っていたことだった。

「わしはグラナダの薬局へ行くまで、マリアが結婚したなぞとは夢にも思っていなかったのだぞ。イネスの行方は知れないというから、それじゃ、おまえはアルバイシンのアパートでひとりで暮しているのかと聞くと、あんたの娘は木で鼻をくくるように、結婚したと言いおった。しかも相手は、アリシアとかいう無礼千万な女の甥《おい》だというではないか」

その日の屈辱感がよみがえったのか、フェルナンドは唇をわななかせた。

「よくよく聞いてみると、あんたの娘の婚礼は、あの年の三月だったそうだな。わしは八ヵ月も知らずにいたわけだ。なにしろ、招待状もとどかなかったのだからな。あんたも性悪女のイネスといっしょになってから、礼儀知らずのぐうたら者になりさがったようだな。女房を寝取られるのも当然じゃよ」

なにを言われてもミゲルは黙っていた。フェルナンドを張り倒すのは簡単であったが、張り倒したところで気が晴れるとも思えなかった。ミゲルは、ひたすら目前の老人がいとわしかった。フェルナンドは唇の端に唾《つば》をため、その唾がミゲルの喉《のど》やあごに飛びちりそうであったし、息も臭かった。老人がひとこと話すごとに、ミゲルは体の奥まで悪臭がしみこむようで、相手が語を切ったすきに玄関のドアを開けた。

フェルナンドは、とっさにミゲルの腕をつかんだ。指先が腕に喰いこんだ。老人とは思えぬ力の強さだった。放してほしい、とミゲルが声を抑えて言うと、放すとも、言うべきことを言ったらな、と相手は応じた。

イネスは父親の顔に何度も泥を塗った。とうてい、わが娘とみなすわけにはいかない。したがって、ミゲルも他人である。イネスとミゲルの娘であるマリアも孫なぞではない。そう言って、フェルナンドはミゲルの腕を放した。

「二度とここに顔を出すな」

「承知しました」

「あんたのあらたな縁戚《えんせき》の女が、薬局からわしを追い出すために、なんと言ったかわかるか。セニョールはフランシスコ・フランコの生命をうばった病気とおなじ御病気でしょうか。それなら病院へいらしてはいかがでしょう、とぬかしおった。愛想笑いを浮かべてな。わしの見るところ、あの女は臭いめしを喰った経験があるにちがいない」

「独裁者の犬であったあなたらしい見解ですな」

鼻先でドアが閉まった。静寂。屋内から女のすすり泣きがもれてきたが、あるいはミゲルのそら耳であったのかもしれない。

通りには人影がなかった。犬や猫すら目につかなかった。家々の白壁も、窓辺を彩るゼラニュウムの花々も、彼の目には空疎《くうそ》に映った。耳につく音もなく、真昼の路上に彼ひとりが立っていた。彼自身の肉体も乾いた空気の中に四散してしまいそうで、ミゲルはあわてて車のキーを取りだした。

ミゲルの酒量がふえたのは、その日以降のことである。酒を飲んだところで、どうなるものでもないとわかってはいても、その時期、彼の苦痛を多少なりともやわらげてくれるものは、酒のほかになかったのである。

幸か不幸か、トリニダド広場の近辺には飲み屋が多かった。そもそも彼の宿泊先の下に飲み屋が並んでいるのである。朝から営業をはじめる居酒屋が多かったが、ミゲルは連日、二日酔いで気分が悪く、陽が高くなってからようやく起きだすありさまだった。

ミゲルの部屋は三階にあった。二階から上がペンシオンなので、宿の階数でいえば二階になる。ベッドと机と粗末な洋服簞笥《だんす》でいっぱいの小部屋で、ミゲルが目ざめるころには、温気《うんき》と汗と酒の匂いが室内にこもっていた。シーツも汗でべとついていて、ミゲルは気色が悪く、半身を起こすのであるが、頭痛と吐き気におそわれて、ベッドを降りるまでには間がかかった。

シャワーもない部屋であった。一泊千ペセタの安宿なのである。廊下のはずれに、共用のシャワー室とトイレがあった。ミゲルは、まずシャワーを浴びる習慣だった。ぬるめのシャワーをゆっくり浴びるのである。宿泊客は出立したか、出はらっている時間であり、ミゲルは気がねをせずにシャワーを使うことができた。ぬるま湯が体内に残っているアルコールを洗い流してくれるのか、ミゲルはどうやら人心地がつき、部屋にもどって顔をあたる。剃刀《かみそり》はあたらしかった。彼の荷物は生家に置いたままであったから、ペンシオンの部屋をとった日に、洗面用具や下着類を買い求めたのである。ズック製の小ぶりなボストンバッグも買った。彼には洗濯をする気力もなく、汗になった下着は、飲みに出かける途中で洗濯屋に洗いに出した。

ミゲルが最初の一杯を口にするのは、午後一時前後だった。きまってアニス酒を注文した。頭が重く、喉が乾き切っていて、冷えたビールを欲していても、皮切りの二、三杯はアニス酒であった。切りあげどきの数杯もアニス酒である。店をかえ、酒の種類をかえ、カウンターにもたれている上体がゆれだしそうになるほど酔っていても、帰りぎわにはアニス酒を飲まねば気がすまなかった。

アニス酒は、イネスの失踪《しっそう》を知った日に、マリアといっしょに飲んだ酒である。彼がアニス酒に固執したのは、自虐《じぎゃく》のあらわれであったろう。寝ざめにはアニス酒の甘味が口中にねばりついて胸がむかつき、帰途はアニス酒のあじわいも香りも思いだせぬほど酔っていた。道々、彼はいくどとなくつぶやいたものである。女房に逃げられたくらいで死んでたまるか。フェルナンドのくそじじいより先に死んでたまるか。いま、首をくくろうものなら、くそじじいをよろこばせるだけだぞ。

ペンシオンの門限は午前零時であった。フェルナンドと会うまでは、彼も門限に間に合うように帰っていたが、老人と会ったあとは、一度として門限を守ったためしがない。ミゲルは夜ごと、ペンシオンのおかみにドアを開けてもらったのである。

ドアは飲み屋にはさまれていた。目立たない細目のドアで、ドアの横には専用のブザーのボタンがあり、ボタンを押すと、間を置いて階段を降りてくる靴音が聞こえ、つづいて鍵《かぎ》をまわす音が耳についた。小さな金属音は、アニス酒の香りや深夜の小路の闇《やみ》とともに、五年前の彼と切りはなせぬものとなった。

おかみのベレンは、ミゲルと同年輩の女だったが、ミゲルとかわらなかったから、女としては長身のほうである。頰骨の高い、やや険のある顔立ちで、夜ふけにドアを開けてくれるときは、きまって黒っぽい肩掛けを羽おっていた。ミゲルが門限を破りはじめた当座は、さすがにベレンはよい顔をしなかったが、三日もたつと、表情もかえずにドアを開けるようになった。文句も言わないかわりに、むかえのことばひとつかけるわけでもない。無関心としかいいようのないベレンの態度は、むしろミゲルにはありがたかった。

イネスの生家をたずねた五、六日後の夜のことである。ミゲルは部屋の鍵を持ち歩いていたので、ベレンがドアを開けてくれると、礼を言って部屋へ向かうのであるが、その夜は帳場のある二階でベレンに呼びとめられた。

「スープを飲む元気がある？　なんなら御馳走《ごちそう》するわ」

「御好意はありがたいが、喉まで酒でいっぱいだ」

「そんな顔つきね。ところで、セニョールは白い車をお持ちかしら？　バルセローナナンバーの車よ」

ミゲルが立ちすくんだすきに、ベレンは帳場の中にはいってカウンターにひじを突いた。ミゲルもカウンターにもたれて、車なぞ持っていないと答えた。

「おれのような貧乏人が車を持っているはずはないさ」

「貧乏人には見えませんけどね。大金持ちとも思えないけど」

「白い車がどうしたというのかね」

「セニョールの車でなけりゃ関係はないでしょうよ」

ベレンはなにくわぬ顔つきで、アントニオ・ペラーヨという人物に心あたりはないか、とことばをついだ。年恰好《かっこう》は三十前後、頭髪にくせがあり、眼鏡をかけた背の高いセニョール、と言われるまでもなくミゲルは、それが何者なのかさとっていた。

「アントニオ某《なにがし》がここへ来たのかね」

「暮れかたね。セニョールと同姓同名の宿泊客がいるかどうか、たしかめに来たんですよ」

アントニオがベレンにつげたミゲルの容貌《ようぼう》や体型は、当然のことながら当のミゲルと一致していた。中肉中背、髪も目も鳶色《とびいろ》の五十男。でなくとも、宿泊の手つづきをとったときに彼が示した身分証明書の住所はバルセローナになっていた。弁解しても信じてもらえそうもなかったけれど、ミゲルは白を切った。ミゲル・ゴンサレスなぞという五十男は山ほどいるだろう。バルセローナ帰りのミゲル・ゴンサレスも十人や二十人はいるはずだ、という彼のことばをベレンは受けながした。

「セニョール・ペラーヨの尋ねびとは、彼の奥さんの父親だという話だったわ。奥さんは父親が姿を消してから食事も喉に通らなくなったそうよ。セニョール・ペラーヨも心配してましたけどね」

ベレンの話によると、娘夫婦は、まずミゲルの生家に問い合わせたようである。ミゲルが生家にもどっていないと知って、マリアは不安をつのらせたに相違ない。アントニオのほうは男であり、ミゲルが義父ということもあって、比較的冷静に事態を受けとめたのではあるまいか。トリニダド広場の近辺のペンシオンに目をつけたのもアントニオであろう。じじつ、アントニオはシトロエンをさがしだしたのである。義父の車だという証拠はないけれども、色とナンバーを考え合わせると、義父の車のように思われる、とアントニオはベレンに述べていた。

「その車は、この二日間、おなじ場所からうごかしたけはいがまったくないそうよ」

二日間どころか、イネスの生家へ出向いたあと、ミゲルは車に近寄りもしなかった。アントニオのおかげで、車が無事と知れたようなものであるが、かえってミゲルは娘夫婦がわずらわしかった。マリアの不安も、妻を案ずるあまり、ミゲルの居所を突きとめようとしたアントニオの気苦労もわからなくはなかったものの、ミゲルとしてはほうっておいてほしかった。アントニオ某なぞ知らぬ、赤い車も白い車も持ってはいない、とミゲルはベレンに向かって繰り返した。

「おれは酔いどれだが、うそはつかんよ」

「若いセニョールも正直そうね。ここが五軒目だと言ってたけど、本当でしょう。口ぶりはあかるくても、くたびれた顔つきだったわ」

ただし、ペンシオンは客商売である。客の不興を買うようなまねはしない主義だ、とベレンは言いそえた。

「門限を破っても心づけをはずんでくださるし、セニョールは結構なお客よ」

「アントニオ某にはなんと言ったんだい」

「うちは客商売だと言ったじゃありませんか。お客に無断で、へたな返事はできませんよ」

「おれは別人だよ」

「わかりましたよ」

アントニオには心あたりはないと答えておいた、と知らせるとベレンは、やれやれというように両腕をひろげた。ミゲルも息をぬくと、ふと空腹をおぼえた。酔いが少々さめかけていた。

「スープをいただこうか」

「そうなさいよ。チョリソとオリーブくらいしか食べなかったんじゃないの？」

「おかみは、なにもかもお見通しのようだな」

「とんでもない。セニョールが、なぜ、深酒をつづけるのか、なぜ、ひとを避けるのか、わたしには見当もつかないし、知りたいとも思わないわ」

ベレンは帳場の奥に姿を消すと、やがてスープ皿を運んで来て、カウンターの上に置いた。厚手の器に薄切りのパンを浮かせ、卵を落としたスープが張られていた。にんにくの匂《にお》いが立ちのぼり、ひと目で彼にはにんにくスープと知れた。ここで飲むように、とのベレンのことばに従って、ミゲルは短いカウンターにもたれてスプーンを手に取った。スープは熱かった。にんにくのうまみと卵黄とパンの味が溶け合って、ひと口スープをすするごとに、滋養が臓腑《ぞうふ》のすみずみまでゆきわたるような心地がした。ミゲルが食べものらしい食べものを口にしたのは、帰郷後はじめてのことだった。熱いスープは、ベレンの心底にひそんでいた情けをつたえて、あやうく彼は涙をこぼしそうになった。

「おれのおふくろも、よくにんにくスープを作ってくれたな。卵ぬきが多かったがね。おれがきのじぶんは、いなかといえども食いものは足りなかったよ」

ミゲルは、ふいに病臥《びょうが》中の母親を思いだした。それまで彼は、母親の存在すらわすれていたのである。ミゲルはベレンに礼を述べて部屋にもどったが、母親が気がかりで、すぐには寝つかれなかった。

バルセローナから帰りついた夜、母は彼を見あげて涙を浮かべた。病いと老いとで心弱くなった母の涙と彼は受けとったのであるが、そうとばかりは思えなくなった。兄夫婦が知っていたからには、母がイネスの失踪を知らなかったはずはない。母は、嫁に去られた息子があわれで泣いたのではあるまいか。その息子は、翌朝、生家を飛びだしたきり消息を断った。母は、息子がなにも知らずに帰郷し、痛手を受けたことに気づいたにちがいない。病人に心痛は禁物であるが、母はミゲルを案じているように思えてならなかった。

スープを腹に入れたせいか、あくる日の二日酔いは軽くすんだ。いくぶん頭は重かったが、胸はむかつかず、シャワーを浴びているうちに、頭もすっきりしてきた。

彼は汗になった下着を新聞紙にくるんで、昼近くにペンシオンを出た。アントニオが近くにいる懸念《けねん》があって、彼は小路の両はしに目を走らせたが、小路をぬけてもアントニオの姿はなかった。彼は日付けさえ失念していたのであるが、彼の勘定では六月の下旬には少々間があるはずであった。とすれば、学校は夏の休暇まえである。アントニオの姿がないのも当然だった。

いつもなら洗濯屋から飲み屋へ直行するのであるが、その日の彼はそうしなかった。エスタンコに寄って郵便切手を買い、文房具屋で封筒や便箋《びんせん》を買い求めた。母の病状が気になって、ともかく、居所だけでも郷里の村へ知らせようと思ったのである。

Ⅳ

郷里へ居所を知らせるにあたって、ミゲルがえらんだ相手は、おさななじみのペペであった。リカルドに知らせるつもりはなかった。ミゲルがバルセローナから帰りついた夜、兄夫婦は、妻に去られたミゲルを寝物語の種にしたのである。そう考えるだけでミゲルは、恥と怒りでかっと頬が熱くなった。

ぺぺは、農地の取得に力を貸してくれていた男である。ぺぺはミゲルとおない年であり、おたがいの家が目と鼻の先にあったので、就学前からあそんだ仲である。子どものころのぺぺは、小柄で、瘦《や》せこけていて、剽軽《ひょうきん》者の反面、泣き虫だった。学校も休みがちであった。もっとも、ミゲルやぺぺが義務教育を受けはじめたのは、内戦が終った直後であったから、農村では学校へ通う子どもが少なかったのである。ミゲルと同様、ぺぺも次男であったのだが、兄が病弱であったため、おさないうちから農作業を手伝っていたのであるが、勉強そのものをきらっていた。

「おれは頭が悪いんだよ。学校なんて行きたくもないよ」と、ぺぺはよく言っていたものである。

兄が早死をしたので、ぺぺは農家のあるじになったわけだけれど、泣き虫の子どもは、みごとな作物を育てる農夫となった。オリーブの手入れにしろ、果物の栽培にしろ、集落の中でぺぺにかなう男はひとりもいなかった。農民の中にも天性の農夫ともいうべき男がいて、その種の男を米国ではグリーン・サムというそうである。少年時代、ミゲルは父からそんな話を聞かされたおぼえがあるが、ぺぺはまぎれもないグリーン・サムだった。ペペの農地、なかんずくオリーブ畑は、ミゲルの生家のオリーブ畑の三分の一もないのであるが、収益は似たようなものではあるまいか。ミゲルは安心して、農地の入手をペペにまかせていたのである。

ミゲルは、ペペの母親のテレサにも好感を持っていた。テレサはペペに似た小柄な年寄りで、とぼけた味わいのあるところも息子に似ていた。ミゲルの母はおっとりした女であったが、テレサとは気が合って、若いころから親しくつき合っていた。おそらくテレサは、折にふれてミゲルの母を見舞っているに相違なく、病人の容態については、リカルド夫婦よりも熟知しているように思えた。テレサもペペもイネスの失踪を承知しているであろうが、テレサはもとより、ペペもミゲルを小ばかにするような性分ではなかった。ペペとはホセの愛称で、集落にはおなじ愛称を持つ男がほかにもいたけれども、ミゲルがペペと呼ぶ相手はテレサの息子ひとりであった。

ミゲルはペペ宛《あ》ての手紙に、ペンシオンの名と住所と電話番号を明記した。リカルドには居所を伏せておくようにたのみ、ミゲルが元気でいることを、テレサの口から母親につたえてほしいむねを書きそえた。表書きの差出人の名は変名にした。ペペの細君は陽気なはたらき者であったが、差出人がミゲルと知れば、リカルドのつれあいにおしえるおそれがあった。

手紙を投函《とうかん》したのは、シエスタの最中だった。人影の少ない街路をたどって、ミゲルは大学法学部の駐車場へ向かった。小さくたたんだ一枚の便箋《びんせん》が、スポーツシャツの胸ポケットにおさめられていた。アントニオへの伝言である。走り書きの短い文面だった。

——わたしは無事だ。きみも男だから、いましばらく、ひとりで過ごすことをのぞんでいるわたしの気持を理解してくれると思う。わたしをさがさないでほしい。きみたち夫婦に嘆きをあたえるようなまねをするつもりはない。マリアをなだめてくれ。

白のシトロエンは、午後の静かな駐車場の隅に停められてあった。大学関係者の車なのか、ほかにも白い乗用車が二、三台目についたが、いずれもグラナナンバーの車だった。ミゲルは見るともなしに自分の車の中をのぞきこむと、たたんだ便箋をワイパーにさしこんでフロント・ウィンドーに立てかけた。車は、ミゲルがグラナダにいる証拠のようなものである。二日つづけて車を見に来たアントニオは、その日も車の有無をたしかめにくるように思えた。

案のじょう、その日のうちにアントニオからの応答があった。夜ふけに、ふたたびミゲルが駐車場に立ち寄ると、便箋は持ち去られ、かわりに小さな紙切れがワイパーにはさんであった。ミゲルは老眼鏡を持ってはいなかったので、ペンシオンの部屋にもどってから紙片に目を通した。手帳を引き割いたらしい罫《けい》のある紙片に、簡潔ながら意をつくしたことばが書き馴《な》れた筆蹟《ひっせき》で綴《つづ》られていた。なるほど、あいつは学問がある、とミゲルは思ったものである。その後も繰返して読んだので、ミゲルは紙片の文面をそっくりおぼえている。

——あなたのお気持を尊重します。マリアはぼくにおまかせください。再会の日の早からんことを祈りつつ。　アントニオ

ペペからの連絡は、すこしおくれた。母親の容態が急変した場合を考慮してペペに居所を知らせたわけだから、連絡なぞないほうがよいのであるが、ミゲルの手紙が着きしだい、ペペは便りを寄こしそうであった。郵便事情のよくないいなかのことゆえ、ペペからの音信があるとすれば、一週間ほど先のこととミゲルは考えていたのだけれど、それより早く連絡があった。ペペは、ペンシオンに電話をかけてきたのである。ミゲルが飲み歩いている最中に電話があって、夜ふけにベレンの口から、そのむねを知らされた。手紙を投函してから四日目あたりのことである。

電話とは思いがけなくて、ミゲルは胸がさわいだ。一瞬、母が危篤《きとく》かと思ったほどである。ベレンは日頃とかわらぬ声音で、ペペからの電話は二度あったとつたえた。最初にかかってきたのは十時ごろである。

「十二時までディエゴの店にいるから、セニョールが帰りしだい、その店に電話をしてほしいという話だったわ」

ディエゴの店とは集落の居酒屋である。ミゲルの帰りは、その夜もおそかったため、

ペペは十二時に、ふたたび電話をかけてきた。

「あす、かけ直すそうよ。午前中に電話をすると言ってましたよ」

「ほかに、なにか話さなかったかね」

「いいえ。セニョールの様子を聞いてましたけどね」

「酒びたりだとおしえたわけか」

「セニョールがお出かけになる時間と、もどる時間を知らせただけですよ」

母には別状がないらしいと知って、ミゲルは一応ほっとした。ペペは、ミゲルを案じて電話をしてきたに相違なく、ベレンにミゲルの様子をただしたとすれば、あくる日の電話の内容も、おおよそ察しがついた。

翌朝、ベレンが電話の取りつぎに来たとき、ミゲルはまだベッドの中だった。ミゲルは、こちらから電話をかけることにして、先方の電話番号を聞いておいてくれるよう、ベレンにたのんだ。起き出して腕時計を見ると、十時になったばかりであった。十時というと農作業も一服の時間である。農地と集落ははなれているから、ペペは電話をかけるために、わざわざ集落にもどったのである。どこかで、おそらくはディエゴの店で、電話を待っているペペの姿を思いえがくと、ミゲルものんびりしているわけにはいかず、身じたくをととのえて帳場へ降りた。ベレンが、ゆうべとおなじ店からだと知らせて、電話番号を書きとめたメモ用紙を手渡した。

ミゲルは、公衆電話を使うために戸外に出た。ペンシオンでは電話を取りついでくれるが、客のほうからかけることはできない。オペレーターなぞいないのだから、電話料金の算出ができないのである。ミゲルにしても公衆電話のほうが気らくであったが、あいにくと二日酔いであった。頭痛と吐き気に加えて、足腰まで重かった。ペンシオンから最も近い公衆電話は、トリニダド広場の中の電話ボックスであるが、広場まで十キロもあるような心地がした。

日射《ひざ》しが強くなり、広場の樹木の緑が暑苦しく見えた。買物用のカートを引いたり、買物籠《かご》をさげた女たちが、広場の木立に沿って行き来していた。主婦が買出しに出かける時分であった。広場の電話ボックスもふさがっていた。まもなく、ボックスはあいたものの、中へはいるのにもミゲルの足はふらついた。

ミゲルは電話機の上に硬貨をならべて、メモ用紙を見ながらダイヤルをまわした。ディエゴの店に通じると同時に、硬貨が一つ落ちた。ディエゴの張りのある声が応じ、すぐさまペペの、ややかん高い声が耳にはいった。

「おまえのおかげで、ゆうべからここの高い酒を飲みつづけだぞ」ペペは、おどけぎみに言うと、酒代はトランプで稼ぎだした、とつけ足した。

みがきこまれたディエゴの店のカウンターが、ミゲルの目に浮かんだ。帰省するたびに、彼もディエゴの店で一度はぺぺとくつろぐ習慣だったのである。ディエゴはミゲルやペペと同年輩の男で、四年前に立ち寄ったとき、すでにひたいの生えぎわが薄くなりかけていた。

「客はおまえだけか」

「そうさ。お大尽の気分だぜ」

グラナダの酒より安いし、なによりうまい、とペペは言って声をあらためた。

「ところで、おまえはリカルドの畑を買いとるつもりか」

「兄貴の畑？」

「ろくでもないオリーブ畑さ。あそこを並の畑にするには十年かかっても足りんかもしれんな」

「はっきり話してくれ。おれは起きたばかりなんだ」

「このまえ、リカルドに会った。この店でな」

それは、ミゲルが生家に荷物を置き去りにしてグラナダへ向かった数日後のことだった。ペペがディエゴの店で飲んでいるところへ、リカルドがはいって来た。暮れ切っていたから、十一時前後になっていた。

「おれは、このとおりの小男だし、カウンターのすみっこにいたから、リカルドはおれに気づかなかったんだな。上機嫌で、どうやら山へ行けそうな風向きになったと、はしゃぎだした」

山とはリカルドのつれあいの実家である。つれあいのスサナは、山村の生ハム製造業者の娘である。スサナの結婚当時は規模の小さな工場であったのだが、スサナの父親には才覚があって、職人をふやし、あらたな機械も入れて、効率のよい工場を経営するまでになった。その父親には息子がいない。スサナは長女なのである。そう思いあたって、ミゲルもリカルドのもくろみに気づいた。

ミゲルは、ことばを失って電話機に目をやった。

「おい、ミゲル、聞いてるのか」と、ペペが不安をあらわにして呼びかけた。

「聞いてるさ。興味の深い話じゃないか」

「のんきなことを言ってる場合じゃないぞ。リカルドは、おまえの金をむしりとるつもりなんだぞ」

「見あげた兄貴だな」

「おれもそう言ってやったよ」

ペペは、リカルドがスサナの里に行きたがっているのを承知していたから、リカルドのことばにはおどろかなかったが、ミゲルがいかなるおもいで暮しているのかと考えると腹が立ち、つい「ミゲルも立派な兄貴を持ったもんだな」と皮肉ってしまった。リカルドは、ようやくペペに気づいて「相棒がここにいたのか、身内の話に首を突っこむな」と釘《くぎ》を刺した。早晩、ペペにミゲルから連絡があるだろうから、居所がわかりしだい、おれに知らせろ、ともリカルドは言ったそうである。

「おまえに逢《あ》いたがっているのは、病気のおばさんだけじゃないぞ。もうひとり、首を長くしておまえの帰りを待ってるやつがいる」

じつは、ミゲルが買いとる農地は、すでに決まっていたのだった。おなじ集落に住むペドロという老人が耕作している十ヘクタールの小麦畑である。ペドロの子はすべて都市へ出て、集落へもどるつもりはなかったから、いずれは手放さざるをえない農地であった。ペドロには息子たちからの仕送りがあって、農地を売っても集落で暮していける。ミゲルのほうも手間ひまのかからぬ小麦畑をのぞんでいた。つまり、双方に都合のよい売買であった。マリアの結婚式の直後、ミゲルはペペもまじえて、帰郷しだい、ペドロの農地を買いとる約束をかわしたのである。ただし、条件つきの取りきめであった。ミゲルが帰郷するまえに、万一、ペドロが死亡しても彼の妻から畑を買いとるという条件である。

「わしが死んでも死ななくても、金の支払いは、あんたが帰ったときでよい。それさえ守ってくれたら、誰にも売らずにあんたに畑をゆずろう」とペドロは言った。

当時、ペドロは六十代のなかばであったが、達者な老人で、ペドロが死ぬまえに自分が事故で死ぬ確率が高いとミゲルは思ったものであるが、妻の余生を案じる相手の心情もわからなくはなく、条件を承知した。ペドロの言い値は、作業小屋もふくめて二百万ペセタであった。

五十歳の誕生日をむかえた春先、ミゲルは小切手で三十万ペセタの前渡し金をペペあてに送っていた。ペペからは小切手を受けとったとのはがきがとどいたけれど、ペドロに渡したとは書かれていなかった。電話の最中にミゲルは、ペペのはがきに肝心の一行がぬけていたことを思いだしたのである。

「ペペ、小切手はペドロのじいさんに渡したんだろうな」

「おれがあずかってるよ」

「なぜだ。イネスが逃げたからか」

「じっくり考えてからでもよかろう」

「考える必要があるか。男同士の約束だぞ。いますぐ、ペドロに小切手を渡せ」

「ミゲル、早まるな。おまえにその気があるなら、おれはおまえに手を貸して、あの益体《やくたい》もないオリーブ畑を生き返らせて見せるよ」

「兄貴に金を渡せというのか」

「そうは言っちゃいないさ。しかしだな……」

電話が切れた。市外通話といっても、グラナダとおなじ局番の県内の村なのである。五十ペセタもあれば充分と考えて、ミゲルは二十五ペセタの硬貨を二個、自動投入口の横に並べておいたのだが、意外な話に通話が長びいて、時間が切れてしまったのだった。

ボックスの戸を、こつこつたたく音がした。ふりむくと、太った老婦人であった。ミゲルは電話ボックスから出ると、腕時計で時刻をたしかめた。十一時五分であった。

その後の彼の行動は素早かった。彼は、まずグラナダ銀行におもむいて預金を引きだし、百七十万ペセタの小切手をつくった。十年以上もまえに、彼はグラナダ銀行に口座を設けておいたのである。バルセローナの銀行にあずけてあった金は、帰郷まえにすべてグラナダの口座に移したし、解雇金もむろんグラナダ銀行に入れた。グラナダ銀行はアントニオの父親のつとめ先であるが、管理職だから、奥まった場所に席があった。アントニオの父親は、カウンターのほうになかば背を向けて行員らしい男と話していたが、いまにもふり向きそうに思われ、ミゲルは銀行を出るまで気が休まらなかった。

つぎに彼が立ち寄ったのは飲み屋である。その日、彼はアニス酒を口にしなかった。彼が注文したのは、塩漬のオリーブと一杯のビールであった。ぺぺの電話で二日酔いも吹きとんだような気がしていたが、実際は胃も頭もすっきりしなかった。ビールはむかえ酒であり、栄養源でもあった。集落へ帰るのであれば、気力と体力の回復をはかるべきだった。

飲み屋を出ると、洗濯屋に寄って仕上った下着類を受けとり、その足で大学法学部のとなりの駐車場へ行った。駐車場は、いつになく閑散としていて、どうやら大学は夏休みにはいったようだった。彼はシトロエンのドアにキーを差しこんで運転席にはいったが、あまりの暑さに息がつまりそうになった。何日もほうっておいた車は、陽光に照りつけられて熱したオーヴンの中のようになっていたのである。彼は窓を開けはなって車を出すと、ペンシオンの近くのマラガ通りに車を停め、いったん車をロックしてペンシオンにもどった。

彼は、まっすぐ帳場へ行くと、ベレンに出立するむねをつげた。

「請求書をたのむよ。荷物をまとめてくるからね」

「セニョールに電話があったわ」

ベレンはメモ用紙を取りあげると、電話を受けたのは十一時七分、かけてきたのはロサーレス村のホセだとつたえた。

「セニョールのお母さんは大丈夫だから、村には帰らないほうがよい。せめて、きょう一日はグラナダにいてほしいという伝言だったわ」

「おふくろが病気だなんて知らなかったんだ。帰らんとな」

「余計な口出しはしたくありませんけどね。わたしもここにいたほうがいいような気がするわ」

セニョールには別人のように生気がある。目の光からして、これまでとはちがう。長年の経験からいって、歓迎すべき生気とは思えない、とベレンはことばをついだ。

「そうね、男のひとが決闘に出かけるまえの感じといえばいいかしら」

「おかみは西部劇の見過ぎなんじゃないか」

ミゲルはベレンにかまわずに部屋へもどって、荷物をまとめてきた。ベレンは、引きとめても無駄と思ったのか、黙って請求書をさしだした。別れのあいさつもよそよそしかった。ミゲルのほうも手短に礼を述べて、三週間も滞在した宿から立ち去ったのである。

ベレンの直感は正しかったといえる。車を駆って集落へ向かう途中、ミゲルの胸を占めていたのは殺意に近いリカルドへの怒りであった。

ミゲルの生家は、元来貧農ではなかった。かつては三百ヘクタールのオリーブ畑を経営していた農園主であった。この国のオリーブ畑は、不在地主が所有する大規模な畑が多いのだけれども、ミゲルの故郷のロサーレス村は十七世紀に領主が土地を解放したため、ほとんどが自作農である。その中でもミゲルの生家は篤農家として知られていた。

オリーブ畑の経営で、最も費用がかさむのは人件費である。収穫にしろ、枝切りにしろ、季節労務者を雇わなくてはならない。ミゲルの少年時代には肥料の入手もままならないありさまとなって、やむなく父は百ヘクタールの畑を手放した。むろん、父の怠慢によるものではない。アンダルシアの小さな村落も、内戦とその後の国内の疲弊に無縁ではありえなかった。父が五十歳にもならぬうちに病死したのも、当時の心労が原因だとミゲルは思っている。父は、ミゲルがバルセローナへ出てまもなく急死したため、ミゲルは父の葬儀に出られなかった。

ミゲルには兄のリカルドのほかに、弟ひとりと妹がひとりいた。妹は末っ子で、弟とは年齢のひらきがあったが、長兄から三男までは、それぞれ二つちがいの年の近いきょうだいだった。

妹は畑に出ることはなかったけれども、上の三人は十歳前後から農作業を手伝った。父は極力、季節労務者の人数も減らしたのである。ミゲルは格別農作業が好きではなく、鉄道工場か発電所の技術者になることを夢見ていたが、父の手助けをせねばならない現実もわきまえていた。彼は学校から帰ると、すぐに畑に駆けつけ、冬の収穫期には学校を休んで、オリーブの実を摘みとったり、袋に詰めこんだりしたのである。

一方、リカルドは農作業をさぼる常習犯であった。畑にやってくるのもおそかったし、出て来ても、いつのまにか姿をくらましてしまう。リカルドは集落の悪童連といっしょになって、盗みとった胡桃《くるみ》の実を小銭がわりにして賭《か》けごとにふけったり、罠《わな》を仕掛けて野兎《のうさぎ》を獲《と》ることに熱中していたのである。ミゲルはリカルドの姿がないことに気づくたびに、兄貴のやつ、またずらかりやがった、と心の中でののしったものである。ときには口に出して兄を非難した。父も長男の怠けぐせを知っていて、にがい顔をした。

弟のカミロひとりは、不平ひとつ言わなかった。ふたりの兄とことなり、カミロは母親似で、ふっくらした顔立ちの愛くるしい少年だった。リカルドがいようがいまいが、カミロは畑仕事にいそしんでいた。歌をくちずさむこともあった。カミロは、オリーブ畑と、そこではたらくことを好いていたのである。十歳かそこらの年ごろというのに、オリーブの出来ぐあいをたしかめようとして、手のひらにのせたオリーブの実に見入っていたカミロの真剣なまなざしを、ミゲルはおぼえている。十二、三歳になると、カミロは枝刈りまで手伝いだした。身軽に梯子《はしご》に登り、器用に古い小枝をはらっていた少年時代のカミロ。グリーン・サムは、なにもぺぺひとりではなかった。ミゲルの肉親の中にもグリーン・サムの資質を秘めた男がいたのである。

父のエンリケは、息子たちの気性を見ぬいていた。たしかリカルドが十六、七歳のころであったと思う。夕食の席で、父はリカルドに向かって、なんならデンマークかオランダに移住してはどうか、ゴンサレス家の農地はカミロにつがせよう、と言いだした。リカルドは顔色をかえ、自分が畑からぬけだすのは他家の仕事ぶりを見に行くためである、父の片腕となって、かならず立派な百姓になる、と言い立てた。あそび好きな男の特徴なのか、リカルドは臆病《おくびょう》で、ひとりで他国へ出る勇気なぞなかったのである。そんな男を国外に追い出しても、倉庫番か掃除夫になるのがおちで、早ばやと故郷へ舞いもどりかねない。父もそう思ったのか、結局、集落の家にリカルドの嫁をむかえた。

カミロは、兵役につくまで父の手助けをしていたが、兵役を終えるとセビーリャに出て料理店につとめた。カミロには両親に取入って、二百ヘクタールの農園主になる野望は、まったくなかったようである。グリーン・サムの資質を持った男は、味覚も鋭敏であったらしい。やがて独立して居酒屋をはじめたが、ミゲルが帰郷した当時は、つまみの旨《うま》さではセビーリャでも指折りの店の主人になっていた。

リカルドはといえば、父から引きついだ農地を少しずつ手放していった。やれ、娘を嫁に出すのに金がかかった、ことしはオリーブの出来がよくなかった、といった調子で、マリアの結婚当時には、ゴンサレス家のオリーブ畑は九十ヘクタールにまで減少していた。ミゲルは生家に立寄る都度、ペペから畑の減りぐあいを聞かされていたのである。

マリアの婚礼にはカミロもセビーリャから出て来てくれたのであるが、その折に聞いた話によると、カミロは毎年、収穫期には生家へおもむいて収穫を手伝っていた。それが、多忙な店主の年に一度の休暇だった。ところが、数年まえから目に見えてオリーブの実つきが悪くなり、実も小粒になって、カミロは前年から収穫の手伝いをやめていた。あれじゃ、おふくろと死んだおやじが気の毒だ。おれもいじけたオリーブを見るのはつらい。畑も減る一方だ。カミロは、そう語っていた。

リカルドが農作業をないがしろにするようになったのは、山村の義父が生ハム工場を拡張したころからにちがいない。もともと畑仕事をきらっていた兄だった。ペペまでが「益体もないオリーブ畑」と言うのだから、生家の農地のありさまは、おおよそ見当がついた。

リカルドは、その畑をミゲルに売りつけようとしていた。イネスがいるのであればまだしも、妻に去られた弟から金を巻きあげようとしていた。リカルドは自分の都合ばかり考えていて、弟の痛みを思いやる気持なぞ一片もない。実つきのよくないオリーブ畑に買手が簡単につくはずはなく、とすれば、リカルドは小作人を雇って生ハム工場に行くしかないであろうが、リカルドに人を雇うようなたくわえがあるとは思えない。ミゲルがオリーブ畑を買いさえすれば、リカルドののぞみは達せられるのだ。貴様には一ペセタも渡さんぞ、とミゲルはアクセルを踏む足に力をこめた。

グラナダから北西へ四十キロほどへだたった地点に、集落へ至る間道がある。周辺は丘陵地帯であるが、ところどころに岩山もあって、イネスの郷里にくらべると、変化に富んだ農村である。間道は集落の本通りにもなっていて、通りに沿って広場があり、その先に二階建のがっしりした村役場がある。役場の背後の丘の斜面には集落の家々が立ち並び、相対する岩山の中腹に真っ白な教会があった。ロサーレス村は七つの集落からなる村であるが、ミゲルの生家は役場のある集落にあった。

最後のカーブをまがると、広場の前に立っているペペの姿が目にはいった。広場はバス停にもなっていて、隅に石造りの小さな待合所がある。どうやらペペは、ミゲルを待ち受けていたらしく、ミゲルが広場に車を入れると同時に駆け寄って来た。

「やっぱり帰って来たか。こんなことになりそうな気がしていたよ」と、ペペはミゲルが運転席から降りるのも待ちきれぬように話しかけた。

おれが電話をかけたのは、直接リカルドから話を切りだされた場合の、おまえの怒りとおどろきが手にとるようにわかったからだ。一刻も早く、おまえの耳に入れたくて、おれもつい、あせってしまった。なにより、おまえの声を聞きたかったしな、とペペは早口に弁明した。仕事着のままで、布地のひしゃげた帽子をかぶっていたが、帽子の下の顔には狼狽《ろうばい》と当惑が入りまじっていた。

「おれは、あいかわらず頓馬《とんま》な男だよ」

「小切手はおまえのところか」と、ミゲルは話の腰を折った。

「ペドロは畑だぜ。まだ一時まえだ」

「畑でもかまわんさ。帰りしだい、金を払う約束だ」

「ディエゴの店で一ぱいやらんか」

「ペドロに金を渡してからだ」

ペペは肩をすくめると、さっさと道路を渡って、はす向かいのディエゴの店にはいってしまった。もっとも店内にはいったわけではない。店の前にテラス風の客席が設けられていて、テーブルがいくつか置いてあるが、そこに腰を据えたのである。ペペが小切手を持って来ないかぎり、ペドロに会うわけにはいかず、やむなくミゲルもペペと向かい合って席についた。

ディエゴが早速、店から出て来た。店内に客はいないようだった。テラスの客もミゲルとペペだけである。この店が集落の男たちでにぎわうのは、夕食前後のことなのだった。

ディエゴはペペの電話を聞いたであろうから、ミゲルがもどった理由を察しているにちがいなかったが、そんな様子はまったく見せなかった。にこやかにミゲルをむかえた。固太りの頑健そうな男で、エプロンをつけていなければ居酒屋のあるじには見えなかった。

ペペは地酒を注文し、ミゲルはパンと二、三品の料理をたのんだ。彼は、生家で昼食をとるつもりはなく、腹ごしらえをしておくために料理をとったのであるが、それがなんであったのか、頭に残っていない。

ペペは表面陽気にふるまっていたが、目のうごきに落ちつきがなかった。ミゲルが素知らぬふりをしていると、辛棒が切れたように相手は口調をかえた。

「ミゲル、たのむからきょうのところはグラナダへもどってくれ」

「なぜだね」

「おばさんが心配なんだ。おばさんは寝ついてるんだぞ」

心臓病というのはおそろしい。小康をたもっているようにみえても、いつ、心臓が停ってもおかしくない。おふくろがそう言っている、とペペはことばをつづけた。

「おまえとリカルドが喧嘩《けんか》をしてみろ。おばさんがどうなるか、知れたもんじゃないぞ」

「兄貴と喧嘩なぞするつもりはないね。おれはペドロに金を払いに来ただけさ」

「それが喧嘩の種だというんだ。おまえはナイフか拳銃《けんじゅう》のかわりに、グラナダから小切手を持って来た」

五年たったいまも、そのことばはミゲルの耳に残っている。ペペと冗談を言い合っているようなときでも、夜ふけの岩山から返ってくる谺《こだま》のように、ふと、そのことばがよみがえる。おまえはナイフか拳銃のかわりに、グラナダから小切手を持って来た。白昼に聞いたことばであったが、ことばの周囲にあるのは闇《やみ》なのだった。けれども、ペペに応じた彼のことばは、現実感をともなった肉声として、胸にしまいこまれている。

「小切手は小切手にすぎんさ。三十万、不足だがね」

「おまえもいこじな男になったもんだな。むかしのおまえは……」

ペペははっと口をつぐむと、間を置いて言った。

「よけいなことを言った。おまえののぞみ通りにするよ」

「気にするな。それとこれとは別問題だよ」

別問題であるはずはなかった。イネスやフェルナンドに対する怒りが、たまりにたまっていた鬱屈《うっくつ》が、リカルドに向かってはじけようとしていたのである。彼が、そう気づいたのは、のちになってからである。

それじゃ、小切手を取ってくる。おまえは、ここで待っていてくれ、とペペが言った。ペペの家とミゲルの生家は細い通りをはさんで向かい合っているから、ミゲルは席を立たないほうが無難であった。

「ところで、この四年間に、リカルドがまったく畑を減らさなかったわけじゃあるまいな」

「二十ヘクタール売っぱらったよ。エンリケの残した二百ヘクタールの畑が、なんと、いまじゃ七十ヘクタールだぜ」

「なるほど……。リカルドは畑か」

「朝、出て行ったようだよ。おまえに売りつけようという畑だ。すこしでも手入れをせんとな」

「マヌエルもいっしょか」

「あいつは二年もまえからスサナの親もとで働いてる。スサナは山のじいさんにたのまれたと言ってるがね」

そうだったのか、とミゲルは胸の中でつぶやいた。月はじめに生家に立ち寄った夜、マヌエルの姿がなかった。兄夫婦は息子を餌《えさ》にして、山村の生ハム工場に移ろうとしていたのだった。

V

小切手を取って来てからのペペの話によると、ペドロはミゲルが農地を買ってくれるかどうか案じていた。兄嫁のスサナは口の軽い女である。イネスの失踪《しっそう》は、早くから集落の人びとに知れわたっていたにちがいない。噂《うわさ》が耳にはいれば、ペドロが不安をおぼえるのも無理はなかった。

「おまえが帰るまで待ってくれと言っておいたがね」とペペが知らせた。

「ペドロを安心させてやろうじゃないか」と、ミゲルは席を立った。

ペドロの畑は、集落とさしてはなれてはいなかった。グラナダからの本街道に向かって、徒歩で十分ほどもどると、ペドロの畑にはいる枝道がある。車を使うほどの距離ではなかったけれども、ミゲルは気がせいていて、ペペを助手席に乗せてペドロの畑へ向かった。

ちょうど、刈入れがはじまったところであった。枝道の奥に作業小屋があり、その前に小型のコンバインが停められていて、かたわらに麦藁《むぎわら》帽子をかぶったペドロの姿があった。二時近くになっていたから、ペドロは昼食をとりに家へもどる段取りをつけていたようである。コンバインのまわりで動きまわっていたが、ミゲルが短く警笛を鳴らすと、車をみとめて立ちどまった。

ミゲルは、作業小屋の近くに車を停めた。ペドロは信じがたい面持ちで、車から降り立ったふたりを見くらべていた。細身ながら筋肉質の老人である。ひたいと目尻《めじり》のしわは深くなっていたが、背すじはまっすぐで、さほど老いが深まったようには見えなかった。

ミゲルが帰郷のあいさつを述べ、金を持参したむねをつげると、陽に灼《や》けたペドロの顔に赤味がさした。安堵《あんど》よりはおどろきのまさった表情だった。こいつは、ぜひともあんたの畑がほしいそうだよ、とペペが言うと、ようやくペドロはわれに返った。

「あんたはつらい目に遭ったと聞いたので、ここには帰って来ないものと思っていた」

「このとおり、帰って来ましたよ。ここはわたしの生れ故郷だ」

「わしもここの生れだ」

この村の大地と太陽は、いつかはあんたに幸福をもたらすだろう。そう言って、ペドロは握手を求めた。

「あんたは、やっぱりエンリケの息子だ。最悪の時代にもエンリケは愚痴ひとつこぼさなかった」

収穫がすみしだい、ここはあんたのものだ、と老人はつづけたが、ミゲルの心中には農地を手に入れたよろこびはなかった。陽光を浴びてひろがる黄ばんだ小麦畑が、遠国か劇中の畑のように見えた。わずかななぐさめは、ペドロを失望させずにすんだことである。

小切手はペドロの家で渡した。ペペも同行したのであるが、ペドロの家は役場の近くにあって、ミゲルの生家の前を通らずにすむ。金額も、振りだした銀行もことなる二枚の小切手であったが、ペドロは額面をたしかめただけで、小切手が二枚になった事情を詮索《せんさく》しなかった。老人が気にしたのは、売買の手つづきをとることである。農地の売買は、売手と買手がそろって公証人のところへおもむき、双方が契約書にサインをしなければならない。金を受けとった以上、すぐにも公証人の家へ行くべきだとペドロは言ったが、幸か不幸か、食事どきになっていた。公証人も四時まではシエスタである。ミゲルは、手つづきなぞいつでもよいと思っていたが、律義《りちぎ》なペドロの意を汲《く》んで、四時半に公証人の家で落ち合うことにした。

ペドロの家を出たのは二時半だった。生家では兄夫婦が食卓についている時間である。ミゲルは、食事中か食事の直後に生家へもどるつもりであったから、うまくことがはこんだわけである。

食事どきのせいか、集落の細い坂道には人影がなかった。ペペとことばをかわすのもはばかられる静けさである。ペペはディエゴの店での忠告もわすれたように、とぼけた顔つきで坂道を登っていたが、おたがいの家に近づくと、リカルドにはかまうな、と小声で念を押した。うむ、とミゲルも小声で答えた。

ミゲルの生家とペペの家は、ゆるやかに弧をえがいた坂道の途中にあった。二軒とも白壁の平屋であるが、その日のミゲルには対照的な家屋に映った。生家の窓の鉄格子《ごうし》やノッカーは錆《さび》ついていて、荒廃が感じられるのに引きかえ、ペペの家は小体ながらも手入れがゆきとどいていて、まっとうな住いに見えた。ペペの家の玄関には、ノッカーなんぞというしろものもない。大部分の集落の家と同様に、戸口の脇《わき》に呼び鈴のボタンがあるだけだった。

ノッカーでドアをたたくと、スサナが顔をだした。

「やあ、スサナ、元気そうだね」

ミゲルは、あかるく声をかけると、おどろきのあまり口も利《き》けずにいるスサナの横をすりぬけて、ズックのボストンバッグをサロンに置き、まっすぐ母の病室へ向かった。スサナが、あわて気味にあとを追って来た。

母は静かにふせっていたが、ミゲルをみとめると目があかるんだ。とくにかわった様子はなかったけれども、ナイトテーブルの上の昼食にはまったく手をつけていなかった。丸パンと煮込みの昼食である。野菜といっしょにチョリソや骨つきの鶏肉《とりにく》を煮込んだ料理だから、とうてい心臓の悪い病人に適した食事ではない。死ねと言わんばかりの昼食だった。

「テレサがいつもコンソメをとどけてくれるんですけど、きょうはめずらしく顔をださないわ」と、スサナが口早に弁解した。

それじゃ、あんたが作ったらどうだ、とミゲルは口をすべらしそうになったが、笑顔で農地を手に入れたことを母に知らせた。

「ペドロの小麦畑だ。少々高かったが、立派な畑だ。これで安心して、母さんの看病ができる」

スサナが顔色をかえて寝室から出て行った。小走りの足音が食堂のあたりで消えた。部屋数の多い家で、母の病室と食堂や台所は、ややはなれていた。

母がミゲルの名を呼んで、ほほえみかけた。ミゲルになじみの深い、おだやかな笑顔であった。

「おまえは長年、苦労をしてきたんだからね。これからは好きなようにお暮し。主がおまえを見守ってくださるよ」

母がことばを切るより先に、みだれた足音が耳について、リカルドとスサナが病室にはいって来た。リカルドの顔面には血がのぼり、スサナはリカルドの蔭《かげ》から落ちつきなく病室の様子をうかがっていた。

「ペドロの畑を買ったというのは本当か」とリカルドがたずねた。

「うむ。まえまえからの約束でね」

「そんな話は初耳だぞ。ペドロは死ぬまで、あの畑にしがみついているつもりじゃなかったのか」

リカルドは柄が大きなだけではなく、地声も大きかった。ミゲルは辟易《へきえき》して兄夫婦のかたわらをすりぬけると、サロンに引返して椅子《いす》にかけた。兄夫婦もあとを追って来て、ソファに並んでミゲルと向かい合った。スサナは病室の戸を開け放したままであったし、サロンのドアも締め切ってはいなかった。サロンは母の病室から近いのである。ミゲルはサロンのドアを締め直すと、声を押えて言った。

「ペドロでなくとも老後の心配をするのは当然だよ」

「ぺぺがおれにかくすというのならわかるがな。あいつはおまえの乾分《こぶん》のようなもんだ。そうか、ちきしょう、ぺぺの野郎……」

リカルドは、ミゲルが急遽《きゅうきょ》集落にもどって、ペドロの畑を買いとった事情に気づいたのである。顔の赤味は増し、目の光が強まった。

「貴様は女房に逃げられた腹いせに金を使ったな」

「ペドロとの約束を果たしたまでさ」

「しらばっくれるな」

リカルドの声が高まったが、思い直したように、ペドロにはいくら払ったのかとたずねた。おれにとっては大金だ、とミゲルが答えると、とどけはすませたのか、と相手は聞いた。すませた、とミゲルはいつわった。

リカルドは落胆したように口をつぐんだが、スサナに向かって、酒を持ってくるように怒鳴りつけた。スサナがワインとグラスを運んでくると、リカルドは二つのグラスに酒を満たし、つれあいには勝手に飲めというようにデカンターを手渡した。

ミゲルは兄が無心をはじめるものとにらんでいたが、思ったとおりであった。リカルドは、ミゲルにはまだたくわえがあるはずだと言いだしたのである。畑と車を買ったので、当座の生活費しか残っていないと話しても、リカルドは信じなかった。

「おまえはバルセローナでいい金をとっていた。イネスも稼いでいたんだしな。金を貯《た》めこんでるにきまってるさ」

たしかに、グラナダ銀行には五百万近くの預金があった。それは、ミゲルが故郷で妻と暮すために、長年にわたってたくわえた金であった。

「金はないね。なんど聞いても答えはおなじだ」

「そうか。おまえはゴンサレス家の畑がどうなってもかまわんというんだな」

「いったい、なんの話だ」

「とぼけるな」

リカルドは声を荒《あら》げると、それならおしえてやる、おれはスサナの里へ行くことになっている。したがってオリーブ畑を処分しなければならん、と言った。

「おふくろを置き去りにして女房の里へ行くのか」

「ばかを言え。おれはこの家の当主だ。おふくろの面倒は最後までみる」

「それを聞いて安心した」

そういうことなら、スサナの父親にオリーブ畑を買ってもらえ、とミゲルはすすめた。

「いったんは兄貴の手からはなれても、いずれは取りもどせるさ」

「あのけちなじじいが、おれに金を出すものか。一ペセタなら買うだろうよ。あれだけの畑に、もったいぶって涙金を支払うだろう。そういうじじいだ」

「父の悪口はよしてちょうだい」と、スサナが金切り声をあげた。「お父さんはけちじゃないわ。マヌエルに車も買ってくれたし、この家の浴室も直してくれたわ」

「マヌエルとおまえが、じじいには大事なのさ。おれはせがれと女房の付録にすぎん」

「付録と思われたくなかったら、それなりにはたらくことね。お父さんのお金をあてにして、山で鉄砲打ちでもして暮そうと思ってるくせに、なによ、いばりくさって……」

「いばりくさっているのはどっちだ。父親に少々金ができたからといって、おふくろをほったらかすとは何事だ。近所の女房どもと無駄口をたたくひまがあったら、すこしはおふくろの面倒をみたらどうだ」

「わたしの母親じゃないわ。わたしのお母さんが癌《がん》になったとき、リカルド、あんたはなんといったかおぼえてる？　ほっとけ、死ぬやつは死ぬと言ったのよ。そのことばを、そっくりあんたに進呈するわ」

「もう一度言ってみろ。ただではすまんぞ」

「なんでも言うわ。死ぬやつは死ぬのよ」

「このあま……。貴様は地獄に十三回たたき落としても足りん山だしの女狐《めぎつね》だ」

兄夫婦は、ミゲルの存在もわすれて言いあらそっていた。スサナの声は高くなる一方であり、目は据《すわ》って、ヒステリーを起こす寸前であったし、リカルドの顔色はどす黒くかわって、怒声はサロンの壁をふるわせ、壁がひび割れそうであった。

ミゲルは、さりげなく腰をあげると、戸外へ逃れ出た。母の病室をのぞきたかったのであるが、兄夫婦の罵声《ばせい》が病室にとどいていると思うと、母の顔を見る勇気はなかった。

兄夫婦の声も、さすがに戸外にはもれていなかった。耳をすますと、いさかいのけはいがかすかにつたわってくるていどである。そろそろシエスタも終ったのか、おさない子が道ばたにしゃがんで猫とあそんでいて、のどかな集落の通りであった。

ミゲルは、兄夫婦の思慮の足りなさにあきれながら、なだらかな坂道をくだって行った。兄も兄嫁も身勝手な性分ゆえ、ああも口汚なくののしり合うことができるのだろうか。イネスとは口喧嘩をしても、たがいの臓腑《ぞうふ》を投げつけ合うようないさかいはしたためしがない。イネスとの夫婦仲は上の部だと思い込んでいたのに、そのイネスはいなかった。ミゲルは、ひとりで集落の坂道をたどっている自分が信じがたかった。

ディエゴの店で息を入れると、ミゲルは約束の時間に公証人の家でペドロと落ち合い、売買の手つづきをすませた。ペドロが農地の譲渡について口を閉ざしていたのは、べつにふしぎではない。イネスの失踪後は、ペドロにとって売買の成りゆきも不たしかになったのである。公証人の家を出るとミゲルは、律義に買手の帰郷を待っていた老人に、あらためて礼を述べた。

ミゲルは、村役場の近くでペドロとわかれた。五時半をまわっていたが、夕空とはほど遠い空のあかるさだった。ミゲルは生家にもどる気にはなれず、ぶらぶらディエゴの店へ近づくと、戸外の席からペペが声をかけた。ペペは時間を見はからって、ミゲルを待っていたのだった。

「さえない顔つきだな」と、ペペがすわり直して言った。

「グラナダに帰りたくなったよ」

「もめたのか」

「おれのほうは、もめたうちにはいらんよ」

兄夫婦のいさかいを知らせると、ペペはげんなりした顔つきになった。

「今夜はおれの家に泊れ。そのほうが無難だ」

「しかし、おふくろをほうってはおけん」

「それじゃ、晩めしだけでもおれのところで食え」

ともかく時間を稼ぐことだ、どうせ、おふくろがスープを持って行くから、帰るのはおふくろが様子を見て来たあとにしろ、とペペはすすめた。

「毎日、スープをとどけてくれてるのか」とミゲルは聞いた。

「まあな」

テレサは毎日のように病人を見舞っていたが、病人は食事を残している日が多かった。それも病人食とはいえない脂肪分の強い料理だった。おそらく、ミゲルが日中目にした料理と似たようなものであったのだろう。テレサは心配になり、こまめなたちでもあったので、余分にスープ・ストックをこしらえ、ひとりぶんはコンソメにして、毎日病人にとどけていたのだった。とどけたスープの半分を昼食にあたえ、残りは冷蔵庫に入れて、あたため直して夕食に飲ませるようにスサナに言いおいて、テレサは帰ってくる習慣だった。

「きょうはおれが行くなと言ったんだ。おまえとリカルドが衝突しては昼めしどころじゃないだろう」

テレサの親切をよいことに、母親をかえりみない兄夫婦にミゲルは腹が立った。兄も兄嫁も、母の死を待っているとしか思えなかった。

ペペの家におもむいたのは七時前である。ペペにも娘がいたのであるが、すでに結婚して、五年前のこのときは、母親のテレサとペペ夫妻、それに息子の四人家族であった。

テレサは笑顔でミゲルをむかえ、細君のエンカルナはミゲルに飛びついて、片頰にキスをした。ペペよりも上背のある陽気な細君である。顔立ちもあかるく、アーモンドのかたちに似た目と大きめな口に愛嬌《あいきよう》があった。

息子のフアンは、まだ畑から帰ってはいなかった。フアンはマヌエルより一つ年下の若者で、当時は二十二歳だった。ペペに言わせると、せがれは百姓としてはひよっこにすぎなかったが、そう語るペペの目はうれしげで、フアンはまじめにペペの手助けをしているようだった。

フアンは八時近くに帰って来た。小脇に抱えた籠《かご》から、レチューガの葉先がのぞいていた。フアンは、はにかんだ顔つきでミゲルとあいさつをかわすと、あたふたと台所に姿を消した。

ほどなく、テレサがミゲルの生家にスープをとどけに行った。スープがさめぬように、厚地の布でしっかり容器をくるんであった。

九時前後にミゲルは、テレサをぬかしたペペの家族といっしょに食卓についた。昼食が主体の食習慣なので、夕食のテーブルに並ぶのはチーズと目玉焼き、それにスープていどのものである。それでもこの日は、ミゲルのためにサラダの皿がついた。レチューガとトマトに、自家製のオリーブ漬を加えたサラダである。畑からとってきたばかりの野菜は新鮮で、香りも強かった。

テレサは、夕食を終えるころになってももどっては来なかった。

「おそいね」ミゲルがつぶやくと、エンカルナが彼の気を引き立てるように言った。

「おそくに行ったんですもの。年寄り同士で話し込んでるのよ」

ミゲルの母は寝たきりというわけではなく、食事のときは半身を起こすそうである。とはいえ、介添えは必要であり、食事にも時間をついやすのかもしれなかった。

テレサがもどって来たのは、台所を兼ねた食堂からサロンへ移った直後だった。

「マリア・ヘススはスープを飲んでくれたよ」と、テレサはミゲルに知らせた。「あんたの顔を見たせいだろうね。今夜のマリア・ヘススは仕合わせそうだったね」

ミゲルは胸をなでおろすと、兄夫婦の様子をたずねた。

「大そうなありさまだね。コニャックの空瓶がサロンの床にころがっていたよ」

リカルドはサロンの椅子に引っくり返って大いびきをかき、スサナは食堂のテーブルに突伏していたが、テレサが台所に出入りするたびに、うるさそうに片手をふったそうである。もっとも、テレサが帰るころにはリカルドのいびきもやんで、リカルドはもぞもぞ体をうごかしていた。

「あのふたりは昼から飲んでいたわけだろう。そろそろ酔いがさめかけるころだろうね」

いま、ミゲルが生家へもどっては、またもや騒動になりかねない。今夜はここにお泊り、とテレサは息子をさとすような口ぶりですすめた。

「マリア・ヘススは、あんたがここにいることを知ってるからね。安心して、ようやく寝入ったところだから、そっとしておいておやり」

テレサのすすめは当然で、ミゲルも従うほかはなかった。なにしろ、ペペの家は居心地がよいのである。コニャックの空瓶がころがっていたという生家のサロンを思いえがくと、ミゲルはため息をつきそうになったが、ペペの家のサロンには彼の憂《う》さを消し去るなごやかさがあった。

ミゲルは、しばらくペペの家族とくつろいでいたが、十二時前に寝室に引きとった。以前は娘がつかっていた寝室である。花柄の壁紙の色は褪《あ》せかけていたが、エンカルナがととのえてくれたベッドは、シーツも枕《まくら》カバーも純白で、しわひとつなかった。汗と酒の匂《にお》いがしみこんだペンシオンのベッドとは大ちがいである。帰郷以後の疲れが出たのか、おさななじみの家でやすむ安心感からか、ほどなくミゲルは眠りについた。

明けがた、ミゲルは母の声を聞いた。母は枕もとに立って、彼の肩に手をかけ、彼の名を呼んでいた。やさしい手の感触であり、ささやきに似た呼び声だった。

「ミゲル、ミゲル……」

その声は母の声ではなく、老いた女の切迫した呼び声であり、肩にかけられた手にも病人とは思えぬ力がこもっていることに気づいて、ミゲルははっと上半身を起こした。

小柄なテレサの姿がベッドのかたわらにあった。


「マリア・ヘスス は天に召されたよ」

室内はほの暗くて、テレサの表情は読みとれなかった。声だけははっきり耳にとどいた。

「ゆうべのマリア・ヘススは、ふしぎなほどおだやかだったからね。わたしはみょうに気になって、なかなか寝つかれなかったんだが、さっき目をさまして向かいに行ってみたのさ。マリア・ヘススは主のみもとへ召されたあとだったよ」

テレサが言い終えぬうちにミゲルは、ベッドからすべり降りて衣服をつけはじめた。脳天を強打されたようであった。テレサがあかりをつけて寝室から出て行ったが、テレサのうごきも目にはいらなかった。

坂道は薄明の下に静まっていた。外気が冷めたかった。ミゲルは通りを突っ切って生家に駆けこむと、母の病室にはいった。

リカルドが母の枕もとに突っ立っていた。テレサに起こされたものらしく、ズボンこそはいていたが、上半身は裸のままである。ミゲルは兄と向かい合うかたちで枕もとに立ったが、リカルドはまったく彼に気がついた様子がなかった。だいたい、母の死顔に目を落しながら、母を見ているのかどうかうたがわしかった。毛細管が赤く浮き出たリカルドの目は焦点が定まらず、下唇はだらりとたれさがって、腑ぬけそのもののありさまだった。

母の顔には苦しんだ痕跡《こんせき》はみとめられなかった。静かに目を閉じて横たわっていた。毛布に覆《おお》われた体は、扁平《へんぺい》に見えるほど薄かった。母は肥満体ではなかったけれども、マリアの結婚当時は、顔にも体にも女らしいふくらみを残していたのである。ミゲルは身をかがめて母のひたいに唇をあてたが、つたわってきたのは死者の冷めたさだった。

リカルドは、ミゲルのうごきにも反応を示さなかった。ぼうっと突っ立ったままであった。

このとき、ミゲルの胸に、自分は兄と同罪だというおもいが根をおろしたのである。母の死を早めた直接のきっかけは、おそらく兄夫婦のいさかいであろうが、いさかいの火種となったのはミゲルの行為であった。グラナダから持って来た小切手は、たしかに凶器となった。凶器はリカルドの胸をつらぬくかわりに、母のいのちを絶った。母殺しの兄と弟が、母の遺骸《いがい》をはさんで向かい合っていたのである。

ほどなく、テレサとペペ夫妻がやって来た。スサナもエンカルナの蔭にかくれるようにして姿を見せた。髪はみだれていたが、さすがに着替えはすませていた。スサナは、おそるおそるベッドに近づいて型通り十字を切ると、リカルドの腕に片手をかけて、着替えるようにすすめた。リカルドは無言でスサナの手をはらった。リカルドの呼吸は荒くなって、感情のたかまりを示していた。テレサがその場の空気を察して、十字を切ると、誰に言うともなく寝室から出るようにうながした。

教会の鐘が鳴りはじめていた。時鐘のかるい音色とちがって、鳴りつづける弔鐘は集落の静寂をかきみだして、人びとに死者が出たことを告げていた。

リカルドが母のベッドに身を投げかけたのは、一同が部屋から出かかったときである。リカルドの背は大きく波打ち、うめきに似た嗚咽《おえつ》をもらしていた。よくも泣けるものだ、とミゲルは鼻白んだのであるが、あくる日も彼は、兄の涙を見るはめとなった。

夕方までには、親族の顔もほぼそろっていた。最も早く駆けつけたのは近村に嫁いだリカルドの長女とその夫であり、最後にやって来たのは、セビーリャに住むカミロ夫婦と妹のマルタ夫妻である。マルタは幼少時からカミロを慕っていて、年ごろになるとセビーリャに出て、そこで世帯を持ったのである。カミロとマルタの二組の夫婦は、会社員だというマルタのつれあいが運転する車で集落まで来たのだった。

母の亡《な》きがらは花々といっしょに棺に納められ、サロンに安置されていた。しかつめらしく弔問客とあいさつをかわしていたリカルドとその妻。棺の前で手を取り合って泣いていたマリアとマヌエル。ひとすみでなにやら話していたアントニオとマルタの夫。夕刻のサロンのありさまは、会堂に会葬者があふれた翌日の告別ミサの情景とおなじく、細密画のようにミゲルの眼底に残っている。

ミゲルがふたたび兄の涙を見たのは、墓所へ棺を運ぶ途中である。おおかたの会葬者は教会の前で棺を見送ったので、葬列に加わったのは三十名ほどであったろうか。身内の男たちが棺をかつぎ、親族やペペの家族があとにつづいて、集落のはずれの墓所へ向かった。

快晴の午前であった。ミゲルはリカルドと並んで棺の先をになっていたが、墓所をとりかこむ糸杉が見えるあたりまで来たとき、リカルドが鼻水をすすりあげる音が耳についた。兄の横顔に目を走らせると、涙が筋となって頰をよごしていた。

このときのミゲルは、兄の涙にいかなる感想も抱かなかった。おそらく、ミゲルの目は乾ききっていたはずである。彼は棺の重みを肩に感じとりながら、この中にはいっているのは、本来自分であるべきなのだと思いつづけていたのである。

墓所からもどると、親族はつぎつぎに引きとって行った。カミロは従業員に店をまかせて出て来たのだし、マルタは残して来た子どもらが気がかりな様子だった。マルタはミゲルより十歳年下の妹で、母が死んだ当時は、四十歳になったばかりだった。

葬儀の前夜、集落の家に泊ったのは、セビーリャから来た二組の夫婦とミゲルだけである。リカルドを頭にした四人のきょうだいが、ひさしぶりに生家で一夜をすごしたことになる。リカルドの娘たちは、いずれも近村に嫁いだので、いったんは婚家へ帰り、それぞれが知人の車で出直して来たのだった。

マリアも息子を姑に託しての参列で、アントニオといっしょにグラナダから出直して来たのだけれど、いとこたちが引きあげたあとも帰ろうとしなかった。マリアは、ミゲルの身が心配でならなかったに相違ない。なんとかしてグラナダの自宅へミゲルをともなって行こうとした。ミゲルは、近日中にかならずたずねると言い聞かせたが、マリアは半信半疑の面持ちだった。さいわいにもアントニオの友人が、時間を見はからって車でむかえに来たため、マリアもようやく腰をあげた。

マリアとアントニオが立ち去ると、リカルドはほっと眉《まゆ》をひらいた。リカルドとしては、ミゲルに去られては困るのである。兄との話し合いはすんだわけではない。だからこそ、ミゲルは生家にとどまったのである。

喪服を平服に着かえて、ミゲルは兄夫婦と三人で昼食をとった。前夜、カミロが調理したポテトサラダが冷蔵庫にたっぷり残っていたし、アイスボックスに入れてセビーリャから持ってきたイカの墨煮も残っていた。スサナが負けじと生ハムを盛った皿をつけ加えた。生ハムだけは豊富な家なのだった。

前夜のきょうだい同士の話によると、収穫の手つだいに来ていた当時、カミロはこまめに料理をつくったそうである。オリーブの実を水にさらし、あくぬきをして、オリーブ漬の下準備をして帰るのが、ひところのカミロの習慣だった。

「もう一度、おふくろにカミロの料理を食わせたかったなあ」とリカルドがつぶやいた。「マルタは末っ子だからべつとして、おふくろにとっちゃ、おまえとカミロはできのよいかわいいせがれだったのさ」

そんなことはなかった。マリア・ヘススは四人の子に対して公平な母親だった。しかしながら、粗放で利己的なリカルドには母も頭を痛めたであろうし、とりわけ、リカルドが農地を手放しだしてからは、母の嘆きは深かったにちがいない。マヌエルを生ハム工場へやってしまっては、母も兄夫婦の腹づもりに勘づいていたはずだった。

リカルドは、母の嘆きに気づかなかったのであろうか。うすうす気づきながらも、たかをくくっていたのかもしれず、死なれてはじめて愕然《がくぜん》として涙を流すところが、いかにもリカルドらしかった。

昼食を終えると、リカルドは、相談事があるとスサナにことわって、ミゲルをうながしてサロンに移った。リカルドも細君の口出しを警戒したらしい。スサナは葬儀に疲れたのか、ささくれた顔つきで食器を片づけていた。

相談事とは、金の話以外のなにものでもなかった。葬式に金を使ってしまったので引越しの費用もない。百万、いや、五十万ペセタでよい。なんとか都合をしてくれまいか、とリカルドはたのみこんだ。

「手ぶらで山へ行くわけにはいかん。じじいに無心なぞできんからな」

スサナの父親は告別ミサに顔を出したが、血色のよい小太りの男で、とうてい七十歳を過ぎた老人には見えなかった。目のうごきが敏活で、婿《むこ》に無駄金を渡すような好人物とは思えなかった。リカルドは兎《うさぎ》であれ猪《いのしし》であれ、手ぎわよくさばくのだから、その気になれば義父も見直してくれるだろうが、金の無心に性急なありさまでは、はたらく気があるのかどうかうたがわしかった。

ハム工場での役職はきまっているのかどうか、ミゲルはたずねてみた。

「まあ、監督のようなもんじゃないのか」とリカルドは答えた。

「よけいなことを言うようだが、工場の仕組みをおぼえたらどうだ。すみからすみまで知りつくすんだな。マヌエルのためにもそうすべきだ」

わかった、わかった、とリカルドはうなずくと、ところで、とひざをのりだした。

「金は用立ててくれるだろうな」

二百万ならなおありがたい」と言われて、ミゲルはものを言う気力を失った。まともに話し合える相手ではなかった。

ミゲルの沈黙にもかまわずに、リカルドはことばをつづけた。ただで借りるつもりはない、畑を担保にしよう、担保ならおまえの畑も同然ではないか、というのだった。

「おれに都合できるのは百万までだ。ただし担保はいらん」

そのかわり、出した金に見合う畑を買おう、そのほうがすっきりするとミゲルはつげた。リカルドは、とっさに算段をめぐらしたらしく、百万なら十一ヘクタールだな、と言った。カミロやペペの話を思い返しても、法外な値段であった。手入れのゆきとどいたペドロの小麦畑とは事情がちがうのである。

ミゲルは、リカルドを待たせておいてペペを呼びに行った。金も小麦畑も手放したい気分であったが、兄の言いなりになるのも業腹《ごうはら》であったし、第三者を仲に入れたほうが話はまとまりやすいはずであった。ミゲルは、すこしでも早く、兄との話を打切りたくなっていた。

ペペは家族と話しこんでいたようである。シエスタの時間であったが、戸口に立って来て、まとめ役を引き受けてくれた。

「リカルドは空涙を流したわけか」と、ペペは肩をすくめた。「まあ、おれにまかせておけ」

ペペといっしょにもどると、リカルドはしぶい顔をした。農地に関しては素人《しろうと》同然なので、ペペの意見を参考にしたい、とミゲルが言うと、ペペの意見なら聞かなくてもわかっていると相手は応じた。

「そりゃ、話がしやすい」とペペがすかさずことばを引きとった。「おれなら二千三百ペセタでも買わんが、そこはきょうだいの仲だ。ヘクタール二万ペセタでどうだ？」

リカルドの顔面は赤黒くそまった。「知ってるな」

「知ってるとも。去年、あんたはヘクタール二万三千の値でパコに畑を売り渡した。おれをあまくみるな。この集落のオリーブ畑なら、すみずみまでよく知っている。どこの畑が最良で、どこの畑が最低かな。いいか、ミゲル……」とペペはミゲルに視線を移した。

リカルドがどれほど吹っかけても、二万三千以上の金は出すな。他人のパコに対してさえ二万三千なのだ。それが、ぎりぎりの線だ。リカルドが不服であれば、この話は御破算にしろ……。

リカルドは真っ赤になって聞いていたが、不承ぶしょうペペの言い値を呑《の》んだ。ただちに金を支払ってくれる相手といえば、ミゲルひとりなのである。ただ、リカルドも農地をことごとく手放すのは惜しくなったとみえて、五十ヘクタールをミゲルに売り渡すことにした。残りの二十ヘクタールはミゲルに管理をさせ、収益の七割はリカルドの取りぶんにする。それが、あらたなリカルドの言いぶんだった。

「ほう、小作料が三割か」と、またもやペペが口をはさんだ。「それじゃ、ミゲル、リカルドの畑は放っておけ。六、四というならまだしもな。ミゲルが六、リカルドが四だ。それでも鉄砲玉くらい買えるぜ」

「口のへらない乾分《こぶん》だな」とリカルドはげんなりした声音になった。「とにかくミゲル、あすにでも金を用意してくれ。乾分がほざいたとおり、証文でもなんでも書くよ」

翌日、早速ミゲルはグラナダへおもむいて、銀行から預金を引き出して来た。ヘクタール二万三千ペセタで五十ヘクタールの畑だから、百十五万ペセタの金額である。ミゲルはきたないものでも渡すように、兄に小切手を手渡したのであるが、リカルドは、うれしげに小切手の額面に見入っていた。

兄夫婦は、葬儀の五日後には山村の生ハム工場へ移って行った。集落の生家には、むろんミゲルが住むことになった。

VI

兄夫婦が引越した日の翌日、ミゲルは娘夫婦に会うためにグラナダへ向かった。葬儀のときに訪問の約束をしたのであるが、単なる訪問であればミゲルも気がらくだった。彼は、ふたたびバルセローナではたらく気持を固めていたのである。

ペドロの畑ばかりか、ミゲルは兄の農地の大半を買ったのであるが、のぞんで手に入れたわけではない。妻に去られた男がひとりで農作業にはげんだところで、むなしさがつのる一方にちがいない。母が生きているならまだしも、その母もいなかった。

兄夫婦が山村へ去った日の夜、彼ははじめて泣いた。グラナダのペンシオンに宿泊していた当時は酒で苦痛をまぎらし、母の死後は兄への反撥《はんぱつ》も手伝って、固く歎《なげ》きを禁じていたのであるが、もはやなんの気がねもなかった。生家にとどまっているのは彼ひとりだった。彼は深更まで食堂でコニャックを飲んでいたのであるが、突然涙があふれ出た。涙が号泣にかわるまでにまはかからなかった。自分の泣き声がけだものじみて聞こえ、彼はテーブルのはしをつかんで声を殺し、立ちあがって壁をたたき、歎きを壁にぶつけるように体を壁に打ちつづけた。

落ちつきをとりもどしたとき、バルセローナの街並みがミゲルの目によみがえっていたのである。港にのぞんだ国際便のトラック・ターミナルと、ゴシック地区のほの暗い路地。国外へ荷を運ぶことはできなくても、並みのトラックならまだ当分は乗りこなせる。食べていけるだけの賃金を得られるなら、トラックにこだわるつもりもなかった。ぺぺはかけがえのない友ではあったが、あの街にも友と呼びうる男がいた。気心の知れた飲み屋のあるじもいる。静寂が骨身にしみ入るような生家で暮すよりも、ミゲルはバルセローナの雑沓《ざっとう》の中に身を置きたかった。

ミゲルは、すぐにもバルセローナへ向かいたかったのであるが、さすがに夜ふけの出立はためらわれた。二十歳の若者ならともかく、五十男が夜逃げ同様に集落から出て行くことなぞできるものではない。すくなくともぺぺの家族には、離郷のあいさつをすべきだった。だいたい、預金をそっくりグラナダ銀行に移してしまったのである。バルセローナの口座に振りもどさねば、職につくまでの暮しに困る結果となる。離郷となると、現実的に処理しなければならない事柄も多かった。

娘夫婦の家に出向くのも、わかれのあいさつが目的だった。ぺぺ一家へのあいさつはあとまわしにした。ペペの気づかいやテレサの親切を考えると、バルセローナへ去るというのも身勝手すぎるような気がして、あいさつの口上さえ頭に浮かばなかった。ミゲルは、多少なりとも話しやすい娘夫婦の家の訪問を先にしたのである。

ひと月余におよぶ痛苦と悔恨を吐きだしたせいか、ミゲルは力がぬけ落ちて、運転すら心もとなかった。晴れているのに街道がみょうに白っぽく見え、事故を起こしそうであった。事故死とはねがってもない、というおもいも彼の心中にきざしていた。

リア・シートにはバルセローナで買い求めてきた娘一家へのみやげ物が置いてあった。マリアにはフランス製の香水であり、アントニオには本場のコニャック、ルイスには電気仕掛けのロボット人形である。帰郷を目前にして、胸をはずませながら買った品々である。母はいうまでもなく、リカルドとペペにもみやげを用意した。母やペペはともかく、リカルドにまでみやげを持ち帰ったとは笑止の沙汰《さた》である。ペペとリカルドへのみやげはハバナ産の葉巻であったが、ミゲルは真っ先に兄へみやげを渡したのだった。バルセローナから帰りついた日の翌朝、食卓につく直前のことである。それから彼は母の病室に顔を出し、みやげの包みをさしだした。

「なんだろうね、ミゲル？」と母が聞いた。

彼は、母に言われるままに包みをひらいた。青味がかった灰色のレースの肩掛けである。手のこんだレース編みで、母はいとおしむように肉の落ちた手で肩掛けを撫《な》でさする。

ったが、彼がグラナダへ行くとつげると、かなしみをこらえるように口もとがふるえた。彼は、まだイネスの失踪《しっそう》を知らなかった。近いうちに見舞いにくると母に約束したのであるが、その日から四週間近くもグラナダですごしてしまったのだった。

荷物は生家に置き去りにしてあったから、ペペに葉巻を渡したのは、葬儀の翌々日だった。マリアとアントニオには葬儀の折に逢《あ》ったのだけれども、ひとの出入りが多く、彼自身、みやげを渡すどころではなかった。娘一家へのみやげは、ひと月以上もほうっておいたことになる。

あと一箇、生家にみやげの包みが残っていた。イネスへのみやげで、布張りの箱におさめた十八金のネックレスである。

マリアの婚礼のとき、イネスは真珠のネックレスをつけていた。二連のネックレスで、ミゲルがはじめて見るものであったが、マジョリカ真珠だと聞かされた。イネスの説明によると、真珠の粉でかたちづくったものがマジョリカ真珠である。いわば人造の真珠である。

「人造でも真珠は真珠ですからね。公爵《こうしやく》夫人でもあるまいし、これでたくさんよ」

たしかにイネスは、アクセサリーに金をかけるような性格ではなかったけれども、夫のみやげであれば、どれほどよろこぶかわからない。ミゲルが求めたネックレスはデザイン物という話で、太めのしゃれた品だった。肌の色が浅黒く、個性的な顔立ちのイネスには真珠なぞより金のほうが似合いそうである。そう考えて買ったネックレスであったが、イネスに去られてみると、婚礼の日につけていた二連のネックレスは、天然の真珠であったような気がしてならなかった。イネスが買い求めたのではなく、男から贈られたものではないのか。あのネックレスにくらべると、ミゲルのみやげも安物の部類にはいりそうだった。

ミゲルは顔に血がのぼって、いきなり前方の車を追いぬいた。センターライン寄りを走りながら、つづけさまに数台の車をぬき去った。交差点を渡る人影をみとめて、ミゲルはようやく無謀な追越しに気づいた。グラナダの近郊にさしかかっていた。

娘夫婦の住いには昼近くに着いた。車の音を聞きつけたのか、ノッカーをたたくと同時にマリアがドアをあけた。お父さん、と呼びかけると、マリアは彼に抱きついて頬に唇を走らせた。涙ぐんではいたが、目はうれしげに輝き、顔の張りも多少もどって、葬儀のときよりは元気そうに見えた。あの日のマリアは、目は落ちくぼみ、病人のようにあごがとがって、ミゲルはぎくりとしたものである。

夏休みにはいっていたので、アントニオも自宅でくつろいでいた。アントニオは、ルイスといっしょに玄関にむかえに出たが、あかるく声をかけると、待ちびとがやっと来てくれた、と言った。きょうもミゲルが来ないようなら、あすはバスで集落へ行くと、先刻までマリアは言い張っていたという話だった。

サロンに通るとミゲルは、まずみやげ物を渡した。ルイスはアントニオにせがんでロボット人形の動かしかたをおそわると、早速ロボットであそびだした。マリアは息子に声をかけてから香水の包みをひらいたが、なにも知らずに帰郷したミゲルの胸中を察したのか、目の色がかげった。アントニオがマリアの気持を引き立てるように、コニャックを飲もうと言いだした。

「フランス物のコニャックは飲んだことがないんだ。味見をしないうちは落ちつけそうもないよ」

「味見はお食事のあとね。暑いからビールを飲みましょうよ」

ミゲルも、その日の暑さをおぼえている。マリアは涼しげな半袖《はんそで》のワンピースを着ていたし、アントニオもTシャツにジーパンという軽装であり、ルイスの前髪は汗でひたいに張りついていた。テラスの正面につらなるシエラネバダの残雪も消えかかっていた。ミゲルが集落にとどまっていたあいだに、グラナダは本格的な夏をむかえていたのである。

マリアは、台所からビールとグラスを運んでくると、それぞれのグラスにビールを満たし、その一つを手にとって「サルー」と乾杯の掛け声をかけながら目の前にかざした。

アントニオが聞きとがめた。

「きみのおばあさんが亡くなったばかりだよ。サルーは早すぎるね」

「だって、お父さんは畑を買ったのよ。それは、お父さんがあらたな人生を切りひらこうとしている証拠だとアントニオにも話したはずよ」

あっとミゲルは息を呑んだ。マリアには畑の話なぞしていない。葬儀のときは、ろくにことばもかわさなかったのである。

「誰に聞いたんだね」とミゲルはたずねた。

「ペドロよ、告別ミサのときに知らせてくれたわ」

せっかく畑を買ってくれたのに、こんなことになって残念だ。ミゲルも母親の身を案じて畑を買ったであろうに、さぞかし無念だろう。しかし、ミゲルの孝心が母親に通じなかったはずはない。マリア・ヘススは安んじて天に召されたのだ、とペドロは語ったそうである。

マリアの話によると、畑を売り渡した直後であったせいか、ペドロは当惑とかなしみがないまぜになった様子であったが、最も大きな衝撃を受けていたのはマヌエルであった。マヌエルは、母方の祖父のもとへ移ったことをくやんでいた。

「ぼくがおばあさんを病人にしたって、泣くのよ。おばあさんには可愛《かわい》がってもらったのに、農家の暮しよりは生ハム工場のほうに魅力があって、つい、山に行ってしまったんですって」

ひとりっ子のマリアは、少女時代からマヌエルを実の弟のようにいとおしんでいた。

若いマヌエルが生ハム工場に気持がかたむいたのも、マリアには理解できなくはなかったものの、孫に去られた祖母があわれで、思わずマヌエルを責めたそうである。

「あの子、気の弱いところがあるのよ。子どものころも、叱《しか》るとすぐ泣いたもの」

「マヌエルは、ほかになにか言ってなかったかね」

「おばあさんのことで頭がいっぱいよ。そのくせ、お葬式がすむとハム工場のおじいさんを気にして、さっさと帰ってしまったじゃない？」

してみると、マヌエルもリカルドのおもわくには勘づいていなかったことになる。そもそもオリーブ畑の処分について話し合ったのは、親類縁者がすべて引きとったあとだった。リカルドといえども弟の金に目をつけていたとは、息子に話せるわけがない。案外、リカルドは、畑に関しては息子に伏せていたのかもしれない。引越しの日に、マヌエルは車で両親をむかえにきたが、ミゲルにむかって、畑を管理してくれることになったのか、とたずねた。ミゲルが事実を知らせると、マヌエルは考えこむ顔つきになって、父が迷惑をかけたのでしょうか、とたしかめた。そんなことはない、とミゲルは答えた。

マヌエルは、祖母の死を早めた原因に気づいていなかった。マリアも同様である。ミゲル自身、すべてを娘夫婦につげるつもりはなかったけれど、オリーブ畑の売買については、財産にかかわる事柄であり、話さぬわけにはいかなかった。ミゲルはリカルド夫妻が前日、山村へ越したむねも知らせた。

「リカルドも息子といっしょに暮したくなったんだろう」

「それじゃ、お父さんはあの家にひとりでいるの？」と、マリアが口早にたずねた。

「いや、わたしはバルセローナへもどる。そのことを知らせに来た」

マリアは目をみひらくと、顔色がかわった。

「でも、お父さんはオリーブ畑まで買ったんでしょう」

「おふくろに死なれてしまっては、オリーブや小麦を作っても仕様があるまい」

自分のことばにしらじらしさを感じても、ミゲルとしては、そうとでも言うほかはなかった。

「畑はおまえにゆずろう。売るなり、小作に出すなり、好きなようにするがいい」

「財産を放りだしてバルセローナへ行くってわけ？」

「畑がわたしの全財産というわけじゃないよ。預金もあるし、失業手当ても出る」

「お父さんはバルセローナから帰ってこないつもりなんだわ。だから、畑をゆずるなんて言いだしたのよ」

夏休みやクリスマス休暇は、この家ですごすという彼のことばを、マリアはまったく信じようとしなかった。

「おねがいだからバルセローナには行かないで。グラナダとロサーレスは近いのよ。伯父さんたちもいないんだから、わたしは毎日でも村へ行けるわ」

「マリア、わかってくれ。村もグラナダも、わたしにはつらい土地になった。イネスと結婚式をあげたのも村の教会だよ」

「お父さんはバルセローナへ着くまえに死んでしまうわ。目を見ただけでわかるわ。バルセローナへ向かったら、お父さんは途中で確実に死ぬわ」

マリアはことばを切ると、椅子《いす》の腕木に倒れこんで、わっと泣き伏した。ロボット人形で機嫌よくあそんでいたルイスが、けげんそうに駆け寄ってマリアのひざに手をかけると、たちまち半泣きの顔になった。

アントニオが素早くルイスを抱きとった。ママのまねをするんじゃないよ、とアントニオはおどけぎみに息子をなだめて、マリアに視線をもどした。

「マリア、落ちつきなさい。きみの心配はもっともだが、解決策がないわけじゃないよ」

それを話すまえに、やっぱり味見をしなくちゃな、とアントニオは席を立って、ブランデー・グラスを三箇持って来た。アントニオが瓶の封を切り、コニャックをグラスにつぎわけて、マリアの肩に手をかけても彼女は顔を伏せたまま泣きじゃくっていた。ゆうべは父親で、きょうは娘が泣きの涙か、と思いながらミゲルはグラスを手にとった。アントニオもグラスに鼻を近づけてから、コニャックを口にふくんだ。

「こいつはすばらしい。こっちのコニャックは、まるごとぶどう畑を凝縮したようなうまみがあるけど、これは洗練に洗練をかさねた味ですね。香りじゃかなわんな」

マリアは体を起こすと、アントニオの顔に見入った。アントニオがコニャックを飲むようにすすめると、マリアはちょっとグラスに口をつけ、夫のことばを待つように、ふたたびアントニオの顔に目をやった。アントニオはグラスを口にはこぶと、にこりとマリアに笑いかけた。

「マリア、ぼくらもバルセローナへ行こう。アパートを借りて、ミゲルといっしょに暮すんだ。それが最善だよ」

ミゲルはおどろいたが、マリアの顔には生色がもどった。

「ほんと、アントニオ?」

「冗談はお手のものだが、こんな重大な話で冗談はいえないよ」

「いかん。それはいかん」と、ミゲルはあわてて夫婦の話に割りこんだ。

アントニオは両親がグラナダにいるうえに、大学進学コースの教師である。また、アルバイシンの住居は、母方の祖母から借りた金で買ったものだった。娘一家がバルセローナへ引移るとすれば、アントニオは職と家を失う結果になる。ミゲルがその点を指摘すると、アントニオは、むしろたのしげに反論した。

「ぼくの両親はぴんぴんしてますが、マリアにはあなたしかいない。そのあなたは幸福な状態にあるとはいえない。この家もぼくらが出て行けば、ばあさんは誰かに売るか貸すかするでしょう。借金が帳消しになるわけだ。ぼくは大学院を出るとき、ドクトルの資格をとりました。バルセローナには学生時代の友人もいるし、学年度がかわるまえだから教師の口をさがすのも面倒じゃないでしょう。大学を出たての若僧よりは、多少とも経験を積んだドクトル・ペラーヨを雇うほうが、学校がわとしても得なはずですよ。ぼくは、折紙つきの優秀な教師ですからね」

手に負えん男だ、とミゲルがあきれるうちにアントニオは真顔になった。

「ぼくは心底マリアを愛しています。これ以上、マリアを悲しませたくない。マリアがやせ細っていくのを見るのは耐えられない。ミゲル、あなたもやつれ切っていますよ。あなたしだいでマリアはやせもするし、乾杯もする。マリアという娘がいることをわすれないでほしい。すこしでも気力をとりもどしてもらいたい。そのためにはなんでもしますよ」

口先だけのことばとは思えなかった。アントニオの頬は紅潮し、眼鏡の奥の目には真率な光があった。

「わかった、アントニオ。バルセローナへ行くのはよそう」

「ぼくに迷惑をかけたくないからですか」

「当然だよ。わたしにも意地というものがある。きみのおかげで、わすれていた意地をとり返したところだがね」

あやしいなあ、とアントニオは笑ってミゲルの顔色をさぐったけれども、たしかにミゲルはバルセローナ行きを断念したわけではなかった。ミゲルがのぞんでいたのはバルセローナでのひとり暮しであり、娘一家との同居なぞ論外であった。アントニオと言いあらそう気にもなれず、きょうのところは、ひとまずごまかしておこうと思ったのである。

マリアはといえば、ミゲルのことばにうたがいをさしはさんだ様子はなかった。マリアは、アントニオの首に腕を巻きつけて接吻《せっぷん》を繰返すと、ミゲルの片手をとって、村で暮してくれるのね、と念を押した。そうするさ、とミゲルは笑顔で答えた。娘をあざむくのは本意ではなかったけれども、アントニオという夫がいるかぎり、マリアはショックから立ち直れるはずだった。

その日ミゲルは、娘夫婦に引きとめられるままにアルバイシンの家に泊った。へたにさからって集落へ帰っては、マリアにもうたがわれかねない。そう考えての一泊であったが、あくる日、マリアに引きまわされるはめになるとは、彼には思いもよらなかった。朝食をすませると、マリアは外出着にあらためてアントニオにるすをたのみ、集落に行くべくミゲルをせきたてた。ミゲルは虚をつかれた。

「おまえも行くのか」

「そうよ。お父さんはひとり暮しになったんだから、うちの中の様子を見ておかないとね」

そんな必要はない、とミゲルが言い終えぬうちにマリアは戸外に出て、シトロエンのかたわらで彼を待っていた。アントニオがルイスを抱いて、にこやかな笑顔で見送りに出た。やむなくミゲルは、マリアを助手席に乗せて集落へ向かった。

グラナダを早くに出たので、生家にもどったのは九時まえであったのかもしれない。マリアは、ひとわたり各部屋を見てまわると、台所にはいった。兄夫婦が冷蔵庫を持ち去ったので、壁の一部がむきだしになっていた。

「冷蔵庫がないわね」と、マリアもすぐ気づいた。

兄夫婦の引越しの当日は、マヌエルのほかにハム工場の使用人らしい男も来たので、ミゲルはろくに手伝わなかったのであるが、気のせいか、調理用具も少なめになっているように見えた。壁の一方には鍋《なべ》類がさがっていたが、それは母の代から使っていた古びた銅の品ばかりだった。

「お鍋がくろずんでいる」

むかしはぴかぴかだったのに、とマリアは顔をしかめると、調理台の横の引出しをつぎつぎに開けてみて、包丁を一本とりだした。

「お父さん、包丁はこれだけよ」

「一丁あれば充分だ」

「パン切り用のナイフもないわ」

「パンなぞむしって食えばいいんだ」

どうやら伯母さんはめぼしい物はすべて持って行ったらしい、食料品も見あたらない、とマリアは肩をすくめた。

もっとも、兄夫婦も洗いざらい持ち出したわけではなかった。食堂のがっしりした木の食卓は残っていたし、おなじく食堂のつややかな食器棚も残っていた。ミゲルが幼少時から目にしていたテーブルであり、棚である。棚の中には、古めかしい柄の皿やカップ類が並んでいた。兄夫婦も、もともと生家にそなわっていた家具や什器《じゅうき》は置いて行ったのである。

マリアは台所を調べ終えると、母がつかっていた寝室へ引き返した。マットレスがむきだしのダブルベッドが、ミゲルの目をとらえた。母が息を引きとるまでつかっていたベッドである。リカルドに注意されたのか、毛布とシーツとパットは、スサナが処分をしたのかもしれない。カーテンがかかっていて室内はほの暗く、まだ薬品の匂《にお》いがこもっているようだった。

マリアはカーテンを開けると、マットレスのそこここを押してみて、ミゲルと向き直った。

「お父さんはどの寝室をつかってるの？」

どこでもかまわんではないか、とミゲルは言いたかったが、べつのことばを口にした。

「マヌエルがつかっていた部屋だ」

「それはよくないわ。ここをつかうべきよ」

「ひとり者にでかいベッドは不要だ」

ひとりであろうがなかろうが、関係はない。この家の中で最もひろく立派なのは、この寝室である。代々、主人がつかってきた寝室ではないか。伯父さんたちは、この家を見捨てたのも同然なのだから、今後はお父さんが主人なのだ。主人である以上、この部屋をつかわなくてはならない。マリアはそう言うと、このベッドはまだ百年もつかえそうだ、わたしたちのベッドより立派だ、とことばをついだ。

「マットレスはとりかえたほうがいいわね。スプリングがすっかりゆるんでるわ」

衣裳箪笥《いしようだんす》もあらためなければならないが、それは後日でもよいだろう、とつぶやいてマリアは寝室を出ると、どこかで息を入れてグラナダへもどろう、とミゲルをうながした。バスで帰れとも言えず、ミゲルは不承ぶしょう承知した。

おもてに出ると、坂道をのぼって来たエンカルナと行き会った。パンを買って来た帰りらしく、パンをつめこんだ袋をさげていた。

エンカルナは、ふたりにあかるく声をかけた。マリアも笑顔で応じ、軽くエンカルナと抱き合うと、祖母が世話になった礼を述べ、父がひとりで暮すことになったので、なにかと厄介になるかもしれないが、よろしくたのむ、と言いそえた。堂々とした口上で、前日の娘とは別人のようだった。

エンカルナは、にぎやかにマリアを力づけて行く先をたずねた。

「グラナダです」とマリアが答えた。

エンカルナと別れるとマリアは、買物をしなければならないが、現金の用意はできるのか、とたずねた。

「預金があると言ってたわね？」

「いったい、なにを買うというんだ」

「冷蔵庫とテレビ、マットレス、その他もろもろね」

暑くなってきたから、冷蔵庫はすぐにも買う必要がある、とマリアは言った。

「きょうでなくてもよかろう」

「暑くなってきたと言ったじゃないの。冷蔵庫も最近は種類が多いのよ。わたしがえらんであげるわ」

マリアは涼しい顔つきである。その横顔を見て、ようやくミゲルは娘夫婦のおもわくに気づいた。アントニオは、ミゲルのことばを真に受けなかったのである。マリアは村の住居をととのえ直し、集落に彼をしばりつける魂胆なのであるが、それもアントニオの入れ知恵であろう。ドクトルかなにか知らんが、まったくお節介な野郎だ、とミゲルはアントニオに腹を立てた。

ミゲルの足どりは自然に早まった。マリアが小走りに追いすがった。

「どうして、そんなに早く歩くのよ。わたしだって女なのよ」

「おまえが腰をぬかすほど、金があることを思いだしたのさ」

「あら、よかった」

なにが「あら」だ、とミゲルは胸中で毒づいた。そっちが罠《わな》をかけるなら、こっちも罠をかけてやる。徹底的にだまされたふりをしてやる。冷蔵庫でもなんでも買ってやる。あとになって気がついたのであるが、ミゲルの心身に、わずかながらも力がよみがえりかけていたのだった。

ディエゴの店で軽食をとってグラナダに引き返すと、ミゲルはグラナダ銀行に車を乗りつけた。預金の残高は乏しくなっていたが、それでも三百七十万ペセタの金があった。ミゲルは、そのなかから五十万ペセタを引きだした。マリアは舅《しゅうと》を避けたのか、車の中で待っていた。

銀行を出ると昼過ぎになっていた。買物はシエスタのあとにしたいとマリアが言うので、ミゲルは娘夫婦の住いにもどった。アントニオが朝と同様、にこやかに出むかえた。ミゲルも素知らぬふりをしていた。アントニオに札束を見せつけたい衝動にかられたが、むろん、そんなまねはしなかった。

マリアとの買物は、たっぷり時間をついやした。冷蔵庫を買うにしても、マリアは数軒の店をまわり、メーカーをたしかめ、庫内をあらため、店員に質問を浴びせるしまつだった。ミゲルはげんなりしながらも、これでひそかにバルセローナへ去ろうものなら、娘に殺されかねないと思いもした。

買物をすませたのは八時であった。商店が戸を閉ざすぎりぎりの時間まで歩きまわったことになる。

ミゲルは、アルバイシンの下のヌエバ広場の近くに車を置いてあった。大きな品物は送ってもらうことにしたので、ミゲルが手にしていたのは二丁の包丁のほかに、固型ブイヨンとか腸詰めなぞの当座の食料品であった。その夜の宿泊はことわってあったので、マリアとは車のそばで別れた。

グラナダの市街をぬけると、さすがにミゲルも疲労をおぼえた。集落までは四十キロほどの道のりだから、一往復半しても百五十キロにもならない。デュッセルドルフに通っていたミゲルにとっては、とるに足りぬ距離であったが、距離が問題なのではなかった。娘にふりまわされた一日がもたらした疲労だった。

集落へ帰りつくと、ほっとした。ミゲルは広場の隅に車を停めて、ゆっくり坂道を登って行った。九時には若干のある時間であったが、陽の長い季節であり、家々のテレビアンテナが夕光にきらめいていた。

生家に近づくと、葉巻をくわえたぺぺが自宅の前にたたずんでいた。バルセローナみやげの葉巻であるが、火はつけていなかった。どういうわけかペペは、くわえはしても葉巻に火をつけようとはしないのである。エンカルナも話していたが、ペペはまだ一本も葉巻を吸ってはいなかった。

「夕涼みかね」とミゲルは近寄って声をかけた。

「おまえが帰るころだと思ったのさ。おまえに関しては、おれはふしぎに鼻がきく」

「葉巻は飾りか」

「マリアとはうまくいったのか」

「これをなんだと思う」とミゲルは買物包みを突きつけた。「女どもが買いあさるものばかりさ。というわけで、なにひとつ問題はない」

「おまえが、おたおたするはずだな」

ペペは笑いを嚙《か》み殺すと、葉巻の先で集落のはずれを指して畑にさそった。ミゲルは買物包みを玄関にほうりこんでくると、ペペと並んで畑へ向かった。ゴンサレス家のオリーブ畑は、二ヵ所にわかれていたが、集落の上には三十五ヘクタールの畑があった。

帰郷以来、ミゲルがオリーブ畑におもむくのは、はじめてというわけではない。リカルドに金を渡した翌日、ペペとフアンがミゲルの農地となった五十ヘクタールを測ってくれた。ミゲルもリカルドといっしょに立ち合ったのであるが、彼はろくに畑を見なかった。ペペとフアンのうごきを、ぼんやり目にしていたにすぎない。

三十五ヘクタールのオリーブ畑は、集落の背後の丘陵上にひろがっていた。集落のはずれの家はミゲルの生家よりやや高い位置にあって、そこまでくると、オリーブ畑は目前である。大きくうねった畑のかなた、南東の方向にシエラネバダの山々がのぞまれた。グラナダでは間近に立ちはだかるシエラネバダも、故郷の村では遠のいて、稜線《りょうせん》がくっきりと長く見えた。

日中の暑さは引いて、オリーブ畑にはいると外気がさわやかに感じられた。空の色は薄らいで、黒味をおびたオリーブのこずえにも夕暮れのけはいがあった。

ペペは無言で樹間の小道をたどっていたが、おどけながらのように話しだした。

「ここにくると、おまえのおやじを思い出すよ。おっかないおやじだったぜ。なんどか肥料を分けてくれたがね。村の衆に気どられぬように、暗くなってから持ってくるんだ。うちじゃ兄貴がカリエスで寝こんでたから、肥料どころじゃないのさ。おまえの家だって、肥料がありあまっていたはずはないぜ。ペドロじゃないが、最悪の時代だったな」

ミゲルもペペの兄が寝ついたことをおぼえている。たしかミゲルが十二、三のころであったから、第二次大戦が終った直後になろう。ペペの言うとおり、父は肥料の入手に苦労をしていたのであるが、とぼしい肥料の中からペペの家に分けあたえていたとは、はじめて知る話だった。

「そんなことがあったのか」

ミゲルのことばに、知らなかったろう、とペペは語をついだ。

「おれたちは口止めをされてたし、エンリケは家族にも伏せて肥料を分けてくれたのさ。年月がたったから話せる。おれが百姓になれたのもエンリケのおかげだとな」

ミゲルの目に、口ひげをたくわえた目鼻立ちの立派な亡父の顔がよみがえった。ズボン吊《つ》りをつけて農作業にはげむ父の姿は、少年のミゲルにも威厳が感じられたものである。

気がつくと、作業小屋の近くまで来ていた。木造のがっしりした作業小屋である。小屋は畑のほぼ中央にあって、近くに涌《わ》き水がある。かすかな水音が耳についた。

ペペは足をとめると、葉巻で四方を指し示した。

「見ろ。これがエンリケの守りぬいた畑だ。リカルドが片はしから手放しやがったが、このあたりがゴンサレス家の畑のへそさ。葉っぱはちぢれているし、枯れかけた小枝も多いが、しっかり根を張った立派な木がたくさん残っている」

ミゲルには、父の意志をつげというように聞こえた。ペペは、ミゲルがバルセローナへ去ろうとしていることに勘づいていて、畑につれ出したのかもしれない。

少年時代、ミゲルは集落の悪童連からペペをかばいつづけた。殴られて鼻血を出してもペペをかばった。たがいに五十男になった年、ペペはミゲルを立ち直らせようとして心をくだいていた。

「エンリケ・ゴンサレス、エンリケ・ゴンサレス……」と、ペペは拍子をとるように葉巻をふって繰り返していた。

「それに、ドクトル・ペラーヨか」

ミゲルがつぶやくと、何者かね、とペペはけげんな顔をした。

「とんでもない男さ」

ミゲルは、まをおいて声をあらためた。

「オリーブのあつかいようをおしえてくれるか」

「ほう、弟子入りをするというのか。師匠は小兵だが、なかなかきびしいぜ」

ペペは、あちこちのポケットをさぐってライターをとりだすと、ゆっくり葉巻に火をつけた。五年前の七月初旬の夕刻であった。

Ⅶ

五月下旬の日曜日の昼近く、ミゲルはルイスの七歳の誕生祝いにまねかれて、娘夫婦の家をおとずれた。ルイスの誕生日は二日後の火曜日なのであるが、あそび仲間の子らもまねく都合もあって、数年まえから日曜の日中に祝うようになった。集落に住みついて以来、ミゲルは毎年、ルイスの誕生日にまねかれていたから、こんどで五回目の招待という勘定になる。マリアが泣くと、きまって泣きだしたおさなかったルイスも、二日後には七歳の少年になろうとしていた。

ルイスの誕生祝いとはかぎらなかった。結婚記念日をはじめ、夫婦のそれぞれの誕生日なぞ、ことあるごとに娘夫婦はミゲルをまねいた。クリスマスや聖週間、万聖節なぞの数多い祝祭日も同様である。辻《つじ》ごとに飾りたてた十字架を立てて祝う五月初旬の「十字架の日」にもまねかれたので、ミゲルは五月になって二度もグラナダへ来たことになる。

娘一家との語らいは、ミゲルのなぐさめになってはいたが、グラナダへ出ることに抵抗感がないわけではなかった。とりわけ、娘夫婦の結婚記念日に顔を出すのは気がすすまなかった。イネスが姿を消したのは、マリアの婚礼の直後なのだから、ミゲルが虚心に娘の結婚記念日を祝えるはずはない。マリアもそこは心得ていて、最初の年なぞ三ヵ月もまえのクリスマスに、ミゲルを結婚記念日にまねくべく説得したものである。

マリアの話によると、それまでの結婚記念日は、アントニオの身内だけをまねいていた。アントニオの父方の祖父母と母方の祖父は他界し、ただひとりのきょうだいである弟は、グラナダ銀行を退職してマドリードの銀行に転じていた。したがって、アルバイシンの住いにつどうのは、アントニオの両親と母方の祖母、それにアリシアの四人である。飲んで、おしゃべりをたのしむだけの気らくなパーティだという点を、マリアは強調した。

「みんな、お父さんを歓迎するにきまってるわ。そういうひとたちよ」

「わたしとは階層がちがうよ」

ミゲルのことばに、アントニオが大まじめな顔つきで応じた。

「おやじはスペイン銀行の総裁だからなあ。まったく、見あげたおやじですよ」

アントニオの祖父は重役にまでなった辣腕《らつわん》の銀行家であったが、父のラモンは、欲というものをどこかに置きわすれてきた人物だった。むろん大学は出ていない。父親の口ききでグラナダ銀行につとめたものの、課長の地位に満足しきっている。アントニオのことばを借りると、ラモンは酒と冗談をなによりも好んでいる男だった。

「ぼくは、かねがねおやじを羨望《せんぼう》の目で見ているんですが、一方には事故も起こさずに、十数年もヨーロッパを縦断しつづけた人物がいる。どちらを尊敬するかといえば、当然後者ですね」

「その人物は女房に逃げられたんだがね」

「その件は大西洋に沈めてしまいましょう。大西洋のまんなかにね」

「そうよ。わたしはお父さんに楽しんでほしいの。来てくれなければ、集落の家にひとりでいるお父さんが気になって、せっかくのパーティをぶちこわしてしまいそうだわ」

ミゲルは、娘夫婦に説き伏せられたかたちで、結婚記念日や孫の誕生日に出るようになったのだった。客は彼ひとりの祭日のほうが気らくであったが、アントニオの身内をまじえた会食も苦にはならなかった。ミゲルは、まずアントニオの母方の祖母であるカルメンに好感を持ったのである。娘夫婦の家で最初に顔を合わせたとき、カルメンは七十四歳になっていたが、目にいたずらっ子じみた光があって、年齢よりもはるかに若く見えた。彼女は初対面にひとしいミゲルにむかって、つぎのような話をした。

カルメンは皮革商の未亡人であるが、内戦がはじまる直前、夫はモロッコで荒稼ぎをしていた。グラナダは、真っ先にフランコ軍の手に落ちた街である。彼女はグラナダの留守宅にいたのであるが、アリシアを身ごもっていたうえに長女、つまりアントニオの母親もおさなかった。子らのためにも死ぬわけにはいかないと思い、戦闘がおこなわれている最中、彼女は夫からあたえられた拳銃《けんじゅう》を身辺からはなさなかった。やがて帰宅した夫は、妻子の無事を知って眉《まゆ》をひらいたが、家族が死傷していたならフランコをぶち殺すつもりだった、あいつの軍隊に儲《もう》けのすべてをうばわれたと語った。ところがカルメンに言わせると、夫はモロッコでなにをしていたか知れたものではなかった。羊や馬の皮ならぬ武器をかき集めて、フランコ将軍麾下《きか》のモロッコ軍に売りつけていた可能性がある。グラナダにもどってからの夫は、平凡な商人になりすましていたが、彼女がぎょっとするほどの財産を遺した。カルメンのつれあいは、フランコが没した翌々年に他界したが、フランコの死を知っても「ふむ、そうかね」のひとことで片づけたそうである。

「目はしがきくというのか、したたかというのか、とにかく、とんでもないひとでしたね」

「アントニオはその話を知ってるんですか」

ミゲルが聞くと、知ってますとも、とカルメンはくすりと笑って、アントニオを盗み見た。

「ぼくは悪党の孫になるのかといって、もじゃもじゃの髪をかきむしりましたよ」

アントニオは彼女から金を借りてアルバイシンの住いを買ったのであるが、自分のような学究がつかうことによって、悪党の金も浄化されると言ったそうである。一応、証文は書いたけれども、まだ一ペセタも返していない。そう知らせてカルメンは、ふたたびおかしそうな顔をした。

その後も彼女は、この調子であった。闊達《かったつ》で機智《きち》に富んでいた。ミゲルにはカルメンとアリシアとアントニオの三人は、似かよった気質の持主のように思えた。祖母の人柄に知性のみがきをかけたのがアントニオであり、母から引きついだ感性にするどさを加えたのがアリシアであろう。アリシアにくらべるとアントニオの母親は、きょうだいとは思えぬほど、ゆったりと落ちついた女だった。

ラモンはといえば、座談の名手というほかはない男だった。アントニオとちがってラモンは恰幅《かっぷく》がよく、口ひげをたくわえていて、一見、事業家風なのであるが、アントニオが話したとおりの楽天家であった。ミゲルに対しても長年の知己であるかのように、陽気に肩をたたいてあいさつをかわし、よく一同を笑わせた。会食の主役は、ラモンといえなくもなかった。

一度、ミゲルはひやりとしたことがある。ルイスの四歳の誕生祝いの席であったから、三年前の話になる。ラモンがマリアにむかって、そろそろ二人目の孫を見せてほしい、と言いだした。

「ねがわくば女の子がいいね。鸛《こうのとり》がマリアにそっくりの赤ん坊を運んできてくれないものかね」

ミゲルもルイスにきょうだいのないのが気になっていて、マリアが集落へ来た折に子を産むようにすすめたのであるが、言下にことわられた。理由をたずねると、ルイスが五歳になったなら、ふたたびアリシアの店につとめる約束なのだとの答えが返ってきた。

「薬剤師の資格があるのよ。無駄にする気になれないわ」

「アリシアなら叔母さんじゃないか。一、二年おくれても待ってくれるさ」

いまは保育所が多いのだから、赤子の乳ばなれがすみしだい、保育所にあずけてつとめに出てもよいのではないか、とミゲルは言ったのであるが、マリアはうなずかなかった。

「男の子ならいいけど、女の子はまっぴらね」

彼女に似た女児が産まれても、お父さんはよろこべるのか。男の子ができるという保証なぞないではないか、とマリアは目を光らせた。彼女とは何者を指すのか、ミゲルはとっさに察しがついた。

ミゲルは、冗談めかしてアントニオにたしかめてみたが、マリアははっきりアントニオに理由をつげて、子ができぬように注意をはらっていた。マリアも最初は子を欲しがっていたそうだから、避妊《ひにん》を心がけるようになったのは、ルイスの出産後ということになる。

「まあ、やむをえないんじゃないかな」これは、ぼくら夫婦の問題なので、聞き流してほしい、とアントニオは前置きをして話した。

イネスの失踪《しっそう》は新婚早々の出来事であったから、マリアはアントニオの身内に対して肩身のせまいおもいを味わったはずである。身内の人びとがマリアを気づかっても、かえって屈辱感をおぼえたのかもしれない。ルイスが生れ、多少落ちつきをとりもどしたところで、マリアはあらためてイネスの行為を憎みだしたのではないか。それがアントニオの推測であった。

「ぼくはルイスひとりでたくさんですよ。半ダースものガキを養う能力はない」

「きみは御両親よりも、おばあさんに似てるだろう。マリアは隔世遺伝というが、女の子ができるとすれば、ラモンに似た子じゃないのかね」

アントニオは、ひゅうと口笛を吹いた。麦畑の中での話だった。

「あの騒々しいおやじに似た娘ですか。そいつは考えものだぞ」

アントニオのやさしさに引きかえ、ミゲルはかたくななマリアに不安をおぼえた。マリア自身がイネスに似てきたように思えた。イネスも我の強い女だったのである。

ラモンは、えりにもえって、マリアが拒否しつづけている女児の出産をのぞんだのである。いずれ、鸛が三つ子の女の子を運んでくるだろうとアントニオが取りつくろってくれたが、以後、ラモンは孫の誕生について口にしなくなった。おそらく、アントニオがうまく説得したに相違ない。ラモンは相かわらず陽気であったが、ミゲルは、この好人物に負いめを感じぬわけにはいかなかった。

あとひとり、一時期ミゲルの気になった相手がいる。気になったというよりも、苦痛をあたえられたというべきだろう。アントニオの母親ではなく、むろんカルメンではない。アリシアがその相手で、ラモンがミゲルをひやりとさせたころの話である。

アリシアは、ひとりで集落へ来たことがある。初夏の日曜日であったから、ルイスの誕生祝いの半月ほどまえであったかもしれない。集落に住みついて、ほどなく二年になろうとしていた時期だった。

日曜は農作業も休みである。ミゲルは多めに煮込みを仕込んで、小分けにして冷凍庫に保存したりするのであるが、その日は外で昼食をとりたくなった。

食事どきには少々まのある時間だった。ぶらぶら坂道をくだって行くと、下から登ってくる女の姿が目についた。スーツ姿のすらりとした女で、とっさにアリシアと知れた。アリシアは刃物のするどさを秘めた女であったが、ミゲルに対しては気さくで、そのころは軽口をたたくようになっていた。あなたの忍耐心は相当なものね、ほれてみようかしら、といったたぐいの冗談である。とつぜんの来訪は思いがけなかったけれども、ミゲルは気持があかるんでアリシアに声をかけた。

「めずらしいね。どういう風の吹きまわしかね」

「愛の告白をしに来たのよ」

それは、いつもながらの軽口であったから、ミゲルは気にもとめなかった。アリシアもくだけた顔つきで、家を見せてほしいとたのんだ。

「立派なお屋敷だという話じゃないの」

「カルメンのマンションと比較されちゃ困る。せっかくだから見せますがね」

ミゲルはアリシアをともなって引き返すと、ざっと家の中を案内した。いかに縁戚《えんせき》の女とはいえ、アリシアも女のひとりであるから、自分の寝室は見せなかったし、清潔とは言いかねる台所も見せなかった。アリシアとふたりで屋内にいたのは、十分かそこらの時間であったろう。アリシア自身、さほど住いに関心を示さなかった。

数分後には、ミゲルとアリシアはディエゴの店の戸外の席についていた。ミゲルがディエゴに、アントニオの叔母だと紹介すると、アリシアはメニューから目をあげて、恋びとよ、と訂正した。ディエゴは如才なく、さっき車でおつきになりましたね、と応じた。アリシアのオペルが、はす向かいの広場に停めてあった。

ディエゴの店のワインは地酒である。アリシアはグラスをなかばあけると、文句を言った。

「あなたはわたしを女として扱ってくれなかったわね」

「女性として遇したつもりだがね。きみが男であれば、こぎたない台所でいっしょに酒を飲むさ」

「恋びとならそうするでしょう？」

「残念ながら恋びとはいない」

「ここで、修道僧のように暮しているわけ？」

「結構、楽しんでいるよ」

「ひとつ、提案があるんですけどね。職業も住んでいる土地もちがう男女がいると仮定しての話よ。彼らは若くはないけど、似た年ごろの独身者よ。男のほうは、法的には独身といえないかもしれないけど、ひとりで暮しているから独身とみなしてもいいわね。彼らのうち、女のほうが月に一度か二度、男のところへ通ってきてベッドをともにする。

そういうつき合いって新鮮でしょう」

「まさか、それはわれわれを指しているんじゃないんだろうね」

「もちろん、わたしとミゲルが仮定の対象よ」

「アリシア、ふざけちゃいかんよ」

「とんでもない。まじめな提案よ」

なるほど、アリシアの目の光は強まっていたが、彼女の声音には、女が男をくどくときの甘さも熱っぽさもなかった。平静きわまる口ぶりだった。しかもアリシアは、よく食べ、よく飲みながら話したのである。ミゲルには金のある女の、ことばのあそびとしか思えなかった。

もっとも、アリシアは単に金のある女ではなかった。フェルナンドが見ぬいた通り、学生時代に反政府運動にかかわって投獄された経験を持っていた。アリシア自身、わたしは死にそこないよ、ともらしたことがあったし、カルメンの口からもアリシアの過去を聞かされていた。父親が手を打ったため、アリシアは短時日で釈放されたが、彼女といっしょに逮捕された学生の中には刑死した者もいるそうである。

カルメンの話によると、アリシアは最後まで父親をゆるそうとしなかった。父親は素知らぬふりをつらぬき、娘は必要最小限度のことばを口にするだけであったというから、これもまた、たいへんな家庭である。亡《な》くなった学生さんの中に好きなひとがいたんでしょうね、とカルメンは述懐したが、おそらくそのとおりであろう。アリシアが結婚をしなかったのもうなずけるのであるが、この年まで男に縁がなかったはずはない。アリシアにとって、男は気散じの相手にすぎないのではないか。そう考えると、ミゲルはにわかに気がぬけた。

「わたしに謎《なぞ》ときを押しつけても骨折損だよ。退屈しごくだ」

「席を蹴（け）って立ちたいところね」

アリシアは肩をすくめると、どうやらあてがはずれたようだ、とつぶやいて声をあらためた。

「ミゲル、イネスがなぜマリアの婚礼の直後に姿を消したのか、わかる？」

「その話はよそう」

「あなたは彼女に男ができたと思っているんじゃない？　でも、それが唯一《ゆいいつ》の原因ではないでしょうね」

「ほかにどんな原因がある？」とミゲルは、つい釣りこまれた。

「まず、マリアの結婚ね」

マリアの結婚によって、イネスは母親としての責任を果たすことができた。娘から解放された。さらにはミゲルの解雇が近づいていた。婚礼の直後こそイネスが家庭から脱出するまたとない機会であったろう、とアリシアは語った。

「たとえ、男がいたとしても、彼女にとっては副産物にすぎなかったでしょうね。その男ともとうにわかれているかもしれないわね。彼女はあなたをきらってはいなかったでしょうよ。きらっていたのは家庭に束縛されることね。わたしはなんどかイネスに会っているし、彼女の父親とも会ったわ。マリアという証人もいることだし、わたしの推測がそれほど見当はずれのものとは思えないわ。イネスがなによりも愛していたのは彼女自身よ。自由と言いかえてもいいですけれどね」

ミゲルは、うなずけなかった。イネスは男ができたからこそ家庭を捨てたのであって、自由を得たいがために男を道づれにしたなぞとは本末転倒もはなはだしい。アリシアの論法によると、ミゲルは夫であったがゆえに妻に去られたことになるのだった。

「つまり、わたしは家庭の付属品にすぎなかったということかね」

「夫も妻も家庭の構成員よ。あなたはるすがちだったから、イネスにとっては理想的な相手だったでしょうね」

「なるほど」

「男と女が鼻を突き合わせて暮すなんて鬱陶《うっとう》しい話よ。わたしは結婚制度そのものに賛成できないわ」

「それで、月に一度か二度と言いだしたのか」

「そうよ。考え直してくれた？」

こっちの心をかきみだしておきながら、なんたる言いぐさであろう。ミゲルはあきれはてたが、胸を抑えて言った。

「わたしは修道僧だよ。祈りと労働の日々に明けくれている」

アリシアは、しばらく無言で道路のほうを見やっていたが、視線をもどすと口早に話した。

「また、しくじったわ。こんどこそ本物の男にめぐり逢《あ》えたと思っていたのに。わたしは媚《こび》を売ることができない。自分の中の女を押しつけることができない。だいたい、女としての魅力を持ち合わせていないのですからね。イネスと正反対よ」

さすがにミゲルもアリシアの胸中に気づいた。彼は、当惑と狼狽《ろうばい》をおぼえながらことばをさがした。

「アリシア、きみは魅力がないのではなくて、頭がよすぎるんだよ。アントニオの身内の中で、彼はべつとして、きみとカルメンに出会えたのは幸運だと思っている。カルメンは心をあたためてくれるし、きみの話は楽しい。こんなにゆっくり話しこんだのは、はじめてだがね。これで最後にはしたくない。これまでどおり、つき合ってもらいたい。友だちでいてほしい」

「友だちね。親戚よりはましね」

その後、しばらくのあいだ、アリシアは会食の席に姿を見せなかった。翌春のマリアとアントニオの結婚記念日には何事もなかったように出席したのだから、ミゲルがアリシアの顔を見なかったのは、一年たらずの期間である。アリシアらしくもない、と彼女の姿のない席で思った日もあったが、それ以上に、アリシアの語ったひとつのことばが胸にこたえていた。あなたはるすがちであったから、イネスにとっては理想的な相手であったろう、ということばである。

出稼ぎ中、たしかにイネスとの仲は円満だった。彼が帰省するたびに、イネスはよろこんでむかえたのである。マリアが結婚するまでの三年間、彼は帰省をとりやめたのであるが、イネスの心に変化が生じたのは、その期間に相違ない。男ができたのか、それともアリシアが話したように自由を欲するようになったのか、ミゲルは判じかねた。

ミゲルは故郷でイネスと暮すべく、五十歳まで国際便のトラックに乗りつづけた。西ドイツにしろフランスにしろ、自動車道路におけるトラックの制限速度は九十キロに規定されている。交通パトロールが絶えず目を光らせているので、制限速度を破っては罰則をくらったあげく、運送の予定にもくるいが生じる結果をまねく。しかも、普通車には制限速度がないにひとしく、百キロはおろか二百キロもの猛スピードで追いぬいて行く。外側の車線を走っていても、一瞬たりとも気をぬくことのできない危険きわまりない道路だった。

もしも、イネスが帰郷後の彼との生活をきらって出奔したのだとすれば、あの苛酷《かこく》な労働はなんのためであったのだろう。そう考えるのは、つらかった。男ゆえの出奔であったほうが、まだしも耐えられそうだった。イネスのつややかな目もとや、熱くはずむ肉体を思い返しても、男ができたと考えたほうが自然であった。

いずれにしろ、イネスはいなかった。その現実に突きあたるたびに、ミゲルはあらたなかなしみをおぼえた。かなしみは氷雨《ひさめ》のように降り落ちて、ミゲルの体内で幾重もの層をなしていくようだった。その底に、母の死が沈んでいた。

アリシアは、案外、ミゲルにあたえた苦痛に気づいていたのかもしれない。アリシアに再会したころはミゲルの痛みも薄らいでいて、アリシアの顔を見てほっとした。ミゲルがアリシアの頬に接吻《せっぷん》をすると、アミーゴに逢えてよかったわ、とアリシアは彼の耳もとでささやいた。

マリアがふたたびアリシアの店ではたらきだしたのは、その年の六月からである。ルイスが五歳になったのだった。マリアは見ちがえるほどあかるくなり、身のこなしも素早くなって、本来の姿に立ち返ったようだった。

イネスの母親としての身の処しかたは、アリシアが語ったとおりであろう。アリシアがイネスを観察したごとく、イネスもアントニオの身内を、なかんずくアントニオの人柄を見定めて結婚を承諾し、良縁をこわさぬように婚礼を終えてから姿を消したにちがいない。イネスもマリアに対しては、人並みの愛情を持っていたようだった。

マリアはイネスを憎みぬいていたから、ミゲルはイネスの話を持ちだす気にもなれなかった。

ルイスがイネスに似ては大ごとであったが、さいわいにもイネスのおもざしをとどめぬ少年となった。ミゲルが帰郷した当時のルイスは、赤みがかった金髪の幼児で、顔の輪郭も定まってはいなかったが、成長するにしたがって、目鼻立ちの特徴があきらかになった。やや面長で、よくうごくくりくりした目はアントニオに似ているが、灰色と鳶《とび》色《いろ》とをまぜ合わせたような目の色はマリアの目の色とおなじである。ほのかなばら色の頬も、かたちのよい口もとも母親似である。髪はちぢれていなかった。金色も赤味も薄れて、あかるい鳶色の髪となった。

アルバイシンの家で会うたびに、ルイスはきまってたずねるようになっていた。

「ぼくのオリーブ、大きくなった？」

集落に住みついた年、ミゲルは孫のためにオリーブの苗木を植えたのである。集落の農家では自家用の野菜を作っているが、リカルドもおなじだった。ひとり暮しのミゲルには広すぎる野菜畑で、畑の一部をつぶしてオリーブを植えたのだった。五本の黒オリーブのほかに、大粒の実がつくマンサニージャ種の苗木を二本植えた。当時のミゲルは、投げやりな気分に陥りがちであったから、みずからを力づけようとして植えた苗木でもあった。

七歳の誕生祝いにまねかれた日も、ルイスはおなじ質問を口にした。

「またのびたぞ。夏休みにはくるんだろう」

「うん」

ルイスはぱっとはなれて、友だちのほうへ駆け去った。両親や祖父よりも、あそび仲間とのつき合いが楽しくなる年ごろだった。

ミゲルは娘夫婦にまねかれると、ひと晩はアルバイシンの住居に泊る習慣だった。孫の誕生祝いは早目に終るから、いったんは飲みに出かけても、マリアがうるさいので夕食までにはもどってくる。朝はルイスがまっ先に学校へ向かい、つづいてアントニオが車で出勤する。ミゲルが集落に住みつくと同時に、アントニオはマリアにせつかれて運転免許をとったのだった。アントニオの車は、メタリックのルノーだった。

最後に家を出るのはマリアである。商店が営業をはじめるのは十時前後からで、マリアはアリシアよりも早目に薬局におもむいて、店をあける準備をする。ミゲルは帰りじたくをしてマリアを助手席に乗せ、薬局まで送って行くならわしだった。

車に乗りこむとマリアは、村へ帰るのかとたずね、うむ、とミゲルは答えた。いつもながらのやりとりである。マリアは、父がまっすぐ帰宅しないことに気づいていた。

「グラナダに泊るんなら、うちへ来てよ」

「そうしよう」

アリシアの店は、レージエス・カトリコス通りにあった。シャッターをおろした店の前に歩み寄る娘のうしろ姿が、多少太ったように見えた。つとめに出るまえよりは肉が落ちたし、ほどよいふくらみを持った体型であるが、結婚前の細身な娘ではなかった。マリアも三十過ぎの女になっていた。

娘がかわったとすれば、父のほうにも変化があった。彼は五十五歳になっただけではない。集落で暮しはじめた当座は、娘夫婦にまねかれても早朝のうちに村へもどったものであるが、いつとはなく、ひと晩かふた晩はグラナダの安宿に泊るようになっていた。マリアがはたらきだした前後のころからではなかろうか。

宿はきまっていなかった。安宿の多いトリニダド広場の近くに泊るのであるが、ベレンのペンシオンには近寄らなかった。ミゲルも帰郷直後の酒びたりであった日々は思いだしたくなかったし、ベレンの制止をふり切って集落へ帰ったこと自体、母の死の記憶にむすびつくのである。ベレンとは顔を合わせにくかったのであるが、さあらぬ態で彼を気づかってくれた親切は身にしみていて、簡単な礼状を出しておいた。母の死後、一年あまりもすぎてからである。

ルイスの七歳の誕生祝いの翌日も、ミゲルはトリニダド広場に近いペンシオンに泊った。一日の大半を飲み屋ですごしたのであるが、さして深酒をしたわけではなく、むろん門限におくれもしなかった。したがって、翌朝の二日酔いとも無縁である。ベッドからはなれたのは日ごろよりおそかったが、シャワーを浴びて身じたくをととのえ、支払いをすませて宿を出たのは九時すぎだった。

この日も好天だった。小路の上方に、五月下旬の空が青くきらめいていた。あと一週間もたつと、ミゲルが帰郷してまるまる五年になる。イネスが失踪《しっそう》したのは三月であるが、彼がそれを知ったのは帰郷直後のことだから、ルイスの誕生日は、彼にとってかならずしも好ましい季節ではなかった。

ミゲルは、マラガ通りに停めてあった車のトランクに小型のボストンバッグを放りこむと、近所の飲み屋にはいってアニス酒を注文した。集落では決して口にしない酒である。いまじぶんから酒を飲む習慣もない。グラスを口にはこぶと茴香《ういきょう》の匂《にお》いが鼻につき、酒のあまみが口中にひろがるが、臓腑《ぞうふ》を焼かれるようなかっての苦痛は湧《わ》かなかった。彼の心底にかなしみがひそんでいるとしても、人まえでそんな顔は見せない。となりの客が話しかけてくれば、彼は機嫌よく相手になるのだった。

アニス酒は二杯で切りあげるようにしていた。それから彼は、朝食がわりに鰯《いわし》の酢漬や、オリーブ漬を肴《さかな》にビールを飲みはじめる。ビールもたいてい二本でやめる。ワインは午後からときめていたが、この日もグラナダに泊ることになるのかどうか、彼はまだきめかねていた。オリーブ畑の地ならしは終えたし、小麦の刈り入れには間があるから、いわばいまは農閑期で、泊るにせよ帰るにせよ、彼の気分しだいであった。

飲み屋を出ると、ミゲルはゆっくりビブランブラ広場に向かった。冬はともかく、近年はグラナダへ出る都度、きまって立ち寄るのがビブランブラ広場であった。

ビブランブラ広場はカテドラルの近くにあって、カフェ・テラスの席がある。町なかの広場であるが、平日の日中だから親しい誰かれに出会う心配はない。カテドラルに近いせいか、外国からの観光客が目立つ広場で、ミゲルにとっては気らくな憩いの場所だった。

広場に着くと、ミゲルは木蔭《こかげ》の席についてコーヒーをたのんだ。中途半ぱな時間で、空席が多かった。グラナダの市民にとっては午前の休憩時間が終ったころであり、観光客にとっては朝でもなく、夕暮れでもない。ジュラルミンの椅子《いす》の枠が陽光をはじき返して、ミゲルはやけにまばゆかった。

すこしはなれた木蔭の席では、短パン姿の若い娘がひとりではがきを書いていた。あかるい栗色《くりいろ》の髪と愛らしい横顔から見て、アメリカ人のようである。その先の席についている初老の男女はイギリス人くさい。ふたりながら肩がいかつく、無言で噴水に見入っている。ひとりでテーブルに向かっている東洋人らしい女もいるし、なにやら声高に話し合っている金髪の若者たちもいた。彼らは、あきらかにドイツ人だった。「ナイン」というドイツ語がミゲルの耳についた。

この広場にくると、ミゲルは自分も異邦人のひとりであるかのような気がする。少なくとも彼は、グラナダの市民ではなかった。彼がこの街に最もなじんでいたのは、イネスと恋に落ちてからバルセローナへ出稼ぎに行くまでの数年間であろう。当時のグラナダは車の数も少なく、外国人の姿もほとんど目につかなかった。疲労の色をとどめた物静かな街であった。

一昨年、ミゲルはイネスの母親から手紙を受けとった。コルドバから出した手紙で、イネスの母親はフェルナンドの病死をつたえてきたのだった。彼女は、フェルナンドのミゲルに対する非礼を気に病んでいて、マリアにミゲルの居所をたしかめ、フェルナンドの死を知らせてきたのである。悔いとあきらめのにじんだ文面だった。

夫の死後、彼女はコルドバに住む末娘のもとに転居していた。多少、落ちつきをとりもどして書いた手紙のようであったが、イネスは南米へ渡ったように思えるとのくだりがミゲルの目をとらえた。末娘が口をすべらした話で、それ以上はたしかめようがないけれども、案外、イネスは南米にいるのかもしれない。最近は自分も病みがちで、イネスがどこにいるにしろ、おそらく逢えずに終るだろう、と結んでいた。

ミゲルは思いがけなかったけれども、考えてみると、おどろくほどの行く先ではなかった。元来、南米はスペイン人の多い土地である。とりわけ六〇年代には、おびただしい移住者が南米に渡った。なかには富を得て、故国へあそびに帰る者もいるらしい。イネスは南米に住む成功者と知り合ったのであろうか。イネスが南米に渡ったとすれば、イネスとの距離はますますへだたってしまったようだった。

ジプシーの物売りが近づいて来て、ミゲルはわれに返った。ミゲルがことわると、ジプシーはすぐさま踵《きびす》を返した。ミゲルは、やはり異邦人ではなかった。ビブランブラ広場にはジプシーの物売りが多いが、彼らが好んでえらぶ客は外国人だった。

気がつくと、周囲の客が入れかわっていた。初老の男女とドイツ人の若者の一団の姿はなく、かわりにふたりづれの青年が目についた。ジーパン姿の軽装のふたりづれで、彼らはテーブルの上にひろげた地図を指さしながらコーラを飲んでいた。飲み物からみて、このふたりもアメリカ人のようだった。

短パンをはいた娘と東洋人らしい女は、まだ残っていた。いったい何枚のはがきを書くのか、娘はペンをうごかしつづけ、東洋人らしい女はカテドラルの方角へ目をあげているようだった。つば広の帽子をかぶり、サングラスをかけた女である。

ミゲルは、その女を見て小首をかしげた。前日もビブランブラ広場で、おなじ女を見かけたような気がしたのである。

Ⅷ

ビブランブラ広場の外国人は、ミゲルにとって格別な存在ではなかった。ジプシーや噴水と同様に、周囲の客も広場の一部に組みこまれていた。前日の女が頭に残っていたのは、帽子やサングラスのせいばかりではなく、ぽつんとひとりですわっていた姿ゆえであったろう。席がへだたっていたので、前日は東洋人とは気づかなかった。

この日は席が近かった。三、四卓はさんだ左手の席で、欧米人ではないと知れた。女がかけているサングラスは大きめなうえに色が濃く、なかば目鼻立ちをかくしていたが、顔も体つきもいったいに小づくりで、東洋人のようであった。ミゲルは仔細《しさい》に女を観察したわけではないけれども、女は四十前後の年輩のような気がした。

女のテーブルの上に、紙ナプキンの小袋が置いてあった。ジプシーが二十五ペセタで売り歩いている品物である。母ならば買うだろうと考えて、きのうはミゲルも買ったのであるが、毎日、金をめぐむ気にはなれない。金額はともかく、紙ナプキンなぞ旅行者には不要なもので、ヨーロッパ諸国からの観光客は、まずジプシーを相手にしない。むしろ信仰心の厚い地もとの婦人が買うのであるが、東洋人の女は乞《こ》われるままに買ってしまったのかもしれなかった。

ミゲルの周辺には、女もふくめて四人の外国人がいた。はがきを書いている娘と、ふたりづれの青年を加えた四人である。娘は右手の木蔭にいたが、テーブルには紙ナプキンの小袋は見あたらなかった。どこの国の娘であれ、若者たちはおおむね合理的である。娘の引きしまった太腿《ふともも》は精気を発散して、陽光ばかりか、ジプシーをもはじき返してしまいそうだった。

ふたりの青年は、ミゲルのほぼ正面にいた。五、六卓はさんだ席で、女の席からみると彼らははす向かいにいたことになる。

ちょうど、ジプシーが彼らの席に来たところであった。ミゲルが物売りを追い返したとき、ふたりの青年は地図に見入っていたのだから、おそらく別の物売りであろう。青年のひとりが、つづけさまに「ノー」と言うと、ジプシーはしぶしぶ席からはなれて女の席へ向かった。若い男の物売りである。ビブランブラ広場で紙ナプキンを売っているジプシーは若者が多く、たいていはビニール袋に品物を入れていた。

ミゲルは、当然女がことわるものと思った。テーブルに紙ナプキンを置いたままなので、ことわるのも簡単なはずである。ところが女は、ジプシーが紙ナプキンの小袋をさしだすと、ひざの上でバッグをひらいたので、ミゲルはおどろいた。女は、うごきがうごきとは見えぬ仕草で小銭入れをとりだした。

そのとき、ミゲルは女の背後にしのび寄るジプシーの物売りに気づいた。ジプシーは何くわぬ顔つきをしていたが、女の手もとをちらちらうかがっていた。ふたりの物売りは、あきらかにぐるだった。一方が金を受けとるすきに、一方はバッグをうばうつもりなのである。そうさとるより早く、ミゲルは席を立っていた。

ミゲルがジプシーの腕をとらえたのと、ジプシーがバッグをうばいとったのは、ほとんど同時であったろう。ミゲルは、まだ体力に自信があって、難なくバッグをうばい返せそうであったが、なんと相手は相棒にバッグを手渡してしまったのである。もっとも、ジプシーは運に見放されていた。さわぎに気づいた青年のひとりが逃げ去ろうとするジプシーの行手をさえぎり、追いついたミゲルとふたりで、ジプシーをはさみ打ちにしたのである。

青年が拳《こぶし》を固めてジプシーの胸もとを打った。ジプシーはよろけて、紙ナプキンの小袋が飛びちり、ミゲルはとっさにバッグをうばい返した。皮製の大ぶりなショルダーバッグであった。

相棒のジプシーが紙ナプキンを拾いあつめると、捨てぜりふを吐いて仲間をかばいながら逃げ去った。

「ガッデム」

青年は、ジプシーの去った方向を見やりながらののしると、ミゲルに向かってVサインを作り、スペイン語であかるく話しかけた。

「むこうが連携プレーだったから、こっちも連携プレーでビクトリーですよ」

「きみはボクシングをやるのかね」

「がきのころにやっただけですがね。あいつの顔を見たとたんに、手のほうが先に出た」

「みごとなボディー・ブローだったよ」

青年は、やはりアメリカ人で、ドクター・コースを無事に終える見通しがたち、友人とふたりで旅に出たそうである。このあと、ロンダへまわる予定だと知らせた。

「セニョーラを悲しませずにすんでよかった」と、ミゲルは青年と握手をした。

女は椅子にかけたままであった。ミゲルと青年が握手を終えると、女は立って来た。ミゲルは思ったが、彼の見当はずれだった。おどろきのあまりうごけずにいるのかとミゲルは思ったが、彼の見当はずれだった。細っそりした女である。長袖《ながそで》の上着にパンタロンをはいていたが、上下ともあわいベージュの仕立てのよさそうな衣服だった。

ミゲルがバッグを渡すと、それが東洋風なのか、女は軽く頭をさげた。

「ムチシマス・グラシアス」

最大級の謝辞であるが、女の声は静かだった。サングラスをかけているので表情は読みとれなかったが、女はおびえてもいなければ、おどろいてもいなかった。ひっそりとふたりの前に立っていた。

女は、ちょっとつかえて、飲み物を差しあげたい、と言った。青年が英語で、なにやら話しだした。おそらく、ことわったのであろう。青年がことばを切ると、女も英語で短いことばを口にした。青年はけげんそうに、スペイン語で女にたずねた。

「エス・ウステ・ハポネサ？」

「シー」

「プエデ・アブラール・エスパニョール！」

「ウン・ポキト」

「たまげたなあ」と青年はミゲルに視線を移した。「このセニョーラは英語を知らんそうですよ。日本人なら英語のほうが通じると思ったのにな。お聞きのとおり、スペイン語は話すんですがね」

「スペイン語もほんの少々《ウン・ポキト》だそうだよ」

ミゲルが笑いながら言うと、青年は大げさに肩をすくめた。

「ウン・ポキト！ 上等じゃないですか。英語はあたまからノーですからね」

「それは、セニョーラがアンダルシアを気に入っているからじゃないのかね」

「ぼくの故郷も気に入ってほしいもんですよ。ぼくはコネティカットの出身です」

青年は故郷の自慢話をはじめたが、つれに名を呼ばれて別れをつげた。

「セニョーラを安全な場所まで送りとどけてください。さっきのやつらが、そこらで待ち伏せしてるかもしれない」

「安心したまえ。わたしはボクシングはやらんが、ここはわたしの縄張りだよ」

青年たちと別れると、ミゲルは広場から立ち去るべく女をうながした。さすがに女も広場に残る気にはなれないらしく、ミゲルとつれだって通りに出た。

正午をすぎて、かなりたっていた。あと一時間もたつと、料理のうまい居酒屋は混みはじめる。ミゲルは、そのむねを女に知らせて昼食にさそった。女は承諾したが、勘定は自分がはらう、と言った。

「セニョールに救っていただきました」

「腹ごなしの運動にすぎませんよ。ぜひにとおっしゃるなら、勘定はおねがいしましょう」

どうせ、高級レストランにはいるつもりはないのである。女を食事にさそったとき、すでにミゲルは案内する店をきめていた。一般にバルと呼ばれている居酒屋の一軒であるが、長いカウンターのほかにテーブル席もいくつかある。ゆったりした作りの店で、家族づれや女同士の客が多かった。ミゲルがその店を知っていたのも、娘夫婦と何度かいっしょに来たことがあったからである。ビブランブラ広場から徒歩で十分そこそこの居酒屋であった。

道々、たずねてみると、女はひとり旅で、五日前からグラナダに滞在しているそうである。マドリードに一泊して、まっすぐグラナダへ来たような話だった。

ミゲルは自分の名を告げて、女の名をたずねた。女は一瞬まをおいて、アキコ・モトヨシと知らせた。

「アキコ・モトヨシ、ですか」とミゲルは問い返した。「セニョーラ・アキコがここにいるわけですね」

スペイン語のアキィには「ここ」という意味がある。女もアキコの音とスペイン語のつながりに気づいたのか、はじめてほほえんだ。口もとのうごきでそれと知れるほのかな微笑である。女は寡黙《かもく》だった。ミゲルが話しかけないかぎり、女は黙していた。東洋人の習性なのか、それともスペイン語に不慣れなのであろうか。女はミゲルのことばを理解しているようであったが、彼女の発音はなめらかとは言いかねた。ままも途中で語を切った。声はあいかわらず静かだった。ふくらみを持ったやさしい声音は、ミゲルの耳に心地よく聞こえた。

女の背丈は、ペペよりもすこし低かった。小柄なペペも百六十センチはあるから、女の身長は百五十七、八センチであろう。女の帽子のへりが、ときどきミゲルの二の腕にふれた。すみれ色のリボンを巻いた白い帽子である。

居酒屋には客がはいりはじめていた。入り口近くのガラスケースの中に豊富な肴《さかな》が並んでいて、その中から肴をえらぶとよいのだから、外国人の客にとっても気らくな店である。女はミゲルに好みの肴をとるようにすすめ、彼女自身は、まずアングラスを注文した。

「セニョールも召しあがりませんか？」

「いただきますよ」

鰻《うなぎ》の稚魚をにんにくとオリーブ油で煮る一品は、スペインの名物料理のひとつで、アントニオとマリアもアングラスを食べたいばかりにこの店にくるのである。女は、マドリードの海鮮料理のレストランでアングラスを食べたそうである。マドリードのレストランの値段なぞミゲルには見当もつかなかったが、おそらくこの店とは比較にならない高値であろう。女はミゲルをもてなそうとしてか、多少気を張りつめているようだった。

赤のワインも注文してテーブルにつくと、女は帽子をとって、バッグといっしょに横の椅子の上に置いた。髪は黒かったが、漆黒というわけではなかった。やわらいだ黒で、イネスの髪のほうがむしろ黒かった。髪は長くもなく、短くもなく、毛先の軽くはねた髪型は、あごの細い顔と調和がとれていた。品位のある繊細な顔立ちだったが、案外、サングラスが実際以上に女を美しく見せているのかもしれない。ミゲルは、女に眼鏡をはずしてほしかったが、それを言いだすにはまだ早すぎた。

ボーイがパンとワインを運んで来て、二つのグラスにワインを注いだ。女はミゲルとグラスを合わせてワインをすすると、パンをとって小さくちぎった。

女のはめている指輪がミゲルの目にとまった。広場で話したときも、女の指輪が目のすみにはいってはいたが、はっきり見たのはこのときである。青とも緑ともつかぬ大粒の宝石が、左手のくすり指で輝いていた。アレキサンドライトらしいと気づいたのは、カルメンがこれとそっくりの指輪をはめていたからである。アリシアの話によると、良質のアレキサンドライトはダイヤモンドより高価だそうである。マンションの一戸や二戸は買えるんじゃないの、とアリシアは皮肉っぽく知らせた。女の指を飾っている石は、カルメンのものより大きかった。

手がまた、美しかった。細っそりした小さな手である。欧米人の女の手は、たとえ美人でも大きくて骨張っている。中年ともなれば手のきれいな女はまれなのであるが、東洋人は手からしてことなるらしい。皮膚はなめらかで、しなやかそうで、手そのものが愛らしい生きもののようだった。どれほど高価な宝石であっても、石にいのちは感じられないけれども、女の手には血がかよっているはずである。ミゲルは、ふいにその手を握りしめたい衝動をおぼえた。

「きれいな手ですね」とミゲルは気持を静めて言った。「それに、立派なアレキサンドライトだ。親戚《しんせき》の年寄りが、あなたとおなじ指輪を持ってますよ」

「母からもらったものです」

女の声がそっけなく聞こえた。

「失礼なことを言ったのかな」

いいえ、と答えて、女は口もとに笑みを浮かべた。ミゲルは、ほっとしてたずねた。

「ところで、あなたはきのうもビブランブラ広場にいたのではありませんか」

「はい」

「きのうもジプシーから紙ナプキンを買ったのですか」

「はい」

「いくつ買ったんです？」

三箇、と聞かされて、ミゲルはあっけにとられた。土地の女たちも人助けのつもりで二十五ペセタを渡すのであって、それも休日に広場で憩う場合のことなのだった。

「どうして、そんなばかなまねをするんです？　あなたは裕福だから気軽に買ったんでしょうが、むこうの言いなりになっていては、つけあがらせる一方ですよ。それに、その指輪だ。金があるということを連中におしえているのも同然ですよ。やつらに狙《ねら》われたのもふしぎじゃありませんね」

「もうすこしゆっくり話してください」

どうやらミゲルは、女のおろかしさにあきれて、つい早口になったらしい。彼は語調をやわらげて、おなじことばをゆっくり口にした。

「わかりました」

静かというよりは無感動な一言だった。女は、礼儀としてミゲルのことばに耳をかたむけながら、聞きながしてしまったのかもしれない。

「しかし、やつらに感謝すべきかもしれんな。彼らのおかげで、こうしてセニョーラとワインを飲めます」

ミゲルがあかるく言うと、女の口もとに笑みがもどったものの、すこしかなしげな微笑に見えた。なんと気骨の折れる女だろうと思いながら、ミゲルは話題をかえた。

「アルハンブラはごらんになったんでしょうね」

「いいえ」

「これからごらんになる？」

「その予定はありません」

　みょうな女である。グラナダをおとずれる内外の観光客は、百人中百人までがアルハンブラ宮殿に足をはこぶといっても言いすぎではない。ミゲルはアルハンブラの美しさを説明したが、じつをいえば、アントニオの受け売りにすぎなかった。中世イベリア半島史を専攻したアントニオは、アルハンブラ宮殿の構造についてもくわしく、帰郷後はじめて、ミゲルはアントニオの案内でアルハンブラの内部を見たのだった。なるほど、庭園もモザイク模様の壁面もみごとなものだったが、ミゲルにとってなじみの深いアルハンブラは、シエラネバダを背にした外観であった。アラブの牢獄を思わせるいかつい宮殿も、シエラネバダとともに目にすると、ときに壮麗で、ときに暗鬱《あんうつ》に見えた。

　ミゲルは、市内の名所をいくつかあげてみたが、女はどこにも行っていないようだった。王室礼拝堂もアルバイシンも、ビブランブラ広場と目と鼻の先のカテドラルも、女は見ていなかった。

「セニョーラは、はるばる日本から観光にいらしたわけでしょう。五日間もなにをしていたんです？」

「一度、ハエンに行って来ました」

ハエンはグラナダから百キロあまり北方の町で、ここには国営ホテル《パラドール》がある。岩山の頂きに立つホテルで、ミゲルもペペ夫妻をさそってドライヴに出た折、立ち寄ったことがある。おそらく、領主か貴族の古い居館の内部に手を加えたパラドールであろう。見はらしはきいたけれども、眼下のハエンの町は情趣にとぼしく、あとは目のとどくかぎりオリーブ畑がひろがっているだけである。大地主様の畑かね、とペペは皮肉ったものであるが、広大なオリーブ畑も、異国の旅行者には心ひかれる眺めなのかもしれなかった。

「パラドールにお泊りになったんですね」

「いいえ。お茶を飲んだだけです」

「日帰りですか。すると、タクシーでハエンに行ったわけですか」

「レンタカーでまいりました」

ミゲルは、思わず女の顔を見直した。アリシアは車を持っているが、アリシアなら運転をしてもすこしも不自然ではない。マリアも気の勝った娘であるが、車というものは亭主か父親に乗せてもらうものときめこんでいる。スペイン人にかぎらず、ラテン系のドライバーはスピードを出しすぎるかたむきが強く、へたに運転なぞおぼえないほうが無難なのだった。

ミゲルの日本に関する知識はとぼしかったが、日本が世界でも有数な自動車の生産国であることは知っていた。女が運転をしてもふしぎではないのかもしれなかったが、物静かで華奢《きゃしゃ》な目前の女がハンドルを握るとは、容易に信じられなかった。

「おどろきましたね。セニョーラは運転をなさるんですか」

「はい」と、女は消え入りそうな声で答えた。

「パラドールの坂はきつかったでしょう」

「はい」

「スペインは何度目です？」

「はじめてです」

なんたる女だろう、とミゲルは心中で唸《うな》った。さしたる道のりではないにせよ、女ははじめて来た国でレンタカーを駆り、グラナダとハエンのあいだを往復したのである。しかも、パラドールに至る坂は、つづら折りの急勾配《こうばい》であった。

運転歴をたずねてみると、女は二十年ほどになると答えた。

「それじゃ、ベテランだ。ドライヴを楽しみながらの観光というわけですか」

「ええ」

女の返答がなおざりに聞こえ、ミゲルは女がうそをついているような気がした。遠出をしたのが一回きりというのも腑《ふ》に落ちなかった。

「レンタカーは返したんですか」

「いいえ」

「もったいない話ですね」

「ハエンまで行って疲れました」

女は、まだ今後の予定を立てていなかった。気がむくままの旅、ということのようであった。

ミゲルは、ふいに女を集落へともなって行きたくなった。グラナダの史蹟《しせき》に関心がなく、女がハエンにおもむいたのは、アンダルシアの自然に接したかったからではないのか。それならば、集落の近辺も女の目をたのしませるはずだった。

「わたしの村をごらんになりませんか。わたしの村にもオリーブ畑もあれば、ひまわり畑もある。パラドールこそありませんが、あじけのないハエンとは大ちがいですよ」

話しているうちにミゲルは、ぜがひでも女に集落を見せたくなった。このまま女とわかれたくはなかったし、そもそも女に馳走《ちそう》になりっぱなしになる気もなかった。昼食後は海岸にでも案内し、グラナダに引き返して夕食をともにする心づもりであったのだが、それよりは、まっすぐ集落へ向かうほうがましである。ミゲルは熱心に集落について語りつづけた。

「ロサーレス村は近い。ハエンにくらべりゃ、となり村のようなものですよ」

「セニョールはグラナダのかたではないのですか」と、女がいぶかしげにたずねた。

「わたしは百姓ですよ。ここに住んでいたこともありますがね」

女は、ちょっととまどったようであったが、ミゲルのさそいには気持がうごいたようだった。心持ち上気して、あすではだめだろうか、と聞いた。

「ワインを飲んだので、きょうは運転ができません」

「セニョーラに運転なぞさせるつもりはない。わたしの車で案内しますよ」

「ワインを飲んでも運転をなさるんですか」

「飲んだうちにはいりませんよ」

たかが一本のワインであり、セニョーラも三分の一は飲んだではないか。ミゲルは笑顔で言って語をついだ。

「運転ならわたしはプロです。五年まえまでトラックに乗っていましたからね」

「トラック……」

「そうです。わたしはトラックの運転手だった。それも並みのトラックじゃない」

タイヤの数が多く、動力の強大な車輛《しゃりょう》。ミゲルはハンドルの感触を思いだしながら、運転手としての経歴を知らせた。

「フランスの高速道路を走るわけじゃありませんよ。村へ行ってみませんか」

女は無言で聞いていたが、ひと呼吸おいて村への遠出を承知した。

IX

ミゲルは、見ず知らずの他人を車の助手席に乗せた経験はなかった。グラナダへ出るついでに集落の誰かれが同乗することはあっても、かれらはすべて顔なじみである。集落の近辺では、外国人のヒッチハイカーに出会うこともなかった。

女は、むろんヒッチハイカーではなかった。ミゲルのほうから集落にさそったのである。アントニオが車を入手して以来、マリアもミゲルの車で集落へおもむくことはなくなったし、往路の同乗者も帰りはおのずとべつになるため、帰途はきまってひとりだった。ミゲルは、ひさしぶりに身近に異性のけはいを感じとりながらグラナダの市街からはなれたのだった。

リア・シートにミゲルの上着と女の帽子が置いてあった。運転のさまたげになると思ったのか、車に乗りこむとすぐ女は帽子をとって、バッグとかさねてひざの上にのせた。バッグひとつならまだしも、帽子まで抱えていては窮屈そうで、ミゲルがリア・シートに帽子を移したのである。なかばおろした窓から風がはいりこみ、女の髪を軽くみだしていた。

グラナダから集落に至る道は二つあった。ひとつはコルドバへ通じる国道であり、ひとつはハエンを経てマドリードに達する国道である。ハエンへの道をとると、途中で間道にはいるのに引きかえ、コルドバ街道は国道を走行する区間が長くて、スピードを落さずにすむ。ミゲルは、もっぱらコルドバ街道を利用していた。

この日はハエンへ向かう国道をえらんだ。多少時間をついやしても、間道の沿線には村落が点在して、コルドバ街道にくらべると変化に富んだ道すじだった。

女は国道を見おぼえていた。ハエンに行く道ですね、と言った。そうだ、とミゲルは答えて、やがて国道からそれると知らせた。

「いなか道ですがね。アンダルシアのいなかをゆっくりごらんになるといい」

ミゲルは、いなか道と言ったけれども、沿道の住民にとっては、欠くことのできないバス道路であった。バスは、いくつもの集落をめぐって、ロサーレス村にたどりつく。かって、ミゲルが帰省の都度マリアをともない、バスにゆられて生家に向かったのは、この道路である。また、両親に婚約者を引き合わせるべく、はじめてイネスとともに集落へおもむいた道路でもあった。

国道からそれると、道幅はせまくなった。とはいえ、バスが土ぼこりをあげて走った昔日《せきじつ》の砂利道ではない。道幅はむかしとおなじであっても、舗装はゆきとどいていた。

ブタンのボンベを満載したトラックが前方から近づいて来た。ガスボンベの代赭色《たいしゃいろ》が、いつになく目ざわりだった。出遇《であ》うのなら羊のほうがましだとミゲルが考えるうちに、トラックはすれちがって、サイドミラーの中で遠ざかって行った。

女が車を停めるようにたのんだのは、つぎのカーブをまわったときである。ミゲルは、言われるままに道ばたに車を停めた。右手は石ころがまじる草つきの短い斜面で、その上はオリーブ畑になっていたが、左手はアマポーラの赤い花にいろどられた草地で、草地をとりかこむように岩山の断崖《だんがい》が落ちていた。

女は助手席からすべりおりると、車の前部をまわって行こうとした。ミゲルはとっさに運転席から出て、アキコ、と声をかけた。

「あぶないですよ。車がくるかもしれない」

草地にはいるには、対向車線を横切らねばならない。農村地帯の道路とはいえ、車がやってこないとはかぎらなかった。

女は左右をうかがうと、道路を渡って草地にはいった。女は助手席にバッグを残して車外に出たので、ミゲルは一応車をロックして草地に向かった。

女は、草地のなかほどで立ちどまると、眼前の岩山を見あげた。へんてつもないごつごつした岩山である。最も高い部分は、四十メートルはありそうに見えたが、そこから崖《がけ》が垂直に落ちていた。女は顔をあおむけて、岩山の天辺に目をあげているようだった。

「なにか見えますかね」

ミゲルがたずねると、女ははっとしたように顔をおろした。

「鳥がいたようですけれど」と、女は彼のほうを見ずに言った。

「鳥？　鷹《たか》かな」

「さあ？　すぐ飛び立ちました」

ミゲルはいまだに遠目がきいた。鳥が飛び立ったとすれば、まちがいなく彼の視界にはいったはずである。ミゲルはあらためて空を見あげたが、鳥影はなく、陽光が目を刺《し》戟《げき》したにすぎなかった。

女は草地にしゃがんで、指先でアマポーラの花びらをなぞっていた。心中をかくすための仕草かもしれなかったが、無心に花に見入っているようでもあった。

「きれいな赤ですね」女は立ちあがると、草地を引き返しながら言った。「こんなにたくさんのアマポーラを見たのははじめてです」

ハエンの岩山でもアマポーラを見たが、ところどころに一、二本の花が咲いていただけであったし、運転中は風景を見るゆとりはなかったそうである。

「わたしの国は車線が逆なのです。左がわを走ります」

ミゲルは、おどろいて足を停めた。

「すると、右ハンドルですか」

「はい。セニョールのおかげでアマポーラの絨緞《じゅうたん》にめぐり合いました」

「こういう絨緞なら、わたしの村にもあちこちにある」

道路を渡るとき、ミゲルは女をかばって腕をとった。西欧では、あたりまえの習慣である。女も自然にミゲルに寄りそっていた。女のやわらかな腕の感触が手のひらに残って、車を出すと、にわかに心が浮きたってきた。

女は沿道の変化に気をとられていた。無言で車の外に見入っていたが、ものの十分とはたたぬうちに、またもや駐車をたのんだ。行手に小さな集落があり、集落の手前の泉で二、三頭の馬か騾馬《らば》が水を飲んでいた。泉の前で車を停めると、騾馬と知れた。泉は道路から五、六メートル奥まっていた。右手の泉なので、こんどは道路を横切らずにすむ。もっとも、集落の中といってもよく、ミゲルは女にバッグをはなさぬように注意した。女は、あわてぎみにショルダーバッグの紐《ひも》をつかんで助手席から出ると、先に立って泉に近づいた。

古びた泉である。どの集落でも似たようなものであるが、動物の水飲み場は大きく、かこいの一部に口つきの小さな突起があって、そこから絶えず泉に水が流れ落ちている。集落の人びとの飲み水である。泉をかこむ煉瓦《れんが》は欠け落ち、水はよどんでいた。

騾馬は二頭だった。二頭ながら毛がぱさついていた。農夫らしい男が、騾馬のかたわらでたいくつそうに安たばこを吸っていた。ミゲルと同年輩に見える男であるが、日焼けした顔のしわは深かった。

「これから、ひと仕事かね」と、ミゲルは男に声をかけた。

「ああ。わしの畑は崖の上だから、まだこいつらに稼いでもらわにゃならん」

農夫は女を見やって、中国人《チーナ》か、と小声でたずねた。日本人だ、とミゲルは知らせた。

「わしの村に日本のセニョーラが来たのは開闢《かいびゃく》以来のことだよ」

「そのうち、貝から生れた美女がやってくるかもしれんぜ」

「美女より山道をなんとかしたいもんだ。そうすりゃ、機械を使える」

女はかこいに沿って水飲み場をまわりかけたが、途中でもどってくると、騾馬を見ながらミゲルにたずねた。

「これ、馬ですの？」

「騾馬ですよ。馬と驢馬《ろば》の混血で、たいそうなはたらき者だ」

騾馬は水を飲み終えていたが、女の近くにいた一頭が、ぶるっと首をふって口もとの水をはらった。水滴が飛びちって、女の衣服のそこここをぬらした。女はあとずさると、騾馬に向かって、笑いながら日本語で話しかけた。ミゲルは、なんと言ったのか、と聞いた。

「行儀よくなさいって叱《しか》ったのです」

「アキコにあいさつをしたんですよ。勘弁してやりなさい」

「あいさつを返そうかしら」

女の声はあかるくて、衣服のよごれも気にならないようだった。小さなしみだから気にするほどではないにせよ、女は気持がくつろいだとみえ、頬には生色がもどって、グラナダを発《た》つまえとは別人のようだった。

ミゲルは、農夫にわかれをつげて車にもどった。女は名残りおしそうに、車を出すまで泉のほうに顔を向けていた。小さな集落は後方に去り、泉もたちまち視界から消えた。

「セニョールの村にも泉がありますの？」

「ありますとも。あんなよごれた泉じゃない」

それは、かつてイネスが見とれた泉である。イネスは泉のほとりで、いつかはここで暮したいと語ったのだった。当時ほど澄みきってはいないものの、もともと水にめぐまれた集落であり、農作業に早くから機械を導入したため家畜の数も少なくなって、そのせいか、いまだにきよらかな泉であった。

女を泉にともなって行ったなら、イネスとおなじことばを語ってくれるだろうか。女は、当時のイネスほど若くはなかったし、まして旅行者だった。きょうのうちにもグラナダへもどろうとするに相違ない。帰らんでくれ、このままそばにとどまってくれ、と胸中で呼びかけて、ミゲルは女に心をうばわれているおのれに気づいたのである。

ミゲルはブレーキを軽く踏みこみ、とっさにスピードを落した。女とのわかれが迫っているなら、先をいそぐことはないのだった。それに、見込みのない恋とはかぎらなかった。女はドライヴを楽しんでいたし、ミゲルに対しても打ちとけはじめていた。どだい、すこしでも彼に嫌悪《けんお》をおぼえたなら、集落への遠出を承知するはずはなかった。

これまでミゲルは、イネス以外の女に心をひかれた経験がなかったわけではない。バルセローナでは、なじみになった女もいる。マリアが大学にはいる二、三年まえの話だから、彼もはたらき盛りだった。相手は素人《しろうと》ではなく、ペパという愛称の娼婦《しょうふ》だった。イタリア人の船員とアラゴン出身の娼婦のあいだに生れた私生児で、ペパも母親とおなじ道にはいったわけである。ペパは二十一歳だと語っていたが、おそらく二十四、五になっていたろう。ペパはゴシック地区の安アパートに住んでいて、ミゲルは月に何度かペパの部屋に通ったものである。

イタリア人の血をひきながら、ペパは一語もイタリア語を解さず、むしろイタリア人を憎んでいた。イタリア野郎を客にとるときは、せいぜいむしりとることにしている、としょっちゅう話していた。イタリアの船乗りよりは、アンダルシアのトラック乗りのほうが、よっぽどましだとも語った。なじむにつれて、ペパはミゲルを慕うようになり、彼の腕の中で泣いたり笑ったりした。ミゲルもペパの部屋へ向かう折は心がはずんだけれども、やはりグラナダの妻子が大切で、ペパにおぼれこむまでには至らなかった。帰省前にペパの部屋をたずねると、ペパは枕《まくら》や花瓶や置時計なぞ、手あたりしだいに彼に投げつけて荒れくるった。ミゲルは往生しながらも、ペパがいじらしかった。ペパとの仲は一年半で終った。ペパは行く先もつげずに、バルセローナから姿を消してしまったのである。

イネスに去られたあとは、恋仲になった女はいない。アリシアはこのましい女性ではあったが、好意と恋着はべつものである。母の死をおもうと、娼婦を買うのもためらわれた。さいわいにも彼は、日夜、性の衝動に苛《さいな》まれる年齢ではなく、農作業と酒によって、おおむねおだやかな夜をすごしていたのである。ミゲルは、この日以降のひとり寝を考えたくなかった。

ミゲルのおもいをよそに、女はたびたび車を停めさせて路上におり立った。途中の集落の場合もあれば、農地の真っただ中の場合もあった。停車をたのむ都度、女は、セニョール、と呼びかけた。セニョール、あの白い教会を見せてください。セニョール、ひまわり畑のそばをちょっと歩いてみてもよろしいでしょうか。セニョール、そこの細長いあずま屋はなんでしょう？　といった調子である。

セニョールと声をかけられるたびにミゲルは、名を呼んでほしい、とたのんだ。自分は、すでにアキコと呼んでいる。アキコもミゲルと呼んでほしい。彼のことばに女は素直にうなずくのであるが、礼儀を重んじる家庭で育ったのか、それとも物めずらしさが先立って彼のことばを失念してしまうのか、呼びかたをかえなかった。

女があずま屋と言ったのは、戸外の洗濯場であった。石の柱が石の三角屋根を支えているのだから、あずま屋と見えなくもない。屋根の下は幾槽にも仕切られた横長の洗い場で、洗い場の石にはこまかな山型のきざみがはいっている。ミゲルは近村へ出かける集落の知人を同乗させる機会もあって、この洗濯場を見知っていたが、すこしまえまでは洗濯にはげむ女たちの姿を見かけたものである。この集落の女たちも洗濯機を使いだしたのであろうか。洗い場も、洗い場のまわりも乾ききっていた。

ここまでくると、ミゲルの住む集落は近かった。ゆっくり車を走らせても、十五分たらずの距離であろう。ミゲルは、集落に着くまえに女と話し合いたかった。おたがいに私生活にはまったくふれずに、ここまで来てしまったのである。ひとり旅の女なので、未亡人か離婚した女のように見えたが、案外、夫がいるのかもしれない。女が独身なのかどうか、それだけでもミゲルはたしかめたかった。

沿道はオリーブ畑が多くなった。すでにロサーレス村にはいったのである。道はやや登りになり、行手は丘陵の一端をめぐるカーブになっている。丘陵上には若木らしい小ぶりなオリーブが整然と並んでいた。

カーブをまわると、アマポーラの赤い群落が目をとらえた。ミゲルは、とっさに車を停めた。右手、つまり助手席寄りの丘の合間に、アマポーラがむらがり咲いていたのである。

「ほら、アキコの好きな絨緞ですよ。ここはもうわたしの村だ」

扇型のゆるやかな斜面であるが、丘にかこまれているので、最初に車を停めた場所よりはアマポーラの赤がやわらいで見える。扇のかなめにあたる奥まった位置には小さな崖が落ちていたが、そこにはエニシダの繁《しげ》みがあり、枝いっぱいに黄色い小花をつけていた。

女は、アマポーラよりもエニシダに目をうばわれたらしい。斜面を登って行くと、エニシダの繁みの前で立ちどまって、小枝に顔を近づけた。

「光るような花ですね。光をあつめているようにも見えますし、光をはなっているようにも見えるわ」

「サングラスをはずしたほうがいい。肉眼で見たほうが、エニシダの本当の色がわかる」

「日光がきついのに、あかるい花まで見ては目が疲れます」

「目が弱いんですか」

「いいえ」と答えて、女はエニシダのそばから離れた。「こちらの光線に慣れないので、目が疲れぎみなのです」

女のサングラスは紫がかった褐色で、目のかたちていどはわかるものの、目の表情までは読みとれなかった。サングラスをかけることによって、他者とのあいだに垣を作っているようでもあった。グラナダのバルでも、女はサングラスをはずさなかったのである。

「わたしが暮していた街にはアマポーラもエニシダもありません」と、女はゆっくり歩をはこびながら言った。「空もこれほど青くはありませんし……」

「アキコはどこで暮しているんです？」

「パスポートの住所は札幌になっています」

「札幌？　東京の近くですか」

「北海道はごぞんじでしょうか」

「知りませんな。ヨーロッパならたいがい見当はつくんだが」

女の説明によると、北海道はサハリンに近い大きめな島で、札幌は北海道の中心都市だった。七〇年代の初期には、冬季オリンピックが札幌で催されたそうである。

「記憶ちがいかもしれませんが、滑降かなにかの競技で、スペインの選手が優勝したようなおぼえがあります」

いわれてみると、極東のどこかでおこなわれたオリンピックで、スペインのスキー選手が金メダルを取ったという話を、当時ミゲルも耳にはさんだような気がしたが、札幌という地名を聞くのははじめてだった。

「バルセローナでもオリンピックをやるそうですよ。四、五年先の話ですがね」

長年、彼がはたらいていたバルセローナで、やがてオリンピックが開催される。ミゲルは感慨をおぼえずにはいられなかったが、ふと、みょうなことに気づいた。

「さっき、パスポートの住所と言いましたね。それは、アキコがほかの都市に移ったという意味ですか」

「パスポートの記述ほど正確なものはありません。正確におつたえしたまでです」

女の返答が、やや切り口上に聞こえた。ミゲルは腑《ふ》に落ちなかったけれども、女が足をとめたので、彼も立ちどまった。女はバッグの中からスカーフをとりだすと、アマポーラのすきまに敷いた。すわるのか、と彼が聞くと、はい、と女は答えた。

「花にかこまれて休みたくなりました」

「待ちなさい」

ミゲルは言いおくなり、上着を取りに斜面を駆け降りて車へもどった。花が咲きみだれていても、このあたりの草むらは砂礫《されき》まじりの荒地なのである。後部座席の物入れに新聞がさしこんであったので、それも取って女のそばへ引き返した。前日、グラナダのキオスクで買った新聞である。

女は、すでにスカーフの上に腰をおろしていた。ミゲルは上着をさしだして、スカーフのかわりに敷くようにすすめたが、女は上着を受けとろうとしなかった。

「それじゃ、新聞の上にスカーフを敷くといい。石のかけらがありますからね」

「石なぞありませんわ。新聞はセニョールがお使いになってください」

「また、セニョールですか」

ミゲルは気落ちをおぼえながら、新聞紙を敷いて女と並んですわった。

「日本では友人になっても名を呼ばないんですか」

「若いかたは名前を呼び合っているようですが、中年以上になりますと、呼び捨てにはいたしません」

「夫婦のあいだではどうなんです？　まさか、セニョーラ、セニョールじゃないんでしょうね」

「一般的に、夫は妻に対して君をつかいます。若い御夫婦の場合は存じません」

アキコは夫をなんと呼んでいたのであろう。そう聞くかわりに、彼は自分の左手に目をやった。かって、その手のくすり指に結婚指輪がはめられていた。わずか二百ペセタの指輪であったが、彼にとっては宝石よりも貴重なイネスとの愛のあかしだった。指輪をはずせばイネスとの再会はかなわぬような気がして、イネスの失踪《しっそう》を知ったあとも、しばらくははめていたのだけれど、みれんを断ち切るように、集落の近くの小流に捨てたのである。イネスの母親からの手紙を受けとった直後だから、一昨年のことになる。

ミゲルは左手をひろげて、女の目前にさしだした。

「よく見てください。わたしの指には金の指輪がない」

女は、いぶかしげに小首をかしげたが、はっと息を呑《の》むと、ためらいがちにたずねた。

「セニョールはおひとりなのですか」

「そうですよ。女房がいたこともありますがね」

ミゲルは女に、めめしい印象をあたえたくなかった。できうるかぎりさりげなく、妻に去られたむねを知らせた。自分の年齢も、グラナダに娘夫婦がいることも、孫の誕生祝いに出た帰途であることも話した。

「そういうしだいで、ひとり暮しです。待てよ、ドミンゴがいる。犬ですがね。日曜日にもらったので、ドミンゴというわけです」

女は笑いもしなかった。むしろ、犬の話を出すと同時に、心持ち表情がかげったように見えた。

「アキコは犬がきらいなのかな」

「いいえ。ドミンゴは何歳の犬ですか」

「二歳かな。飼いだして二年近くになる」

カルメンが贈ってくれた犬である。ミゲルは犬を飼うのも厄介であったのだが、カルメンの気づかいはうれしかったし、飼ってみると屋内の荒寥感《こうりょうかん》は薄れて、いまは彼のなぐさめになっていた。コッカー・スパニエルの雄だった。

「これで、手のうちはすべて見せたようなものです。こんどはアキコのことを聞きたい」

女は口をつぐむと、道路をへだてたオリーブ畑に目をはなっているようだったが、そのままの姿勢で、話すほどのことはなにもない、とつげた。ミゲルは、かまわずにたずねた。

「アキコの指輪は、お母さんからもらったものだと言いましたね。結婚指輪ではないのですか」

「日本では長年、結婚指輪を交換する習慣はありませんでした」

「すると、御主人はいらっしゃるのですか」

女は、ふたたび口をつぐんでほほ笑んだ。やさしさとかなしみとが入りまじったような微笑であった。

「申しわけありませんが、個人的な事柄はお聞きにならないでください」

「アキコを困らせるつもりはない」とミゲルは口早に言った。「誰しも他人に言えないことがある」

ミゲルにしても、母の死まで女に話していない。リカルドについても話す気にはなれない。もっとも、女が口にした個人的な事柄とは、男女間の問題のように思えた。夫を失ったのか、夫婦仲がこじれたのか、なにかしら女はなやみごとを抱えて、旅に出たのではあるまいか。ミゲルは女をしっかり抱きしめて、女のなやみをぬぐいとってやりたかった。

女は、腰をあげてスカーフをたたみだした。ミゲルも立ちあがって新聞紙をつかみとると、足もとのアマポーラを一本手折って、女の前にさしだした。

「アキコ、この花の色がわかりますか。この赤はアキコに対するわたしの胸の色だ」

もちろん、と彼はつづけた。わたしのおもいを受けとってほしい。しかし、おもいを受け入れる余地がないほどアキコのなやみが深いのなら、いたしかたない。

「人生は意のままにならない。アキコもそう思いませんか」

女は黙したままだった。一瞬見せた当惑も消えて、かなしみのにじんだ静かな面持ちに返っていた。女が彼のことばをどのように受けとめたのか判じかねたが、ミゲルは花を投げ捨てると、先に立って草むらを降りて運転席にはいった。女は、ためらいがちに助手席に乗りこむと、正面を向いて姿勢をただした。

「さて、あとはわたしの集落を見るだけだ」と、ミゲルは車を出しながら言った。「アキコがそばにいるだけでわたしは楽しい。アキコも最後まで楽しんでほしい」

「はい」と、女は彼に調子を合わせるように答えた。

このバス路線はゴンサレス家のオリーブ畑を左右に見て、集落の広場の前にまわるようになっていた。畑の前にさしかかると、ミゲルはそのむねを女に知らせ、作業小屋に通じる入り口から畑に車を乗り入れた。トラクターの出入りに使う道である。轍《わだち》の残る赤土の道で、少々走りにくかったが、車がらくに通れるだけの道幅があった。

ミゲルは作業小屋の前に車をつけて、女に畑を案内した。自分の畑を見せたい気持もあったが、すこしでも女とのわかれを先にのばしたかったのである。

作業小屋の付近からは眺望がきいた。バス道路をはさんだ東側は低地になっているが、海のようにオリーブ畑がひろがり、そのむこうにシエラネバダの山々がつらなっている。目を北に転ずると、集落の上方の家々の赤い瓦屋根《かわら》が見え、集落と相対する岩山ものぞまれる。岩山の頂きが鋸《のこぎり》状になっているのは、胸壁の残骸《ざんがい》である。

「岩山の上になにかありますね」と女が言った。

「あれはアラブの城跡ですよ。アルハンブラとちがって荒れるにまかせている」

「登れないかしら」

「その靴じゃ無理だな」

女の靴はハイヒールではなかったけれども、華奢《きゃしゃ》な革の中ヒールだった。

「ここからは見えんが、わたしの小麦畑の上にはアラブののろし台がある。復原したものですがね」

「そこも見せていただけます?」

「見せますよ。あそこの登りも少々きついが」

女は生色を取りもどしていた。オリーブの枝ぶりは林檎《りんご》の木に似ていると言い、むかしは作業小屋のなかばが騾馬《らば》や驢馬《ろ》の家畜小屋であったと聞くと、残念そうな顔をし、南端のアーモンド畑まで足をのばして、まだ青ずんだ実を見つけて歓声《たんせい》をあげた。

「すばらしいところですね」と女が農道を引き返しながら言った。「セニョールがおっしゃったとおりでした。ひとりではこの村をさがしだせなかったでしょう」

「ここでしばらく休養してはどうです？　そうすりゃ、アキコは元気になる」

女は、ちょっと口ごもると、思い出ができただけで満足している、のろし台を見てグラナダへもどる、とつげた。

「そのまえにめしだな。グラナダまで送って行くとしても、ひと息入れなくちゃね」

「タクシーを呼んでひとりで帰ります」

冗談ではない、とミゲルは語調を強めた。自分はビブランブラ広場で、アメリカ人の青年とアキコを安全な場所へ送りとどける約束をした。責任は果たさねばならない。だいたい、タクシーもグラナダから呼ぶのであって、へたをすると一時間以上も待たねばならないのである。

「ここにもうまい居酒屋がありますよ。手の込んだ料理は出さんが、材料は飛びきり新鮮だ」

おもいを打ちあけるまえからミゲルは、ディエゴの店で女と食事をともにすることを考えていたのだった。女が集落に心ひかれた様子なので、食事中に女の気持に変化が生じないともかぎらなかった。

寄り道をしたため、ほどなく六時になろうとしていた。夕食には早すぎる時間であったが、客の少ない時刻であるから、かえって好都合であった。案のじょう、ディエゴの店の戸外の席に客の姿はなかった。

ディエゴは、女づれのミゲルを愛想よくむかえた。つれが日本人の女であっても、グラナダの知的な女であっても、この男の態度はかわらなかった。

この日の料理は空豆とベーコンの炒《いた》め物にアーティチョーク、それに小魚の揚げ物だった。空豆もアーティチョークも、そろそろおしまいの時期である。アリシアとこの店に来た日も空豆を食べたような記憶があるが、よくおぼえていない。アリシアの突飛な求愛に狼狽《ろうばい》して、料理まで頭に残っていなかった。

この日は立場が逆だった。もっとも、ミゲルはすでにおもいをつげていたから、ここで蒸し返すつもりはなかった。彼は女をくつろがせることに専念した。料理とワインをすすめながら、おもしろおかしくペペや飼犬の話をした。ミゲルにしても、ペペやドミンゴについて語るのは楽しかったのである。

女は、ときに軽い笑い声を立て、なごんだ表情でミゲルの話を聞いていた。料理も気に入ったと見え、空豆の炒め物はなかば近く女が食べた。グラナダのバルでは、ほんの少量食べたにすぎない。日本では空豆を塩茹《ゆ》でにして、酒の肴《さかな》にするそうである。ワインはふたりで一本あけたのであるが、女が飲んだ量は半分にも充《み》たない。どうやら、それが定量らしい。ミゲルは飲み足りなかったのであるが、グラナダまで女を送って行くとすれば、一本で切りあげたほうがよさそうだった。

食後のコーヒーを飲んで店を出ると、七時半をまわっていた。日没にはまのある時間で、空はまだあかるかった。

「それじゃ、のろし台を見に行きますか」とミゲルは道路を渡って言った。「すこし歩きますよ。アキコは大丈夫かな」

「はい、大丈夫です」

女の足取りは意外にしっかりしていた。ミゲルは車を停めてある広場の前を素通りして小麦畑へ向かったが、しだいに気が滅入《めい》ってきた。女の言うとおり、思い出ができただけで満足すべきなのかもしれなかったが、おもいが相手にとどかぬかぎり、男は充たされはしない。グラナダへの帰路、手ごめにしようか、と不埒《ふらち》な考えが頭をよぎったけれども、手ごめにしたところでおもいがとどいたことにはならないのだった。

のろし台は、作業小屋の背後の崖《がけ》を登らねばならない。作業小屋に通じる小道にはいってまもなく、とつぜん女は立ちどまってミゲルの腕をつかんだ。

「セニョール、あれはなんですか」

女が顔を向けているのは、畑と反対の方向だった。小道の片がわには木立があって、樹間に水面がにぶく光っていた。

「あれは泉ですよ。途中で話したでしょう」

「泉？」と女は小声で問い返した。

「いったい、なんに見えたんです？」

女はよほどおどろいたのか、まをおいて答えた。

「魚の目かと思いました」

「鯨《くじら》の目かな。あれは鏡ですよ。むかしからそう呼ばれていた。寄ってみましょう」

細道が木立のかたわらに通じていて、泉まではひと息である。ミゲルは女の手を取って泉の前に立った。

低い石垣でかこまれた楕円《だえん》型の泉である。周囲は十五メートルほどのものだろうか。樹木にかこまれて水面はかげっていたが、水は澄んでいた。水の匂《にお》いがし、飲料用の口から流れ落ちる水音が周囲の静寂を深めていた。

女は身じろぎもせずに泉を見おろしていた。水の光沢に魅入られているかのようだった。

「飲み口を見てごらん。泉の名を彫ってある」

女は、われに返って飲み口の突起に近づくと、石に顔を寄せ、聞きとれぬほどの声で彫りこまれた文字を口にした。

「エル・エスペホ・デ・ラ・ビルヘン……」

「女たちは水を汲《く》むまえに十字を切ったそうですよ。なにしろビルヘンの鏡だからね」

「きれいな名ですね。聖母の鏡……」

このとき、おなじ場所で、泉の名を口にしたもうひとりの女の声がよみがえった。イネス・オルテガのはなやいだ若い声である。

ミゲルは、そっと女のサングラスをはずした。形のよい大きな目であったが、目の下はくぼみ、目にも力はなかった。ミゲルを見ていながら、見ていないようなまなざしだった。

「アキコ」とミゲルは女を抱きしめた。「わたしを見てほしい。わたしだけを見てほしい」

女

I

その朝、最初に耳にしたのは鐘の音であった。あたかも夢のつづきのように、かすかなチェンバロの調べに似ていたが、まもなく、戸外からつたわってくる教会の時鐘と知れた。あかるく軽いひびきである。前日、集落の居酒屋にはいるまぎわにも、おなじ音色の夕べの鐘が鳴っていたのである。

能戸《のと》顕子《あきこ》は、はっとベッドの上に半身を起こした。かたわらに男の姿はなく、寝室に残っているのは彼女ひとりであった。

カーテンが外光をさえぎっていたが、室内は物の見分けがつくあかるさにかわっていた。着ているパジャマの柄もわかった。棒縞《ぼうじま》の男物のパジャマである。彼女には裸体で寝る習慣はなかったから、男に抱かれていても落ちつけず、とうてい寝つかれそうもなかった。肩先のあたりもうすら寒く、寒さをうったえると、男がパジャマを用意してくれたのである。細身の彼女には大きすぎるパジャマで、袖口《そでぐち》は指先までかくしていた。

窓近くに籐《とう》の揺り椅子《いす》があって、そこに女物の下着が投げかけてあった。パンタロン・スーツは男が衣裳簞笥《いしょうだんす》にしまってくれたようであるが、よくおぼえていない。寝室にはいったとき、彼女は足元がふらつくほど酔っていたので、どのようにして衣服をぬぎ捨てたものやら、はっきりした記憶はなかった。

この家で、彼女は男と酒を飲み直したのだった。ワインではなく、ブランデーであった。男が切り分けてくれたチーズにはまったく手をつけず、ひたすらグラスを口に運びつづけた。スペイン人の女は酒が強いのか、最初は笑顔で見守っていた男も、彼女の性急な飲みかたに不安をおぼえたらしく、コニャックはゆっくり味わわねばいけない、と注意した。男に返したことばは、彼女の頭に残っている。酔わなければあなたと寝ることはできません。男は無言で、彼女の手からグラスを取りあげた。酔いがまわりはじめていた彼女は、男の胸に頰をすり寄せて酒をねだった。接吻《せっぷん》と抱擁のあいまにも酒をねだり、寝室にはいりながらも酒をねだったような気がする。

鐘の音は気づかぬうちにやみ、こんどは犬の声が耳についた。屋内のどこかで盛んに吠《ほ》え立てている。ゆうべの男の話によると、留守にするときは、向かいの友人宅に飼犬をあずけるとのことだった。ゆうべは犬を受けとりに行かなかったから、朝になって、つれもどして来たにちがいない。よろこびを飼主にぶつけるような犬の鳴き声だった。

顕子はベッドから降りようとしたが、とたんに吐き気が込みあげてきて、あわてて口を押えると、ベッドにすわり直した。あれほど酔っては、二日酔いになってもふしぎではない。さいわいにも、しばらくじっとしていると、吐き気はおさまった。あとから飲んだ酒が、ブランデーであったのが、かえってよかったのかもしれないし、スペインに着いて以来、毎日ワインを飲んでいたので、アルコールへの耐性がもどっていたのかもしれない。十年以上もまえから彼女は、旅に出たときをのぞいて、酒を口にしなくなっていた。

男がなだめたのか、犬の声は跡《と》だえていた。顕子は吐き気をおそれて、そっと床に降り立ったが、胃の心配はせずにすみそうだった。着がえをするのもおっくうなほど体がだるく、頭もすこし痛かったが、酔ったうえに男と抱き合っては快適であろうはずはない。彼女は十二、三年もまえから、夫とのとも寝を避けてきた。酒とちがって、旅先で男と寝た経験もない。前日までの彼女は、性とは無縁の日夜を送っていたのだった。

寝室には細めの窓が二つ並んでいた。顕子は着がえを終えると、窓のカーテンをあけた。カーテン・レールが錆《さび》ついているのか、カーテンが少々重く感じられた。くすんだ色合いの厚地のカーテンである。

空の青さがまばゆすぎて、顕子は思わず目を細めた。朝ごとにグラナダのホテルの窓から見た空も青かったが、集落の空のあかるさは格別である。雲の切れはしすらなく、巨大な藍色《あいいろ》のガラス板を見あげているようだった。

　この家の構造はわからなかったが、やや下方の家の屋根瓦《がわら》にあたっている朝日の具合で、北東の方角に窓をとった寝室のようだった。泉は集落の麓《ふもと》であろうが、家々の屋根にさまたげられて、窓からのぞむことはできなかった。きのうは急な登りの小路をたどってくると、この家の前の通りに出たのだから、男は泉からの近道をとったのかもしれない。

　むろん顕子は、この家に来た理由をよく知っていた。あの泉さえ目にしなければ、グラナダへもどったはずである。木立の向こうに光る水面をみとめたとき、彼女は故郷の湿原へ立ちもどったような気がしたのだった。

　顕子の生れ故郷は、背後に広大な湿原がひろがる港町である。いまでこそ釧路《くしろ》湿原の名で知られているが、彼女の幼少時代、湿原は町の人びとにヤチと呼ばれていた。高台に住んでいた彼女は、ヤチまで足をのばす機会は少なかったが、それでも年に一、二度はヤチに出かけた。湿原には大小の河川があって、春先になるとイトウが釣れた。彼女は釣りに出かける父といっしょに、湿原へおもむいたのである。顕子が小学生だったころ、太平洋戦争がはじまるまえの話である。

　後年、彼女は、父の釣りは息ぬきであったことに気づいた。父の本吉英三郎は、海運業と倉庫業を主にした本吉商会を経営していたが、北海道もはずれに近い地方都市の事業家にせよ、経営者と名がつく以上、休日くらいはひとりの時間を持ちたかったのではあるまいか。父が彼女を釣りにともなって行ったのは、顕子が同行をせがんだからである。彼女は、社交的な母よりも寡黙《かもく》な父を好いていたし、湿原に心をうばわれてもいた。

早春の湿原は白茶けた枯ヨシにおおわれていて、一見、色彩のない世界であるが、川辺の猫柳の芽はふくらんで銀色に輝き、頭上では小鳥がしきりにさえずっていた。一歩、川岸からはなれるとスポンジ状の湿地で、迂闊《うかつ》に歩けたものではなかったけれど、よくしたもので、枯ヨシの下には瘤《こぶ》状のヤチ坊主《ぼうず》が無数につらなっていた。十歳前後の少女にとっては、ヤチ坊主の上をつたい歩くだけでも楽しかったのであるが、湿原には少女の足をとめるものがそこここにあった。それは、水芭蕉《みずばしよう》のほの白い群落であり、水芭蕉を黒っぽく染めたような座禅草のひと群れであり、小さな一本のすみれであり、小魚の影がゆれる細い流れであった。父が釣りあげるイトウは一メートル余の大魚であるが、子が飽かずに見とれるのは、体長五、六センチのほっそりした魚だった。流れの岸からいきなり蛙《かえる》がとびだして、少女は蛙を捕えようとして、ゴム長靴の片ほうを湿地にとられてしまったこともある。

父は、子があそぶにまかせていたが、遠方まで行かぬように、繰返して注意した。

「ヤチマナコがあるからな。落っこちたら助からんぞ」

釧路湿原には池塘《ちとう》が多いのであるが、ヤチマナコは単なる池塘ではなかった。釣りびとがおそれている底無し沼である。水草がからみつくのか、馬であれ、牛であれ、ヤチマナコに呑《の》みこまれたものは決して浮きあがることはない。したがって、湿原にはいる釣りびとたちは長めの竹竿《たけざお》を用意して行く。万一、ヤチマナコに落ちた場合、とっさに竹竿を岸に渡して竿にすがると、水中に呑みこまれずにすむ。父の釣場は比較的安全な川岸で、竹竿を持って行くことはなかったけれども、付近の湿地にヤチマナコがないとはかぎらなかった。

たびたび父から注意を受けているうちに、彼女はヤチマナコに興味を抱くようになった。底無し沼の存在自体に半信半疑であったし、もしも実在しているなら、ちらとでも目におさめたかった。

ヨシがヤチマナコをかくしていて、それと気づいたときはおそい。だからこそ危険なのだと父は語っていたが、イトウが釣れる季節、折れ、倒れている枯ヨシも少なくはなく、見とおしはわるくなかった。それらしい水面をみとめたなら、ただちに足をとめればよいのである。

顕子がヤチマナコとおぼしいものを目にしたのは、小学校の六年生に進級した年である。その年ごろになると、彼女は釣場の近辺を知りつくしていた。水芭蕉の群落がどこにあり、小川がどのようにまじわり、岩礁《がんしょう》のように見える低いヤチヤナギの位置もかたちもおぼえていた。ヤチヤナギのひと群れは釣場から二百メートルほど奥にへだたっていて、彼女の行動範囲は、だいたいそのへんまでであった。

その日、彼女はヤチヤナギの先まで足をのばした。霧がかかっていて、湿原はほの白い海原のようだった。雪が消えると、日ごとに沖から霧が押し寄せる地方である。彼女は足もとに注意をはらってヤチ坊主の上をつたい歩いて行ったが、小川をいくつか越すと、前方の枯ヨシの蔭《かげ》の水面が目にはいった。

小さな沼だった。直径は三メートルほどのものであったろうか。沼というよりは、水をたたえた穴ぼこのようだった。水際《みずぎわ》のヨシが水中に倒れこんでいたが、水草の切れはしも見あたらなかった。霧のせいか水面は灰色にかげって、巨人の盲《めし》いた目のようだった。白い巨人の、虚空《こくう》のように静まったまなこである。

少女のひざ頭はふるえだし、あとをも見ずに父のいる川岸に向かって駆けだした。目じるしのヤチヤナギのかたわらを通りすぎても足をゆるめなかった。釣場の川岸にはヤチハンノキや猫柳の木立があったが、木立は霧にかすんで、いまにも消え失《う》せそうに見えた。少女は、いくどとなくヤチ坊主を踏みはずし、枯ヨシをつかんで転倒をまぬがれ、息を切らしておぼろな木立を目ざした。そうしなければ、白い巨人の大きな手につかみとられそうだった。

父は釣竿を手にして、静かに流れを見おろしていた。腰までかくすゴム引きの黒い作業衣を着て、おなじくゴム引きの黒い帽子をかぶっていた。それが、湿原にはいるときの父の身じたくだった。魚籠《びく》の中はからであったが、釣果《ちょうか》があってもなくても、父の態度にはさしたる変化はなかった。娘がもどってくると、帰って来たかというように表情がなごむのであるが、その日は娘の荒い息づかいに気づいて、いぶかしげな顔をした。

娘は、とっさにうそをついた。

「ああ、おどろいた。あれはきっと山椒魚《さんしょううお》よ。すぐにかくれちゃったけど……」

「親指のつけ根が切れてるぞ」と父は流れに視線をもどした。「それに、長靴が泥んこだ。そのありさまじゃ、イトウよりも大きな山椒魚を見かけたらしいな」

父は、娘がなにを見て来たか、勘づいていたに相違ない。これに懲《こ》りたのかどうか、以後、父はひとりで釣りに出かけるようになった。娘のほうも女学校の受験をひかえ、湿原への興味を失いはじめていた。

顕子が、ふたたび湿原におもむいたのは、結婚を秋にひかえた年の五月である。つれは父ではなくて、婚約者だった。

顕子の最初の夫となった小早川和彦は、市内の公立病院につとめる外科医だった。火傷《やけど》を負って通院中に、手当にあたった医者である。湯タンポによる火傷だった。戦争が終って六年たっていたが、冬は、湯タンポというむかしながらの器具で足をあたためねば寝つかれなかった。そういう時代であった。

湯タンポによる火傷は、重くなりがちである。熟睡中に、じわじわと皮膚の内側まで焼かれてしまうからだ。顕子は湯タンポに片足をかけて寝たのか、患部は右足のふくらはぎの外側で、小判型の水ぶくれの周囲は赤紫になっていた。ひきつれになるのではないかと心配したが、若い医者は、ひきつれになるほどの火傷ではないと言った。傷あとはハゲとなって残るだろうが、足のことであり、いずれは目立たなくなると聞かされた。無駄口は一切きかなかった。彼女は半月近く通院したが、医者の踏む手順はおなじだった。手ぎわよく患部の処置を終え、カルテを書き、看護婦がつぎの患者を呼ぶと、彼の目にはあらたな光が宿っていた。和彦にとって顕子は、患者のひとりにすぎなかった。病院は、いつも混んでいた。

顕子は裕福な家庭に育ち、人目をひく娘になって、とりまきの男友だちも何人かいたのであるが、和彦は、とりまきの連中とは、およそことなるタイプの青年だった。診療中のこととはいえ、多弁ではなく、服装にも気をつかわず、真率な感じの医師だった。

通院を終えてまもない休日の午後だった。顕子は町なかの通りで、自分を追い越して行った和彦に気づいた。目ぬき通りへ出ると、きまって知った顔の誰かれにゆき会う地方都市である。一月の末で、顕子はフードつきの、たっぷりと裾《すそ》のひろいコートを着ていたので、うしろ姿からは見当がつきにくい。でなくとも、和彦は足早に歩いていた。つれはなく、軽くコートの衿《えり》を立てていた。追いついて声をかけると、和彦はふり返って目を見はった。それから、あわてぎみに、皮膚ははってきたでしょう、とたずねた。まぶしげに顕子を見ていて、病院で会ったときとは別人のようだった。

和彦は映画を観《み》に行く途中だった。下宿でくすぶっているのも芸のない話だから、と言って顔を赤らめた。通院中も妻帯者には見えなかったのであるが、顕子の目にくるいはなかったことになる。彼女は、男友だちのひとりと喫茶店で会うことになっていたのだけれど、和彦といっしょに映画を観に行った。それが、ふたりの恋のきっかけだった。

恋仲となってから知ったのであるが、和彦は外科のスタッフの中では最も若い医者だった。実習生がひとりいたが、実習生は職員のうちにはいらない。独身の和彦は、すすんで当直を引受ける夜が多かったし、月に二度は休日の日直もつとめていた。顕子とつきあいだしてからは、和彦も当直の回数を減らすように心がけてはいたが、医者は勤務時間が終りしだい、仕事から放免されるわけではない。残務が多いらしく、病院を出る時間は不規則だった。

顕子はつとめもせず、のんびり暮していたから、時間はたっぷりあった。彼女は夕食を終えると下町の喫茶店へ出かけ、そこから病院へ電話をかけて、和彦と待ち合わせた。二月、三月の北海道東部は荒れもようの日が多いのであるが、顕子の記憶に残るその時期、ふたりは週に三、四回は逢《あ》っていたのではなかろうか。

顕子がたびたび電話をかけたため、和彦の恋愛は、あっというまに病院内のうわさになった。和彦は先輩の医師からからかわれることもあったらしい。和彦は中背というよりは小柄なほうであったが、髪が濃く、目もとの涼しい青年で、おっとりした反面、決断力もあった。彼が求婚したのは、つきあいだして、ふた月ほどのちのことである。それはよいとして、おそくも年内には結婚をしたい、と相手が言いだしたのには、顕子もおどろいた。顕子は二十二歳であり、和彦は二十七歳になったばかりであった。結婚をするとしても来春あたり、と彼女は漠然と考えていたのである。

和彦が結婚をいそいだのは、それなりの事情があってのことだった。和彦は北大医学部の出身で、医師の資格を得ると同時に釧路の公立病院に赴任した。それが前年のことで、顕子に求婚した当時は、臨床医としてまだ一年の経験も積んではいなかった。

「ぼくは、まだひよっ子だよ。あと一年もここで腕をみがけば、スタッフの有力な戦力になりうると思っている。それだけの自信はある」

外科医というものは一種の職人といってもよく、あぶらの乗りきったはたらき盛りは三十代だ、と和彦は語った。ここ一、二年が踏んばりどころだとも言った。

「ぼくも来年は二十八だからね。来年あたり、北大の医局にはいって、研修医としてやり直したいんだ。北大病院は、なんといっても症例が多いし、技術も進む一方だからね」

和彦の頰は紅潮し、目はきらきら輝いていた。顕子は、うっとりして恋びとの顔に見入っていたが、和彦が札幌へ出たがっていると気づいて、ふたたびおどろいた。いつもとおなじく、下町の喫茶店での語らいであったが、店内が水底のように静まっていたのは、その夜も雪であったのかもしれない。

「もちろん、きみが承知してくれた場合の話だよ。きみとはなればなれになりたくないからね」

「札幌に行きましょうよ」と、顕子はせきこんで言った。

「じゃあ、いっしょになってくれるんだね」

「きまってるじゃないの。ふたりで札幌へ行って、和彦さんは北大のドクターになるといいのよ」

「そうは簡単にいかないよ」と和彦は苦笑した。

和彦は博士課程を出ていない。博士課程の定員はきわめて少なく、そこにはいる学生は助手から講師を経て、助教授、教授をめざす者と相場がきまっていた。したがって、和彦には北大で職につける道はなく、また、その意志もなかった。彼は医学生となった当初から、一般病院の臨床医になろうと思いきめていたのだった。

「ぼくは中学四年で北大の予科にはいったから、去年、医者になることができた。いまのうちに自慢しとくけど、医学部でも指折りの優秀な学生だったんだぜ」

「ふうん」と、顕子はなっとくがいかないままたずねた。「それじゃ、札幌へ行っても、またここにもどるってわけ？」

「そう希望してるけどね。まだ、部長にも院長にも話してないんだ。研修が一年なら休職ということにしてくれるかもしれないけれど、二年となると退職だろうね。ほかの病院をさがさなくちゃならない」

「ドクターコースに進むとよかったのに」

「進んでいれば、きみというひとにめぐり合えなかったよ」

「たいへん」と顕子は首をすくめた。

それより、きみの御両親にも会わないうちに、札幌行きまできめてしまってよいもの

だろうか、と和彦は心配そうな面持ちになった。

「婚姻は両性の合意によって成立するものとする」顕子は、おどけぎみにうろおぼえの

新憲法の条文を口にして、ことばをついだ。「大丈夫よ。母もうすうす勘づいてるわ。

和彦さんなら、まちがいなく三重丸の及第点ね。わたしならバッテンをつけるけど」

「バッテン？　ははあ、よっぽど北大に御執心なんだね」

「ちがうわ。わたしは、いつでも、どこでも、和彦さんといっしょよ」

それは本音だった。都会へのあこがれはあったにせよ、目前の青年とはなれて暮すこ

となぞ、彼女には考えられもしなかったのである。

両親の承諾を得るのは、さほど厄介ではなかった。そもそも母が、娘の縁組を気にし

はじめていた。

母は家つき娘であったが、顕子には四歳年長の兄がいた。ほかにきょうだいはなかったけれども、兄がいる以上、顕子を嫁に出してもさしつかえはない。母は前年あたりから見合いをすすめるようになっていたが、顕子は、二十三になるまでは見合いをするつもりはないと言い張って、見合い話を受けつけなかった。

母が、良縁をのぞんでいるのはあきらかだったが、和彦ならば問題はなかった。当人が医者であるうえに、父親は函館《はこだて》の開業医で、弟も東京の私大の医学部でまなんでいた。縁づいた姉がひとりいると聞かされていたが、和彦はめぐまれた家庭の息子だった。

案にたがわず、母の反応はわるいものではなかった。なかばあきれ顔で娘の話を聞いていた母は、女親らしい心配をもらした。

「顕子ちゃんのお相手は、将来、お父さまのあとを継ぐ気じゃないの？」

「継がないって言ってるわ」

和彦の父親は内科医であり、弟は消化器学を専攻していた。弟が父親のあとを継ぐかどうかはともかく、外科医が腕をふるう場は手術室である。開業医となっては、手術室の設備も規模もかぎられてしまうのである。

「和彦さんは病院ではたらくことが好きなのよ。面倒な手術もこなしたいから、北大へ行きたいんですって」

「こちらに帰るわけね」

「彼はそう言ってるわ。こんなところに帰らなくても、札幌にだって病院はたくさんあるのに……」

「なにを言っているんです。娘は親の近くで暮すのがいちばんですよ」

お産ということもある、と母が言いだしたので、顕子は笑いころげた。

「しようのない子ね。子供を産んで、ようやく女は一人前になるのよ」

「つまり、和彦さんと結婚してもいいってことね」

「まず、お会いしなければね」

母に言われるまでもなかった。和彦は近々、顕子の両親へのあいさつをすます意向だった。顕子自身は、婚約のよろこびを母につたえたくてならなかったのであるが、和彦を両親に引き合わせるためにも、話しておかなければならない事柄だった。

　和彦があいさつに来た日の記憶は、模糊《もこ》とした部分が多い。母が白っぽい結城《ゆうき》を着ていたせいか、あわい色彩の絵のように思い返される。

　応接間の古風な出窓に薄日がさしこんでいたから、おそらく休日の午後であったろう。和彦は固くなっていた。若い男が気おくれもおぼえずに、意中の娘の両親に会えるわけはない。でなくとも顕子の生家は、初見の客をたじろがせる門構えの家だった。両親の結婚まえに建て直した家で、多少古びた木造の家屋であったが、敷地はひろく、長い塀にかこまれていた。和彦は門の前まで顕子を送りとどける習慣であったから、屋敷のひろさていどは見当がついていても、日中に来たのははじめてであったし、用件が用件だった。門をくぐったとたんに引き返したくなったよ、と後日和彦は笑いながら話した。母が、なにかと話しかけて、和彦の緊張をときほぐそうとしていた。最初に応待にあたったのは母で、すこしおくれて父が応接間に顔をだした。それからのひとときは、はっきりおぼえている。

父も和服姿だった。戦中戦後の混乱した時代、父は和服を着なかったけれども、世の中が落ちつきかけたその当時、正月だけは和服でくつろぐようになっていた。その日も母に言いふくめられて、不承ぶしょう和服を着たに相違ない。父は角帯をきらっていて、兵児帯《へこおび》をぐるぐる巻きつけていた。上背のある父の和服姿は、娘が見ても立派だった。

和彦は立ちあがって父をむかえた。父は、座につくようにすすめ、ふたりは向かい合って椅子《いす》にかけた。短いあいさつをかわすと和彦は、さっそく用向きの口上を述べた。父は無言で聞いていたが、おもむろに口をひらいた。

「顕子は、このとおりわがままに育ちましたし、無鉄砲なところもある娘ですが、それでもらっていただけますかな」

和彦は、一瞬とまどったようであったが、結婚をみとめてほしくて伺ったのです、と答えた。父は和彦に向かって、ていねいに頭をさげた。

顕子が父のことばから思いだしたのは、ヤチマナコをさがしに行った日のことである。ほかに、無鉄砲と言われるほどのまねをしたおぼえはない。自分はもう子どもではない、と彼女は父に文句をつけたが、父は娘にとりあわずに、ウィスキーの用意を母に命じた。

あの小さな冒険もふくめて、湿原は彼女にとってなつかしい思い出の場となっていた。早春の湿原は、危険を秘めながらも生命の息吹《いぶ》きにみちた神秘な場所だった。冬のあいだ、最も熱をこめて和彦に語ったのは、湿原の記憶であったかもしれない。

「一度、行ってみようよ」と、和彦も湿原に興味を示していた。

顕子が和彦とふたりで湿原へ出かけたのは、五月初旬の祝日である。それまでに、双方の親同士が顔を合わせ、挙式の日取りもほぼきまっていた。

父の釣場までは距離があって、ふたりは自転車をつらねて行った。父も最初は自転車で通っていたのであるが、市中で知り合いに出合うおそれがあると母が言いだして、ハイヤーをつかうようにたのみこんだらしい。父は容易に母のことばを受け入れなかったが、顕子が同行をせがんでからは、ハイヤーをつかうようになった。車ではいれるところまで行き、いったん車を返して、時間を見はからって迎えに来てもらっていた。ハイヤーだとのんびりできん、と父は不平を言っていたものである。

釣場には郊外の新川に沿った道路からはいる。釧路川の氾濫《はんらん》をふせぐために設けた放水路で、放水路の両岸がすでに湿原であった。

道路が放水路からそれるあたりで、ふたりは自転車を捨てた。そこからは小流を徒渉し、顕子が先に立って父の釣場を目指した。自転車と徒歩による遠出なので、ふたりはそれなりの身じたくをしていた。顕子は春物のハーフコートにスラックスをはき、和彦はジャンパーをはおっていた。湿原の中の小道をしばらくたどると、見おぼえのある木立が顕子の目にとまった。

湿原には、さしたる変化はなかった。五月にはいっても枯ヨシが地表をおおい、少女の顕子が目じるしにしたヤチヤナギも伸びたけはいはない。薄霧が流れ、すこしはなれた岸辺に釣りびとの姿があった。

大きな変化は、父の姿がないことだった。父は、太平洋戦争がはじまると同時に釣りをやめたのである。敗戦前後は父も苦労が多かったはずである。船舶がとぼしくなれば、父が損害をこうむるのは当然である。顕子の結婚当時、父は先代から引きついだ事業を建て直すために心をくだいていた最中だった。

顕子は和彦と手をつないで、ヤチ坊主《ぼうず》の上をつたい歩いて行った。函館で育った和彦は、大沼公園の水芭蕉を見知っていて、水芭蕉の群落にはおどろかなかったが、広大な湿原には気を呑《の》まれていた。ひろいなあ、と周囲を見まわし、それからヤチ坊主を踏みつけながらたずねた。

「こいつの正体はなんだい？」

「スゲの株がからまり合って盛りあがったものらしいわ」

「奇妙なところだな」

「と顕子はヤチヤナギのほうを指さした。「あの先にヤチのぬしが眠ってるのよ。行って見ない？」

「ヤチのぬしか。あんまり会いたくない相手だね」

「わたしがつかんでてあげる」

「ぼくが先にきみをつかむ」と、和彦は顕子を引き寄せた。

ヤチ坊主の上の接吻《せっぷん》は、いつものようにうまくはいかなかった。足もとが定まらず、体がぐらついて、唇をはなすと、ふたりは声をあげて笑いだした。

その年の晩秋、顕子は和彦と夫婦になった。顕子は二十三歳の誕生日をむかえたばかりであり、早生れの和彦は、まだ二十七歳だった。

Ⅱ

和彦がつとめていた病院には公宅があった。住宅難が尾を引いていた時代であったから、医師を確保するためにも、病院としては住宅を用意せざるをえなかったのであろう。

病院から徒歩で十分あまりの台地にあったが、顕子の生家のかいわいとは、おもむきのことなる場所柄だった。

釧路川の東岸につらなる丘陵が高台の市街地であったから、町並みにはおのずと起伏があった。顕子の生家は古くからの住宅地にあって、屋敷のまえの通りも平坦《へいたん》であったが、病院の公宅は海へくだる坂道の途中にあった。坂道の片がわには戦前からの家屋が見られたけれども、一方はあらたな造成地であった。やや急な丘の斜面に、当時としてはしゃれたモルタル塗りの公宅が段状に並んでいた。

顕子は、公宅で和彦との結婚生活にはいったわけではない。和彦は希望どおり、翌春から一年間、研修医として母校の医局へもどることになっていた。札幌へ出るまでの数ヵ月、ふたりは顕子の実家の離れで暮したのである。蜜月《みつげつ》の最中に肉親の身近ですごすのは落ちつけず、札幌行きの列車がホームをはなれたときは、安堵《あんど》と開放感とで、顕子は和彦に腕をからめて歓声をあげたほどである。

研修医は無給である。和彦のように地方の病院で、そこばくの臨床の経験があっても、母校の医局にもどると、ただばたらきとなる。和彦は、一年間の生活費を親もとから送ってもらう腹づもりをしていた。彼は、親に負担らしい負担をかけずに医者になった青年だった。すこしはおやじのすねを齧《かじ》らなくちゃね、と語っていたのであるが、勤務先の病院が研修を終えるまで基本給を支給してくれた。つまり、長期出張のかたちをとった研修で、病院幹部が和彦の将来に期待していた証拠であった。

基本給だけでは暮しを切りつめねばならず、和彦は函館の両親に生活費をおぎなってもらった。顕子はいまだにおぼえているが、和彦の母が月々送ってくれた金は三万円である。大学卒の初任給が一万円ていどであったはずだから、基本給に合わせると結構な金額になった。顕子自身にも多額の預金があった。持参金としてもらったものであるが、小づかいは潤沢で、彼女はレコードや本を買い、洋服をあつらえ、洋画が封切りになるたびに映画館へ足を運んだ。

顕子が性のよろこびに目ざめたのも、札幌で暮しだしてからである。顕子にとって、和彦ははじめての性の対象だった。和彦も同様で、彼にとっても顕子が最初の女だった。彼女がそれと知ったのは、新婚旅行の夜のことである。固く抱き合ったまま、闇《やみ》の中で聞いた彼のことばが顕子の耳に残っている。

「ぼくは医者だから、きみの体の構造はわかっている。心配しなくていいからね」

彼の動作がぎこちなかったのかどうか、緊張していた顕子には見当もつかなかったけれど、旅行後は、日を追って夫が大胆になっていくのが感じとれた。とりわけ、札幌へ来てからは自在にふるまうようになった。顕子がよろこびをおぼえたのも自然ななりゆきだった。

和彦といえども、恋愛体験がなかったわけではない。函館の和彦の生家へおもむいた折、和彦の母親から聞かされたのであるが、和彦は学生時代、生家の近くに住む娘に心ひかれていた。富裕な家庭の、目鼻立ちのととのった娘だった。

「でもね、あちらは年上だし、お相手もきまっていたのよ。あちらも和彦に気のあるような素ぶりなので、はらはらしたものよ。和彦のことだから、どこかで落ち合うようなまねもできなかったんじゃない？　あちらのお相手が、ここの旧家でね。縁づいてくれたときは、心底ほっとしたわ」

案外、和彦は失恋の記憶を消し去ろうとして、遠地の病院をえらんだのかもしれない。赴任にあたって和彦は、当分は仕事ひとすじだと語ったそうである。

「仕事ひとすじどころか、花のようなお嫁さんを見つけたじゃありませんか」と母親はおかしそうに笑った。

函館という土地柄のせいか、和彦の母親は「モダン」ということばの見本のような女だった。いつも、しゃれた洋服を身につけていて、洋服には見向きもしない顕子の母とは大ちがいだった。洗練されてはいても明朗で、息子の結婚に満足しきっていた。だからこそ、研修医にもどった和彦への仕送りも絶やさなかったのである。

アカシアが咲きだしていたから、初夏になっていたはずである。抱き合ったあとで顕子は、ふと学生時代の和彦の失恋を思いだした。

「ねえ、函館の美人を思いださない？」

「函館の美人？　ははあ、おふくろがしゃべったな」

「あら、わたしには透視能力があるのよ。和彦さんの過去もきれいに見える」

「いまのいままでわすれてたよ」と和彦は顕子ののどに唇を這《は》わせた。

顕子は、われをわすれながらも、またたくうちに奔放にかわった双方に、信じがたいおもいもした。もっとも、性を知らなかったからこそ、ふたりは知りつくすことに熱中したのだといえる。性愛においても、日常の暮しにおいても、顕子が充足した日々をすごしたのは札幌での一年間であったろう。

帰郷後は病院の公宅住いとなった。台所や浴室のほかに、洋間がひとつと和室がふた部屋、それに三畳の納戸《なんど》という間取りであったから、小住宅の部類にはいるであろうが、夫婦ふたりの暮しには、まあ適当なひろさであったし、五〇年代の前半にあっては上等な住いといえた。

顕子は、実家に二台のピアノをあずけていた。グランド・ピアノとアップライト・ピアノの二台である。顕子はグランド・ピアノにみれんがあったものの、小住宅に大きなピアノを入れるわけにはいかなかった。洋間は八畳のひろさがあって、アップライト・ピアノを壁ぎわに据えた。ピアノの横に電蓄を置き、和彦の机と書棚は一方の壁ぎわに並べた。南面と西面に窓があって、窓寄りのコーナーに、小ぶりなソファとひじ掛け椅子を一脚かぎの手に配し、ちいさなテーブルも添えた。札幌を引きはらうまぎわに、和彦といっしょにデパートでさがし求めた家具である。ストーブを据える関係上、まともな応接セットを入れる余地がなかったのである。単品でえらんだため、ソファとひじ掛け椅子の色には微妙な差があった。二脚ながら布張りの、あわい灰色の椅子だった。

和室は六畳間と八畳の座敷で、台所に近い六畳を茶の間にし、洋間ととなり合わせた南向きの座敷を寝室にした。顕子はベッドをつかいたかったのであるが、二棹《さお》の衣裳簞《いしようだん》笥《す》のほかに姿見なぞもあって、二台のベッドを入れるのは無理だった。納戸に衣裳簞笥をおさめたくても、ここもまた顕子の本棚やら整理簞笥でいっぱいなのである。和彦の母親があそびに来た場合を考えても、座敷にベッドは置けなかった。

公宅にはいって、まず気落ちをおぼえたのは、ベッドの暮しにもどれなかったことである。乳幼児のじぶんから顕子はベッドをつかっていたのであって、結婚してはじめて和式の夜具を用いるようになったのだった。実家の離れでも、札幌の借家でもふとんであったが、仮住いのようなものであったからよいとして、生活の根拠となる住宅にはいっても、ベッドをつかえないのは情けなかった。

和彦も北大にはいるまではベッドを用いていたのであるが、下宿住いが長かったせいか、寝具の種類にはこだわらなかった。不平を言うと和彦は、いずれ大邸宅を建てるさ、と軽口をたたいた。

「きみの実家と張り合うのは容易じゃないなあ。しかし、絶対にロココ式のベッドを買うぞ。奥方のためにね」

「ふざけないでよ」

ごめん、ごめん、と和彦は詫《わ》びて、生活環境はすこしずつととのえていくほうがよい、最初から不足のない暮しをしていては張り合いがないではないか、と言った。それは正論であったから、顕子も反撥《はんぱつ》のしようがなかった。くやしまぎれに、相手の口もとをつねったにすぎない。

公宅にはいったのは三月の末であったから、郷里の町は霧のシーズンにはいりかけていた。引越しさわぎが一段落すると、顕子はにわかに霧笛の音が気になりだした。和彦を送り出して台所を片づけているうちにも、やけに大きく霧笛の音が耳についた。朝から鳴っていたとしても、夫が出勤するまでは気にならない。ひとりになると、霧笛のひびきがはっきり聞こえだすのである。巨獣が嘆きかなしんでいるような暗鬱《あんうつ》なひびきである。それは、おさないころから耳になじんだ音であって、さみしさをおぼえても娘の感傷にすぎず、耳にさわるようなことはなかった。霧のない札幌での一年間と、環境の変化が、霧笛の音ひとつで顕子の気持を滅入《めい》らせたのである。

顕子は、掃除もそこそこに実家に日参した。母を相手に、札幌での日々がいかに楽しく、公宅の付近がいかにわびしいか、などと話しているうちに、うそのように霧笛の音は遠のいた。公宅よりも実家のほうが灯台に近かったのであるが、母の身近にいるだけで顕子は心がやすらいだ。

母も娘が札幌にいるあいだはさみしかったらしく、最初のうちこそよろこんで顕子をむかえていたが、来訪が二十日もつづくと、さすがに案じ顔になった。世間というものは口うるさい。まして顕子は公宅住いなのである。地もとでは名の知れた家の娘をもらったことで、和彦さんは公宅の奥さまたちにそねまれているかもしれない。医者のことだから、奥さまがたの家柄もよいのだろうが、鷹揚《おうよう》なひとばかりとはかぎらない。毎日、出歩いていては、なにを言われるか知れたものではなく、和彦さんのためを思うなら、ここにくるのも週に一度くらいになさい、と注意した。

兄の縁談を聞き知ったのも、たしかおなじ日である。兄の英嗣《ひでつぐ》は父の意向で、当時、東京の船会社につとめていたが、上役のはからいで、近く見合いをするはこびになっていた。英嗣は二十八歳になっていたから、見合いが不首尾に終ったとしても、母はできうるだけ早く、兄に身を固めさせようとしていた。兄が家業をつぐのは生れたときからきまっていたようなもので、東京での会社づとめもいわば修行であり、父は兄が三十歳になるまでは呼びもどさぬ考えだった。

顕子は、母の忠告よりも兄の見合い話が胸にこたえた。早晩、兄は妻となった女とともに帰郷し、実家で両親と暮しはじめるはずだった。いずれはおとずれる生家の変化さえ頭になく、母にあまえきっていた自分が腹だたしかった。顕子の体になじんだベッドが残っているにせよ、生家は彼女の自宅ではなかった。顕子が自宅と呼びうるのは、冬枯れたままの雑草におおわれた丘の斜面にならぶ公宅の中の一軒だった。

兄の見合いにつきそうために、母が上京するようなこともあって、顕子はひところほど生家へ顔を出さなくなった。そのかわりに、毎日のように繁華街へ出かけた。食料品の買出しがおもな目的だった。

公宅の付近は、日常の買物にも不便な場所だった。リヤカーを引いた魚売りの中年女が、朝ごとに立寄ってくれるおかげで、魚には不自由なおもいをせずにすんだが、あとはタワシやちり紙なぞの日用品といっしょに、豆腐や大根を売っている雑貨屋が坂道の途中にあるだけである。百メートルたらずの距離に、肉屋や八百屋や魚屋の古い店舗が並ぶ生家のかいわいとは大ちがいである。顕子は、さみしさゆえに生家に通ったのであるが、帰りがけに買物ができるという利点もあった。

さいわいにも繁華街は遠方ではなかった。高台からの坂をくだり、釧路川にかかる橋を渡ると、そこはもう商店街で、徒歩で二十分そこそこの道のりだった。高台にもあらたな宅地がつくられつつあって、町なかへ出るのは意外なほど簡単だった。

繁華街にはデパートも市場もあって、肉であれ野菜であれ、ほしい物は手にはいったものの、札幌帰りの顕子には、目ぬき通りさえ貧弱に見えた。街路樹からして札幌のものとはちがった。棒切れのように瘦《や》せた木が並んでいて、よくよく見なければ街路樹とは気づかない。札幌の街で目についた大樹は、まったくなかった。もともと緑のとぼしい殺風景な港町であった。

　顕子は、札幌と釧路との相違を感じずにはいられなかった。市街の規模もことなるが、おなじ北海道とは思えぬほど気候にひらきがあった。札幌の街にライラックが咲き、アカシアのあまい香りがただよう季節、釧路は濃霧にとざされるのである。札幌の借家の裏庭には栗《くり》の木があって、秋になるとイガにつつまれた実がこぼれ落ちて、顕子をおどろかせたものであるが、釧路には栗の木もない。栗はおろか、稲さえ育たなかった。稲のかわりにヨシの生い繁《しげ》る湿原が、阿寒の山裾《やますそ》までひろがっているのだった。曠野《こうや》のただなかに孤立した港町が、顕子の生れ故郷であった。

　和彦は、霧も一向に気にならないようだった。張りきってつとめに出ていた。基本給まで出してくれた勤務先にもどったのであるから、彼が仕事に打ちこんだのも当然であったろう。朝、公宅を出ていくときの和彦は生気にあふれ、目にもいきいきした輝きがあった。和彦のことだから、一年間の研修で得たものは多いはずである。かって語ったとおり、どうやら和彦は、外科医としてのはたらき盛りにさしかかったようだった。

　すでに顕子は、夫の感性も感覚も人なみ以上に鋭敏であることに気づいていた。和彦は、すぐれた外科医となる資質をそなえていたのである。温和な人柄ゆえ、病院内での栄達も約束されているようなものである。顕子はよろこびをおぼえながらも、和彦との距離がみるまにひらいていくようなあせりを感じはじめていた。

和彦は顕子を得たうえに、職業によっても充足した日々をすごしていた。ところが顕子は、和彦と結婚したというだけで、他に心をみたす何物もなかった。読書は好きだったが、たのしみにすぎない。映画も同様である。いずれにしても、生きがいと呼びうるようなものではなかった。

顕子は地もとの女学校を出ただけである。母が東京の女子大でまなんだので、当然顕子も東京の上級校に進めるものと思っていたが、彼女が女学校を卒業したのは一九四五年であった。空襲がはげしくなった東京へ両親が出してくれるはずはなかった。顕子より四年先に生れた兄は、旧制高校から京都大学に進学することができたのである。兄は四四年秋に徴兵されたものの、戦地へ行くことはなく、敗戦後に復学した。医学生であった和彦には徴兵の経験さえない。いずれは軍医にならざるをえないとしても、徴兵猶《ゆう》予《よ》の特権を、生かせるだけ生かすつもりだったそうである。

女学校のクラスメートで、本州の大学へ進学した者はひとりもいない。北海道内の師範学校や、札幌の女子医専へはいった友人が数人いるだけである。そのうえ戦時中の学制改革で、顕子は四年生で女学校を出なければならなかった。

新婚気分がぬけ、日夜和彦を見ているうちに、顕子はようやく中途半ぱな自分のありように気づいたのである。彼女は夫と張り合おうとしたわけではない。医者の妻であるだけでは満足できなかったまでである。和彦が清新な気分で患者の治療にあたっているごとく、顕子も清新な気持になりうる何物かがほしかった。わたしはわたしでありたい、と彼女は思った。いわば個の確立であるが、いかにして個を確立するかとなると、彼女には皆目見当がつかなかった。思い屈しているうちに、顕子は食まで細くなった。

顕子は家事が得手ではなかったけれども、調理は比較的このんでいた。娘時代も気がむくと、古い料理の本を参考に、ビーフシチューを煮込んだりしたものである。御飯の炊《た》きかたをおぼえたのは、婚約後のことである。炊飯器のない時代であったが、火加減、水加減のこつを呑みこむのは早かった。とりわけ帰郷後は、茶の間の薪《まき》ストーブに釜《かま》をかけたので、ふっくらと粒立った御飯が炊きあがった。

五月の二十日前後であったと思う。その朝も顕子は、台所に釜を運んで櫃《ひつ》に御飯を移し入れた。外科医は重労働だというので、ちゃぶ台に並ぶ皿数は多かった。どんな献立であったのかわすれてしまったけれど、最後に調理にかかった一品はおぼえている。毎朝のように食卓につけていたベーコンエッグである。顕子はフライパンでベーコンを炒《いた》めはじめたが、獣脂の匂《にお》いが鼻につくやいなや、うっと吐き気が込みあげてきた。

顕子は口を押えてトイレに駆けこむと、便槽の中に吐きだした。和彦もトイレにやって来て顕子の背をさすり、嘔吐《おうと》がおさまると、抱きかかえるようにして洗面所までつれて行き、うがいの水を用意してくれた。

茶の間へもどると、ようやく顕子は人心地がついた。

「へんねえ。わるいものを食べたおぼえもないわ」

「アコちゃん、おめでただよ」と和彦がうれしげに言った。「生理、ないんだろう。やけに喰わなくなっていたしね。ベビーができたんだよ」

顕子は信じられなかった。なるほど、帰郷後、生理はとまっていたが、なにもそれははじめての経験ではなかった。元来、虚弱な体質で、子供のころ肋膜《ろくまく》炎をわずらったし、二十代になるまでは生理も大幅におくれがちだった。和彦と結婚した当時は、一応、健康体といえるようになってはいたが、それでも生活や環境の変化で生理はくるった。結婚直後もおくれたし、札幌に移ったときなぞ二ヵ月も生理がとまった。その都度、彼女は子供ができたとさわぎたて、結局は和彦を落胆させていたのである。帰郷後の体調の変化に無頓着《むとんちゃく》であったのも、そうした事情による。ただし、生理のおくれに食欲不振や嘔吐までかさなった経験はなかった。

案外、妊娠《にんしん》したのかもしれない。いや、妊娠にちがいない。そう思ったとたん、顕子の周囲から色彩が消えた。音も色彩もない空間に、彼女ひとりが放りこまれたような衝撃を受けた。

和彦がひとりで食事をはじめながら声をかけた。

「顔色よくないよ。ふとん、敷いてやろうか」

「大丈夫よ。赤ちゃん、おなかの中でうごいたみたい」

「いまからうごくはずないだろ」

妊娠の初期は流産をしやすいから、ここ当分は絶対に無理をしてはいけない。うちの産科も充実しているので、体調のよい日に診断を受けるように、と和彦は注意をあたえた。

顕子はうなずきながらも、すでに中絶の気持を固めていたのである。自分の個さえあいまいならちに、子を持つわけにはいかなかった。心をみたす何物かを見出《みいだ》したうえで、母親になってもおそくはなかった。

顕子には生涯に三度、あとさきも考えずに、すばやくうごいた体験がある。いずれも和彦にかかわる行動であるが、その手はじめが三十数年まえの中絶であった。

Ⅲ

搔爬《そうは》をしてもらったのは、下町の産婦人科医院でだった。その日のうちに診断を受け、あくる日の午後には、もう処置をすませてしまったのだった。

このときほど、顕子が周囲をあざむいたことはない。

まず、医者にうそをついた。これという疾患もなく、経済的にも不自由のない若い女が理由もなしに中絶をたのんでも、医者がうなずくはずはなかった。顕子は、一応評判のよい医院に出かけたので、融通のきかない医者である可能性もあった。

夫の出張中に引きおこしたまちがいによる妊娠《にんしん》であれば、中絶をのぞんでも不自然ではなかった。顕子は、それで押しとおした。ちょうど、ふた月になるとの診断であったから、夫は去年の暮れから不在で、帰って来たばかりだといつわった。医者が彼女のことばをまに受けたのかどうかは、わからない。実際、彼女は追いつめられた気持になっていたので、医者も彼女の困惑をさとったようである。応待に慣れきった五十がらみの小柄な医者だった。

人工妊娠中絶には、届けを出す規約があった。医者の話で知ったのであるが、中絶には胎児の父親の同意が必要なのである。当人に来院してもらうのが望ましいのだけれども、それが無理なら印鑑だけは用意するように、と医者は言った。むろん、架空の人物をつれてくるわけにはいかない。顕子が記入したのであるが、胎児の父親には、娘時代の男友だちの名を借用した。その友人は石田という姓であったから、印鑑を買い求めるのも簡単だった。住所は、べつの男友だちの所番地にした。彼女は、自分の住所さえ生家のものにして診断を受けたのである。医院で彼女が事実をつげたのは、小早川顕子という当時の姓名ひとつである。彼女は、何者の妻なのか、知られまいとしたのである。

術後、顕子は医院のベッドでしばらくやすみ、夕刻にハイヤーで帰宅した。まだ体がふらついたけれども、どうにか夜具をのべて横になった。目的を達したのだから、安心してもよさそうなものだったが、かえって緊張が高まった。初対面の医者には、しゃにむにうそをつき通すことができても、つぎにあざむかねばならないのは夫であった。外科医とはいえ、和彦も医者なのである。ひととおりは産科の知識もそなえているはずで、和彦をだましおおせるかどうか、わからなかった。

勤務先にもどって以来、和彦の帰宅は、いっそうおそくなっていた。和彦は病棟の患者も受け持つようになっていたのである。病棟には手術直後の患者もいれば、重篤《じゅうとく》の患者もいる。手術が長びく場合もあれば、夜になって緊急に手術をおこなわねばならない患者がはこび込まれてくる場合もある。帰宅が八時前後になるのはふつうで、ときには深更になる日もあった。顕子は、和彦の帰宅がおそくなるようにのぞむ一方で、早くなってもかまわないと、ひらき直ってもいた。

和彦が帰って来たのは、早くもなく、おそくもなかった。おそらく九時ごろであったろう。合鍵《あいかぎ》をまわす音で、それと知れた。

顕子は、和彦の帰宅が深夜になっても、かならずむかえに立つ習慣だった。さがしもとめていたつがいの一方を見出した小動物のように、玄関まで飛びだすのである。もっとも、前夜の記憶はない。中絶は翌日ときまっていたのだから、ことさら陽気に和彦をむかえたのかもしれない。

その夜は、むろんむかえに出なかった。門灯と茶の間の電灯こそつけておいたが、寝間のあかりは豆電球に切りかえ、あとはなにもせずに、夜具の中で夫のけはいをうかがっていた。

和彦は、いつもとことなる屋内の様子に不審をおぼえたらしい。茶の間の戸を開けたてする音につづいて、玄関ホールからあわただしい足音が近づいて来て、寝間の戸が開けられた。

「どうしたんだい。つわりがひどくなったのかい?」と、和彦は電灯をあかるく切りかえてたずねた。

顕子はかぶりをふると、用意していたことばを口にした。

「わたし、流産しちゃった」

和彦は息を呑《の》むと、どかりと顕子の枕《まくら》もとにすわりこんだ。ダスターコートをはおったままだった。

「流産?」

「ころんだのかい?」

「ちがうわ。お昼からデパートに行ったの。そうしたら、急におなかが痛くなって……」

流産の症状については、娘時代に耳にはさんでいた。母と女客が話していたのであるが、女客の娘も外出先で腹痛におそわれたそうである。娘は痛みをこらえて、どうやら自宅にもどったとのことだったが、顕子は話を作りかえた。痛みのあまり、デパートの床にうずくまっていると、買物客や店員が寄って来て、中年の婦人客が声をかけた。妊娠中だとつげると、婦人客は、それは流産にちがいない、すぐに病院に行ったほうがよい、近くにいい先生がいると言って、産婦人科医院までつれて行ってくれた……。

「診察を受けるまえに、もう出血がはじまっていたわ」

和彦は呆然《ぼうぜん》とした面持ちで聞いていたが、気がついたように医院の名をたずねた。顕子が答えると、知らんな、とつぶやき、それから医者らしい質問をした。

「あとの処置、掻爬はきちんとしてくれたんだろうね」

「そう言ってたわ。麻酔をかけられたから、なにをされたのかわかんないけど……」

「どうしてデパートなんかに行ったんだい。無理をするなと言ってたろう」

「下着を買いに行ったのよ。あすにも病院へ行くつもりだったから、あたらしい下着を用意したかったのよ」

「下着なんぞ洗濯してあれば充分だよ」

「怒んないでよ」和彦の語気がつよまったので、顕子は涙声になった。「わたし、まだぐあいがわるいのよ。こんな目に遭っちゃ、わたしだってショックよ。和彦さんにはわかりっこないわ」

「そうだね」

病人の気持も汲《く》みとれないようでは、医師免許を返上しなければならない、と和彦はおどけたけれども、肩を落して、落胆のあらわな姿だった。気づかぬうちにコートをぬいでいた。

「めし、まだなんだろう」と、和彦が気をとり直したように聞いた。

台所に立てるような状態ではなく、自分の食事はさておき、顕子は和彦の夕食もととのえていなかった。そう知らせて、顕子はわびた。

「冷や御飯ならあるわ。牛罐《ぎゅうかん》でがまんしてくださる？」

「ぼくよりきみが先だ。夕方、そばを喰ったしね」

「わたし、なにもほしくない」

「食べなきゃだめだ」

回復を早めるためには体力をつけることが先決であり、それには、まず食べることだ、と和彦はさとして笑いかけた。

「粥《かゆ》くらいぼくにも炊けるさ。冷やめしと水でできるんだろう」

「ええ」

「うまい粥を作ってやるぞ」

とつぜん、顕子の目から涙があふれ出た。和彦のやさしさにふれると、わびてもわびきれぬ心地がした。

「ごめんなさい、和彦さん……」

わたしたちの最初の赤ちゃんだったのに、という彼女のことばを和彦がさえぎった。

「すんだことはわすれる」と和彦は顕子の涙をぬぐった。「病人に涙は禁物だよ」

くよくよしていては、ふさがる傷もふさがりにくくなる。最良の薬はのんびりかまえていることだよ、と和彦は言いおいて寝間から出て行った。

顕子は、思わず安堵《あんど》のため息をついた。力がことごとくぬけ落ちたような深い安心感に、ひととき身をゆだねた。彼女は、そら涙を流したわけではない。涙が本物なら、安堵も本物であった。彼女は、身勝手なおのれにうとましさをおぼえながら、その身勝手さ、我のつよさこそ、持って生れた性情ではないのかとうたがった。

あくる日、母が早速駆けつけて来た。和彦が前夜のうちに電話で知らせたのである。顕子にしてみれば迷惑しごくなりゆきであったが、多忙な和彦が顕子の面倒まで見ていられるものではない。当時、顕子の生家には女中がふたりいたので、そのうちのひとりに来てもらえまいか、と和彦がたのんだのである。

母は顕子に昼食をあたえて帰ったが、入れかわりに年かさの女中を寄こした。サヨというその女中は、顕子が女学生になるまえから生家ではたらいていたので、おたがいに気ごころは知れていた。サヨは、戦争中にひまをとって世帯を持ったのであるが、応召した夫が戦死したため、ひとり息子を里の親もとにあずけて、戦後まもなく、ふたたび顕子の生家ではたらきだしたのだった。

生家と公宅とは比較的近かったから、サヨは公宅には泊らなかった。また、泊り込むほどの病人でもなかった。サヨは生家から通って来て、家事をこなしたのである。はたらき者のうえに、料理の腕もかなりのものだった。和食であれ、洋食であれ、和彦がすぐにも箸《はし》をとれるように夕餉《ゆうげ》のしたくをして帰るのである。家事のエキスパートといってもよい女であったが、サヨにはほかにも特技があった。和服の仕立てである。仕立物なら、へたな仕立職人もかなわないだろう、とかねがね母が話していた。サヨちゃんがいたらねえ、とこぼしながら、戦争中に古着をほぐして、母がモンペを仕立てていた記憶もあった。

仕立てをして坊やと暮せないのか、と顕子が聞くと、里の親もさいわい達者であるし、奥さまのおそばにいたほうが仕合わせだ、とサヨは答えた。そこまではよいとして、サヨは仕立物について弁じたてたのだった。

お嬢さんは、やっぱり世間を知らない。仕立賃なぞわずかなものだし、反物のよしあしで仕立賃にも差がつく。少々、景気がよくなったようでも、綸子《りんず》のよそゆきをあつらえる奥さんたちが大ぜいいるはずはない。仕立直しがせいぜいでしょうよ。若い娘さんたちをごらんなさい、みんな洋服じゃありませんか。お嬢さんも、奥さまがたくさん衣裳《いしょう》を用意してくださったのに、簞笥《たんす》のコヤシにしているんじゃありませんか？　戦争に負けて、日本の女たちは服装までかわった。総絞りの振り袖《そで》や綸子の色留袖を仕立てるのが夢だったんですけどねえ、とサヨはかなしみをかくすように、ちゃぶ台をふきはじめた。

顕子がえらんだ医者は、たしかに腕のよい医者のようだった。和彦が勤務先の産婦人科医にたしかめてみると、あの医者なら大丈夫だと言ったそうである。きみをつれて行ってくれた奥さんにお礼をしなくちゃならんね、と和彦は言ったけれども、これまた、架空の婦人である。動顛《どうてん》のあまり、名前も聞きそこねた、と顕子はごまかした。

医者に言われていたので、一週間後に顕子は診察を受けに行った。経過は順調で、もう心配はないとのことだった。サヨが通って来たのは、その日までである。ただし、その後も数日は買出しをたのんだ。台所に立つのもまだおっくうであったから、顕子はサヨに費用を渡して、適当に食料品を見つくろって来てもらった。サヨは料理の下ごしらえをすると、手早く掃除や洗濯までしてくれたものである。

顕子が、それとなく和彦に避妊の話を持ちかけたのは、診察を受けて来た日の夜だった。医者からは、あと二週間は性交渉をひかえるように注意されたのだけれども、和彦には、三週間と期間をのばしてつたえた。ともかく予後も無事にすんで、和彦は胸をなでおろしたようだった。五週間でも耐えしのぶさ、と笑顔で応じた。

「でも、流産って、くせになるんですって。わたし、当分、赤ちゃんはほしくないわ。

あんなひどい目に遭うのは、こりごりですもの」

うん、うん、と和彦は相槌《あいづち》を打った。妻の神経はしずまっていないとみて、和彦は顕子にさからわなかったに相違ない。

じつをいえば顕子は、診察を受けた帰途、婦人雑誌を買って来たのである。避妊にかかわる詳細な記事が掲載された雑誌だった。顕子にも多少は避妊の知識があったものの、確実に妊娠を避けうるかどうか、あやしかった。彼女は、すでに雑誌の記事に目をとおしていたから、避妊の具体的な方法を心得ていた。避妊を実行するまでには日数があったので、彼女は意志を匂わせるだけにとどめておいたのである。

六月の下旬近くに、術後はじめての生理があった。生理の前後は防具を用いなくても安全な期間である。顕子は生理の直後に、ひさしぶりに夫と抱き合った。彼女が、ふたたび避妊の話を持ちだしたのは、体をはなしたあとである。

「赤ちゃん、当分ほしくないって言ったことおぼえてる？」と、彼女は和彦の髪をまさぐりながら言った。

「おぼえてるさ」和彦の声は眠たげだった。

「わたしはまだ若いのよ。二、三年先に産んでもおそくないわ」

「子供は早く産んだほうが、母体のためにものぞましいんだよ」

「わたしが流産してもいいってわけね」

「そんなことは言ってないよ。ただ、三年も待つ必要があるのかと思ったんだ」

「三年たっても、わたしは二十七よ」

なにかの本に出産は二十代のうちに終えたほうがよいと書いてあった、二十七になっても、三十代になるまでには三年もあるではないか。流産の記憶がなまなましくて、いまは妊娠がおそろしいし、すこし待ってくれさえすれば、少々無理をしても流産をしないような健康体になるだろう、と顕子は説得した。

「三年たつと、和彦さんは三十二よ」
三十二、三で父親になっても不自然ではないと言うと、そうだね、と和彦は眠気のふっきれた声でこたえた。
「きみがその気になるまで待とう」

「そのうち、かならずかわいい赤ちゃんを産むわ」

数日後、顕子は外出した。気ばらしに映画を見に出かけたのだが、もうひとつ目的があった。コンドームを買うつもりだったのである。コンドームなぞ男が用意すべきものであって、和彦も承知をしたのであるが、顕子は信用しきれなかった。

育ちのせいか、和彦は羞恥心《しゅうちしん》をかくし持っていた。だいたい、二十九歳になっても青年らしい清潔感をとどめていて、世帯持ちとは見えないのである。和彦が抵抗感をおぼえずに、薬局にはいれるとは思えなかった。帰宅もおそいのだから、和彦が薬局へ行くとすれば週末ということになる。顕子が言いだした避妊《ひにん》なので、夫に買わせては気の毒だというおもいもあった。あからさまに品名をつげず、「サック」と言えば買いやすそうであった。

　霧のない好天の午後だった。下町へくだる坂の上までくると、眼下の町並みと、その先にひろがる湿原が目にはいった。六月の下旬なので、湿原の色も緑にかわっていた。陽光の加減か、あかるい緑で、さながらエメラルド・グリーンの海原であった。

　父といっしょに湿原へおもむいた日々がよみがえって、顕子の胸に痛みが走った。顕子は、もはや少女ではなかった。夫をあざむいて中絶をし、避妊用具を買いに行くような女になっていたのである。

　数日後のことである。当時のラジオは、朝のひとときクラシック音楽を流していた。たしか朝食前後の番組だった。顕子も和彦もクラシックをこのんでいて、音楽を聴きながら食事を終える習慣だった。ところが、どうしたわけか顕子は、中絶をした前後から音楽を耳にするのが苦痛になっていた。和彦も顕子がいやがるので、音楽の番組になるとスイッチを切った。彼は、妻が流産のショックから立ち直っていないと考えていたにちがいない。

　その朝も和彦は、音楽番組の時間になると、ちゃぶ台の前から腰をあげてラジオのスイッチを切ろうとした。

「切らなくてもいいわ。わたし、もう元気よ」と顕子は声をかけた。

「顔色だいぶよくなったよ。音楽もくすりになるさ」と和彦は笑顔ですわり直した。

ピアノの澄んだ音色が顕子の耳にはいった。最初の一小節を聴くやいなや、顕子は、それがドビュッシーの「プレリュード」だとさとった。弾き手は、まちがいなくコルトーである。不可思議な美を静けさでくるみこんだような「デルフの舞姫」につづいて、「帆」の冒頭のドラムの軽いひびきに似た低音部を聴きとると同時に、体内に電流が走ったように、ひとつのことばが顕子の頭によみがえった。

「顕子さん、あなたには絶対音感があるのよ」

顕子が子どものころからピアノをおそわっていた寺内益子《ますこ》のことばである。益子は東京音楽学校を出て、釧路の資産家と結婚した女である。寺内夫妻には子どもがなく、益子は釧路に住みついてほどなく、ピアノの個人教授をはじめたようである。顕子が習いはじめたころは、三十前後の年齢になっていた。益子の家の、床面積のひろいレッスン室まで顕子の目に浮かんだ。

和彦は食事を終えて、たばこに火をつけていた。顕子は、あわてて茶を淹《い》れようとしたが、手がふるえて、お茶の葉をちゃぶ台の上にこぼした。

「どうしたんだい。おかしな顔をしてるよ」と和彦がいぶかしげにたずねた。

「わたし、ドビュッシーを弾けるのよ」と顕子はかすれ声で言った。

「知ってるさ。婚約中に弾いてくれたじゃないか。グランド・ピアノでね。すてきな子どもの領分だったよ」

「版画も弾けるわ。プレリュードはすこし無理ですけど……」

「そうか、ピアノを弾くといいよ。好きなことをするのが最善さ」

「ええ……」

なかば、うわのそらで応じながらも、寺内益子の一言はフォルティシモのように顕子の耳の中で鳴りひびいていた。あなたには絶対音感があるのよ。絶対音感があるのよ……。

益子が、そのことばを口にしたのは、顕子が十歳になった年だった。顕子は、小学校へ入学すると同時にピアノを習いはじめたので、益子の家へ通うようになって四年たっていた。むろん益子は、素早く正確に音を聴きとる顕子の能力に、早くから気がついていたに相違ない。たびたび、耳のよさや運指のたしかさをほめてくれたものである。益子は、顕子が「絶対音感」の意味を理解しうる年齢まで待って、顕子のめぐまれた資質を知らせたのである。益子の話によると、ピアニストであれ、声楽家であれ、作曲家であれ、およそ音楽家と名がつくひとびとは、百パーセント絶対音感の持主だと言ってもまちがいはないとのことだった。

「顕子さんも努力しだいで、将来はステージで演奏できるようなピアニストになれますよ。ですから、まず、体を丈夫にしましょうね」

十歳の顕子にとって、ステージで演奏する自分の姿など夢物語の主人公にひとしかった。そもそも益子が案じたとおり、顕子は健康な少女ではなかった。習いはじめてまもなく急性肺炎で寝こんだし、九歳の年には肋膜炎《ろくまくえん》に罹《かか》って半年もレッスンを休んだ。したがって、上達もすみやかとは言いがたく、「絶対音感」の一語を知ったとき、ようやくツェルニーの「四十番」やバッハの「フランス組曲」を弾きはじめたところだった。

さいわいにも、その後は病気らしい病気をせずにすんで、女学生になると同時に顕子は「ツェルニー五十番」とバッハの「平均律曲集」を柱に稽古《けいこ》をつづけた。顕子が、進学校を上野の東京音楽学校と思いさだめたのは、そのころである。顕子はグランド・ピアノが欲しかったけれども、母が東京の楽器店に注文しても入手は困難だった。顕子が女学校へ入学した年の十二月に、太平洋戦争がはじまっていた。

文部省が、音階の呼称を「ハニホヘト」とあらためたのは、いつごろからであったろうか。まちがいなく、米英との開戦後であろう。個人教授の益子は、文部省の通達にしたがわなかった。音階は従前どおり「ドレミ」で押し通し、音楽用語も譜面に記されているイタリア語を用いた。顕子は、学校の勉強よりもピアノの練習がはるかに好きな少女になっていたが、いつまでピアノを弾いていられるのか、という不安もきざしはじめていた。

皮肉にもグランド・ピアノが釧路の生家にとどいたのは、敗戦の前年の初夏である。日本軍は非勢に陥り、大都市ではいなかへ疎開《そかい》をするひとびとが出はじめていたから、東京の金持ちが手放したピアノかもしれない。新品のピアノではなかったものの、白鍵《はっけん》も黒鍵もつややかで、さほどつかいこんだ痕跡《こんせき》はなかった。のぞんでいたピアノではあったが、キーにふれても顕子の胸ははずまなかった。顕子もまた、ピアノに向かう意欲を失いかけていたのである。勤労作業に狩りだされる日が多くなって、学校の授業自体がないありさまとなっていた。ピアノの音が戸外へもれるのもはばかられる時勢となって、益子が個人教授の仕事を中止したのは、その年の夏であった。

顕子は、最後のレッスンをすませると、ためらいがちに師にたずねた。

「先生、戦争はいつまでつづくんでしょうか」

「戦争ねえ」益子は、ため息まじりにつぶやいて口調をあらためた。「先行きがどうなろうと、音楽は滅びませんよ。バッハも、ベートーヴェンもモーツァルトも、決して滅びはしませんよ」

一年後に敗戦の日をむかえたのであるが、顕子はピアノに向かうどころか、解き放されたようにあそびはじめたのである。闇《やみ》で入手した洋服生地でワンピースを仕立ててもらい、映画館に出入りし、翻訳物の小説を読みあさった。女学生時代の友人と下町の闇市場をのぞきに行き、喫茶店でまずいコーヒーを飲みもした。

顕子が、ふたたび益子についてピアノをおそわりたくなったのは、敗戦の翌年の秋口である。「平均律曲集」も第二集はさらい終えていなかったし、「ツェルニー五十番」も中途でよしていた。あの課程まで習得して練習を放棄するのは、いかにも惜しかった。なにより、こんどこそ存分にグランド・ピアノを弾けるのである。

師と再会した日の、益子の目の輝きを顕子はわすれることができない。

「いまからやり直してもおそくはありませんよ。あなたは基礎ができてますからね」

来春にも上野にはいれるだろう、と言われて、顕子は当惑した。東京音楽学校への進学は、師弟ともどもの目標だったのである。

顕子は小声で言った。「東京は焼け野原だといいますし、とても物騒だという話ですから、父も母も東京に出してくれそうもありません」

「そうですか。本吉さんの大事なお嬢さまですものねえ」と益子は気落ちした口調で言った。

「上野へいかなくては、おしえていただけないのでしょうか」と顕子はおずおずたずねた。

「そんなことはありませんよ。あなたはピアノとはなれがたくて、レッスンをつづけたいわけでしょう。欲得なしに音楽のエッセンスを吸収するのは、すばらしいことですよ」

その年から翌々年の十二月まで、顕子は益子のもとに通いつづけた。顕子の技倆《ぎりよう》にみがきがかかり、音楽性も高まったのはレッスンを再開した二年余の期間であろう。なにしろ、ありあまるほどの時間があって、少なくとも日に八時間はピアノに向かっていたものである。顕子は、比較的厄介な「イギリス組曲」もらくらくと弾きこなすようになった。「版画」や、おなじくドビュッシーの「映像」を習いおぼえたのも、その間のことである。

すでに、顕子は気づいていた。ピアノの演奏こそ、顕子の個を主張しうる唯一《ゆいいつ》のものだったのである。中絶の前後からクラシック音楽に耳をふさぎたくなったのも、ピアノから遠ざかったやましさが心底にひそんでいたせいではなかろうか。

なぜ、自分の才能すらわすれてしまったのであろう。戦争が顕子の運命をかえた部分はあるにせよ、戦後もピアノの稽古に熱中した時期があるのだから、戦争を理由にはしたくなかった。おそらく、和彦とめぐり合うまでの浮わついた日々のあいだに、両の手の指のあいだから楽の音はすべり落ちていったのである。

和彦を送り出すと、顕子は応接間にはいってピアノに近づき、演奏用の椅子《いす》に腰をおろした。六歳から十五歳の春先まで弾きつづけた黒のアップライト・ピアノである。蓋《ふた》を開ける勇気はなかった。失ったものの大きさに呆然《ぼうぜん》として、顕子は身うごきもならなかった。

IV

顕子が公宅ですごしたのは四年間であるが、そこでの暮しの基調となったものは、ピアノと犬である。先に犬を飼いだしたのだけれども、やがてピアノが主となった。

もともとピアノと犬は、顕子のなかでわかちがたくむすびついていた。顕子がピアノをおそわりだした当時、生家には千早という雄の秋田犬がいた。兄の犬である。顕子とちがって英嗣は、わがままひとつ言わない少年であったが、友人の家で見た秋田犬には心をうばわれたらしい。父にたのんで手に入れたのが千早である。千早は顕子の就学まえに生家に来たから、兄が秋田犬に魅了されたのは、小学校の三、四年生のころであったろう。

千早が最も慕っていたのは英嗣であるが、顕子にもなついていた。週に一度の稽古日《けいこ》には、千早はおさない顕子を守るように、寺内益子の家までかよいつづけたのである。益子の家は、子どもの足で十分前後の距離にあったが、人通りの少ないかいわいであった。最初は女中に送りむかえをさせていた母も、ほどなく千早に娘をまかせてしまった。しかし、冬はレッスンを終えると、早くも夕暮れのけはいがしのび寄っていた。玄関の前で前脚をそろえて待っている千早をみとめるたびに、顕子はほっとしたものである。はしゃぎぎみに家路をたどる少女のかたわらで、大きな犬はゆったりと脚をはこんでいた。千早は、ぴんと立った耳と、太い巻尾を持ったみごとな秋田犬であった。

女学生になると、犬とつれ立ってレッスンにかようのは気恥しくなって、下校の帰途、益子のもとに立寄るようにした。入学早々のことであるが、稽古日というと千早は、きまって益子の家の前で顕子を待っていた。通学用のカバンのほかに、教則本や楽譜を入れた薄手のカバンを持って家を出る顕子を見て、千早は稽古日をさとったに相違ない。顕子は閉口して、何度目かに、かなりきつく千早を叱《しか》った。以後、千早は益子の家にあらわれなくなった。

顕子がレッスンを中断したころになると、千早も老いていた。敗戦の前年というと千早は、たしか十歳か十一歳になっていたはずである。餌《えさ》が粗末になったことも、千早の老いを早めた一因かもしれない。家族の食事自体が、戦争まえにくらべると質素になっていたのだから、飼犬にたっぷり肉をあたえられるような状況ではなかった。つややかだった毛はぱさつき、胴や腰の肉も落ちて、千早は、たいがい犬小屋の前で寝そべっていた。

ひとつの情景が、顕子の胸にしまいこまれている。兄は、京都からいったん帰郷して旭川の師団に入営したのであるが、入営の前夜、生家の座敷で壮行会をした。英嗣の強い意向で、家族だけの静かな晩餐《ばんさん》だった。すでにグアムやテニヤンの島々が米軍の手に落ちていた時期であった。秀才の兄は妹をかまいつけるようなこともなく、顕子にとっては少々けむたい相手であったが、やはりただひとりのきょうだいだった。お兄さんも死ぬ、きっとどこかで死んでしまう。そう思うと、めずらしく品数の多い料理もろくにのどを通らなかった。母はあかるくふるまっていたが、銚子をかえに立つたびに泣いてくるらしく、目尻《めじり》がよごれていた。父と兄だけは、なにごともなさそうな顔つきで酒を酌《く》みかわしていた。兄も父に似て口数の少ないたちであったが、ときどきことばをかわしていた。戦争の話は一切出なかった。

兄が席を立ったのは、とっておきのコーヒーを飲み終えたあとである。寝室に引きとったのかと、顕子は廊下のほうに目をやったが、勝手口の戸を開けたてする音が聞こえて、兄が戸外に出たと知れた。

「千早のところだろう」と、父がつぶやいた。「男は軽がるしく生死を口にせんよ。英嗣が本音をもらすとすれば、千早が手ごろな相手だろうな」

そう聞くと顕子は、無性に兄の本心を知りたくなった。兄の死は定まっているようなものであったが、なにを考えているものやら、顕子には見当もつかなかったのである。両親に知れては叱られそうで、彼女は手洗いに立つふりをして、勝手口から裏庭へしのび出た。

夜気が冷めたかった。灯火管制がつづくようになり、屋内のあかりはまったくもれていなかったが、月明があって、母屋のかたわらの植込みの葉がきらりと光っていた。

千早がうれしげに吠《ほ》え立てる声と、兄の笑い声が顕子の耳についた。犬小屋は物置の並びにあって、小屋のすこし手前にエゾ山桜の古木があった。顕子は小首をかしげながら犬小屋のほうへ向かうと、山桜の蔭《かげ》から前方をのぞき見た。

月あかりが兄のうしろ姿を照らしだしていた。兄は学生服はごめんだと言わんばかりに、晩餐の席でもセーターでとおしていたのであるが、セーターの背をこごめて千早の頭をゆすり、千早も立ちあがって前肢を兄の胸にかけ、鼻先でしきりに兄の肩やあごを小突いているようだった。なんと英嗣は、小学生のむかしに返ったように千早とたわむれていたのである。

顕子は気がぬけたが、山桜の幹に片頬を押しつけて、兄の様子をうかがいつづけた。兄は、ひとしきり千早の相手をすると、老いた愛犬をいたわるように犬小屋の前にすわらせ、しゃがんで千早の頭をなでながら話しかけた。

「おれは、かならず生きて帰ってくるからな。死んでたまるかよ。帝国陸海軍も御重態のようだしな。千早、おまえもくたばるな。待てよ、敵さんに手をあげるまえに成仏《じょうぶつ》したほうが仕あわせかもしれんな」

顕子は、体がふるえだしそうだった。聞いてはならないことばを聞いたような気がした。顕子も日本軍の退勢に勘づいてはいたが、戦争に負けるとまでは思いいたらなかった。勝敗よりも、百年も長びきそうな戦争が彼女を滅入《めい》らせていたのである。

彼女は、われをわすれて兄に声をかけた。英嗣は、ちょっとおどろいたようにふりむくと、なんだ、顕子か、と言って腰をあげた。

「お兄さん、日本は負けるの？」

「勝つさ。神国日本だからな」と英嗣はとぼけた。

「でも、お兄さんは敵に手をあげると言ったわ。千早にそう言ってたわ」

「顕子のそら耳じゃないのか」

おまえは夢でも見たんだろう。月夜は人を狂わすというからな。夢の中で聞いたことばとしても誰にも言うな、と英嗣は釘《くぎ》を刺して、おまえもいのちを粗末にするな、生きのびることだけを考えろ、これもまあ、夢の中の忠告だ、とつづけると、顕子の肩を軽くたたいて、足早に勝手口のほうに去って行ったのだった。

千早が死んだのは、敗戦の年の七月十二日である。日にちまでおぼえているのは、空襲の記憶とつながっているからだろう。十四、十五の両日、数百機もの米軍の艦載機が釧路の町をおそった。艦載機のせいか、夜間の攻撃はなく、朝から午後にかけての空襲だった。初日の爆撃がはげしく、生家のある高台は被害を受けずにすんだが、下町は繁華街を中心に、家屋の密集した住宅地まで焼失した。つまり千早は、空襲の直前に死んだことになる。

天空全体が赤く染った七月十四日の釧路の夜空を、顕子はわすれることができない。夜の裏庭で、父と並んで下町の方角に目をやっていた彼女自身の姿も、他者が見た遠景のように心に残っている。

生家は高台の崖《がけ》ぎわより奥まった通りにあって、下町をのぞむことはできなかった。塀の向こうの家屋の合間に焰《ほのお》の先がゆらめき、ときおりぱっと火の粉が飛びちった。風とも火ともつかぬ音が周囲を圧し、けむりは高台まで這《は》いあがってきて、きなくさい匂《にお》いが鼻についた。敗戦時の釧路は人口六万の小都市であったから、巨大な焚火《たきび》の間近にいたようなものだった。

顕子は立ちすくみながら、二日早くにおとずれた千早の死をよろこんだ。千早は、物の焼ける匂いを嗅《か》がずにすんだ。赤い夜空を見ずにすんだ。グラマンの爆音も、空気を切り裂くような急降下の音も、焼夷弾《しょういだん》の炸裂音《さくれつおん》も、砂礫《されき》をたたきつけるような焼夷弾の落下音も聞かずにすんだのである。

「千早、こわい目に遇《あ》わなくてよかったわ」

娘のつぶやきに、父はたしなめるように短いことばを口にした。

「大ぜい、ひとが死んでいる」

父の言うとおりであろう。おなじいのちであっても、ひとと犬とでは比較にならない。理屈はそうであっても顕子は、千早の幸運をおもわずにはいられなかった。彼女自身、死を覚悟せざるをえなかった敗戦の年の数ヵ月、唯一のなぐさめとなったのは老いさらばえた千早であった。空襲の二日まえの夕暮れ、彼女は泣きながら、父とふたりで山桜の近くに千早を葬《ほうむ》ったのである。

顕子が公宅で犬を飼いはじめたのも、千早への哀惜のおもいが残っていたためといえる。ただし、あらたに飼った犬は秋田犬ではない。生家の庭とちがって、公宅の庭はせまかった。十坪そこそこの芝庭であったから、大きな犬は飼えなかった。洋犬にしても、シェパードやコリーを飼うのは無理だった。顕子が手に入れた犬は、雄のフォックス・テリアである。引きとったときは、生後四ヵ月の仔犬《こいぬ》であったから、白い体毛の中の斑《はん》点《てん》もぼやけていて、ふんわりした縫いぐるみのようだった。

テリアにはヒポクラテスという名をつけた。犬の名をつげると和彦は、あわてて反対した。

「よせよ、そんな御大層な名にしちゃ、ぼくの頭がうたがわれる」

「あなたがつけたんじゃないわ。わたしが名づけ親よ」

「うちの犬だろ。きみがえらんだ名前でも、ほうっておいてはぼくが物笑いの種になる」

顕子は、なにもひねくれて医学の大先達の名を拝借したわけではない。気に入った名でもあり、少々和彦をからかってみたかったまでの話である。和彦の当惑はもっともであり、実際、呼び名には長すぎたので、ふだんはヒポクラテスの後尾の二字をとって、テスと呼ぶようになった。

この犬は、飼いだしてひと月もたたぬうちに、顕子の革サンダルを喰いちぎった。夏であったから玄関のドアを開けはなしてあったし、当時は畜犬条例もなく、勝手に犬をあそばせておいた結果である。被害をこうむったのは、彼女のサンダル一足ではない。和彦の靴も齧《か》じったし、スリッパをぬすみ出したことも一度や二度ではなかった。千早が幼犬であったころの記憶はあいまいであったが、いたずらがひどかったという話は聞かなかった。千早との相違を感じとりながら、顕子は犬を叱りつけもせず、よろこんでいたずらを見ていたのだった。

成犬になるとテスは、千早と似ても似つかぬ飼犬となった。姿かたちや大きさがことなるのは当然として、テスは千早ほど従順ではなく、千早のような落ちつきもなかった。ひとなつっこい犬ではあったが、テスがなによりも好んだのは自在に駆けまわることである。秋田犬とテリア種の性質のちがいであろうが、顕子が躾《しつけ》を怠ったため、テスは天衣無縫なあそび好きになったのである。顕子は、テスをつれて歩く気になれず、外出するときは引っとらえて鎖につないだ。

つまるところ顕子は、テスをかまわなかったのである。朝夕餌をあたえ、気まぐれに毛を梳《す》いてやることはあっても、テスをいとおしんだのは、幼犬の折だけであったろう。

そもそも、搔爬《そうは》のあとの喪失感から飼いだした犬だった。音楽と子を失ったかわりに犬を飼ったのか、というにがいおもいが芽ばえてもふしぎではなかった。

テスをいつくしんだのは、和彦のほうである。天気のよい休日には、よく顕子といっしょにテスを散歩につれだしたし、出勤する和彦を犬が追って行く朝もあった。途中で引き返すから心配ない、と和彦は語っていた。夜間はつないでおく習慣だったから、帰宅すると、きまって犬小屋の前で声をかけた。テスも和彦を慕っていて、靴音を聞きつけると、大よろこびで吠えだすのである。顕子は犬の吠え立てる声で、夫の帰宅をさとったものである。

ピアノのほうは、犬を飼うほど簡単にはいかなかった。才能を見失っていたばかりに中絶をしたのだから、ピアノを弾くには抵抗感をおぼえるのは当然だった。

鍵盤に両手をおろしたのは、秋にはいってからである。好天の午前で、白鍵と黒鍵の光沢が清潔に目に映った。秋になると、うそのように霧の消える土地だった。

調律をしてもらった直後であったから、音に狂いはなかった。顕子は小一時間も音階を弾き、つづいてトリルの練習をした。最初は重く感じられた指のうごきも、トリルを弾くころには気にならなくなった。札幌住い以降、キーにふれもしなかったのだけれども、子どものころから身につけた技術である。空白なぞなかったのも同然で、指は自在にうごいた。

その午後いっぱい、顕子はピアノに向かっていた。バッハもドビュッシーも弾かなかった。鬱屈《うっくつ》をはらいとばすには、はなやかな曲、あかるい曲、力強い曲のほうが適当だった。彼女は、ショパンの「華麗なる大円舞曲」を弾いた。「華麗」ぬきの「大円舞曲」を弾いた。テリアもいることゆえ「小犬のワルツ」も弾いた。あとはなにを弾いたものやらおぼえていない。ピアノの蓋《ふた》を閉めたとき、彼女は心地よく汗ばんでいた。帰郷後、はじめて顕子は充足した時間を持ちえたのである。

ところが、その日の演奏が公宅の夫人連の耳にはいったのである。翌日か、翌々日であったか、顔見知りの夫人がふたりたずねて来た。ひとりは和彦の直接の上司である外科部長の細君であったから、顕子は何事かと思ったものである。応接間にとおして話を聞くと、それが子どもらにピアノをおしえてほしいという用件だったのである。

以前、顕子は、いずれは個人教授をしてはどうか、と益子にすすめられたことがある。経済上、弟子をとる必要はなくても、あなたにはおしえるだけの力量があると聞かされた。益子自身、資産家の妻でありながら、素養を無駄にできかねて弟子をとっている女だった。

顕子は益子のことばを思いだしたものの、客のたのみはことわった。自分は音大で正規に教育を受けたわけではない。ピアノにしろヴァイオリンにしろ、稽古ごとは最初が肝腎《かんじん》で、よい師匠につくべきなのである。顕子がそう言っても、ふたりの夫人は引きさがらなかった。あれだけみごとにショパンを弾いて、ドレミもおしえられないはずはない、とひとりが喰いさがれば、一方は、自分は札幌で御大層な師匠についたけれども、ツェルニーの三十番のなかばで飽きてしまった、カワズの子はカワズだから高のぞみはしない。入学前の娘なので、御近所でおそわることができれば、親としてはなによりも心強い、とまくし立てた。ふたりながら顕子より年長で、外科部長の細君も三十代の前外科部長の細君も三十代の前半ではなかったろうか。顕子より年長で、顕子は根負けがして、ひと晩考えさせてもらうことにした。

和彦に相談すると、彼はすでに話を聞き知っていた。ことわってくれても一向にかまわない、猪突《ちょとつ》猛進の女房で閉口する、と部長は語ったそうである。

「ぼくの立場は心配しなくていいよ。太っ腹な部長だからね」

「猪突猛進の奥さんがこわいわ」

「意外にさっぱりした奥さんだよ。面倒見もいいしね」

子どもといっしょにあそぶつもりで肩肘《かたひじ》張らずにおしえてはどうだろう。きみは、思いきりピアノを弾いて気持が晴れたと言っていたが、それはひさしぶりに弾いたせいであって、毎日ひとりでピアノに向かっていては飽きがこないともかぎらない。子どもらにおしえることによって、生活にも張りが出てくるのではないか、と和彦は言った。

結局、顕子はレッスンの依頼を引き受けた。一応は和彦の立場も考慮したし、公宅の夫人連と波風を立てるのもわずらわしかったのであるが、彼女がなによりものぞんでいたのは心の張りであった。和彦に言われるまでもなかった。おしえる、という未知の行為によって、日々の暮しも充実したものになりそうだった。

レッスンには条件をつけた。無難に指導できそうなのは手ほどきまでで、初歩の課程、すなわちツェルニー三十番を主にしたあたりで稽古を打ち切ることにした。それ以上の上達をのぞむ子には、ほかのピアノ教師を紹介する約束をした。母親たちには話さなかったが、バイエルを終えるあたりで、子どもが稽古好きかどうか、見当がつくのである。また、母親の付きそいもことわった。おしえるほうも新米であってみれば、母親がかたわらに控えていては気が散るおそれがあった。母親たちにどう思われようが、レッスンは一対一の関係を保つのが最良なのである。もっとも、どこからも苦情は出なかったのだから、母親たちも顕子の機嫌をそこねるよりは、目と鼻の先でピアノを習わせたほうが得と考えたのかもしれない。

はじめは弟子もわずかだった。直談判《じかだんぱん》に来たふたりの夫人の子が、顕子の最初の弟子である。それが三人となり、五人になるのは早かった。三年もたったころには、顕子は十人近くの子どもにおしえていた。戸外でむずかっていた幼児が、ピアノをおそわるような年齢になったのである。

公宅住いの医者は、おおむね若かった。戦没した医者が多かった結果である。和彦の話によると、北大医学部の出身者はいうまでもなく、助手や講師ですら軍医となって戦死した医者が少なくないそうである。そのため、五〇年代のなかば、病院勤務の医者の年齢構成は片寄ったものになっていた。四十前後の医師は欠け落ち、年輩者も少なめで、大多数は若手の医者だった。ピアノをおそわる子がふえた道理であった。

弟子がふえたころから顕子は、稽古日を週に三回とした。月、水、金曜の一日おきだった。弟子は幼稚園児か小学校低学年の子で、稽古は午後からである。ひとりのレッスンについやす時間はおよそ一時間、日に三人おしえた。おさない子にとってレッスンを受けるのは一時間が限度であり、三人おしえると顕子もさすがにくたびれた。連日のレッスンなぞ論外であり、弟子の数も九人が限界だった。

レッスンにあたって顕子は、まず子どもの気持をときほぐすことに心をくだいた。のびやかな心でピアノに向かわなくては、ピアノという楽器に興味を持つはずはなかった。楽器に親しませることが先決であって、顕子もそのようにして、寺内益子から手ほどきを受けたのである。顕子の場合は、日数を経ずに譜面を読みうる年齢に達していたが、就学前の子にいきなり楽譜を見せては無茶というものだろう。直接キーをたたいて指導するほかはなかった。

ノンちゃん、これが「ド」よ。弾いてごらんなさい。ほら、鳴ったでしょう。それが「ド」。このピアノの中には「ド」の音がたくさんあるけど、あとでゆっくりおぼえましょうね。「ド」のとなりは「レ」。つづけて弾いてみましょうね。「ドレドレドー」。こんどはノンちゃんが弾くのよ。先生が拍子をとってあげるわね。はいっ、イチニイイチニイ、イチニイサンシイ。上手ねえ。ノンちゃんが指をうごかすと、ピアノはちゃんと返事をしてくれるのよ。

顕子がいくどとなく口にしたことばである。おさない子を引き受けるたびに、そんなぐあいにおしえたのである。すこし上達した子には親しみやすい小曲を弾かせた。バイエルは運指の基礎を習得するための教則本で、百数曲の練習曲はおもしろみに欠け、バイエルばかり弾かせていては生徒も退屈する。「蜂《はち》」をはじめ「小さなカノン」「楽しき農夫」なぞは、しょっちゅう応接間で鳴りひびいた曲である。

初歩の課程を習得後、引きつづいて練習をのぞむ子には、約束どおり他のピアノ教師を紹介した。これと思う子は益子のもとへつれて行ったが、あとは益子と相談して適宜にふりわけてもらった。五〇年代のなかばともなると、地元の学芸大学で音楽を専攻した者もいたし、音大を出て帰郷し、ピアノの個人教授をする娘も出はじめていた。益子は学芸大の音楽講師と親交があったうえに、かっては益子の弟子であった若いピアノ教師もいた。

顕子がピアノをおしえたのは、三年あまりの期間である。何人の子の手ほどきをしたのか、はっきりしないが、その中で益子が引きついでくれた子はふたりである。益子も五十代にはいっていた。益子は音大志望のわずかな弟子におしえていて、おさない弟子はほとんどとらなくなっていた。

子らを手放すたびに、顕子は安堵《あんど》とさみしさをおぼえたものである。あとしばらく手もとに置いて、いっしょにレッスンを楽しみたいと思った子どももいたのであるが、そうはできかねる状況になっていた。引きつぎの教師をふりわけたことによって、母親たちが不満を抱きはじめたのである。益子が引き受けた子どもの母親は、当然よろこんだ。顕子さんのお師匠さんは上野出のすごい先生よ、と吹聴《ふいちょう》したのだから、たまったものではなかった。うちの子は才能がなくて、といやみを言う母親もいれば、こんどの先生はきびしすぎる、うちの子は二度も泣いて帰って来た、月謝も顕子さんの三倍よ、あなた、あの小生意気な若い娘にレッスンの見本を示すべきだわ、と息まく母親もいた。むろん、そんな女ばかりではなく、顔を合わせると、子どものその後の上達ぶりを、うれしげに知らせてくれる母親もいたのである。

猪突猛進の女房、外科部長夫人の矢代《やしろ》早苗《さなえ》は、ことあるごとに顕子をはげましてくれた。第一号の弟子を押しつけた手まえ、早苗は責任を感じたらしい。顕子さん、右から左へ聞き流しなさい、おしるしていどの月謝で世話になっておきながら、あれこれ言うひとは非常識もいいところよ、相手になるのもばからしいじゃないの……。たしかに早苗の言うとおりであった。顕子は姐御《あねご》肌の早苗に親しみをおぼえ、さそわれるままにつれ立って買物に出かけたりした。それがまた、公宅の女房連の嫉妬《しっと》の種となった。小早川先生は矢代先生のお気に入りだというのに、奥さんまでがあの調子じゃ、外科部長のあと釜《がま》はきまったようなものだ、という陰口が顕子の耳にもはいってきた。

顕子は、ほとほと公宅住いにいや気がさした。ピアノを習いにくる子どもらは、顕子によろこびをあたえてくれたが、子らの背後には母親という怪物が控えていた。そう思うと、レッスンにも身がはいらなかった。

晩秋の午後、稽古《けいこ》中の子がふと指をとめて、まじまじと顕子の顔を見た。

「先生、病気なの？」

「あら、元気よ」

「ふうん」

子どもはなっとくのいかない顔つきだった。その子は弟子の中でも数少ない男児で、女子にくらべるとはるかに指の力は強く、明確な音を出すのであるが、二十分もたつと戸外に気をとられて、練習がお座なりになる習慣だった。少年は、ピアノよりも顕子の飼犬に心をうばわれていたのである。その日も稽古に飽きかけたところで、顕子の様子が気がかりになったのであろう。小学校の一年生だった。

顕子がレッスンの中止を思いきめたのは、その日のことである。子どもにまで不審を持たれるようになっては、おしまいである。三年間も面倒をみてきたのだから、ここで打ち切っても充分だった。和彦も事情は察していて、レッスンの中止に同意していたのである。顕子としては、ただちに打ち切りたいところであったが、それも考えものだった。ことを荒だてそうであったし、なによりも稽古に来ている子が不憫《ふびん》だった。まず、あらたな弟子は引き受けず、できうるかぎり早く家を建てて、公宅から出ることである。それが無難な解決策であり、顕子のつよい願望でもあった。

自宅の新築については、かねてから母にすすめられていた。兄は三十歳まで独身であったが、結婚と同時に帰郷して両親と同居するようになった。母が顕子に家を建てるように言いだしたのも、兄の結婚前後からである。おコウさんの屋敷跡がいい、と母は建築用地まできめていた。

おコウさんとは祖父がかこっていた女である。かっての大恐慌《きょうこう》のさい、生家では大部分の所有地を手放したのであるが、まだ市内に若干の土地を持っていた。祖父が妾宅《しょうたく》を建てた土地もそのひとつであった。

祖母は顕子の誕生前に亡《な》くなり、祖父も就学前に他界したので、顕子には祖父母の記憶はないのだけれど、おコウさんの印象は残っている。芸者あがりの女で、祖父の死後はふたたび座敷に出て、妾宅で暮していた。顕子の母には盆暮のあいさつを欠かさなかったが、すこしさみしげな美人だった。戦争中に女は他界したが、身寄りのない老妓《ろうぎ》で、遺言で家屋敷を母に返した。父が更地《さらち》にしたのは、その後のことである。家屋は傷《いた》んでいたし、無人の家をほうっておいては危険だった。

顕子も母といっしょに見に行ったことがあるが、母がすすめるのももっともで、生家からは公宅よりも近かった。高台の崖《がけ》寄りの土地で、古い住宅が並ぶ通りには落ちつきがあり、なにより見晴しがよかった。となりの空地も母が祖父から引きついだ土地で、更地と合わせると二百坪あまりになる。住宅を建てるには手ごろな敷地であった。問題は建築費であった。母は、お金の心配はしなくていい、和彦さんが返すというのであれば、おいおい返してくれるとよい、と話していた。顕子もその気になっていたのであるが、それには和彦が反対した。土地を提供してもらったうえに、金の面倒まではみてもらえないというわけである。

当時、ふたりには百万近くの手持ちがあった。顕子の持参金が八十万ほど残っていたし、金銭には無頓着《むとんちやく》な彼女も和彦のボーナスには手をつけず、そっくり預金にまわしていた。百万といえば大金で、安普請《やすぶしん》の家の建築費には頃合いの金額であったが、顕子も和彦も安普請の家を建てるつもりはなかった。大きくはなくても、造作のしっかりした住宅をのぞんでいた。

和彦は、函館の父親に建築費を負担してもらう考えだった。いずれは弟が父親のあとをつぐので、金を出させてもかまわないのだと聞かされた。顕子も異存はなかったけれど、父親に手紙を出すと言いながら、和彦は容易に手紙を書かなかった。建築費の相談をしたのは夏になるまえであったが、冬が近づいても函館に知らせてはいなかった。和彦は多忙であったから、休日はのんびりしていたかったのだろうし、肩の凝る手紙は先送りにしたのであろう。顕子が電話をかけるようにすすめると、重要な用件は電話では話せない、おやじであっても礼はつくさんとな、と和彦は答えた。さすがに顕子もいらだって、いつまで針の莚《むしろ》にすわらせておくつもりよ、と突っかかるようになっていた。

顕子が和彦をうながして、建築用地を見に行ったのは十一月早々の休日だった。和彦がのんびりかまえているのは、仕事に熱中するあまり、自宅の新築なぞ二の次になっているために相違ない。用地を目にすれば、和彦といえども金策をいそぐように思われた。

風の強い午後だった。初冬にはいると吹きはじめる北西の季節風である。妾宅の跡地も、となりの空地も、枯れた雑草におおわれて、錆《さび》ついた三輪車が枯草の中に横倒しになっていた。

崖ぎわに一軒の平屋があったが、崖ぎわはやや低くて、見晴しのさまたげにはならなかった。釧路川の対岸にひろがる下町はもとより、遠方の製紙工場も見え、そのかなたに阿寒の山々がつらなっていた。港には大小の貨物船が碇泊《ていはく》し、漁船が川岸を埋めつくして、漁船のマストすれすれに海猫がみだれ飛んでいた。

「なるほど、大パノラマだな」と、和彦が感嘆したように言った。

「夜になると、盛り場の赤い灯《ひ》、青い灯も見えるわ」

「ヤチも見えるよ」

「わたし、ここに住みたいわ。すてきなうちを建てて、グランド・ピアノも置いて、こんどこそヒコさんに似た赤ちゃんを産むわ」

「ぼくとアコの欠点を寄せあつめた子どもだったりしてね」

スペイン人の男は、日本人の夫婦は名を呼ばないのかとたずねたけれども、和彦との場合はさまざまな呼びかたをした。和彦が「きみ」を使うのはまじめな話の折で、たいていは「アコ」か「アコちゃん」だった。顕子も「ヒコ」とか「ヒコさん」と呼ぶことが多かった。

二度目の夫の能戸純となると、事情はかわった。知り合った当座はべつとして、やがて顕子は「あなた」で通すようになった。純も同様で、一貫して「顕さん」である。ひところ顕子は「顕さん」と呼びかけられるたびに、つめたくぬめった爬虫類《はちゅうるい》が背中を這《は》うような嫌悪感《けんおかん》をおぼえたものであるが、数年前からは嫌悪すら感じなくなっていた。

V

純と出会ったのは、住宅の新築工事を翌春にひかえた年の十二月である。なんともまがわるい時期に、めぐり合ったことになる。

ピアノをおしえだしてから、顕子は毎年、寺内益子に歳暮をとどけていたが、その年も歳暮の品を持参した。益子のレッスンの時間を見はからって、午後も早い時間の訪問であった。

顕子は玄関先で帰るつもりであったのだが、益子に引きとめられた。学生が絵を売りに来ていたのである。益子は姿かたちのふくよかな女で、とりわけ笑顔はあかるいのであるが、その笑顔が微苦笑にかわって、顕子にも絵を見るようにすすめた。富裕な家には書画骨董《こっとう》の売込みがあるものだけれど、売手が学生とはいぶかしかった。その学生が純であった。

益子の家には、弟子のためにふたつの部屋があった。レッスン室と控え室のふた部屋である。益子は、レッスン中に他の弟子が入室するのを好まなかったから、控え室を設けたのであろう。グランド・ピアノのほかにアップライト・ピアノを置いたレッスン室にくらべると、控え室ははるかに手ぜまであったが、それでも六畳のひろさはある洋間であった。古びた応接セットが配され、壁ぎわの棚の上にはベートーヴェンの胸像が飾られていて、一応は応接間の態をなしていた。顕子が弟子の進路について相談したのは、おもにこの部屋である。玄関脇《わき》の洋間で、純もその部屋に通されていた。

顕子は、うながされるままに控え室にはいった。黒ずくめの服装の若者が、椅子《いす》のかたわらに直立していた。彼は、黒のタートル・ネックのセーターに、黒のコール天のズボンを身につけていたのである。彼はまぶしげに顕子を見たが、益子がふたりを引き合わせると、ぽうっと顔を赤らめた。ほっそりした容姿の若者であったが、顕子の目をとらえたのは、その美貌《びぼう》である。

男性にはめずらしく、濃く長いまつげの持主で、切れ長の目は大きく、唇は少女のように赤かった。長身というほどではないにせよ、和彦より上背があった。顕子が和彦の容貌や体型の中で、唯一《ゆいいつ》不満をおぼえていたのは背丈である。顕子の身長は一五六センチであったが、和彦は一六三センチだから、ハイヒールをはくと背丈の差は少なくなる。あと五センチ高ければいいのに、と彼女はいくどとなく思ったものである。純は、顕子がのぞんでいたていどの背丈の青年だった。すこし髪にくせがあった。

当時、純は東京芸術大学の油絵科の学生だった。益子の話によると、純は小樽《おたる》の出身で、高校時代に北海道の代表的な美術団体が公募する道展に入選し、賞までとったそうである。純は、翌春芸大を出る予定であったが、一年間の授業料を納めていなかった。卒業製作の作品をたびたび描き直して、親もとからの仕送りをカンバスや絵の具代に費消してしまったのだった。授業料を納めないかぎり卒業できないわけで、純は描きためた小品を売って授業料を捻出《ねんしゅつ》すべく、つてをたよって釧路へ来たのだった。

純は、主任教授から益子に宛《あ》てた紹介状をたずさえていた。名刺にしたためた簡単なものである。顕子も見せてもらったけれども、大事に持ち歩いていたのか、名刺のすみに小さなしわが寄っていた。表の宛名は関口益子となっていて、裏面に、唐突でまことに恐縮であるが、能戸純に御援助いただければ幸甚《こうじん》である、学生の分際ゆえ御寸志で充分である、といった字句が達筆なペン字で記されていた。

益子に名刺を返すと、益子は誰にともなくつぶやいた。

「わたくし、このかたを存じあげないのよ」

それまで一言も発しなかった純が、はじめて口をひらいた。純は、主任教授の名をあげて、先生は寺内先生をなつかしがっていた、御主人の名を知らないので、非礼をわびるようにと申してました、と口早に言った。緊張のあまりか、すこし声がうわずっていた。

「まあ、わたくしの旧姓を御存じなんですから、こちらにはおぼえがなくても、あなたの先生はわすれずにいてくださったんでしょう」

上野を出たといっても、音楽学校と美術学校は校舎もべつで、とくに交渉はなかった。美校は男の学生さんが多くて、いたずら半分に声をかけるようなひともいたが、個人的につき合ったかたはいない。美校の学生さんは、破天荒というか、個性的なかたが多かったようね。そう言って益子は、あかるい笑顔にもどった。

「それじゃ、絵を見せてもらいましょうか」

純の目が輝いて、安堵《あんど》のため息をもらした。同時に顕子も胸をなでおろした。益子は、ともかく絵を見ようとして、顕子を同席させたのであろうが、絵も見ずに追い返しては純が気の毒だった。ふたりの女の前で純は、あわれなほど固くなっていたのである。

純が寺内家に持って来た絵は五点だった。油彩が三枚と、グワッシュとデッサンが一枚ずつである。いずれもサムホールから六号までの小品だった。

寺内は骨董好きで、似た者夫婦になってしまったのか、わたしも絵がよくわからない、顕子さん、いっしょに見てちょうだい、と言いながら益子は一枚の絵を手に取った。それは六号の油絵で、まっ先に顕子の目にとまったのもその絵であった。

少女の上半身を描いた作品だった。顔だけ横向き加減にした少女のうしろ姿である。首すじから肩にかけて髪がまつわりついていて、少女は裸体のようでもあり、薄地の衣服を身につけているようでもあった。一方の肩を軽く引いて、いまにも逃げだしそうな姿に見えた。一瞬のうごきをカンバスに定着した純の才能に顕子は感心したが、それ以上に彼女の目をうばったのは、やわらかな色調だった。ピンクとオレンジ色と白とが微妙に入りまじった画面であったが、どの色にも押えたあかるさがあった。髪もけむるような薄茶色であった。純は、すぐれた色感の持主のようだった。

益子は画面に見入っていたが、これならこの部屋に飾っておいてもいいわね、とひとりごちると、口調をあらためて純にたしかめた。

「授業料は六千円だとおっしゃってたわね」

「はい」と純は小声で答えた。

「それじゃ、そのお値段でこの絵をいただきましょう」

純は目をみひらくと、耳たぶまで赤くなって益子に頭をさげた。目がうるみかけていた。

「うちの弟子もほっとするでしょうよ」益子はそしらぬ顔で話しつづけた。「ベートーヴェンににらまれていては、弟子も窮屈でしょうからね」

顕子は益子のことばを耳にしながら、残った作品を見くらべていた。多少なりとも純の役に立ちたかったし、ぜがひでも彼の絵を手に入れたくなったのである。残りの四点は、少女像にくらべると見劣りがしたが、好ましい作品がないわけではなかった。少女像よりサイズが小ぶりな油彩である。

縦長の夜景である。左右にわかれた構図で、一方は山腹とおぼしい斜面に無数の枯木が遠方までつらなり、片がわの上部にこずえが突き出ていて、一本の枝に梟《ふくろう》がとまっていた。黒一色といってもよい画面で、わずかな色どりは梟の胸毛に刷いた薄紅色だけだった。少女像とは対照的な作品であるが、その絵の持つ静けさも純のゆたかな天分を示すものと、顕子は受けとったのである。裏面には製作した年が書かれていて、一年まえの作品と知れた。

号数は四号とのことだった。顕子がこの絵を買いたいとつげて、四号なら四千円でしょうか、とたずねたとたんに、益子が口をはさんだ。

顕子さん、あなたがおつき合いをする必要はない。わたしが買ったのは能戸さんが後輩だからであって、あなたとは関係のないかたですよ。だいたい、その絵は、わたしが買った絵にくらべると、五分の一の値打ちもありませんよ。四千円なぞとはとんでもない。ぜひにとおっしゃるなら、寸志になさい。能戸さんの主任教授の御意向も寸志ですよ。絵の値段はわからないけれども、学生なのだから、号二百円で充分ではないのか。能戸さん、顕子さんにその絵を売るなら、八百円になさい。

純は赤くなったり、青くなったりしていたが、遠慮会釈《えしやく》のない益子の言いざまに気圧《けお》されたのか、とっさにうなずいた。八百円では中途半ぱな金額であり、少額にも思えて、顕子は純に千円を渡したのであるが、純は礼だと言って、顕子にデッサンをくれた。純は、益子の機嫌を損じまいとしたに相違ない。益子は支払いをすませていなかったから、うっかり純が千円を受けとろうものなら、売買の約束を取り消すおそれがあった。一枚のデッサンを無料で手放すことによって、純は年間の授業料に見合う金を得ることができたのである。

顕子は、純といっしょに寺内家を辞した。益子は、顕子をもてなそうとして引止めたのであるが、お弟子さんがくるじぶんだからと言って、顕子は遠慮した。彼女は純と帰りたかったのであり、おなじおもいでいる純の胸中にも勘づいていた。益子の前では、純はほとんど顕子とことばをかわさなかったし、目も伏せがちであったが、それは彼が顕子を意識していた証拠のようなものだった。

純はヤッケをはおり、スキー靴に似た分厚いズックの靴をはき、二つの絵の包みを小脇に抱えていた。一つは顕子のものとなった油彩とデッサンの包みであり、一つは売れ残った絵の包みだった。画学生だけに絵のあつかいには慣れているらしく、きっちりした包みであったし、持ちかたも自然だった。

寺内家の塀の前を行きすぎると、純はちらとふり返って話しかけた。

「こわい女史ですね。しかし慧眼《けいがん》とも言える。女史が買いあげた作品は、いつごろのものかわかりますか」

顕子が買った油彩は一年前の作品である。あのみごとな少女像は、比較的あたらしい作品かもしれない。顕子がそう言うと、純は声を立てずに笑った。

「ぼくは卒業製作にさんざん手こずりました。ことし、あれだけの絵を描けるようなら世話はない。あの絵は芸大にはいった直後に描いたものです」

「ほんとですか」

「残念ながら事実です。ぼくの腕は落ちてゆく一方です。色もタッチも構図もね。あなたが買ってくださった絵には、題名がなかったでしょう。それが現在のぼくです。なにもない。才能は消え失《う》せた。ところが、女史が買いとった絵には裏に題名を書いてあります。X子像というんですがね」

X子像とは十代の画学生がひねりだしたきざな題ではあるけれども、誰とも知れぬ理想の少女といった意味であって、理想の女の子はとらえがたく、その心象を作品化したのがX子像だと説明して、ぼくにも一度はミューズがほほえみかけてくれたことがある、それはX子像を描いたときだ、と純は語った。

「あの絵だけは手放したくなかった。しかし、背に腹はかえられませんからね」

益子が授業料の値で少女像を引きとると言ったさい、純は涙ぐんだのであるが、あれは感動のあまりではなくて、自信作をみとめられたよろこびと、その絵を手放す無念さとが入りまじった涙であったのかもしれない。

「寺内先生もおっしゃってましたけど、あの絵はお弟子さんたちのなぐさめになりますわ。若くて優秀なお嬢さんたちの目にとまるんですもの。あの絵も仕あわせなのじゃないかしら」

「そうですね」

よけいな話をしてすまなかった、絵を売るのははじめてであり、釧路もはじめての土地なので、つい、聞いてほしくなった、と純は声を落した。

純の話によると、釧路へ到着したのは前日だった。彼が釧路行きを思い立ったのは、益子という心だのみがあったほかに、先輩の口から釧路に関する知識を得ていたからである。夏になると、きまって北海道へ出かける大学院生の先輩がいて、小樽育ちの純をつかまえ、釧路や根室地方の特異な土地柄について、熱っぽく語っていた。あのへんこそ北海道だ、完全に異国だな、まあ、フィンランドかシベリアだ、と聞かされていた。先輩は釧路の喫茶店主と親しくなり、旅行中に描いた油彩やグワッシュのスケッチを店内の壁に並べてもらって、旅費をまかなうようになっていた。かりに益子と会えなくとも、当てはあったわけである。純が最初にたずねたのは、その喫茶店だった。

「ミロという店です。知ってますか」

「見かけたことはありますけど……」

「落ちついたいい店ですよ。ミロには赤面しますがね」

店主は純の小品を壁に並べてくれたうえに、一点買ってくれたそうである。店名から推して、絵の好きな店主に思えた。地もとの絵描きの作品を並べることもあって、店内を飾る一方、ギャラリーとして壁面を利用しているという話だった。純は、寺内家から持ち帰った作品も店主にあずけるつもりでいた。

「マージンをとられても、すこしは金がはいりますからね。これで、まちがいなく卒業できます」

純の声音も表情もあかるくかわって、卒業後の希望まで語った。彼は北海道にもどって、中学の教師になるつもりでいた。大学を出てすぐに、絵で暮しが立つわけはなかった。純がのぞんでいた就職先は、札幌の中学校である。絵の具を買うにしても、個展を見るにしても、絵描きの卵にとって札幌は手ごろな街だった。彼は教職課程の単位をとっていて、学歴から考えて、ほぼ希望はかなうはずだと言った。

「教師というのは、わりとらくなんですよ。休暇がありますからね。東京からはなれたら、あらたな地平が見えてくるかもしれない」

この時期、純は才能を見かぎっていたわけではない。不安を抱きながらも、希望を捨てきれずにいた。彼の矛盾したことばや表情の変化は、若さの露呈でもあった。顕子はなかばおかしく、なかば彼がいじらしかった。純の彼女に対する好意に見当はついていても、顕子にはまだ年長の女のゆとりがあった。

益子の家は、生家よりも遠方にあった。顕子は生家の近所の商店街の通りを足早に横切り、人目の少ない裏通りをたどって来たが、刑務所の付近で下町へおりる道順を純に知らせて、わかれをつげた。純は、お宅まで行って絵を壁にかけてあげます、と言ったけれども、とんでもない話だった。和彦のるす中に美貌の若者を公宅につれこんだりしては、なにを言われるか知れたものではなかった。顕子は、うちの中が散らかっているからと言って、ことわった。

純は落胆したように絵の包みを手渡したが、後刻「ミロ」に来てほしい、コーヒーをつき合ってもらいたい、寺内女史がX子像を買ってくれたのも、あなたが居合わせていたためであって、コーヒーくらいさしあげなくては気がすまない、と見えすいた口実を設けて顕子をさそった。

「きょうは、ずっとミロにいます」

小樽へ帰る日時をたずねると、しばらく釧路に滞在するつもりだ、と純は答えた。三日になるか、五日になるか、まだきめていないけれども、せっかく来たのだから、この近辺のスケッチをしたい、と聞かされた。安宿に泊っているにせよ、出費がかさむのではないか、と顕子はいぶかしんだが、じつは、純の宿泊先は「ミロ」だったのである。それを知ったのは、その夜のことである。先輩も「ミロ」の世話になるそうで、純は先輩にならったわけである。ただし食事ぬきで、小部屋を提供してもらっているだけだ、と彼は弁明したけれども、画学生とは破天荒どころか、風来坊同然ではないか、と顕子はびっくりしたものである。

「ミロ」へ行く約束をして帰宅すると、顕子は、まず夕食のしたくをした。公宅住いも四年近くになり、顕子は夕食を早目にすませて映画を見に出かけたり、ときには女学校時代の友人といっしょに外で食事を楽しむようになっていたから、和彦が早目に帰宅しても、食卓さえととのえておけば言いわけはたつはずだった。

十二月の二十日前後で、最も日没の早い時期であった。顕子は調理を終えると、応接間で絵の包みを解いたが、五時にはまがあるというのに、室内には闇《やみ》がわだかまっていて、灯火の下での作業になった。彼女が見たかったのは、デッサンのほうである。題材が百合《ゆり》だとはわかっていたが、益子の家では仔細《しさい》に見てはいなかった。デッサンなので、軽視したのである。

画面の中央に、大きめに白百合の花を描いたデッサンだった。鉛筆画であったが、ひと目で白百合と知れた。葉も茎もない、花が一個の素描である。花蕊《かずい》のひとつひとつが細密に描かれていたが、顕子がおどろいたのは、花弁の優美な曲線である。花びらのつややや感触までつたわってくるようで、花でありながらなまめいた印象を受けた。もしかすると、百合を描いたころ、純は恋をしていたのかもしれない。額を裏返してみると、三年前の作品だった。

顕子は、油彩とデッサンの額をピアノの上に並べて立てかけた。デッサンにくらべると油彩は、絵が瘦《や》せているというのか、生色がとぼしいように思えた。百合の花から題名のない油絵まで、純のうえにどのような年月が流れたのか、顕子には見当がつかなかった。

彼女は純と食事をとるつもりで、早目に外出した。和彦の夕食をととのえたのも、純とゆっくり過ごしたかったためであるが、食事をとる店を考えると頭が痛かった。うっかりレストランにはいろうものなら、知った顔と出会うおそれがあった。すこし気のきいた飲食店は、どこもおなじである。公宅住いの夫人連は、週末でもないかぎり夜分に外出するとは思えなかったが、顕子の顔を見知った病院関係者はいるだろうし、父の会社の社員もいれば、両親の知合いも多かった。でなくともクリスマス近くで、盛り場はにぎわっていた。「ミロ」は盛り場の店なのである。五〇年代の後半にはいったその時期、釧路は人口が急増し、盛り場には喫茶店がふえ、高級クラブまで出現して、活気にあふれた港町にかわっていたが、名の知れた家に育った顕子にとっては窮屈な町であった。

純は「ミロ」の片隅で待っていた。数点の絵を並べた壁ぎわとは反対がわの席だった。彼は、からのカップを前にしてたばこを吸っていたが、顕子をみとめると、ぱっと目を輝かした。顕子は、コーヒーを注文しようとした純を制して食事にさそった。いいんですか、と純はたずねたが、なかばは顕子のさそいを期待していたようでもあった。早目の卒業祝いよ、と顕子が言うと、ぼくもじつは外に出たかったんです、と言って、となりの椅子に置いてあったヤッケを取りあげた。

顕子が純をともなって行ったのは、盛り場のはずれに近い鮨屋《すしや》だった。あるじのほかに、職人がふたりはいたろうか。ねたのよい店で、顕子は二、三度和彦と鮨を食べにはいったことがあった。和彦もたまには同僚と盛り場へ出かけていたが、小料理屋で飲むようだったし、宵《よい》の口に病院を出るはずはなかった。あるじは顕子を見おぼえていて、愛想よくむかえたが、つれがかわっていても、むろん顔には出さなかった。客はまだ少なめだった。

和彦は酒好きではなく、鮨屋にはいっても顕子とふたりで銚子を一本あけるだけだったが、若い純は酒が強くて、銚子があくのは早かった。純と顕子が鮨屋であけた銚子は三本である。そこまではっきりおぼえているのは、三本目の銚子をたのんだあとで、ふと、あるじが顕子に話しかけたからである。

「お兄さん、ときどきお見えになりますよ」

顕子は、あやうくつまんでいた鮨を取り落しそうになった。あるじは顕子の顔色を読みとって、なあに、お見えになるのはおそい時間ですね、クラブあたりの帰りがけじゃないんですかね、と知らせた。顕子は浮き足だって、鮨の味もわからなくなったが、なぜ英嗣の妹と知れたのかふしぎだった。あるじのまえで生家の話をしたおぼえはなく、格別兄と似ているとも思えなかった。もっとも、肉親であってみれば、他人の目にはどううつるかわからない。あるじも和彦の勤務先や名は知っていたから、夫婦が来店した夜、たまたま英嗣が立ち寄ったとすれば、おや、と首をかしげて、小早川という医者の妻についてたずねたかもしれない。ありそうな話だった。

純も顕子の動揺に勘づいていた。鮨屋を出ると、兄の職業をたずねた。父の仕事を手つだっていると知らせると、父の仕事について聞かれた。中小企業よ、と顕子は答えた。益子は利口な女だから、顕子の生家についてはふれなかった。顕子とのかかわりと、顕子の現況をかいつまんで知らせたにすぎない。顕子が生家の話を避けたのは、純への遠慮からである。生家には藤島武二や安井曾太郎《そうたろう》の洋画があった。絵を売りに来た画学生に、大家の絵を所蔵する生家について語るのはためらわれた。

「ぼくの家は、中小企業どころか中小店ですよ。中より小に近いかな。下駄屋ですよ」

純はあっさり知らせると、通りすがりのバーの中をのぞいて顕子をうながし、その店にはいった。若いバーテンがひとりで立ちはたらいている小さなスタンドバーだった。

店に置いてある最上級の酒はサントリーの角瓶で、顕子はハイボール、純はオン・ザ・ロックスをたのんだ。

「心配しないでください。ぼくは酒は強いほうだと思うが、酔いどれじゃない」

酔いどれはきらいだ、酒なんぞ半年飲まなくても平気だ、とつづけて、純は口調をやわらげた。

「大学で絵をつづけろとすすめてくれたのは、じいさんなんですよ。おふくろのおやじですがね」

母親の実家は余市の古い網元だった。純の祖父は絵画のなんたるかも知らぬ漁師であったが、孫が高校生の身で道展に入選したと知ると、上京をすすめて金まで出してくれた。そのころから沿岸の鰊漁《にしんりよう》はふるわなくなっていたが、まもなくまったく鰊は獲《と》れなくなり、祖父も他界した。それでも送金がとだえたわけではない。父親は早くに病死して、純はひとり息子である。母親は女手ひとつで店をささえて、息子に仕送りをつづけた。器用なたちの女で、純に言わせると、鼻緒をすげる腕は小樽でも一、二であり、顧客も多いそうである。

「正確に言えば能戸履物店です。草履もあつかってますからね。ところで、御主人も中小企業ですか」

「外科医よ。開業医じゃなくて、病院につとめてますけど」

「なるほど」と純は目を光らせた。「あなたは苦労知らずなんだな。ひと目でわかりましたよ。育ちというものは、どうしても顔に出る」

ぼくの顔いやしいでしょう、と純は言ったけれども、顔どころか彼の物言いが顕子の癇《かん》にさわっていた。彼は、一度として「奥さん」と呼ばなかった。顕子が結婚した女であることを承知しながら、最初から「あなた」を用いた。それは、若者の倨傲《きょごう》と自負心のあらわれであり、和彦への挑戦とも受けとれた。小癪《こしゃく》な、と思う一方で、くすぐったさも感じていたのだから、顕子もたあいがなかった。

純が「あなた」と呼びかけたのは、一日で終った。その夜のうちに、ふたりは唇を合わせてしまったのである。顕子は、さからいもせずに純の首に腕を巻きつけたのだから、内心期待していた結果としか言いようがない。川べりのバラックじみた倉庫のような建物の蔭《かげ》だった。川岸につながれた漁船が、うごくともなくゆれうごき、船体のきしむかすかな音が、いまだに顕子の耳に残っている。

純は、一週間ほど釧路に滞在したが、その間、ふたりが逢《あ》わなかったのは一日だけである。和彦の休日の夜で、顕子も夫をさしおいて若い恋びとと逢うことはできかねた。彼女は、あらかじめ純にそのむねをつたえたが、純も不承ぶしょう承知した。

鮨屋で懲《こ》りたので、顕子は二度と多少とも名の通った飲食店にははいらなかった。「ミロ」にも顔を出さなかった。ふたりは、前夜はいった安酒場のうちの一軒で落ち合い、二、三軒の店を飲み歩いた。空腹をみたすには、屋台のラーメン売りか薄ぎたない中華料理屋を利用した。屋台はもちろん、よごれた小店に立ち寄るのも顕子にははじめての体験であったが、純といっしょであれば新鮮に思えた。食は従で、飲が主であった。

ふたりの目的は帰りぎわの接吻《せっぷん》と抱擁であり、酔いを求めたのもそのためであった。

顕子は、純が彼女の肉体を欲していることに気づいていたが、さいわいにも彼は「ミロ」に止宿していた。純も世話になっている店に女をつれこむほどの図太さは持ちあわせていなかったし、顕子はといえば、性交渉なぞ論外であった。彼女にとって和彦はかけがえのない夫であって、夫にそむくような行為は考えられなかった。抱き合い、唇をかさねるだけで甘美な陶酔感を得られたのであり、接吻ですませているぶんには、さしてやましさを感じなかった。

閉口したのは寒さである。太平洋岸の釧路は雪が少なく、純の滞在中も路上に雪はなかったのであるが、クリスマスの前後になると、にわかに気温は低くなる。おしゃれな顕子も下着を一枚よけいに着込み、ニットのワンピースの上にアストラカンのコートをはおって外出した。靴は新品のブーツである。それだけの身ごしらえをしたうえに酒がはいっていると、寒さも気にならなかったが、双方厚着であってみれば、抱擁も隔靴掻痒《かっかそうよう》といったあんばいになる。純はもどかしがって、顕子のコートのボタンをはずし、ヤッケのファスナーを引きおろして、コートの中に腕をさしこんで顕子を抱きしめた。純のしなやかな上体の感触は彼女をぎくりとさせたし、それ以上に、コートの前をひらくたびに寒さにふるえあがった。きまって人影のない川岸での抱擁だった。顕子は寒さも陶酔も、ひとときの嵐《あらし》なのだと考えていた。純が釧路から去るまでの嵐であった。

帰途は、かならず喫茶店に立ち寄った。暖もとりたかったが、タクシーを呼ぶためだった。当時は流しの車が少なくて、電話で呼ばねばタクシーを利用しにくかった。顕子は、車を待つあいだに顔を直し、酔いざましのコーヒーをすすった。純はタクシーを呼ぶのさえ不服で、徒歩で送りとどけたがったが、彼女は近所の目を理由にことわった。純の同乗もゆるさなかった。

純が、しゃにむにタクシーに乗りこんだのは、釧路を発《た》つ前夜のことである。顕子は当惑したけれども、下車をうながしては喧嘩《けんか》になりそうで、だまっていた。純は最初に会った日の道順をおぼえていて、「刑務所」と行く先をつげた。

「正門？」と運転手が聞き返した。

「いや、横のほう」

くさいめしは喰いたくないからなあ、この美人をくびり殺したいのは山々だけど、と純はふざけたけれども、いらだたしげな横顔だった。

刑務所の塀の角で車を降りると、純は塀に沿って横手の道にはいった。一方には高い塀がつらなり、片がわの一段低い平地に灯火のとぼしいわびしげな官舎が暗がりに溶けこんでいた。人影はなく、すでに深更のけはいであった。それまでは十時まえに帰るようにしていたが、純とのわかれを翌日にひかえ、とうに十時をまわっていた。

純は途中で足をとめると、顕子と向き合った。

「きみはこそこそしすぎるよ。愛し合っているなら、堂々とうちの前までぼくに送らせてしかるべきだ」

御主人は暴君なのか、との純の問いに、とんでもない、やさしいひとよ、と答えたのが押問答のはじまりだった。

御主人を愛しているんですか。愛してるわ。それじゃ、ぼくとはあそびですか。あそびじゃないわ。きみは、なんどもぼくを愛していると言った、口先ではなんとでも言えるさ。口先だけと思われちゃつらいわ。なるほど、ふたりの男を同時に愛してるってわけか、きみも博愛主義者だなあ。

陳腐なやりとりのすえ、純は顕子の肩をゆすぶって抱きしめた。

「ぼくはX子像を手放したけれど、そのかわりにきみというひととめぐり合った。顕子像はぼくだけのものだ」

恋仲となってから、純は顕子を描きたがっていたのである。彼は小型のスケッチ・ブックを持ち歩いていて、酒場や喫茶店でなんどか顕子のスケッチをこころみたこともある。雰囲気をつかむのはむずかしいと言って、顕子にはスケッチを見せようとしなかった。スケッチ・ブックはヤッケの裾《すそ》の大きめなポケットに入れてあったから、抱きしめられると、コートを通しても帖面《ちようめん》の固さが感じとれた。

純は、二度と放すまいとするように腕に力をこめていたが、ふいに顕子を突きはなした。顕子はよろめいたが、相手は手をさしのべなかった。彼女は、かろうじて踏みとどまったが、純の顔を見て息をつめた。闇は深かったが、目前の顔は微光でも放つように蒼《あお》ざめていた。

「就職したら、また釧路に来ます。もうひとりの男から、あなたをうばいとります。わすれんでいてください」

顕子の最大の失敗は、和彦への愛情をつげたことであったろう。さすがに彼女もその場で気づいたものの、純をなだめることもできなかった。純が闇の向こうへ駆け去ったのを見とどけると、顕子も公宅をめざして夜道をいそいだ。

VI

顕子は純と会った三ヵ月後に家を出たのであるが、最初からそのつもりであったわけではない。おそくも秋口には住宅が竣工《しゅんこう》するはずの年であった。純が釧路から去ると同時に、彼女が胸をなでおろしたのも当然であった。

和彦と函館の父親とのあいだで手紙のやりとりがあったのは、純と出合うまえのことである。顕子は、いまだに返書の一節をおぼえている。

「万事承知。しかしナンジも男子なれば、些少《さしょう》なりとも工面をしては如何《いかが》」

和彦は、そのくだりを読みあげて、おやじの説教ぐせはおさまりそうもない、些少ならば百円でもよいわけだとおどけ、顕子は涙が出るほど笑いころげたのだった。顕子もなんどか函館に出かけて、和彦の父親を知っていたが、和彦とはちがって飄逸《ひょういつ》味のある人柄だった。

工務店も生家の世話で年末にきまっていた。工務店との打合わせこそすんでいなかったものの、住宅の新築は本ぎまりになっていたのである。顕子は、純と出歩いた一週間をなかったものと考えて、晴れやかな気持で新年をむかえた。

正月気分に水をさすように、純が電話をかけてきたのは、松がとれた日の夕刻である。

松の内のあいだはレッスンを休む習慣であったが、夕暮れであれば、レッスンのあるなしに関係なく子どもらの姿はない。むろん和彦の年末年始の休暇は終っていた。

小樽からの謝罪の電話であった。純は、翌日上京するとつたえて、わかれぎわの言動をわびた。なじったり、手荒なまねまでしたが、それもこれも顕子へのおもいゆえだと釈明した。思いつめたような低めの声音だった。

このとき、顕子は離婚の意志がないむねをつげて、自分のことはわすれてもらいたい、とたのんだ。わびながらの応答だった。純は、ちょっとだまっていたが、なにを言われても自分の気持はかわらないだろう、二月に就職先の校長と会うことになるはずなので、そのとき、また電話を入れる。そう言って電話を切った。

顕子は、おのれのあまさを思い知らねばならなかった。顕子とて、純がすぐにも彼女をわすれると思っていたわけではないが、卒業までにはまがあったし、住む土地もはなれていた。時間と距離が、早晩純の頭を冷やすものと楽観視していたのである。電話をかけてくるなぞとは思いもよらなかった。それというのも、当時の市外電話はダイヤル直通ではなく、交換手を介しての通話であって、よほどのことがないかぎり市外電話はかけない風習だった。小樽からの電話も雑音が少なくて、個人の住宅からかけたようだった。純の声だけが耳に残った。

顕子は当惑せざるをえなかった。純がふたたび彼女の前に姿をあらわすのは、ほぼ確実だった。顕子が会うまいとしても、純は公宅へやってくるに相違なかった。

電話があった当日は、彼女もふさいだ顔をしていたはずである。帰宅した和彦に、なにかあったの、と聞かれたほどである。顕子はあわてて、あら、どうして？　なにもないわ、と答えてしまった。後年気がついたのであるが、その日こそ彼女が夫に純との件を打ちあける好機であった。そもそも和彦は、純の名を知っていたのである。

和彦がピアノの上に並べた二枚の絵に気づいたのは、年末年始の休暇にはいってからである。机の中や書棚を片づけようとして、ふと絵に目をとめたらしい。昼食をとりながら、ノトってどんな絵描きだい、と思いだしたようにたずねた。ふたつの作品には、純のサインがローマ字で記されていた。

顕子は、描き手について簡単に説明した。絵を買ったいきさつも話した。和彦は、なんだ、学生の絵か、道理でへたな絵だと思ったよ、と笑った。

和彦が駄作とみなしたのは油絵のほうである。デッサンには感心して、午後から壁にかけてやろう、と言いだした。純が釧路からはなれて日の浅い時期のことである。顕子は、とっさに遠慮したのだけれども、和彦にけげんな顔をされると、ことわってはかえってあやしまれそうで、ピアノのかたわらの壁にデッサンの額をかけてもらった。油絵は納戸《なんど》に片づけた。

つまり、純との出合いから話さなくてもよかったのである。また、洗いざらい打ちあける必要もなかった。あの学生、わたしにご執心なのかしら、わざわざ小樽から電話をかけてきたわ、とても軽く言えばすむ話だった。ひとこと純の名を出しさえすれば、和彦も顕子に忠告をあたえ、ひいては彼女の防波堤になってくれたはずである。混乱ぎみであった顕子は、その場をとりつくろったのだった。

日数がたつと、純の名は出しにくくなった。だいたい和彦は、不機嫌な顔で帰宅したためしのない夫であった。手術に時間をついやし、疲労のあとをとどめて帰って来ても、顕子がむかえに立つと、きまってなごんだ笑顔をむけた。飼犬に声をかける習慣もかわらなかった。ひとの生死にかかわる職務についているだけに、家に帰りつくと、和彦はほっとしたにちがいない。まして自宅の新築工事をひかえていた。おそめの夕食をとりながら、テスの小屋も作り直そうか、なぞと言われると、純の話を切りだせるものではなかった。

レッスンに通ってくる子どもたちは、ひとときなりとも顕子の気持をやわらげてくれたが、応接間にも落ちつきを失わせるものがあった。ピアノのかたわらのデッサンである。子らをむかえ入れたり、送りだしたりするたびに、いやでもデッサンの額が目についた。白百合《しらゆり》を透して純の顔が見えてくるようで、顕子はいそいで目をそらしたものである。

和彦の勤務の都合で、工務店との打合わせはすこしおくれた。たしか一月の二十日前後ではなかったろうか。

土曜日の夕方だった。父の仲介なので、工務店からは社長と担当者が来たのであるが、打合わせを終えて客を送り出すと、顕子は応接間のテーブルの上を片づけて茶の間にもどり、和彦に話しかけた。

「あのデッサン、いやね」

「え、どうして？」と、和彦は夕刊に目を落したまま問い返した。

「あの百合、みょうになまなましいと思わない？　見ていると匂《にお》いが鼻につきそうだし、花粉が皮膚にくっつきそうだわ」

「まあ、写実的ではあるけどね。学生にしては上出来のデッサンだよ。線がきれいだろう」

きみがいやなら、はずすといい、とあっさり言われて、顕子は話のつぎ穂を失った。年末に和彦がデッサンを壁にかけようとした折、いったんことわったいきさつもある。純とのかかわりに気づいてほしくて、顕子はデッサンへのこだわりを示したのであるが、和彦は気にとめるふうもなかった。

顕子が懐妊《かいにん》を考えたのは、その後のことである。妊娠すれば、純といえどもあきらめがつくはずだった。和彦も夫婦ふたりの暮しが気らくになったのか、ひところほど子どもをほしがらなくなっていたが、顕子の希望を入れて、家が出来しだい子を持つつもりでいた。顕子は、出産の計画を早めようとしたのだった。

赤ちゃんがほしい、と寝物語に顕子はそれとなく持ちかけた。急な話に和彦もおどろいて、照明をあかるくして理由をたずねた。

「子ども部屋を作るんですもの。赤ちゃんがいたほうがいいわ」

「部屋ができるから、赤んぼうを準備しとくってわけかい？」

「せっかくのお部屋があいていてはさみしいわ」

「そのうちふさがるよ」

いま妊娠しては、身重の体で引越しということになりかねない。流産の経験もあるのだから、あたらしい家に落ちついたうえで産んだほうが安全だ、と和彦は説得した。もっともな言いぶんであり、顕子は口をつぐむほかなかった。じつは、あれは流産ではなくて、中絶をしたなぞとは言えるはずはなかった。

二月にはいると、顕子のいらだちはつのった。純がいつ北海道へもどるのかわからなかったが、もどって来さえすれば、性懲りもなく長距離電話をかけてくるに相違なかった。

その冬、和彦に向かって、たびたび口にした単語がふたつある。「海ぼうず」と「波」が、それである。

ヒコさん、今夜も海ぼうずが来たわ。ヒコさんは帰ってくるなり、にこにこして、わたしが作ったおいしいシチューを食べるんだから、波の音にも気がつかないのね。お箸《はし》を休めて聞いてごらんなさいよ。ほら、すごい音でしょう。どうって鳴っているでしょう。あの荒海から海ぼうずはやってくるのよ。そこの窓をこつこつたたくから、カーテンをあけてみると、やっぱり窓の外に立ってたわ。こないだは星の王子様のような愛らしい男の子だったけど、さっき来たのはハムレットのような美青年よ。そうね、ハムレットほど高貴じゃなかったわ。ハンサムにはちがいないんだけど、パリのジゴロ風ね。ウインクして、わたしをおびきだそうとしたけど、もちろんおことわりよ。ハンサムになりすましていても、正体は海ぼうずなんですもの。うっかり出て行っては、大波にさらわれてしまうわ。そういえば、髪がぬれてたみたい……。

愛くるしい少年にせよ、ジゴロ風の美青年にせよ、純に仮託しての話だった。顕子は、なんとかして和彦に純の存在を気づかせようとしたのであるが、和彦には通じなかった。ひとりで夫を待つ妻の、夢想が産んだ小話と受けとったようだった。「赤い蠟燭《ろうそく》と人魚」という童話があったね、と言ったこともあったが、くつろいだ表情を見ると、海ぼうずも大波も和彦のなぐさめに終ったとしか思えなかった。

顕子は、純と和彦の双方が腹だたしかった。純が純なら、和彦も和彦だった。夫であるからには妻のなやみに気づいてもよさそうなものだけれど、和彦は気づいてくれそうもない。それは、和彦が顕子を信じきっていたからでもあるが、純良すぎるのも困りものだった。ヒコさんは、わたしとの暮しに満足しきっている。いずれ、痛い目に遇《あ》わせてやろう、と顕子は思いはじめた。

純が二度目の電話をかけてきたのは、二月の下旬である。純の呼びかけに、顕子は陽気に応じた。

「あら、わすれてくださらなかったの」

「わすれませんよ」と純も笑いながらのように答えた。

むろん純は、就職がきまったことを知らせてきたのだった。札幌市内の中学校に、美術教師として採用されたのである。卒業式に出るため、いったん東京へもどるけれども、帰郷しだい連絡をするという電話であった。

卒業後に純からかかってきた電話は三回である。まず、帰郷の知らせがあり、つぎにアパートをさがしているという連絡があった。顕子と暮すためのアパートであって、純はできうるかぎり小ぎれいなアパートをさがそうとしていた。純が同棲《どうせい》を考えているのか、結婚をのぞんでいるのか、顕子にははかりかねたが、少なくともいっしょに暮そうとしているのはたしかだった。情熱よりも意志の固さが感じとれる声音だった。

顕子もはしゃいではいられなくなった。近々、純が釧路へやってくるのは確実だった。彼女は、それだけは阻止したかった。年末に純と飲み歩いた折は、さいわいにも知った顔に合わずにすんだが、二度目もうまくいくとはかぎらない。まして純の目的は、顕子を札幌へつれ去ることなのである。白昼、公宅へむかえにくるおそれさえあった。そうなれば、公宅の女房連に知れずにすむわけはなく、その結果、顕子は恰好《かっこう》の話題を提供することになる。そんな目に遇うくらいなら、純がくるまえに札幌へ行ったほうがましだった。

帰宅した和彦を出むかえるたびに、顕子はむらむらしたものである。和彦が彼女の気持に気づいてくれなかったばかりに、おかしなことになったと考えると、つい仏頂面になった。奥がたは御機嫌ななめのようだね、と和彦が話しかけても、顕子は返事もしなかった。

折悪《あ》しく、和彦は重態の患者を抱えていた。また、入院中の胃潰瘍《かいよう》の患者が大吐血をくり返し、輸血をして容態を見守りながら、夜中に緊急手術をするという事態もかさなった。外科医であれば、さわぎ立てるほどの状況ではないにせよ、顕子が進退きわまっていたとき、和彦の深更の帰宅がつづいたのである。

和彦と最後にすごした一週間あまりのうち、和彦が帰ってきても顕子は夜具にはいっていて、むかえに出なかった夜が多かったのである。帰宅がおそくなる場合は、先にやすむ習慣になっていたが、午前二時に疲れて帰ってきた夫に言うべきことばはなかった。

顕子は夜具を目の下まで引きあげて、茶の間の物音を聞いていた。茶箪笥《ちゃだんす》を開ける音や、ブランデーの瓶とグラスをちゃぶ台に置く音が、いやにはっきり耳についた。和彦は寝酒を一杯飲むと、顕子の目をさまさぬように気をくばりながら寝仕度をして、となりの夜具にはいって照明を消した。顕子は、身近に夫のけはいを感じとりながら、ヒコさんなんて、もう知らない、どうなってもいい、と心中でくり返しては涙を流したのだった。

純が札幌市内にアパートを見つけたのは、三月の下旬である。顕子は純からの電話で、それと知った。すぐにもむかえに行くという純のことばを、顕子はさえぎった。わざわざ釧路まで来てくれなくともよい、子どもではないのだから、ひとりでそちらへ行く、と言ったのである。

「ほんとですか」と純はうたがわしげにたずねた。

「うそをついてどうなるのよ」

あなたがくると、おなじ列車でいっしょに釧路を発《た》つことになる。釧路には知合いが多いのだから、あなたといっしょのところを見られたら、たちまち主人や両親に知れてしまうだろう。わたしの立場も考えてほしいし、あなたが来ては汽車賃の無駄になるではないか、と彼女はつづけた。

純は半信半疑の様子だった。たしかに来てくれるのか、と念を押した。

「そんなにうたがうんなら、釧路にいらっしゃいな。首に縄をかけられても札幌へ行かないわよ」

「わかりました」と、ようやく純はなっとくして、出立の日時を聞いた。

「あさっての夜行に乗ります」

「急行ですね」

「ええ」

顕子は、とっさに「あさって」ときめたのであるが、二日後は和彦が当直につく予定であった。このところ帰宅のおそい日がつづいているとはいえ、夫が確実に勤務についている日に家を出たほうが、顕子としては安心だった。

このときも、彼女は素早くうごいた。レッスンのない午後にかかってきた電話であったから、顕子は早速駅に駆けつけて切符を求めたのである。札幌方面へ向かう急行が一本だけであった時代である。和彦といっしょに札幌や函館へ出かけるときは、きまって上級の寝台車を利用したが、そのとき買った切符は一般車輛《しゃりょう》のものである。うっかり寝台車に乗ろうものなら、父の知人と出合いかねなかった。知人どころか、兄と会う危険さえあった。英嗣は父にかわって、とき折上京するようになっていたのである。

駅からもどると、顕子は生家に電話を入れて、兄に上京の予定があるのかどうか、さりげなく母にたしかめてみた。そんな話、聞いてないわねえ、と母は言うと、いったい、英嗣になんの用なのか、とたずねた。

「東京へ行くんなら、春のパンプスを買って来てもらいたいと思って」

「なにを言ってるの。子どもにさえおみやげひとつ買って来たことのないひとですよ」

英嗣は、前年一児の父親になっていた。母は、家庭的とは言いかねる兄についてぶつぶつ言いはじめたが、顕子は適当に相槌《あいづち》を打っていた。肝腎の件さえ聞きだせば、母の愚痴を聞くのも苦にならなかった。

顕子が家出の準備をはじめたのは、出立の前日の夕暮れだった。顕子にとって、最後のレッスンを終えたあとである。翌日の夜行に乗るのだから、あわてる必要はないのであるが、思うところがあって、早目にしたくにかかったのである。もっとも、わすれ物がないようにメモをとったり、納戸の中でボストンバッグの塵《ちり》をはらったにすぎない。それは、四年前に札幌を引きはらうさいに、専門店で買った品である。やわらかな革製品のうえに、あわいクリーム色の鞄《かばん》で、彼女はそのバッグが気に入っていた。

顕子は、そのボストンバッグをさげて、家を出るつもりはなかった。バッグと、バッグにつめる身のまわりの品は、ひとまとめにして風呂敷に包み、出立の当日に駅前の手荷物あずかり店へ持って行き、店先で風呂敷《ふろしき》の中味を鞄につめて、出立まぎわまであずけておく。顕子は、べつに厄介とも思わず、当日の午後、予定どおりの行動をとった。なぜ、そんな手数のかかるまねをしたのであろう。人目をはばかる気持もあったにせよ、顕子は颯爽《さっそう》と家を出たかった。身軽ななりで、鳥かけもののように姿を消したかった。

出立の日の朝、顕子は起きだしてまもなく霧笛の音に気づいた。あるいは、夢うつつのあわいにも聞いていたのかもしれない。茶の間のカーテンをあけると、ほの白い霧が戸外に立ちこめていた。日にちまではおぼえていないが、三月の末近く、釧路は霧の季節をむかえていたのだった。

　顕子は、ふだんとかわりなく夫を送りだした。和彦の様子にも変化はなかった。重態の患者がいても、患者に付きっきりというわけではなく、院内で体を休めていると聞かされていたが、朝になると生色をとりもどす夫であった。

「今夜は当直だからね」と和彦が戸口で言った。

「ええ」と、顕子は短く答えてドアを閉めた。

　雪どけのぬかるんだ小路を、足早に去って行く靴音が耳についた。彼女は最後まで聞かずに、台所に駆けもどった。家の中はあらかた片づけてあったが、まだ山ほど仕事が残っていた。暮れかた、犬に餌《えさ》をあたえたのが、公宅での最後の家事になった。和彦が帰るのは翌日の夜になるので、餌は多めにあたえておいた。

　その夜、顕子は四年間すごした公宅を出たのである。トレンチ・コートにブーツという身じたくだった。手にしていたのは、ハンドバッグと梱包《こんぽう》した純の二枚の作品だけである。彼女は、むかえのタクシーで駅前の手荷物あずかり店へ乗りつけ、ボストンバッグを受けとった。

　顕子が利用した列車は、函館行きの急行である。発車の時刻まではおぼえていない。当時の北海道はＳＬが主流で、札幌まで、およそ十二時間もついやした。札幌に到着するのは翌朝の八時近くであったから、八時前後に釧路を発ったのかもしれない。「まりも」号という車名の急行であった。

釧路を去ったとき、顕子は二十八歳になっていた。和彦は三十三歳の誕生日をむかえて、ひと月もたってはいなかった。そして、札幌で顕子を待ちわびていた純は二十三歳の青年であった。

Ⅶ

和彦が離婚届けを送ってきたのは、秋にはいってからである。顕子と純は、すでにアパートを出て、一戸建ての住宅で暮していた。顕子の母が買いとった住いであった。母が、出奔した顕子の居所を突きとめたのは早かった。顕子が公宅から持ち去った二点の絵画によって、和彦は妻が誰のもとへはしったのか、さとったのである。和彦は、顕子が純とどこで出会ったのか知っていたが、寺内益子とは面識がなかったので、顕子の生家に電話を入れた。母の話によると、電話があったのは当直あけの日の夜である。母は、すぐさま益子に電話をかけて、能戸純なる青年についてたずねた。益子は、純の出身校を知っていたし、純の主任教授から名刺をもらっていた。益子が、どこに問い合わせたにせよ、純の就職先は知れた。そこまでわかると、顕子の居所を突きとめるのは簡単である。顕子が家を出て一週間もたたぬうちに、母は札幌のアパートへ押しかけてきたのである。

あの年の春、母は顕子を釧路につれもどすべく、再三札幌まで足をはこんだ。母は、当然世間体を気にしていたが、やつれきった和彦を見かねてもいた。もともと母は和彦を好いていて、和彦ならば顕子の出奔も、一時の迷いとしてゆるすものと読みとっていた。母の目にくるいはなかったであろうが、どれほど説得されても顕子はうなずかなかった。母と言いあらそう都度、顕子はふてくされて、ヒコさんが札幌に来て土下座をしたら帰るかもしれないわ、と捨てぜりふを吐いた。顕子は和彦に頭をさげたくなかったのである。自分で不始末をしでかしながら、夫にわびる気にはなれなかった。わびねばならないのは夫のほうだと思っていた。

和彦はといえば、母が顕子をつれ帰るのを期待していたふしがある。のちに母は述懐したが、なんども無駄足を踏んだすえに、顕子をむかえに行くように、それとなく和彦にすすめてみた。和彦は痛みをかくすようにほほえみ、ぼくがいたらなかったのです、もう御心配はなさらないでください、と答えたそうである。和彦は、時機を逸したと感じ、仕事に没頭することによって顕子をわすれようとしはじめたのかもしれなかった。

母が顕子のために、札幌市内で家屋をさがしだしたのは、初夏のころからではなかろうか。父は、亭主を捨てた娘なぞほうっておけ、と言ったというが、母は娘のアパート住いがまんならなかったようである。顕子がころがりこんだ住いは、六畳二間のはずれに名ばかりの台所こそあったものの、トイレは共用という安アパートであった。顕子の相手が何者であれ、本吉家の娘にアパート暮しをさせるわけにはいかない、と母が考えたとしてもふしぎではない。母は、三代にわたって産をなした本吉家の家付き娘だった。

母は、札幌の不動産業者に家捜しをまかせていて、買いとるまで顕子には知らせなかった。しばらく姿を見せなかった母が札幌に来て、顕子に移転をすすめたのは七月のなかばである。母がアパートに顔をだしたのは顕子の出奔直後に押しかけたときだけで、あとは宿泊先のホテルに顕子を呼びだすならわしだった。家の話を知らせたのもホテルでだった。

「そのうちにお風呂はある?」と、まっさきに顕子は聞いた。

「あるんじゃないの」と母は皮肉っぽく答えた。

「お母さん、見てないの?」

「見ましたよ。お魚を買うのとはわけがちがいますからね」

アパート住いで、顕子が最も閉口したのは浴室がなかったことである。彼女は、やむなく近所の銭湯へかよっていたが、銭湯ののれんをかきわけるのは、生れてはじめての経験だった。客が少なく、湯もあたらしい昼間に出かけても、顕子は落ちつけず、のんびり湯につかってはいられなかった。母がえらんだ家に浴室がないはずはない。もう銭湯にかよわずにすむ。そう思うだけで顕子は、とびあがりたいほどうれしかった。

たしかに、その家には浴室があった。浴槽はもとより、流し場から壁まで、すべてタイル張りの浴室である。浴槽のふちに小さなひびがはいっていたが、気になるような傷ではなかった。

藻岩山《もいわやま》を間近にのぞむ住いだった。一般に山鼻と呼ばれている古くからの住宅地で、板塀をめぐらした住宅の並ぶ閑静な場所柄だった。木造モルタル塗りの家屋は多少古びていたが、三十坪あまりはある平屋で、和彦とすごした公宅よりもゆとりのある作りだった。敷地は百七十坪と聞かされたが、庭木が多かった。物置きのかたわらにあじさいの大きな株があって、母と見に来たときは、藍色《あいいろ》の花がおもたげに咲きそろっていた。

その家は顕子のものではなかった。本吉千寿《ちず》、すなわち顕子の母の土地であり、家屋であった。母は純に不信感を抱いていて、娘の名儀にしてはあぶないと判断しての処置だった。母は、登記の手つづきをすませたうえで顕子に知らせたのである。

後刻、母は純もホテルに呼びだして、家屋敷を買ったことと、所有者が母自身であるむねをつげた。

「あなたに住むなとは申しませんが、わたくしの持家だということはおわすれにならないように……」

母が純に対して、本吉家への出入りを差しとめたのも、このときである。

「理由は申しあげなくても御存じでしょうね」

母の口調も物腰もものやわらかであったが、そのぶんかえって、すごみが感じられた。

純は、なにを言われても母にさからわなかった。はい、とか、承知しました、といったことばを口にするだけだった。母が顕子とふたりでホテルで夕食をとると言いわたしても、純は不快な顔もせずに、どうぞごゆっくり、と言いのこして、母に一礼してアパートにもどった。したたかな子ね、との母のつぶやきを、やがて顕子は思い知る結果になった。

純は、顕子に対してさえ、母の悪口を言わなかった。顕子が母の言動をわびると、純は笑って、ぼくは恋泥棒だよ、お母さんのおっしゃることはいちいちもっともだ。そう言って、顕子の頭を胸に抱きしめた。おそらく純は、顕子の母の不興を買ってはなんの益にもならないと考えたにちがいない。年齢には似あわぬ克己心の持主だった。

山鼻の家に引越したのは、一学期の終った直後である。そのときすでに、顕子は心のはずみを失っていた。

山鼻の家には、玄関脇《わき》にふたつの洋間があった。顕子は、ひろいほうの八畳ほどの洋間を純のアトリエにするつもりだった。引越し前に、ふたりで家を見に行った折、顕子は自分の考えを述べた。純はだまっていたが、アパートにもどってから、思いもよらぬことを言いだした。

アトリエはいらない。絵描きになるつもりもない。ぼくはギャラリーを持つ。

「ギャラリー？」と声を呑《の》んだ顕子を無視して、純は語りつづけた。

自称他称にかかわらず、絵描きと名のつく人間がこの国にどれほどいるだろう。二千や三千の数ですむはずはない。その中で名の知れた絵描きは、ほんのひとにぎりだ。芸大にはいったとき、ぼくは天才だとうぬぼれた。クラスメートの全員が天狗《てんぐ》になっていた。けれども、後世に名をのこすような真の天才は何万人にひとりかふたりしか生れないんだ。地道に努力をすれば、ぼくも三流の絵描きになれるかもしれないが、三流の絵描きで終りたくはないし、迂遠《うえん》な道をたどるのもまっぴらだ。札幌には画廊が足りない。独立した画廊はないのも同然だ。東京にくらべりゃ、札幌もいなか町にすぎないけれど、そのうち、ここは大都市になる。ギャラリーを持つならいまのうちだ。

おどろくべきことに、純は早くも画廊とすべき建物に目をつけていた。あるいは、建物の所有者に貸借について打診をすませていたのかもしれない。建物自体は、札幌軟石をつかった古びた二階建てのものであったが、街の中心部ながら比較的静かな裏通りにあって、画廊とするには恰好《かっこう》の場所だった。

「ぼくは、かならず成功してみせるからね。絵描きというやつは、画商がついていなければ喰っていけない仕組みになってるんだ。ぼくは、東京以北では最高の画商になるよ」

頸子は、あっけにとられながらも、母がアパートに押しかけてきたときの、純の蒼白《そうはく》な顔を思いだしていた。母も興奮ぎみであったから、純を難詰もし、きついことばも口にした。中学校の、しかも新米教師のぶんざいで本吉家の娘を養ってゆけるのか、という母のせりふは、純の胸を突きさしたに相違ない。

母と会うまでは、純は頸子の生家について、くわしくは知らなかった。めぐまれた家庭の娘とみてはいたが、純の関心事は和彦のほうにあった。医者ごときに負けてたまるか、と純が考えたとしても、頸子の生家は純の歯がたつような相手ではなかった。埠頭《ふとう》に幾棟もの倉庫を持ち、釧路の高台に邸宅をかまえている海運業者であった。

純の胸に、財力を持つ者への怒りと羨望《せんぼう》が生じたのは、母と出会った直後からではなかろうか。でなくても純は、学生時代に金で苦労をした青年だった。外国製の絵の具がほしいばかりに、さまざまなアルバイトをしたと聞かされていた。キャバレーのボーイまでしたよ、と笑って話したこともある。祖父を亡《な》くした年は留年をしたというが、在学中に屈辱感や鬱憤《うっぷん》が心底にたまっていたとも考えられる。純が名声よりも富を欲したのは、当然といえなくもなかった。

頸子にとって純の野心は、なまぐさく、うっとうしかった。純の放つ暗いエネルギーに押しつぶされそうな不安もおぼえた。頸子としては、少々貧しくとも美をみつめる純であってほしかったが、いったん口にだした以上、あとに引かぬ男であることは、彼女とのかかわりにおいて知らされていた。案にたがわず、純は夏休みの直前に中学を退職した。

純は退職まえから金策に奔走していたが、引越してまもなく、軟石造りの建物を土地ごと買いとった。さすがに顕子もいぶかしんで、金の出どころをたずねた。きみは心配しなくていい、と純は言ったけれども、顕子は問いたださずにはいられなかった。いかに裏通りとはいえ、ショッピング街とビジネス街のはざまの土地なのである。顕子は山鼻の家屋敷の価格も知らなかったのであるが、純の買いとった土地付きの建物が安いものとは思えなかった。

純は言いしぶっていたが、高校時代の友人に金を借りたと打ちあけた。高岡俊之《としゆき》といって、小樽では指折りの貿易商の息子である。俊之もまとまった金を持っているわけではなく、純のために芝居を打って、父親から金を引きだしたのだった。

「結構なお友だちね。いったい、なんと言ってお父さまをごまかしたのよ」

「女さ。手を切るためには金が要る」

「わかれ話に何百万ものお金が必要なの？」

「ヒモつきの女ならこわいことになる。俊之はぼんぼんだから、つけ入られてもふしぎじゃないよ」

顕子は二の句がつげなかった。純が友人に悪知恵をつけたのではないかと思うと、底の見えない古井戸をのぞきこんだようなさむけをおぼえた。

純は顕子の顔色を読みとると、きみには話したくなかった、いずれは俊之にたのんでも手の出ない値になるだろうから思い切って買ったのだ、と釈明した。高岡俊之はクルーザーを手に入れたがっていたが、純のためにクルーザーをあきらめたそうである。

「クルーザーって高いの？」

「高いんじゃないか。イタリアに発注すると言ってたからね。あの建物はガタのきた二階屋だし、敷地も四十坪たらずだ。イタリア製のクルーザーとはくらべようもないよ」

釧路の公宅にかかってきた長距離電話は、俊之の自宅の電話をつかったのかもしれない。母親の前で話せるような内容の電話ではなかった。開店の当日、顕子は画廊で俊之に逢《あ》ったが、想像とはちがって道楽息子のようには見えなかった。髪を短めに刈りこんだ長身の青年で、潮焼けした笑顔はくったくがなく、女よりは海に魅入られている印象を受けた。俊之は、すでに小型のヨットを持っていた。

画廊を開店したのは、八月の十日すぎである。半月ほどのあいだに、純は一階のフロアを改装し、挨拶状《あいさつ》を発送して、地元の絵描きながら個展を開催するまでに漕《こ》ぎつけたのである。

店の名は「能戸画廊」とした。純と相談した結果であるが、顕子は店名を考えるのも気がおもく、あなたのギャラリーなのだから、あなたの名になさっては、とすすめた。純は、まんざらでもなかったらしく、そうだね、名前なんぞ業績さえあがれば、それなりの重味がつくものだよ、と言った。挨拶状や名刺を印刷にまわしたのは、その後のことである。

顕子は、名刺が刷りあがった日の純の笑顔をわすれることができない。純は目を輝かせて、刷りたての名刺を一枚、顕子に手渡した。画廊の名と純の姓名、画廊の住所と電話番号が並んでいるのは当然として、顕子の目をとらえたのは左すみの二行の小さな文字である。そこには自宅の住所と電話番号が刷りこまれていた。

このとき、ようやく顕子は、純が画廊の経営に踏み切った動機に気づいた。金をつくる目算があったとしても、安アパートで暮していては経営者としてかたちがつかない。まして純は、七月に二十四歳になったばかりだった。その若さでも、閑静な住宅地に住んでいれば、世間の信用は増すはずだった。母が山鼻の一等地に家屋敷を買ったからこそ、純はかねてからの計画を実行に移したに相違なかった。

顕子の憂鬱をよそに、能戸画廊のすべりだしは上々だった。開店して半月もたたぬうちに、個展開催の予約が相ついで舞いこんだ記憶がある。

それでも純はあせっていた。個展の会場にあてるだけでも暮しは立ったが、画廊として成功したとはいえない。売絵を所蔵してこそ画廊といえるのである。純は、将来値のつきそうな若手の画家の作品を買いあつめるつもりでいたが、大家の絵も数点はほしがっていた。

顕子はうすうす勘づいていたが、純は開店早々、ふたたび金策にとりかかっていた。顕子に画廊のるすをさせて、行く先もつげずに用足しに出かけたことが再三あった。のちに顕子は知ったのであるが、純は無断で母親の店と土地を担保にして銀行から金を借りたのだった。

母親の店は小樽の繁華街にあって、小ぎれいな履物店だった。銀行から利息の請求がきて、母親ははじめて息子の所業に気づきはしたが、純はアパートを出ていたから、居所さえわからなかった。高岡俊之にたずねてみたが、俊之は純に口どめをされていて、札幌で絵に専念しているらしいとごまかした。母親は、俊之のことばを信じ、もしくは信じようとして利息をはらいつづけた。

純は、余市の伯父の家にも出むいて金をつくった。この件だけは、純も顕子に打ちあけた。純の祖父は鰊漁《にしんりょう》がふるわなくなると底曳網《そこびきあみ》に切りかえたので、伯父一家は網元として結構よい暮しをしていた。おふくろはひとがよいからビタ一文遺産をもらわなかった、少々伯父に金を出させてもかまわないのだ、と純は話したけれど、顕子には純が金をおどしとってきたように思えてならなかった。金額をたずねても答えなかった。

「この家は担保にできんしなあ」と純がため息まじりにつぶやいたのは、八月も終るころではなかったろうか。

「わたしのお金をおつかいになっては？」

顕子は、自分の預金通帳を持って出奔したのだった。もともとは持参金として新郎に渡した金であったが、和彦が妻名儀の預金にしたのである。顕子が持ちだしてはならない通帳で、母も顕子をうたがって問いつめたが、顕子は返事もしなかった。母が和彦にたずねたところ、和彦は、手もとにあると答えたばかりか、いただくいわれのない金だから、お返しする、と言ったそうである。母は当然ことわったものの、和彦のことばをまに受けなかった。

「顕子、よくおぼえておきなさい。あなたは心のきれいなひとを裏切ったのよ。大金を持って逃げた女房をかばう御主人がどこにいますか」と、母が嘆じたのは家屋敷を買った直後のことである。

顕子は、その金を、そっくり純に渡したのである。アパートには洗濯機なぞなかったから、洗濯が苦手の彼女は、預金をおろして、下着のほかはすべてクリーニング屋に出していたが、洗濯代なぞたかが知れている。通帳には、いぜんとして八十万ほどの残高が記載されていた。

顕子は、結婚まえに母が買いあたえてくれたスタールビーの指輪も純に渡した。真珠のネックレスも渡した。和服も、肌着や小物をのぞいて、すべて純にさしだした。

母がしばしば札幌へかよって来たところ、顕子には公宅へ残してきた所有品におもいをはせるゆとりはなかった。せめて寝具だけでも送ってほしいと思いはじめたのは、母が姿を見せなくなってからである。和彦は顕子の調度や衣類を母に返したのであるが、母は、手ぜまなアパートを見ていたし、娘への立腹も強かったはずである。山鼻へ越すと同時に、山のような荷がとどいたのである。二台のピアノも送りつけてきた。さすがに顕子は腹だたしくなって、運送会社の作業員を指図して、アップライト・ピアノは廊下に置き、グランド・ピアノは玄関ホールに置きっぱなしにしておいた。

顕子が、真っ先に処分しようとしたのは二台のピアノである。家出をするはめになったのも、子らにピアノをおしえていたためだと思うと、ピアノなぞ見たくもなかった。もうピアノを弾くことはないのだから、二台とも処分なさって、との顕子のことばに純は反対した。そのうち、弾きたくなるかもしれないし、釧路のお母さんに知れてもまずい、というのが純の言いぶんだった。結局、純はアップライト・ピアノは売ったものの、グランド・ピアノは楽器店に掛け合って玄関脇の洋間に据えた。

衣裳《いしよう》を見せたのは、そのあとのことである。純は開店の準備に追われている最中で、簞笥《たんす》の中をのぞくどころではなかった。

純に見せた衣裳は、五枚や十枚の数ではない。帯だけでも何本あったものやらおぼえていない。袷《あわせ》、ひとえ、薄物それぞれに、晴着から喪服まで母はそろえてくれたのである。その中で、顕子が袖《そで》を通したものは三点にすぎなかった。かって顕子がまとった婚礼衣裳と兄の結婚式の折に着た留袖、そして和彦の両親がはじめて生家をおとずれた日にむりやり着せられた桜色のはなやいだ振り袖、その三点である。あとは肩にかけてみるようなこともしたためしがない。付けさげや小紋が多かったが、紬《つむぎ》も何枚かあった。母のこのみでもあったせいか、二枚の結城《ゆうき》は記憶にのこっている。濃紺と白結城の袷である。それが、いかに高価なものなのか、当時の顕子は知らなかった。

純にも多少は和服の知識があった。高校時代までは、母親の顧客は花街の女が多かったそうである。これはたいへんなものだよ、本当に金にかえてもいいのか、と純はなんども念を押した。

「そうなさって。どうせ着ないんですもの」

「そのうち、かならず最高級のきものをあつらえてあげるからね」

顕子が和服までさしだしたのは、かならずしも純への愛情からではなかった。純が金銭に執着すればするほど、顕子にとって金品はうとましいものとなった。彼女はほうりだすように金品を純に渡したのであって、渡すものがなんであれ、ほうりだすという行為には快感がともなった。顕子は、自分の肉体もほうりだすように純にあたえていたのだった。

顕子は、からになった箪笥も売るようにすすめたが、意外にも純はことわった。総桐《そうぎり》の衣裳簞笥であったから、純も惜しくなったのかもしれない。グランド・ピアノにしても、はなやいだ楽器を身辺に置きたかったのではあるまいか。後年、純は家具調度に凝る男になった。

純が絵の買いつけに上京するようになったのは、顕子の衣裳を処分した直後からである。純は、なににつけてもしっかりしていて、往路は普通列車を利用し、帰路は飛行機を利用した。大事な商品を抱えていては、連絡船を乗りつぐ長旅はできないというわけである。

純が買いとった作品は、版画や大学の先輩の油彩が多かったのであるが、最初に上京したとき、早くも名の通った画家の絵を持ち帰った。岡鹿之助《しかのすけ》の作品である。純は帰宅するなり梱包《こんぽう》を解いて、顕子にその絵を見せた。

「どうだい。すばらしいだろう」

アザレアを描いた油絵だった。岡鹿之助には画商がついていて、やむなく純はその画商から入手したと聞かされた。

「まあ、多少は色をつけてもらったけどね。ぼくは当分こいつを手放さないつもりだ。岡先生の作品なら値があがるのは確実だよ」

なるほどみごとなアザレアであった。純のよろこびも理解できなくはなかったけれども、単に芸術作品として感動しているのではなく、商品とみなしているのが顕子にはかなしかった。このひとは画商になってしまったのだ、と彼女は思ったものである。和彦からの離婚届けがとどいたのは、そのような時期である。たしか九月のなかばをすぎていたはずである。庭にナナカマドの大樹があって、房状の実が色づきはじめていた記憶がある。

郵便受けは、前住者がとりつけたものをそのまま使っていた。木製の古びた箱である。郵便物が配達されると、茶の間にいてもかたりと上蓋《うわぶた》の鳴る音が耳についた。すべて純あての、それも画廊とかかわりのある来信だった。顕子は純の仕事に関心を持てなかったから、すぐには腰をあげない。出奔以来、彼女は一通の便りも受けとってはいなかった。

ところがその日は、書留郵便がとどいたのである。呼び鈴の音にしぶしぶ玄関に立つと、配達人は書留だと言って一通の封書をさしだした。顕子は封書の上書きを見て、その場に釘《くぎ》づけになった。文字が立ちあがって、顕子の目にとびこんできたようでもあった。そこには見おぼえのある和彦の筆跡で、「能戸純様内　本吉顕子様」と記されていた。

軽い封書であった。顕子は、封を切るまえから離婚届けと察しがついた。書留のうえに、宛名《あてな》の姓が小早川ではなく、本吉となっていた。じじつ、離婚届けを送ってきたのであるが、便箋《びんせん》一枚の手紙もはいっていた。簡潔きわまる便りであり、それが和彦からの最後の音信となったので、顕子は一字一句までわすれることができない。

——冠省　離婚届けを同封しましたので、署名捺印《なついん》の上御返送下さい。御多幸を祈ります。

手紙の宛名は、やはり「本吉顕子」となっていた。法的にはまだ和彦の妻であっても、離婚届けを送る以上、和彦としては結婚まえの顕子の姓をつかうほかなかったであろう。純の妻でもない顕子に、「能戸」の姓をつかうのは論外であった。

顕子も、いずれは正式に離婚の話が出るものと予想はしていたものの、現実に離婚届けの紙切れを手にとると、なぜ和彦とわかれるようなはめに陥ったのか解しかねた。わたしはヒコさんが大好きだったし、ヒコさんもわたしを愛していた。そこへ純という「海ぼうず」が割りこんできた。わたしは「海ぼうず」に心をうばわれたわけではない。危難に気づいてくれなかったヒコさんに絶望して家を出た。その結果が離婚である。いまは秋だから、出奔さえしなければ、高台の崖《がけ》ぎわにあらたな家が建って、ヒコさんといっしょに越しているはずなのだ。

純との日々にくらべると、和彦とすごした五年余の歳月は、やさしいメルヘンのようなものだった。いや、メルヘンの中にも中絶という闇《やみ》があった。あのときから離婚への道をたどりはじめていたのかもしれない。身勝手な女には、身勝手な男がふさわしいようだった。

顕子は、数日離婚届けをほうっておいたが、署名捺印すると、書留にして送り返した。手紙は書かなかった。あふれるおもいを文字にすることなぞできようはずもなかった。和彦もまた、感情を押しころして用件をしたためたにちがいなかった。

純には、しばらく伏せておいた。落ちつきをとりもどさぬうちに話しては、剣呑《けんのん》なことばを口にしかねなかった。

純に離婚したむねをつげたのは、冬近くになってからである。むろん顕子は、二、三日まえに離婚届けを受けとり、当日返送したように知らせたのである。

「あきらめのわるい男だなあ」

顕子は、癇《かん》にさわったけれども、微笑で受けながした。純のほうは、顕子をわが物と思いこんでいて、まえまえから和彦との離縁をうながしていたのだった。これで半年後には本当の夫婦になれる、と純はほっとしたようにつけ足した。

新年には母からの電話があった。七月以降、顕子は母と会っていなかった。できるだけのことをしたのだから当分札幌に行くつもりはない、と母は話していたし、釧路では顕子のスキャンダルで持ちきりとなり、家族そろって肩身のせまいおもいをしたのだから、あなたも釧路にはこないように、と言い渡されていた。顕子は生家と絶縁されたものと受けとめたのであるが、母は顕子が気がかりらしく、山鼻に越したあとも、ときおり電話をかけてきた。父からは顕子への電話も禁じられていて、母が電話をかけてよこすのは平日の日中だった。

新年の電話も四日か五日あたりにかかってきたのでなかろうか。そのとき顕子は、和彦の再婚は先になるらしい、と聞かされた。

「矢代先生の奥さまが駆けずりまわっていらしたけど、和彦さんはすべてことわったようね」

「お母さん、矢代先生の奥さんとつき合っているの？」

「和彦さんの縁組なら、どこからでも耳にはいりますよ」

母は、とぼけたけれども、話の出どころは矢代早苗にまちがいはなさそうだった。顕子を釧路につれ帰りそこねたあと、母は院長宅はもとより、和彦の上司であった外科部長の矢代家にも謝罪におもむいた。母は礼をおもんじるたちのうえ、気ばたらきもよかった。和彦がことわるまで、つまり、母に顕子の荷物を返すまで、サヨを公宅へ通わせて身辺の世話をつづけたのである。母の気苦労は早苗に通じたであろうし、早苗そのひとが姐御《あねご》肌の気性である。顕子の出奔によって、早苗が母と親しむようになってもふしぎではなかった。でなければ、早苗が和彦の再婚に心をくだき、それが無駄となったことまで知りうるはずはなかった。

「そちらはどうなの？」と母が聞いた。

「どうってこともないわ」

「お相手は冬休み？」

「ええ」

顕子は純の転職をかくしていたのである。画廊を持ったと知れば、母はただちに札幌へ駆けつけてきて、出資者を問いただすであろうし、顕子の箪笥の中まで調べるのは目に見えていた。顕子自身は、何物を失ってもかまわなかったが、さわぎに巻きこまれるのはまっぴらだった。

母の予想とちがって、和彦の再婚は意外に早かった。その年の四月に再婚したのである。母の電話によると、相手は函館の海産物商の娘で、顕子より四、五歳年下らしいとのことだった。

「あちらの御両親も釧路の娘には懲《こ》りたんでしょうよ」

「そうでしょうとも」と顕子は言い返した。

母はかまわずに、これで肩の荷がおりた、ひとのうわさも七十五日というから、おかげで人目を気にせずに出歩けるようになった、とつづけた。

「おまけに和彦さん、この四月から医長に昇進なさったそうよ」

「それは、かさねがさねのおめでたで結構ね」

母は、なにやかや話しつづけていたが、顕子はろくに聞いてはいなかった。動揺をさとられまいとして、受話器を耳にあてていたにすぎない。

顕子も和彦が生涯独身で通すものと思っていたわけではないが、彼女の出奔当時、和彦がおもがわりするほど憔悴《しょうすい》したことを聞き知っていた。まして、持ちこまれた縁談をことごとくことわった話を正月に聞かされたばかりであった。和彦が再婚するとしても三、四年は先になるものと、顕子は漠然と考えていた。それが、恋女房に逃げられて、わずか一年後の再婚である。しかも、再婚の相手は顕子より年下だった。和彦は三十四歳になるから、十歳も若い妻をむかえたことになる。そむいたのは顕子のほうだという自覚はあっても、彼女は和彦に裏切られたようなおもいをぬぐいきれなかった。

ひと月もたつと、顕子も平静に返っていた。外科医の仕事は些細《ささい》な失敗もゆるされない。顕子に去られた直後、和彦がミスひとつ犯さずに勤務をこなしたこと自体、奇蹟《きせき》に近い。一日二日は、矢代部長がメスをとらせなかったとしても、和彦の性格を考えると、仕事だけはやりぬこうとしたのではあるまいか。外科医にとって大切なのは平常心であり、つまりは平穏な家庭ということになる。だからこそ、矢代早苗も和彦のひとり暮しを案じたのであろうし、和彦自身、医師として充実した日々をすごすためにも、私生活の安定をのぞんだにちがいない。和彦は、外科医としてあぶらののりきる年齢に達していた。顕子は、さみしさをおぼえながらも、和彦のあらたな結婚生活が幸福なものになるようにねがった。

ほどなく、顕子も能戸姓となった。和彦が再婚したためではない。予定どおり、純が入籍の手つづきをとったのである。できれば顕子は、本吉の姓で通したかったのであるが、勘当同然の身で生家の名に固執するのもおかしかった。

師走《しわす》が近づいたころには、和彦の妻が懐妊《かいにん》した知らせがはいった。

「お誕生は四月の末あたりになるらしいわね」と母が言った。

「そう、よかったわね」

「あなたも赤ちゃんをつくるとよかったのよ。流産なんぞ注意さえすれば、そうそう繰り返すものじゃありませんよ」

「おねがい、お母さん。いちいち和彦さんのことは知らせないでよ。わかれたひとなのよ」

顕子の声がけわしかったせいか、母もしばらくは和彦についてふれなかった。新年の電話でも、節分や春分の日の前後にかかってきた電話でも、和彦の名は出なかった。

能戸画廊の基礎は固まりつつあった。さしたるよろこびもかなしみもなく、顕子は札幌に住みついて三年目の春をむかえようとしていた。

Ⅷ

山鼻の家にはサンルームがあった。八畳の茶の間ととなり合わせた一間幅のサンルームである。そこには小さなテーブルをはさんで、二脚の籐椅子《とういす》が置かれていた。春めいてくると顕子は、しばしばサンルームですごすようになった。

その日も顕子は、サンルームの籐椅子にもたれて、見るともなく庭へ目をやりながら、ぼんやりたばこをふかしていた。喫煙は、離婚届けを返送してからの習慣である。純がわすれていったたばこの袋から一本ぬきとって、なにげなくくわえたのが喫煙のきっかけだった。最初は自堕落に思えた喫煙も、離婚後一年半あまりもたった当時は、どうということもなくなっていた。

ゴールデン・ウィークが終ったあくる日、すなわち五月六日の午後であった。庭のエゾムラサキツツジは咲きそろい、紅梅がちらほらほころびだしていた。

茶の間とサンルームのあいだの障子は開けはなしてあった。茶の間の一方の壁ぎわに茶簞笥《ちゃだんす》と文机《ふづくえ》が並んでいて、文机は電話台がわりにもなっていた。電話のベルが鳴りだしたのは、庭へ目を投げていた最中である。

顕子は不承ぶしょう腰をあげると、たばこをくわえたまま文机の前にすわって、受話器をとりあげた。母の声が呼びかけた。産まれたの？　と顕子は投げやりにたずねた。和彦の妻の出産予定日は四月末だった。

母は、顕子の問いを無視した。

「和彦さん、そちらへ行かなかった？」

いていた。

「寝ぼけたこと聞かないでよ。いまごろ和彦さんがくるはずはないじゃないの」

「そうでしょうねえ」

顕子は、ふいに胸さわぎをおぼえた。母の声はいつになく張りがなく、落ちつきを欠いていた。

「ヒコさんがどうかしたの？」

「お姿が見えないそうよ。ふた晩お宅へお帰りになっていないし、きょうは病院もお休みになったそうよ」

顕子は理解の不可能な言語を聞いたようなおもいがした。つぎに、背すじに悪寒《おかん》が走った。母もうろたえぎみらしく、口早に話しつづけた。

前々日、つまり四日の夜、和彦は勤務を終えたあと、ふたりの同僚と盛り場で酒を飲んだ。飲みはじめたのは八時すぎで、和彦は十時まえに同僚を残して店を出た。初産はおくれがちであるが、和彦の妻も出産まえだった。妻の母親がお産の世話に、函館から出てきていた。そういう事情を知っていたので、ふたりの同僚は和彦を引きとめなかった。酒好きではない和彦にしては、少々度をすごしたていどで、日頃とことなる様子はなかった。和彦は機嫌よく酒を飲み、機嫌よく同僚とわかれたのである。ふたりの医師は、当然和彦が帰宅したものと思いこんでいた。

臨月の妻は夫の外泊をいぶかしみながらも、母親になだめられていたらしい。六日の朝になって、和彦が病院にも出ていないと知って、妻は倒れてしまった。母親が矢代早苗へ知らせ、早苗は和彦の妻を入院させた。顕子の母は、早苗の電話によって、ことのしだいを知ったのだった。

「いましがた、聞かされたばかりなのよ。矢代先生の奥さまもばたばたなさってたようね。一応、あなたに和彦さんの居所をたしかめてほしいとおっしゃられてね」

むろん和彦は、函館の親もとに姿を見せてはいなかった。そこにもいないのね、と母は念を押すと、あとでまた連絡をする、と言って電話を切った。

顕子には、和彦の身に変事が起きたとしか思えなかった。あの和彦が、ふた晩も家をあけたあげく、無断で欠勤するとはただごとではなかった。彼女は恐怖をふりはらおうとして、たばこに火をつけて神経的にもみ消し、またもやたばこをくわえた。灰皿は長い吸いがらでいっぱいになった。一度、生家に電話をかけたが、話し中であった。

母が再度電話をしてきたのは、四、五十分後であったかもしれない。母の声に疲れと硬さが感じられた。母は、矢代家ばかりでなく、父にも電話をかけていたのだった。父は事情を知ると、すぐにも警察にとどけるように命じた。

「矢代先生の奥さまに、お父さんの意向をつたえましたけどね」

父は会社で客と用談中であったが、客が帰りしだい、和彦をさがしに行く腹づもりらしい、と母が知らせた。

「さがすって、どこへ行く気よ」と、顕子はふるえをこらえながら聞いた。
「ヤチですよ。釣場とおっしゃったから、ヤチなんでしょう」
母が言い終えぬうちに、顕子は和彦の死を感じとっていた。「ヤチ」という一言で、それと勘づいたのである。母が、しきりに呼びかけていたが、顕子はもう返事をしなかった。受話器を手にしたまま、しばらく文机に腕を投げかけていたが、気がついて受話器をもとにもどした。

家を飛びだすまでの記憶はあいまいである。彼女自身ではない影のような女が、家の中をあちこちうごきまわっていたように思い返される。女はガスの元栓をしめたようである。下着をとりかえて洗濯機をまわしたようでもある。鏡台のまえにぺたりとすわりこんで、あらぬかたを見ていたようでもあった。

タクシーをひろって札幌駅におもむくと、顕子は釧路行きの急行列車の切符を買い求めた。駅の時計の針は六時十分前を指していた。針の位置は奇妙にはっきり目に残っている。

発車までには二時間もあったろうか。そのあいだ彼女は、待合室の固い木の椅子にかけて石に化したかのようにうごかなかった。能戸画廊では在京の画家の個展を開催中で、画家とのつき合いもあるのか、純は十時前後に帰る夜がつづいていたから、発車まえに帰宅する気づかいはなかった。彼女が早目に家を出たのは、切符を入手するためだった。

彼女は旅じたくもととのえていなかった。持物はハンドバッグひとつであった。急行まりもは、函館発の長距離列車だった。札幌駅で乗客があらかた入れかわるので、彼女は一般車輛《しゃりょう》の窓ぎわにすわって、札幌をはなれることができた。

二年前の早春、彼女は同名の夜行列車で釧路を去った。やはり一般車輛の窓ぎわの席だった。恋びとのもとへ向かう心の昂揚《こうよう》はまったくなかった。無人になった夜の公宅のたたずまいと、和彦の顔が目にちらついてはなれなかった。家を出たのは、まちがいであったとしか思えなかった。途中で下車して引き返すのが最善であった。帯広駅で、新《しん》得《とく》駅で、網棚の上の荷物に目をあげた。席を立たなかったのは、出奔に踏みきったからには中止するわけにはいかない、という理屈にもならない意地ゆえである。彼女は、札幌駅まで一睡もしなかった。プラットホームで純が待っていた。純は、息をはずませて駆け寄って笑いかけた。おもはゆさとよろこびがないまぜになった微笑であった。頬はばら色に上気していた。純が彼女に見せた最も美しい笑顔であった。その顔を見たばかりに、彼女はその日のうちに純と抱き合ってしまったのである。

あれから二年あまりのちの五月、闇の中をひた走る列車の中で、顕子は大きく目を見ひらいていた。ときに、たばこに火をつけたが、たいていは両の手をひざの上でしっかり組み合わせていた。彼女は、ひたすら和彦の無事をねがっていた。赤ちゃんが生れるというのに、ヒコさんが死んだりするはずはない。ヒコさんは、それほど無責任なひとではない。ヒコさんは働きすぎだったから、ふらっと近所の温泉にでも行ったのだ。ふたり目の奥さんの母親と顔をつき合わせるのが気づまりになったのだ。

そう思うはしから、水中でゆらめいている男の姿が顕子の目に浮かんだ。ダスターコートを身につけた男だった。水の中にはほのかなあかるみがあって、男のほかには水草の切れはしすらなかった。ヤチマナコの水中にあかるみがあるとは思えなかったが、そこはヤチマナコの中なのだった。男の顔かたちは、さだかではないけれども、背恰好《かっこう》やコートの色合いから見て、和彦以外の何者でもなかった。

顕子は声をあげそうになり、あわてて口を押えた。周囲を見まわしたが、誰ひとり彼女に注意をはらってはいなかった。はなれた席で、ときどき幼児がむずかっていた。母親らしい女の小声も耳についた。車内には人いきれが充満していたけれども、顕子は架空の列車に乗って、架空の山野をはこばれているような心地がした。

早朝、列車は太平洋岸に達した。沖から霧が押し寄せ、灰色の海面は霧と溶けあってうねっていた。砂浜には白茶けた流木がちらばり、まだ褐色のハマナスの群落も目についた。ものさびた海岸は、故郷の町までつづいているのである。曲折のすくない長い海岸であった。

釧路に到着したのは七時ごろである。顕子は駅前でタクシーに乗りこむと、「雪裡川《せっつり》」と行く先をつげた。

「雪裡？」と運転手が問い返した。

「ええ。鶴居村《つるい》のほうへ行く道路があるでしょう。あの道を走ってくださったら、途中でわかるわ」

運転手は行く先に不審を抱いたらしい。あのへんにゃ、家もないでしょうが、と言った。顕子は、とっさに、主人が釣りに来ているのだ、と言いつくろった。わたしもなんどか来たことがあるので主人の釣場は知っている、もうイトウが釣れているかもしれない、とつづけると、運転手はなっとくしたのか、イトウねえ、とつぶやいた。四十がらみの運転手だった。

顕子は、ふと和彦が生きているような気がした。雪裡川の近辺で変死者が見つかったなら、運転手も知っていそうなものだった。もっとも、運転手は朝刊に目を通していないとも考えられたし、ヤチマナコに和彦が身を投じたとすれば、遺体が発見されるはずはなかった。

新川沿いの道路にはいると、われ知らず顕子は胸が迫った。そこは、婚約中に和彦と自転車をつらねて父の釣場へ向かった道である。五月初旬の祝日、端午の日の午前だった。夜は夜で、生家に和彦をまねいて節句を祝った。当時は兄が東京で会社づとめをしていたので、母は張りきって和彦をもてなしたのである。当然、湿原の話が出た。結婚後もそろって生家へ出むくと、ときに和彦は湿原のあれこれを父にたずねた。端午の日の遠出によって、湿原は和彦にとっても大切な思い出の場所となっていたのである。それを察していたからこそ、父は釣場の周辺に目をつけたに相違ない。顕子が和彦の死を直感したのも、遠出の記憶があったためにほかならない。

道路が新川からそれてほどなく、顕子はタクシーを捨てた。湿原の真《ま》っ只《ただ》なかであった。運転手も心もとなくなったのか、奥さん、元気があるねえ、と声をかけると、慎重に車をまわして引き返して行った。

そこは、湿原を縫う多くの流れが寄りあつまって、新川へと注ぎこむ地点である。父の釣場は四キロほど奥にあったが、まず道路に最も近い幌呂《ほろろ》川を渡らねばならない。釣りびとがきまって徒渉する浅瀬である。子供のころは父に背負われて川を渡った。小学校の高学年になると、父の腰につかまって徒渉した。父はひざまである長靴をはいていたが、顕子は長靴を片腕にかかえ、渡り終えてから靴下をはきかえたものである。浅瀬の付近は川幅もひろくなかった。

和彦と来たときは、岸辺の木立の中に自転車をかくし入れた。彼女は、浅瀬を前にして和彦に話しかけた。

「ほらね、難所があると言ったでしょう。ここを渡らなければ夢の国へ行けないのよ」

「おぶってやるよ」と和彦が言った。

「だめ。和彦さんがころんだら、わたしも川に落っこちるじゃないの。きょうはわたしがガイドよ」

ふたりは、それぞれズボンとスラックスの裾《すそ》を巻きあげ、靴下をぬいで川にはいった。水は冷めたかったはずであるが、一向に苦にならなかった。若かったふたりは手をつなぎ、はしゃぎながら幌呂川を渡ったのである。

八年後の五月、顕子のかたわらには背負ってやると言ってくれた男の姿はなかった。そのかわりに、比較的あたらしい無数の靴跡が、浅瀬の両岸に残っていた。ひとの出入りが多かった証拠で、顕子も和彦の死を覚悟せざるをえなかった。

顕子は流れに目をやると、靴とストッキングをぬいだ。ストッキングはまるめてトレンチ・コートのポケットに突っこみ、片手に靴を持ち、一方の手でコートとスカートの裾をたくしあげて流れにはいった。水は刺すように冷めたく、頭の芯《しん》までしびれた。水深はひざ頭まであった。

渡り終えると、ハンカチで両脚をぬぐった。びしょぬれになったハンカチは流れに捨て、ストッキングをはき直した。脚の水気は拭《ふ》きとれず、ストッキングが肌に貼《は》りついて気色がわるかった。

目前の枯ヨシのあいだに、細ぼそとした道が分け入っていた。釣りびとが踏み固めた道で、その道をたどると、父の釣場の雪裡川へ出るのである。入りみだれた靴跡も、当然小道へ集中していた。

顕子は、機械的に小道を歩きはじめた。徒渉で体力をつかいはたしたのか、思考力も薄れかけていた。彼女は、前日の昼から食べものを口にしていなかったし、列車の中でも眠らなかった。脚の感覚はもどらず、雪裡川の岸辺をたどりだしても、なんのために、どこへ向かっているのかわからなかった。和彦同様、死地へおもむいているかのようだった。枯ヨシのつらなりは薄霧にかすみ、遠方の樹木は影のように静まって、湿原そのものがさながら幽界であった。

父の釣場へ行きつかぬうちである。行手の倒木に腰をおろしている男の姿が、顕子の目にはいった。ヒコさんだ、と彼女は思った。ヒコさんがわたしを待っていたのだ。

顕子は、気力をふりしぼって足を早めた。男もゆっくり腰をあげた。その姿を見て、あっと顕子は足をとめた。和彦ではなかった。ヤッケをはおった長身の男は、まぎれもなく父であった。

顕子は、とっさに枯ヨシの中にとびこむと、ヤチ坊主《ぼうず》の上をつたって奥へ逃れようとした。父も枯ヨシの中にはいったようであったが、足もとに気をとられて、父を見やるゆとりはなかった。大小さまざまのヤチ坊主がつらなっているうえに、彼女の靴は中ヒールであった。足をすべらせる都度、枯ヨシをつかんで転倒をまぬがれ、ヤチ坊主に飛び移りそこねては湿地に足をとられて、息を切らしながら先へ進んだ。

ふと、前方に張られた縄が顕子の目にとまった。枯ヨシとまぎらわしい色であるが、ヨシとちがって横一線の仕切りである。縄張りの近くに小灌木《かんぼく》があって、流れの岸らしかった。

おそるおそる近寄ると、へんてつもない細流であった。子どもでも飛び越えられそうな小川である。水面までは三、四十センチ、水の深さも似たようなものであったろうか。小川をはさんで長方形に縄を張りめぐらしてあったが、それをのぞくと、子どものころ、顕子が蛙《かえる》の卵や小魚をすくった細流とかわらなかった。周囲の枯ヨシは踏み折られ、短い枯草は地面にめりこんでいた。

父が、気づかぬうちにかたわらに立っていた。

「ここに倒れていた」と父が知らせた。「踏みはずしたか、気がつかずに落ちたんだろうな」

顕子は無言で小川に見入っていたが、いきなり身をひるがえすと、跳びはねるように雪裡川へ向かった。ヤチマナコなぞさがしてはいられなかった。雪裡川の岸辺の樹木は思いがけぬ近さにあった。

父の足音が背後に迫っていた。顕子はふりむきざま、父のひざめがけてハンドバッグを投げつけた。父がバッグを拾うすきに、顕子は二つ三つヤチ坊主を踏み越えた。岸辺の小道まであとわずかであった。そこで顕子は、がっしりと父に片腕をつかまれたのである。

顕子はヤチ坊主を踏まえて父の手から逃れようとしたが、父は微動もしなかった。彼女は体を引いたまま、斬《き》りつけるように父を見据えた。

父は、だまって娘の視線を受けとめた。痛みのあらわなまなざしだった。

「あとを追ってどうなる」と父が言った。「千寿をかなしませたいか。わたしをかなしませたいか」

和彦を失った絶望感が、顕子の体内をつらぬいた。彼女は倒れるように湿地にすわりこんで、ヤチ坊主に上体を投げかけた。あたかも和彦の亡骸《なきがら》であるかのようにヤチ坊主をかき抱き、拳《こぶし》で打ち、心中で和彦の名を呼びながら泣き叫び、身もだえつづけた。

やがて、父が顕子の肩に手をおいた。顕子は立ちあがって川岸へもどると、父と並んで倒木に腰をおろした。ザックが倒木にもたせかけてあった。顕子は気がぬけていたけれども、釣用のザックだと気づいた。父はザックの中からストッキングをとりだして、はきかえるようにうながした。新品のストッキングであったから、嫂《あによめ》のものに相違なかった。コートの前裾もぬれていたし、胸のあたりもよごれていて、父はタオルを渡して、よごれをとるようにすすめたが、顕子はストッキングをかえただけだった。

ザックの中には飲み物と食べ物もはいっていた。魔法瓶に詰めた熱いコーヒーと、竹皮に包んだ巻き鮨《ずし》である。場所が場所だけに、ストッキングを思いついたのは父であろうが、食べ物を用意したのは母である。母は山鼻の家にたびたび電話を入れ、顕子が飲まず食わずに釧路へ向かったものとみて、湿原で娘を待つという父にコーヒーと巻き鮨を持たせたのだった。

後日、知ったのであるが、飲み物はスープと考えた母に、父がコーヒーにしろと言ったそうである。心神耗弱《こうじゃく》に近い状態に陥った者にとっては、スープよりはコーヒーのほうが気つけになった。

顕子もコーヒーをすすると、海苔《のり》と甘酢の香りにさそわれて巻き鮨に手をのばした。細巻の鮨だった。父は、朝食をすませてきたと言っていたが、二、三箇鮨をつまんだのは、自身が口に入れることによって、すこしでも多く娘に食べさせようとしたためであろう。

顕子がわずかながらも落ちつきをとりもどすと、父は、ぽつぽつと和彦を発見したいきさつを話しだした。

「そこにウィスキーの瓶があった」と父は目前の湿地を指さした。「ヨシの隙間《すきま》にころがっていた」

父が湿原に向かったのは早かった。七時前には日が落ちるから、出かけるのもいそがねばならなかった。さいわい来客はほどなく座を立ったので、父は会社の車でいったん帰宅し、湿原にはいる仕度をした。運転手にはかせる長靴も用意した。二つの目よりは四つの目玉でさがしたほうがよかろう、と父は語ったが、村田という運転手を信頼しているような口ぶりだった。

　市内からは湿原にはいるまでの道のりが長いのであるが、車なら二十分そこそこですむ。父と村田運転手は、四時にはまのある時間に、釣りびとがつけた小道をたどりはじめていた。父には和彦が湿原を目指したという確信があったわけではない。まして、海のようにひろがる湿原で和彦をさがしだす自信なぞ持ちうるはずはなかった。ところが、かっての釣場へ行きつかぬうちに、ウィスキーの角瓶を見つけたのである。父と運転手は、ほとんど同時に枯ヨシの中できらりと光る物体に気がついたのだった。

「酒がすこし残っていたな。キャップがなかったから、こぼれたぶんもあるんだろう」

　和彦がウィスキーを飲みだした地点となると、父も推測するほかなかった。幌呂川を渡るまでは飲まなかったとも考えられるし、飲みながら雪裡川沿いをたどって来て、ここでさらに飲んだのかもしれない。盛り場の店を出たとき、和彦はウィスキーの瓶を持ってはいなかったから、同僚とわかれたあとでウィスキーを入手したことになる。どこで飲みはじめたにせよ、酒の弱い和彦がボトルをあらかたあけては無事にすむはずはなかった。

「水に落ちたのもわからなかったんじゃないか。水もあまり飲んでいなかったそうだし、溺死《できし》じゃあるまい。検屍《けんし》の結果は急性アルコール中毒だ」

　父は、細流から和彦を引きあげたわけではない。自殺にせよ、事故死にせよ、目のまえにあるのは変死体だった。父は村田運転手に警察への通報を言いつけ、警官が到着するのを待って、あとは警察にゆだねたのである。

「薬をつかった形跡はないそうだ。自殺か事故死なのか、わからん。警察じゃ事故死として処理するようだがね」

父は話し終えると、すこしだまっていたが、ふたたび口をひらいた。

「和彦君は、おまえをわすれかねてここに来たのかもしれんが、それだけじゃなかろう。ゆうべはわたしも酒がほしくなってな」

発見者として警察に事情を訊《き》かれるようなこともあって、父が湿原をはなれたのは日暮れどきであった。帰宅する気になれず、そのまま高台の料亭へ行った。そこは先代からのなじみの店で、その夜の父にとっては、このうえもない隠れ家となった。父は、ひとりで酒を飲んでいたが、九時前後に矢代外科部長が電話をかけてきた。

「千寿が居所を知らせたんだろう。千寿には一応、電話をしておいた。あれも和彦君を案じていたからな」

矢代部長は、和彦をさがしだしてくれた礼を言ってきたのであるが、それよりも父と話したがっていた。和彦は矢代部長が最も目をかけていた部下である。父は、矢代部長の胸中を察し、料亭に来てもらったのである。

「矢代さんはいろいろ話してくれたよ。おまえが家出をした直後の話が多かったがね」

矢代部長も、ただちに頸子の出奔を知ったわけではない。先に異変に勘づいたのは細君のほうだった。頸子の姿が見えないうえに、無断でピアノのレッスンを休んでいた。言われてみると、和彦の顔色はすぐれなかったし、医局でも思い屈したようにため息をもらすことがあった。矢代部長が盛り場につれだして事情をたずねてみると、和彦は洗いざらい打ちあけたのである。

「和彦君は大そう悔やんでいたそうだ。おまえは家出のまえに、いくつかサインをだしたろう。それを、ことごとく見逃してしまったと言ってな」

頸子の出奔を知ると同時に、あっと和彦は妻が発した「サイン」に気づいたのである。それは、すべて妻が能戸から逃れようとしての救難信号であった。ぼくのようなあほうはいない。女房が必死に危機をつげていたのに気がつきもしなかった、と和彦は上司の前で唇を嚙《か》みしめた。

「和彦君は人柄がよすぎたんだよ」と父は語をついだ。「矢代さんがそう言っていた。天性の外科医というほかはない優秀な男だったが、惜しむらくは少々苦労が足りなかったとな。人柄がよいから万人に好かれるし、自他ともにうたがうということを知らん。おまえたちの家を建てる話が固まっていた最中だったから、和彦君が気づかなんだのも無理はなかろう」

矢代部長は和彦の話におどろいて、すぐにも札幌へ行くようにうながした。ところが、その日は、顕子の居所を突きとめた母が札幌へ発《た》った当夜だった。

「それを聞いて、矢代さんも絶句したらしい。和彦君の立場なら、女房の居所がわかりしだい駆けつけて、腕ずくでもつれもどすのが当然だ。矢代さんもそう言ったらしいが、和彦君は、それでは千寿に礼を失することになると答えたそうだ。瀬戸ぎわに立たされて、礼をうんぬんするとはな。まあ、和彦君としては、能戸の顔なぞ見たくもなかったのかもしれん」

わたしは千寿に、おまえをむかえに行ってはいかんと言った。和彦君にまかせておけと言った。しかし、いざとなると千寿は、わたしのことばを受けつけるような女じゃない。あれは、がむしゃらに出かけてしまった……。そう言って、父は嘆息をもらした。

「こうなってみると、わたしがおまえをつれもどしに行くべきだった。わたしであれば、おまえもさからえなかったはずだ。矢代さんと話してから、そのことが頭からはなれぬ」

父の声音がかわっていた。父自身に語りかけているような沈んだ口調だった。

「わたしは、おまえに腹を立てていた。おまえの気性は呑《の》みこんでいたが、ふしだら者に育てたおぼえはなかった。ゆるさぬと思いきめていた。いまになって考えると、解《げ》せぬ話を聞かされていたのにな。亭主がむかえに来て土下座をしたら帰るというおまえの言いぶんは、その最たるものだよ。わたしは立腹のあまり聞く耳を持たなかった。わたしは、どうしようもない頑固者だな」

寡黙《かもく》な父が、これほど多くを語ったのは、このときだけである。父は、悔やんでもくやみきれなかったに相違ない。和彦を死なせたばかりか、顕子の嘆きを見る結果となったのである。父が湿原で待っていたのも、胸中を娘につたえたかったためかもしれない。

顕子もまた、悔いにさいなまれていた。細工をせずに、純とのいきさつを卒直につげるとよかったのである。和彦は、どれほど苦しんだことだろう。彼は、顕子を失っただけではなかった。おのれの迂闊《うかつ》さゆえに妻を失ったと自覚せざるをえなかった。和彦の受けた痛手は、再婚によっても癒《いや》されなかったのである。

父と娘は、しばらく口をつぐんでいたが、やがて遠くからかすかな物音がつたわってきた。車の警笛のようだった。

「村田がきたようだな」と父が湿原のかなたに目をやった。

列車の到着時間と湿原にはいってからの距離を考えあわせて、どれほどおそくなっても九時までには顕子がやってくるものと父はみていたそうである。父は時間を見はからって、むかえの車の手配をしてあったのだった。

「少々待たせておいてもよかろう。村田は早く来すぎたよ」

父は苦笑すると、ふたたび話しだした。

「おまえの様子を見ていると、能戸という男にほれているとは思えん。和彦君は再婚したが、結局こういうことになった。意にそまぬ暮しをつづけていては、ろくなことにならん」

こっちに帰って来てもかまわんのだぞ、わたしらに遠慮は無用だ、と言うと、父は大きな目で顕子を見た。

「どうだ、もどらんか」

顕子は、とっさにことわった。将来におもいを馳《は》せるどころではなかった。父さえかたわらにいなければ、湿原の奥に姿を消したかったのである。

父は娘の顔色を読みとっていた。

「顕子、早まったまねだけはしてくれるな。人間というやつは、いずれは確実に死ぬ。わたしの年になれば、あすの生死さえたしかではない」

その年、父は六十歳になっていた。生来頑健な体質のうえ、顕子の出奔まえからヤメ釣りをはじめたので、足腰は達者なようであったが、びんの白髪はふえ、心労のあまりか、ひたいや目尻《めじり》のしわは深くたたみこまれていた。

「さて、帰るとするか」と父はザックをとりあげた。「千寿が待ちかねているぞ」

顕子は生家に寄るのもことわった。父がおどろいて理由をたずねた。

「今夜は和彦さんのお通夜《つや》でしょう」

「そうか……」

顕子は、すこしでも早く釧路から去りたかった。父も娘の気持を汲《く》んで、顕子を先に立てて倒木の前からはなれた。車が待つ本道路までは二キロもないと聞かされたが、和彦がウィスキーに口をつけていたとすれば、二キロは限界の道のりだった。

和彦は、いかなるおもいで川辺の小道をたどったのであろう。死を前にした男の胸中は忖度《そんたく》のしようもなかったけれど、和彦は意識を失う直前まで、顕子の名を呼んでいたように思えてならなかった。

「おまえといっしょに、ここに来たのもむかしになったな」と背後で父が言った。

「よして。お父さん」

「うむ」

もとより顕子は、和彦が湿原にはいった理由に勘づいていた。そこは、ふたりの思い出の地というだけでなく、幼少時から顕子が愛していた場所なのだった。

「歩けるか」と父が聞いた。

「ええ」

和彦がいのちを絶った五月、顕子はちょうど三十歳であった。

IX

和彦が死んだ年、母はよく山鼻の家にやって来た。盛夏のころから母の足もしだいに遠のいたが、それまでは月に三度はたずねて来たはずである。四、五日滞在して釧路へ帰り、一週間もたたぬうちに、また顔をだすといった調子であった。顕子を案じての来訪であったから、当然母は山鼻の家に泊った。

最初は和彦の名さえ口にしなかった母が、和彦の妻子についてふれたのは夏が近づいたころである。話の内容から推して、和彦の四十九日がすんだあとだった。

和彦の妻は、夫の死後まもなく男児を出産したが、婚家にとどまらなかった。赤子は、妻の母親の強い意向で和彦の両親が引きとったのであるが、妻の母親の嵩《かさ》にかかったもの言いに、和彦の母は気分をそこねて、両家の仲は気まずくなったらしい。妻ひとりは、赤子を手放したがらなかったというが、母親にさからうほどの度胸もなかった。函館で和彦の四十九日の法要を終えた直後に赤子は引きとられ、ほどなく妻であった女も釧路を去った。

「まだ若いかたらしいし、和彦さんとの御縁もわずかなものですからね。親御さんとしては再婚を考えるでしょうよ」と母は語った。

どうやら自分は多くの人びとの運命を狂わせてしまったらしい、と感じとりながらも顕子は、ひとごとのように母の話を聞いた。顕子は顕子で、和彦の死と同時に、彼女自身の生も終ったような虚脱感からぬけきれずにいた。他者に関心を持ちうる状態ではなかった。

顕子には母の来訪さえわずらわしかった。母は、顕子が釧路から帰宅した翌日に札幌に来たのであるが、駅にむかえに出たのは純である。のちに顕子は知ったのだけれど、純はタクシーを待つあいだに、画廊の開店当時、顕子が衣裳《いしょう》まで処分をして力になってくれたむねを母に打ちあけた。純は先手を打ったわけであるが、母は気もそぞろであったから、純も話しやすかったにちがいない。病人同様のありさまで帰宅した顕子に純も衝撃を受けていたが、和彦の死を奇貨としていたふしもある。母がやってくる都度、駅への送りむかえを欠かさなかったし、画廊にも母を案内した。

「岡鹿之助やら嗣治のサムホールを見せてもらいましたよ」と純のるす中、母はあきらめ顔で話した。

最初、母は顕子を生家につれ帰るつもりで来たのだった。母が娘の自殺をおそれていたのは明白である。嫂《あによめ》はしっかり者のように見えても、のびやかな人柄なのでなんの気がねもない。純との今後はともかく、当分釧路で静養するように、と母は説得した。

このときばかりは、顕子ははっきりことわった。釧路は和彦と出会った町であり、和彦がいのちを絶った町でもある。ふたたび、あの町を目にするのはつらすぎた。その一方で、顕子は純との離婚を考えだしていた。

顕子がわかれ話を口にしたのは、秋にはいってからである。これ以上、いっしょに暮してはいけない、とつげると、さすがに純は顔色をかえたけれども、とっさに顕子を病人あつかいにした。

「お母さんも心配なさっていたよ。きみは病人のようなものだから、そのつもりでいたわってほしいと言われた。あのお母さんが、ぼくに頭をさげたんだよ」

きみは、お母さんに金を出してもらって、ここにとどまる気なのかもしれんが、離婚と知れば、すぐさまお母さんはきみをつれもどしにくるだろう。ぼくに責任の一半はあるにせよ、きみにとって釧路がこのましい土地とは思えんね、と純はことばをついだ。

顕子は、離婚を思いとどまるほかはなかった。釧路につれもどされるよりは、純と暮していたほうがましだった。顕子が郷里へ向かうとすれば、湿原に姿を消すときだった。

湿原で死にたいとは、雪裡川に身を投げそこなった直後から心底に生じた渇望である。渇望は願望となり、願望から憧憬《どうけい》へとかわりはしたが、顕子は十年の余も枯ヨシの密生した湿原に心ひかれてすごしたのである。

とりわけ、五月は厄介な時期だった。内臓を焼かれるようなひところの苦痛は薄らいできても、ゴールデン・ウィークをむかえると、顕子は無性に湿原へはいりたくなった。純はゴールデン・ウィークのあとに上京する習慣であったから、家を出るには絶好の機会であった。なにもゴールデン・ウィークにこだわる必要はなかった。ヨシが生えかわらぬ前に湿原にはいるとよいのである。そもそも顕子は、ヤチマナコのありかをわすれてはいなかった。年月を経てもヤチマナコが消失するはずはなく、目じるしのヤチヤナギもさして成長もせずに、おなじ位置に残っているであろう。釣りびと以外は寄りつかぬ湿原の奥なのである。ヤチマナコに身を投じさえすれば、顕子は行方不明者のあつかいで死ぬことができるのだった。

二、三度顕子は家を出ようとしたが、列車に乗るまでにはいたらなかった。玄関の戸に鍵《かぎ》をかけようとして、はっと思いとどまったこともあれば、タクシーで札幌駅の近くまできて、われに返った場合もある。死の衝動にかられるたびに、湿原で顕子に語りかけたときの父のおもざしが、きまってよみがえった。

あの日、父は顕子が無事に札幌へ帰りつくように、こまかく心をくばった。当時は長距離列車が少なく、顕子は各駅停車の短距離の列車を乗りついで札幌へもどるつもりだったが、父は娘を押しとどめて、まず釧路駅で帯広からの寝台車の切符を用意し、村田運転手に帯広の旅館まで娘を送らせた。古い旅館のようであったが、帳場の前のロビーの床はぴかぴかに磨きこまれ、顕子が通された部屋の床の間には尾白鷲《わし》のみごとな剝製《はくせい》が飾られていた。北海道というあらたな土地にあって、顕子の生家は雑穀商をかねた廻船問屋として二十世紀の初頭には家業も盛んになりつつあった。帯広は雑穀の集散地なので、先代や先々代の取引先も多かったのではなかろうか。戦前までは雑穀の積出しも行っていたから、ひところは父の定宿であった旅館にちがいない。

急行まりもが帯広に到着するのは夜半近くだった。それまで顕子は部屋でやすみ、おかみが手配したハイヤーで帯広駅へ向かった。番頭が助手席に乗りこんで駅へ案内した。いわば監視つきであった。五十がらみの眼鏡をかけた小太りの番頭だった。番頭は列車がうごきだすまで、にこやかな面持ちで閑散としたフォームに立っていた。

顕子は、両親が健在のうちに死ぬわけにはいかなかった。なかんずく、父の存命中に自死してはならなかった。そう思いさだめながら、彼女は札幌にもどったのである。

幸か不幸か、両親は長命のほうであった。父は七十七歳で他界し、父より二つ年下の母は、父の死の三年後に七十八歳で病没した。長寿とはいえないまでも、むろん短命ではない。父は和彦の死後、十七年間元気であったのだし、母は和彦の死の二十年後に没したことになる。

顕子がしばしば釧路へ足をはこんだのは、両親が相ついで他界した三年余の期間である。父は、脳出血による急死であったから、顕子は看病もできなかったのであるが、母は風邪をこじらせて腎炎《じんえん》と肺炎を併発したため、ふた月ほど病院にはいっていた。そのあいだ、顕子は付きっきりで母をみとった。

母が他界したとき、顕子は五十歳になっていた。自死も自由になったわけであるが、すでに顕子は、死に場所を湿原に求める気を失っていた。湿原をふくめた郷里の町の変容が、理由といえば理由であった。

顕子の出奔当時、町は湿原に呑みこまれそうに見えたものであるが、宅地化がすすんで、市街寄りの湿原は大規模な団地となっていた。丹頂鶴《たんちょうづる》を保護育成するための鶴公園が設けられたことは、顕子もテレビニュースで見知っていたが、母が他界したころには、湿原の西端に「湿原展望台」と称する建造物まで出現していた。だいたい、イトウが湿原の河川から姿を消し、幻の魚と呼ばれるようになっていたのである。釣りびとにかわって湿原にはいるのは、アマチュアをまじえた多くのカメラマンであり、野鳥や植物の愛好者らしかった。国内の湿原中、最大の面積を有する釧路湿原は、どうやら観光資源と化しつつあるようだった。

純との暮しにも変化があった。純が札幌軟石造りの画廊の建物を解体して、五階建ての能戸ビルにあらためたのは、札幌オリンピックの直前である。四階と五階は貸事務所であるが、能戸画廊は札幌でも一、二のギャラリーとなっていた。

純は、顕子の両親の生前からあそびはじめていたが、父が他界したころには女をつくっていた。顕子は女の顔も名も知っていたが、寝室をべつにしただけで、口をつぐんでいた。彼女が、ふたたびわかれ話を持ちだしたのは、母の初七日を終えて帰宅した直後であるが、純はそらとぼける一方だった。純は、顕子の生家と縁を切りたくなかったのである。父は他界したけれども、兄の英嗣は、切れ者として北海道の実業界で名が知れていた。

顕子の機嫌をとるかのように、純は早速山鼻の家を建てかえた。

「お母さんもおっしゃっていたろう。そろそろ建てかえんとね。いい家にしようよ」

母が改築をすすめていたのは事実である。母も父を失うまでは元気で、年に二回は札幌に足をはこんでいたが、家屋の傷《いた》みを気にして、顕子と純の双方に再三改築をうながしていた。母は家屋敷を娘に遺すつもりであったから、改築費は母が負担するむねを純につたえていた。

純が礼を述べながらも、母の死後まで改築をのばしたのは、家屋だけでもおのれのものにしたかったためである。母もそれと察していて、改築に関する事項を遺書にしたためていた。費用は母の遺産をあてること、能戸純がぜひとも費用を負担するというのであれば、建築費は顕子と純とで二等分にし、家屋は両者の共同名義にすること等である。

純にしてみれば、離婚に応じようものなら、住居をも失いかねなかった。顕子は、一切純に手渡してもかまわぬほどの気持だったが、母が買いとった家屋敷には、やはりそこばくの愛着があった。純は工事中に、それとなく名儀人の変更をつげたけれども、顕子は承諾のしるしに無言でほほえんだ。

顕子は、母の遺書の内容さえ伏せていた。改築にあたって、顕子がつけた注文はわずかである。庭木の位置はかえたくなかったし、夫婦の寝室はぜひともべつにしたかった。さすがに純も気がとがめたのか、顕子の希望を入れたほかに、衣裳室まで設けた住宅となった。

顕子の胸に湿原が棲《す》みついたのは、建て直した家で暮しはじめてからのことである。もとよりそれは、展望台のある湿原ではない。顕子の記憶にもとづいた湿原であった。ヤチマナコが目立つ湿原である。枯ヨシが周辺にひろがっているが、ほかにはなにもなかった。釣場の岸辺のヤチハンノキの木立は消え失《う》せ、目じるしのヤチヤナギも見あたらない。父の姿もなければ、十歳前後の顕子の姿もなかった。ほの白い枯ヨシのただなかに、瑠璃色《るりいろ》のヤチマナコがあった。

少女時代に見たヤチマナコは青くはなかった。霧が流れていて、水面は灰色にかげっていた。水もよどんでいたようである。顕子の胸に棲みついた湿原も薄霧が這《は》っているらしく、周囲はぼやけていたが、そこにだけ光が射《さ》しこんでいるように、ヤチマナコは瑠璃色に輝やいていた。

水中には和彦がいるはずだった。年月を経たせいか、湿原は遠景のように目に浮かんで、顕子は水中をのぞきこむことはできないのであるが、ヤチマナコは和彦の墓所なのだった。

むろん、和彦はヤチマナコで死んだわけではない。へんてつもない細流で果てたのである。ヤチマナコは、和彦の死を直感すると同時に頭にひらめいた底なし沼であり、顕子自身がねがっていた死に場所でもあった。変死者の遺体がいかなるものか、顕子にもおおよその見当はついたが、父は遺体のありさまを話そうとしなかったから、正確には知りようがなかった。うつ伏せになっていたのか、顔に泥や水草がこびりついていたのか、まったくわからなかった。顕子は、無意識のうちに細流の記憶を消し去り、ヤチマナコに和彦を閉じこめてしまったのである。

顕子は、ひとりですごす時間が多かったから、絶えずヤチマナコを見ていたといってもよい。ヤチマナコは年ごとに輝やきをまし、湿原全体がほのかな光沢を放っているようによみがえる折もあった。

アンダルシアの村の泉を目にして立ちすくんだのは、ヤチマナコと見まちがえたからである。故国にいたときは、つねに遠くにあったヤチマナコが、ふいに眼前に出現したようであった。

ひと夜あけると、たあいのない錯覚と知れた。彼女と男は、小麦畑のかたわらを通ってのろし台に向かっていた。夕光を浴びてひろがる小麦畑は、ヨシ原に似ていなくもなかった。少々酔ってもいたので、木立の蔭《かげ》にきらめく水面をみとめたとき、息を呑《の》んだのもいたしかたなかった。泉をかこむ樹木はヤチヤナギの五倍もありそうであったし、ひとの手を加えた泉と知れても、澄みとおった水は心中で育《はぐく》んだヤチマナコとそっくりに見え、おどろきがかさなったのである。

顕子は、男の家に長居をするつもりはなかった。できるだけ早く立ち去りたかった。男と寝たのは事実としても、たかが一度のことである。あれだけ酔っていては知覚も麻《ま》痺《ひ》していて、なにもなされなかったのとひとしく、男と抱き合った名残りといえば疲労感だけであった。

腕時計がナイトテーブルの上にあった。自分ではずしたのか、男がはずしてくれたのか、まったく記憶がなかった。時計を見ると、八時半になろうとしていた。してみると、寝ざめに聞いた教会の鐘の音は八時の時鐘のようだった。

ショルダーバッグは揺り椅子《いす》のかたわらにあった。やすむまえに化粧を落としたくて、男に言って酒を飲んだ部屋からバッグをとってきてもらったのだった。もっとも、ホテルから外へ出るときは、クレンジング・クリームまでは持ち歩かなかった。彼女は化粧水で顔をぬぐったにすぎない。衣服を脱ぎ捨てたのは、そのあとであろう。

サングラスはケースに収めて、バッグにはいっていた。これは、ブランデーを飲みだしてから、男にうながされるままに自分でしまったのである。

顕子はサングラスをかけると、小ぶりな化粧バッグを手にして浴室にはいった。いなかの家にしては、まともな浴室だった。シャワーと便器のほかにバスタブもあった。ここしばらく使ってはいないのか、バスタブは乾ききっていた。男は起きぬけにシャワーを浴びたらしく、シャワーの下のタイルがぬれていた。

洗面台の棚に、新品の歯ブラシが用意してあった。プラスチックのブルーのカップの横に、清潔そうなコップもあった。歯ブラシをつかいかけると、また胸がむかついたが、顔を洗うと多少さっぱりした。

顕子は、手早く顔を直した。外出時にはメークアップ・クリームも持たないのであるが、もともと顕子は薄化粧であったし、まもなくこの家から立ち去るのだから、化粧に手をかける必要もなかった。ただ、鏡の中の顔色はいかにもわるかった。肌には張りがなく、おとろえた病人のように灰色がかった顔色である。顕子は、ふだんよりも濃いめに頬紅を刷《は》き、サングラスをかけ直して寝室へもどった。

男は、顕子が起きだしたことに気がついていたらしかった。廊下に足音が近づいてきて、寝室に顔をだした。男は、サングラスをかけた顕子をみとめると、はっとしたようだった。開けはなしてあった入り口で足をとめた。前日とちがって、ふだん着らしい紺のポロシャツにグレーのズボンという服装だった。

顕子は、朝のあいさつを口にするのも気がおもくて、日本式に頭をさげた。男は部屋にはいってくると、顕子の前で立ちどまった。

「グラナダへもどるのかね」

「はい」

男は、顕子の背に腕をまわしてサングラスをはずすと、無言で彼女の目に見入った。灰色と鳶色《とびいろ》とが微妙に入りまじった瞳《ひとみ》である。前日の午後から行動をともにしながら、近ぢかと目を見合わせたのははじめてのような気がした。心底を見すかされそうで、顕子は落ちつけず、目をそらしたとたんに唇をふさがれた。

顔をはなすと、男はあかるく笑いかけた。

「アキコの返事は聞こえなかった。わたしもなにもたずねなかった」

男は女をかばうように、肩を抱いて寝室を出た。細い廊下の角をまがると、浴室の向こうのドアが開いていて、コッカー・スパニエルが首を出していた。台所だと男が知らせた。犬はさかんに吠《ほ》えたてていたが、ふたりが近づくと、男に飛びついた。

「わかった、ドミンゴ」どうやらこいつがアキコを起こしてしまったようだ、と言いながら、男は顕子といっしょに台所にはいった。

ひとり暮しの男の台所にしては、一見、小ぎれいに片づいていた。男は、ここで食事をとることが多いのか、小型の食卓があった。質素な木の椅子が三脚、食卓をかこんでいて、顕子はすすめられるままに椅子のひとつに腰をおろした。コーヒーの残り香が食堂にこもっていた。

男は、当分顕子が起きないものとみて、先に朝食をすませたそうである。

「アキコにはマンサニージャを入れよう」

マンサニージャの名にはおぼえがあった。たしかシェリー酒のはずである。それをおしえてくれたのは、顕子が個人的に語学の指導を受けていたスペイン人である。もっとも男は、テ・アゴ、つまり「きみに作る」を用いたので、シェリー酒ではなさそうだった。

「マンサニージャなら心配ない。さっぱりした飲み物だからね」と男はケトルを火にかけた。

犬は顕子のパンタロンに鼻をくっつけて匂《にお》いを嗅《か》いでいたが、前肢を彼女のひざにかけると、相手をしろというように、ひと声吠え立てた。金茶色の長毛に象牙色《ぞうげいろ》の斑点《はんてん》があるコッカー・スパニエルである。ぬれたようなつぶらな目が愛らしく、顕子は犬の頭に手をおいた。犬の体温が手のひらにつたわってきて、ヒポクラテスのぬくみと毛の感触がよみがえり、ふいに顕子は胸が迫った。

和彦とわかれて以来、彼女はただの一度も犬に手をふれたためしがない。むろん犬を飼うこともなかった。和彦とともに公宅に置き去りにしたフォックス・テリアをわすれることができなかったのである。

彼女が公宅を出た夜、ヒポクラテスは鎖をいっぱいにのばして吠えつづけた。あたかも彼女が二度と帰らぬことを察知しているかのような、長く尾を引いたかなしげな鳴き声だった。

その後のヒポクラテスについては、矢代早苗から聞かされていた。早苗の生家は札幌にあって、子どもらの夏休みには札幌へ来ていたようであるが、山鼻の家に顔をだすようになったのは、和彦の死後、数年たってからであろうか。やがて早苗の両親も他界し、矢代部長は北見の病院長に転出して、早苗とも縁遠くなったのだけれど、ひところ顕子は年に一度は早苗と会っていたのだった。

早苗が折にふれて語ったところによると、和彦の再婚相手は犬好きではなかったらしい。おそくに帰宅しても和彦は、ときに餌《えさ》を犬にあたえていたそうである。若い後ぞいにしてみれば、顕子の飼犬という意識もあったのであろうが、もともとヒポクラテスは和彦がいつくしんでいた犬であった。

「小早川先生はやさしいから、奥さんを叱《しか》りもしなかったんじゃないの。子どもじみているというのか、ぼうっとしたひとでね。だいたい、あの母親がわるいわ。いくら娘が初婚だからといって、あんなに大きな顔をされちゃ、小早川先生もいい気持はしないわよ」

和彦の死は、顕子にすべて責任があるわけではないと早苗は言いたかったのであろうが、和彦を不如意《ふにょい》な再婚生活へ追いやったのは顕子であった。夜ふけて犬に餌をあたえる和彦の姿を思いえがくたびに、彼女は泣き伏したものである。

ヒポクラテスは、公宅の子らの人気者であったから、飼主を失っても、ただちに飢えることはなかった。パンやらソーセージやらをもらって元気にしていたというが、あらたな外科医が着任して犬小屋を片づけると、行方知れずになったそうである。野犬になったのか、誰かに拾われたのか、どちらかであろうが、いずれにしろ、フォックス・テリアは郷里の町のどこかで死んだにちがいない。和彦の死後、三十年近くたっているのだった。

男の飼犬が、フォックス・テリアでなかったことはさいわいだった。ほどなく辞去する家にせよ、飼犬がフォックス・テリアであれば、顕子も犬に手をふれかねたかもしれない。犬の毛はなめらかで、手入れもよさそうだった。

「ドミンゴ、すこしはアキコを元気にしてやったかね」

男はカップを二つはこんでくると、顕子と向かい合ってテーブルについた。顕子の前に置かれたのはマンサニージャであり、男の飲み物はコーヒーであった。

マンサニージャは、レモン色の澄んだ飲み物だった。カップを口もとにはこぶと、湯気といっしょにハーブの香りに似た芳香が顔をつつんだ。飲み物にはほのかなあまみがあって、飲みくだすと、口中に香りが残った。男の話によると、マンサニージャは菊に似た小花を乾燥させたものだそうである。言われてみると、花らしいまろやかな香りであり、味わいであった。

男は笑顔で顕子を見守っていたが、顕子が飲み終えると、もう一杯飲んではどうか、とたずねた。顕子は辞退した。そのときになって彼女は、男の胸ポケットに眼鏡入れが差しこまれているのに気づいた。ケースは顕子のものではなかったけれど、中の眼鏡は彼女のサングラスのような気がした。彼女は、サングラスを返してもらわなかったことさえわすれていたのだった。

「セニョール、ポケットの眼鏡を見せてください」

「セニョール？」男は聞きとがめたが、二日酔いでアキコはわたしの名前もわすれたようだ、ととぼけて、軽く胸ポケットをたたいた。

「これかね。これはわたしの老眼鏡だよ」

「それでしたら、見せてくださってもよろしいでしょう」

「ドイツ製の老眼鏡だよ。見てごらん」

男はケースをぬきとると、手もとで開いてみせたが、ぱちんと蓋《ふた》を閉じて、ふたたびポケットにもどしてしまった。顕子がケースの中を目にしたのは一瞬にすぎなかったが、色といい形といい、まぎれもなく彼女のサングラスであった。

「わたしの眼鏡です。返してください」

「アンダルシアの日光も家の中までは射しこまんよ」

「グラナダに帰ります。サングラスが必要です」

男は表情もかえなかった。男のあかるい目の中にはユーモアさえひそんでいるようだった。前日の男とは別人のようで、顕子は相手の変化に内心小首をかしげながら、ことばをつづけた。

「お世話になりましたが、タクシーを呼んでください」

「二日酔いの最良のくすりを知ってるかね。夕方まで枕《まくら》を抱えて寝ていることだよ。早目にグラナダに向かおうものなら、どうなるかは明白だ。走りだして二分もたたんうちに、ゲエゲエやりだすだろうな」

「そのときは車を停めてもらいます」

「あわててグラナダへもどらねばならん事情はなにかね」

事情はあった。彼女は早くひとりになりたかった。そうとも言えず、とっさに顕子はごまかした。

「あさって、日本へ帰ります。荷物をまとめなければなりません」

男は無言で顕子の顔色をさぐると、とつぜんテーブルに半身をのりだした。

「うそをついちゃいかんな。きのう、きみはなんと言ったかおぼえているのかね。今後の予定は立てていないと言ったんだよ。あさって帰国するなぞとは、ひとことも言わなかった。急に予定を変更したとでもいうのかね」

「予定のない旅行者は、いつでもあらたな予定を立てます」

「理由はなにかね。わたしに愛想がつきたわけか」

「セニョールとは関係がありません。わたしの勝手な選択です」

「なるほど。アキコはひとりになりたいわけだな。そう思うのはつらいが、アキコの心はわたしに向けられていないようだ」

顕子は、ちいさな痛みをおぼえた。彼女は、目前の男に嫌悪《けんお》をおぼえてはいなかった。薄くなりかけた頭髪は、瞳の色と似た鳶色である。白髪がまじっているのか、髪は瞳の色よりやわらいで見えた。顔はほどよく陽に灼《や》け、腕は太く、胸は分厚かった。外観は労働者風であったが、目には知性を示す光があって、たくましさと思慮深さがないまぜになったような不思議な印象の男である。この種の男と出会ったのははじめてであるが、男が見ぬいたとおり、顕子にとって男は他者にすぎなかった。

男は、ちょっとだまっていたが、ズボンのポケットからたばこの袋をとりだすと、顕子のゆるしを得て、たばこに火をつけた。

「匂いが気にならんかね」

「いいえ、窓もあいています」

調理台の上部に横長の窓があって、なかばあけられていた。窓からは隣家の臙脂色《えんじいろ》の屋根瓦《がわら》の一部が見えた。

「日本の女性は、たばこを吸わんのかね」

「喫煙者はかなりいます」

かってはТ顕子もたばこを吸っていた。彼女がたばこをやめたのは、和彦の死後数年たってからである。多少ゆとりをとりもどしたところで、女の肌を荒らす喫煙がいとわしくなったのだった。いつ死ぬにせよ、彼女はきれいな肌を保ったまま死にたかった。早くにたばこと縁を切ったおかげで、顕子は老いを間近にひかえたいまも、喫煙者に特有のくすんだ顔色にならずにすんでいた。

犬はテーブルのかたわらで、前肢に顔をのせて寝そべっていた。かまってもらえないのが不服なのか、ときどきすねたように鼻を鳴らした。男は顕子の目のうごきを追うように犬を見やると、顕子の顔に視線をもどした。

「アキコはいくつかの面を見せてくれたよ。ドライヴの最中は、十五歳の少女のようにいきいきしていた。この家に来てからの話はよそう。最も印象的なのは、グラナダで出会ったときのアキコだ。物静かで礼儀正しく、そのくせ、存在感の稀薄《きはく》な女だ。わたしは、あのときのアキコの雰囲気に似た男を知っている。アキコほど優雅ではないがね」

けさになって気がついた。アキコの苦しそうな寝顔を見ているうちに、ふと、そいつのことを思いだした、と男は語りつづけた。

「事情があって、死にたくなったやつの話だ。車をぶっとばして、ガードレールにぶちあたれば一巻の終りだからな。まあ、発作的な自殺行だ。周囲に心配する者たちがいて、そいつは死なずにすんだのだが、その後も死を考えなかったわけではない。とくに、グラナダあたりでひとりで飲んでいるときはな。胸に深い空洞を持っているやつの態度は、おおむね静かなものだよ。酒を呑んでも声を荒げることもない。羊よりもおとなしくグラスをあけ、チップを置いて、さりげなく店を立ち去る。そいつが姿を消すと同時に、誰もがそいつをわすれてしまう。そんな男だったな」

顕子は、話の途中から息をつめていた。どうやら男は、彼自身の過去を話したようであるが、顕子の旅の目的に勘づいているように思えてならなかった。顕子には帰国の意志はなかった。他国で生を終えるつもりで、成田を発《た》ってきたのだった。

他国での死、陽光のまばゆい南国での死、つめたい海霧とは無縁の乾いた土地での死。それは、湿原での自死をあきらめたのちに彼女の胸中にしのび入り、しだいに明確になった目的であった。だからこそ顕子は、この家から去らねばならなかった。

男が口調をかえてたずねた。

「アキコ、よもや物騒なことを考えているのじゃあるまいね」

「もう一度、おっしゃってください」

顕子は相手のことばを理解できなかったわけではない。すこしでも間をとって、動揺をしずめたかったのである。

「なんどでも言おう。死ぬ気があるのかどうか聞いたんだよ」

「冗談ではありません。死ぬ気なんて、まったくありません」

「たしかかね」

「ええ。わたしは単なる旅行者です。少々疲れていましたので、ぼんやりしたくて、アンダルシアへ来たまでです」

「それで、山ほどジプシーから紙ナプキンを買い込んで、バッグをとられたわけか。コニャックをがぶ飲みしたあげく、その体をわたしに投げだしたわけか」

顕子の口もとがふるえた。恥と口惜しさとで涙が出かかった。

「アキコ」と男がテーブル越しに彼女の両手をとった。「わたしは真底アキコをおもっている。おもう相手を案じるのは当然だよ。アキコ、死ぬ気がないということばが本当なら、この家にとどまってくれ」

顕子は、なにを聞かされたのかと思った。

「疲れているなら、ここほどよいところはない。空気は新鮮だし、愉快な連中も大ぜいいる」

顕子は、とまどいながらも計算をめぐらした。彼女は観光客として入国したので、あと三ヵ月近くはこの国に滞在できる勘定になる。なにも死にいそぐことはないのだし、ミゲル・ゴンサレスという男は愚鈍でないうえに、一徹者らしい面もある。彼をなっとくさせるのは容易ではなさそうだった。きょうのところは、男のことばに従ったほうがよさそうだった。

「アキコ、この家にとどまってくれ。わたしのそばからはなれんでくれ」と男がくり返した。

「セニョール、わたしは疲れました。寝室に引きとってもよろしいでしょうか」

「そのほうがよい。わたしはしゃべりすぎたようだ」

男は腰をあげると、顕子を抱き寄せて、いとおしげに彼女の髪に頬をすり寄せた。

「昼めしにはペペのおふくろがスープをとどけてくれる。テレサのコンソメは、アンダルシアでは最高のコンソメだ。アキコもテレサのスープを飲むと元気になる」

その日の夕方、顕子はミゲルの車でグラナダへおもむいた。まず、レンタカーを市内の会社に返し、タクシーでホテルに引き返して支払いをすませ、荷物をミゲルの車のトランクにおさめて、ふたたび集落へ向かった。レンタカーの運転もミゲルにまかせたので、ふたりは終始いっしょだった。

前日とちがって、この日ミゲルは、往復ともにコルドバ街道を利用した。一刻も早く、顕子をグラナダから引きはなそうとしているようだった。

レンタカーなぞ、その気になればいつでも借り出せるものである。顕子は、ぼんやり行手に目を投げていたが、ときたま肩先がミゲルの腕にふれると、筋肉の感触がよみがえって、ぎくりとした。陽はまだ高く、コルドバ街道は白い河のように遠方へとのびていた。

波

I

グラナダのホテルを引きはらわせて、顕子を集落につれもどした夜もミゲルは彼女を抱いたのであるが、ふたりにとって、実質上ちぎりをむすんだ夜となった。

前夜の顕子は酔いすぎていて、ミゲルの愛撫《あいぶ》にも性のまじわりにも反応を示さなかった。彼を受け入れたとき、顕子は日本語で短く叫んだ。ミゲルには意味不明のことばであったが、喜悦の叫びとは思えなかった。するどい声音から推して、嫌悪《けんお》か苦痛の叫びのようだった。先に衣服をぬぎだしたのは顕子のほうにせよ、ミゲルは女を犯したようなあと味のわるさをぬぐいきれなかった。木彫の女を抱いたようでもあった。

顕子には不審な言動が多く、彼女を野放しにできかねたのは事実であるが、ミゲルは顕子と性のよろこびを共有したかった。このままわかれては、下心があって集落へともなってきたと女は受けとるかもしれない。ミゲルにとっては心外ななりゆきであって、いささか強引にことを運んだのである。

グラナダの顕子の宿泊先は、こぢんまりした三ツ星のホテルであった。ビブランブラ広場と比較的近いあたらしそうなホテルである。なるほど、ここなら毎日でもビブランブラ広場に通える、とミゲルは感じ入ったが、三ツ星のホテルとは意外であった。グラナダには五ツ星のホテルはないのだけれど、顕子の物腰ひとつをとっても、ミゲルは彼女が四ツ星のホテルに泊っているものと思いこんでいたのだった。

帰宅後、たずねてみると、四ツ星のホテルは団体の観光客がはいるので、利用する気になれなかったそうである。日本の旅行社では三ツ星のホテルの予約を行わないので、顕子はマドリードの観光案内所でホテルのリストをもらい、グラナダのホテルに電話を入れて部屋をとったとの話だった。

「いざとなれば、オスタルでもかまわないと思っていたのですが、運よくあのホテルに泊ることができました」

「安宿も客が多いよ。若い旅行者が利用するからね」きのうのアメリカ人も、おそらくオスタルかペンシオンに泊っていたろう、とミゲルはつづけて、マドリードでの顕子の宿舎をたずねた。

「やはり、四ツ星を敬遠したのかね」

「はい。リッツに泊りました」

リッツと名がつくホテルは、バルセローナにもあった。バルセローナでは最も格式の高い五ツ星のホテルである。同名の首都のホテルも最高級の宿にちがいない。顕子のグラナダの宿は、三ツ星の小ぎれいなホテルであったものの、彼女はリッツに泊りながら安宿への投宿まで考えていたことになる。奇妙といえば奇妙であったが、ミゲルは彼女が、単に団体客でざわつくホテルを避けたような気がした。

ミゲルが顕子のことばを額面どおり受けとったのは、それなりの根拠があった。顕子の荷物である。

荷物は二個あった。サムソナイトの頑丈そうな鞄《かばん》と、革のボストンバッグの二つである。サムソナイトと気づいたのは、アントニオがおなじ鞄を持っていたからである。中世イスラムの研究者でもあるアントニオは、ひまをみては国外へ出かけていた。モロッコもトルコも油断はできない。鞄を開けたやつはがっかりするでしょうが、ぼくにとっては貴重な資料ですからね。この鞄なら安全ですよ、とアントニオは笑いながら話したことがある。

顕子のサムソナイトは、アントニオのものより大型だった。顕子は外国旅行の経験があるのか、新品の鞄ではなかった。青みがかったグレーの鞄である。ボストンバッグは女でも持ち歩けそうな大きさだった。しっかりした造りのバッグで、ショルダーバッグとおなじく上質の品と知れた。自殺の計画を秘めた女が、これだけの荷物を持って旅に出るとは考えにくく、ミゲルは胸を撫《な》でおろして集落へもどったのである。サムソナイトは車つきのうえに、上部の片がわに取っ手の輪があって、苦もなく集落の坂道を引いて登ることができた。

ミゲルは、顕子の荷物を寝室に運び入れた。彼は女へのおもいをつたえてあったのだし、顕子もそれを承知で寄宿に同意したのだから、別室をあたえてはかえって不自然だった。それに、ミゲルの寝室には顕子の荷物を収納できる家具もあった。母の遺品の簞《たん》笥《す》も、大きな洋簞笥も、三分の二はがらがらなのである。古めかしいドレッサーもあった。

ミゲルは、空いている引出しや洋簞笥をあけてみせて、好きなように使うように言いおいて寝室を出たのだけれど、顕子は疲れたのか、彼といっしょにサロンへもどって、ホテルの話になったのである。コーヒーを飲むかとたずねると、顕子はことわった。

「気がむいたら荷物を片づけなさい。まだ七時だからね。のんびり片づけるといい」

昼食が二時ごろなので、夕食は九時前後にとる習慣である。荷物を片づけたなら、シャワーを浴びるようにすすめると、ようやく顕子は寝室へ引き返した。

夕食には、前夜顕子と酒を飲んだ部屋を使った。本来は食堂なのであるが、ひとり暮しをはじめてからは、居間のおもむきを呈した部屋となった。大家族の食堂であったから、居間と兼用しても充分な広さがあった。煖炉《だんろ》の前のソファも、籐《とう》製のスツールや小卓も、マリアの見立てで買い求めたものである。電話もひとすみにあった。就寝前に彼は、この部屋でコニャックをすすりながらテレビを見る。ミゲルが大きな食卓につくのは、泊り客の多いオリーブの収穫期にかぎられていたが、いかにおもいびととはいえ、台所で顕子と夕食をとっては礼を失することになりそうだった。

食事どきになると、ドアをノックして、顕子が部屋にはいって来た。薄地のニットらしいオフ・ホワイトのワンピースに着かえていた。サングラスはかけていなかった。シャワーを浴びたせいか、顔にも生色がもどって、白い花がふわりと目前に出現したようだった。ミゲルは思わず顕子を抱きしめた。

「きれいだよ。アキコはワンピースのほうがよく似合うよ」

衿《えり》なしで、前ボタンの長袖《ながそで》のワンピースである。袖口にも飾りのボタンが並んでいたが、小さなボタンは玉虫色にきらめいて、シンプルでありながら、はなやいだ感じの衣《い》裳《しょう》だった。

「アキコは、じつに洗練されてるね。バルセローナでもアキコのような女性は見かけなかったな」

どういうわけか、バルセローナは美人の少ない街だった。服装はあかぬけているように見えたが、古くからの貿易港であり、フランス国境の近くであれば、少々服装がしゃれているのも当然である。ひいき目ではなく、アンダルシアには美人が多いのだけれども、彼女たちのほとんどは、はでな色柄の服をこのんだ。黒髪に黒い瞳《ひとみ》の多いアンダルシアの女には、それも似合わなくはなかったものの、あかぬけているとは言いがたかった。ミゲルの見知っている女の中で、服装から会話まで洗練されているのは、アリシアひとりくらいのものである。イネスの顔がよみがえったが、彼は反射的に、ふたたび顕子をかき抱いた。

腕をとくと、ミゲルは顕子をうながして食卓についた。ミゲルが主人の座につき、角をはさんだ横の席に顕子をすわらせた。

夕食は軽めにすませる習慣なので、料理の皿数は少なかった。ハムと茹《ゆ》で卵入りのスープにトマトとオリーブ漬のサラダ、あとはパンとチーズである。ミゲルは、よっぽどワインぬきの夕食にしようかと考えたのであるが、自宅で顕子といっしょに食事をとるのははじめてであり、彼自身ワインがほしくて、デカンターに酒を用意した。

「アキコには一杯だけだ」と、ミゲルは顕子のグラスにワインを注ぎながら言った。

「一杯では足りません」と顕子が言った。

「二日酔いのあとは飲みたくなるものだよ。わたしにもおぼえがある」

顕子の定量は、ハーフ・ボトル一本ではやや多いそうである。彼女は昼食にコンソメを飲みはしたが、口にした固形物といえば、グラナダへ出かけるまえにディエゴの店で食べたふた切れのカナッペだけである。空腹であるはずなのだが、料理にはあまり手をつけなかった。オリーブとトマトは気に入ったとみえ、ワインをすすってはオリーブ漬かトマトを食べていたが、サラダだけでは栄養がとれない。パンとチーズも食べなければ体によくない、とミゲルが注意すると、顕子は多少酔いがまわったのか、口うるさい父親みたい、と小声でからかった。

「父親か。どうせなら亭主と言ってほしかったね」

「ほんとうはセニョールですもの」

ドミンゴがドアの外でさわいでいた。吠《ほ》えたり、ドアに体をぶつける音がした。ミゲルがひとりで寝酒を飲むときは、ドミンゴもこの部屋に入れるのであるが、客と食事をする場合は入れないようにしていた。顕子は犬を入れたがったが、ミゲルは躾《しつけ》が大事だと言って、ドミンゴを放っておいた。顕子は犬をあわれんで、それじゃ、あすからは夕食も台所でとろう、ふたりで大きなテーブルにつくよりは、ドミンゴもまじえて食べたほうが楽しいはずだ、と言いだした。

ミゲルは、よろこんで承諾した。グラナダから引きあげた以上、顕子は少なくとも半月やそこらは滞在してくれるものとみていたのであるが、いまのことばで彼の予想は適中したのも同然だった。

食後のコーヒーを飲み終えると顕子は、自分がベッドにはいってから寝室に来てほしい、とたのんで部屋を出て行った。ドミンゴがどっちへ行こうかというふうに入り口で迷っていたが、食べ物の匂《にお》いにひかれて部屋にはいって来た。おまえの食堂は台所だよ、とミゲルは犬に声をかけながら食器をさげると、顕子の残したパンとチーズを犬にあたえて、食器を片づけだした。

居間にもどると、ミゲルはソファに腰をおろしてたばこに火をつけたが、ふと、気がついて窓ぎわに立った。パティオにのぞんだ窓である。パティオを中心にした家屋なので、窓ぎわに立つと寝室の窓が見えるのである。

食事中に日は暮れて、パティオも夜の暗さにかわっていた。闇《やみ》の中でほの白くしずまっているのは、無花果《いちじく》の太い幹である。ミゲルが幼少時から見慣れている古木である。無花果はパティオのなかほどにあって、すこしはなれて池の水面が黒くきらめいていた。

池の向こうに、灯火のにじんだ窓がひとつあった。ミゲルの寝室である。カーテン越しにもれる灯の色はみずみずしくて、天井の電灯らしかった。ミゲルが食器を片づけていたとき、浴室のドアを開閉する音が聞こえたから、顕子は寝仕度の最中なのかもしれなかった。

居間にはパティオに出るドアもあった。就寝まえにミゲルは、ドミンゴをパティオに出して小用をさせる習慣だった。この夜も犬をパティオに出したが、寝室の灯火は薄暗くなっていた。星空なのか、闇の中にも光の粒子がちりばめられているようで、まがりくねった無花果の枝までなまめいて見えた。

ミゲルは寝室に向かうと、一応ドアをノックして中にはいった。枕《まくら》もとの電気スタンドひとつがともされ、顕子は目の下まで毛布を引っぱりあげていた。近づいて、ひたいにくちづけようとすると、顕子は彼を避けるように、毛布をさらに引きあげた。窒息するよ、と声をかけたが、返事はなかった。ゆうべは酔いどれで、今夜は抵抗か、とミゲルは内心嘆息をもらして衣服をぬぎはじめた。相手は、男の裸体なぞ見るのもごめんだと言わんばかりに、毛布の下でくるりと背を向けた。

ミゲルがベッドにはいるやいなや、顕子はさっと腕をのばしてスタンドのあかりを消した。じつにすばやい動作であった。ミゲルがおどろいたのは、単にあかりを消されたためではない。なんと顕子は、パジャマを着てベッドにはいっていたのである。しかも、ズボンまでしっかりはいていた。

この国では共寝のまえに、パジャマ姿で男を待つ女はいない。身につけるものといえば、キャミソール様の薄っぺらな寝衣一枚のみである。夫婦やなじみの女ともなれば、双方ともに裸形でベッドにはいるのがふつうだった。

顕子は、まだ、なじみの女とは言いかねた。きのう出会ったばかりの女であった。そういえば顕子は、前夜もシュミーズをつけたままベッドにはいった。パンタロン用のものなのか、体に密着した短めのシュミーズで、ミゲルは手こずってぬがせたのだけれど、今夜はパジャマというわけだった。

「日本では男と寝るときもパジャマを着るのかね」と、ミゲルは顕子のまぶたや頬にくちづけをしてたずねた。

ひとさまざまだろう、というややそっけのない声が返ってきた。それから顕子は、硬さをときほぐすようにミゲルの肩に頬をもたせて、わたしは子どものころからパジャマを着てやすむ習慣である。セニョールと寝るのははじめてのようなものなので、きちんとした身なりで待っていたかった、と説明した。

顕子のことばは、ミゲルの耳に新鮮にひびいた。

「礼儀や羞恥心《しゅうちしん》は大切なものだよ。わたしは、このとおり裸だがね」

それも習慣なのだ、と彼は知らせた。スペイン人の男は、ひとりでやすむ場合も、たいていは素裸になる。一切身につけないほうがらくなのである。ミゲルがパジャマを用いるのは、娘夫婦の家か、グラナダのペンシオンに泊るときくらいのものだった。

顕子は、ミゲルにうながされるままにパジャマのボタンをはずしだしたが、彼がズボンの胴まわりに手をかけたとたんに、女の手のうごきがとまった。

「自分でぬぎます」

緊張感のこもった低い声だった。体もこわばっていた。女はおびえているのだった。

昨夜は羞恥もおびえもわすれるほど酔っていたが、いまはしらふと言ってもよかった。

そのうえ相手のミゲルは、人種のことなる男だった。パジャマにこだわるような女が、西欧の男と性交渉の経験があったとは考えにくかった。彼女がヨーロッパの男と寝るのは、おそらくはミゲルがはじめてなのである。

ミゲル自身が、人種の差異を感じたのは、顕子の裸体にふれてからである。細身の女とは知っていても、裸になると、いかにもか細かった。うっかり力をこめては折れそうであったが、意外にもしなやかな体だった。骨張ったところはまったくなかった。乳房はミゲルの片手にすっぽりはいるほど小さかったが、弾力もあり、かたちもよさそうだった。乳首も小さくて、若い娘のそれのように愛らしかった。

なによりもミゲルが驚嘆したのは、顕子のなめらかな肌である。胸も腹も背も、太腿《ふともも》と内股《うちまた》も、ことごとくなめらかである。年を経るにつれて、皮膚がざらつきぎみになるヨーロッパの女とはべつの肉体だった。

顕子は声を立てまいとしていた。彼女は前夜の女ではなかった。体のうごきやミゲルの背にかけた両手の指先に加わる力で、充分に感応しているのが感じとれた。女はまた、肉体の奥に緊密な闇をかくし持っていた。ミゲルは吸いとられ、手足のすみずみまでしびれるような悦楽につらぬかれた。

呼吸がおさまったあとも、ミゲルは、なかば呆然《ぼうぜん》としていた。これほどしなやかでやさしく、魔力を秘めた女を抱いたのははじめてである。イネスともちがうし、他のいかなる女ともちがった。夢のような女だ、とミゲルは心中でつぶやいた。

ミゲルの唯一《ゆいいつ》の不満は、顕子がついにあかりをつけさせなかったことである。わたしは年をとっているから、絶対に体を見てはならない、と彼女は言い張った。アキコが年をとっているって？　かりに四十歳でも、女であれば若さを失ったと感じるかもしれん。そう思って、ミゲルは顕子のことばにしたがったのだった。

顕子は、彼のかたわらで静かに横たわっていた。パジャマを着るかとたずねると、いえ、と短く答えた。ミゲルは顕子を抱き寄せて、愛のことばを繰り返しながら寝入ったのである。

ミゲルは朝が早い。季節によって差はあるが、いまじぶんなら五時には起きだす習慣である。顕子と抱き合った翌朝は少々寝すごしたものの、それでも六時まえには起きだした。

顕子は、寝息も立てずに眠っていた。寝込みながらも寒さを感じたのか、あごまで毛布をかぶっていた。高原の集落なので、明けがたは気温がさがるのである。ミゲルは顕子を起こさぬように気をくばりながら、手早く衣服を身につけて寝室をしのび出た。

起きぬけに畑へ出るのは、ミゲルの大事な日課であった。農閑期であっても、毎朝きまって畑に足をはこんでいた。自家用の野菜を取入れるにしても朝のうちがよいのだし、オリーブ畑を見まわるのも朝のたのしみになっていた。

この日は、籠《かご》を抱えて畑に向かった。トマトと空豆とレチューガを採ってくるつもりだった。トマトも空豆も顕子の好物のようだから、空豆はベーコンと炒《いた》めて昼食の主菜にする予定だった。炒め物ならミゲルにも簡単にできる。トマトとレチューガはサラダ用である。

ドミンゴが跳びはねるような足取りで、ミゲルと前後してついて来た。ミゲルの在宅中、ドミンゴはどこにでもついてくるのだった。ただし、発情期をむかえると、気づかぬうちに姿を消してしまう。いずれは大きな垂れ耳の仔犬《こいぬ》が集落のどこかで産まれるのではないか、とミゲルは考えていたが、まだコッカー・スパニエルの特徴をそなえた仔犬は見かけなかった。

「おまえ、嫁さんは見つからんのか」ミゲルは畑にはいりながら犬に話しかけた。「ふられる一方か。しっかりしろよ」

自家用の野菜畑は、集落に最も近い位置にあった。秋野菜の蒔《まき》つけが少々残っていたので、まず人参《にんじん》と蕪《かぶ》の種を蒔き、つぎに空豆の畑に移った。空豆の食べごろも、あとわずかである。固くなりかけた莢《さや》が多かったが、彼は若そうな莢をえらんでナイフで摘みとりだした。

トマトも採って顔をあげると、オリーブ畑の中をたどって近づいてくる人影に気づいた。ミゲルの畑に無断ではいりこむ人物は、ひとりだけである。ひしゃげた帽子をかむった小柄な男。案のじょう、ペペだった。

わるいやつが来たものだ、とミゲルは思った。きのうの朝、ミゲルはペペの家に行って、泊り客が体調をくずしたのでコンソメを作ってほしい、とテレサにたのんだ。玄関先での依頼で、ペペも顔をだし、女だろうとからかいぎみにたずねた。客だ、とミゲルはしらを切った。顕子との仲は、どうなるのか知れたものではなかったから、いかに親友でも事実を話す気にはなれなかった。

ペペは、泊り客が東洋系の女であり、昨夜もミゲルの家に泊ったことに勘づいているに相違なかった。なにしろミゲルは、顕子とつれだってサムソナイトの鞄を引き、集落の坂道を登ったのである。ふたりは、集落の誰かれに見られているのだった。

ドミンゴがペペに向かって、まっしぐらに駆けて行った。ひとなつっこい犬であったが、とりわけ、ミゲルの留守中に面倒をみるペペの家族にはなついていた。

ペペは、ドミンゴとたわむれながらミゲルを待っていた。野菜畑に近いオリーブの木《こ》蔭《かげ》である。ペペも野菜を採ってきたのか、かたわらの切り株に籠を置いていた。

ペペはミゲルが近づくと、いたずらっ子のように、くるりと目をうごかした。

「おまえ、鏡を見たか」とペペが聞いた。

「見るものかね。おまえとおなじで、まだひげもあたってないよ」

「おてんとうさまのような顔だぜ。ひかり輝いている。口笛まで吹くとはな」

「口笛なぞ吹かんぞ」

「知らずに吹いてたのか。首尾は上々というわけだな」

　こんなことを言われそうな気がしていたのである。そのとおりだ、上々を上まわる首尾だ、とミゲルは言い返した。

「日本人の女だそうじゃないか」とぺぺは真顔になった。

「誰に聞いた」

「ディエゴさ。おとつい、おまえはディエゴの店で女と晩めしを喰ったろう。ディエゴは、おまえのひとめぼれだと見ぬいていたよ。ひとめぼれしてもおかしくないセニョーラだそうだな」

「ディエゴが口の軽いやつとは思ってもいなかったぜ」

「軽いものか。あいつの口をひらかせるのは容易なことじゃない。相手がおれだから話したんだ。まだ色々と話してくれたぜ」

　ディエゴは、おそくに店を閉めるから、広場にミゲルの車があれば、女は泊ったと見当がつく。ミゲルは、顕子といっしょに二度ディエゴの店に寄ったのであるが、二度目は長居をしなかった。ミゲルは気がせいていたし、顕子は食欲がなく、ディエゴともろくに口もきかずにグラナダに向かったのである。泊ったとしても、ミゲルはひじ鉄をくらったのではないか、とディエゴが案じていると、またまたふたりはもどって来た。しかも大きな荷物を持っていた。あのふたりはどうなっているのか、とディエゴは首をひねっていたそうである。

「ディエゴは職業をまちがえたんじゃないか。お巡《まわ》りになるべきだったよ」とミゲルは言った。

「ばかを言え。いまのおまえの顔をみたら、ディエゴも胸を撫《な》でおろすだろうよ」

おまえは、この五年間、暗い顔も見せずに畑仕事に精をだしてきた。おれが手を貸したにしろ、しょぼくれたオリーブ畑に息を吹きこんだ。見ろ、とペペは周囲の木々に目を放って、おまえをきらっている男がいるとすれば、よっぽどのへそまがりだ。中国人であれ、日本人であれ、おまえに恋びとができたと知れば、ここの男どもは、やっかみ半分にせよ祝福するはずだ、と言ってペペは口調をかえた。

「彼女とはグラナダで逢《あ》ったのか」

「うむ」

ミゲルは、ざっと顕子と知り合ったいきさつを知らせた。

「観光に来たのか」とペペがたずねた。

「観光かどうか知らんが、ひとり旅の女だ」

「してみると、いずれはくにに帰るわけだな」

「そういうことになるんだろうな」

「おまえ、なんでここらの後家さんを相手にしないんだ。おまえに色目をつかっている後家さんは、ひとりやふたりじゃないぞ。しかし、野暮ったい後家さんではな」

最初の女房が、と言いかけて、ペペはあわてて口をつぐんだ。

「おまえの言うとおりだろうよ。イネスはグラナダの看護婦だった。おれもあの街ではたらいていたしな。めぐり合わせと言うほかはあるまい」

「すまなかった」

ペペは、ひょいと切り株の上から籠をとりあげると、茄子《なす》を二個、ミゲルの籠に移し入れた。つややかな紺色の大ぶりな茄子である。

「そいつを揚げて彼女といっしょに喰え」

「そうしよう。おれの畑にも茄子はあるが、これほど立派じゃない」

ペペはミゲルと並んで集落へもどりかけたが、ふと足をとめた。

「ミゲル、あんまり深入りするな。相手は旅の女だ。日本のセニョーラには気の毒だが、適当にたのしんでおけ」

「わかった」

ペペの心配もわからなくはなかったけれど、すでにミゲルは顕子とはなれがたいおもいにとらわれていた。

Ⅱ

顕子は、サングラスをかけてパティオに出ると、池を前にしたベンチに腰をおろした。ミゲルの祖父の手造りだという樫材《かしざい》のベンチは、背もたれの横板が三枚渡してあって、固いながらも息ぬきには手ごろな腰かけだった。

いっしょにパティオに出たドミンゴが、ひとつ大きなあくびをすると、顕子の足もとで四肢を投げだして横になった。この国の犬は、シエスタの時間になると眠くなるものらしい。午後のひととき、ドミンゴはきまって顕子のそば近くで眠るのである。

土曜日の昼食後である。顕子がこの家に身を寄せて、早くも四日目をむかえていた。

この三日間、顕子は一歩も屋敷の外へ出なかった。ミゲルがオリーブ畑やのろし台にさそっても、そこまで足をのばす体力も気力もなかった。長年、ひとり寝をとおしてきたのに、快楽におぼれてしまったのだった。それも、ひと晩ですんだわけではない。顕子は、夜ごとミゲルと抱き合っていたのである。散歩すらおっくうになったのも当然であった。

さいわいにも、この家にはパティオというものがあった。顕子の目測では、五十坪はありそうなパティオである。ミゲルの家の中では最もひろやかな空間であって、そこに出さえすれば、手軽に外気にふれることができた。

ミゲルは午前中に買出しに行く。坂下にパンや食料品のほかに日用品も置いてある店があって、食品を買ってくるのである。冷凍庫や地下室にもなにやら食料のたくわえがあるようであったが、ミゲルは献立に頭をなやませていて、買出しを欠かさなかった。

「アキコも行かんか。好きなものをえらべる」

「お野菜と生ハムがあれば充分です」

男と寝た翌日の午前中に、集落の人びとと顔を合わせるのは気はずかしかった。やむなくミゲルは、ひとりで出かける。少なくともパンとミルクは毎日買って来た。

調理にかかるのは昼すぎである。朝食はカフェ・コン・レチェ、つまりミルクをたっぷり入れたコーヒーにパンというすこぶる簡素なものであり、夕食の皿数も少なかったが、この国では、たっぷり昼食をとるならわしだった。したがって、調理についやす時間も長かった。

顕子はミゲルが台所に立つと、パティオに出るようにしていた。調理を手伝うとミゲルもよろこぶであろうが、そうはしなかった。彼女は、この家に長居をするつもりはなかったから、できうるかぎりミゲルの生活の中に立ち入るまいとしていた。食器ひとつ洗わなかったし、ガス台はむろん冷蔵庫にも近寄らなかった。パティオでドミンゴの相手をしているほうがましであった。

シエスタの時間も似たようなものだった。ミゲルは、かならずシエスタをとる。農繁期は作業小屋で午睡をとっても、自宅でやすめる場合はベッドにはいるように心がけていた。そう知らせて、顕子にもシエスタをとるようにすすめたが、彼女には午睡の習慣はなかったし、ミゲルのように早起きでもなかった。

「セニョールより三時間もおそくに起きたんですもの。朝食は先に召しあがってください」

「そうするよ」

朝なんぞ好きなだけ寝ていたほうがよい。無理をして、こちらの生活のリズムに合わせる必要はない、とミゲルは笑って、顕子の髪をやや乱暴にかきまわした。

「アキコはいったい、いつになれば、わたしの名を呼んでくれるのかね。われわれはもう他人ではないんだよ」

「はい、ミゲル」と顕子はおどけた。

「ふざけちゃいかんな」

「はい、セニョール」

「アキコは、わたしをじらすのが好きなようだね。かわいいが、にくい恋びとだ」

きのうの、シエスタまえのやりとりである。ふたりのあいだには、たがいの肉体になじみはじめた男女のあまさがかもしだされていたようである。顕子は、性の深みに陥るのもおそろしかったが、双方の心の接近を警戒していた。早晩わかれる相手である以上、距離を置いて接していたほうが無難であった。

顕子は、ミゲルとの語らいにも気をくばっていた。故国のさまざまな話をしても、個人的な事柄にはふれない。ミゲルも強いてたずねなかった。彼は、顕子の気持が自然にほぐれるのを待っていた。彼のほうがよく話し、よく笑った。ミゲルは、顕子に夢中になってはいたが、忍耐強く、勘もするどい男のようだった。ミゲルが寝室に引きとる午後のひととき、顕子は解きはなされたようにほっとして、パティオのベンチにもたれた。

パティオは森閑としていた。風もなくて、無花果《いちじく》の大きな葉はそよともうごかない。顕子は、グラナダの町なかのホテルに泊っていたので、無花果を目にするのははじめてだった。パティオそのものも知識として頭にあっても、実際に知ったのはミゲルの家に逗留《とうりゅう》してからだった。

ミゲルの話によると、集落の家々は、おおむね大なり小なりパティオを内包していた。外壁によって夏の暑熱を遮断し、外気をパティオから取りこむこの地方の建築様式である。ミゲルの家も外部に面した窓は、小窓といってよいほど小さかった。パティオをかこむ窓のほうが大きめである。

ひとすみに、洗濯物をかけるビニールのロープが張り渡してあった。いまは使われなくなった古井戸は、蔓《つる》バラにおおわれていた。ミゲルの母が丹精したバラである。パティオは物干場となり、夏の憩《いこ》いの場になるとも聞かされた。居間の前はテラスふうに石が敷きつめられ、頑丈そうな木のテーブルが据えられていた。煉瓦《れんが》を積みあげた竈《かまど》らしいものもあった。そこから四角な敷石が古井戸や池の周辺へと、とびとびにつらなっている。ミゲルが除草剤を撒《ま》くので、雑草は目につかない。乾いた赤土や敷石の上に、無花果の樹影がくっきり落ちていた。

長方形の池も石でふちどられていた。涌《わ》き水を利用した池で、捌《は》け口があるのか、水は澄んでいた。

顕子が腰をおろしているベンチは、池と無花果をはさんで居間をのぞむ位置にあった。寝室はベンチの背後である。顕子は、寝室の窓がカーテンでおおわれるのを見とどけて、パティオに出たのだった。

シエスタの場合も、ミゲルは素裸でベッドにはいるのであろうか。顕子はミゲルの裸体を目にしてはいなかったけれども、それがいかなるものなのか、否応《いやおう》なく知らされていた。

顕子がこれまで性のかかわりを持った相手は、和彦と純のふたりであるが、当然のことながら、ミゲルの肉体は彼らとちがっていた。胸はいうまでもなく、腕や脚も体毛におおわれていた。意外であったのは、体毛のやわらかさである。小鳥の柔毛をおもわせる体毛であった。ふんわりと厚い胸毛にふれるたびに、顕子はめまいに似た心地よさをおぼえた。

体毛の多い肉体はまた、贅肉《ぜいにく》もついていなかった。胸は厚く、腹部も手足の筋肉も引きしまっていた。衣服をつけたときのミゲルを見ても、腰高で肩幅があり、日本人の男とはことなる体型だった。

顕子は、純を思いださずにはいられなかった。あごも頬もたるみ、腹が突きでてしまった純。金ができたころから、純は肉がつきはじめた。やせぎすの美青年であっただけに、純の外観の変化は目をそむけたくなるものがあった。あとひと月で純も五十五歳になるから、ミゲルと同年なのであるが、ふたりの差は大きすぎた。一方は、しまりのない太りぎみの男であり、一方は無駄のない筋肉質の男である。この差は、人種の相違がもたらしたものばかりとは思えなかった。ミゲルの場合は体質による面もあるのかもしれないけれど、それぞれの歩みが、ひとりをみにくくし、ひとりは男の特質を失わずにすんでいるように思われた。

ベッドの中でのミゲルは、とくに技巧にはしるわけではなかったけれど、積極的であり、かつ大胆であった。そういうところは、ミゲルもラテンの男であった。あかりなぞなくても、ミゲルは顕子の体のすみずみまで知りつくしたにちがいない。顕子は、圧倒的な男の力感にくだけちり、快楽の小暗い淵《ふち》に落ちこむのがつねだった。

池を見おろしていると、きまって目に浮かぶ場所があった。札幌市内のホテルの中にあったプールである。更衣室から出ると、湿気をふくんだ温気《うんき》が肌にまとわりついた。プールの水は、たえず環流されているらしく、清潔そうにきらめいていた。プールサイドにはビニール張りの椅子《いす》が配され、サウナもあって、設備のととのった会員制のプールだった。

寒冷地の釧路で育った顕子は、泳ぎを知らなかったのであるが、水泳をおぼえたくてプール通いをはじめたわけではない。顕子は肉のつきにくい体質であったが、運動不足であり、五十代になっていたから、体型がくずれる懸念《けねん》があった。また、ひとりで国外へ旅立つとすれば、体力も保持しなければならない。つまり、他国での死をねがいだしてからのプール通いであった。

顕子は週に一、二度、午後からプールに出かけた。日中であったから、泳ぎにくるのは女ばかりである。皮膚のたるみ加減からみて、七十歳をすぎているとおもわれる老女もいたが、大半は四、五十代の女だった。ろくに泳ぎもせずに、プールサイドで無駄話にふける女たちもいた。水着姿の気やすさからか、性にかかわる話が耳にはいる折もあった。閉経後の性交渉には痛みがともなうとの話を耳にしたのも、プールでのことだった。顕子が、ようやく水になじみはじめた時期であった。

そのとき顕子は、二十五メートルのプールを五往復して、プールのはずれのロープにつかまり、息を入れていた。プールサイドで話しこんでいたふたりの女は、大声ではないにせよ、声をひそめてはいなかったから、いやでも会話は耳にはいった。五、六年まえのことになるが、いまだに顕子は水着姿のふたりの体型をおぼえている。

苦痛をうったえていたのは、胸の薄い貧弱な体つきの女だった。聞き手は対照的な肥満体で、胸から腹にかけて盛りあがった肉が段をなし、太腿《ふともも》は象の脚ほどもあるように見えた。ふたりながら顕子と似た年ごろの女だった。太った女は股《また》をひろげて椅子にもたれ、たばこをくゆらせていたが、話し手が大げさに顔をしかめ、それでも多少うれしげに、夫は月に二回もベッドに引きずりこむ、こっちの身にもなってほしい、とぐちると、塩辛声で応じた。

「ゼリーを使うといいのよ。それで、天国に登れるかどうかは保証のかぎりではないけどね」

顕子は、水を蹴《け》ってプールサイドからはなれた。滝にでも打たれたい心地がした。顕子は閉経前であったから、よけいふたりのことばにうとましさを感じたに相違ない。プールの水は青くきらめいていても、室内プールの空気は、女たちの嫉妬《しっと》や生ぐさい体臭でよごれていたように思い返される。

プールに引きかえ、カルチャーセンターのスペイン語教室にはこころよい緊張感があった。顕子は、スペイン語の個人教授を受けるまえに、カルチャーセンターのスペイン語教室に通ったのである。個人教授を受けたのが二年間なら、カルチャーセンターに通ったのも二年間である。それ以前からラジオのスペイン語講座を聞いていたが、わずか二十分の講座では頭にはいりにくく、無精をする日もあって、カルチャーセンターでまなびだしたのだった。

カルチャーセンターの授業は週に一回であったが、おそわる時間は、たっぷり二時間もあった。受講者の中に会社員ふうの男性もいたのは、土曜日の午後であったためであろう。講師は中年のスペイン人女性であった。

受講者は老若男女さまざまであったが、スペイン旅行の経験があるなしにかかわらず、スペインという国に心ひかれ、スペイン語をまなびだした者が多かった。まなびたいという意志を持った受講者のあいだに、だらけた空気が生じるはずはなかった。

他国の言語を身につけるのは、容易なことではない。まして、顕子が本格的にスペイン語の学習にとり組んだのは、五十代のなかばになってからである。最初は顕子もとまどいぎみであったが、三ヵ月もたたぬうちに、カルチャーセンターに通う土曜日が待遠しくなった。単語はもとより、人称代名詞や動詞の変化も、紙に水がしみ入るように頭にはいってきたのである。顕子は、英語を知らないのも同然であったから、そのぶんかえって、スペイン語にとり組みやすかったのかもしれない。また、純は家をあけがちであったから、復習や予習につかいやす時間も充分あった。彼女は死場所としてスペインをえらび、そのためにまなびだした言語であったが、学習に熱中しているとき、死をおもうゆとりはなかった。

　顕子が閉経したのは三年まえ、カルチャーセンターに通いはじめて一年あまりたったころである。彼女は、更年期障害になやまされたおぼえもなく、閉経に気づいたのも三ヵ月もすぎてからだった。それだけスペイン語の習得に打ちこんでいたわけであって、死を前提にした学習が、彼女の日常を張りのあるものにかえていたのである。

　閉経は、旅立ちにも都合のよいものであった。好きなときに、好きな場所で、よごれのない体で死ぬことができるわけである。そう思って故国をはなれたのであるが、ミゲルと抱き合ったことによって、自分の肉体をかえりみる結果となった。

　顕子は、かってプールで耳にしたような苦痛はまったく感じなかった。比較的おそい閉経であったから、閉経前とさほどかわりのない体なのであろうか。女の体も百人百様なのだろうか。判然としないながらも、顕子が女としての正常な機能を失ったことはたしかであった。機能を失っても、性感は損われずにすむのであろうか。わがことながら顕子は、女の肉体にひそむ不可思議に目をみはるおもいがした。

　ドミンゴは、いつのまにか背をまるめて寝入っていた。パティオはしずまったままである。集落全体が午睡にふけっているのか、戸外の物音もとだえていた。この時刻、起きているのは、異邦人の顕子ひとりかもしれなかった。

　顕子は、ひざの上で左手の指をひろげてみた。くすり指にはめた指輪がゆるゆるになって、石が小指のほうへ片寄っていた。指輪をまわしてみると、石はくるりと指の内がわまで移った。マドリードに到着後、指輪はゆるめ加減になってはいたものの、石が自在にまわるほど瘦《や》せたとは思いがけなかった。

考えてみると、瘦せるのも当然であった。全身がけだるくて、なにもする気になれない。日中、体をつかうことといえば、ドミンゴの毛を梳《す》き、あとは適宜に犬とたわむれるだけであったから、食も細くなる一方だった。じゃが薯《いも》のから揚げや鰯《いわし》の塩焼きは顕子の好物であったが、それにも手が出ない。腸詰めを主にした煮込みとなると、ますますだめだった。それは、この日の昼食の主菜であって、顕子は見ただけで食欲を失った。ミゲルにはわるかったが、顕子は、ひと匙《さじ》ふた匙、汁をすすったにすぎない。ミゲルは落胆し、心配もして生ハムを切ってくれた。顕子は、かろうじて、ひと切れの生ハムと少量のパンを口に入れたのだった。

この家に来たのが、彼女の誤算であった。顕子はミゲルと言いあらそうのが厄介になり、酔ったうえとはいえ、一度は寝た相手であれば、ふた晩くらい泊ってもかまわないと投げやりに考えて、男のことばを受け入れたのである。それが三夜となり、四日目の夜をむかえようとしていた。

寝るにしても、週に一、二度ならがまんできるのに、と心中でつぶやいて、顕子は愕《がく》然《ぜん》とした。たとえ週に一度にせよ、ミゲルとの共寝をのぞむとはなにごとであろう。彼女は男と寝るために、この国へ来たわけではなかった。

ここらが切りあげどきであった。逗留が長びいたのも、思いもよらぬ快楽の深さゆえであったろう。これ以上とどまっていては、性愛の深みにはまりこむのはあきらかだった。

顕子は、パティオのひとすみに張られたロープに目をやった。この朝、ミゲルは彼女が起きだすまえに洗濯をした。よごれ物があるならいっしょに洗うから洗濯機に入れておくように、と前夜ミゲルはすすめてくれたのであるが、まさか男にショーツを洗わせるわけにもいかず、いずれ自分で洗うからとことわった。シーツ類も、きのうミゲルがひとりでとりかえたのである。空気が乾燥しているせいか、洗濯物の乾きは早く、昼食まえに取りこんだので、ロープにはなにもかけられていない。近くの蔓バラの繁《しげ》みに、ひっそりと日光があたっていた。

ミゲルは、週に一回ペペの細君に来てもらって、掃除とアイロン掛けをたのんでいた。

「アイロン掛けは、わたしの手にあまる。アキコはなにもしなくていいよ。なんなら、洗濯もエンカルナにたのむとよい。そのぶん、エンカルナの小遣いがふえるさ」

エンカルナは、毎週月曜日にくるきまりだった。ミゲルが土曜日に洗濯をしたのも、月曜のアイロン掛けが頭にあってのことだった。

顕子は、エンカルナと顔を合わせるのも気がおもかった。あす、グラナダのホテルへもどれば、見知らぬ女に会わずにすむのである。顕子は三週間の予約をとってグラナダのホテルに泊っていたのだけれど、予約をとり消したわけではなかった。荷物を持出したので、それまでの宿泊費は支払ったものの、二、三日後にはもどる予定なので部屋はとっておいてほしい、とたのんであった。二日か三日か、とフロントの係はたしかめた。二日間、と顕子は答えた。

その二日間は過ぎてしまった。きょうのうちにもホテルに連絡をとらねば、ホテルでは顕子がもどらぬものとみなして、他の客を入れるおそれがあった。グラナダは観光客の多い街なのだった。

四時をつげる教会の鐘が鳴りはじめた。子どもらの笑い声が坂下の方角からつたわってきて、集落は午睡からさめたようである。寝室のほうをふりむくと、ちょうどミゲルが窓をあけるところだった。すでにポロシャツに着かえていた。

ミゲルが窓から顕子を呼んだ。顕子がベンチをはなれるより早く、ドミンゴが窓の下に駆け寄って吠《ほ》え立てた。

「待て待て。顔を洗って、そっちに行くよ」ミゲルは犬をなだめると、顕子に投げキッスを送って窓辺からはなれた。

顕子は、ベンチにすわり直した。立ち去るにしても、きょうのところはだまっていたほうがよさそうだった。この種の話は、双方が冷静になりうる朝のうちに切りだすべきだった。ホテルへの電話なら、ミゲルが寝入ってからでもよいのである。

ミゲルがパティオにおりて来た。顕子もドミンゴのあとから敷石づたいに無花果の周囲をまわって行った。寝足りたのか、ミゲルはさっぱりした顔つきである。目も輝いていたが、顕子を抱き寄せて、いつものようにサングラスをはずすと、表情がかげった。

「疲れているようだね。顔色がよくないよ」

「はい、すこし」

「シエスタをとらないからだよ。だいたい、アキコは小鳥ほどにも食べない」

ミゲルは軽く口づけをすると、顕子の肩を抱いて居間へもどり、ならんでソファにかけた。

「晩めしはディエゴのところでとろう。それまでやすんでいてはどうかね」

「それより、お風呂《ふろ》を使わせていただけませんか」

「風呂？」

「はい。日本人は入浴を好みます」

外食はしたくない。入浴さえすれば食欲も出るだろう、と顕子が言うと、遠慮をしていたのか、とミゲルは心外そうにたずねた。

「なぜ、ここにつれて来たのかわからんのかね。この美しい村で元気をとりもどしてほしかった。だのに、アキコは風呂ひとつにすら遠慮をする。アキコにはわたしのおもいが通じんのかね」

風呂ならすぐにも使える。待てよ、しばらく使っていないから浴槽を洗わねばならん。オリーブの収穫期にはわたしも風呂を使うのだが、とミゲルはことばを切ると、足早に部屋を出て行った。

顕子はソファにもたれて、浴室からつたわってくる物音を聞いていた。ミゲルは、ドアを開けはなしたまま出て行ったので、水音がはっきり耳についた。グラナダにもどるには多少なりとも体力を回復せねばならず、そのために思い立った入浴であったが、実際顕子は風呂にはいりたかった。毎日、シャワーを浴びていても疲れはとれにくい。ホテルでは、当然自由にバスを使っていたのである。

ミゲルは浴槽を洗い終えると、顕子を呼んで、蛇口をひねって湯水の出しかたをおしえた。

「ちょっと出かけてくるからね。アキコはゆっくり湯浴《ゆあ》みをするといい」

チャンスだ、と顕子は思った。ミゲルが外出をすれば、ホテルに電話をかけることができる。顕子は寝室におもむくと、まずバッグの中からホテルの領収書をさがしだした。それからバスローブに着かえ、ポケットに領収書を突っこんで、屋内のけはいをうかがいながら浴室へ引き返した。同時にミゲルの靴音が耳についた。靴音は、いったん居間から台所に移り、顕子がお湯を出すうちにも浴室の前を通って、足早に玄関のほうへと向かった。湯をとめると、玄関のドアを開閉する音がつたわってきた。

顕子は浴室をしのび出ると、廊下をへだてた居間にすべり込んだ。電話台は廊下寄りのすみにある。そこからは台所も近い。ミゲルは居間か台所ですごすことが多いので、ベルの聞こえやすい位置に電話を据えたのかもしれない。

この地方の電話機は、プッシュ・ホンではなかった。ダイヤル式の古風な黒い電話である。パティオにいたドミンゴが顕子に気づいてかたわらに来たが、顕子は犬の頭をなでてなだめると、領収書の電話番号を見ながらダイヤルをした。

聞きおぼえのある男性の声が応じた。顕子は名をつげて連絡がおくれたことをわび、あすもどるむねを知らせて、部屋の有無をたしかめた。

「部屋はかわりますが、よろしいですか」と相手はたずねた。

「結構です。ツインのバス付きですね」

「そうです」

顕子は気がついて、ロサーレス村までのタクシーの手配をたのんだ。立ち去るからには、ミゲルに送ってもらうわけにはいかない。顕子が場所と時間をつげると、相手は、役場の並びの広場ですね、わかりました、お帰りをお待ちします、と言って電話を切った。

ミゲルが帰って来たのは、顕子が入浴を終え、顔も直して、しばらくしてからだった。

顕子は玄関ホールで出むかえたのだけれど、こういうさいの抱擁と接吻《せっぷん》は仕きたりのようなものである。かすかにワインの香りがした。

「すこしは元気になったかね」

ミゲルは、機嫌よく居間へもどると、室内履きのサンダルに履きかえた。

「どこへ行って来たか興味はないのかね」

「ディエゴのお店でしょう」

「ちょいとね。まあ、いずれわかる」

行く先は夕食まえに知れた。玄関先で女が声高に呼びたて、ミゲルは台所からとび出して行った。女は、ひとしきりにぎやかにしゃべって立ち去り、ミゲルも台所へ引き返すと、居間をのぞいて、食卓につくように顕子をうながした。

台所に行くと、ミゲルは調理台に向かってアルミホイルの包みを解いているところだった。円型の分厚い包みである。

「アキコ、見てごらん」

ひと目見て、トルティージャだと気づいた。カルチャーセンターの講師におそわったことがあるが、トルティージャはじゃが薯入りのスペイン風オムレツである。それにしても、みごとなトルティージャであった。厚さは十センチもあり、直径は三十センチもありそうである。表面の卵に、うっすらと狐色《きつねいろ》の焦《こ》げめがついていた。

「こいつを食べさせたかった」

セビーリャでバルの主人となったカミロとことなり、ミゲルは調理が得手ではなかった。バルセローナには労働者相手の安くてうまい飲食店が多く、出稼ぎ中はもっぱら外食ですませていたため、集落に住みついた当座は、じゃが薯の皮をむくことさえままならなかったものである。近ごろは煮込みはもちろん、揚げ物もこなせるようになりはしたが、具をはさんでしっかりと焼きあげるトルティージャは、彼の手に負いかねる料理だった。さいわいにも、目と鼻の先に料理の得意なテレサがいた。テレサに仕込まれたのか、エンカルナもトルティージャを上手に焼く。ミゲルは顕子が浴室にはいったすきに、材料をペペの家にとどけて、エンカルナにトルティージャを焼いてもらったのである。

「これならアキコも食べられるよ。エンカルナのトルティージャは、いなか風と言ってね、いろんな野菜がはいっている」

じゃが薯入りが一般的だけれども、ほうれん草やズッキーニを入れたものもある、と知らせて、ミゲルはトルティージャにナイフを入れた。顕子は、ミゲルの手もとに目をやりながら、浴室で聞いた足早な靴音を思いだしていた。どうやらふたりは、たがいのけはいをうかがっていたことになる。顕子が電話に気をとられていたのに引きかえ、ミゲルは心をはずませて材料を持ちだしたにちがいなかった。

トルティージャは、とうてい一度に食べ切れる分量ではなかった。ミゲルは三角形の切り身を皿に盛りつけ、残りはアルミホイルで包み直して薄地のポリ袋に入れると、冷蔵庫にしまって食卓についた。

トルティージャの切り口は、卵の黄にほうれん草の緑と赤ピーマンの朱、それに玉ねぎやじゃが薯の白が入りまじって、見た目にも食欲をそそる美しさである。正直なところ、顕子は、いつになく空腹であった。ホテルの部屋がとれたうえに、入浴をしたのである。これまでは五時前後にメリエンダと称する軽食をとっていたが、ミゲルがるすであったから、メリエンダもとらなかった。ミゲルの帰宅後、マンサニージャを飲んだにすぎない。食欲はあっても、逃げ出そうとしている矢先に、この男はこんなまねをすると考えると、顕子はトルティージャにすぐには手が出なかった。

「どうかしたのかね」ミゲルがいぶかしげな顔をした。

「あんまりきれいなものですから」と、顕子はあわててトルティージャにナイフを入れた。

その晩、マリアが電話をかけてきた。マリアは、ひとり暮しの父を案じていて、週に一回電話をかけてくる習慣だった。そもそもマリアのすすめに根負けしてつけた電話であった。マリアからの電話は土曜日の夕食後ときまっていて、その夜もミゲルと顕子が居間でくつろいでいるときにベルが鳴った。

ミゲルは頴子との仲に、なんらやましさを感じてはいなかったが、わざわざ娘に知らせるつもりはなかった。頴子が心身ともに立ち直ってくれるのが先決であって、娘に話す段階ではなかった。頴子が受話器をとっては厄介なので、土曜日のこの時刻の電話には出ないように、ミゲルは一応頴子に注意した。来週の土曜日に、頴子がこの家にいるはずはなかった。

ミゲルの懸念《けねん》は無用というものだった。

Ⅲ

日曜日の朝、ミゲルはカフェ・コン・レチェを飲みながら、頴子をドライヴにさそった。ドライヴは、頴子の気散じになるはずである。五月末らしい好天がつづいていて、ドライヴには恰好《かっこう》の日和《ひより》であった。

「アキコの好きな場所へ行こう。海がいいかね。山にするかね」

頴子は、カップを受け皿に置くと、ひと呼吸おいて言った。

「セニョール、お話があります」

ミゲルはぎくりとした。頴子の声も表情も静かであったが、それがかえってミゲルをおびやかした。頴子は、彼が最も聞きたくない話を切りだしそうだった。ミゲルは、あかるさをよそおって言った。

「よもや、この家を出るというんじゃあるまいね」

「申しわけありません。たいそう親切にしていただきましたが、きょう、おわかれいたします」

「それはまた、急な話だな」

「わたしはセニョールより年上です。セニョールにふさわしい女ではありません。少々お待ちください」

　アキコが年上？　とミゲルが耳をうたがううちにも、顕子は台所から出て行った。寝室へ向かったようである。台所で話し合うのも落ちつきがわるく、ミゲルは居間へ移った。ドミンゴが廊下でうろついていたが、犬に声をかけるどころではなかった。

　まもなく顕子が引き返して来た。赤い小冊子をたずさえていた。ミゲルはソファにすわっていたが、顕子はテーブルの角をはさんだスツールにかけて、パスポートだと知らせると、頁《ペ ー ジ》をひらいてミゲルに差しだした。

「これが、わたしの生年月日です」

　ミゲルの目に、顕子が指さした西暦の生年を示すアラビア数字がとびこんだ。二〇年代末だから、たしかにミゲルの生年よりも早い。なんど見直しても生年の数字はかわらなかった。

「おわかりになりましたでしょう」と顕子が言った。「現在は五十九歳ですが、十月には六十歳になります」

ミゲルは、とうてい信じられなかった。顕子はベッドの中で、五百九十歳よ、と言ったことがある。五千九百歳よ、とも言った。彼女は、実際の年齢をそれとなくつたえようとしたのかもしれなかったが、顕子の肉体は老年に近い女のものとはほど遠かった。なめらかな薄い皮膚に包まれた、よくしなる肉体である。パスポートに記載された年齢が事実とすれば、日本の女は永遠に老いとは無縁の種族なのかもしれない。まさしく五千九百歳である。顕子は極東の島国から、かるがると空を渡ってきた妖精《ようせい》の化身かと思われた。

ミゲルは、しばらく口もきけずにいたが、ふと首をかしげた。生年月日の上の欄に顕子の氏名がローマ字で記載されていたが、ＡＫＩＫＯはよいとして、姓は「ＮＯＴＯ」となっていた。

「アキコの姓はモトヨシじゃなかったかね」

「本吉は実家の姓です」

「すると、ノトは母方の姓かね」

「いいえ。夫の姓です」

スペイン人は、男女ともに生涯姓名はかわらない。洗礼名のつぎに父姓と母方の姓がつづくのである。闘牛士とか舞踏家の中には、通り名として母方の姓を用いる者もいる。

ミゲルが、母方の姓かとたずねたのは、そのためだった。

「日本人の女は、結婚すると夫の姓にかわります」と顕子は説明した。

ミゲルは初耳であったが、ヨーロッパにも結婚した女が夫の姓となる国も多かった。

「してみると、アキコの正確な姓はノトなんだね」

「法律的には能戸ということになります」

「それは、アキコがノトを夫とみなしてはいないということかね」

「能戸につきましては、一切申しあげたくありません」

切り口上の返答である。ミゲルは嘆息をもらして、パスポートをめくってみた。つぎの頁には顕子の写真が貼《は》ってあり、かたわらに、AKIKO・NOTOのサインがあった。比較的あたらしいパスポートで、捺《お》されている税関のスタンプも少なかった。NARITAという日本の空港と思われるものと、マドリードのバラハス空港のものだけだった。

顕子の数次旅券は、じつは二冊目のものだった。成田のターミナルビルさえ不案内では、ひとり旅もおぼつかなくて、これまで彼女は海外へ二回出かけていた。いずれも旅行社がつのった団体旅行であり、行く先もヨーロッパであった。カルチャーセンターに通いだしてからは、海外へ出かけていない。スペイン語をおそわっているうちに旅券の有効年限がきて、旅券を更新したのである。あらたなパスポートを使ったのは、今回がはじめてだった。

ミゲルは、ぱらぱらと頁を繰って最後の一枚をひらいた。そこにはローマ字のこまかな書きこみがあった。顕子の名があり、札幌の地名もあったが、MOTOYOSHIの文字がミゲルの目をとらえた。

その文字は下段の、イン・ケース・オブ・アクシデント・ノーテファァイと記された欄にあった。ミゲルは英語を知らないのであるが、印欧語族の言語は綴《つづ》りに似かよったところがあって、意味はおおよそ察しがつく。すなわち、アクシデントはアクシデンテであり、ノーテファァイはノティフィカシオンであろう。リレーションシップにしても、スペイン語の「つながり」ではなかろうか。MOTOYOSHIの文字は「つながり」と並んでいた。

「イデッグ・モトヨシはアキコの身内かね」

スペイン語は「H」を発音しないから、ミゲルは「イ」と読んだのである。

「英嗣は兄です」

「ヒデッグというのかね」

「はい。四歳年上です」

「なるほど」

ミゲルには、顕子が夫をきらいぬいているように思えた。でなければ、事故のさいの通知先を兄にするはずはない。ノトについての顕子の口ぶりから推しても、夫婦とはいえない状態になっているのかもしれなかった。

「身内は兄さんだけかね」

「ええ」

「御両親は亡《な》くなったんだね」

「はい」

「子供もいないんだね」

「セニョール、荷物をまとめなければなりません。一時にタクシーがむかえに来ます」

「タクシー?」とミゲルは聞きとがめた。「タクシーを呼んだというのかね。どこへ行くつもりか知らんが、わたしが送って行くよ。マドリードであろうが、バルセローナであろうが送って行く。アキコは、わたしの経歴をわすれたのかね」

顕子は小声でわびた。感情を殺した声音であり、面持ちだった。その顔を見ながらミゲルは、顕子の行く先に気がついた。この国のタクシーは、すべて個人営業である。グラナダあたりの都市になると、運転手が共同で無線を置き、客の依頼に応じているが、顕子がそこまで知っているだろうか。ホテルを通じてタクシーを呼ぶのが最も簡便である。顕子はグラナダのホテルへもどるとみて、まずまちがいはない。ミゲルは一応ほっとしたが、グラナダへもどってしまえば、あすにも顕子は、いずれかに立ち去りかねなかった。

「アキコ、考え直してほしい。わたしはアキコを愛しているし、法律上のアキコの夫よりは上等な人間だという自信がある。女をくるしめるような男は……」ろくなやつではない、とつづけようとして、ミゲルはそのことばを呑《の》みこんだ。

おれは、はたして上等な人間であろうか。おふくろを殺したおれを上等な人間といえるであろうか。アキコの亭主がおれ以下のけだものだとしても、おれもまた、立派な口をきけるような男ではない。

ミゲルは、ほほえんでパスポートを差しだした。

「荷物をまとめなさい」

顕子は、ミゲルの態度の変化にとまどったようであったが、パスポートを受けとると、軽く一礼して居間から出て行った。室内がにわかに空虚になったようであった。それは、顕子がこの家から立ち去ったあとも、身辺をとりかこむ空虚感であろう。当分はとどまってくれるものと思いこんでいただけに、一週間もたたぬうちにおとずれた別離を、ミゲルは容易に呑みこめなかった。

ドミンゴが気づかぬうちにパティオに出て、仔《こ》犬《いぬ》のようにブラシにじゃれついていた。

また犬だけが相手の暮しにもどるのかと考えると、ミゲルは胸がつぶれそうなおもいがした。

ミゲルは、コニャックでもあおりたかったが、酒を飲むかわりにたばこに火をつけた。顕子の唐突な申出が、ミゲルは解《げ》しかねた。なるほど顕子は、彼の名を呼ぼうとしなかったし、恋びとというよりは客としてふるまいつづけたふしがある。案外、早くに立去るつもりであったのかもしれないけれど、寝起きに顔をあわせる都度、彼女は羞恥《しゅうち》をかくすようにほほえんだ。つやめいたあかるいまなざしだった。だからこそ、彼女が切りだしたわかれ話は不意打ちにひとしく、ミゲルをきらいだしたとは思えないのである。顕子が食欲を失い、やつれが目立ちはじめたのが、ミゲルの唯一《ゆいいつ》の気がかりであった。

そこまで考えてミゲルは、前日ペペとかわしたやりとりを思いだした。トルティージャの材料をとどけたあと、ミゲルはペペとディエゴの店に寄ったのである。テレサとエンカルナには話を伏せておいたが、ペペには顕子の状態を打ちあけた。

「おまえがかわいがりすぎるせいじゃないのか。朝まで彼女をはなさんのとちがうか」

とペペはからかった。

「ばかを言え。朝まではげんではこっちの身が持たんよ」

気軽なやりとりであったが、パスポートに記載された年齢が事実とすれば、顕子は共寝が負担になったのかもしれない。顕子のかぼそい体を思うと、やつれもうなずけなくはなかった。顕子とちがって、ミゲルの体調は格別かわりがない。生来頑健であるうえに、農作業もひまな時期である。帰郷後は女体に接することもなかったのだから、かたわらに敏感に反応する肉体があれば、夜ごとの欲求も自然な生理であった。昨夜もおなじだった。

ミゲルは、ふと、胸の皮膚の一部がひりひりと焼けるような感じがした。顕子は、いつも彼の胸に頬をすり寄せて寝入るのであるが、昨夜は胸から肩へと唇を這《は》わせ、彼からはなれまいとするようにしっかりと首を抱いて、寝入るまでに時間がかかった。むろん顕子は、わかれを意識していたに相違ない。

顕子が彼をきらっているはずはなかった。彼女は、切り札のように年齢を記したパスポートを突きつけたのであるが、年齢なぞ出て行くための口実にすぎないのではあるまいか。なぜ、素直に疲労を訴えないのであろう。考えれば考えるほど、顕子は抑制心が強かった。胸中に何事かを秘しかくしていた。夫婦仲に見当がつくと、それが自殺かどうかうたがわしくなった。夫に対する嫌悪感《けんおかん》から出奔してきたのかもしれない。いずれにせよ、顕子の心はとざされていた。硬い殻におおわれた心であった。

ミゲルは、その殻を打ち破りたかった。ベッドの中と同様に、顕子の心も自在に解きはなちたかった。そのためには、へたに引きとめないほうがよさそうだった。いま顕子に必要なのは、おそらく休息なのである。さいわい行く先も知れていた。

いつもは十時半ごろ軽食をとるのだけれど、この日は顕子がしたく中で、十一時すぎまで待たされた。それまでに顕子は荷物をまとめ、パンタロン・スーツに着かえていた。ここに来たとき身につけていたスーツではない。白地に紺とグレイの細い縦縞《たてじま》がはいったスーツである。すでにサングラスをかけていた。

軽食は、いつものように台所でとった。パンとトルティージャとワインの軽食である。トルティージャは冷えてもうまい。ゆうべ、アキコはおいしそうに食べたろう、とミゲルが言うと、顕子は小声で礼を述べた。心持ち語尾がかすれていた。

「ひとつ、たのみがある。無断でグラナダから移動しないでほしい。アキコはわたしの夢であり、宝石だからね。わたしの気持を踏みにじらないでほしい」それから、と彼はつづけた。「当分レンタカーを使ってはいかん。いまのアキコに運転は無理だ。わたしが大丈夫だと判断するまでは、ハンドルにふれてはならんよ」

一時になると、顕子はミゲルに送られて広場に向かった。ドミンゴもいっしょである。屋敷に閉じこもっていたせいか、坂道の正面に見える白い教会が、まばゆく彼女の目にうつった。

タクシーは広場に到着したところであった。運転手が座席から出て、セニョーラ・ノト？　とたずねた。そうだ、とミゲルが答えてホテルの名をたしかめ、運転手に手を貸して車のトランクに鞄《かばん》をおさめた。

顕子は、先にシートにかけていた。ミゲルと運転手は、たばこに火をつけて立話をしていたが、運転手が車に乗りこむと、ミゲルは運転席をのぞきこんだ。

「安全運転でたのむぜ。わたしの大事な恋びとだからね」

「そうしなくっちゃね。わたしも女房子どもを泣かせたくない」

運転手は、ホテルから顕子の国籍を知らされていたようである。車を出すと、日本から来なすったそうですね、と話しかけた。顕子は、口をきくのもおっくうであったが、一応返事をした。運転手はかまわずにつづけた。

「セニョーラの恋びとはただ者じゃないね。いなかに引っこんだようだが、プロ中のプロでしょうが。わたしの人相ばかりか、ナンバーからタイヤのぐあいまで見てとりましたぜ」

話し好きの運転手で、顕子は閉口した。四十がらみの気のよさそうな運転手だった。グラナダには思いのほか早く着いた。ホテルの部屋はかわったと聞かされていたが、調度も部屋の造りもおなじで、まったく違和感は受けなかった。

顕子は気がぬけて、ぼんやり椅子《いす》にもたれていたが、洋簞笥《だんす》からランドリーの袋を出すと、よごれ物を詰めこんだ。ほとんどが下着とストッキングであるが、パジャマも二枚入れた。まえに投宿していたときも、洗濯はホテルにまかせていたのだった。洗濯が意のままにならないようでは、ミゲルの家にいられるものではない。マドリードに到着後、顕子はハンカチ一枚自分の手で洗ってはいなかった。

メイドに洗濯物を渡すと、顕子はドアの外がわに就寝中であるむねを示す札をかけ、ブラインドとカーテンで窓をおおって、ゆっくりバスをつかってベッドにはいった。疲れが出たのか、寝入るのにまはかからなかった。

目ざめたのは七時すぎである。顕子は四時間も熟睡したことになる。着かえてからカーテンをあけ、ブラインドを上げてみると、戸外のたたずまいは、まえに泊った部屋とはことなっていた。

顕子の部屋は四階であるが、窓近くにくずれ落ちそうな塔屋があった。幾本もの細い柱で屋根を支えただけの造りだから、塔というよりはあずま屋に似ている。もしかすると、屋上に設けた展望台か装飾であったのかもしれない。塔の下の屋根瓦《がわら》も古びて雑草まで目につき、周囲の建物の壁もはげ落ちて、いかにも裏町といった風情《ふぜい》である。顕子は、たよりなげな塔屋からグラナダという街の歴史の古さを感じた。

空は、まだあかるかった。日中の輝きはさすがに薄れていたが、夏時間を採用している国の七時は、日没にはまのある時刻である。顕子は、見るともなく空へ目をあげたが、ふいに塔屋の上方で、なにかがきらりと光った。ナイフの光沢に似たきらめきであり、すばやい流れだった。流れはひとすじではなかった。まじわり、はなれ、弧をえがいてはふたたび交叉《こうさ》してきらめいていた。目をこらすと、細身の鳥である。燕《つばめ》が夕光を浴びて飛びかっていたのだった。

その夜、顕子はミゲルに電話をかけた。ミゲルは彼女を気づかってくれたのだから、電話もかけないようでは礼を失することになろう。荷物を片づけ、近くのバルで食事をして部屋にもどってからの電話だった。ミゲルが夕食後に居間でくつろいでいるじぶんで、すぐさま彼の声が応じた。無事にホテルに着き、夕食もすませたむねを知らせると、それはよかった、と相手は言った。

「わたしも電話をしたかったんだが、アキコはやすんでいるんじゃないかと思ってね」

「燕を見ました」

「燕？　そろそろやってくるころだね。わたしはまだ見かけてないが……」

燕は地中海を越え、アフリカ大陸から渡ってくるのである。

「アキコも元気になって、燕のようにもどっておいで。グラナダならアフリカほど遠くはないよ」

ミゲルのやさしさが受話器を通してつたわってきたが、さみしさが感じられなくもなかった。彼は、愛のことばを口にして電話を切った。

翌日から顕子は、体力の回復を心がけてすごした。食べて、睡眠を充分にとることであるが、そのためには多少は体をうごかさねばならない。彼女は、ビブランブラ広場のカフェ・テラスで朝食をとると、本屋をのぞいてみたり、見知らぬ広場で休んだりした。

グラナダは銀行が目につく街であった。ホテルの近くにもあったし、カテドラルの横を通ってグラン・ビアにぬけると、そこにも銀行があった。壮麗といっても大げさではない堂々とした建造物が目につくと、きまって「ＢＡＮＣＯ」の文字がきざまれていた。銀行の前を通るたびに、顕子の胸に痛みが走った。札幌の銀行の支店長室の掛け心地のよい椅子の感触を思いだした。むろん顕子は、支店長なぞと面識があるわけはなく、純は画廊の収益さえおしえなかったから、顕子を銀行へともなって行くはずはなかった。

元来、純は吝嗇《りんしょく》な性格である。女づれで、毎年のようにヨーロッパやアメリカに出かける手まえ、顕子が団体旅行に加わるといえば、費用を出してくれた。顕子の両親の存命中、たびたび和服をあつらえたのは、母にとり入るためであったろう。顕子がわかれ話を持ちだしたあとは、外遊の都度、イタリア製のバッグや靴を買ってくるようになった。みやげ物はいらない、この家の掃除はたいへんなので週に一度は家政婦を雇いたい、と顕子が言うと、純は承諾した。純は離婚をおそれていて、顕子の機嫌をそこねまいとしてはいたが、月々渡してくれる生活費は決して多くはなかった。なんとか暮しが立つていどの金額であった。

顕子にも、そこばくのたくわえがあった。和彦の死後、彼女は洋服一枚つくる気になれず、折にふれて母が渡してくれた小遣いにもほとんど手をつけていなかった。彼女は、その金で会員制のプールに通い、個人教授を受けていたスペイン人に月謝をはらいつづけてきたのだけれど、昨年の夏になって、預金の残高がとぼしくなっていることに気づいた。スペイン人には三月末までおそわる予定であったから、どう計算してみても、片道の航空賃すら残りそうもなかった。

顕子は、両親の遺産を受けとっていない。彼女が遠慮をしたのである。湿原で顕子を待っていた父の姿を思い返すと、遺産なぞもらえるものではなかった。母にも気苦労のかけ通しだった。まして顕子は、死期の近づいた母から、かたみとしてアレキサンドライトの指輪を渡されていた。

父の遺産は、本吉商会の株券の一部であった。顕子が持っていてもどうなるものでもなく、彼女は株券を兄に渡した。母が遺言書を作成したのは、父の没後であろう。釧路の家屋敷は英嗣に、山鼻の家屋敷は顕子にあたえ、あとは、きょうだいで等分に相続するように、というのが遺言の柱であった。顕子は母を失ったかなしみのあまり、遺言書の文字さえ目にはいらなかったのであるが、兄に言わせると、民法にかなった行きとどいた遺言書であった。母は、ひとり娘であったから、ふたりの子のほかに相続人はいなかった。

英嗣は、不動産から証券類まで書きだして顕子に示したのであるが、彼女は金額もたしかめずに、即座に相続をことわった。住む家があるだけで充分なのだから、お兄さんが全部相続してほしいと言い張った。英嗣は面倒になったのか、相続税は立てかえねばならんしな、と言って顕子のことばを受け入れた。

顕子は、英嗣に旅費を用立ててもらおうと思い立った。いったん渡した遺産であるから、返してもらうわけではない。旅費さえ用意できればよいのである。スペインは物価が安いと聞かされていたし、帰りの航空券は不要なのだから、百万もあれば充分だった。そのていどの金額なら、英嗣にも都合がつくはずだった。

札幌にも本吉商会の支店があって、英嗣は月に二、三度、支店に顔をだしていた。札幌近郊に大規模な流通センターを建設する計画が立てられたさい、いち早く土地を取得し、倉庫を設けたのは英嗣である。札幌に支店を置いたのも業務の必要上からだった。釧路の本社とちがって、貸ビルの中の事務所だった。

顕子が兄の日程をたしかめて、支店におもむいたのは昨年の秋である。二年まえに母の七回忌の法要があったので、久かたぶりに会うわけではなかった。両親の没後、兄と顔を合わせる機会はふえていた。

英嗣も六十代にはいっていたが、年齢よりは若く見えた。白髪は少なく、少々肉はついたものの、もともと細身のほうであったから、均整のとれた体型といえる。青年時代のするどさは影をひそめ、落ちつきの中にも精悍《せいかん》なおもむきがあって、顕子は兄に会うたびに威圧感をおぼえたものである。

支店には社長室がなく、英嗣は窓近くのデスクに向かっていた。顕子が近づいて、ねがいごとがあって来たとつげると、英嗣は地下の喫茶店へともなって行った。

「金か？」と席につくなり英嗣が聞いた。

ええ、でも返すあてはないのよ。いくら要る？　百万、と顕子が答えると、英嗣は使途についてたずねた。

顕子は、英嗣にも事実を伏せねばならなかった。妹が死を考えていると知れば、英嗣といえども衝撃を受けるにちがいない。顕子は、気ばらしにヨーロッパに行きたい、日取りはきめていないけれども、お金のことなので早めにたのみに来たのだ、とさりげなく話した。

英嗣はなっとくしたのか、ヨーロッパなら秋か春だな、と言い、百万で足りるのか、と念を押した。顕子がうなずくと英嗣は、いま手持ちはないが、こんどくるときまでに用意をしておく、こちらから連絡をすると言って、コーヒーも飲み終えぬうちに席を立った。多忙な兄が、なぜ顕子の口座に振りこもうとしなかったのか、彼女はうたがってもみなかった。

ふたたび支店で兄と会ったのは、十日ほどのちの午前である。英嗣は顕子をみとめると、デスクの引出しから茶封筒を取りだして、目顔でうながして応接室にはいった。こぢんまりした応接室であったが、事務室とは壁でへだてられていた。ひとすみに、よくのびた棕櫚竹《しゅろちく》の鉢植えがあった。

「ここなら安全だ。へたな場所で会って、能戸と出くわしちゃかなわん」

英嗣は、顕子と向かい合って応接用の椅子にかけると、顕子のものだ、と言って封筒を差しだした。

「預金通帳が一冊、定期の証書が一枚だ」

顕子は、わけがわからぬままに証書と通帳を取りだした。先に目を通したのは定期の証書であるが、やたらにゼロの数字が並んでいて、いったいどれほどの金額なのか、見当もつかなかった。預金通帳もゼロが多かったが、証書の最初の数字が「2」であるのに引きかえ、通帳のほうは、頭にことなる数字が三つ並んでいた。

「定期は二億、三年物にしたよ。預金は四千七百三十万だ」と英嗣が知らせた。

顕子は口もきけずにいたが、ややたってかすれ声でたずねた。

「お兄さん、これ、どうしたのよ」

「株さ」と英嗣は冗談めかして答えた。

兄は、遺産の不動産や証券の一部を売りはらって金を作り、それを元手に株の売買をおこなったのである。

「おれは、ビジネスでは博奕《ばくち》は打たんよ。しかし顕子が投げだした金だからな。しくじってもロをぬぐっておこうと思って、少々あそんでみた」

株の売買には潮どきというものがある。英嗣は相応の利益をあげると、株の売買を打ち切り、取引き銀行の一つに顕子の口座を設け、金額の大半を定期にまわしたのである。

地元銀行ではなく、東京に本店のある札幌支店の口座だった。

そこまで聞いて、顕子は三年ほどまえに兄に実印を貸したことを思いだした。不動産の処分に顕子の印鑑も必要なので、ちょっと貸してくれないか、というような話だった。顕子がカルチャーセンターに通いはじめたころである。彼女は、さしていぶかしみもせずに支店に出むいて実印を渡したのであるが、おそらく、その日、兄は妹の口座を設けたに相違ない。通帳にも定期の証書にも、たしかに彼女の実印が捺《お》されてあった。「顕子」という名だけの判である。むかし、母が作ってくれた象牙《ぞうげ》の印鑑だった。

英嗣は、顕子が相続を固辞した理由を知っていたはずである。また、和彦が自死した直後の顕子の悲嘆や、その後の無気力な暮しぶりも、父や母から聞かされていたろう。英嗣は、妹を案じて株に手を出したのではあるまいか。

顕子は、兄の気づかいにうれしさをおぼえたものの、簡単に受けとれるような金額ではなかった。彼女は、証書と通帳を封筒におさめて兄の前に置いた。

「わたしは百万と言ったはずよ。これは、お兄さんが作ったお金ですから、お兄さんのものよ」

これだから女は困る。税法も知らんのだな。おれに寄こすというのであれば、生前贈与ということになる。生前贈与には、どれだけの税金をかけられるかわかるか。まあ、あらかた持っていかれるだろうな。たとえ、あぶく銭にせよ、国家なんぞにとられてたまるか。

英嗣は、学生に返ったように皮肉ると、語調をやわらげた。

「なぜ、これまで伏せていたかわかるか。能戸のところにも、銀行から盆暮のつけとどけがあるだろう。おまえあてに、つけとどけをされちゃあぶないからな。支店長に釘《くぎ》をさしておいた」

顕子は、兄のおもわくに気づいた。兄は純を警戒していたのである。むろん英嗣は、純が山鼻の家屋をうばったことを知っていた。顕子は一切遺産を受けとらなかったのだから、改築をしたと知れば、金の出どころは兄にも察しがつく。能戸の家になったのか、と母の三回忌の折、兄に聞かれた。ええ、まあ、事後承諾のようなものですけど、と顕子はそれとなく答えたのであるが、兄は純が勝手に顕子の実印を持ちだして名儀人の変更をなしたと勘づいたにちがいない。兄の強いすすめもあって、母の死後ほどなく、顕子は登記の手つづきをすませていたのである。

英嗣は、純のやりくちに腹を据えかねていたのかもしれない。おれの名前をあちこちで利用しているようだな、と語ったこともある。英嗣は、両親の法要に決して純を招こうとはしなかった。

「顕子、だまって取っておけ。おまえは、おやじの株券も渡してくれたじゃないか」英嗣は、なだめるように封筒を押しもどした。「能戸には知らせるな。実印も渡しちゃならんぞ」

「大丈夫よ。能戸は、わたしのベッド・ルームにはいってこないわ。そういう約束で、あの家を建てかえたんです」

「そうか。なぜわかれん？」

「ええ、いずれ……」

後日、英嗣は顕子を銀行へともなって行き、支店長に引き合わせた。顕子が銀行に出入りするための配慮であった。顕子は、兄の助言にしたがって三種類のクレジット・カードをつくり、出立まえにトラベラーズ・チェックを用意した。

グラナダの街路で銀行を見かけるたびに、きまって兄の顔がよみがえった。顕子は、痛みをふり切るように足を早める。朝食にはチューロという細い揚げパンをとるので、少々歩いても疲れなかった。

ミゲルとわかれた朝も、彼女はチューロを食べた。集落のパン屋でチューロを揚げるのは日曜日にかぎられていて、ミゲルは顕子が起きだすのを待って、チューロを買ってきたのである。チューロは揚げたてでなければ、味が落ちると聞かされた。顕子がチューロの香ばしさを知ったのは、ミゲルの家でだった。

顕子は、途中でカナッペか野菜サンドをつまみ、十二時すぎにはビブランブラ広場へもどってくる。それは、彼女がミゲルとめぐり合った時刻であった。

Ⅳ

グラナダへもどってまもなく月がかわって、日ざしが夏めいてきた。ビブランブラ広場のカフェ・テラスのテーブルや折りたたみ椅子《いす》も真昼の陽光をはじき返して、サングラスなしにはいられなかった。多少とも涼しげなのは木蔭《こかげ》の席だった。

顕子は、毎日きまって木蔭の席について、昼のひとときをすごした。広場の一角は樹木にかこまれていて、そのあたりがカフェ・テラスの中心である。朝は客でざわついていても、日中のその時刻は空席が多かった。

ミゲルとめぐり逢《あ》ったとき、顕子が腰をおろしていたのは木蔭の席ではない。カフェ・テラスのはずれに近いテーブルに向かっていたのである。ミゲルのほうが、木蔭寄りの席についていたのではなかろうか。もっとも、彼がどこにいたのか、確たる記憶はない。アメリカ人のふたりの青年は、視野にはいっていた。ひとりは金髪で、一方は赤毛だった。スペイン人には金髪も赤毛も少ないから、なにがなし目をひかれたのかもしれない。顕子は、ジプシーにバッグをうばわれるまで、まったくミゲルの存在に気づかなかった。

ミゲルは平日の日中に、ひとりでビブランブラ広場にいたことになる。孫の誕生祝いに出て来たとは聞かされていたが、誕生祝いがあったのは日曜日で、顕子と出会ったのは火曜日である。月曜日も娘夫婦の家に泊ったとすれば、彼はかくさずに話したはずである。月曜から顕子と会うまでの一日半、彼は、どこでなにをしていたのであろう。顕子が心底を明かさぬのと同様に、ミゲルもまた、胸の奥深くに秘めているものがあるようだった。

顕子は、パスポートを返すまぎわの、ミゲルの態度の変化を思い返さずにはいられなかった。力に満ちた口調で顕子を引きとめていたミゲルが、ふいに押しだまった。短い沈黙ではあったけれど、日頃のミゲルとは別人のようで、沈鬱《ちんうつ》な印象を受けた。それから彼は、ほほえんでパスポートを差しだしたのである。

なにが、彼の口を閉ざしたのであろう。失踪《しっそう》した妻と、立ち去る顕子とを重ねあわせたのであろうか。わからぬままに目に浮かぶのは、ミゲルのおもざしだった。彼とすごした集落の家屋、なかんずくパティオのありさまだった。

はなれてみると、あれほど美しく、あかるいパティオはないような気がした。そこには金茶色の犬がいて、パティオ全体に光がみちていた。むろんミゲルの家のパティオよりはるかにひろく、贅《ぜい》をつくしたパティオはグラナダの市中にもあるはずであったが、顕子にとっては、ミゲルの家のパティオこそ楽園そのものであった。そこが、彼女の唯《ゆい》一《いつ》の憩《いこ》いの場であったからだろうか。そうではなくて、あの家に住む男と彼の飼い犬に心ひかれているゆえに、パティオも美しくよみがえったのである。わかれて日の浅い時期であったから、顕子は気楽に集落の家におもいを馳《は》せていた。彼女はミゲルそのひとよりも、ドミンゴのぬれた鼻面や、やわらかなパン種のような大きな垂れ耳の感触をなつかしんだ。

ミゲルからは、欠かさず夜分に電話がはいった。きまって十時前後だった。彼は、まずその日の顕子の食事の内容をたずねた。顕子は、もっぱらバルを利用していたが、ミゲルは、たまにはレストランでしっかり食事をとるようにすすめた。ホテルにたのむと、レストランの席を予約してくれるはずだと知らせた。

顕子は、その気がなかったけれども、はい、と素直に答えた。早くつぎのことばを聞きたかった。

——アルハンブラは見たかね。せっかくグラナダにいるんだから、アルハンブラには足を運んだほうがいい。あそこはひろいから運動にもなる。ジプシーには気をつけなくちゃいけないよ。悪党ばかりではないが、こすからいやつもいるからね。目立たない服装にかえたって？　サファリ・ジャケットとはどういうものかね。なるほど夏向きの旅行着か。まあ、アキコならなにを着ても似合うだろう。ドミンゴがさみしがってるよ。きのうも話したが、パティオのベンチはドミンゴに占領されてしまった。アキコの匂《にお》いがしみこんでるんだろうな。ブラシの柄もぼろぼろに齧《か》じってしまったしね。もちろん、わたしもさみしい。しかしわたしは犬じゃないから、ブラシの柄を齧じるわけにはいかん。アキコ、ここからはグラナダのあかりが見えるよ。ここは高度があるからね。南の方角にちかちかと灯がまたたいている。空には星、地上にも星というわけだ。

村にも燕《つばめ》が来た、ともミゲルは語った。顕子はミゲルのことばを子守唄《うた》のように聞き、集落のわずかな灯火を思いえがきながら眠りにつくのがつねだった。

顕子は、五日もたてばミゲルがむかえにくるものと、うぬぼれていた。集落を去って五日後の金曜日の昼どき、いつもより長くビブランブラ広場のカフェ・テラスですごしたのであるが、ミゲルはあらわれなかった。顕子は、いなされたような心地がしないでもなかったけれど、バルでワインをすすっているうちに、ミゲルがグラナダへくるとすれば、朝に相違ないように思い直された。

ミゲルは朝が早い。これまでの電話で、顕子がビブランブラ広場で朝食をとることは知っているのだから、九時前後には広場にやってくるのではあるまいか。ミゲルとの出会いが正午すぎであったばかりに、彼との再会も、おなじ時刻になるものと顕子は思いこんでいたのだった。

土曜日の朝は早目にホテルを出て、十時すぎまでカフェ・テラスに残っていたが、ミゲルは姿を見せなかった。それればかりか、その夜は電話もはいらなかった。集落を去って以来、電話がなかったのははじめてである。ミゲルの娘が集落の家に電話を入れる夜であったから、娘との話が長引いて、ミゲルは顕子に電話をかけそびれたのかもしれない。顕子は、腑《ふ》に落ちぬままベッドにはいったのであるが、翌日もミゲルはグラナダへやってこなかった。

日曜日のビブランブラ広場は、平日よりも人出が多かった。休日の広場は、市民の憩いの場となるようだった。顕子が朝食を終えたころから、しだいに広場はにぎわってきた。時間が時間だけに、家族づれの人びとが目についた。二、三人の子をつれた一団があり、老いた夫婦や若夫婦の組合わせもいる。ひと目で恋びと同士とわかる若い男女もまじっていた。

この国の夫婦は、老いていても寄りそい、腕を組んで広場にやってくる。赤子を抱いた夫の腰に腕をまわしている若妻もいる。近くの席の若い男女は、テーブルの上で指をからみ合わせて、たがいの目にじっと見入っている。間断のない早口のおしゃべり、噴水のまわりではしゃぐ子どもらの甲高い声。広場のざわめきを縫って、顕子の耳にはっきりとはいってくることばがあった。

テ・キエロ・ムチョ、テ・キエロ、そしてまたテ・キエロ・ムチョ……。

「テ・キエロ・ムチョ」は、スペイン語の愛の表白である。スペイン語の初歩におそわる不規則動詞のひとつに「ケレール」があって、愛する、欲する、したい等の意味があるが、直接法現在一人称では「キエロ」と変化する。テ・キエロ・ムチョは、あなたをとても愛しています、となります。厳密にいえばちがいますが、英語の「アイ・ラブ・ユー」と似ていますね。もちろん「キエロ」は、愛のことばとして用いられるだけではありません、と念を押したのは、カルチャーセンターの女性講師である。

集落の家でミゲルは、ことあるごとに「テ・キエロ・ムチョ」を口にした。ホテルにかけてくる電話の最初と締めくくりも「テ・キエロ・ムチョ」である。そのミゲルの姿はなく、彼女の耳につくのは他人がかわす愛のせりふばかりである。

顕子は、ばかばかしくなって腰をあげると、さっと席をはなれた。ちょうど通りかかったジプシーの若い物売りに、あぶなくぶつかりそうになった。「ペルドン」と顕子はわびた。

ジプシーは、大げさにのけぞると、愛想よく品物を入れたビニール袋をさしだした。

「紙ナプキンなら買ってしまったわ」

「たばこもあるよ。エスタンコも休みだからね。セニョーラは外国人だね」

外国からの旅行者にとって、日曜日ほど不便な日はない。おれたちがいなければ、たばこも買えやしない、とジプシーはビニール袋をぽんとたたいた。

見おぼえのあるたばこの袋が顕子の目にとまった。ミゲルが吸っていたドゥカードスの袋である。きついながらもこくのある香りのたばこで、顕子はその香りがきらいではなかった。

「ドゥカードスをもらうわ」

「もっといいたばこがあるよ」

「ドゥカードスをくださいな」

代金をはらってから、ライターはないか、と顕子はたずねた。ジプシーは、顕子をその場に待たせておいて姿を消すと、仲間の物売りからゆずり受けたのか、まもなく笑顔でもどって来てライターをさしだした。けばけばしいサーモン・ピンクのライターで、故国の百円ライターよりも粗雑な品である。そのライターの値が三百ペセタだった。物価の安い国にしては高価なライターである。むろん、たばこも定価であるはずはない。定価で売っては、ジプシーも商売にならないのだった。

顕子は、たばことライターをサファリ・ジャケットのポケットに突っこんで広場を出たが、そのときすでに、よけいな買物をした自分に腹を立てていた。彼女は吸いもしないたばこを買い、ライターまで買った。なぜ、そんなまねをしたのか、考えるまでもなかった。だからこそ腹だたしかった。彼女は、この国に恋をしに来たのではなかった。

休日の街路は閑散としていた。銀行も商店もシャッターをおろし、車の数も少なめである。若者たちのグループや家族づれがのんびり通りをたどっていて、閑静でありながら、日曜らしいなごやかさがあった。

顕子は、休日の街にさからうように道をいそいだ。ウォーキング・シューズをはいているので、歩きやすい。歩くのは運動のためであって、グラナダにもどってからは、日中出歩くときはウォーキング・シューズを用いていた。あらたに帽子も買った。サファリ・ジャケットには、すみれ色のリボンを巻いた白い帽子は似合わない。さりげのない帽子が欲しかった。顕子の頭は小さいほうで、サイズの合う帽子は容易に見つからず、サイズが合ったと思うとデザインが気に入らなくて、何軒もの洋品店をまわらねばならなかった。結局、顕子が買い求めたのは、カンカン帽に似たかたちのストロー・ハットである。つばは広くなかったけれども、陽よけになるていどの幅はあった。臙脂色《えんじいろ》の細めのリボンが唯一のアクセントで、すっきりした帽子である。買ったのは水曜日だから、帽子は頭になじんでいた。

この日は、なんの目的もなかった。ミゲルをわすれようとして歩きまわったようなものであるが、かえって彼を思いだすはめとなった。

犬をつれた男を見かけると、ミゲルとドミンゴの姿がよみがえった。白い乗用車が行き過ぎると、ミゲルの車ではないかと、はっとした。顕子は、数台の白い車を目にしたが、いずれもトランクの上に大きなリア・ウィンドーのある、あのシトロエンではなかった。

陽は高くなり、街路樹のオルモの葉影がくっきりと舗道に落ちていた。オルモもまた、集落で見かけた樹木である。集落のオルモは植樹をして年数を経ないのか、小ぶりであったようなおぼえがあるが、グラナダの通りをふちどるオルモは、しっかりと根づいていた。

オルモは、幹の上に濃緑の風船をのせたような樹木である。幹は垂直であるが、こずえはふんわりとまるかった。少なくとも北海道にはない木で、ホテルでたずねてみて、はじめてオルモの名を知った。辞典で調べてみると、オルモは楡《にれ》の一種のようで、なるほどエルムと似た音であるが、札幌に多いエルムの大樹とはまったくことなる木のすがたであった。

顕子が、辞典を鞄《かばん》に詰めこんできたのは、滞在が長びきそうな懸念《けねん》があったためである。スペイン語の習得にたっぷり時間をついやしたのだから、多少はこの地でくつろぎたい気持はあったけれど、それとはべつに、顕子には片づけねばならない問題が残っていた。純との離婚である。名ばかりの夫婦にせよ、彼女は純の妻のままでは死にきれなかった。本吉顕子として生涯を終えたかった。

故国をはなれる直前、顕子は兄の顧問弁護士に離婚届けを書留で郵送した。飯島という札幌在住の四十代の弁護士である。かねてより英嗣は、顕子の手にあまる事柄は、飯島弁護士に相談するようにすすめていた。英嗣も妹夫婦の離婚を見越していたにちがいない。たしかに、画廊宛《あ》てに離婚届けを送ろうものなら、純がにぎりつぶすのは目に見えていた。顕子は届けにそえて、離婚をのぞむにいたったいきさつも書き送った。

純には十年余もつづいている女がいた。三十代後半の無名の画家で、ひところ女は、酔うと顕子に電話をかけてきた。家を改築してまのないころの話である。

「純さんはわたしのものよ。なぜ身を引いてくださらないの？」

離婚に応じなかったのは純のほうであるが、それを言えば女を傷つけそうで、顕子は当惑しながらも女をなだめた。おっしゃるとおりよ、いずれは能戸といっしょになれるでしょうから自信を持ってくださいな。みくびらないでよ、と女がヒステリックに叫んでも顕子はさからわなかった。

顕子は、女からの電話も純に話さなかったが、女のほうはどうであったのだろう。さすがに顕さんだけのことはあるね、ほれ直したよ、と純は語ったことがある。すべてを知りながら静かにすごしている顕子は、純の目から見れば、不気味な妻であったに相違ない。それとも、単に都合のよい妻であったのだろうか。

近年は、純と女の仲も落ちついたようである。能戸画廊の三階はマンション風の造りになっていて、若い絵描きを泊めていた時期もあったが、ここ七、八年は、もっぱら純と女が画廊の三階をつかっていた。職業柄、出張も多いのだけれども、純が自宅に帰るのは週に一度あるかないかである。純があそびはじめ、ひいては女をつくったのは、そもそもの最初から顕子に純への愛情がなかったためであろう。いわば顕子自身がまねいた結果といいえなくもないのだけれど、彼女にとって純は、嫉妬《しっと》すらおぼえない対象となっていた。

顕子は、過去のこまかないきさつまで弁護士には知らせなかった。できうるかぎり客観的に夫婦の現状をしたため、英嗣とも相談のうえ、離婚が成立するよう尽力をしてほしいむねを書きそえた。

顕子がスペインに入国して、やがて三週間になろうとしていた。飯島弁護士は、すでに純と接触しているであろうが、純がただちに離婚に応じるかどうかはうたがわしかった。顕子が本吉家の娘であるばかりに、純は離婚をおそれているのである。離別となれば、画廊の経営にも多少は影響があるかもしれず、なによりも外聞がわるい。へたをすると、スペインでの滞在期限が切れるまでに片はつかないかもしれない。もっとも、顕子には離婚が成立するまで気長に待つつもりはなかった。彼女は、夏の盛りに死をむかえたかった。一応、弁護士に離婚届けを送ったのである。本吉顕子にもどったと思えばすむわけだった。

一時をまわったころ、顕子は町なかの広場で息をぬいていた。建造物にかこまれた広場で、建物の合間に白い家屋の立ちならぶ丘の斜面がのぞまれた。広場は、おそらくヌエバ広場であり、背後の丘陵はアルバイシンであろう。アルバイシンにはミゲルの娘夫婦の住いがあり、かってはミゲルの留守宅もあったようであるが、顕子はアルバイシンへ足をのばす気にはなれなかった。なにしろ、休みもせずに、小路から目ぬき通りへ、目ぬき通りから小路へと歩きまわっていたのである。疲れをおぼえて腰かけを見出《みいだ》したのがアルバイシンの麓《ふもと》であり、気がつくと一時をすぎていたのだった。

一週間まえのいまじぶん、顕子は集落の広場でミゲルとわかれたのである。あのときミゲルは、タクシーの運転手に向かって、自分の大事な恋びとだから安全運転を守ってほしい、と言った。恋をつらぬこうとする男の意志の強さが感じとれる語調であり、目の光だった。そのくせ、いまだにミゲルは姿を見せず、昨夜は電話もなかった。わたしの残り時間は少ないのに、と心中でつぶやくと、顕子はミゲルに腹が立ってきた。

ヌエバ広場もまた、かならずしも居心地のよい場所ではなかった。中央に石造りの大きな噴水はあるものの、緑は少なくて、場末の空間とでもいった広場である。物売りの姿はなく、家族づれも目につかない。人がたえず行き来していて、どうやらここは、アルバイシンと繁華街をむすぶ通り道になっているようだった。Tシャツにジーパン姿の若者が数人、噴水のかたわらでたばこをふかしながら立話をしていた。

顕子は、口さみしくなって、サファリ・ジャケットのポケットから、たばこの袋とライターを取りだした。封を切っただけで、たばこの匂いが鼻についた。彼女は、一本口にくわえて、ライターで火をつけたが、ひと口吸ったとたんに目まいがした。たばことに縁を切って年数がたつうえに、朝食後はジュース一杯口にしていなかった。まして、ドゥカードスはトルコたばこである。動悸《どうき》もおさまらず、顕子はあわててたばこを捨てると、ウォーキング・シューズの底で踏みにじった。吸いがら入れをさがすゆとりもなかった。

顕子は、ドゥカードスの袋もにぎりつぶしかけたが、思い直してライターといっしょにショルダーバッグにしまうと、地図を一枚とりだした。グラナダ県の地図である。気ばらしに遠出をしたくなったのだった。

地図をひろげると同時に、行く先が頭にひらめいた。シエラネバダのパラドールである。顕子は、ミシュランの道路地図も用意していて、出国まえからシエラネバダの山中にパラドールがあり、自動車道路が通じていることを知っていたが、なぜ高山に国営ホテルがあるのかいぶかしかった。ひざにひろげている地図は、集落から引返してまもなく買ったものだけれど、これを見るとなっとくがいく。地図のひとすみに、シエラネバダの簡略な拡大図があって、そこには無数のリフトの記号がある。シエラネバダは、ヨーロッパ最南端のスキー場なのである。ただし、いまはシーズン・オフなので、パラドールが営業しているかどうかはわからなかった。

顕子は、市内地図もたしかめると、ヌエバ広場からアルハンブラの方角へ向かった。休日でもアルハンブラまで行けば、タクシーを拾えそうだった。案のじょう、五分も歩かぬうちに空車をつかまえることができた。顕子は運転手に行く先をつげると、パラドールは営業しているのか、とたずねた。

「やってますとも」と運転手は機嫌よく答えた。「暑くなりゃ、山は涼しいからね。登山の好きな連中もいるしね」

パラドールで食事をしてグラナダへもどる予定だけれど、それまでこの車をチャーターしたい。それとも、待ち時間を入れて精算してくれるか、と顕子が聞くと、運転手は待ち時間で結構だと言った。

「セニョーラはスペイン語が上手ですね。スペイン語もろくに知らん旅行者を乗せると往生しますよ」

顕子が臆《おく》せずスペイン語を話すようになったのは、集落からもどってからのことである。二年間の個人授業は、日本語をほとんどつかわない学習で、カミロ・ホセ・セラの「ラ・アルカリアへの旅」を副読本に、おもに聞きとりと発音をまなんだので、顕子もおおむねスペイン語を理解できるようになってはいたが、アンダルシア地方は訛《なまり》がつよかった。グラナダ空港に降り立ったとき、彼女は耳にはいることばにとまどったものである。マドリードとはイントネーションもちがうし、子音がなまるのか、みょうに騒々しくて聞きとりにくかった。目的地についたことによって彼女は、なかば放心して日を送っていたから、スペイン語を話す機会も少なかった。ミゲルとめぐり逢《あ》い、彼とすごしているあいだに、顕子は急速にスペイン語のやりとりに馴《な》れ、アンダルシアの訛も少しは耳になじむようになった。この運転手は、ミゲルよりもはるかに訛がひどかった。

市街からはなれて山へ向かうのは爽快《そうかい》だった。日曜日はグラナダ市内のレストランも休みのところが多く、そのぶん、バルは混み合うに相違ない。パラドールならまともな食事ができるはずで、顕子は仔羊《こひつじ》の肉を食べるつもりだった。ミゲルは、電話で仔羊を食べるようにすすめていたのである。仔羊のあばら肉がうまい。脂肪は少なく、軽いからアキコにも食べられる、と彼は言っていた。山ほど仔羊を食べてやる、と彼女は胸の中で捨てぜりふを吐いた。

パラドールまでは四十六キロの道のりである。カーブの多い登りであるが、道はよく整備されていた。一台のオートバイとすれちがっただけで、他の車には出会わなかった。パラドールは、山小屋風のがっしりした建物だった。東方に雪を頂いた赤土色の山稜《さんりょう》が見えかくれしていたが、顕子にはのんびり風景をたのしむ余裕はなかった。冷気をふくんだ烈風が吹きつけて、顕子は鳥肌が立ち、帽子もとばされそうである。三千メートル級の山々がつらなるシエラネバダの上方に立つパラドールであった。

顕子は、帽子を押えてパラドールに駆けこんだ。けはいを聞きつけたのか、スーツ姿の男性があらわれて食堂に案内した。木の匂いがしそうな広い食堂である。客はひと組もなくて、顕子は目を見はったけれど、蝶《ちょう》ネクタイに白服のウェイターがひとりいて二重におどろいた。ウェイターは席へみちびくと、うやうやしくメニューを差しだした。三十前後のひとなつこそうな丸顔のウェイターだった。

顕子は、まず仔羊のあばら肉を注文した。スープも飲みたかったが、スープをとっては肉を食べきれなくなるおそれがあって、野菜サラダにし、あとは前菜とリオハの赤ワインを一本たのんだ。

暖房が通っているのか、食堂はあたたかかった。顕子は、前菜の生ハムを食べながらワインをすすりだしたが、ひとりだけの客に、ひとりのウェイターがかしずく山上の食堂は、ぜいたくそのもののように思えた。観光客でごった返していたハエンのパラドールとは大ちがいである。彼女がアルハンブラに足を向けないのも、興味がないという以上に、名所旧跡の混雑がいとわしいためだった。

仔羊は、たしかに上々の味だった。くせがないうえに、さっくりとやわらかくて骨ばなれもよい。スペイン人は健啖《けんたん》家で、ひと皿につく料理の量は多いのだけれど、顕子が残したのは骨だけである。付けあわせのフライド・ポテトは、さすがに半分も食べられなかった。

ワインも四分の三はあけてしまった。飲みすぎては発作的に死にたくなる危険があったけれども、仔羊の肉を口にするとグラスに手がのび、ワインはさらに仔羊の味を引きたてる。グラスがあくと、ウェイターがにこりとして、すかさずワインを注ぐので、つい度をすごしてしまったのである。もっとも、しっかり食事をとったので、顕子は心地よく酔ったにすぎない。彼女は、食後のエスプレッソを味わってパラドールをあとにした。

グラナダのホテルにもどったのは五時半ごろである。下山の車中で酔いが出たのか、タクシーから降り立つと、すこし足もとがふらついた。

小体なホテルは、フロントのカウンターも短めだった。中に立っているのは、この時刻なら三人である。オペレーターの娘と、三十代のなかばに見えるふたりの男性である。滞在が長びいて、顕子はフロントの三人と顔なじみになっていた。

三人は、笑顔で顕子をむかえた。男性のひとりがキーといっしょにメモ用紙をとりだすと、メモに目をやって知らせた。

「セニョール・ゴンサレスからお電話がありました。セニョーラがお出かけになってまもなくです。のちほど、またお電話をなさるそうです」

顕子は、ぱっと目が輝いたのを感じた。サングラスをかけていても、相手は表情の変化を見てとったにちがいない。顕子はキーを受けとると、あわてぎみにエレベーターへ向かった。

V

集落の広場をあとにすると、ミゲルはコルドバ街道へ車をまわした。七時にはまがあるから、顕子が起きだすまえにグラナダに着きそうだった。

近ごろは、グラナダも場所によっては駐車が厄介になっていた。顕子が泊っているホテルの前は、たっぷりと道幅があって、そのせいか駐車に利用するドライバーが多い。ミゲルは、ホテルの前で待ちたいばかりに、早目に家を出たのだった。

月曜日の朝である。きのう電話をかけたときの、顕子の吐きちらしたことばがミゲルの耳に残っていた。

土曜日の夕食後、ミゲルはペペとつれ立ってディエゴの店に出かけた。集落に住みついた当座は、ペペはミゲルの気持を引きたてようとしてディエゴの店へつれだしたものであるが、最近はディエゴもまじえた世間話や、小銭を賭《か》けたカードあそびをたのしみにしていた。酒は二の次である。それはミゲルもおなじであるが、ここしばらく、ディエゴの店でペペとくつろぐ機会はなかった。一昨夜は、まだ顕子に電話をかけてはなかったが、ミゲルはこころよくペペのさそいに応じたのである。

案外、ミゲルは油断をしていたのかもしれない。顕子がグラナダからうごく様子はなく、電話で聞く彼女の声も、日ごとに張りとうるおいを増していた。顕子は、愛のことばこそ口にはしなかったものの、電話を切るまぎわの「ブエナス・ノーチェス」という声音は、たとえようもなくやさしかった。

ミゲルが、はっと失態に気づいたのは、ひと夜あけてからである。もしも、顕子が電話を待ちわびていたとすれば、彼は顕子を裏切ったことになる。たとえ、待っていなかったとしても、ミゲルは、いくどとなくおのれのおもいをつたえていた。連絡を怠っては、口先だけの男ということになろう。ミゲルは、あわててホテルへ電話を入れたが、すでに顕子は外出したあとだった。

ホテルにたしかめてみると、顕子が外出先からもどってくる時間は一定していなかったが、おそくとも五時ごろにはいったんもどると知らされた。これまでの電話によると、顕子は近くのバルで夕食をとっているらしい。部屋で休息をして食事に出かけるのであろうが、五時前後にもどるとすれば、バルへおもむくのは七時すぎになりそうである。六時には顕子が部屋にいるとみて、まずまちがいはなかった。

ミゲルは、六時になるのを待って、ふたたびホテルに電話を入れた。顕子はもどっていて、彼はほっとしたのだけれど、彼女のことばは歓迎すべきものではなかった。「どなた？」と顕子は間のびした調子でたずねたのである。

わたしだよ、よもや、わすれたわけじゃあるまいね、とのミゲルの問いに、顕子は沈黙で応じた。ミゲルが前夜の事情を弁明しはじめたとたんに、顕子は彼のことばをさえぎった。それから彼女は、録音テープにとっておきたいようなせりふを吐きつづけたのである。

――シエスタの最中に電話でたたき起こすなんて非常識もはなはだしいわ。なんですって？　この国の習慣なんぞ知らないわ。百頭ぶんの仔羊のあばら肉を食べて帰って来たところですからね。いまがわたしのシエスタよ。ええ、飲みましたとも。仔羊が百頭ぶんなら、ワインも百本あけなくちゃ追いつかないわ。どこで午餐《ごさん》をとろうが関係ないじゃないの。アンダルシアのある男性が、えらそうに言いつけたことがあるわ。彼の承諾なしに運転をしちゃいけないんですって。どうやら彼は、あの命令をわすれたようね。わたしがどれほど元気になったか、見に来ませんもの。命令をくだしてから百週間もたつのよ。え？　おいでになりたければ、おいでなさいな。仰天なさるわよ。元気をとおり越して、わたしはアザラシみたいに太ってしまったわ。日本では肥満した女を豚にたとえるのよ。わたしは豚。スペインって上品な国ね。太った御婦人がアザラシですもの。アザラシなんて見たことがないんじゃない？　わたしはあるわ。流氷に乗って、流れついたのよ。おさない小さなアザラシだった。わたしは老いさらばえたアザラシよ。足がおもたくて、溺《おぼ》れ死にしそうだわ。

そりゃ一大事だ。優雅なアザラシを見殺しにはできん、とミゲルが言い終えると同時に、乱暴に受話器を置く音が耳についた。ミゲルは、あっけにとられて、しばらくは受話器をおろすのもわすれていた。

顕子は酔っていたようであるが、最初の眠たげな応答をのぞくと、言語は明晰《めいせき》で、泥酔していたとは思えなかった。おそらく、おそめに昼食をとって、寝入っていたか、寝入りばなであったにちがいない。機嫌を損ねるのも当然であるが、顕子の不機嫌は、単に電話のベルで起こされたせいではなかった。すでに、ミゲルは察していた。顕子は、彼の電話を待ちわびていただけではない。彼との再会を待ちのぞんでいたのである。それは、顕子もミゲルを愛している証拠にほかならなかった。

ミゲルは、心のはずみを抑えながらグラナダへ向かっていた。女の気持はかわりやすいから、浮ついてはいられない。顕子の顔を見るまでは安心できなかった。

快晴の朝であった。ミゲルもサングラスを用いていたが、眼鏡を透しても沿線のひまわり畑の黄はあかるく、光の中を走りぬけているようだった。

六月である。帰郷してイネスの失踪《しっそう》を知り、酒びたりの日々をすごした五年前とおなじ季節である。ミゲルは、苦痛も屈辱も二度と味わいたくなかった。もとより顕子は妻ではなく、将来を誓い合った仲ですらないが、いま彼女を失うのは耐えがたかった。

ミゲルは、顕子を集落へつれもどすつもりで家を出たのである。一両日中にはグラナダへ出むいて顕子を説得しようと思っていた矢先の色よい反応であった。五年後におとずれた幸運を逸してはならない。自分の年齢を考えても、今後顕子のような女にめぐり逢えるとは思えなかった。

グラナダの市中にはいったのは、七時をまわってからである。道路が混み合うまえで、顕子の投宿先のホテルの前も車を停めるゆとりがあった。

ホテルの上階の窓に朝日があたっていた。ひとの出入りは目につかなかった。ミゲルは、たばこを一本吸うと、しばらくホテルに目をやっていたが、車の中で顕子を待ちつづけるのも、人目をはばかっているようで落ちつかなかった。そもそも、まだ七時半になってはいない。一時間も運転席で待っていられるものではなかった。

ミゲルは車をロックすると、道路を渡ってホテルにはいった。出入り口の近くにフロントのカウンターがあった。ミゲルは、サングラスをはずしてカウンターへ向かうと、念のために、セニョーラ・ノトは宿泊中か、と中の男にたしかめた。はい、と相手は答えて、御面会ですか、とたずねた。そうだ、とミゲルは言って自分の名を告げ、しかしセニョーラを起こさないでもらいたい、わたしはロビーで待っている、とつたえた。はいってすぐ気づいたのであるが、出入り口の正面奥にロビーらしい一劃《いっかく》があった。

階段と並んで小型のエレベーターがあった。四、五人乗ると、いっぱいになりそうなエレベーターである。その先が、こぢんまりしたロビーである。エレベーターと隣合わせているので、すこぶる都合がよかった。顕子が階下へおりて来さえすれば、見落す心配はなかった。

ロビーの奥は食堂で、ドア越しにひとのけはいが感じられたが、ロビーには客の姿はなく、ボーイもいなかった。一方の壁ぎわに酒瓶を並べた棚があり、小さなカウンターもあって、カフェテリアをかねたロビーのようである。ミゲルはソファに腰をおろしていたが、手持ぶさたで飲み物でも欲しかった。ほどなく食堂のドアがあいて、ウェイターが客をひと組送りだした。ミゲルはウェイターに声をかけ、シェリー酒を一杯注文した。

そのころから、エレベーターの利用客がふえはじめた。食堂へはいる客もあれば、早立ちなのか、鞄《かばん》をさげてフロントへ向かう男もいた。ミゲルは、ときどき腕時計に目をやっては、ゆっくりシェリーをすすっていた。集落の家にいたあいだ、顕子は八時前後に起きだしていたから、階下へ降りてくるのは八時半ごろになりそうである。少々おくれたところで、おなじ館内にいると思うと、ミゲルは気が安まった。

食堂のウェイターは、ロビーにも気をくばっていた。ミゲルのグラスがからになると、テーブルにやって来た。ミゲルは、かわりをことわって勘定をはらった。かれこれ八時近くになっていたし、たとえ軽い酒にしろ、顕子と逢《あ》うまえに飲むのはためらわれた。一杯のシェリーなら、飲んだうちにはいらなかった。

顕子が階下に降りて来たのは、八時半にはまのある時刻だった。エレベーターの降下音につづいて、扉のあく音がした。ミゲルが反射的に目をやると、四、五人の客の中に顕子の姿があった。見慣れぬ帽子をかぶり、黄色味をおびた白っぽいジャケットをはおっていたが、真っ先にミゲルの目にはいったのは、彼女の濃いサングラスである。

顕子はミゲルに気づかずに、客の最後からフロントのほうへ向かいかけた。たっぷりしたジャケットのせいか、パンタロンをはいたうしろ姿は、文句のつけようがないほどすっきりしていた。白と紺の格子《こうし》柄のパンタロンである。ショルダーバッグを下げて、片手にキーを持っていた。

ミゲルは、足早に追いついて顕子の肩に手を置いた。顕子は、びくりとして振りむくと息を呑《の》んだ。

「ミゲル……」

ミゲルは、思わず顕子を抱き寄せた。「やっと名前を呼んでくれたね」

昼をかさねようとすると、顕子はとっさに顔をそむけて、ここじゃだめ、ここじゃだめ、と繰り返しながら両手で彼の胸を押しのけようとした。

階段の上方の、にぎやかな話し声が耳について、ミゲルも腕をといた。顕子は、軽く上気して帽子のつばを直すと、日本人には公《おおや》けの場で抱擁や接吻《せっぷん》をする習慣はない。これから朝食をとりに出かけるけれども、人なかでは気をつけてもらいたい。グラナダには日本人の観光客も多いのだから、とことわってフロントにキーをあずけて来た。

ホテルを出ると、ミゲルは顕子の肩を抱いてビブランブラ広場へ向かった。顕子も彼の腕を振りはらおうとはしなかった。むしろ、うれしげに寄りそい、足取りも軽かった。

「すっかり元気になったね」とミゲルは言った。

「毎日、歩いてたんですもの」

故国では週に二回は泳いでいた。アザラシは泳ぎが好きなのよ、と顕子はおどけた。

「アキコの家にはプールがあるのかね」

とんでもない、プールつきの家に住む日本人は、よほどの大金持だろう。札幌は北国だから、プールのある家なぞないのではないか。でも、義務教育を受ける子どもたちの学校にはプールがあるし、市民が通う屋内プールもたくさんある。わたしは屋内プールで泳いでいたのだ、と顕子は知らせた。

ミゲルには、顕子のスペイン語は、酔ったときのほうが達者に思えた。きのうの電話は啖呵《たんか》ともいうべきもので、スペイン暮しの長い女のせりふのようだった。いま、耳にすることばは、やはり外国人が話すスペイン語である。とはいえ、カステーリャ風の発音は美しく、初対面のころにくらべると格段になめらかな語調である。なにより声に生気があった。

ミゲルは、ビブランブラ広場の近くのチューロ屋で、ふたりぶんのチューロを買い、カフェ・コン・レチェも注文してカフェ・テラスの席についた。彼は、コーヒーだけ飲んで家を出たのである。いっしょに朝食をとりたかったと言うと、顕子の顔はあかるんだ。

チューロは、新聞紙にくるんで渡されるので、席につくまでに紙に油がにじんでいた。顕子は、紙ナプキンをミゲルに渡して手をふくようにすすめ、皿がわりに数枚の紙ナプキンをかさねて、それぞれの前に置いた。ジプシーの紙ナプキンも役に立つのよ、と顕子は笑顔でチューロをつまんだ。

食後の一服は、ミゲルの習慣である。顕子は、たばこに火をつける彼を見守っていたが、ショルダーバッグに目をやると、バッグをあけてたばこの袋を取りだした。ミゲルは、ひと目でドゥカードスだと気づいた。

「アキコも吸うのかね」

「いいえ」

顕子は、はにかんだようにほほえむと、むかし吸ったことがあるので買ってみたけれども、このたばこはきつすぎる。封を切ってしまったけれど、吸ってほしい、と言ってミゲルに袋をさしだした。

封を切ってあるばかりか、しわの寄った袋であったが、自分の吸うたばこの銘柄をおぼえていてくれたのかと思うと、ミゲルはいとおしさがつのって、テーブル越しに顕子の片手をとった。

「村にもどろう。承諾してくれるものと信じているよ」

顕子は承知をしたが、ちょっとまをおくと、わたしは旅行者なので、いずれはわかれねばならない。それでもかまわないのか、と念を押した。

「アキコ、あとのことを考えるのはよそう。こうしてアキコと逢って、わたしの胸はよろこびでいっぱいなのだ」

「わかりました」それから、と顕子は口ごもった。「毎晩は困ります」

「そいつは受け合いかねるね。なにしろ、魅惑的なアザラシだからね」

ミゲルは、相手をからかってみたにすぎない。のぞみどおりことが運んで、つい、軽口をたたいたのだった。

顕子は顕子で、みずからに問いかけていた。ミゲルのおもいをうたがうことはできない。いのちを絶つまでのひと月かふた月、彼とともに過ごしてもゆるされるのではないか。彼との出会いは、何者かが、ここはカトリックの国だから、もしかすると神があたえてくれた最後の贈物かもしれない……。

顕子がミゲルに心ひかれたのは、かならずしも性愛によってではなかった。その胸の厚さとおなじく、ひととしての奥行きの深さを彼女は感じとっていた。

ビブランブラ広場を出ると、ふたりはホテルの前へ引き返した。ふたりは、正午にホテルで落ち合う約束をして、その後は別行動をとった。

このホテルのチェック・アウト・タイムは正午だった。顕子は、まずフロントの客室係に、正午にホテルを引きはらうむねをつげた。予約した日数より少々早い出立になったわけで、顕子は若干気がとがめたけれど、相手は不快な顔もしなかった。ミゲルがホテルへ来たことによって、この日の出立を予期していたような様子であった。

部屋にもどると、メイドが掃除にとりかかっていた。一見、無愛想な初老のメイドで、洗濯物を渡すのもおなじメイドである。顕子は事情を話して、掃除は部屋をあけてからにしてほしいとたのみ、世話になった礼を述べて心づけを渡すと、この日あがる予定の洗濯物がとどく時間をたずねた。二時ごろになりそうな話だった。それなら、集落へ持って行くことができる。ミゲルは、グラナダで昼食をすませて集落へもどる予定を立てていた。

顕子は、正午近くに荷物を階下へおろして、支払いをすませた。

「クリーニングに出された物のお返しは明後日になりますが、どうなさいますか」と会計係がたずねた。

きょう仕上がる洗濯物は下着類で、顕子は土曜日に、ブラウスと白のパンタロンをクリーニングに出していた。彼女は、ここへ送ってほしいと言って、用意してきたメモ用紙を会計係に渡した。そこにはミゲルの名と、彼の住いの所番地を記してあった。

「いなかはよろしいでしょうね」と会計係は笑顔で応じた。

「はい。オリーブ畑がみごとです」

ロサーレス村にはタクシーを手配してもらったこともあって、フロントのふたりの男性はもとより、オペレーターも顕子とミゲルの仲に勘づいているはずであったが、顔色には出さなかった。終始にこやかに応待するところは、観光都市の比較的あたらしいホテルのせいかもしれない。顕子は、洗濯物の送料も渡すと、荷物をフロントにあずけてホテルを出た。

駐車中の車がふえていた。ミゲルは、車を出しやすい場所に移したらしい。白のシトロエンはホテルのはす向かいの位置に停めてあって、そのかたわらに彼の姿があった。彼は後部座席のドアをあけて、なにやら荷物を収めていた。

ミゲルは、市場《メルカド》で食料品を買って来たのである。顕子に仔羊《こひつじ》を食べたと聞かされたので、彼もひさしぶりに仔羊を食べたくなっていた。もっとも、顕子は食べたばかりなので、何日かは冷凍庫に保存しておくつもりだった。魚にしても、グラナダのメルカドは種類が豊富であったし、なによりも鮮度がよかった。彼は、アイス・ボックスを用意して来て、おもに鮮魚と肉類を買い求めたのである。アイス・ボックスは、リア・シートの下に置いた。

ロックをして車のそばからはなれると、ちょうど顕子が道路を渡って来た。

「どこへいらしたの？」と顕子が聞いた。

「メルカドさ。ドミンゴのブラシも買ったがね」

「メルカド？　わたしも行きたかったわ」

「アキコは先に荷物をまとめなくちゃね」

「それは、そうですけれども……」

町歩きの途中でメルカドをのぞいてからというもの、顕子は毎日メルカドに立ち寄っていた。それが、顕子の大きななぐさめだった。顕子の目をひいたのは、魚介類よりも野菜やくだものであったが、くだものも野菜も品数が多いうえに、穫《と》りたてのようにみずみずしかった。野菜は、すべてキロ売りであったが、値がまた、びっくりするほど安いのである。彼女は、買出し客の体臭や、香辛料とくだものの芳香が入りまじったメルカドの熱気の中で、食に関しては、この国のひとびとは故国とちがって、はるかにゆたかであるように思えてならなかった。

顕子は、ミゲルにメルカド通いを知らせて語をついだ。

「お米のように小粒のパスタがあるでしょう。あれ、お買いになった？」

「パスタなら集落でも手にはいるよ」

「小粒のパスタよ」

「さてな」

それより、肝腎《かんじん》の用件が残っていた。顕子のパスポートをコピーにとらなければならなかった。ミゲルは、身分証明書を顕子に示すと、グラン・ビアのほうへ向かいながら説明した。

これはカルネと言って、スペイン人なら誰しも常時持っていなくてはならない。アキコは外国人だから、パスポートということになるが、外出時にいちいちパスポートを持ちだすのは厄介であるし、紛失のおそれもある。アンダルシアには長期間滞在している外国人が多いのであるが、平生《へいぜい》かれらはパスポートのコピーを持ち歩いている。コピーならかさばらないし、アキコもそうしたほうがよい。

以前、アントニオが、長期にわたって住み暮している外国人についてふれたことがあった。気にもとめずに聞いた話であったが、顕子を集落へつれもどすときは、パスポートのコピーをとらせようと、ミゲルは考えていた。日曜日は、コピー屋もメルカドも休みなので、ミゲルは、週あけ早々にグラナダへ出るつもりだったのである。

コピー屋で用事をすませたあとは、顕子の買物につき合わされた。顕子が買い求めた品は、エプロンが三枚と二足のサンダルである。サンダルは、二足ながらビニール製の突っかけである。一足はふだんばき、一足は室内用だと知らせると、顕子は、つば広の麦藁《むぎわら》帽子もほしいと言いだした。

「よもや畑仕事をするつもりじゃあるまいね」ミゲルは多少心配になって言った。「アキコはドミンゴの相手をしていりゃいいんだよ」

ドミンゴと畑へ行くにしても、この帽子はおしゃれ用なのでかたちがつかない。つばは広くても白い帽子は論外だ、と顕子は述べた。

言われてみると、そのとおりであったが、麦藁帽子なら集落にもある。そのむね知らせると顕子は、グラナダで買ったほうが無難だと思う、と言った。いま、かむっている帽子をさがしたときも苦労したそうである。ミゲルは、女の小物については無知にひとしく、顕子のことばにしたがった。

かれこれ二時であった。帽子はあとまわしにして、ふたりはバルで昼食をとることにした。

「アングラスを食べよう。ディエゴの店にはアングラスはないからね」

「最初にはいったお店？」と顕子は声をはずませた。「あれからアングラスを食べたことはないわ」

「仔羊はどこで食べたのかね」

「雲の上よ。夢の中かもしれないわ」

この一週間のうちに、顕子はグラナダの繁華街を知りつくしてしまったようだった。ミゲルに言われるまでもなく、角を折れて、ふたりがはじめて食事をとったバルのほうへ向かった。

ミゲルは、ふと気がついて注意をした。

「アキコはエプロンを三枚も買ったが、エンカルナの仕事をとりあげちゃいけないよ。たかの知れた報酬にしろ、エンカルナにとっては貴重な小遣いなんだからね」

「あら、わたしは家事が苦手よ」

なかでも掃除と洗濯はきらいだ。アイロンがけもしたためしがない。週に一回、家政婦を雇って家事をまかせていた、と顕子は知らせた。

「でも、ひとつだけわたしにも好きな家事があるの。おわかりになる？」

ミゲルは見当がつかなかった。だいたい、顕子と家事とは彼の頭の中でむすびつかない。彼女の様子からみて、メイドを何人も使っていたのではないか、と推測していたのである。週に一度、家政婦を雇っていたとは思いがけなかった。ミゲルがおどろきを口にすると、顕子は微笑した。

「大戦後は事情がかわったわ。むかしは大ぜいの女中を使っていた家庭もあったのですけれど」

「アキコは、そういう家庭で育ったんじゃないのかね。家事が得手とは思えんよ」

「好きな家事があると言ったじゃありませんか」

「編物かね」

「お料理よ」

「料理？」ミゲルは立ちどまりかけたが、歩調を落してたしかめた。「アキコは料理をつくれるというのかね」

「ええ。ふしぎね。家事と名がつくものはきらいなのに、調理だけはむかしから好きだったわ」

ミゲルは、なっとくすると同時にはっとした。調理が得意な人間は、味覚もするどいはずである。顕子が集落から去った一因は、がさつな男の手料理に閉口したからではないのか。

ミゲルのおもいをよそに、顕子は楽しげに語りつづけていた。

スペイン料理は知らないのだから、遠慮なく注文をつけてほしい。これまでの経験によると、にんにくとオリーブオイルがスペイン料理の基調のようだ。

「わたしも研究して、お口に合うものを作るようにするわ」

「アキコの作った料理なら、なんでもうまいだろう」とミゲルは、よろこびをおぼえながら言った。

お塩がききすぎていたりして、と顕子は肩をすくめてから真顔になった。「きょうは月曜日でしょう。エンカルナがくる日じゃない？」

「うん。合鍵《あいかぎ》を渡して来た」

月曜日に外出する場合は、ミゲルはエンカルナに合鍵を渡してくる習慣だった。この日は顕子をつれもどすつもりだったから、掃除は欠かせなかった。

先週の月曜日、ミゲルの家に来たエンカルナは、顕子が去ったと知って落胆した。トルティージャも気に入らなかったのか、とエンカルナは不服そうにたずねた。そんなことはない、アキコが最も感嘆したのはトルティージャだ。アキコは体調をくずしたので、グラナダで休養している。かならずここへもどってくる、とミゲルはエンカルナをなだめた。エンカルナは半信半疑の面持ちだったが、けさ、合鍵を渡してグラナダまで出かけるむねをつげると、アキコをむかえに行くのか、と目を輝かせた。

「エンカルナがアキコを待ってるよ」とミゲルは顕子に知らせた。「ドミンゴもアキコを待ちわびている」

「早くドミンゴに会いたいわ」

「ドミンゴがアキコの恋びとのようだね」

「そうよ。恋びとがふたりもできたの」

顕子は、彼の腕に頬を寄せると、帽子のつばをただして足を早めた。

VI

集落で顕子を待っていたのは、ドミンゴとエンカルナだけではなかった。ペペもむかえに出ていた。

グラナダでの買物に手間どったため、集落の広場に到着すると六時をまわっていた。ディエゴの店のテラス席に客があるようだったが、助手席から降り立った顕子の目にはいったのは、まっしぐらに駆け寄ってくるドミンゴだった。金茶色のかたまりがとんでくるようだった。

ドミンゴは、ペペ夫妻といっしょにディエゴの店で待っていたのである。ミゲルがそれと知らせて、ことばをついだ。

「ペペのやつ、よそ行きの帽子をかむってるよ。アキコをむかえに出たんだろうから、紳士のたしなみを心えていたわけだ」

ソフト型の白っぽい帽子は、春から夏にかけて、ペペが家族そろって日曜の礼拝に出かける折に用いるものである。母親と細君に注意されてのことだろうが、その帽子をかむると、わずかながらもペペの背丈は高く見える。テレサはともかく、エンカルナはペペよりも大きいのである。そこまで話さずに、ミゲルはべつの表現をつかった。

「アキコ、エンカルナがペペをエスコートしてくるよ」

なるほど、そんな感じの夫婦であった。ふたりは腕を組んで道路を渡って来たが、エンカルナはペペの腕をとらえ、ペペはエンカルナから逃げだしたがっているように見受けられた。ペペは、故国の男子高校生より小柄であったが、エンカルナはペペより上背があるうえに、固太りの健康そうな女である。ドミンゴが、しきりに頴子にとびついていた。頴子は笑いをこらえてうつむくと、ドミンゴの頭をなでた。

ミゲルが、ペペ夫妻に頴子を引きあわせた。ペペは剽軽者《ひょうきん》だと聞かされていたが、少々あがっていた。頴子が握手を求めると、あわてぎみに手を握り返し、それから内気な少年のように鼻の脇《わき》をこすった。エンカルナのほうは、頴子の肩に手をかけ、卒直によろこびのことばを口にした。首は太かったが、そばかすの散った丸顔には愛嬌《あいきよう》があった。

「おまえのおかげで、二時間もディエゴのところでメリエンダだぜ」ペペはミゲルに向かって言うと、テラス席でだ、なんとまあ、エンカルナとテラス席でだ、と繰り返した。

「なに言ってるの。一時間じゃないの」とエンカルナがやり返した。だいたい、あんたはアキコを見たくてしようがないのに、ひとりじゃ恥ずかしくて、わたしをつれだしたのよ。アキコ、ペペはいつもこの調子なのよ。

ペペもエンカルナも訛《なまり》は強かったけれど、それほど早口ではなかった。なかでもエンカルナの声は、あかるく張りがあって、顕子も聞きとりやすかった。女同士のせいか、顕子はペペよりもエンカルナに親しみをおぼえた。

ミゲルは、エンカルナを心だのみにしていた。調理なら、エンカルナにたずねたほうが早い。家へ向かいながら彼は、アキコの相談にのってやってほしいとたのんだ。洗濯も依頼した。ミゲルが洗濯をしようものなら、顕子は手をだしかねなかったし、彼自身農作業にかかると、エンカルナに洗濯もたのむ習慣だった。

顕子は、下着までエンカルナに洗ってもらうのはためらわれたが、口をはさめるものではなかった。ペペが、女房は使いべりのしない女だから、いくらでも使ってくれと言いだすと、すかさずエンカルナは言い返した。ミゲルはあんたの友だちではないか。アキコは遠い国から来たのだし、折れそうなほど細い。大きなシーツを洗えるはずがないではないか。それに、ペペには言いたくないけど、洗濯をするとミゲルは手間賃をふやしてくれる。うちの洗濯物にくらべりゃ、ミゲルの家の洗濯なぞたかが知れているのにさ、といったぐあいである。エンカルナは、かるがると顕子のボストンバッグをさげていた。男たちも荷物を手分けして持ち、顕子ひとりが手ぶらに近い恰好《かっこう》だった。ドミンゴがうれしげに、四人と前後していた。顕子は、なかば上気して坂道をたどったのだった。

ペペとエンカルナは、玄関先で荷物を渡すと、自宅へ引き返した。真向かいの家だから、声のとどく距離である。ペペは、ドアを半びらきにしてミゲルに向かってウインクをし、エンカルナにうながされて家にはいった。

ミゲルとふたりで荷物を屋内に運び入れると、顕子は思わず息をついた。ふたりは顔を見合わせ、どちらからともなく抱き合って唇をかさねた。ふたりのおもいが自然にかよい合ったひとときだった。

ドミンゴが、ふたりの足もとですねたように鼻を鳴らしていた。顕子は身をこごめると、ドミンゴの首や頭を撫《な》でさすった。ドミンゴは顕子のひざに前肢をかけて、彼女のあごから鼻先までなめまわした。お化粧がはげちゃう、と顕子は日本語で言いながら、あたたかな犬の舌の感触と、なめらかな毛脚の手ざわりに、ようやくやすらぎをおぼえた。

荷物を寝室に運んで、居間でひと息入れると、顕子は寝室に引き返した。小物の整理はともかく、スーツ類はハンガーに掛けておきたかったし、まずは着替えをしなければならなかった。

荷物がふえて、ボストンバッグははち切れそうにふくらんでいた。顕子は、ボストンバッグの中から、買物包みをとりだした。サンダルとエプロンのほかに、夏服のワンピースの包みがあった。白地にライトグレーとオレンジの小花がとんだワンピースである。顕子は、ふだん着がほしくて、これをさがしだすのに時間をついやしたのである。手持ちの衣類の中にも、ふだん着にしてもおかしくないワンピースがあったし、綿のパンタロンやメッシュのサマーセーターなぞも用意してあったから、日常の衣服はやりくりがつきそうだった。

新品のワンピースにエプロンをつけて居間へもどると、ミゲルは目をみはった。

「晩めしをつくるというのかね」

「そうよ。おそわることが山ほどあるわ」

「おしえるのはあすでもいいさ」

晩めしはわたしがつくる。アキコはのんびりしていなさい、とミゲルは言ったけれども、顕子は聞き入れなかった。調理用具や火のあつかいかただけでも知っておきたかった。夕食の皿数は少ないのだから、おそわるにはかえって都合がよかった。

「ふたりでつくりましょうよ。ミゲルが先生、わたしはおぼえのいいお弟子よ」

そう言われると、ミゲルの気持もうごいた。イネスと暮していた歳月、夫婦で台所に立った経験はあったろうか。マリアが赤子であったじぶん、むずかる子をなだめつつ、じゃが薯《いも》と豚の脂身《あぶらみ》を煮込みながらイネスの帰宅を待っていた記憶がよみがえると、かたわらにいる顕子へのおもいがつのった。

「さて、なににしようかね」

目玉焼きとオリーブ漬は、すぐにきまったものの、スープのひと皿はほしいところである。スープの具には生ハムとグリーンピースがよさそうだったが、それだけでは少々物足りなかった。ミゲルは、顕子といっしょに台所へはいると、冷蔵庫から窓のほうへと目を移して、パスタが残っていたことを思いだした。三、四センチの長さの細めのパスタである。

窓ぎわの一方のはしにレンジがあり、横の壁面に銅の鍋《なべ》やフライパンがさがっていて、鉤《かぎ》の手になったレンジと壁の隙間《すきま》にブタンのボンベが組込まれていた。

ミゲルは、パスタとグリーンピースを茹《ゆ》でるために鍋を火にかけ、顕子は豌豆《えんどう》の莢《さや》を割って豆をとりだした。莢は固くなりかけていたが、実は食べごろである。ひとつかみほどの豆を洗うと、湯が煮立って、顕子はミゲルに塩入れを取ってもらった。塩を少々入れて茹でると、豆の緑はあざやかになる。パスタにしても芯《しん》を残してはならず、茹ですぎては味が落ちる。箸《はし》というものがないので、顕子はフォークをつかって茹で加減をたしかめながら、グリーンピースとパスタを茹であげた。

そこまではよかったのであるが、ミゲルに生ハムを出してもらって、顕子はとまどった。包丁は調理台の下の引出しから、顕子がえらんでとりだしたのであるが、俎板《まないた》が見あたらなかった。顕子は、パスタの長さにそろえて生ハムを切るつもりだった。

「ミゲル、俎板はどこよ」

「俎板？　そこで包丁をつかうんだよ」

ミゲルが指さしたのは、顕子が包丁を手にして向かっている調理台である。レンジと流しにはさまれているうえに、横幅がたっぷりあって、調理には都合よくできていた。表面に大理石らしい石が張ってあった。古びてはいたが、薄紅色の縞目《しまめ》がとんだみごとな石である。茹であげた豆とパスタの笊《ざる》がレンジのかたわらに置いてあった。

「これ、大理石じゃない？」

「そうだよ。これだけはむかしのままだ」

バルセローナではたらいているあいだに、いなかの暮しもかわった。簡易水道は引かれたし、レンジがある場所には竈《かまど》があった、とミゲルは感慨深げに知らせた。

「便利になって助かってはいるがね」

「俎板はつかわないの?」

「ここらじゃつかってないようだね」

大理石が俎板とは古代ローマ時代につれもどされたようであったが、実際に調理を引受けた立場になると、よろこんではいられなかった。大理石であろうが、なんであろうが、顕子は石と名がつくものの上で包丁をつかった経験がなかった。包丁の歯がこぼれそうであったし、そもそも魚肉からパンまでおなじ調理台の上であつかうことに抵抗感があった。

顕子は、ミゲルに故国の習慣を話して、俎板の有無をたずねてみた。さいわいにも俎板はあった。流しの下の物入れにしまいこんであった。娘が用意したものだそうだから、都市に住む若い主婦は俎板をつかうのかもしれない。少し小ぶりな俎板だった。

「スープのお鍋をかけてないわ」と顕子は俎板を洗いながら気がついた。「うっかりしてたわ。スープは既製のブイヨンを使うの?」

「うん。簡単だからね」

ミゲルは、鍋を火にかけると、固型ブイヨンの箱をとってきた。家庭でスープをとる場合は、生ハムの骨や豚の背骨、塩漬の豚の耳やら尾なぞ、いろいろ使うようだが、このブイヨンも結構うまい。アキコは張りきっているが、決して無理をしてはいけないよ。いっしょにいてくれるだけでいいんだからね、とミゲルは軽く顕子の肩を抱いた。

ミゲルは、あれこれ顕子におしえながら食卓をととのえると、最後に卵を焼いた。ただし、ひとりぶんである。どっしりした油壺《あぶらつぼ》がひとすみに置いてあって、ミゲルは油専用の杓子《しゃくし》で、たっぷりとフライパンにオイルをそそぎ入れ、卵を二個割りこんだのである。目玉焼きというよりは、卵の油煮である。顕子はびっくりして、それはあなたが食べてほしいとたのみ、ミゲルが油を捨てたあとのフライパンで卵を一個焼いた。日本では油を薄く引くむねを説明すると、こんどはミゲルが考えこむ顔つきになったけれど、すぐに笑顔にもどった。まあ、国によって食い物はちがう。アキコはトルティージャも仔羊《こひつじ》も好きなんだし、目玉焼きくらい好きなように焼きなさい。わたしのぶんはこちらの流儀でたのむよ……。

食卓につくと、顕子はミゲルとグラスを合わせてワインをすった。グラナダのバルでも軽くグラスを合わせたけれど、この台所で、ふたたびミゲルと食事をとることになるとは、集落から立ち去るときは思いもしなかったなりゆきである。何日か滞在し、たびたびワインを飲みながら、グラスを合わせたおぼえはなかった。

顕子は、やや厚目の古風なワイングラスの重みになつかしさをおぼえた。地酒のさっぱりした味わいもなつかしかった。やはり古風な、すかし彫りのはいったデカンターにも見おぼえがあったし、格子《こうし》柄のテーブルクロスも見知っているものだった。食事どきにクロスを用いるのは、じかにパンを置くためかもしれない。顕子が去ったあと、ミゲルはクロスを用いていなかったのではあるまいか。

ワインは、地下の納屋《なや》にたくわえている大瓶から、ミゲルがデカンターに入れてきたのである。まえに滞在した折、顕子はミゲルにさそわれて、気がすすまぬままに納屋をのぞいてみた。階段の途中に小窓があって、家屋の横の小路の石段が見えたから、あるいは半地下なのかもしれなかった。

納屋には藁《わら》づと様の籠《かご》にはいった酒瓶がいくつかあり、大きな油壺もあったけれど、顕子の印象に残るのは天井からさがった裸電球であり、その周囲に吊《つ》るされていた生ハムの塊や腸詰めだった。ひんやりした納屋には、ワインやオイルや腸詰めの匂《にお》いが入りまじった異国の香りがこもっていたように思い返される。

この家でつかうオリーブオイルの原料は、むろんミゲルの畑で熟したオリーブである。オリーブの生産者は、油工場にオリーブを売り渡すのであるが、自家用として油の一部を引きとる仕きたりだった。一番搾《しぼ》りだから香りもよく、すこぶるうまい。オリーブ農家のぜいたくは、良質のオリーブオイルをつかえることだと聞かされた。いま思うと、ミゲルが熱をこめて語ったのは、オリーブに関してだった。

――アキコ、畑に行ってみないかね。花の盛りはすぎたが、まだ咲いている。可憐《かれん》な星のような小さな白い花だ。薄緑の花もある。花粉がくっつくのは困るが、あれだって天のめぐみの前ぶれだ。いまは花粉もおさまったしね。オリーブ畑は、初夏の風と花の香りにみたされている。アキコも畑へ行くと元気になるよ。

顕子は、彼のことばを聞き流したばかりか、一歩も戸外へ出なかったのである。

「まだオリーブの花は咲いているのかしら？」食後に居間へ移ってから顕子は聞いた。

「おおかた終ったね。遠方の畑に少々残っているが、あすにでも行ってみるかね」

「最初に畑を見せていただいたとき、花を見たおぼえがあるわ。房のような花でしょう？」

「アキコは、ちゃんとわたしのオリーブを見てくれたんだね」

「そうよ。ですから、畑のお仕事をなさってほしいの」わたしはドミンゴの相手をしたり、お料理を作っている。もちろん畑にも行ってみる、とつづけると、ミゲルは、大丈夫かね、と心配そうにたずねた。

「大丈夫よ。お向かいにはエンカルナもいることですし……」

顕子が屋敷内に引きこもったまま集落から去り、ふたたび舞いもどったことは、集落のひとびとに知れ渡っているはずである。ミゲルもまた、顕子の滞在中ろくに畑に出なかった。ミゲルが怠惰な男とは思えなかったが、まえのようなありさまでは集落での評判を落しかねなかった。ミゲルのためにも、日々の暮しにはけじめをつけるべきだった。そう思いきめて、顕子は集落へもどったのである。

ミゲルも農作業の段取りを考えないわけではなかった。七月にはいるとすぐ麦刈《か》りがはじまるのであるが、同時にアントニオとルイスがこの家にやってくる。マリアは、つとめの都合で、あとからたずねてくる。娘夫婦と孫が集落の家で半月ほどすごすのは、例年のならわしだった。

そのまえに、にんにくや早生《わせ》のじゃが薯を収穫しなければならなかった。人参《にんじん》や玉葱《たまねぎ》の穫《と》り入れもひかえていたし、さくらんぼや杏《あんず》は熟れかけていた。

ミゲルは、娘一家の来訪については、とくに心配はしなかった。彼らがやってくるまでには、まだ二十日ほどあった。それまでには顕子も多少は集落の暮しになじむであろうし、顕子ならば娘一家ともうまく折合ってくれるにちがいなかった。ただ、この場で娘夫婦の話を持ちだすつもりはなかった。顕子は、ようやく集落へもどった直後なのである。彼のほうこそ胸をなでおろしているのであって、いましばらくは娘夫婦の存在をわすれ、顕子とよろこびをともにしていたかった。

「それじゃ、あすから畑で汗をかくことにするかね」とミゲルはさりげなく言った。

「そうなさって」

顕子の目があかるんで、彼女は足もとで寝入っているドミンゴの背をそっとなでると、ミゲルの肩に頬をもたせた。

「眠くなったわ。今夜は食べすぎね」

その夜、顕子はミゲルと抱き合った。シーツも枕《まくら》もしわひとつ寄っていなかったし、彼女をかき抱く腕は狂おしくやさしく、顕子は、快楽よりも深い安堵《あんど》につつまれて寝入ったのである。

翌朝、食事を終えると、ミゲルは作業衣に着替えた。上下ともにあかるいベージュで、登山帽に似た布地の帽子をかむった。ペペの作業帽よりはましだ、いや、ペペの帽子のほうが風格があるね、とミゲルはおもはゆげに笑い、無理をするんじゃないよ、と言い置いて畑へ出て行った。

ミゲルは、午前中の軽食をとりにもどってきたが、一時間ほどくつろぐと、ふたたび畑へ出かけた。軽く朝食をすませて、昼食は午後二時なのだから、途中でなにか口へ入れることになるらしい。しかも夕食はおそくて、五時ごろメリエンダをとる。調理を引き受けてみたものの、なんと、この国では日に五度も食卓につくのである。もっとも軽食はティータイムのようなものであり、ひとびとが食事《コミダ》と呼ぶそれが昼食なのである。

顕子は、軽食をすませてひとりになると、早速昼食のしたくにかかった。昼食のまえにパンを買いに行かなければならない。メインの食事が昼で、パンが主食の国である。女たちは、毎日昼まえにパンを買いもとめる習慣だった。エンカルナが、パン屋へ案内してくれる手はずになっていた。顕子が早目に台所に立ったのも、パンを買う予定があったからである。

献立は、すでにきめてあった。ミゲルがグラナダのメルカドで買ってきた魚介類の中に舌びらめがあった。活《い》きのよい立派な舌びらめである。それをムニエルにし、ポテトスープにトマトサラダをそえる。じゃが薯も玉葱もセロリも、それにトマトも、使えといわんばかりに、台所の野菜籠にはいっていた。じゃが薯とセロリとトマトは、ミゲルが軽食にもどったとき、畑から穫ってきたものだった。

顕子としては、ヴィシソワーズを作りたかったが、夏めいてはきても、暑さを感じるほどではなかった。あたたかなスープのほうがよさそうである。だいたい、じゃが薯をスープに仕立てる風習があるのかどうかさえ知らなかった。ポテトスープを思いついたのは、流しのとなりのコーナーにミキサーがあったからである。電子レンジや電動式のコーヒーミルも、おなじ一角に置いてあった。

薄紅色の調理台は白壁に映えて、北向きながら周囲はあかるかった。六畳以上はありそうな台所である。調理の邪魔になるからといって、ドミンゴはミゲルがつれて行ったので、台所にいるのは顕子ひとりだった。

顕子は、薄切りにした野菜を鍋で炒《いた》め、水と固型ブイヨンを加えて煮込んだ。薯と玉葱とセロリのほかに、にんにくも一片つかい、オリーブオイルで炒めたので、スペイン風の味つけになるはずである。煮あがった野菜は、少量のスープといっしょにミキサーにかけ、ふたたび鍋にもどした。あとは、ミゲルが帰宅する直前にミルクを加えてあたため直すとすむのである。

つぎに彼女は、魚の下ごしらえをした。腸《わた》を出して水洗いをし、水を拭《ふ》きとって、直接調理台の上で塩胡椒《こしょう》をした。魚をあつかうには、調理台のほうが便利だった。粉もはたきやすそうである。粉をはたくのは、パン屋から帰ったあとになるが、小麦粉は用意しておいたほうがよかった。

顕子は小麦粉をさがしはじめた。食卓を片寄せた壁に作りつけの細い棚が二段あって、瓶類が並んでいたが、小麦粉は見あたらなかった。くさいのは、前夜ミゲルがパスタを出した引出しである。それは、電子レンジやミキサーを置いた台の下の引出しである。ミゲルは、いちばん下の引出しからパスタの袋をとりだしたのだった。

下の二段は、上の引出しより深めにできていた。下から二番目の引出しには二個のカップと皿がおさめられ、上のほうは、ふだん使うスプーン類やクロスを入れた引出しである。顕子が、まだ見ていないのは最下段の引出しだった。顕子は重みを感じとりながら、その引出しを開けた。

小麦粉はなかった。ひとすみに使い残しのパスタの袋があったが、最初に目をとらえたのは、かなりの量の缶詰である。ひらたい矩型《くけい》の缶詰で、ひと目で鰯《いわし》の缶詰と知れた。奥ゆきのある大きな引出しだったが、奥には粗塩の袋がひとつ突っこまれているだけだった。前部に鰯の缶詰が積みかさねられていたのである。

ほかに、小麦粉のありそうなところはなかった。調理台の下にも浅い引出しが三つ横に並んでいたが、そこは、包丁やこまかな調理用具を入れてある。流しの下の物入れと冷凍冷蔵庫も前日見ていたから、どこになにがあるのか、顕子はほぼおぼえていた。ミゲルは、鰯の缶詰が好きなのであろうか。顕子は、首をかしげて缶詰を一個手にとった。ラベルを見ると、小鰯の油酢漬である。スペイン産の缶詰だった。

戸外でドミンゴの吠《ほ》え立てる声がした。ミゲルが帰ってきたのか、と顕子は素早く引出しを閉めたが、まだ一時まえである。顕子を呼ぶエンカルナの声が耳についた。

顕子は、エプロンをはずしてサングラスをかけると、パン専用の布袋を持っておもてに出た。きのうまでかけていたサングラスではない。薄茶色の眼鏡である。海外旅行には予備の眼鏡が必要で、顕子は万一にそなえて、サングラスも二つ用意して来たのだった。

エンカルナも布袋をさげていた。エンカルナは「オラ」と威勢よく声をかけると、その眼鏡のほうが似合う、と言った。

「きょうのアキコはきれいだね。仕あわせそうに見えるよ」

顕子は頬に血がのぼるのをおぼえながら、小麦粉はどこで買えるのか、とたずねた。

「小麦粉ならパン屋にあるよ」

エンカルナの話によると、パン屋には乾物類のほかに雑貨も置いてあった。生鮮食品にしても豚肉は売っていて、たいがいの物は手にはいると聞かされた。集落では、ただ一軒の店屋である。

ドミンゴが先に立って、とことこ坂道をくだっていた。ドミンゴは、パン屋へ行く時間をおぼえていて、勝手に畑からぬけだしてきたのかもしれない。エンカルナにたしかめてみると、思ったとおりである。アキコ、ジャムパンもわすれるんじゃないよ。ドミンゴはジャムパンがほしくて、ついてくるんだからね、とエンカルナが笑いながら知らせた。

パン屋は坂道の下方にあった。建て直したのか、小ぎれいな店である。パン売場は店のひとすみにあって、ほかの売場のほうがひろく、顕子は、いなかの小体なスーパーマーケットのような印象を受けた。

顕子は、パンを買いもとめると、エンカルナにうながされて小麦粉とミルクを買い足した。小麦粉のケースの並びには、パスタもあれば米もあった。調理の途中なので、丹念に品物を見るゆとりはなかったけれど、たしかになんでもありそうである。棚のひとところには缶詰も並んでいたようである。ミゲルは、この店で鰯の缶詰を買ったに相違なかった。

「お魚はどこで買うの？」

店を出てからたずねると、エンカルナは「広場」と答えた。週に二回、水曜日と土曜日に行商の魚屋が集落へまわってくるのだった。鯵《あじ》に鰯、ひらめ、イカ、あさり、とエンカルナは魚介の名をならべたて、種類はかぎられているけれども、ライトバンでの行商なので鮮度はわるくない、と知らせた。

「魚屋がくると、すぐわかるよ。やたらに警笛を鳴らすからね」

「ミゲルは買っていた？」

「めったに出てこないねえ」

広場にあつまるのは女ばかりだし、ディエゴの店に行くと、イカのリング揚げくらいはつまむことができる。男のひとり暮しなんだから、好きなものを食べてたんじゃないの。それで元気だったのだし、アキコがもどってきたんだもの、ますます元気になるよ、とエンカルナは、ほがらかに話し終えた。

冷凍庫の内部が顕子の目に浮んでいた。きのう顕子は、ミゲルとふたりで、グラナダから持ち帰った魚や肉類を処理したのであるが、冷凍庫の中には豚肉の切り身が何枚も保存されていたのである。ラップに包んだ切り身が七、八枚もあったろうか。厚みのある大きめの切り身だった。屑《くず》肉もあって、それはドミンゴの餌《えさ》なのだった。

ミゲルは、昼食に毎日豚肉を食べていたのではあるまいか。肉であれば、男でも簡単に焼くことができる。まえに滞在したさい、顕子は大きな焼き肉を供されて閉口した経験があった。鰯の缶詰は、夕食用か、肉に飽きた場合にあけるのかもしれなかった。

あすは水曜日だから、魚屋がくる日である。エンカルナは欠かさず広場へ出かけるとの話で、それではさそってほしいとたのむと、こころよく承知した。

「アキコ、遠慮はしないでね。わたしが知ってることなら、なんでもおしえるからね」

顕子は、一応ほっとして家へもどると、ドミンゴにパンをあたえた。表面に苺《いちご》ジャムを塗った円型のパンである。ジャムパンひとつにしろ故国のそれとはことなるのであって、調理の相違は当然である。顕子は、グラナダのバルに通っていたので、料理の種類は多少知っていたものの、作り方には自信がなかった。エンカルナにおそわるにしても、日数をついやしてはいられなかった。いずれは、この家から立ち去らねばならないのである。顕子は手っとり早く、調理の基礎をおぼえたかった。

昼食の手料理は、ミゲルをよろこばせた。彼は、骨だけきれいに残して舌びらめを食べたばかりか、スープもおいしそうに飲んだのである。たしかにアキコは料理が上手だね、こんなにうまいコミダははじめてだよ、とミゲルは何度も繰りかえした。

その日、はじめて顕子はミゲルといっしょにシエスタをとった。早くに起きたうえに、パン屋へ行き、ひとりで台所に立った。すべてが最初の体験である。ワインの酔いも手つだって、昼食を終えると眠くなったのである。彼女は、ミゲルにすすめられるままにベッドにはいると、すぐさま寝入ってしまった。

目ざめると、ミゲルの姿はなかった。ドミンゴがパティオで吠え立て、犬をなだめるミゲルの声が耳についた。どうやら、ミゲルは犬の相手をしているようだった。時計を見ると五時をまわっていて、シエスタはとうに終っていた。

顕子は、あわてて着かえると、窓のカーテンをあけた。ミゲルが池の向こうがわから顕子を見た。彼女は、軽く片手をふって浴室に向かった。まだ酔いが残っているようで、水で顔を洗うと、手早く顔を直してパティオに出た。

ドミンゴが駆け寄ってきて、顕子に飛びついた。ミゲルは笑顔で近づくと、アキコの恋びとはおまえじゃないよ、と犬の頭をゆさぶって顕子に口づけをした。

「なぜ、起こしてくれなかったのよ」と顔をはなすなり、顕子は文句を言った。

「眠たいときは眠るのがいちばんさ」

アキコはぐっすり寝入っていた。いろいろ奮闘したから疲れもするさ、と言いながらミゲルは無花果《いちじく》の木蔭《こかげ》をたどると、顕子と並んでベンチに腰をおろした。

「もうメリエンダの時間よ」

「コミダをたっぷりとったからね。いそぐことはないさ」

「お皿を洗ってないわ」と顕子は気がついた。

「わたしが洗っておいた。まあ、ゆっくりしなさい」

パティオには陽光があかるく降りそそいでいた。池の水面はきらめき、無花果の葉はおもたげである。グラナダでいくどとなく思いえがいたパティオであるが、顕子は集落へもどってからパティオに出てはいなかった。顕子は、ベンチの固い感触もなつかしかった。

紺のポロシャツ姿のミゲルは、いかにもくつろいだ様子である。畑には出ないのか、とたずねると、昼食までに充分はたらいた、と彼は答えた。

「自家菜園の作業だからね。オリーブ畑に出るのとはわけがちがう」

「きょうのコミダはお魚だったから、あすは仔羊にしない？」

「結構だね。しかしアキコは食べたばかりだろう？」

「仔羊なら毎日でもいいわ」

やれやれ、とミゲルは内心ひとりごちた。仔羊の値は親の倍もするというのにな。まあ、暑くなると羊の味は落ちる。アキコにもわかるだろうよ。

「ねえ、仔羊の焼きかたを知らない？」と顕子が彼の顔を見た。

「焼きかたかね、待ちなさい。いいものを見せよう」

それは、カミロがミゲルのために作った手料理のノートであった。

VII

カミロがミゲルのひとり暮しを知ったのは、母の死のふた月ほどのちだった。葬儀のさいは、農地をめぐる話がまとまってはいなかったので、ミゲルもリカルドも口をつぐんでいた。カミロは、ミゲルの先行きを案じながら、セビーリャへ帰ったのだった。

ことのしだいをカミロに手紙で知らせたのは、マリアである。カミロはおどろいたにちがいない。集落の家へ電報がとどいた。セビーリャに骨休みにくるようにとの電文だった。当時のミゲルは弟の気づかいさえ鬱陶《うっとう》しく、返電も打たなかったのであるが、ほどなく二通目の電報を受けとった。十二月にはかならず収穫の手つだいに行くという知らせだった。

オリーブの収穫は、十二月から翌年の二月にかけて三回おこなわれるが、十二月早々の最初の収穫が最も手数がかかる。この時期の実はテーブル・オリーブスにするためで、実を傷つけてはならず、一粒ずつ手摘みをしなければならなかった。

カミロは、ミゲルが集落に住みついた年以降、初冬の収穫には欠かさず手つだいに来ていたのだった。腕のよい従業員がいるし、女房が店を取りしきってくれるので、少々るすにしても心配ないと語っていた。もともとカミロはミゲルを好いていたし、オリーブ畑への愛着も深かった。

リカルドの農地はオイルを採るオリーブだけであったから、その時期兄は姿を見せなかった。一度、カミロの滞在中に仕止めた兎《うさぎ》をぶらさげて金の無心に来たが、カミロは目をみはると、にこやかに皮肉った。

——えっ、くれるんじゃないの？　それじゃ摘みとりを手つだうんだね。ミゲルが兎一羽ぶんの労賃をはらってくれるさ。おれは一ペセタももらっちゃいないがね。おれもゴンサレス家の男だからね。

性来おだやかな弟であったが、長年客商売をつづけているうちに、応接がたくみになったようである。リカルドはカミロを苦手とし、クリスマスまえや年があけてから、猟の獲物を持って集落へやって来た。ミゲルは、リカルドの言い値の半額を渡して兎やしゃこを引きとっていたが、ひと冬に三度も金をせびりにこられてはげんなりする。カミロやぺぺのすすめもあって、ミゲルはリカルドの畑も買いとってしまった。昨春のことである。

セビーリャから料理のノートがとどいたのは、ぺぺにおそわりながら、はじめてミゲルがオリーブの枝苅《が》りをしていた最中だった。アーモンドの薄桃色の花が、集落の周辺をいろどっていた記憶がある。

カミロは、男手でもこなせる料理を一冊のノートにまとめて送って寄こしたのである。ミゲルが額子に見せたのは、そのノートである。

革表紙のノートだった。カミロは絵ごころがあるのか、最初のページにフライパンと魚とトマトの絵がマジックペンで描かれ、上部に「ミゲルの食卓」という装飾文字が記されていた。カミロの人柄が額子にも感じとれる文字であり、絵柄だった。

内容は「多忙な日に」「ゆとりある日に」という二つに大別され、それぞれ素材ごとに調理法が記されていた。活字体の記述なので読みやすかった。顕子が知りたかった仔《こ》羊《ひつじ》の調理は、つぎのようになっていた。

——仔羊は塩胡椒《こしょう》をしておく。フライパンにオリーブオイルを熱し(オイルの量は油杓子《じゃくし》で半分ていど)にんにく一片と仔羊を入れ、中火でゆっくり焼きあげる。鶏肉《とりにく》のぶつ切りも同様にして焼くとうまい。

肩から力がぬけ落ちたほど簡単な調理である。顕子がシエラネバダのパラドールで食べた仔羊は、茶褐色の照りがあって、ソースにひたして焼いたものらしかったが、カミロはミゲルにも可能な焼きかたをつたえたにちがいない。

ざっと目を通しただけで、興味をひく料理がいくつもあったが、ふと顕子は首をかしげた。ミゲルが、このノートを利用した形跡がなかったのである。ノートの末尾にはカミロのサインがあり、書き終えた年月日もはいっていた。四年まえの二月の日付であって、少なくともミゲルは、二月中にこのノートを受けとったはずであった。調理のノートであれば、油のしみや指紋など残っていそうなものであるが、よごれはまったく目につかなかった。表紙もきれいで、きのうとどいたノートのようだった。

ミゲルは、四年あまりもノートを見もせずにしまいこんでいたのであろうか。

「これを見て、お料理を作ったことがある?」と、顕子はさりげなくたずねた。

「ないね。カミロにはすまんと思うが、わたしは不器用でね」

「それは、お肉の切身や缶詰のほうが簡単でしょうけれども……」

缶詰は農繁期の弁当用である。そう知らせて、ミゲルは口調をかえた。

「ノートを見て、作ってみたいと思ったことがないわけではない。しかしね、うまそうであればあるほど、いったい、だれと喰うのかと考えてしまう。アキコ、食事というやつは楽しい語らいがあってこそ味も引きたつものなんだよ。ひとり者は腹がふくれると、それで足りる。あじけのない話だがね」

顕子にもなっとくのいくことばだった。彼女もひとりで食事をとりつづけてきたのである。もっとも顕子の場合、純と食卓をかこむよりは、ひとりで箸《はし》をとるほうが気らくであった。彼女には目的があったから、食事にも気をくばってきたのだった。

いまは「死」を考えてはいられなかった。ミゲルにさとられてはまずかったし、異国の、いなかの暮しになじむのが先決であった。

「このノート、お借りするわね。そのうち、ゆとりある日に、のお料理も作るわ」と顕子は、あかるく言った。

「アキコが活用してくれたら、カミロもむくわれる。仕事の合間に書いてくれたんだからね」

集落における日々が、とどこおりなく流れはじめたのは、カミロのノートによるところが大きかった。なにしろ、本職の調理人がわかりやすく書き記したノートである。顕子は献立に頭を痛めずにすんだばかりか、日ごとに調理が楽しいものとなった。

エンカルナから得た知識も大いに役立った。カミロのノートには、スープ類や煮込み物の項目もあったのだけれど、肝腎《かんじん》のスープのとりかたはぬけていた。男手では無理と考えてのことだろうが、市販のブイヨンよりは、じっくりとったスープをつかうほうが料理の味は引きたつはずである。

ミゲルも話していたが、この国のスープは、なにやらみょうな素材でとるらしい。顕子は、ノートを入手した翌日、早速エンカルナにスープのとりかたをたずねた。行商の魚屋が十時ごろ来たので、広場への行きかえりのやりとりだった。

エンカルナの話によると、大ざっぱにわけて二種類のスープがあった。魚のスープには魚介類からとった出しをつかい、野菜やパスタのスープには、顕子が考えていたみょうなしろもの、すなわち生ハムの骨、塩漬の豚の背骨と豚の耳、おなじく塩漬の豚の尾や足先等から出しをとるのである。

「出しがよく出るのは背骨だね。尻尾《しっぽ》もいいよ」

魔女の鍋《なべ》だ、と顕子はおどろきながらも興味をおぼえた。エンカルナは語をついだ。

スープをとるのはたいへんだろうけれども、とっておくとさまざまな料理につかえる。パスタをたっぷり茹《ゆ》でて、少しスープで煮込むと、パスタとスープで二皿の料理になる。

「夜食には手頃だよ。あとはチーズでもあれば充分だね」

顕子は、よいことを聞いたと思った。カミロのノートもありがたかったが、エンカルナも集落で暮す主婦の知恵をたくわえていたのだった。

広場では大さわぎになった。魚屋のクリーム色のライトバンのまわりに女たちが集りはじめていたが、エンカルナが、顕子がスープのとりかたを知りたがっていると披露すると、女たちは口々に自己流のとりかたをしゃべりだした。香草をわすれるんじゃないよ、と話しかける女もいれば、鶏の手羽と生ハムの骨でとってもうまい、と言う女もいた。魚屋の若い男は、チーナかハポネサかと聞いたうえに、マテオだと名乗って顕子の名をたずねるし、ドミンゴは猫を追いまわすといったぐあいで、顕子は、耳にしたことばのすべてを失念しそうだった。

集落の女たちが顕子に親しみを示すようになったのは、この日以降のことである。顕子もまた、女たちやジーパン姿のマテオをはじめ、砕氷におおわれた魚箱や、広場に照りつける午前の陽光にもなじんでいったのである。

エンカルナが、こまごまとスープのとりかたをおしえてくれたのは、広場からの帰途だった。ふたりになると、わかりやすかった。家の前へもどって左右にわかれかけると、エンカルナは大声で呼びとめた。

「耳を捨てるんじゃないよ。こりこりしておいしいからね」

「耳？」

顕子が問い返すと、エンカルナは、そうだと言った。

「食べたことないの？」

あるわけはなかった。グラナダのバルでも豚の耳など目にしなかったのである。

エンカルナは肩をすくめると、しかたないねえ、アキコはハポネサなんだもんねえ。でも、スープをとったあとの耳はほんとにおいしいんだよ。足の先っぽもおいしいけどね。ミゲルがよろこぶから捨てちゃいけないよ。アキコも食べてごらん、と繰り返した。

このとき、顕子は、あらためて人種の相違を意識した。それまでも異国に身を置き、まわりにいるのは異国のひとびとだと感じとってはいたが、さして違和感はおぼえなかった。グラナダの街自体が、顕子が団体旅行で出むいたイタリアやオランダ、ベルギーの諸都市とはちがった。東洋風というほどではないにせよ、石で構築された都市の固さはなかった。この地方のひとびとの容姿がまた、オランダ人あたりとはことなるのである。鼻梁《びりょう》が高く、白人の特徴をそなえた顔立ちであっても、肌の色は浅黒く、髪も目も黒いひとが多くて、背丈も格別大きくはない。ミゲルの身長も一七八センチだというから、顕子の父や兄の背丈とあまりかわらない。やせぎすであったぶん、父のほうが長身であったような気さえした。

むろん顕子は、ミゲルと故国の男たちの肉体のちがいを知ってはいた。しかしながら恋仲になると、身体《からだ》の特徴は、たがいにひかれ合う要素となりえても、人種の差を突きつける要因とはならない。むしろ、ミゲルとめぐり合ったことによって、顕子は違和感をおぼえずにすごしてきたのかもしれなかった。

ところが、この地方のひとびとは、豚の耳やら足先を平気で食べるのである。立場をかえれば、故国に住む欧米のひとびとが刺身や海苔《のり》におどろくようなものであろうが、顕子は、日本在住の外国人ではなく、たまたまアンダルシアの集落に身を置く異邦人なのだった。

あくる日の朝、顕子は早くも湯気の立つ大鍋の前に立っていた。前日のうちに、パン屋を兼ねたスーパーで材料を買いそろえてきて塩ぬきをし、ミゲルが畑へ出るのを待って鍋を火にかけたのである。材料がなんであれ、こくのあるスープがとれるとよいのである。さすがに、指までそろった足先に手をふれるのは気色がわるく、足先ぬきのスープだった。

スープをとるうえで肝腎な点は、浮いてくるあくと脂《あぶら》を丹念にすくいとり、弱火で気長に煮出すことである。近年は疲れがたまると、かならずポトフーを作っていたから、スープ鍋は顕子にとってなじみの深いものだった。

あくと脂をとりのぞくと、顕子はセロリを三本入れた。みずみずしい太めのセロリである。これも香りづけであるが、香草とちがって、煮あがると引きあげた。ポトフー式に、豚の耳にセロリを付けあわせるつもりだった。それでコミダの一品となる。きのう買ったイカの炒《いた》め物が主菜だから、恰好《かっこう》な取りあわせである。そう考えると、うごくともなく揺れうごく白っぽい豚の耳さえ、おもしろく目にうつった。

　顕子は、鍋のまえからはなれて、食事用の椅子《いす》に腰をおろした。あとは、豚の尾や耳にすっとフォークが通るまで煮出すとよいのである。窓の向こうに藍色《あいいろ》の空が光り、どこからか鶏の声や幼児の笑い声がつたわってきて、のどかな午前だった。

　札幌の住いの整然としたシステム・キッチンが顕子の目によみがえった。ポトフーを仕込んでいても、生活感の稀薄《きはく》な空間だった。鍋の様子を見ながら単語帳をめくったり、スペイン語のカセット・テープを聴いていた顕子自身も、べつの女のように思い返された。

　ミゲルは、だいたい十時半ごろ軽食にもどってくる。そのころまでに、耳も尾もやわらかくなっていた。顕子は火をとめると、網杓子《あみじゃくし》で材料をすくいとった。耳は皿に移し、ほかの物はボールに入れた。汁は意外に澄んでいた。ためしにスプーンでひと口すってみると、口中にうまみがひろがった。すこし塩気がのこっていたが、それすらうまみのもととなっていた。

　ほどなく、ミゲルとドミンゴがもどって来た。顕子は、いそいでむかえに立った。ミゲルは、野菜籠《かご》を抱えたまま帰宅の接吻《せっぷん》をすると、うまそうな匂《にお》いがするね、と台所のほうを見やった。

顕子は、素知らぬふりをして籠を受けとった。レチューガと杏《あんず》がはいった籠である。彼女はミゲルをおどろかせたくて、スープの材料が彼の目にふれぬよう、前日から気をくばっていたのだった。

台所へはいるなり、ミゲルは鍋と調理台の上の材料をみとめて目をみはった。

「アキコがひとりでやったのかね」と、まをおいて彼は聞いた。

「そうよ。エンカルナにおそわったのよ」

言い終えぬうちに、ミゲルは顕子を抱きしめて接吻を繰りかえした。

「ここでスープをとるのは、カミロがくるときだけだよ」

「カミロのスープとくらべられちゃ困るわ」

ドミンゴが調理台に向かって吠《ほ》え立てていた。まだ熱いかもしれないわよ、と言いながら顕子は尾の先を指でちぎってドミンゴにあたえた。「あ」とミゲルが声をあげるより早く、ドミンゴは尾の切れはしを呑《の》みこんでいた。

「尻尾のやわらかいところもうまいんだよ。ドミンゴには骨だけでたくさんだよ」

ミゲルは、ボールの中をのぞき見ると、足がないね、と少し心惜しげな顔をした。顕子は、わるいことをしたような心地がした。

この日の軽食は、チーズとトマトの薄切りをはさんだサンドイッチと、コニャックをたらしたマンサニージャのお茶であったが、ミゲルは、スープを飲ましてくれ、とせがんだ。

「まだ漉《こ》してないし、味もととのえてないのよ」

「漉さなくてもかまわんさ。カップに半分でいい」

顕子は、味をみてもらうつもりで、カップにスープを注いで食卓に置いた。ミゲルは、貴重なものでも味わうように、真顔でスープを口にふくむと、目を輝やかせた。

「アキコ、上出来だよ。これなら、テレサのスープにも負けんね」

まさか、と思いながらも顕子は、ミゲルのよろこびを見ると胸がはずんだ。スープのとりかたをこなせるようになれば、調理の基礎はできたのも同然である。顕子は、つぎにスープをとったときは豚の足先もつかった。

十日もたつと、ふたりの暮しはそれなりに落ちついた。ミゲルは七時前後に畑へ出るので、朝の食卓は彼がととのえた。少なくともコーヒーは、きまって彼が淹《い》れた。ほかの時間に飲むコーヒーもおなじである。ミゲルは、調理こそ得手ではなかったけれど、コーヒーを淹れることは好きだったし、できばえにも自信があった。五年間のひとり暮しで、彼が身につけたものといえば、農作業はべつとして、手ぎわよく食器を片づけることと、香りの高いコーヒーを淹れることかもしれない。

顕子も早めに起きだすのであるが、抱き合った翌朝は寝すごした。顕子に釘《くぎ》を刺されていたし、どうやら彼女が居ついてくれたので、ミゲルも毎夜求めはしなかった。それでも抑制がきくのは、二晩か三晩である。顕子は携帯用の目ざましを持っていて、セットしてベッドにはいるのであるが、抱き合っている最中にミゲルは、こっそりアラームをオフにする。したがって、顕子は八時近くに目ざめる結果となった。

むろんミゲルは、畑に出なかった。湯をわかし、コーヒー豆を挽《ひ》く用意をして顕子が起きだすのを待っていた。

寝すごした朝は、顕子の顔に疲れが浮き出ていた。肌には張りがなく、まぶたも腫《は》れぼったかった。彼女は気だるそうな素ぶりは見せず、またアラームをこわしたわね、と軽くミゲルをにらんだ。つづくせりふも、ほぼきまっていた。

「セニョール・ゴンサレス、きょうのコミダはパンだけでございます」

それから顕子は、はにかんだように笑って、ミゲルがコーヒーを淹れ、パンを切るのを待っていた。むろん、コミダがパンだけになる日は決してなかった。

顕子は、シエスタにも慣れた。キング・サイズの大きなベッドだから、ふたりの肌がふれる心配はなかった。顕子は細身なので、わざわざはしに寄らなくても、充分間隔をとることができた。早起きをし、台所に立ち、ワインを飲みながら昼食をとると、眠くなるのも当然である。顕子はミゲルにすすめられるままに、二時間は午睡をとった。

シエスタのあとにシャワーを浴びると、心身ともにすっきりした。夕食は手をかけずにすむので、午睡のあとのひとときは、顕子もゆったりとすごした。

ミゲルは、にんにくの収穫中でメリエンダをとると、ふたたび畑へ出かけた。顕子も畑に出るのが好きだった。ふだんはワンピースでとおしていたが、畑へ行くときはパンタロンをはいた。彼女は麦藁《むぎわら》帽子をかむって、ミゲルより少々おくれて家を出た。

その時刻、たいていテレサが門口に出ていた。ひとびとが「おばあさんの椅子」と呼びならわしている小ぶりな木製の椅子にかけていた。小柄な老女で、灰色の髪を引っつめにし、いつも黒のワンピース姿でくつろいでいた。息子のぺぺとはことなり、ふっくらした丸顔で、意外に色白だった。

テレサは、顕子をみとめると、おだやかにほほえみかける。顕子があいさつのことばを口にすると、おなじことばが返ってくる。畑かね、と聞く折もあったが、いったいに口数は少なかった。柔和な笑顔はかわらなかった。

顕子は、これほど美しい老女を目にしたためしがなかった。テレサは八十歳になるというから、顔のしわは深く、手のすじも目立ったけれど、顕子がテレサから感じとるのは老いた女の美しさだった。長い年月を生きぬき、おそらくは静かに余生を送っている女が、そこにいた。

テレサの姿は、ひとりの女の記憶を呼びさました。純の母親である。顕子が純の母親と顔を合わせたのは一度だけである。それも、わずかな時間にすぎない。純のもとへ出弃して、やがて一年になろうとしていたころの話である。

路上の雪がシャーベット状に溶けだしていたから、三月のなかばであったかもしれない。買出しをすませて家の近くまで引返すと、家さがしをしているらしい女の姿が目にとまった。防寒コートをはおった和装の女だった。女は、右どなりの家の標札を読みとると、門の前からはなれて、母が買いとった家の塀に沿って先へすすんだ。

当時は、塀の右手に勝手口へ通じる木戸があった。門は左寄りにあって、そこには二つの標札が並んでいた。顕子の旧姓を記した標札と、純の姓がはいった標札である。顕子は、まだ能戸姓になってはいなかった。

顕子は、木戸をあけようとして首をかしげた。女は、門に顔を近寄せて二つの標札を見くらべていたが、こわごわと門の中をうかがったのである。眼鏡をかけたずんぐりした年輩の女で、純とは似ていなかったけれども、顕子には純の母親のような気がした。歓迎すべき客ではなかったものの、顕子は女のそばへ近寄って、純の母親ではないのか、とていねいにたずねた。

相手は、とびあがるほどおどろいて、眼鏡越しに顕子を見た。むくんだような下ぶくれの顔で、落ちつきを欠いたまなざしの目もとは、純に似ていなくもなかった。

純さんのお母さまですね、と顕子がたしかめると、相手は小きざみに首をふった。

——滅相もございません。そういう者ではございません。

ふるえをおびた声音が、顕子の勘にくるいがなかったことを物語っていた。家にはいるようにすすめると、純の母親は再度、滅相もない、ということばを口にした。

——ここは、あんたさんのお母さまのお屋敷だそうではありませんか。

そのとおりではあったけれど、純も暮しているのである。遠慮は無用である。顕子は純の母親を引きとめたが、相手は、みたび滅相もない、と繰りかえすと、のがれるように家の前からはなれた。行く先もさだめずに歩きだしたような身ごなしだった。

やむなく顕子は、買物籠をさげたまま純の母親について行った。小樽に住む母親は、札幌の住宅街に不案内であろうし、おぼつかない足取りも気がかりだった。母親は雪下駄をはき、つかいふるしたようなバッグを手にしていた。

たそがれどきで、外気は冷えかけていた。純の母親は、なんどか思いだしたように、顕子に帰ってほしいとたのんだ。

こんなところを純に見つかろうものなら、なにを言われるか知れたものではない。画廊の主人におさまりかえると、下駄屋の母親は目ざわりになるらしい。高岡さんから大金をせしめたばかりか、あんたさんの衣裳《いしよう》や宝石まで捲《ま》きあげたそうじゃありませんか。若い身そらで、なんとまあ、大それた……。

後日、純の友人であった高岡俊之にたしかめたところ、母親は、かねがね俊之に息子の消息をたずねていた。純が母親に無断で小樽の店を担保にして、金をつくったことを聞き知るにおよんで、俊之もかくしきれなくなったようである。母親は早速画廊へ出むき、その足で顕子と純の住いを、それとなく見にきたのだった。母親が、画廊で純にどのようなあつかいを受けたのか、その日の様子で察しがついた。

純の母親とは家から四、五丁へだたった幹線道路でわかれた。母親はタクシーをとめると、きょうのことは純に伏せておいてもらいたい、と頭をさげた。道々、目や口もとにハンカチをあてていたが、座席にはいるとハンカチで目頭を押えた。

以後、顕子は純の母親と会ってはいない。純が顕子を入籍した折も、顕子自身再婚のよろこびはなく、母親へのあいさつはしそびれた。翌年には和彦の死という大事があって、顕子は、おのれの死をのぞむ女にかわってしまったのである。

純の母親が店舗を売りはらって郷里の余市にもどったのは、十年ほどまえのことである。母親は、アパートのひと部屋であきないをつづけているもようである。顕子が両親と死別した年をはさんでの帰郷であったから、純も心をくばったのかもしれない。母の三年忌をすませて半年もたって、ようやく母親の消息を知らせた。顕子は、あわれみをおぼえはしたが、すでに故国を去るほうに気持がかたむいていた。

テレサを目にしてよみがえるのは、いっしょに雪どけの道をたどった日の純の母親の姿ではない。濃紺の日本海と、海辺の町の一室で、ひっそりと鼻緒をすげている女である。純の母親が、どのように老いたのかはわからなかったが、少なくともテレサのような老女になったとは思えなかった。純の母親は、七十六歳になるはずだった。

集落での暮しになじむにつれ、純の母親の記憶は薄れた。テレサと顔を合わせても心がなごむだけで、顕子は畑への道をいそいだ。

畑に近づくと、復原したアラブののろし台の上半分が、ちらりと目にはいった。のろし台は、ミゲルの農地を出はずれた崖《がけ》寄りに建っている。円筒型ののろし台で、外がわに石段がきざまれていた。

一度、顕子は登ったことがある。さして高くはないのろし台で、上部はたいらだった。正面にくずれかけたアラブの城がのぞまれ、のろし台と城跡のはざまに集落があった。こぢんまりした丘陵上に集落の家々が立ちならび、下方の本通りにのぞんで役場の大きな屋根があった。はす向かいにはディエゴの店があり、城跡からなだれ落ちる急斜面がなだらかになったあたりに、真っ白な教会がある。小さいながら情趣に富んだ集落だった。

のろし台からは、ミゲルの小麦畑の一部も見おろすことができた。畑のかたわらに木立があって、樹間にきらりと光るものが目にはいって、顕子ははっとした。最初にヤチマナコと錯覚した泉であった。

たしか「エル・エスペホ・デ・ラ・ビルヘン」という名の泉であったが、藍色にきらめく泉は、聖母が用いる鏡ではなく、聖母が集落の女たちに、たとえば、テレサのような女にあたえた鏡のようだった。そう思いながらも顕子は、和彦の若い声を聴いていたのである。

——ぼくがここにいるわけはないさ。ぼくの居所は、ユーラシア大陸をへだてた極東の島国の、北方の湿原の奥だ。アコちゃん、ぼくのことなぞわすれるんだね。

もとより、死者が語りかけるはずはない。顕子のおもいが、和彦のことばとなって返ってきたにすぎない。ミゲルと暮しているあいだは、和彦を思いだしてはならなかった。別離をさだめているがゆえに、ミゲルとの日々は、顕子にとって貴重なものだった。

顕子は、のろし台から目をそらして、ふたたび畑への道をいそぐ。顕子のけはいを嗅《か》ぎつけて、ドミンゴがアーモンドの繁《しげ》みの蔭《かげ》から駆けだしてくる。

「ドミンゴ、さくらんぼをとろうよ」

顕子は犬とたわむれながら、ミゲルが立ちはたらいている菜園にはいるならわしだった。

Ⅷ

六月の二十日をすぎると、子どもらの駆けまわる姿が目立ちはじめた。村の学校が休暇にはいったのである。顕子も気がついて、お休みなのね、とミゲルに語りかけた。

ミゲルは、まだ顕子に、娘夫婦と孫が集落で夏の休暇をとる習慣を知らせてはいなかった。最初は楽観していた彼も、七月が近づくにつれて言いだしにくくなったのである。娘一家の来訪を知れば、顕子はこの家から立ち去りかねなかった。

ミゲルは気がおもかったけれども、エンカルナあたりの口から顕子の耳にはいっては、かえってぐあいがわるかった。彼自身が、あらかじめ知らせておくべきだった。だいたい、先に集落へくるのは、アントニオとルイスのふたりであって、このふたりであれば問題はなかった。

顕子がもどってからは、ミゲルは夕食後に居間でコニャックを飲むようになっていた。ただし一、二杯で切りあげる。顕子は飲まないのであるが、食卓についている時間は短いので、コニャックをすすりながら顕子とすごす夕食後は、ミゲルがくつろぎをおぼえるひとときだった。

その夜も食事を終えて居間に移ると、顕子が食器棚からコニャックの瓶とブランデー・グラスを一個出してきた。アキコも飲まんかね、とすすめると、お昼にワインを三杯、夜もなみなみとグラスに一杯、これ以上飲んではアル中になる、と彼女はおどけた。

「日本人は肝臓が弱いのよ。とくに女はね」

戸外であそぶ子どもらの声が耳についた。六月もあますところ一週間である。日は長くなって、パティオにはあかるみが残っていた。

「ここの子どもたちって、ほんとに元気がいいのね。夏時間のせいかしら？」

「めしを喰うと元気になる。ところで……」と彼はつづけた。「アキコは子どもがきらいかね」

「かわいいと思うこともありますけど、あまり意識はしないわ」

「孫が休暇にくる。孫と婿《むこ》がね」

顕子の表情が消えた。ミゲルは説明を加えた。

マリアも一ヵ月の休暇をとるが、七月のなかばから休む。七月の中旬にはアンダルシアの暑さはきびしくなり、誰しもその時期に休暇をとりたがる。アントニオは教師でもあり、休暇の期間も長い。そんなわけで、毎年、アントニオとルイスが先にこの家にくる。マリアが滞在するのは一週間足らずだな。婿と孫は、おおよそ十日間、娘も加わって五日間、都合半月ほど家の人数がふえる勘定になる。

顕子は黙したままだった。

「アキコ、わたしもふたりだけですごしたい。しかしアントニオとは会ってほしいと思うのだ。彼は知識人だし、なにより人柄がよい。アキコもアントニオの写真を見て好感を持ったろう」

居間の煖炉《だんろ》の上には、額入りの写真が三葉飾られていた。ひとつはミゲルの両親の写真であり、ひとつは娘夫婦の花婿花嫁姿の写真である。のこるひとつは、幼児をまじえた娘一家のスナップだった。

　三つのうち、顕子が最も好きなのは、ミゲルの両親の写真であった。ミゲルは、兄の婚礼の折の写真だと話していたが、じつはミゲルの婚礼当日の写真であった。顕子は、そのむねエンカルナから知らされていた。いずれにしろ、ミゲルの両親は顕子の両親と似た年齢であり、故人となっているところもおなじである。口ひげを立て、山高帽をかむった立派な顔立ちの父親にも、背もたれの高い椅子《いす》にかけて片手に扇を持ち、口もとに笑みを浮かべているやさしげな母親にも、顕子はなつかしさに似たものをおぼえた。

　この写真と、娘夫婦が婚礼衣裳《いしょう》を身につけた写真はモノクロームであるが、スナップはカラー写真だった。ミゲルが娘夫婦の家で、アントニオのカメラで撮った写真である。テラスに並んだ三人の背後には、顕子も見知っているシエラネバダの山なみがつらなっていた。

　ルイスは四、五歳に見える。グラナダの十字架まつりの日だと聞かされたが、ルイスは胸にフリルのついた水玉もようの白いシャツの上に黒のベストをかさね、黒のズボンをはいて、腰に赤いサッシュをむすんでいる。シャツのボタンも赤なら、あごひもつきの帽子は黒である。これが少年の晴着で、サッシュの赤が衣裳をはなやいだものにしている。いたずらざかりの年ごろらしく、ルイスはカメラに向かって、つまり祖父のミゲルに向かって、ピストルをかまえるように人さし指を突きだしていた。

息子を中にした夫婦は、くつろいだふだん着姿である。花嫁衣裳をまとったマリアがまばゆいほど美しいのに引きかえ、スナップ写真の中のマリアは、目鼻立ちこそととのってはいても、平和な家庭の若い主婦そのものである。彼女は、前面に立つ息子の肩に手を置き、夫の腕に片手をかけて、うれしげに笑っている。アントニオはといえば、ジーパンに半袖のポロシャツという軽装である。眼鏡をかけた長身の男で、ちぢれた頭髪が目を引く。彼も息子の帽子の上に手を置いて笑っているが、飄逸《ひょういつ》な表情である。安定感もつたわってきた。マリアの笑顔も、ルイスのしぐさも、アントニオという支柱があってのものなのかもしれなかった。

顕子が、スナップ写真のアントニオに心をひかれたのはたしかであるが、よもや彼が集落へやってくるとは思いもよらなかった。西欧では長い夏のバカンスがあることも知ってはいたが、ミゲルと暮しているうちに、バカンスの習慣もわすれていた。顕子は、虚をつかれはしたが、静かにたずねた。

「アントニオとお孫さんは、いつ、ここへいらっしゃるの？」

「だいたい、七月の五日ごろだね。わたしは麦刈りがあるし、アントニオは生徒の受験をみなくちゃならん」

「それじゃ、わたしは今月いっぱい、ここに置いてください。七月早々に村から出ます」

ミゲルが案じたとおりである。彼は、考えていたことばを口にした。

「そういうことなら、この夏はアントニオにも遠慮をしてもらうさ。わたしも残念だし、アントニオも落胆するだろうがね。どういうわけか、あの男はこの村を好いている」

「アントニオの楽しみをうばってはいけないわ。わたしは、みなさんの休暇をさまたげたくありません」

「アキコは、ここへもどって何日になるかね。まだ二週間と少々だよ」

「七月までに、あと一週間はあります」

「それで、われわれの仲は終るのか。アキコが去ってしまえば、誰がこようと胸は晴れまい。かなしみをこらえて婿や孫の相手をつとめるほど、わたしは強くはない。アキコは家族よりも大事な恋びとだからね。わたしにも家族はいるが、生計も住む家もべつべつだ。ひとりで暮しを立てている男の私生活には、身内といえども口をはさまんのが不文律だよ」

スペイン人は家族を大切にするが、まず個人の生活をおもんじる。それは、個人主義ということではなくて、個の世界が確立しているためである。そう語ったのは、顕子が個人教授を受けたスペイン人である。アントニオと似た年ごろの男だった。

セニョーラ・ノト、日本人は組織や集団のひとりとして暮してますね。スペイン人はちがいます。個の集積が、スペインという国家社会を形成しています。

ミゲルのことばを聞いているうちに、顕子はスペイン人教師の説明が腑《ふ》に落ちた。強くはないというミゲルも、強固な意志を秘めていた。アントニオもおなじであろうか。案外、アントニオのほうが柔軟な思考の持主かもしれない。だからこそミゲルは、アントニオの来訪を待ちのぞんでいるにちがいなかった。

顕子は、生身のアントニオに接したくなった。彼女は、ためらいがちにたずねた。

「ふたりのお世話ができるかしら？」

ミゲルの顔が、ぱっとあかるんだ。ここにいてくれるんだね、アントニオとルイスを呼んでもかまわんのだね、と彼はせきこむように念を押した。はい、と答えると、ミゲルは食器棚からブランデー・グラスを取ってきた。

「アキコも少し飲みなさい」

「ええ。でも、四人の暮しになるのよ。わたしは四人分のお料理を作った経験がないわ」

「料理なら心配ない。アントニオが手つだってくれる。ここでコミダを用意するのは彼だったのだよ」

マリアがふたたび薬局につとめだしてからのことだ、とミゲルは話した。アントニオは手頃な気分転換になると言っていたが、結構楽しんであれこれこしらえていたよ。まあ、キャンプの気分かもしれんな。男のことだから、アキコの作る料理のようなわけにはいかんが、孫もまじえて男三人、わいわいテーブルをかこむのもいいものだよ。

ミゲルの胸は、ふいにかげった。たしかにアントニオは、よろこんで調理を引受けていたが、彼が休暇にはいると同時に、マリアは夫に炊事を押しつけているように思えた。去年の夏、それとなくルイスから聞きだしたのであるが、マリアは出来あいの惣菜《そうざい》でコミダをすませているらしい。さすがに週末は台所に立つようであるが、つとめを理由に調理をないがしろにするのは考えものだった。

イネスがわるい、とミゲルは逃げ去った妻に腹を立てた。マリアの進学には積極的であったイネスも、女としての躾《しつけ》を怠った。イネス自身、調理をこのんではいなかった。ミゲルの帰省中、イネスは、いかなるコミダを食べさせてくれたろうか。夏であればガスパチョを作り、帰宅した当日は肉を焼いたにせよ、あとはごった煮がつづいた。当時のミゲルは妻子とすごすだけで満足していたから、食事の内容は二の次だった。散歩がてら、彼の好きな腸詰めやチーズを買ってくることもできた。

マリアは、婚約中にアントニオの母親から料理をおそわった。なんどかアントニオの家に招かれ、アントニオとバルへはいったりしているうちに、マリアも自身の貧寒な食生活に気づいたようである。週末の二日間は、手つだいかたがたアントニオの母親から調理の手ほどきを受けたのである。ミゲルの帰郷当時、マリアは料理の本を二、三冊そろえていたから、調理にはげんでいたはずである。とはいえ、顕子のように本格的にスープをとるまでには至らなかった。ミゲルが使っていた固型ブイヨンも、マリアがすすめてくれた銘柄なのである。娘は母親に似るのか、とミゲルは内心嘆息をついた。

顕子もコニャックをすすりながら、いぶかしんでいた。アントニオとルイスが二週間余も滞在するというのに、マリアの滞在日数はいかにも短い。マリアも一ヵ月の休暇がとれるのである。

「マリアがくるころには、アントニオもここの暮しに飽きるのかしら？」と顕子は穏便な聞きかたをした。

「そうじゃないね。マリアは海へ行きたいんだよ。町に住んでいる者は、夏の休暇といえば海へ行きたがる」

アントニオの両親と母方の祖母は、それぞれ海岸に別荘を持っていた。両親の別荘は祖父の代からのもので、ネルハにある。ネルハから東寄りのエラドゥーラに、母方の祖母、カルメンの別荘があった。マリアはネルハに五日間滞在し、休暇ののこりをカルメンの別荘ですごす習慣だった。むろん、夫と息子もいっしょである。

ミゲルは、アントニオの両親の人柄を顕子に知らせると、いかに気のよい舅《しゅうと》であり、おおような姑《しゅうとめ》であっても、マリアにしてみれば多少は窮屈であろうから、カルメンの別荘に長居をすることになるのだろう、と話した。

「カルメンは気さくなたちだからね。テレサと似た年ごろだが、まだまだ元気だ。カルメンもアントニオの一家を待っている。孫と曾孫《ひまご》がくるわけだからね」それに、とミゲルはつづけた。

ネルハは夏場の保養地として知れわたってしまったが、エラドゥーラには避暑地らしい風情《ふぜい》が残っているそうだ。グラナダの有産階級の別荘が多い。わたしは行ったことがないが、カルメンの別荘自体、ネルハの別荘よりゆったりした作りだそうだ。元気だといっても年寄りのことだから、むろん女中がついている。マリアも家事を手つだうのだろうが、娘にとってはまたとない避暑地だろうな。

「ドミンゴを贈ってくれたのはカルメンだよ。よく気のつく、心のゆたかな女性だ」

ドミンゴは、ふたりの足もとで寝入っていた。

「おまえは由緒《ゆいしょ》の正しい犬だったのね」と顕子がドミンゴの背を撫《な》でた。

「いなかにくりゃ、いなかの犬になるさ」

ミゲルは笑って、話をもとにもどした。

「カルメンはわたしのアミーガだよ。もうひとり、それらしき女がいる。こちらは少々手ごわい。薬局を持っているが、経験を積んだ薬剤師だ」

「アントニオの叔母さんじゃない？」

「うむ。アリシアも夏の盛りに休みたいだろうが、子持ちのマリアの立場を考えてくれる。カルメンは、七月早々エラドゥーラへ行くからね。アリシアもいっしょに行って、月なかばにグラナダへもどってくる。マリアの休暇がすみしだい、またエラドゥーラへ行くようだがね」

顕子もネルハの名は知っていたが、エラドゥーラという地名を聞くのははじめてだった。翌朝、ミゲルが畑へ出るのを待って、ミシュランの道路地図をひろげてみると、案外簡単にさがしだすことができた。グラナダの南方の海岸に、エラドゥーラの地名があった。そこから十五、六キロ西方にネルハがある。ネルハの文字にくらべると、エラドゥーラの文字は細くて、村落かと思われた。小さな湾にのぞんでいて、避暑地としては恰好《かっこう》な場所柄かもしれなかった。

顕子は、海辺をこのむマリアがくるまえに、集落から立ち去ろうと、ひそかに思いきめた。父のおもいびとに、娘がよろこんで会うはずはなかった。ミゲルも用心をして、マリアからの電話は受けないように、顕子に言いふくめていた。そもそも顕子は、おそくも七月なかばにはミゲルとわかれる心づもりをしていた。マリアは、ちょうどその時期にこの家にくるのだから、七月の十日前後に集落を去るのが最善だった。

一方、ミゲルは、マリアより先にアントニオが顕子と会う手はずがついて、ひとまず安心していた。アントニオであれば、顕子との仲を理解するであろうし、顕子にも好感を抱くに相違ない。少々マリアがつむじをまげたところで、アントニオがいるかぎり心配はなかった。

その週の土曜日の夜、いつもどおりマリアからの電話があった。ミゲルは、アントニオとルイスが集落へくる日をたしかめると、アントニオを電話口に呼びだした。顕子についてはまったくふれず、日取りを確認すると、元気だとも、麦の実入りもよいしね、大いに楽しもう、なぞと言って電話を切った。

ソファにもどると、ミゲルは顕子にいたずらっ子めいた笑顔をむけた。

「五日にくるそうだよ」

「アントニオはおどろくでしょうね」

「そうだろうね。アキコを見て、あいつがどんな顔をするか、想像するだけで愉快になる」

ミゲルは機嫌がよかった。マリアが来たら、スープのとりかたを仕込んでくれ、と言った。マリアとは会う機会がないのだけれど、ええ、と顕子はこたえた。

七月にはいると、ミゲルは早速麦刈りに取りかかった。それまでに、顕子はガスパチョの調理をおぼえていた。ミゲルやエンカルナの話によると、ガスパチョは夏の食卓には欠かせないスープのようである。ミゲルも、ガスパチョは作っていたようだった。カミロのノートにも、ガスパチョの作りかたが載っていた。材料の野菜をざく切りにし、水気をしぼったパンを加えてミキサーにかけ、塩胡椒《こしょう》とオリーブオイルで味をととのえる。なんとも簡単な料理であり、これならノートを見るまでもなく、男手でも作れそうだった。

顕子は、念のためにエンカルナにもたずねてみた。スープとおなじく、作り手によって秘伝のようなものがある気がしたのである。

エンカルナも、近年はミキサーでガスパチョを作るそうである。

「一回、便利なものをつかうとだめだね。むかしは手で作ってたのにね」

「手で？」

「そうなのさ。ミキサーなんてなかったじゃないの」

アブエラは、いまでも手でガスパチョをつくる、とエンカルナは知らせた。アブエラとは身内の老女の呼称で、つまりテレサのことである。ミゲルも、テレサをアブエラと呼んでいた。

トマトにせよ、にんにくや玉葱《たまねぎ》にせよ、テレサは手のひらの上でこまかくきざみ、あるいはちぎって鉢に移し、そこに水気をしぼったパンを小さくちぎって加え、丹念に擂《す》りあわせるそうである。エンカルナがミゲルの家ではたらく月曜日、テレサはガスパチョを作るのだった。

「やっぱりアブエラのガスパチョのほうがおいしいね。材料はおなじなのにね」

エンカルナは、トマトは完熟したものをつかうように注意した。ミキサーにかけるとき、スープを少量加えると味がまろやかになるし、ガスパチョにふりかける飾りの野菜は、ピーマンでもキュウリでも好きなものをつかえばよい、と言った。肝腎《かんじん》なのは、朝のうちにたっぷり作って、冷蔵庫でよく冷やすことだった。

これより先に、顕子はアリオリソースの作りかたを習いおぼえた。故国ではあまり食べなかったポテトサラダも、グラナダのバルで口にしたそれは、びっくりするほどおいしくて、顕子は毎日ポテトサラダを食べていた。じゃが薯《いも》そのものよりも、ソースが料理の味を引きたてていた。マヨネーズに似ていたが、マヨネーズよりはゆるやかで、にんにくの風味がした。ミゲルにたずねてみると、アリオリだと聞かされた。

カミロのノートには、アリオリソースの調理法は出ていなかったから、これも顕子はエンカルナにおそわったのである。アントニオとルイスの来訪を知らされるまえの話である。

アリオリソースの旨味《うまみ》のもとは、にんにくであった。まず、にんにく二、三片を粗みじんにきざんで鉢に移し、塩を加えて擂りつぶしたところへ、卵黄一個を落し入れて、とろみがつくまで練りあげる。そこにオリーブオイルを少しずつ加えながら、絶えず泡立て器でかきまぜるのである。エンカルナが言うには、卵黄一個に対してオリーブオイルは、ワインの罎《びん》で三分の一ていどの割合いだから、手数のかかるソースではあったけれど、良質のオリーブオイルがあるのに、これを作らぬという法はなかった。最後にレモンの絞り汁を数滴落すと、なめらかなソースができあがった。指先につけてなめてみると、グラナダで食べたポテトサラダに似た味がした。顕子は思わず、「アリオリだわ」と声をはずませたものである。

麦刈りの初日、顕子は午睡を早めにすませ、バスケットをさげて家を出た。バスケットの中味は、ミゲルの午後の軽食である。ミゲルは昼食にはもどってきたが、麦刈りの最中は畑で軽食をとった。午前中の軽食はミゲルが自分で用意をして、はやばやと畑に出かけた。

麦畑までは、徒歩で二十分ほどの道のりである。広場の前を行きすぎると、アーティチョークのひとむらがあった。この植物は、集落の上の畑にもあった。あざみに似ているが、あざみとちがって丈が高い。顕子の背丈より大きなものもある。八方に茎をのばし、その先端に紫がかった濃い紅色の花をつけていた。五時近くになっていたが、顕子はアーティチョークのむらがりを見ただけで、暑さを感じた。ガスパチョの夏がおとずれたのである。

畑に近づくと、コンバインの唸《うな》りが耳についた。道路は麦畑のあたりでゆるやかに弧をえがき、道路と畑のあいだは細長い草地になっていた。そこにも、のびきったアーティチョークがあった。

ドミンゴが草むらから飛びだしてきた。ミゲルは、集落寄りのはしから刈りだしたらしい。すでに三分の一は刈りとられて、白っぽく波打つ麦畑を背景に、小型のコンバインがうごいていた。

コンバインはミゲルのものではない。村落ごとに農業組合のような組織があって、そこから組合の加入者が借りだすのである。オリーブ畑の耕作や除草につかうトラクターもおなじだと聞かされた。

頴子は、刈りとりのすんだ畑の中にはいって行った。轍《わだち》をたどると歩きやすかった。ミゲルもコンバインから降りて、大股《おおまた》で近づいて来た。帽子の下のひたいが汗ばんでいた。

「やあ、ありがとう」

ミゲルは、よほどうれしかったのかもしれない。唇をかさねると、アキコがメリエンダをとどけてくれるなんて夢のようだ、と言うなり、子どもを抱きあげるように、たかだかと頴子を抱きあげた。

「ミゲル、ミゲル、おろしてよ。コーヒーがこぼれちゃうわ」

「皮袋《ボタ》にはいっているんだろう。大丈夫さ」

頴子は、空に突き出されたような心地がした。光のみなぎった群青《ぐんじよう》の空である。この近くには「鏡」と名のつく泉があるのだけれど、頭上の空は、それよりはるかに大きく、あかるい「鏡」であった。

ドミンゴが足もとで吠《ほ》えだした。ミゲルは、ひょいと頴子を地面におろすと、山ぎわまで刈って一服する、と言った。

「作業小屋で食べよう。アキコは帰るかね」

「いいえ。待ってるわ」

ふたりだけですごすのも、あとわずかである。顕子は畑から去りがたくて、バスケットをさげてゆっくり作業小屋へ向かった。

IX

ディエゴの店の前は、長方形の広場のように通りが幅ひろくなっていた。向かいの役場に駐車の可能な空間が設けられているためだった。したがって、ディエゴの店のテラス席につくと、役場の外観が自然に目にはいった。

二階建てながら横幅のある白い建物で、正面玄関の上に四本の旗が飾ってある。国旗と州旗を中にして、左右にECの紺色の旗と、白地に金の紋章がある旗を配している。ミゲルの話によると、これは村旗である。四枚の旗は、ゆったりとはためいていた。

五日の午前であった。顕子は、家でアントニオとルイスを待つつもりであったが、ミゲルに説得されて、ディエゴの店まで出てきたのだった。そろって出むかえるのが当然であり、紹介もしやすい、というのがミゲルの言いぶんだった。顕子は、見るともなく役場を見ているうちに、旗に目がとまったのである。

顕子が最も気に入っていたのは、アンダルシアの州旗である。緑と白の三本の横縞《よこじま》もようの旗で、単純なデザインながら、すっきりとあかるくて、いかにもアンダルシアにふさわしい州旗であった。

ところが、この日は、四本の旗が色彩ゆたかな花束のように顕子の目にうつった。国旗の赤と黄もまじっているのだから、たしかにはなやいだ色どりである。旗を飾った役所の白壁も、いつになくなごんで見えた。それは、顕子がこの集落に愛着を持ち、ほどなく立ち去ろうとしているためにちがいなかった。アントニオとルイスの来訪は、ミゲルとの別離が迫っていることにほかならなかった。

「アキコ、どうかしたのかね。ジュースもさっぱり飲まんじゃないか」ミゲルがビールのグラスを置いて言った。

「ガスパチョを冷蔵庫に入れてきたかしらと思って……」

「入れたよ。ビールも冷やしてあるしね。アキコがすべて用意してくれたんだよ」

顕子は気を取りなおすと、アントニオの車が到着しだい、ひと足先に彼と会って、ふたりの仲を知らせてほしい、とミゲルにたのんだ。予備知識をあたえたほうが、アントニオに対して親切になるはずである。顕子のそのことばに、ミゲルはからかいぎみに応じた。

「アキコは恥ずかしいんじゃないかね」

「もちろんよ。はじめて会うんですもの」

「まあ、アキコの気持を尊重しよう」

かたわらに行儀よくすわっていたドミンゴが、さっと立ちあがった。ドミンゴは入り口の石段を駆け降りると、コルドバ街道のほうを向いて大きな耳をぱたつかせた。車が近づいたのである。そう思ううちにも、顕子もエンジンの音を聞きとり、メタリックの乗用車がカーブをまわってきて、スピードを落しながら広場へすべりこんだ。

ミゲルは、ディエゴを呼んで勘定をはらうと、なるべく早くくるようにと顕子に言いおいて、足早に広場に向かった。店内にも客があって、ディエゴは顕子に笑いかけて中にもどった。午前の軽食の時間になっていた。

広場では早速ルイスがドミンゴの首を抱えこんでいた。ルイスは背をこごめているので、犬の毛と少年の頭髪はもつれあっているように見える。そのかたわらで、ミゲルがアントニオに話している。アントニオは、ミゲルより首ひとつ丈が高い。ルイスの笑い声がひびくばかりで、ミゲルの声はテラス席までとどかなかったが、ミゲルとアントニオは同時に顕子のほうを見た。アントニオの眼鏡が陽光を反射して、きらりと光った。

顕子は、頃あいとみて席を立った。道路を渡りきらぬうちに、ドミンゴがルイスの腕からすりぬけて、顕子のほうへやってきた。

「ドミンゴ」と少年は落胆のあらわな声をあげた。

「お友だちが呼んでるわよ。ルイスと仲よくなさい」

顕子が犬の首をたたくと、ドミンゴは頭をかしげて立ちどまった。顕子は犬を無視して、ミゲルとアントニオの前に歩み寄った。ミゲルは軽く上気し、アントニオもおどろきをかくしきれない様子であったが、ミゲルが顕子を引きあわせると、アントニオは歯切れよく名乗って、表情がやわらいだ。

「いや、おどろきましたねえ」と握手を終えてから、アントニオが言った。「ミゲルに恋びとができてもおどろきませんよ。たとえ、ハポネサでもね。あなたが犬に話しかけて、こちらへ近づいてきたとき、ふしぎな印象を受けたんです。優雅にして粛然とした音楽に出くわしたようでしたね」

「詩的な感想はあとまわしにして、荷物をおろさんかね」とミゲルが言った。

「ミゲル、あなたも溌剌《はつらつ》としてますよ。これほど生気にみちたミゲルを見るのははじめてだな」

「きみにはかなわん」とミゲルは笑って、車の後部にまわった。

アントニオはトランクを開けようとして、犬とたわむれている息子に声をかけ、顕子と引きあわせた。アキコはミゲルと暮しているセニョーラだよ。きみもあいさつをなさい、との父のことばに、息子は「ぼく、ルイス」と告げて顕子を見あげた。

くりくりした瞳《ひとみ》は、ミゲルの目の色と似た灰色がかった薄茶色である。ちぢれ毛のアントニオとちがって、くせのない頭髪だった。細面の顔立ちは、アントニオと似ていなくもなかったけれど、顕子の目をうばったのは光るようなばら色の頬と、やさしげな口もとだった。写真で見たルイスは幼児そのものであったが、七歳になったルイスは、息を呑《の》むほど美しかった。

握手を求めると、ルイスははにかんで手をさしだした。少年の手は熱くて、汗でしめっていた。

「ドミンゴはアキコの犬になったの？」とルイスがたずねた。

「いいえ、ミゲルの犬よ」

「でも、アキコのあとばかり追いかけるよ。ほら、もうくっついている」とルイスは、顕子に寄りそっているドミンゴを指さした。

「わたしが世話をするせいじゃないかしら」

犬というものは、愛情を持って接すると、かならずこたえてくれる、と顕子が言うと、ルイスはぱっと目を輝かせた。

「ぼくもドミンゴの世話をするよ。ぼく、ドミンゴが大好きなんだ」

「ドミンゴもルイスが大好きになるわよ」

ふたりが話しているあいだに、ミゲルとアントニオは、後部座席とトランクから荷物を出していた。スーツケースとボストンバッグに、アイスボックスの三箇である。ミゲルの話によると、アントニオは毎年欠かさず仔羊《こひつじ》のあばら肉を持参し、到着した当日の昼食にパティオで焼くのである。三箇の荷物のほかに、サッカー用のボールを入れた網袋があった。

ミゲルがアイスボックスを肩からさげ、アントニオが二箇の鞄《かばん》を持ち、ルイスはボールの袋をさげて、四人は家へ向かった。夏休みらしく、アントニオもルイスもTシャツにジーンズの軽装である。ルイスは、ときどき、ドミンゴの鼻先でボールの袋をゆすってはしゃいでいた。

アントニオとルイスの寝室は、前日エンカルナが掃除をして、ベッドもととのえてあった。アントニオの寝室はリカルド夫婦がつかっていた部屋で、この部屋のベッドだけは比較的あたらしかった。しばらく空部屋になっていたそうだけれど、マリアが新品のダブルベッドを入れさせたのである。エンカルナにおそわったのであるが、この国の夫婦はダブルベッドを用いる習慣だった。亭主に愛想がつきたらべつの部屋に寝るのさ、背中あわせで寝る夫婦も結構多いんじゃないの、とエンカルナは手ぎわよくベッドを作りながら話した。

この部屋には、机と椅子《いす》もあった。アントニオが自費で用意したものである。質素な机であり、ベッドも簡素なものではあったけれど、家具があたらしいだけに、いったいに小ざっぱりとあかるい寝室だった。

ルイスにあてがわれた寝室は、陰気というほどではなくとも、アントニオの部屋にくらべるとほの暗くて、多少いかめしい感じがした。もともと来客用の寝室で、シングルのベッドが二つはいっていた。したがって、エンカルナがととのえたベッドは一台で、あとの一台はマットレスがむきだしになっていた。七歳の少年に適した部屋とは言いがたかったが、子供が終日寝室に引きこもっているはずはない。アントニオの寝室とは、玄関ホールと広間をはさんだ位置にあって、ルイスは毎年、この部屋をつかっていた。

家へもどると、顕子はアントニオから渡されたなま物の食品を、ひとまず冷蔵庫におさめて、さっそくカナッペを作った。パンにのせる材料は、すべて下ごしらえをしてあった。茹《ゆ》でるものは茹で、切るべきものは切ってあった。生ハムの薄切りをパンにのせ、アリオリソースで和《あ》えた塩茹での小エビをかさねると、立派なカナッペになる。ほかにもさまざまな材料があった。ひと口大の鱈《たら》のフライもあれば、茹で卵もあった。ポテトサラダがあり、焼きピーマンのオイル漬があり、レチューガやオリーブ漬もあった。あと数日間、できうるかぎり楽しく過ごそうとして、顕子は軽食にも心をくばったのだった。

顕子がカナッペを作っているあいだに、ミゲルはグラスやナプキンを用意した。居間の低いテーブルをかこんでの軽食である。ミゲルは、スツールに顕子をかけさせたくなかったから、広間のひじ掛け椅子を一脚、朝のうちにはこんでおいた。

　家の中はざわついていた。台所から閉めだされたドミンゴがそこらをうろつき、浴室からはアントニオとルイスの話し声がつたわってきた。手を洗っているらしい。アントニオとルイスが居間へやってくると、ドミンゴもあとを追ってきた。親子は並んでソファにかけた。ふたりながら素足になって、サンダルにはきかえていた。

　ミゲルは、まずルイスに冷めたいミルクをあたえようとして台所に立った。顕子は、大皿にカナッペを盛りつけている最中だった。なんとも豪華な一皿である。連中、きもをつぶすぞ、とミゲルは胸うちでつぶやきながらカップにミルクを注いで居間へはこび、ビールもはこんでひじ掛け椅子に腰をおろした。

「なにか、たくらみがありそうだなあ」とアントニオが言った。「まさか、スシを作らせているんじゃないでしょうね」

　スシ？　米《アロス》を海藻で巻くという食い物かね。アロスを小さくにぎって、上に魚や卵をのっけるやつもあるらしいですよ。まったく、きみは物知りだな、アルバイシンには日本人がいるのかね。いますとも、さばけたかいわいですからね……。

　顕子が居間にはいってきて、笑顔でカナッペの大皿をテーブルに置いた。アントニオとルイスは目をみはると、同時に驚嘆の声をあげた。

「スペイン風のスシだよ」

ミゲルは、とぼけると、ビールの栓をぬこうとして、ソファにかけるように顕子をうながした。アントニオもとなりにすわるようにすすめて、顕子はソファのはしに腰かけた。アントニオの両がわは、細身の顕子と小柄なルイスだから、三人並んでも窮屈には見えなかった。

ミゲルがビールを注ぎ、にぎやかに乾杯の声があがった。アンダルシアの夏に乾杯、ミゲルとアキコに乾杯、スペイン風スシに乾杯、アントニオとルイスに乾杯、ドミンゴにも乾杯、といったぐあいである。

「お祭り《フィエスタ》のようだね」ルイスが生ハムと小エビのカナッペにかぶりついて言った。

「そうだよ。夏休みというフィエスタだよ」とアントニオが応じた。

「ママもいっしょにくるとよかったのにね。カナッペを見たら、ママもびっくりするよね」

「いずれ、ママも仰天するさ」

ミゲルは、親子のやりとりを耳にしながら思案していた。マリアが顔をだすまでは、顕子の存在を伏せておいたほうが無難である。アントニオとルイスの滞在中、マリアはたびたび電話をかけてくるので、一応アントニオに事情を話さねばならなかった。

無花果《いちじく》の葉影が濃くなっていた。真昼を思わせる葉影《ひかげ》であり、パティオのあかるさである。無骨なテーブルを据えた居間の前の石畳は日蔭になっているが、石畳のかたわらの竈《かまど》には陽があたって暑くるしそうに見える。煉瓦《れんが》を積みあげた五十センチ四方の小ぶりな竈である。アントニオとルイスが到着した日は竈に火を起こし、パティオで昼食をとるのである。

パティオでの炭火焼きは、男性的な単純な料理で、アントニオは毎年二回ぶんの肉を持ってきた。これまでは、ミゲルが肉を切りわけていたが、今年は顕子が引き受けた。グラナダからつれもどした直後も、顕子はあばら骨のあいだに包丁を入れて、上手に切りわけたのである。あとはにんにくをすり込み、塩胡椒《こしょう》をするとすむのだった。

軽食を終えると、ミゲルはアントニオといっしょに食器を片づけた。顕子は、冷蔵庫から肉の包みをとりだすと、半分はラップにくるんで冷凍庫におさめ、残りはふたたび冷蔵庫にもどした。先にガスパチョをいろどる野菜をきざむつもりなのである。

「ぼくが肉を切りわけましょうか」とアントニオが顕子に声をかけた。

「まあ、下ごしらえはアキコにまかせよう。男の役割りは竈の前だよ」

ミゲルは、アントニオをうながして居間へもどると、ソファに並んで腰かけた。念のために、廊下のドアは閉めておいた。

いつのまにか、ルイスがパティオに出て、ドミンゴを相手にボールを蹴《け》ってあそんでいた。ルイスがボールを持ってきたのは、はじめてである。考えてみると、ルイスも九月から二年生になるのだった。

アントニオは、笑顔で息子を見やると、ミゲルに視線を移した。

「アキコは、かわった女性ですね。気品もあるし、優雅なのに、調理台の前に立っても不自然じゃない。あなたとの呼吸もぴったりじゃありませんか」

「こうなるまでにはいろいろあった」

ミゲルは、かいつまんで顕子と出会ってからのいきさつを知らせたが、肝要な点ははぶかなかった。すなわち、顕子がわかれを予告したうえで、集落へもどった件である。

「わたしは、つれもどしてしまえばどうにかなる、とたかをくくっていた。現にアキコは、見ちがえるほど元気になったしね。安心していたのだが、やはり油断はできん。きみたちがくるまえにも、アキコは出て行くと言いだした」

「アキコが別離を予告した理由はなんです？」とアントニオがさりげなく訊《き》いた。

「なやみごとがあるからじゃないのか。その件になると、アキコは頑として口を割らん。わたしにしても、イネスの話をほじくり返されては不快だからね。アキコが心をひらいてくれるまで待つほかはあるまい」

「ぼくの第一印象にくるいはなかったようだな。アキコには、はなやぎと静けさが同居していますよ」

やれやれ、難儀な恋びとのあいだに割りこんだようだぞ、とつぶやいてアントニオは、たばこに火をつけた。「ミゲル、アキコの話はマリアに伏せておきましょう」

なんたる男だ、先まわりもいいところだ、とミゲルはアントニオに腹を立てた。「きみは勘がよすぎるよ」

アントニオは笑顔で応じた。「ぼくはマリアの亭主ですよ」

マリアの気性は呑みこんでいる。マリアに知れたら、ミゲルはアキコを失いかねない。それは、ぼくの真意ではないので、十日後にはルイスをつれてグラナダに帰ります。マリアには、なんとでも言いつくろえますよ。あなたとちがって、ぼくは口がうまいですからね。余計なことはわすれて、十日間のんびりすごしましょう。去年までとおなじようにね。

ミゲルにとっては、ねがってもない提言だった。ミゲルは、胸をなでおろして感謝の気持をつたえた。

「きみには厄介ばかりかけるな」

「ぼくも休暇をぶちこわされたくない。そろそろ火を起こしませんか」

ふたりの男は、上半身はだかになってパティオに出た。古井戸の向こうが物置になっていて、そこからオリーブの小枝や炭壺《すみつぼ》をはこびだすのである。ルイスまでが薪をはこびだしたが、ほどなく頸子がルイスをともなってパン屋へ出かけた。むろんドミンゴもいっしょである。パティオに残った男ふたりは、顔を見合わせて笑いだした。

それぞれの気くばりによって、ミゲルの身内を加えた暮しは首尾よくはじまったといえる。四人は、つねにいっしょではなかった。アントニオもルイスも好きなようにすごした。食事にしろ、四人が顔をそろえるのは、昼食と夕食の二回で、朝食はアントニオひとりはおくれてとった。

アントニオが起きだすのは九時前後である。そのじぶんには、顕子はガスパチョを作り終え、ルイスはあそびに出かけたあとである。ミゲルはといえば、アントニオが起きだすのを待って、食堂をかねた居間に掃除機をかけだすのだった。

顕子は、掃除がきらいなくせに、部屋のよごれが気になる性分だった。これまでも台所の床は、毎日顕子がモップで拭《ふ》いていたのである。居間はミゲルとふたりでいたあいだは、よごれも目立たなかったが、ルイスが来てからは様子がかわった。パティオで炭火焼きをするときをのぞいて、昼食と夕食は居間の大きな食卓でとるのである。パン屑《くず》がちらばったり、スープの汁がこぼれたりする。モザイク張りの床板であったが、煖炉《だんろ》の前にはカーペットを敷いてあった。アントニオとルイスの到着直後に、ここで軽食をとったのだから、最初の日から部屋はよごれだしたのである。

顕子には、ガスパチョを作った直後に掃除機をつかう元気はなかった。ひとりで立ちはたらいて疲れるよりは、あかるさを失わぬほうが、他の三人ものんびりすごせるはずである。二日に一度でよいからと言って、顕子はミゲルに掃除をたのんだのだった。

「食卓のまわりとカーペットだけで充分よ」

「パン屑ならドミンゴが片づけるさ。ドミンゴが掃除機だよ」

ミゲルは、笑いながらも居間の掃除を引き受けた。アントニオとルイスの滞在中は農作業も休みで、朝食まえに当日つかう野菜を穫《と》ってくるだけである。それならば、顕子の負担を軽くしてやるべきだった。

アントニオは、寝足りたさっぱりした顔つきで、自分でコーヒーを淹《い》れ、パンを焼いた。食事を終えると、ふたたび寝室に引きこもる。アントニオは、机に向かって昼までの時間をすごすのだった。昼食がまずくなるからと言って、午前の軽食もとらない。コーヒーを飲むだけだった。

ルイスは、集落の子らと広場でサッカーに熱中していた。毎年、集落へくるルイスには顔なじみの子どももいた。顕子がパン屋へともなって行った帰途、すこし年かさに見える少年がルイスに声をかけた。少年は、ルイスがボールを持参してきたことに気づいていた。そこで、たちまちボールあそびの約束がなされたのだった。

到着した日の夕刻から、ルイスはボールを抱えて飛びだして行った。ドミンゴもつれて行ったのだけれど、子らに追い返されたのか、ほどなくもどってきた。二日目の朝も同様だった。

ちょうど水曜日で、魚屋がくる日であった。顕子は、マテオが鳴らす警笛の音を聞きつけると、さっそく広場へ向かった。ドミンゴはパティオの日蔭で寝そべっていたが、いつものようにあとを追ってきた。

広場には、まだ客の姿はなかった。赤いポロシャツ姿のマテオがライトバンの中をのぞきこみ、ルイスをまじえた四、五人の少年があそんでいた。七、八歳から十歳前後の子どもらである。マテオに追いはらわれたのか、子どもらは隅のほうで、爪先《つまさき》でボールをころがしていた。子どもながら、結構たくみなドリブルである。ドミンゴは不快な目に遇《あ》ったのか、尾をぱたつかせて、子どもらには近寄らなかった。

ルイスは、ドリブルをしている子に体あたりをしていたが、マテオが顕子に声をかけると、車のほうに駆け寄ってきた。上気して、ひたいが汗ばんでいた。

「お魚を買うの?」とルイスは息をはずませて顕子を見あげた。

「そうよ。ドミンゴは邪魔したの?」

「うん。いっしょになってボールを追っかけるんだよ。だから、ハビエルがドミンゴを蹴とばしたんだ」

「いい子だから、おれの車にシュートを入れるなよ」とマテオが口をはさんだ。「商売の邪魔をしたら、おれがガキどもを蹴とばすからな」

「パパやミゲルの車もあるよ。車のほうに蹴ったりするもんか」

ルイスは真っ赤になって言い返すと、エビあるよね、エビ買ってね、と顕子に言いおいて仲間のほうへ駆けもどった。

犬を蹴るとは乱暴な話である。それとも、男の子にとっては自然な行為なのであろうか。村の子は元気なのね、とつぶやくと、即座にマテオのことばが返ってきた。

「元気だとも。おれもガキのじぶんにゃ、犬猫を蹴とばしたもんだよ」

客が集まりはじめていた。マテオは、客の相手の合間に弁じたてた。

ハポンの子もイギリスのガキのようにおとなしいのかい？　実際のところ、イギリスのガキどもが紳士の卵なのかどうか知っちゃいないが、あの国には動物愛護とやらのおそろしげな団体があるそうじゃないか。おれだって、いまじゃ犬っころは大好きさ。しかしなあ、サッカーくじで大金をせしめても、金輪際イギリスには行かんぞ。

ドミンゴが猫を追いまわしていたが、毎度のことである。顕子は品物をえらんで、重くなった買物籠《かご》をさげて広場を出ようとすると、またもやルイスが駆け寄ってきた。

「エビ、買ったわよ」

ルイスは、すこしうれしげな顔をしたが、真剣な目色になってたずねた。

「ドミンゴはぼくをきらいになるだろうか」

「ルイスはドミンゴがきらい？」

「大好きだよ。去年は毎日あそんでたんだ」

「それじゃ、大丈夫よ。ルイスが好きなら、ドミンゴもルイスを大好きなはずよ」

「ほんと？」

「ええ。わるいことをしたときは叱《しか》ってもいいのよ。ミゲルもわたしもそうしてるわ」

ただし、サッカーの邪魔になるだろうし、お友だちに蹴られてもかわいそうだから、今後はドミンゴをつれだしてはいけない、と言うと、ルイスは素直にうなずいた。

肝腎のドミンゴの姿はなかった。猫を追って広場をとび出して行ったのだった。顕子は、拍子ぬけがするとないルイスをなやませておいて、ドミンゴこそ太平楽な犬だった。おさ
すると同時に、ルイスがいとおしくなって小さな肩に手をおいた。

「おいしいカナッペを作っておくわ。おなかをすかして軽食にもどってね」

「うん」とルイスは走り去った。

ルイスのお目当ては、生ハムに小エビをかさねたカナッペである。前日、口にした味がわすれられないらしく、アキコ、カナッペを作ってね、エビのカナッペを作ってね、とたのんで広場へ出かけたのだった。

顕子は多めに小エビを買い求めた。帰宅後、ただちに当日つかうぶんを処理し、あとは小分けにして冷凍庫に保存した。こうしておくと、毎日でもルイスに小エビと生ハムのカナッペをあたえることができるし、小エビならほかにも使いみちがあった。

ルイスとちがって、アントニオをよろこばせたのは干鱈《バカラオ》のオイル漬である。水でもどしたバカラオをこまかく裂いて、オリーブオイルにひたすだけだから、調理ともいえない一品だけれど、時間はたっぷりついやした。なにしろ、厚さが二センチもあるバカラ

オである。カミロのノートでも、バカラオのオイル漬は「ゆとりある日に」の項目にはいっていた。

グラナダに滞在中、乾物屋の前を通ると、白布を積みあげたような品物が目を引いたが、それがバカラオであった。この家の地下の納屋《なや》にもバカラオが保存してあって、顕子が時間を見はからって、ミゲルに切りとってもらったのは日曜日の朝である。月曜日の夕方になると、ようやくバカラオはやわらかくなった。指先で裂いて口に入れると、ほのかな塩味が残っていて、生の鱈とはまたべつの独特の風味があった。

四人がはじめて昼食をとったのは、パティオでだった。ミゲルは、半裸のままであったが、アントニオは顕子に対して礼を失すると思ったのか、顕子がパンやガスパチョやフライド・ポテトをはこんでいるあいだに、Tシャツを身につけていた。

バカラオのオイル漬は、浅い鉢に入れて出した。

「これもアキコの作品ですか」と、アントニオがバカラオを皿に取りわけながら訊いた。

「わたしが作るわけはなかろう」とミゲルが笑顔で言った。

アントニオは、バカラオを口に入れると、眼鏡の奥の目が輝いた。

「アキコ、上出来ですよ。これがあれば、ワインは一層うまくなる」

「プロの調理師さんにおそわったんです」

「カミロですか」

「そうなんだよ」とミゲルがカミロのノートについて知らせた。

パティオには仔羊《こひつじ》を焼いた匂《にお》いが充満していた。冗談がとびかい、ミゲルは満足しきっていた。顕子は一応ほっとしながらも、近づいた別離をおもうと胸が痛んだ。

X

アントニオとルイスをむかえるにあたって、顕子が用意しておいた料理はバカラオのオイル漬だけではなかった。ミンチ・ボールもそのひとつだった。

ミゲルの話によると、アントニオがくつろぎだすのは昼食の前後からだった。朝寝をしても一応シエスタをとり、五時ごろからミゲルと少々酒を飲み、そのあとルイスもともなって三人で散歩を楽しんでいたそうである。

「散歩は欠かさんね。ことしはアキコもいっしょだ。アントニオがよろこぶだろう」

顕子にしてみれば、散歩どころではなかった。男ふたりの酒の肴《さかな》なら、なんの心配もない。チョリソやオリーブ漬もあれば、バカラオのオイル漬を作っておけば上等であろう。問題は、おさない男の子の午後の軽食である。ルイスにはなにをあたえていたのかとたずねてみると、菓子パンかボカディージョだね、とミゲルは答えた。

ボカディージョなら、顕子は作ったばかりであった。丸パンを上下に割って具をはさんだものがボカディージョで、いわばスペイン風のサンドイッチである。麦刈りの最中に、畑にとどけたメリエンダの主食がボカディージョであった。麦刈りは三日目の昼食までに片づいたので、顕子が麦畑へ足をはこんだのは二回である。最初の日はポテトサラダ、二日目は卵サラダをはさんだボカディージョだった。

顕子は、ルイスの軽食を菓子パンでごまかす気にはなれなかった。女手があるのに、そんな不精はできない。ルイスのよろこびは、ミゲルのよろこびにもなるはずだった。もっとも、七歳の子が好むボカディージョとなると、顕子は見当がつかなかった。エンカルナに聞くと、肉だんごだろうとの話だった。

「町の子のことは知らないけどね。ここの子供たちは肉だんごのボカディージョを食べてるね」

肉は塊で買う習慣であったが、集落のスーパー兼パン屋には豚の挽肉《ひきにく》を置いてあった。顕子は、みるともなく見ていたのだけれど、どうやら挽肉は子供らのボカディージョ用らしかった。

顕子がミンチ・ボールを作ったのは、アントニオとルイスをむかえた日の前日である。月曜日であったから、エンカルナが手つだいにくる日であった。いつもならシエスタをはさんで、アイロン掛けをするのだけれど、その日はアントニオとルイスの寝室をととのえたため、アイロン掛けはシエスタのあとになった。顕子は、エンカルナがアイロンをつかっている最中に、ミンチ・ボールをこしらえたのだった。

調理は割あい簡単だった。挽肉に玉葱《たまねぎ》とにんにくのみじん切りを少々加え、塩胡椒《こしょう》をふりかけて粘りが出るまでこねあげたうえ、適宜な大きさに千切ってかたちをととのえる。丸パンにはさむのだから、円形のハンバーグのようなものである。顕子は五、六日後に集落を去るつもりであったから、五個作った。ルイスがミンチ・ボールを好むかどうかわからなかったし、気に入ったなら、家を出るまぎわに作っておくとすむのである。

ボカディージョには揚げたての具をつかいたかったから、調理はそこまでだった。ミゲルとアントニオが五時前後から酒を飲みだすとすれば、ルイスの軽食もおなじじぶんになりそうである。顕子は五時までシエスタをとる習慣であったが、下ごしらえをしておくと、寝起きに揚げることができる。火の通りにくい豚肉とはいえ、たかが一個のミンチ・ボールだった。

ルイスがサッカー用のボールを持ってきたことによって、事情がかわった。顕子は、かたわらで聞いていたのだけれど、ルイスは集落の子と、シエスタのあとでボールあそびをする約束をしたのだった。

「お昼寝は何時まで？」と、相手が去ってから顕子はたずねた。

「四時」と少年は答えた。

「メリエンダにはもどるの？」

「もどらないよ。おやつを持ってあそびに行くんだ。あそびに出かけるのは四時半ごろであろうか。

四時に起きるとして、あそびに出かけるのは四時半ごろであろうか。

顕子は、アントニオとルイスの滞在中も、これまで通り午睡をとるつもりだった。ミゲルの身内に疲れた顔を見せたくなかったし、誰よりもミゲルそのひとに、やつれた姿を見せたくなかった。のこる数日をあかるくすごすためには、二時間の午睡は欠かせなかった。

到着した当日は、ルイスも気がたかぶっていたのか、昼食を終えるころには、生あくびをもらしていた。アントニオが息子の不作法をたしなめ、やすむようにうながして、寝室へともなって行った。

顕子は、ミゲルにことわって座を立つと、さっそくミンチ・ボールを揚げた。五個のうち、四個は冷凍庫におさめてあったが、この日あたえるぶんは冷蔵庫のチルド・ケースに入れてあった。あつあつのミンチ・ボールでなくても、二時間かそこらで味が落ちるとも思えない。顕子は油を切ったミンチ・ボールを皿にとって調理台にのせ、紙ナプキンでおおって、パティオの席へもどった。

ミゲルとアントニオは、食後のたばこをくゆらしていた。顕子は、ふたりにミンチ・ボールの置き場所を知らせ、ルイスが出かけるときは、ボカディージョを渡してほしいとたのんだ。パンにナイフを入れるとすみますから、と彼女はつけ足した。アントニオは笑顔で礼を述べ、ミゲルにいたっては、万事こころえたから、ゆっくりシエスタをとりなさい、と受けあったのである。

ところが、起きぬけに台所をのぞいてみると、ミンチ・ボールはそのまま残っていた。しかも、ミンチ・ボールをのせた皿はひとすみに押しやられ、なにを切ったのか、細身の包丁が投げ出されて、調理台の上はべとついていた。

居間では、ミゲルとアントニオが談笑しているようだった。それらしい声がもれていた。食器は片づけてあったから、食器を洗って、ミゲルはアントニオと飲みはじめたのかもしれない。ドミンゴのすねたような鳴き声も耳についたが、子どもの声は聞きとれなかった。

顕子は、手早く顔を直して居間の様子を見に行った。ルイスの姿はなく、案にたがわず、ミゲルとアントニオがソファにかけてワインを飲んでいた。ふたりにたしかめると、ルイスは出かけたあとだった。

「ボカディージョを持たせてくださらなかったの？」と顕子は、ことばに気をつけてたずねた。

「そんなひまがあるものかね」とミゲルが答えた。

男ふたりの話によると、ルイスはまっ先に起きだしたそうである。ミゲルも四時にはベッドからはなれるのであるが、浴室へ向かいかけると、スニーカーにはきかえ、ボールを抱えたルイスが客室からとびだしてきて、ミゲルにひと声かけるなり、ドミンゴとつれだって戸外へ出て行った。ドミンゴがほどなくもどってきた話も、ミゲルの口から知らされたのである。

アントニオは寝入っていて、息子が出かけたことにも気づかなかった。アキコがいるので、つい安心をしたらしい、とアントニオはおどけぎみに笑った。

「きょうのルイスは食べすぎですよ。カナッペに豪勢な昼めしでしょう。すこしは体をうごかさなくちゃね」

「腹がへりゃ、もどってくるよ」とミゲルが言った。

ふたりは、しきりに顕子にワインをすすめたけれど、彼女はシャワーも浴びていなかったし、それよりも、やはりルイスが気になった。ルイスも起きぬけは空腹でなかったにせよ、あそびだして一時間はたっていた。夕食は九時なのだから、間食をあたえてもよいころだった。

顕子は、ミゲルとアントニオに言いおいて、ボカディージョをとどけに行った。あそび場は聞き知っていた。顕子は紙ナプキンにくるんだボカディージョを持って、家の横の近道をたどった。石段と勾配《こうばい》のきつい坂道がつづく小路で、鶏《にわとり》の羽ばたきが耳につき、糞《ふん》の匂いもした。戸口と家畜小屋がとなり合わせている家が何軒かあるのだった。玄関と家畜小屋の上が居室という構造になっているらしい。家畜小屋の窓には桟がはめられていて、中の様子が目についた。兎《うさぎ》か鶏を飼っている家が多かった。七面鳥が数羽、不機嫌そうに歩きまわっている小屋もあった。小路のふもとはなだらかになり、くだりきると広場の裏手に出た。

ルイスはボールをとり返したところであったが、すぐさま年上の子に押しのけられた。くやしかったのか、顕子が声をかけてボカディージョをさしだすと、ボールの行方を目で追いながら無言で受けとった。

「ルイス、手はきれい？」

そのことばに、ルイスはボカディージョを顕子にあずけて、ジーンズの脇《わき》で両手をこすった。顕子は、やんちゃなしぐさに内心苦笑しながら、再度ボカディージョを手渡した。ルイスは、ボカディージョにかぶりついてゲームに加わりかけたが、ふと、その場に立ちどまると、くるりとふり返って顕子に抱きついた。ルイスの薄茶色の目は、うれしげに輝いていた。

「すごく、おいしいよ。アキコが作ったの？」

「そうよ」

「ぼく、もう負けないよ。だって、とっても大きな肉だんごだもの」

ルイスは、片手を顕子の体に巻きつけたまま、またひと口ボカディージョを噛《か》みとると、おいしい、と繰り返して、くちびるを突きだした。キスをしたいのだと気がついて、顕子は背をこごめた。ルイスのくちびるが顕子の頬にふれた。肉の脂《あぶら》でしめったやわらかなくちびるだった。パンのあまい香りもした。顕子もルイスのひたいにくちづけをした。

帰途は役場の前を通って、ゆっくり家へ向かった。ルイスのくちびるの感触が頬にのこっていて、顕子はくすぐったさをおぼえながらも、ともすると口もとがほころんだ。ルイスが顕子の頰にキスをしたのは、このときがはじめてだった。ルイスにとって顕子は、おいしいものをあたえてくれるおばさん、といった存在であろうが、くちづけはよろこびの表現であろう。ルイスのくちづけに、顕子の胸もなごんだのだった。

翌日から顕子は、シエスタの起きぬけにボカディージョを広場へとどけた。ミゲルもアントニオもあてにならなかったし、だいたい、間食が四時というのは早すぎた。ルイスが間食を持ってあそびに出かけるようになったのは就学後のことで、去年と一昨年は、酒を飲みだしてから、アントニオが間食をあたえていたと聞かされた。マリアがアリシアの店で、ふたたびはたらきだしてからの変化だった。

少々サッカーを見ていても、近道を往復すると、十分そこそこですんだ。シャワーを浴びるのは、そのあとである。顕子は、メリエンダには酒を口にしなかったし、ミゲルとアントニオの相手をしていては、散歩に出そびれるおそれがあった。最初の日は、男たちを送りだしてからシャワーを浴びたので、ミゲルもアントニオも残念がった。それは顕子もおなじで、シャワーをつかってひと息入れると、散歩に頃合いの時刻になった。三人がそろって散歩に出かけたのは、アントニオとルイスをむかえたあくる日からである。散歩といっても、ミゲルのオリーブ畑をぶらつく時間が長かった。アントニオは、ミゲルの畑を好んでいたのである。そのむね知らされていたので、顕子は麦藁《むぎわら》帽子をかむり、色の薄いサングラスをかけて家を出た。

ドミンゴが先に立って畑へ向かった。ミゲルもアントニオも、のんびり足をはこんだ。ほどほどにワインを飲んで散歩を楽しむ。それがアントニオのバカンスであり、ミゲルのバカンスでもあるようだった。

「ルイスは、きょうもオリーブを見ずじまいか」

ミゲルが菜園の方角に目をやってつぶやいた。菜園のはずれに、ルイスのために植えた七本のオリーブの若木があるのだった。

「あの年なら、オリーブよりもサッカーだろうよ」

「朝めしまえに、畑に引っぱって行ってはどうです？　ルイスのオリーブですよ」とアントニオが言った。

「そうしよう。しかし、あいつはオリーブよりも杏《あんず》に気をとられるぞ。杏は食べごろだからな。ルイスのオリーブに実がつくのは五年先だ」

畑にはいると、草いきれが顕子をつつみこんだ。顕子が、はじめてこの畑に足を踏み入れたときは、雑草は目につかず、赤土と立ちならぶオリーブの対比がみごとに見えたものであるが、暑さが加わりだしたころから、にわかに下草がのびだしたのである。ミゲルは、七月下旬には除草に取りかかると話していたが、顕子は、自分が立ち去ったあとのミゲルのありさまを思いえがきたくなかった。

作業小屋に通じる道は、雑草も目立たなかった。短い草が道ばたに生えているていどである。おそらく、長年にわたって踏み固められ、トラクターで耕すこともないせいであろう。アマポーラが二、三輪、たよりなげに咲いているところもあった。

ドミンゴが暑さにあえぎながら、作業小屋を目指して脚をはやめた。ここの作業小屋は、麦畑の作業小屋にくらべるとはるかに大きく、かたわらには胡桃《くるみ》の大樹があって、恰好《かっこう》な日蔭《ひかげ》になっていた。もっとも、作業小屋は近くはない。ルイスがあそんでいる広場よりも道のりがあった。

胡桃の木蔭にはベンチがあった。パティオのベンチとちがって背もたれなんぞはない。分厚い板を張り渡しただけの、くろずんだベンチである。ドミンゴは、ベンチの下にもぐりこんで腹這《はらば》いになり、三人はミゲルを中にしてベンチに腰をおろした。木蔭にはいると、うそのように冷んやりとして心地よかった。

このあたりは畑のほぼ中央で、集落を俯瞰《ふかん》することはできなかった。上方の家の屋根やテレビアンテナが目につくだけであるが、アラブの城跡は空をかぎって全容がのぞまれた。胸壁ののこる岩山は、集落よりも高いのである。

太陽は、やや西へまわって、燕《つばめ》の群れが城跡の上でみだれ飛んでいた。かれこれ六時半であったが、夏時間のうえに、ヨーロッパの西端といってよい土地である。夕空とはほど遠い空の青さであり、陽光のまばゆさである。燕はガラスのかけらをばらまいたように、城跡の上できらめいていた。

「あれは、グラナダ王国の出城だったんですよ」と、アントニオがたばこに火をつけて言った。「あの城をめぐって激闘がつづいた。十五世紀の話ですがね」

「レコンキスタですか」

「そうです。レコンキスタの最終戦でしょう」

顕子も、この国が数世紀にわたって、イスラムの支配下に置かれていた史実を知ってはいた。国土を取りもどすべく、キリスト教徒が南進をつづけたことも知らなかったわけではない。レコンキスタ、つまり国土回復ということばもスペイン語の習得中におぼえたのであるが、グラナダ王国という名を聞くのははじめてであったし、岩山にのこる廃墟《はいきょ》がレコンキスタの名残りだとは知るよしもなかった。顕子は鋸《のこぎり》状の胸壁に、そこはかとない情趣を感じとっていたにすぎない。

アントニオの話によると、イベリア半島の大半を制したイスラムの王朝も、分裂と抗争を繰り返して、最後に残ったのがグラナダ王国ナスル朝であった。アンダルシアの南端に取りのこされた小王国である。集落のあたりがグラナダ王国の北端で、目前の城跡は、いわば国境の要害であった。首都グラナダがアラゴン王フェルナンドとカスティーリャの女王イサベルの連合軍の手に落ちたのは一四九二年である。無血入城であったというが、イサベルの率いる軍勢は、国境の要害に立てこもるイスラム兵に苦戦を強いられた。

「古来、攻城戦は守るに易《やす》く、攻めるに難いといわれています。まして、あの岩山の上の要害ですからね。イサベルの軍勢が敗北したのも当然でしょう。そうは言っても、グラナダを落されてはね。ナスル朝の王族はアフリカへ落ちのびた。このイスラム兵も戦意を失ったでしょうね」

「あとは、イスラムの統治がすぐれていたとつづくのだろう」と、ミゲルがからかいぎみに口をはさんだ。

「ぼくの持論ですよ」アントニオは肩をすくめて語りつづけた。

哲学から工学にいたるまで、イスラムの王朝は地中海文化の叡知《えいち》を吸収し活用して、独自の文化を築きあげた。ユダヤ人であれ、キリスト教徒であれ、才能ある者は重用し、異教徒の生活習慣に容喙《ようかい》もせず、イスラム教を押しつける愚は犯さなかった。ひと口にいえば、イスラムの時代は、庶民にとってもすごしやすい多民族国家であったといえるでしょう。アキコ、グラナダの全盛期には人口が六十五万もあったのですよ。中世ヨーロッパにおいては有数な大都市です。ところが、現在のグラナダの人口は二十五万です。むろん、人口の多寡《たか》によって都市の優劣はきめられませんが、いまのグラナダは中世の遺産で喰ってるようなものですからね。なぜ、そうなったのか。ぼくもスペイン人ですから、カトリック両王の国家統一を非難はしませんが、彼らの統治には大いに疑義があります。彼らは、まずユダヤ人を国外へ追放した。この地に残らざるをえなかったモーロの民衆に改宗を迫り、改宗しても劣悪な人種とみなした。イスラムが寛容であったのに引きかえ、カトリックの王家は傲慢《ごうまん》であり、狭量であったといわざるをえませんね……。

アントニオは、顕子にも理解しやすいようにゆっくり話した。顕子が厄介な熟語にぶつかって問いかけると、嚙《か》みくだいて説明した。アントニオは言語が明晰《めいせき》であるばかりでなく、歴史を見据える目にも曇りはなさそうだった。

ドゥカードスのきつい香りがして、気づかぬうちにミゲルがたばこを吸っていた。ミゲルは、退屈しているようではない。むしろ、愉快そうにアントニオの話と顕子の質問に耳をかたむけているふうだった。

「国家というものは、盛運に向かいながら衰退の予兆をはらんでいるものですよ」とアントニオが語をついだ。「なるほど、レコンキスタの完了と軌を一にして大航海時代がはじまった。新大陸が発見され、ヨーロッパにおいてもスペインの版図はフランドル地方にまでひろがった。この国が盛運を誇ったのは十六世紀の後半までです。その後の歴史は、アキコも知っているんじゃありませんか。オランダもポルトガルも独立し、無敵艦隊は大敗北を喫した。近世においてはナポレオン軍に蹂躙《じゅうりん》されましたしね。傲慢の鼻は、かならずへし折られる。ブルボン朝しかり、大英帝国しかりです。合衆国の盛運がいつまでつづきますかね」

アントニオが「経済大国・日本」を引きあいに出さなかったのは、顕子に対する礼儀からに相違ない。それとも、この国の知識人は、極東の島国には関心がないのであろうか。そうは思えなかった。すくなくともアントニオは、大学院で歴史を専攻した人物である。専門が中世イベリア半島史だとしても、世界史を視野に入れなくては、イベリア半島の中世も見えてこないはずである。

「ポルトガルが独立したとおっしゃいましたが、ポルトガルもスペインの領土だったのですか」と顕子は訊《き》いた。

「スペイン王がポルトガル王を兼ねたんですから、支配したことになりますね。無敵艦隊が敗北する直前に王位をうばい、一六四〇年にポルトガルが蜂起《ほうき》した。ポルトガル人は、いまだにスペイン人をきらってますよ」

「大航海時代がはじまってまもなく、ポルトガル人が日本の南端の小島に漂着しました。日本がヨーロッパと接触したのは、わたしの知るかぎりにおいて、そのときがはじめてです」

「ザビエルが日本に渡ったのは、そのあとですね」

「はい。種子島に漂着したポルトガル人の名は知りませんが、フランシスコ・ザビエルの名は日本史に残っています」

「ぼくもツネナガ・ハセクラというサムライの名を知ってますよ」

「支倉は大領主が派遣した侍です。気の毒に、彼が帰国したときは、日本も国家としてのかたちをととのえて、国をとざしていました」

顕子は、戦国時代から鎖国にいたるまでの経緯を説明すると、故国が特殊な国のような気がしてきた。島国であるがゆえに、故国は異民族に支配されたためしはなく、国内で異民族と戦うこともなかった。中世にモンゴルの艦船が襲来した史実はあるにせよ、わずか数日でモンゴルの船は覆没したというから、戦乱をくぐりぬけてきたスペインとは比較のしようがない。顕子の少女時代に戦争に敗れはしたが、あの戦争さえ、故国ではわすれ去られようとしているのではあるまいか。

札幌の家のかいわいが、ふと顕子の目によみがえった。休日でも子らの姿はなく、子らの声も耳につかないひっそりしたかいわいだった。走りまわる犬の姿もなかった。近年、顕子が見かけた犬といえば、中年の婦人に抱かれたマルチーズやトイ・プードルなその愛玩犬《あいがん》ばかりだった。

あの国は、おかしくなってしまったにちがいない。世捨て人のように暮していた顕子も、あの国のかわりように気づいていた。純がかわったように、あの国もかわった。あるいは、あの国の歩調に合わせて純も醜悪になった。顕子にとって故国は、「あの国」と呼ぶほかはない存在にかわっていた。

ミゲルは、自国と日本とのむすびつきについて、熱心にアントニオにたずねていた。顕子の故国だというだけで、支倉常長の事蹟《じせき》に興味をおぼえているようだった。目があかるんでいた。

「やあ、今日は愉快な話を聞いた」ミゲルは腰をあげると、歩きだしながら言った。「サムライというものはえらいもんだな。四百年もまえに、マドリードまでくるとはな」

「ザビエルが東洋へ渡ったのは、もっとむかしよ」

「修道士なら地の果てにでも行くさ。まあ、あの時代の坊主《ぼうず》は、それほど堕落しちゃいまいがね」

「ぼくは天才的なうそつきなんですがね。ぼくをうそつきに仕立ててくれたのは教会ですよ」とアントニオが言った。

アントニオの青少年時代、カトリックは国教とされ、教会は独裁政権と密着していた。日曜の礼拝は義務づけられ、懺悔《ざんげ》を強いられていたそうである。アントニオは、少年時代の声音と司祭の声色をつかいわけて、告解室のもようを話した。

――おまえはミサの最中もキョロキョロしていたな、どこを見ていたんだね。ええっと、まえの席の女の子です。女の子のどこを見ていたのかね。ええっと、スカートです。スカートのどのあたりかね。ええっと、ええっと、いちばんふくらんだところです。罪深き子よ、うんぬんとつづくわけで、性的ないやがらせですよ。何度かこれをやられると、こっちも対策を立てる。坊主に問いただされるまえに、罪の告白をするわけです。しゅしょうな顔をしてね。思春期の少年にとって、異性は摘んではならない花のようなものですから、最初はあまり困らなかった。誰それの、どこそこに見とれたと言えばすむのですが、毎度その調子じゃ相手は満足しない。おやじの皿からチョリソを三枚失敬したと言ってもおなじでね。盗みも罪になるはずですが、坊主のおのぞみはべつの罪です。ぼくはうそをつきまくった。たとえば、こんなぐあいにね。

神父様、ぼくはキリンに似ているでしょうか。キリン？　ひょろっとしているから似てないこともないな。ああ、やっぱり……。おまえがおもいをかけている女の子に言われたのだな。ちがいます、ぼくはキリンになっちゃったんです、朝、目をさましたら人間にもどっていましたけど……。アントニオ・ペラーヨ、いい加減にしなさい、おまえはこのまえもヴィーナスと出会った夢を見たと言ったろう、ヴィーナスが立っている貝に泳ぎついたと思ったら、貝が引っくり返ってしまったとな。こんどは溺《おぼ》れませんでした、アフリカの草原ですから溺れようがありません、相手もヴィーナスではありません、ヴィーナスよりもすてきな女の子でした、目はつぶらで、肌はつややかで、首はすんなりし、神父様、おゆるしください、くちびるはちょっとめくれていて、ぼくをさそっているように見えました、ぼくがキリンなのですから、魅惑的な女の子もキリンです、ウソじゃありません、たしかにキリンでした……。

ミゲルと顕子は、話の途中でたびたび笑った。アントニオがことばを切ると、ミゲルは笑いをおさめてたずねた。

「作り話じゃないのかね」

「坊主もおなじせりふを吐きましたよ。いっとき、絶句して真っ赤になった。坊主としては、恋の顚末《てんまつ》を問いつめたかったでしょうが、こっちがキリンで押しとおすのは目に見えてますからね。長々といやみを並べたあげく、おまえは蛇よりもしまつのわるい悪党か、大のつくあほうのいずれかだと締めくくった。ぼくは、坊主にひと泡吹かせたくてうずうずしてましたから、一応目的を果たしたわけです。以後は、ひたすらおとなしくしていた。十四歳のときの話ですがね」

「近ごろの教会ばなれは相当なもんだよ。向かいのアブエラは、日曜の礼拝を欠かさんがね。ぺぺとエンカルナはアブエラのお供さ。エンカルナは、おめかしができるから結構楽しそうだがね」

「教会は、ばあさんたちの集会所になっちまったな。むろん、信仰心の篤《あつ》い彼女たちには敬意を表しますよ。ぼくもルイスに洗礼を受けさせたし、たまには聖書を読んでやりますが、宗教が国家権力と密着してはろくなことはない。キリンになってみたり、聞かず語らずになったりで、ガキにとっても鬱陶《うっとう》しい時代でしたね」

話の内容とはことなり、アントニオの声音も表情も晴れやかだった。考えてみると、フランコの死は、わずか十数年まえの出来事だった。この国のひとびとは、いまだに解放感にひたっているのかもしれなかった。

三人は、東がわへのびる道をたどっていた。東がわには集落を迂回《うかい》して、役場の前に出る道路がある。はじめてミゲルが顕子を集落へともなって来た日に、畑へ車を乗り入れた道路である。

道路の向こうがわもオリーブ畑で、そこにもミゲルの畑の一部があった。はるか遠方までひろがる畑の果てに、シエラネバダの山々がつらなっていた。

「ぼくは、この眺めが大好きなんですよ」とアントニオが言った。「ここに立つたびに、アンダルースの血を自覚しますよ。ぼくは、エスパニョールであるまえに、アンダルースですよ」

「わたしもおなじさ」とミゲルが応じた。

顕子は、アンダルシアの男だと言い切るアントニオとミゲルに羨望《せんぼう》を感じた。顕子も、オリーブ畑越しにのぞむシエラネバダを好んでいたが、彼女はアンダルシアの女ではなかった。たまたま集落にとどまっている異邦人にすぎなかった。

このとき、目前の眺めとは対照的な風景が、顕子の目に浮かんだ。乳色の霧が這う広大な湿原である。

もしかすると、顕子は「あの国」の女ではないのかもしれない。北海道という植民地にひとしい土地のはずれが顕子の故郷だった。本州のひとびとから見れば、釧路地方は異郷そのものであろう。故郷はあっても、故国はない……。故郷は、ちょうど海霧のシーズンである。顕子は、ひさしぶりに海沿いの丘陵上にある本吉家の墓所を思いだした。


ドミンゴは、散歩の道順をおぼえているらしかった。先に立って畑を出はずれると、三人を待つように脚をとめた。顕子が声をかけると、ドミンゴは尾を振って吠《ほ》え立てた。

XI

居間のソファに腰をおろすと、顕子はひと隅の電話機に目をやった。ドミンゴがパティオの池の水を飲みはじめていたが、屋内にいるのは顕子ひとりである。黒くしずまった電話機が、いまにも鳴りだしそうに思えた。

マリアが電話をかけてくるのは夕食の直前だった。この四日間、ほとんどかわらなかった。夕食までには一時間あまりあったものの、土曜日だから、案外、早めにかけてくるおそれがあった。

ミゲルとアントニオは、ディエゴの店だった。顕子は、毎日ふたりといっしょに散歩を楽しんでいたが、ふたりの男は、帰途にきまってディエゴの店に立ち寄った。最初は顕子もさそわれたのだけれど、店内は客で混みあっていた。集落の男たちが、夕食まえに一杯やりにくる時刻だったのである。顕子は、食事のしたくがあるからとことわって、店には寄らずに帰った。以後もおなじで、いまも顕子は、ディエゴの店の前でふたりとわかれて家へもどった直後だった。

マリアも、アントニオとミゲルがディエゴの店へ寄る習慣を承知していた。アントニオが電話で知らせていた。したがって、マリアが早めに電話をかけてくる心配は、まずなかった。そう思っても顕子は、なにがなし落ちつかなかった。

ドミンゴが居間にはいってきて、顕子の足もとにすわりこんだ。耳の先がぬれていた。池の水面は縁石の近くまであって、水を飲むたびに、ドミンゴは耳をぬらしてくるのである。顕子は犬用のタオルでドミンゴの耳をぬぐうと、手を洗って、アサリの様子を見に地下室へ降りた。

アサリは、この日マテオから買い求めたものである。塩水を張ったボールに入れ、ナイフを一本塩水に浸して地下室に置いてあった。こうして一昼夜おくと、アサリはきれいに砂を吐きだす。アサリの蒸焼きは恰好な酒の肴《さかな》で、顕子はたびたび作っていたが、前回、マテオが行商に来た翌日にも蒸焼きを作った。ミゲルはもとより、アントニオも大よろこびでアサリを食べたのである。つまりアサリは、あすの昼食の前菜用であった。

アントニオとルイスをむかえて、この日で、五日目になる。顕子は、あすあたり、集落から立ち去るつもりであったのだけれど、出るにも出られなくなっていた。アントニオもルイスも顕子の手料理に満足し、心おきなくバカンスを楽しんでいた。最もよろこんでいたのはミゲルで、ことあるごとに顕子をねぎらい、感謝と愛のことばを口にしていた。みながみな楽しんでいる最中に、この家から去っていけるものではない。顕子自身、気おもであるどころか、アントニオとルイスをまじえた日々に胸がなごんでいた。アントニオのように機知と知性と強靱《きようじん》な精神を併わせ持った男性にめぐり合った経験ははじめてであったし、ルイスは顕子になついていた。来週の週末に、アントニオはグラナダへマリアをむかえに行くはずであるが、それまで集落にとどまっていよう、と顕子は思い直していた。

地下室の空気は冷んやりしていた。暑さが加わるにしたがって、地下と台所との温度差は大きくなるようである。あかりをともしてボールの中をのぞきこむと、口をひらきかけている貝が多かった。いったいに小粒なアサリである。顕子が指先で貝をつつくと、瞬時にして貝は口を閉じた。生きている証拠である。顕子は安心して、上に引き返した。

ミゲルとアントニオは、九時前後に帰ってくる。ルイスの帰りはそれより少しおそくなって、ルイスの帰りを待って食卓につくならわしだった。

この日も、男ふたりが帰ってほどなく、マリアからの電話があった。アントニオが、すぐさま受話器をとった。マリアは、息子の不在に文句を言っているらしかった。アントニオはマリアをなだめて、ルイスの声を聞きたければ、もう少しおそくにかけたほうがよい、こちらからかけ直そうか、と言って電話を切った。

相もかわらぬやりとりである。あと二、三十分おそくにかけたほうがよいと言い聞かせても、九時をまわると、マリアは電話をかけてくるのだった。

顕子にもマリアの気持は察しがついた。アントニオとルイスが集落へ来てからというもの、マリアが電話でルイスと話したのは一度だけだった。息子は元気にすごしていると知らされても、息子が気がかりで、つい、マリアは早めにダイヤルをまわすに相違なかった。

ルイスがマリアと話したのは、集落へ来た当日の夕食まえである。到着した日のことでもあり、アントニオはマリアのことばを受け入れて、ルイスが外あそびから帰ってくると、自宅へ電話を入れたのである。顕子は台所にいたから、電話をしているらしいと気づきはしたが、話の内容までは聞きとれなかった。パンを運んで行くと、電話は終っていて、にぎやかな笑い声があがっていた。

アントニオの話によると、マリアをおどろかすつもりで、顕子のことは伏せて置くように言いふくめた。

「ところが、この子はなんと言ったと思います？　ルイス、なんと言ったんだい？」

ルイスは、すこし上気して、それでもうれしげに答えた。

「びっくりすることがあるってさ。だって、ほんとうだもの」

「そうだね。すてきな夏休みだろう？」

「うん」

顕子は親子の応答を聞きながら、ミゲルとアントニオが顕子の存在をマリアに気どらせまいとしているのではないか、とうたがった。その日以降の電話で、顕子の推測はたしかなものになった。ミゲルもアントニオも、顕子についてはひとこともふれなかった。まったくの素知らぬふりである。顕子は集落を去るつもりであったから、ミゲルを問いただすようなこともしなかった。ただ、娘にかくさねばならない存在であるなら、マリアがおとずれる寸前に家を出るべきだ、と考えたにすぎない。

この日の夕食は、パスタと小エビのスープに、ほうれん草のトルティージャだった。さすがに顕子も、エンカルナが焼くような分厚いトルティージャは焼けない。薄めのトルティージャであるが、四つに切りわけると、人数ぶんの卵料理になるのだった。

食卓につくまえに、アントニオはルイスに向かって、ママと電話で話したいか、とたずねた。ルイスは、ちょっと考えると、いいや、とおどけぎみに父親を見た。

「ママはきっと怒るよ。こないだも、もう少し早く帰りなさいって言ったもの」

ミゲルもアントニオも、夕食には酒を飲まないから、三十分そこそこで食事は終った。ルイスが、ふたたび外あそびに出ようとすると、ミゲルが呼びとめた。

「あすはドライヴに出かけるからね。あんまり、おそくまであそんでいるんじゃないよ」

「ドライヴ？　どこへ行くの？」とルイスはドアの前から引き返してきた。

「温泉プールさ。ほら、去年も行ったろう」

「みんなで泳いだところ？」とルイスは声をはずませた。

「そうさ。楽しみだろう」

「うん」

ルイスが興奮ぎみに戸外へ飛びだして行ったあとで、顕子は、この地方にも温泉があるのか、とたずねた。ミゲルとアントニオの話によると、グラナダ沃野《よくや》の北端に火山があって、いくつかの温泉が県内にあった。目的地のプールも温泉を利用したものだった。

「アキコも水着を持って行くといい。なに、下着でもかまわんさ」とミゲルが言った。

顕子は、地下のアサリが気がかりではあったけれど、朝のうちに塩水を取りかえると、死なずにすむかもしれない。夕食まえに帰宅するドライヴなのだった。

「ルイスを寝室へ近づけないでくれませんか」とアントニオが言った。「ぼくも早めに起きるつもりですが、ドライヴというとルイスはむやみに張りきって、ぼくを起こしにきますからね」

アントニオが語ったとおりだった。翌朝、食事を終えると、さっそくルイスは父親を起こしに行こうとした。

「パパを起こしちゃいかん」とミゲルが引きとめた。「まだ七時半だよ。そのうちパパも起きるからね」

「パパは寝坊だよ。起こさないと、いつまでも寝てるよ」

「パパがドライヴをわすれるはずはないさ。そうだ、いまのうちに替着を出しておこう」

ミゲルはルイスをなだめて、孫がつかっている寝室へともなって行ったが、下着一枚を用意するのに手数はかからない。ミゲルはルイスといっしょになって、ズック地のボストンバッグを出したり、替着やタオルをバッグに詰めたりしたが、それも八時まえには終った。広場へあそびに行くようにすすめても、父親が気になるのか、ルイスは戸外へ出ようとはしなかった。

顕子は、ミゲルにルイスをまかせて、台所を片づけると、サンドイッチを作りだした。どんな片いなかにもバルがあるから弁当は不要だと言われていたが、途中でルイスは口さみしくなるかもしれない。前夜のうちから考えていたルイスのための間食である。ボカディージョとちがって、イギリス風のサンドイッチだった。

ルイスは、落ちつかない様子だった。テレビをつけたり、パティオでドミンゴとたわむれているようだったが、たびたびアントニオの寝室をうかがいに行った。なにやらミゲルが注意をあたえ、ルイスもしのび足で寝室へ向かった。引き返してくる足音は、やや大きくなる。ルイスは、きまって台所に立ち寄って、パパ、まだ寝てるよ、と頰をふくらませて顕子につげた。

ほどなく、アントニオも起きだした。顕子は、サンドイッチの包みをバスケットに詰め、棚からキャンデーの缶を取りだしたところだった。ルイスは、またもや父親の寝室に近づいていたらしく、親子の笑い声につづいて、浴室のドアを開閉する音が耳についた。

ミゲルもアントニオが起きたことに気づいたようである。居間から台所へ移ってきた。同時に、ルイスとドミンゴがいきおいよく駆けこんできた。

「パパが起きたよ。いま起きたよ」

ルイスは口早に知らせると、ふたたび廊下へ飛びだして行った。

「やれやれ、あいつの見張り役はオリーブの摘みとりよりも骨が折れるぞ」と、ミゲルは朝食用のテーブルに向かって腰をおろした。「しかし、まあ、これでひと安心だ」

ドミンゴが顕子の足もとで鼻を鳴らしていた。顕子はキャンデーを詰めながら犬をなだめた。出かけるまえに、ジャムパンをあたえるつもりなのだった。

「アキコはしたくができているのかね」と、ミゲルはたばこに火をつけて訊いた。

「ショルダーバッグひとつですみますから……」

電話のベルが鳴りだしたのは、顕子がことばを切った直後である。ミゲルは、はっとしてたばこを口からはなした。彼が腰を浮かすうちにベルの音はやみ、電話を受けるルイスの声が台所につたわってきた。

「ママ？　うん、元気だよ。これからドライヴに行くんだ。アキコがね、サンドイッチを作ってくれたよ……」

子供の声はよく透《とお》るうえに、台所と居間のドアは開け放してあった。でなくとも、台所寄りに設置した電話である。顕子は、はっきりルイスのことばを聞きとった。

ミゲルは、椅子《いす》をがたぴしさせて立ちあがると、台所から出て行った。あわててもみつぶしたのか、灰皿から薄い煙がひとすじ立ちのぼっていた。顕子は、たばこの残り火を、ていねいにもみ消した。長めのたばこは、くの字に折れまがっていた。

ミゲルが電話に出たらしく、浴室へ駆けつけるルイスの足音が顕子の耳についた。浴室は台所の並びだから、出入り口のけはいはつたわりやすかった。ルイスは浴室のドアをたたきながら、アントニオを呼びたてた。

「パパ、パパ、電話だよ。ママから電話だよ」

浴室のドアがきしんで開き、親子の会話がつづいた。

パパ、ママはアキコがきらいなの？　きらい？　さてはアキコのことをしゃべったな。しゃべっちゃだめ？　眠気もふっとんだぞ。ママの声、へんだったよ。ママも寝ぼけてたんじゃないか、そうか、びっくりして声が出なくなったのさ……。

マリアの怒りは当然である。ミゲルはもとよりアントニオも、顕子について一切マリアに知らせなかったのである。顕子の存在をかくすように、ミゲルがアントニオにたのんだのであろうか。それほど、ミゲルは娘をおそれているのであろうか。

そうではなくて、マリアに顕子の話を伏せておくように言いだしたのは、アントニオのほうだった。それどころか、アントニオは滞在を早めに切りあげて、ルイスをともなってグラナダへ帰る心づもりをしていた。

そのむね、ミゲルが顕子に知らせたのは、アントニオと電話をかわったあとである。ミゲルは娘に問われるままに、顕子が何者なのかつげたから、マリアは逆上ぎみに、アントニオを電話口に出すように言いつのったのである。

「わたしの信用はがた落ちだよ」とミゲルは苦笑した。

ルイスもアントニオのかたわらからはなれようとしないので、かえって好都合だった。ドミンゴが台所から居間へと行き来していたけれども、ミゲルにしてみれば、犬どころではなかった。

顕子は、浅く椅子にかけてミゲルの話に聞き入っていた。アントニオの気くばりにはおどろいたようであったが、ひとことも口をはさまずにミゲルの顔に目をあてていた。顕子の静かな面持ちがミゲルをおびやかした。

「アキコ、アントニオの気づかいを汲《く》みとってほしい。わたしを信じてほしい。アキコは何物にもかえがたいわたしの宝なんだからね」

電話が終ったらしく、アントニオは浴室へもどったようだった。アントニオは、ひげ剃《そ》りの途中で電話に出たのだった。

ルイスとドミンゴが台所にはいってきた。ルイスの顔は赤らみ、不服そうに口をとがらせていた。

「ドライヴはやめたの？」とルイスがミゲルの肩に手をかけた。

「パパはなんと言ったんだい」

「フランスへ行こうかって。うそだよね」

「はてな」

ルイスは、テーブルの上のバスケットに目をやると、涙を見せまいとするように、ぱっと廊下へ飛びだして行った。

「アントニオのチューロを買ってきますわ」と顕子も立ちあがった。

「売切れじゃないかね」

「売っているんじゃありません？　九時まえですし、帰省中の若いかたがふえましたでしょう」

「そうか。そうだったね」

顕子は、買物籠《かご》と小銭入れをつかみとると、のがれるように戸外へ出た。チューロの有無は二の次だった。ともかく、ひとりになりたかった。

陽光が坂道に充ちあふれていた。家という家の白壁は強い陽ざしに照り映え、正面に見える小さな白い教会も光を放っているようだった。顕子は、あまりのまばゆさに目を細めて、ようやくサングラスをかけずに家を出たことに気づいた。同時に、かたわらをたどるドミンゴのけはいを感じとった。

悔いが顕子の足を速めていた。いかに、ミゲルに引きとめられようが、アントニオとルイスをむかえるまえに立ち去るべきだったのである。集落での暮しになじむうちに、本来の目的をわすれたのであろうか。わすれぬまでも、心にゆるみが生じていたにちがいない。そもそも、彼女が集落の家にとどまったのは、額入りのアントニオの写真に好感を抱いていたためだった。アントニオには会ってみたかったのであるが、こうなってみると、軽率であったと言うほかはない。ミゲルやアントニオが用心をしていても、マリアに顕子の存在をかくしとおせるものではなかった。顕子は自分のあまさが、情けなく腹だたしかった。

パン屋の前にくると、揚げ油の匂《にお》いがした。日曜はチューロを売るだけで、スーパーのほうは休みである。店の戸もなかばしまっていた。ミゲルは顕子をいたわって、日曜ごとにパン屋へ出かけていたから、顕子は、日曜日のパン屋は知らなかった。この朝も、ミゲルが三人ぶんのチューロを買ってきたのだった。

店内にも油の匂いがこもっていた。チューロの包みを手にした若者と、戸口の近くですれちがった。知らない顔だから、帰省中の若者かもしれない。ほかに客はなかった。職人風の店の亭主がひとりいるだけで、いつも客の相手をする元気な細君の姿はなかった。

「やあ、アキコ」と亭主がパンケースをはさんで声をかけた。「婿《むこ》さんもお目ざめかね。アキコもひとりぶんだね」

これから買いにくる客は、たいがいひとりぶんさ。大喰らいのやつはべつだがね。待ちな、すぐ揚げるからね、と言って亭主は、パン売場のうしろの作業場にはいって行った。壁で仕切られているけれども、売場の奥が作業場なのだった。チューロ用の鍋《なべ》は売場寄りに据えてあるのか、亭主のうごきが間近に感じとれた。

顕子は、油のはぜる音を聞くともなく聞きながら、この日のうちに集落から立ち去る覚悟が定まった。亭主の二倍もにぎやかなパン屋の細君と、ふたたび会う折はない。この店に足をはこぶのも、これが最後である。そう思うと、がらんとした店内に、なつかしさに似た愛着をおぼえた。顕子は、どの棚になにがあるのか、熟知していた。チューロを受けとって家へもどるまでに、顕子の胸は静まっていた。ミゲルやドミンゴとのわかれが、つらくないはずはなかったけれど、微笑と忍耐は彼女の心身に沁《し》みこんだものだった。

台所にはいると、ほかの三人がそろっていた。アントニオはコーヒーを淹《い》れ、ミゲルは食卓に向かってたばこをふかし、ルイスは背中でミゲルの肩を押しやっていた。ルイスの目尻《めじり》には涙のあとがあり、頬の赤みも残っていた。

「チューロ、あったかね」とミゲルが困りはてたように訊《き》いた。

「ええ、揚げたてよ」顕子は、熱いチューロを皿に移して、アントニオに朝食をとるようにすすめた。

ルイスは、上目づかいに顕子のうごきをうかがっていたが、めずらしく言いよどんで知らせた。

「ママがくるかもしれないんだって……」

「あら、よかったわね」

「アキコは、そう思う？」

「ルイスはうれしくないの？」

「うれしいよ。だけど、パパもミゲルもうれしそうじゃないんだ。ドライヴがだめになったのは、ぼくがアキコのことをしゃべったせいなの？」

「きみのせいじゃないよ」と、アントニオが食卓について息子をなだめた。

パパもミゲルも、ちょっぴりがっかりしただけさ。アキコのことは伏せておいて、ママをびっくりさせようと考えてたわけだ。おとなのいたずらだよ。だから、安心してサッカーをしてなさい。きみが元気にしていると、ママもよろこぶよ。ほんと？　と息子はたずね、本当だとも、と父親はこたえた。

ルイスは、アントニオのあかるい声音に気をとり直したようである。アキコ、エビのカナッペを作ってね、やっぱり、カナッペがいいや、と言いおいて台所から駆けだして行った。

「アキコ、うまいチューロですよ。こいつを平らげるまでは、なにも考えんぞ」とアントニオが言った。

「それが最善だよ。さて、わたしもコーヒーを淹れるとするか」とミゲルが腰をあげた。

顕子は、エビの包みを冷凍庫からだして調理台の上におくと、さりげなく台所を出た。ドミンゴもいっしょにぬけだすと、先に立ってパティオに降りた。パティオのベンチの上には、犬用のブラシが置いてある。ドミンゴはベンチに前肢をかけると、毛を梳《す》けというように、池をはさんで顕子に吠《ほ》え立てた。

朝食後に犬の毛を梳くのは、顕子の日課になっていたが、この日は、そんなゆとりはなかった。顕子は、敷石づたいにベンチに駆け寄ると、さっそくブラシを手にとって、ドミンゴの毛を梳きはじめた。ベンチのあたりは日蔭《ひかげ》になっているうえに、かたわらには涌《わ》き水をたたえた池もあって、わずかながらも涼しかった。

ルイスやアントニオの口ぶりによると、マリアは集落へやってくるらしい。バスを利用するとすれば、マリアが到着するのは、いつごろになるのであろう。先の心配をするよりは、こうしてドミンゴの毛を梳いているほうがましである。ドミンゴの世話をするのも、きょうかぎりだと思うと顕子は、われしらず胸が迫った。

ミゲルの呼び声で、顕子は顔をあげた。ミゲルは、テラスの戸口に立っていた。コーヒーがはいったようである。居間にはアントニオの姿もあった。

「また、あとでね」と頭を撫《な》でると、一応満足したのか、その場でドミンゴは腹這《はらば》いになった。

居間に引き返すと顕子は、ふたりの男にことわって、浴室で手を洗ってきた。ミゲルはソファにかけ、アントニオはひじかけ椅子にすわって、それぞれコーヒーカップを手にしていた。顕子のコーヒーも、ミゲルのとなりにあたるテーブルに用意してあった。

顕子は、客をさしおいてソファにかけるのはためらわれて、アントニオにソファに移るようにすすめた。

アントニオは笑顔でことわった。「恋びとは並ばなくちゃね」

「それも終りました」

「なにを言うのかね」とミゲルが口をはさんだ。

「アキコにも事情があろうかと考えて、これまでだまっていたが、このさい、マリアにも知らせるつもりだ」

ミゲルも気持の整理がついたのか、意外に冷静な語調である。わかれ話は、あとにしたほうがよさそうだった。

「ところで、アキコ、マリアが来ます」とアントニオが知らせた。「ぼくに迎えに来いと言った。むろん、ぼくはことわった。ルイスがドライヴを楽しみにしてましたしね。ルイスが聞いているので、ぼくもことばをえらんで話したのですが、向こうの金切り声は高くなる一方でね。亭主なんてあてにしない、ガチャン、ですよ」

「きみのほかに、あてはあるのかね」

「アリシアという恰好《かっこう》の女性がいます」

「しかし、アリシアはエラドゥーラだろう？」

「エラドゥーラだろうが、マラガだろうが、あなたに恋びとができたと知れば、百パーセント、アリシアはマリアのたのみを引き受けるでしょうね」

この男は知っていたのか、とミゲルはうろたえた。アントニオは素知らぬ顔で、顕子に視線を転じた。

「われわれ夫婦とアリシアの関係は知っていますか」

「はい、一応は……」

「それじゃ話しやすい」

「そのへんでやめとけ」とミゲルが言った。

「なぜです？」とアントニオは、なかばからかいぎみにミゲルを見た。「アキコを愛しているなら、アリシアに関する事柄も知らせておくべきですよ。あなたに、やましい点があるならべつですがね。あなたには、まったくその気はなかった。アリシアの片おもいにすぎなかった。それも、二、三年まえの話じゃありませんか。ぼくの目にくるいはないはずですよ」

アントニオの話によると、マリアは、父親と女性問題とは無縁だと決めこんでいたが、女の勘で、アリシアのおもいには気づいていた。ミゲルに会うとアリシアは、目の輝きまで別人のようになる。お父さんは朴念仁《ぼくねんじん》だから通じっこないのに、と笑っていたそうである。

「アリシアは、あのとおりの気性ですから、すでに他意はないでしょうが、恋びとができたとなると事情はかわる。わが目でアキコを見とどけたくなるでしょう。マリアにとっては、ねがってもない道づれですよ」

「きみは、史学のほかに心理学もおさめたのかね」

「一般的な人情の解釈ですがね」

「ふうむ」とミゲルは腕を組んだ。「おそるべき女どもが押しかけてくるわけか」

「こっちも男ふたりですよ。グラナダへ帰ってマリアを説得しようかとも考えたんですが、マリアはぼくをふり切って、ここへやってくるでしょうからね。ここで連中を待ちますよ」

ミゲルは、マリアとアリシアが到着する時間を計算してみた。エラドゥーラから集落までは、およそ百四十キロの道のりである。アリシアは車をとばすほうだから、二時間もついやすわけはない。すでにエラドゥーラを発《た》ったであろうか。アントニオにたずねると、相手は肩をすくめた。

「発つはずはありませんよ。バカンスじゃないですか。アリシアはぼくより寝坊でね。まちがいなくベッドの中ですよ」

海辺の別荘では、アリシアは十時すぎに起きだす習慣である。女中がマリアから電話があったむねをつたえるのも、当然アリシアがベッドをはなれてからのことになる。マリアは、じりじりしてエラドゥーラからの電話を待っているんじゃありませんか、とアントニオは、多少皮肉っぽく話した。

「マリアとアリシアがここに着くのは、昼めしのころだと思いますよ」

「めしどきにおそってくるのか」

「めしが目的じゃないでしょうがね。ここへくるとなると、アリシアも身じたくに念を入れるでしょうし、グラナダでマリアを拾わなくちゃならん。あれこれ考え合わせると、二時前後にあらわれそうですね」

顕子は、ミゲルとアントニオのやりとりを耳にしながら、みずからに言い聞かせていた。ふたりの女を避けてはならない。なかんずくマリアを避けてはならない。マリアが顕子に敵意を抱いているのはたしかだった。マリアを避けて、のがれるように集落から出て行くようなまねは、顕子の意地がゆるさなかった。

「アキコ、大丈夫だよ。わたしがついている」とミゲルが顕子の肩を抱いた。

「はい」と顕子はほほえんだ。

XII

洗面台の上を片づけると、正面の鏡の中の顔が顕子の目をとらえた。一見、健康そうな、引きしまった面持ちの顔が、こちらを見返していた。ひたいはうっすらと汗ばみ、めずらしく頬が紅潮していた。それも当然で、顕子は浴室のすみずみまで洗いきよめたところだった。

マリアとアリシアの来訪を知ると同時に、顕子は屋内の清掃に心せかれたのである。一般に、この国の女たちはきれい好きで、鍋《なべ》の底まで磨きたてる主婦が多かった。顕子は、この家の主婦ではなく、まもなく立ち去る身とはいえ、ひと月の余もミゲルと暮しながら、室内のよごれが目については、ふたりの女にあなどられる結果をまねく。頸子は、ガスパチョを用意すると、まず浴室の掃除にとりかかったのだった。

居間やサロンの掃除は、ミゲルが引き受けた。もっとも、掃除機をかけるだけである。気づかぬうちに、掃除機の唸《うな》りは居間から廊下へ移って、アントニオの寝室の前にさしかかっていた。

アントニオは、荷物をまとめているはずだった。アントニオはマリアが到着しだい、なるべく早く、妻子をともなってグラナダへもどる、と語っていた。そううまくいくかね、とミゲルが言うと、逃げだすしたくだけはしておきますよ、とアントニオは笑って自室へ引きとったのだった。

浴室の掃除は、なにもはじめての経験ではなかった。便器と洗面台は、頸子も毎日洗っていたし、折にふれて脱臭剤を噴きかけていた。月曜ごとに、エンカルナがタイルの目地まで洗うため、もともと水垢《みずあか》ひとつない清潔な浴室だった。

頸子は、エンカルナの仕事ぶりを見知っていたから、掃除の要領はこころえていた。居間の食卓をはじめ、拭《ふ》くべきものはすべて拭いた。掃除機のブラシを交換して、椅子《いす》やクッションの塵《ちり》をはらい、さらにはナイフ状の吸い取り器を装着して、椅子の掃除をつづけた。椅子のすみには、ほこりがたまりやすいのである。

ミゲルは顕子を気づかって、掃除を中止するようにうながした。

「椅子なぞほっとくといい。エンカルナがあすくるさ」

「あすではまに合わないのよ」と顕子は掃除機のスイッチを切って言った。「それより、ドミンゴの相手をしてくださらない？　邪魔になるからパティオに出したんですけど、あれじゃかわいそうだわ」

ドミンゴは、落ちつきなくテラスでうろつき、中に入れろというように、ガラス戸にとびついては吠《ほ》え立てていた。顕子が居間ではたらきだすと、ドミンゴもパティオから引き返してきたのである。顕子のうごきがめずらしいのか、それとも動物特有の勘で異変を感じとったのか、ドミンゴは顕子からはなれようとしなかった。足もとにまとわりつかれては掃除もままならず、顕子はドミンゴをパティオに追いだして、戸を閉めてしまったのだった。

「たのむわ、ミゲル……」と顕子はことばをかさねた。

「わたしとドミンゴは閉めだされるわけか。よかろう。おおせにしたがうさ」しかし絶対に無理をしてはいかん、と念を押してミゲルはパティオに出て行った。

顕子は、ふたたび掃除機をつかいだした。体をうごかしていると、よけいなことを考えずにすんだし、ミゲルが案じるほど疲れてはいなかった。気を張りつめているせいにしろ、疲労をおぼえないのは、それなりの理由があった。

アントニオとルイスをむかえて以来、顕子は一度もミゲルと抱き合っていなかった。抱き合うと顔に疲れが出るし、なにより、朝がつらくて起きだすのがおそくなる。アントニオとちがって、ルイスは朝が早い。ミゲルは、孫の世話は自分がみると主張したが、顕子としては、ミゲルにまかせてはおけなかった。パンを切り分けるにしても、顕子のほうが手ぎわがよかった。じじつ、ルイスは安心しきって朝食をとり、あそびに出かけていたのだった。

ミゲルは自制心の強い男で、強いて顕子を求めなかったが、寝入りばなに本音をもらしたことが何度かある。すばらしい夏休みだが、アキコを抱けないのは残念至極だ、と冗談めかして語った。ゆうべもミゲルは、顕子の胴のくびれに両手をかけて、これじゃ、こわれそうだね、とため息まじりにつぶやくと、あすは朝が早いだろうから、今夜は無理を言わないが、月曜日は大いばりで寝坊をしなさい。アントニオは女房子持ちだ。接待に心をくだいたあげく、アキコはわたしと寝る元気もないと知れば、あの男は仰天して帰ってしまうよ、と説得した。なるほど、そのとおりかもしれず、顕子もミゲルのことばにうなずいた。ひと夜明けて、事情がかわるなどとは思いもしなかった。

マリアと会わざるをえない事態となって、ミゲルと抱き合わずにすごした数日間は、顕子のすくいとなった。肉欲と無縁であった数夜は、マリアに対する心の負担を軽くした。すくなくとも、顕子には気力も体力もあった。その反面、共寝の約束を反古《ほご》にするかたちになったけれど、やむをえないなりゆきだった。

軽食のころまでに、だいたい掃除は終った。もっとも、客の目にふれるところだけである。玄関ホールとサロン、それに廊下と居間がござっぱりしていればよかった。マリアにルイスの寝室をのぞかれそうな懸念《けねん》があったが、あとでベッドカバーをかけておくとすむ。ベッドサイドはミゲルに掃除機をかけてもらうつもりだった。客もふくめると、顕子は六人分の昼食を用意しなければならなかったから、できうるかぎり体力の消耗は避けたかった。

アントニオの部屋は、のぞきもしなかった。これまでもアントニオの部屋には、顕子はもちろん、ミゲルも足を踏み入れなかった。アントニオは、休暇中に学術論文をまとめる習慣で、貴重な資料を持ちこんでいた。

ミゲルといっしょにつかっている寝室も、当然顕子はほうっておいた。週に一度、エンカルナがシーツをかえ、掃除機をかけていたが、ふたりの女客は家政婦ではなかった。寝室とは性愛をも閉じこめた空間であって、たとえミゲルの娘であっても、寝室に近づけるわけにはいかなかった。

軽食はテラスでとった。ミゲルとアントニオはビールを飲むことにしたので、台所では手ぜまであったし、せっかく片づけた居間をよごしたくなかった。

無花果《いちじく》の葉影が、くっきりパティオに落ちていた。顕子が集落で暮しはじめてからは一滴の雨も降らないのだけれど、無花果の大きな葉は、一向にしおれる様子がない。枝のそこここに、ふくらみかけた実がついていたが、顕子は無花果そのものよりも、濃い葉影に、あらためて異国を意識した。ルイスがマリアの到着時間について、しきりにアントニオにたずねていたが、その声さえ現実の声のようではなかった。

ルイスは、カナッペのほかにサンドイッチもひと切れつまむと、気負って席を立った。広場でアリシアの車を待つつもりなのである。顕子が玄関までルイスを送って行った。

ミゲルは、ふたりのうしろ姿を見送ると、アントニオに視線を移した。「マリアの醜態はルイスに見せたくないもんだよ。わたしもなにを言うかわからん」

「ぼくもルイスが気がかりですよ。昼めしどきじゃ、どこかに隔離するというわけにもゆきませんしね」

「きみはディエゴの店へルイスをつれて行ってはどうかね。わたしとマリアは大事な話があると言えば、ルイスもなっとくするさ」

ふたたび電話のベルが鳴りだしたのは、アントニオが同意したときである。顕子が居間にはいりかけていたが、ちらっと電話機を見やって、まっすぐテラスへ向かってきた。すれちがいにアントニオが居間へ駆けこんで受話器をとった。アントニオの受けこたえで、ミゲルはアリシアからの電話と知った。エラドゥーラからの電話のようだった。

顕子は、電話の相手が何者であろうと、関心を持ちたくないようだった。まだビールを飲むのか、と静かにたずねた。ミゲルが、これで切りあげると言うと、顕子はトレイを持ってきて、食器をさげがてら台所に姿を消した。

アリシアは、顕子についてたずねているようだった。アントニオは剽軽《ひょうきん》な口ぶりながらも、まともに話して、ミゲルに受話器を渡した。ミゲルは少々おもはゆく、つい、軽口めいた呼びかけになった。

いま、お目ざめかね？　わたしは夜あそびの常習犯よ、知らなかったの？　きみの私生活は見当もつかん。アミーゴの私生活にも重大な変化があったようね、ところで、とアリシアは口調をかえた。

「そちらへ伺ってもよろしいかしら？」

「きみひとりなら歓迎するがね」

「ひとりなら日をあらためて、のんびり出かけるわよ」

アリシアの話によると、つい先刻、またもやマリアからの電話があった。都合がつかなければ、べつの手段を考えると言われて、アリシアは同行を承諾したものの、マリアの声音から推して、引きとめたほうが無難ではないのかと思い直して、ミゲルに電話を入れたそうである。

「引きとめても無駄だね。すまんが、マリアをつれて来てくれ」

「仲裁役はまっぴらよ」

「わたしと娘の問題だよ。きみはワインでも飲んでてくれ」

「そうするわ」

グラナダでひと息入れるつもりだから、そちらへ着くのはシエスタのころになる。それでもかまわないか、とアリシアがたしかめた。ミゲルは承知をして電話を切ると、さっそくアントニオに、アリシアとマリアの到着が午後になるむねを知らせた。

「ディエゴの店に避難はせずにすむよ。連中は昼めしが終ったころにくる」

「助かったな」とアントニオは安堵《あんど》のため息をもらした。「ルイスが眠ってしまえば安心ですよ」

「アリシアの気づかいかもしれんな。めしどきにマリアをつれこんでは、どうなると思うかね。たちまち、ひと騒動だ」

「たしかにね。また、アリシアに大目玉をくらいそうだぞ」

ルイスにはアントニオが知らせに行くとして、ミゲルも顕子に知らせねばならなかった。ミゲルとアントニオは居間のソファに移っていたから、台所で立ちはたらく顕子のけはいがつたわってきた。ミゲルは、とっさに台所へおもむいた。

顕子は調理台に向かって、なにやらきざんでいた。

「昼めしは四人ぶんでいいよ」とミゲルは声をかけた。「娘とアリシアはシエスタのころに着くそうだ」

顕子は包丁を手にしたまま、おどろいたようにミゲルを見た。ほんとうですか、と小声でたずねた。

「ほんとうさ。アリシアが考えてくれた」

「あら、たいへん……」顕子はガス台に腕をのばして、吹きこぼれている鍋の蓋《ふた》をとった。

四つに割ったじゃが薯《いも》が、煮えたぎった湯の中でゆれうごいていた。サラダ用のじゃが薯である。薯は、丸ごと茹《ゆ》でると味が落ちないのだけれど、熱をとるのに時間がかかるので、顕子は四つ割りにして火にかけたのである。軽食の用意をしたときに、皮をむいておいたのであるが、六人の昼食になると思いこんでいたので、じゃが薯の量は多かった。

ミゲルは顕子に、いまのうちに休息をとるようにすすめた。シエスタの時刻に、ふたりの女をむかえるとすれば、午睡をとりそびれることになる。顕子は朝が早かったうえに、はたらきづめにはたらいていたのだった。

「休まんと疲れるよ」

わたしは心配ない。それよりルイスのベッドサイドに掃除機をかけてほしい、とたのむと、そうか、そうだったね、とミゲルは台所から出て行った。

顕子は、まだ休息をとるわけにはいかなかった。料理の下ごしらえをしたあとに、台所を片づけなければならない。マリアにとって、ここは父の家なのである。アリシアはともかく、マリアが台所に足を踏み入れないとはかぎらなかった。

ときどき、ミゲルがのぞきにきた。

まだかね。これをきざんだら下ごしらえはすむわ。にんにくか、なんにつかうのかね。アサリの蒸焼きと鶏《とり》のにんにく炒《いた》め……。

ミゲルの話によると、アントニオはルイスの衣類を整理しているそうである。

「アキコが洗濯をしてくれたと言って、感謝していたよ」

「わたしはスイッチを入れただけよ」

男の子のうごきははげしいから、Tシャツもジーパンも一日でよごれてしまう。下着も汗になる。アントニオは、片はしから洗濯機によごれ物を突っこんでいた。洗濯場は台所と浴室のあいだにあって、アントニオが出入りするたびに、よごれ物がふえてゆくのが顕子にも察しがついた。見かねて洗剤を入れ、スイッチをまわしたのは前々日の朝である。全自動の洗濯機だから、それだけの作業ですむ。アントニオの下着もあったので、顕子は機械がとまってもほうっておいた。干すのはアントニオにまかせた。パティオのロープいっぱいに並んだ洗濯物は、ファミリアという単語が持つぬくもりにつながった。とりわけ、ルイスの小さな下着が愛らしかった。二日前に目にしたパティオの洗濯物が、いまの顕子には夢の中の情景のように思い返された。

台所を片づけると、かれこれ一時であった。着替えをして、顔を直さなければならなかったが、そのまえに顕子は、鶏のぶつ切りを炒めておいた。鶏肉のにんにく炒めは油が飛びちるから、衣服に油がはねるおそれがあった。先に炒めておけば、食事まえにあたため直すだけですむわけだった。

着るものは決めてあった。オフ・ホワイトの半袖《はんそで》のワンピースである。前あきのデザインで、衿《えり》もとから胴までつらなる瑠璃色《るりいろ》のボタンが唯一《ゆいいつ》のアクセントであったが、上質の綿と絹とを織りまぜた生地にはほのかな光沢があって、単純でありながら品位のある一着だった。衣服をあらためることによって、顕子は気持を引きしめたかったのであるが、ミゲルをおもってのよそおいでもあった。顕子がミゲルといっしょに食卓につくのは、昼食が最後になるのだった。

むろん顕子は、わかれ話を早急に切りだすつもりはなかった。そんなまねをしようものなら、マリアに対するミゲルの怒りがつのるのはあきらかだった。昼食後は、いやでもマリアと会わなければならないのである。それまでは、顕子はなごやかにすごしたかった。

昼食は、表面、これまでと変化のないものとなった。ミゲルとアントニオは、しきりに顕子のワンピースをほめたし、ルイスまでが目をみはって歓声《たんせい》をあげた。

「それ、ママがくるから着たの？」

「そうよ。それに、きょうは日曜日でしょう」

「ママがおそくなるならドライヴに行けたのにね。近いところなら大丈夫だよ」

顕子は、笑顔で相手をしながらも、オリーブオイルの匂《にお》いが鼻についてならなかった。食欲もなくて、かろうじて口にできるのは、パンとワインだけである。それも、すこしずつ口に押しこむようなありさまで、好物のポテトサラダにも手が出なかった。まして、アサリの蒸焼きや鶏肉のにんにく炒めには、まったく食指がうごかなかった。蠟《ろう》細工の精巧な料理の見本そのものだった。そこから油の匂いがただよってくるのが不思議だった。

「アキコ、食べられんのかね」とミゲルが心配そうにたずねた。「めしどきの考えごとは禁物だよ。体によくないよ」

ミゲルに指摘されるまでもなかった。顕子は、食欲を失った理由に気づいていた。マリアの来宅が頭からはなれないのである。顕子は、自分の気弱さにさからうようにガスパチョを飲み、ポテトサラダを皿に取りわけた。

ルイスは、はしゃいでいた。アントニオがルイスにワインをあたえたのである。日曜だから、という理由であった。異国のことでもあり、顕子はいぶかしみもしなかったのだけれど、やがてアントニオのおもわくに気がついた。

「パパ、眠いよ」と食事を終えるやいなや、ルイスがうったえた。

アントニオは、ベッドにはいるようにすすめた。「わすれないで歯をみがくんだよ」

「歯なんかみがきたくないよ」

ルイスは歯をみがいて、シエスタをとる習慣だった。寝つきのよい子であったが、はやばやと寝たがったことはなく、父にさからったためしもない。どうやらルイスは、アントニオがあたえた一杯のワインで、眠気におそわれたようだった。ルイスの顔は赤らみ、まぶたもおもたげだった。

「おばさん《ティア》」とルイスが顕子に呼びかけた。ルイスが「ティア」を用いるのは、顕子にあまえている場合だった。

「ベッドにつれてって……」

「きたない手でアキコに抱きついては、ワンピースをよごしちゃうよ」とアントニオが言った。

「きれいだよ、ほら……」とルイスは両手をジーパンにこすりつけながら立ちあがると、父の目のまえに手を突きつけた。アントニオは、その手をつかんでハンカチでぬぐった。

顕子は、ルイスの肩を抱いて寝室へともなって行った。ルイスは、ひたすら眠いらしく、小ぎれいに片づいたベッドサイドの変化にも気づかなかった。衣服をぬぐしぐさもおぼつかなくて、顕子は着替えを手つだった。

ルイスの首から下は、すべすべした白い肌だった。胸に並んだ乳首は小さく、ブリーフの上にのぞいている臍《へそ》には、わずかながらふくらみがあって、まだ子供の体つきである。裸のマネキン人形のようであったが、マネキンは、あくびをもらして話しかけた。

「ティア、ママは帰らないよね。目がさめたら、ここにいるよね」

「もちろんよ。安心しておやすみなさいな」

顕子は、パジャマのボタンをかけてルイスを寝かしつけた。季節柄、上掛けは薄地の毛布一枚である。顕子が毛布を胸もとまでかけるうちにも、ルイスは軽い寝息を立てていた。

顕子は、そっと寝室からぬけ出して居間へもどった。ミゲルとアントニオは食卓についたまま、たばこをふかしていた。顕子がルイスの様子を知らせると、アントニオは笑顔で礼を述べた。

「これで大丈夫ですよ。ワインを飲むと、ルイスは熟睡しますからね。まあ、四時すぎまでは起きないでしょう」

「そのあいだに、けりをつけたいもんだな」とミゲルが言った。

「アリシアが時間を見はからってますよ」

三人は、さっそく食器を台所にさげた。洗っている余裕なんぞはない。食卓の周辺を清潔にしておかなければならなかった。顕子がナプキンをまとめ、クロスをはがしているうちに、ミゲルが軽々と掃除機をはこんできた。ここだけでいいのよ、と顕子が言うと、わかっている、というようにミゲルは片目をつむった。

「ドミンゴはどこだね。うちの掃除機は？」

ドミンゴは、台所でアントニオから鶏肉の残り物をもらっていた。顕子はアントニオに、台所に客を近づけないようにたのむと、となりの洗濯場へ寄った。洗濯機の横に蓋つきの大きな籠《かご》が置いてある。顕子は、籠の中にナプキンとクロスを放りこむと、今度は寝室へ向かっていそいだ。顔を直さなければならなかった。

ドレッサーの前にすわると、顕子は手早くパフで顔をたたき、口紅を引き直した。目の下がくぼんでいたが、気が張っているせいか、疲れのあらわな顔ではない。酔いも出ていなかった。顕子は、ワインもひかえめに飲んだのである。髪にもブラシをあて、左手のくすり指にはめた指輪に目をやると、静かに寝室を出た。

顕子は矜持《きょうじ》を保とうとして、母のかたみの指輪を見たのである。北海道のはずれの生家にせよ、顕子は本吉家の娘としてマリアと相対したかった。

ノッカーのひびきがするどく耳を打ったのは、サロンへさしかかったときである。顕子は、ちらっと玄関のほうを見やると、そのまま居間へ向かった。

ミゲルとアントニオが、足早に廊下をたどってきた。居間で待つように、とミゲルはすれちがいざま顕子に言った。ドミンゴが、ミゲルのあとを追おうとした。顕子は、小声でドミンゴを叱責《しっせき》して、犬といっしょに居間へもどった。

居間は片づいていた。アントニオが取りかえてくれたのか、灰皿もきれいになっていた。食卓の上の灰皿も、応接用のテーブルの灰皿も、吸いがらひとつなかった。玄関のざわめきがつたわっていたが、まもなく足音と話し声が近づいてきた。

顕子は、食卓と応接セットの中間で、四人をむかえ入れた。マリアとアリシアは年齢にひらきがあって、ひと目で見分けがついた。そもそもマリアは、アントニオと抱き合って居間にはいってきたのである。オレンジ色のワンピースを着ていたが、顕子の目をとらえたのはマリアの髪である。スナップ写真の中のマリアは、くせのない素直な長髪であるが、目前のマリアの髪型は一変していた。パーマネントをかけたにちがいない。縦ロールというのか、ふわりとした螺旋《らせん》状の巻毛が肩にかかっていた。

ミゲルが、まずアリシアを引きあわせた。アリシアはミゲルにともなわれて最初に居間にはいってきたのであるが、アントニオとマリアを前に押しやって、三人の背後に立っていたのだった。

すがたも顔立ちもすっきりした女だった。鳶色《とびいろ》の髪は手入れがゆきとどき、もとよりマリアの髪のように長くはない。なにより、ひろいひたいが美しかった。絹物らしい半袖のスーツが似合っていた。銀ねずとチャコール・グレーの濃淡のある地に、紅色の曲線がはいったスーツだった。

アリシアは、にこやかに名乗って握手を求めた。「すてきなかた、と言っては差しさわりがあるわね。わたしは第三者として伺ったんですから、無視してくださいな」

香水の香りが顕子の鼻先で匂った。バラの花に似た芳香である。アリシアはミゲルと似た年ごろだと聞かされていたが、声には張りがあり、目もいきいきと輝いていて、生気がつたわってくる女だった。

アントニオがマリアを紹介した。マリアは光った目で顕子を見据えて、名も告げなかった。「マリア、失礼だよ」とアントニオがたしなめると、ついと横を向いた。玄関で泣いてきたのか、マリアの目は充血していた。

「おまえは礼儀もわすれてしまったのか」とミゲルが怒りを抑えた声で言った。「アキコのあいさつに、口もきかんとはどういう料簡《りょうけん》だ」

「お父さんこそなによ。アントニオをまるめこんで、その女のことをかくしていたじゃないの」

「まあ、落ちつきなさい」とアントニオは妻をなだめると、肩を抱えてソファに並んで掛けた。「きみに知らせなかったのは、ぼくの提案だよ」

「なぜよ」

「こういうことになりそうな気がしたからさ」

「わたしが邪魔だったのね。わたしを愛していないんだわ」

「マリア、話が飛躍しすぎるよ」

「まあ、よせ」とミゲルがテーブル越しに声をかけた。

アリシアは、気づかぬうちに食卓の椅子《いす》に掛けていた。顕子が応接用のひじかけ椅子にすわるようにすすめると、第三者は、はなれていたほうがいいのよ、とアリシアは笑ってことわった。

「わたしは、ここでワインをいただくわ。ミゲルが御馳走《ごちそう》してくれるそうよ」

「そうだね。まずアリシアにワインをふるまわねばな」ミゲルは、あかるく言ってワインを取りに行った。地下で、ワインをデカンターに移し入れるのはミゲルの役目だった。

顕子も台所に立って、肴《さかな》を見つくろった。ドミンゴもついてきて、顕子は呼吸がらくになるのをおぼえた。アリシアの一言によって、顕子は緊張感から解放されたのだけれど、それが、ひとときの安息にすぎないこともわきまえていた。

ミゲルは、地下室からもどると台所に立ち寄って、顕子に耳打ちをした。「マリアの相手はわたしが引き受ける。アキコは黙殺したほうがよい」

顕子は承知したものの、ミゲルひとりをマリアの矢面に立たせるつもりはなかった。父と娘をあらそわせてはならない。顕子がミゲルと暮していたゆえに持ちあがった騒ぎなのだから、顕子がマリアの矢面に立つべきだった。そう思いきめていたからこそ、マリアの敵意にみちたまなざしも、顕子は微笑で受けとめたのである。

顕子は、考えながらも手を休めなかった。切りわけた生ハムを皿に盛りつけ、オリーブ漬とバカラオのオイル漬も、それぞれ器に盛った。バカラオはアントニオの好物なので、あらたに作ったものだった。

肴を居間にはこぶと、ミゲルはワインを注ぎ終えて席にもどっていたが、またもやマリアに文句を言っていた。どうやら、マリアもワインを所望したらしい。顕子がトレイを食卓に置くうちにも、ミゲルのことばが耳にはいった。

「酒は楽しんで飲むものだ。おまえはワインを飲みにきたのではあるまい。こっちの四人は酒なしだ」

アントニオが、コーヒーを淹《い》れてくる、とことわって席を立った。その背に向かって、ミゲルが言った。マリアにはティラがいい。ティラ茶はヒステリーに効くそうだからな。

「アントニオも閉口の態ね」とアリシアがおかしそうにつぶやいた。

顕子は、肴を並べると、ガスパチョとポテトサラダもあるけれども、お持ちしましょうか、とアリシアにたずねた。いまのところ、これで充分よ、と相手はこたえて「ちょっと」と顕子の片手をとった。その手には、アレキサンドライトが青とも緑ともつかぬ光を放っていた。

アリシアは無言で指輪に見入っていたが、顕子の手をとったまま顔をあげた。

「これ、本物ね。どう見てもまがい物じゃないわ」

「わかりません。母からもらった石ですから……」

じつは、指輪といっしょに鑑定書も渡されたのであるが、マリアを刺戟《しげき》しそうで、顕子はことばをにごしたのである。東京の、現存する宝石店で買いもとめた石であった。「知らずにはめてるの？」とアリシアは手を放した。「それ、まちがいなく本物よ。わたしの母がおなじ指輪を持ってるわ」

アリシアの指には、エメラルドの指輪が輝いていた。長方型にカットしたみごとなエメラルドである。スーツの衿もとには、小粒のエメラルドを中にはさんだチョーカーがのぞいていた。アリシアは顕子の視線に気づいて、こんな石とは比較にならない、と語をついだ。「アレキサンドライトがなぜ高価なのか、ごぞんじ？　夜になると色がかわるでしょう」

「うむ、赤くなる」とミゲルが口をはさんだ。「カルメンの指輪とおなじものだとは気がついていた」

「昼はエメラルド、夜はルビーと言われている宝石よ。しかも、産出量はきわめて少ないんですからね。ミゲル、あなたはたいへんな恋びとを見つけたものね。彼女についての感想はひかえますけど、この石はすばらしいわ。母のアレキサンドライトより大粒だし、緑が勝ってますもの」

「わたしは宝石にほれたわけじゃないよ。アキコがわたしの心をうばった」

「そうでしょうとも……」

顕子は、トレイをさげようとして廊下に出たが、コーヒーカップをそろえる音が耳につき、トレイを廊下の壁に立てかけると、すぐさま居間へ引き返して席についた。マリアは、くやしげに口を引きむすんでいた。マリアの指には結婚指輪のほかに、ファッショリングがはめられていた。髪のあいだに金色のイアリングがのぞいていたが、それも若い女が好むデザイン物のようで、宝石と名がつくほどのものは身につけていなかった。

アントニオがコーヒーをはこんできた。マリアの飲み物もコーヒーである。顕子は、アリシアが無難な話題をえらぶように期待したが、アリシアは卒直だった。こんどはアントニオに話しかけた。

おいしいバカラオだわ、アントニオもこれを食べた？　毎日、食べてましたよ、メリエンダにミゲルと酒を飲みながらね。あなたが作ったの？　冗談じゃない、アキコが作ったんですよ。

「そのとおりだよ」とミゲルが言った。「アキコは料理が上手でね。アントニオもルイスも、すっかり満足していた」

「スペインに住みついてるの？」

「五月にきたばかりだ。スペインははじめてだそうだよ。この家にきて、ひと月あまりになる」

ミゲルは、顕子とめぐり合ったいきさつを、かいつまんで話した。アリシアに対してというよりは、マリアに向かって語っていた。

「この五年間、わたしがどのようなおもいで暮してきたか、おまえにも察しがつくはずだ。きみたち夫婦の親切には感謝しているが、村がわたしの居どころだからね。村ですごす時間が圧倒的に長いのは当然だ。わずかななぐさめは、畑仕事とペペやディエゴとの語らいだったな。しかし、家に帰ると誰もいない。この広い家に、わたしひとりだ。ドミンゴがくるまではな」ミゲルは、たばこの灰を落して語りつづけた。「カルメンは、わたしのひとり暮しを案じてくれたんだろう。テレサもおなじだ。わたしのつらさ、さみしさを理解してくれたのは老いた女たちだよ。アキコを得て、ようやくわたしは五年来の懊悩《おうのう》から解放された」

「それじゃ、なぜかくしてたのよ。やましい点がなければ、かくさないはずよ」

「それは、わたしが説明いたします」

顕子のひとことで、居間は静まり返った。波立っていた海面が、ふいに氷原と化したかのようだった。顕子は、氷原のただなかに、ひとりで立ちつくしているような心地がした。このとき、スペイン語教師の忠告がよみがえったのである。

――スペイン人とのつき合いには、日本式のあいまいさは通じません。言語自体が明《めい》晰《せき》であるように、彼らは明晰を好みます。セニョーラ・ノト、スペインへ渡った場合は、自分の意志を明確に述べるべきです。

顕子は、まっすぐマリアに目をあてて言った。

「ミゲルがあなたに伏せていたのは、わたしとの仲が不安定であったからです。わたしは、いずれミゲルとわかれねばなりません。そのむね、ミゲルにもつたえて集落へまいりました」

マリアの瞳《ひとみ》がきらめいた。「ほら、ごらんなさい。この女は逃げだすと言ったわ。お父さんは、また苦しむことになるのよ」

「アキコを失う羽目になれば、わたしも死ぬさ。だいたい、おまえがしゃしゃり出てくるまでは、わたしとアキコは心底愛し合い、のびのびと暮していたのだ。アントニオがその証人だ。ぺぺやエンカルナにも聞いてみるんだな」

「お父さんはだまされてるのよ。このハポネサは旅行者じゃないの。旅先のあそびにちがいないわ」

「あそびではありません」と顕子は言った。「ミゲルは、わたしが出会った異性の中で、最も深みのある立派な相手です」

「それじゃ、なぜわかれるのよ。愛していながら逃げだすなんて辻褄《つじつま》が合わないわ」

「その理由はミゲルにも知らせていません」

「理由なんてないんじゃないの？」

「ない、と言えば、なっとくなさるのでしょうか？」

「お父さん、外国人の旅行者は危険よ。おそろしい病気もはやっているのよ」

エイズだ、ととっさに顕子はさとった。ところが顕子は、エイズのスペイン語を知らなかった。スペイン語の個人教師は、折にふれて母国の現況をおしえてくれたが、エイズに関してはまったくふれなかったのである。

「それは、合衆国の西海岸ではやっている病気のことでしょうか。免疫を失うというセックスにかかわる病気のことでしょうか」

「合衆国ばかりじゃないわ。フランスでもはやっているし、この国にもはいりこんできたわ」

顕子は、ちょっとほほえむと、コーヒーをひと口飲んでマリアに視線をもどした。

「その点ならご心配は無用です。この十二年間、わたしは男と接していません。夫とは別室ですし、むろん他の異性ともかかわりを持った経験はありません。ついでに申しあげますが、日本をはなれる直前、離婚届けにサインをして、夫の同意をもとめる手つづきを取ってまいりました」

「それで、男が欲しくなったのね」

「だまれっ」ミゲルの怒声が飛んだ。「おまえは、アキコが心中に秘めていたことを引きずりだしてしまったのだぞ。わたしに打ちあけなかったことまで、しゃべらせてしまった。わたしがアキコのなやみごとに気づかずにいたと思うか。これ以上、アキコを侮辱したら容赦《ようしゃ》はせんぞ」

マリアは目をみひらくと、顔から血の気が引いて、くちびるがこまかくふるえだした。

「マリア、帰ろう」とアントニオが妻の肩に手をかけた。「お父さんを心配するのは結構だが、ことばがすぎたね」

マリアはアントニオの胸にしがみついて、わっと泣きだした。アントニオは、やさしくマリアの背を撫《な》でさすっていたが、マリアが泣きやむのを待って、気持を引きたてるように笑いかけた。

「さて、ルイスを起こさんとね。きみは顔を直すといい。ルイスの前で泣いてはいけないよ。ここであったもめごとも話しちゃいかん。ルイスは、楽しいバカンスをすごしたんだからね。ルイスにとって、きみはかけがえのない母親なのだ。バカンスの思い出をぶちこわすようなまねはするんじゃないよ」

夫婦が廊下へ姿を消すと、顕子の体から力がぬけ落ちた。目まいがして、頭の中が空白になった。

「アキコ、つらかったろう」ミゲルが立ってきて顕子の肩に両手を置いた。「さあ、ソファに移ろう」

顕子は、ミゲルに引きあげられて立ちあがったものの、ひざ頭に力がはいらず、床にへたりこみそうだった。

「どうしたんだね。顔が真っ青だよ」

「ショックを起こしたんじゃない？　ソファに横にしたほうがいいわよ」とアリシアが言った。

ミゲルは、顕子を抱きあげてソファにはこんだ。顕子は、寝るのをこばむようにミゲルの胸を押しのけて、固く目を閉じたままソファの背にぐったりともたれた。

アリシアもそばに来て、顕子の脈をとった。

「大丈夫ね。脈は早いけど、本物のショックなら、ミゲルを押しのける力もないし、目はひらきっぱなしよ」アリシアは語を切ると「コニャックはある？」とたずねた。

「ある」

コニャックは、居間の食器棚に置いてあった。ミゲルは蒼惶《そうこう》として、コニャックの瓶とグラスを取ってきた。顕子が持ちやすいように、広口のタンブラーをえらんだ。ミゲルは少量のコニャックを注ぐと、飲むようにうながして、顕子の口もとへグラスをはこんだ。顕子は、両手でしっかりグラスをつかんだが、手がふるえて、ミゲルが片手をそえてやらねばならなかった。顕子は、ひと口コニャックをすすったが、歯がグラスにあたって、かちかち音を立てた。

「すこしずつ飲ませるのよ」とアリシアがテーブル越しに注意した。

ふた口めのコニャックは、ひとりで飲んだ。介添は不要だというように、顕子はミゲルの手をはらったのである。目は閉じたままであったが、ふるえは若干おさまり、グラスにあたる歯の音も小さくなった。

「朝からはたらきづめだったんだ。掃除機なんぞ持ったことのない女だよ」

「育ちのいいひとにちがいないわ。ひと目でわかったわ」

アリシアは、気づかぬうちにデカンターとワイングラスを応接用のテーブルに移していた。ミゲルも酒が欲しくなって、グラスを取ってきた。

「アントニオがつれ出さなければ、マリアを張り倒しただろうな」とミゲルは、コニャックをすすって言った。

「わたしもマリアを引っぱたきたくて、うずうずしてたわ。観客席にいるつもりでしたけど、とんだお芝居になったものね。父親の気持も理解できないなんて、マリアは子どもね。アキコとは比較にならないわ」

「きみもアキコの名を呼んでくれるか」

「当然よ。アミーゴの恋びとなら、わたしのお友だちだわ」

ふたりのやりとりは、顕子の耳に風の音のように聞こえた。すり切れたレコードからもれてくる男女の会話のようでもあった。かなしげな犬の鳴き声もまじっていた。犬の声がしだいにあきらかになって、顕子はふたたびグラスを口にはこんだ。はじめて、口中にコニャックの香りがひろがったが、顕子は目をあけようとしなかった。

「アキコ、すこしは気分がよくなったかね」とミゲルが心配そうにたずねた。

「そっとしといたほうがいいわ。せめて、きょう一日はね」とアリシアが言った。

顕子は、なにかを言わねばならないと思ったけれど、なにを言うべきなのかわからなかったし、声も出なかった。とつぜん、失語症に陥ったようだった。スペイン語を、ことごとくわすれてしまったようでもあった。

帰りじたくがすんだのか、玄関の方角からざわめきがつたわってきた。それから、間近でアントニオの声がした。

「ぼくらは失礼します。こんなぐあいに帰りたくなかったんですがね」

「ルイスは起きたのかね」とミゲルが訊《き》いた。

「まだ寝ぼけてますよ」

「そのほうが幸いだ」

「まったく……。コニャックまで飲みだして、叔母《ティア》さんは運転が大丈夫ですか」

「日暮れどきまでには酔いもさめるわよ」

「玄関まで見送ろう」とミゲルが言った。「わたしが顔をださんと、ルイスがあやしむだろう。アリシア、アキコをたのむ」

ふたりの足音が遠のくと、顕子を呼び立てるルイスの声が耳についた。「アキィコ」

と「キ」の音が高い呼び声である。寝起きで不機嫌なのか、半泣きの声音だった。

「ルイス……」顕子の口からかすれた声がもれた。「ルイス……」

顕子は、涙をこぼすまいとして、両手でソファのへりをつかんだ。

XIII

海岸に近づくと、外光が強まった。路面の照り返しは増し、行手の海は群青色《ぐんじょういろ》にきらめいていた。

「アキコ、海だよ」とミゲルは助手席の顕子に声をかけた。「サングラスをはずして見てごらん。すばらしい色だ」

「はい」

力のない返事だった。むろん、サングラスに手をかける様子はない。海を見ているのかどうか、顕子はひっそりとシートにもたれていた。

マリアが押しかけてきたあくる日の午前だった。ミゲルは、アリシアのはからいで、顕子と休養をとるべく、海辺のパラドールへ向かっている途中だった。

ミゲルは、顕子との先行きに、危惧《きぐ》を抱かずにはいられなかった。アントニオの一家が帰ってまもなく、顕子は寝室に引きとったのであるが、気力をとりもどすと同時に、まちがいなく別離のことばを口にしそうだった。ここ一両日が最もあぶない。危機を乗りきるためには、旅に出るのが最善と思われた。そのむねアリシアに話すと、アリシアは即座に賛成した。

「わたしもおなじことを考えていたわ。バカンスの最中で、ホテルがとりにくいでしょうから、エラドゥーラにいらっしゃいよ。あなたがたが別荘にいるあいだ、わたしはグラナダのマンションで昼寝をしてるわ」

「きみの好意だけ受けとろう。カルメンが心のゆたかなアブエラでも、アキコは気をつかうだろうからね。わたしは、アキコとふたりでバカンスをとるさ」

アリシアは、さっそく心あたりのホテルに電話を入れてくれた。さすがに、すぐには部屋がとれなかったけれど、さいわいにもモハカルのパラドールにキャンセルのはいった部屋があった。ただし、五泊と限定されはしたが、ミゲルにとっては適当な日数だった。

顕子をつれだすのは、思いのほか、手こずらずにすんだ。案外、エンカルナの存在がミゲルに味方したのかもしれない。月曜日だから、エンカルナが掃除と洗濯にやってくる日だった。エンカルナは、顕子がやすんでいるうちに顔をだしたのであるが、すでにアントニオとルイスが引きあげたことを知っていた。なにしろ、エンカルナの住いは真向かいである。家族の誰かが玄関先のさわぎに気づいたであろうし、ぺぺがディエゴから聞きだしたのかもしれない。広場への車の出入りは、たいがいディエゴの目にとまるのだった。

エンカルナは、さっさとアントニオがつかっていた部屋を片づけだした。やがて顕子も起きだして、エンカルナとあいさつをかわしたようだった。ミゲルは台所にいたのであるが、エンカルナの声のほうがはるかに大きく、威勢がよかった。

顕子は、ひと夜のうちに、面がわりするほどやつれていた。顔が小さくなったように見えた。ミゲルは顕子を抱き寄せて、海へ行くんだよ、とやさしく知らせた。顕子の返答はなく、くちびるを重ねても手ごたえは得られなかった。

ミゲルも、顕子がよろこんで承諾するとは考えていなかった。彼は、朝食のしたくをととのえ、食卓についてからも、地中海の美しさやバカンスの楽しさを、あかるく語りつづけた。顕子の反応は、疲れたかなしげな笑みであり、返ってくることばは「はい《シー》」の一語のみだった。単なる相槌《あいづち》のようであり、すべてを放擲《ほうてき》しているようにも見受けられたが、少なくとも顕子はモハカル行きをことわらなかった。顕子にしてみても、エンカルナが立ちはたらいている家の中では、わかれ話も切りだせないはずである。ミゲルは、組合で預金を引きだし、エンカルナにドミンゴを託して、顕子といっしょに集落を発《た》ってきたのである。

車は海沿いの道にはいって、東へ向かっていた。モハカルはアルメリーアの東、ガタ岬の、さらに向こうの海岸である。ミゲルは、エラドゥーラやネルハとは反対の方角へ向かっているわけだった。

ミゲルは、むろんモハカルなんぞへ行ったことはない。きのうまでは、その名さえ知らなかった。ましてや、そこにパラドールがあるなぞとは知るよしもなかった。この道を通るのもはじめてである。バルセローナから帰郷したときは、アリカンテから内陸の国道にはいった。この日は、顕子に早く海を見せたくて、グラナダからまっすぐ南下したのだった。

アリシアの話によると、モハカルのパラドールは、比較的あたらしい宿だった。それはよいとして、古い道路地図で調べると、目的地までは三百キロはありそうだった。ミゲルにとっては、たかの知れた道のりにせよ、顕子の状態を考えると、一気にモハカルまで走破できるものではなかった。ミゲルは、グラナダを通過してから、ひと息入れて海沿いに出たのだった。

車の行き来は意外に少なかった。それでも、ときどき追い越して行く乗用車があった。顕子をともなっているので、ミゲルはスピードをあげなかった。メーターの針は、七十キロから八十キロのあたりで、ちらちらしていた。人家のとぼしい漁村にさしかかると、ミゲルはきまってスピードを落した。

アンダルシアの沿岸はコスタ・デル・ソルと呼ばれ、夏場は内外からバカンスをとる人びとが押し寄せる行楽地だった。おそらく、マラガのあたりが、コスタ・デル・ソルの中心であろう。ミゲルの目にふれる沿線は、町らしい町もなく、行楽地のにぎわいはないのだけれど、それが、かえってミゲルはありがたかった。

顕子の様子に変化はなかった。ミゲルが話しかけないかぎり、顕子は口をひらこうとしなかった。冷房のない車だから、窓は開けっぱなしで、窓から吹きこむ風が顕子の髪をみだしていた。サングラスもかけたままである。みだれた髪と濃いサングラスのせいか、顕子の横顔は、病みつかれた女そのものだった。

昨夜、アリシアは、帰りぎわに不吉なことばを口にした。ミゲルは、そのことばを思いだしたくない。アリシア自身、「まさかとは思いますけどね」と前置きをして語ったのである。まったく「まさか」である。そう打ち消しながらもミゲルは、このまま顕子をつれて、どこまでも車を駆りつづけたい誘惑をおぼえた。

ミゲルは、ふと、ひとりの老人を思いだした。国際便のトラックに乗っていたころ、ブザンソンのサービスエリアで見かけた老人である。氷雨《ひさめ》が降っていたから、冬であったかもしれない。ドイツの食べ物にくらべると、味もましなら値も張らないフランスのほうがよく、ミゲルはたびたびブザンソンで食事をとったものである。その日も腹ごしらえをすませてトラックのたまり場へ向かうと、そこに老人がいたのである。着ぶくれた小柄な老人で、犬を抱えていた。老人は、休憩を終えた運転手をつかまえては、片はしから同乗をたのんでいた。むろん、誰ひとり老人を相手にしなかった。貴重な荷を積んだ車に、見ず知らずの他人を乗せられるものではない。相手が何者であろうと、荷を強奪される危険があった。ヒッチハイカーが手をあげるのは一般道路であるが、かれらも大型車輛《しゃりょう》は最も冷淡な車とこころえていて、トラックを停めようとはしない。老人は、ブザンソンのサービスエリアで、乗せてきてもらった乗用車から降ろされたのかもしれなかった。老人は、運転席に乗りこもうとしていたミゲルのところにもやってきたが、ミゲルはスペイン語でことわった。

——あんたを乗せちゃ、こっちがおはらい箱になる。

マリアが大学にはいるまえの体験であるが、いまだにミゲルは、老人の顔つきと姿をおぼえている。薄青い目はしょぼつき、鼻の先だけが赤かった。着古したようなコートの肩はぬれ、老人の腕の中で、犬は小きざみにふるえていた。ドミンゴより小型の、ちぢれ毛の白っぽい犬だった。

集落に住みついた当座、ときに老人の姿がよみがえった。車を乗りつぶし、老い朽ちるまで、あてのない旅をつづける欲求に駆られた。妻に去られたゆえの欲求であり、欲求が夢想に終ったのも、おなじ理由からだった。ミゲルは、意地でもオリーブ畑の持主として生涯を終えたかった。

そこに思いいたって、ミゲルは内心肩をすくめた。顕子とともにドライヴをつづけるなぞとは、不安がもたらした感傷にすぎない。たとえ、心中に不安がひそんでいたとしても、そしらぬ顔をしているべきだった。

遠方に、やや大きな集落がみとめられた。左手には丘陵がせりだしていて、したがって、集落の前はカーブになっていた。

ミゲルは、スピードを落しながらも、サイドミラーによって、後方から近づいてくる乗用車に気づいていた。ライト・グレーの車で、ミゲルの目測では百キロ近くのスピードを出していた。後続車は唸《うな》りをあげてミゲルの車を追いぬくと、対向車線にはいってカーブにさしかかった。無茶だな、とミゲルは胸うちでつぶやいた。腹にひびく衝撃音がつたわってきたのは、その直後である。

ミゲルの車からは、カーブまで五十メートルほどあった。ミゲルは事故現場まで近づいて車を停めた。グレーの車はカーブをまわろうとして、トラックと正面衝突をしたものらしい。トラックの損傷は目立たなかったが、乗用車は半回転して、ミゲルの車と向き合うかたちになっていた。前部は原型をとどめていない。集落の男たちなのか、数人の男が事故車のまわりに駆け寄っていた。ミゲルも運転席から出ようとして、顕子に声をかけた。

「アキコ、見ちゃいかん。目をつむってなさい」

顕子も事故に気づいていた。顕子は、ひとりのおもいに沈んでいたから、あっと思ったときは、事故車の前に来ていたのである。目を閉じる余裕はなかった。ミゲルが路上に降り立つより早く、目前の惨状が顕子の目にはいっていた。

運転席のあたりに、ひとのかたちに似た赤黒い物体があった。黒っぽく見えるのは、サングラスのせいであろう。眼鏡を持ちあげてみると、真っ赤な人体と知れた。頭の先から腰のあたりまで、ペンキをかぶったように赤かった。赤い人体は身じろぎもしない。生きているとは思えなかったが、不思議にも血まみれの人体は、背筋をぴんとのばした姿勢で正面を向いていた。体型から推して、男性のドライバーのようだった。

事故車のかたわらに、なにやらわめきながらうろついている女がいた。太りぎみの中年の女である。女の顔には血が幾すじも糸を引いて、赤いひびがはいっているように見えた。おそらく助手席に乗っていた女であろうが、これまた、顕子には不可解な状況だった。ボンネットはくだけ、ドライバーの死体は、もろに日光にさらされているというのに、傷を負いながらも同乗者は、生きて声をあげていた。

顕子も運転をするから、故国で事故に遭遇した経験がなかったわけではない。けれども、それは、行手で点滅するパトカーや救急車の回転灯であり、迂回《うかい》路を示す警官の指示にすぎなくて、これほど間近で自動車事故を目にするのははじめてだった。

いつのまにか、集落の女たちが道ばたに出ていた。海がわの道路沿いに、倉庫のような建物があって、その前に女たちが並んでいた。なかに、細っそりした娘がいて、娘は絶えまなしに泣き叫んでいた。悲鳴に似た絶叫である。顕子は、娘の泣き声で、女たちに気づいたのかもしれなかった。

あとひとり、声を放っている人物がいた。トラックの運転手である。帽子をかむった大柄な男だった。運転手は両手をふりあげ、文字どおり天をあおいで、嘆きかなしんでいた。民族性の相違なのか、顕子は事故そのものよりも、人びとの反応におどろいた。

ミゲルをふくめた男たちは、周囲を見向きもしなかった。どうやら、リア・シートにも同乗者がいるらしい。男たちは、懸命に後部のドアを開けようとしていた。後部もゆがんでいるから、ドアは容易に開かなかった。

誰かがドアを蹴《け》破ったのか、ようやくドアが開いた。男たちの合間に、ミゲルの姿が見えかくれしていた。背をこごめて、同乗者を救い出そうとしているようだった。

まもなくミゲルは、少年を抱きあげて事故車の前方に向かってきた。ルイスよりは大柄な十歳前後の金髪の少年だった。少年は、ぐったりして、手足をだらりと下げていた。

このとき、ようやく、顕子の胸に痛みが走った。顕子も冷静であったわけではない。彼女は知らないうちにサングラスをかけ直していたし、道ばたにひろげてある敷物にも、それまで気づかなかった。村びとが用意した敷物にちがいなかった。

ミゲルは、敷物に少年を横たえると、ひと言ふた言かたわらの男とことばをかわして、車のほうへもどってきた。ミゲルが運転席にはいるまえに、ポロシャツのよごれが顕子の目にとまった。ミゲルは青みがかったグレーのポロシャツを着ていたが、胸や半袖《はんそで》の一方に、こすれたようなしみがあった。

「ミゲル、それ、血じゃない？」と顕子は横にすわったミゲルに声をかけた。

「ああ、これか」

ミゲルは胸もとに目をやると、目立つほどのよごれじゃないさ、と言って車を出した。少年は外傷がないように見えたが、少年の血が付着したのかもしれなかった。

「あの子、大丈夫かしら？」と顕子は、まをおいて話しかけた。

「おそらく助からんだろうね」

少年は、シートのあいだにはさまれていたそうである。

「あの女もあぶないもんだよ。さっきは興奮状態で立ちあがっていたが、かなりの重傷だろうね」

ミゲルの口調は、日ごろとさしたる変化はなかった。表情も落ちついていて、凄惨《せいさん》な事故現場をあとにした直後とは思えなかった。

「トラックの運転手も泣いていたわ。彼のミスなの？」

「そうとは思えんがね」ミゲルは、自分が目撃した事実と推測とを説明した。

少なくともトラックは、右がわの車線を走行していた。停車した位置が、それを示している。猛スピードで対向車線に突っこんで行ったのは乗用車のほうだ。トラックに多少のミスがあったとすれば、カーブの手前でスピードを落さなかったことだろうが、あのいきおいで突っこまれては、四十キロのスピードでも避けようがなかったろうね……。「トラックの運転手にとっちゃ、とんだ災難だよ。おれが、なにをした、なぜ、こんな目に遇《あ》わなくちゃならんのだ、と天を恨みたくなるだろうね」

顕子は、あらためて運転手としてのミゲルの長い経歴に思いいたった。以前、ミゲルは、幸運にも事故だけは一度も起こさずにすんだと語ったことがあるけれども、事故に遭遇しなかったはずはない。長距離の国際便であれば、たびたび事故を目にしたのではなかろうか。ミゲルの自然な口ぶりと、事故現場での果断な行動が、彼の過去を物語っていた。

ミゲルに引きかえ、顕子は、いかにもおろかだった。死を求めて渡ってきた他国で、またもや、さわぎを引き起こした。父と娘の仲を裂いた。父は怒り、娘は傷ついた。けさ、浴室の鏡に映った顔は、きのうまでの顔ではなかった。目はくぼみ、目尻《めじり》のしわは深く、頬はこけて、のびかけた髪の中に白髪がまじっていた。もともと赤毛で、白髪の少ないたちではあったけれど、けさは白髪が目についた。彼女は、ひと夜にして老婆《ろうば》になった。これ以上、生きていたくはなかった。

事故の直前まで、顕子はひたすら死をのぞんでいたのである。海へ行くのであれば、沖へ泳ぎ去って溺《おぼ》れ死ぬとよいのだった。

ミゲルが顕子の態度をあやしまなかったとは思えない。それでも彼は、事故を知るや、顕子に声をかけて車からとび出して行った。彼の行為は、単に職歴によるものであろうか。おそらくミゲルは、人間としてとるべき行動をとったのである。

「そうか、アキコも見てしまったのか」とミゲルが思いだしたように言った。

「しかたないわ。あの村の娘さんが大声で泣いてるんですもの」

「そのセニョリータも、あんな事故を見たのははじめてなんだろう。まあ、わすれよう。あのての出来事は、わすれるにかぎる」

道路は海岸からそれ、沿線は荒地にかわっていた。右手は砂丘めいた砂地であり、左手は赤茶けた大地のうねりである。樹木はとぼしく、人家もほとんど目につかなくて、集落の付近とはおよそことなる景観だった。

道ばたのところどころに、ひょろりとのびた植物があった。痩《や》せた木のようであったが、木にしては幹が細すぎたし、上方にいくつも大輪の花をつけていた。その植物が群生しているところもあった。花も茎の色も薄くて、ひそやかな群落である。

「ミゲル、あれ、なに？」

「さてな」

もしかすると、龍舌蘭《りゅうぜつらん》かもしれなかった。むかし植物図鑑で見たおぼえがあるが、姿かたちは龍舌蘭に似ていなくもない。もっとも、龍舌蘭が群生するものなのかどうか、顕子は見当もつかなかった。

行手にくだんの植物をみとめると、顕子はミゲルにたのんで車を停めてもらった。ミゲルは、助手席のドアを開けた顕子に、帽子をかむるように注意をしたが、帽子はリア・シートに置いてあったから、そのまま座席からすべり出た。顕子は、熱気の中に降り立ったようなものであったが、花に気をとられて暑さは気にならなかった。

ミゲルも車から降りると、顕子と並んで花を見あげた。ドゥカードスの香りがして、ミゲルはたばこをくわえていた。

「みょうな花だね」とミゲルがつぶやいた。

たしかに、みょうな花であった。藁《わら》に近い色あいの薄黄の花であるが、アーティチョークの猛《たけ》だけしさはない。蘭のはなやかさもなく、龍舌蘭であるとすれば、蘭のかわり種であろう。葉は一枚もなく、円錐《えんすい》形に散らばる花は、咲きながら枯死しているように見えた。菊のかたちに似た扁平《へんぺい》な花であった。

「アキコ、車にもどろう。日射病にかかるよ」とミゲルがうながした。

「ええ」

顕子は、花の前からはなれようとして、足もとの緑に気づいた。先のとがった肉厚の葉が、道路沿いに密生していた。

「ミゲル、これを見て。やっぱり蘭だわ」

「いずれ、本物の蘭の花束を進呈するよ」

ミゲルは、車の前をまわって運転席にはいった。顕子も助手席にすわってドアを閉めたが、思わず悲鳴をあげた。銀蠅《ぎんばえ》の群れが、車の中を飛びまわっていたのだった。

「ミゲル、蠅よ。蠅だらけよ」

ミゲルは平気な顔で車をスタートさせると、笑いながら言った。

「アキコがこいつらを招待したのさ。車のドアを開けておいたろう？」

「のんきなことを言ってる場合じゃないわ。車を停めて、蠅を追いだしましょうよ」

「ここで停めちゃ、新顔が飛びこんでくる」

ミゲルは顕子のあわてようを、おかしがっているふうであったが、顕子にはミゲルの顔色をうかがっているゆとりはなかった。身辺で飛びかう蠅を追いはらうだけで精一杯である。だいたい顕子は、ここしばらく蠅を見かけてはいなかった。夏の終りに、札幌の家の網戸に、うごくけはいもなくとまっていた蠅を見たおぼえはある。集落で暮しだしてからも、蠅には気づかずにすんだ。少なくとも銀蠅は見なかった。目前の蠅は、まるまると肥え太った大きな銀蠅である。その蠅が二、三十匹も飛びまわっていた。

道ばたの緑が消えたあたりで、ミゲルはようやく車を停めた。

「さて、アキコの敵を追いだすとするか」

ミゲルは、無造作にポロシャツをぬぐと、車のドアを開け、シャツを振って蠅を追いだしにかかった。顕子も車の後部にまわって帽子をとりだし、帽子で蠅をはらいはしたが、それが、どれほど役立ったのかわからない。ドアを開け放つと同時に、大半の蠅は出て行ったのである。ミゲルが蠅を追いだすまでに、さほど時間はかからなかった。

ミゲルは、シャツを着こんで運転席に乗りこむと、すかさず車を出した。顕子は、蠅をおそれて窓を閉めた。

「アキコ、もう蠅ははいらんよ」走行中の車に虫はめったにはいらぬものだ、と知らせて、ミゲルは窓を開けるように注意した。「でないと、ふたりとも蒸焼きになってしまうよ」

顕子は窓を開けたものの、炎暑の中を走る車に冷房がないのは腑《ふ》に落ちなかった。集落で暮しだしてからというもの、顕子は一度もシトロエンに乗ってはいなかったから、この日、はじめて冷房なしの車だと知ったのである。ミゲルは遠出の機会も少ないため、冷房は必要でないのかもしれない。顕子が推測を口にすると、意外な答えが返ってきた。

「そりゃ、たちまちバッテリーがあがってしまうからだよ」

この地方の車のほとんどは、冷房装置などないそうである。

「信じられないわ」と顕子は言った。「アントニオの車も冷房はないの？」

「あるものかね」

「アリシアの車は？」

「さてね。カルメンに金があっても、アリシアは自立心が強いし、この気候に馴《な》れてるからね。冷房つきじゃないと思うがね」

「あの指輪は、お母さまがくださったのかしら？」

「そうだろう。アキコとおなじだ」

前日の居間のありさまがよみがえって、顕子の胸はかげった。顕子は沈黙を破るように、あかるく話しかけた。

「人家もないところに、なぜ蠅がいたのかしら？　蠅は植物を好まないはずよ」

「ごみを捨てて行くドライバーがいるんだろう。野糞《のぐそ》もあるだろうしな」

「不潔……」と顕子は顔をしかめた。

「なにが不潔なものかね。この天候だ。不潔な落し物も、あっというまに干からびてしまうさ。見なさい、アキコ……」

気づかぬうちに、行手の風景は一変していた。右手の起伏は消え、平坦《へいたん》な大地が周辺にひろがっていた。もとより人家は一軒もなく、草木すら目につかない。ところどころに奇怪なかたちの小さな岩山があり、遠方に薄青い山なみが蜃気楼《しんきろう》のように浮かんではいたけれど、赤茶けた大地のただ中だった。直線の道路は、ひとすじの黒い川のようである。アスファルトのぎらつきが大地の熱気を物語っていた。

「アフリカのようだわ」と顕子はつぶやいた。

「アフリカの砂漠が引っ越してきたのかね」とミゲルが応じた。

やがて、警官がまたがった二台のオートバイとすれちがった。枯草色の草むらがあるあたりで、オートバイは草むらからあらわれ、後方へ去って行った。

「事故のあった村へ行くのかしら？」

「そうだろうね」

「いまから行っても遅いでしょうに……」

顕子は、時計を見ていたわけではないが、事故から三十分は経過しているように思えた。

「やむをえんさ。マラガあたりならまだしも、ここらではね」

ミゲルの言うとおりなのであろう。ここは、辺鄙《へんぴ》な海岸と焼けつくような荒地がつづく土地なのである。おそらく、救急車もないにちがいない。顕子は、旅の途中であることもわすれて後方をふり返った。

XIV

パラドールの部屋に案内されると、顕子は心中でため息をついた。室内履きを持ってこなかったのだった。

外国のホテルにはスリッパなぞ置いていない。顕子も海外へ出かけるときは、携帯用のスリッパを持参する習慣であったが、この日はスリッパどころではなかった。身ひとつで旅に出たいほどだった。そんなまねもできず、なんとか荷物をまとめて集落を発《た》ってきたのだった。

ツインの部屋であった。道々ミゲルは、ツインの部屋しかとれなかった、と知らせたけれど、さいわいというべきなのかどうか、二台のベッドのあいだには隙間《すきま》というものがなかった。ベッドは、ぴたりと寄せられ、きちんと整えられていて、純白のダブルベッドのようだった。

四ツ星クラスのパラドールかもしれなかった。部屋は格別ひろくはなかったけれども、ラウンジとおぼしいあたりには、大小さまざまな籐椅子《とういす》が配され、廊下もたっぷりと幅があって、海辺のパラドールらしいおもむきがあった。

ふたりは、途中で昼食をとってモハカルに向かったのだった。アルメリーアの近くの、酒場をかねたような小体なレストランだった。

顕子は、きのうの昼から食事らしい食事をとっていなかった。この朝もトーストを半枚、かろうじて口に入れたにすぎない。ミゲルは顕子を気づかって、通りすがりの町で昼食にしたのである。

食事どきには早目の時間で、客は少なかった。顕子は、ボーイにたのんでハンカチを水でしぼってもらい、ミゲルのポロシャツに付着した血痕《けっこん》をぬぐった。脱いでもらうと拭《ふ》きやすかったであろうが、レストランの中では脱がせるわけにもいかなかった。

モハカルの位置をたしかめたのも、その店でのことである。事故を目撃するまでは、顕子は行く先に関心がなく、モハカルという地名も音の断片にひとしかった。食後にミシュランの地図をひろげてみると、意外に遠方であった。ミゲルも地図をのぞきこんだのであるが、ふたりが休憩をとった町は行程の三分の二あたりで、そこから、さらに百キロ近くの道のりがあった。それは、ガタ岬を大きく迂回《うかい》する国道である。したがって、顕子はガタ岬を見なかったし、見たいとも思わなかった。赤茶けた岩山を目にしているだけで充分だった。

顕子の気持に変化が生じていた。モハカルでの五日間は、できうるかぎり楽しくミゲルとすごしたかった。バカンスそのものの日々にしたかった。その後のことも一切考えてはならない。顕子は、スリッパをわすれてきたことに気づいていたが、サンダルていどならモハカルで入手できるにちがいない。そう思っているうちに、車は国道からそれて、一見、簡素な白いパラドールの前に着いたのである。

ミゲルはボーイを送りだすと、ドアに鍵《かぎ》をかけて顕子を抱き寄せた。

「疲れたろう。砂漠《コミーダ》の中のドライヴだったね」

「あら、元気よ。昼食もきれいに食べましたもの」

せた。

「ちがうわ。部屋履きをわすれちゃったのよ」

「サンダルなら持ってきたよ。アキコがふだんはいてるやつだ」

顕子は目をみはると、やにわにミゲルのあごから頬へ、頬から口へとくちびるを走らせた。

ミゲルも口づけにこたえて言った。「そんなにサンダルが大事かね」

「そりゃ、そうよ。家の中では靴をはかない人種ですもの」

「ともかく、アキコが元気になってよかった。蠅どもに感謝しなくちゃな」

顕子は声をあげて笑い、はっと気がついてミゲルのポロシャツを見た。レストランで一応ぬぐったものの、ぬれていた部分は乾いて、かすかながら血のあとらしいしみが残っていた。

「ミゲル、ポロシャツを脱いで。お洗濯に出すわ」

「これで充分だよ。アキコが上手に拭いてくれた」

「あれはね、応急処置というのよ」

血というものは、できるだけ早く、水で洗い落さなくてはならない。下着とちがって、人目にふれるポロシャツのような衣類は、専門家にまかせたほうが安心である。どうせ、汗とほこりにまみれたポロシャツだった。

顕子はメイドを呼ぶべく、ベッドサイドの受話器をとりあげた。電話に出たのは男性で、少々お待ちください、と言われた。メイドの勤務は終ったのかもしれない。すでに三時をまわっていた。

この国の「少々《ウン・ポコ》」は、一時間を指すおそれがある。ミゲルは、当然スペイン式の応接をこころえている。まず、ボストンバッグをあけて、ビニール袋に入れたサンダルをとりだして顕子に渡した。たしかに顕子の室内用のサンダルである。ミゲルの鞄には顕子のバスローブも詰めこまれていた。顕子のボストンバッグより大ぶりなズックの鞄である。はち切れそうにふくらんでいたので、ミゲルも替着を多めに用意したのかもしれない、と顕子は漠然とみていたのだけれど、バスローブまで詰めこんでは、バッグがふくらむ道理であった。

顕子は、さっそくサンダルにはきかえた。ミゲルも素足になってサンダルを突っかけると、ポロシャツを脱いでベッドの裾《すそ》に投げかけ、浴室へはいった。バスタブに湯を落す音がした。湯の出はよくないのか、さほど大きな音ではなかった。

客室係は、バスタブに湯がたまってから顔をだした。三十前後の青年だった。顕子は手短に事情を話して、ポロシャツを渡した。しみ抜きは容易だけれども、仕上りは翌々日の午前中になるとの話だった。洗濯物は朝食の前後に、ランドリーの袋に入れてメイドに渡すと仕上りは早いそうである。顕子が心づけを渡すと、客室係は笑みを浮かべた。

ミゲルは、ランニングシャツ姿で窓ぎわの椅子にかけて、たばこを吸っていた。顕子もテーブルをはさんですわると、ポロシャツの仕上り日をつたえた。

「下着はお洗濯に出しましょうよ。クリーニングじゃないから安いわ」

「アキコにまかせるよ。ホテルのことは見当がつかん」

顕子は、ミゲルにうながされて先にバスをつかった。ミゲルを待たせているので、のんびりしてもいられなかった。顕子はバスをつかうと、湯を落して、ミゲルのためにバスタブに湯を注ぎ入れながら、バスローブを着て浴室の鏡に向かった。ひとまず湯にはいったせいか、頬に血の色がさしていた。

さっと顔を直して浴室を出ると、ミゲルは小簞笥《だんす》に衣類を収めていた。集落の家では顕子が洗濯物の整理をしていたから、ミゲルの夏物の衣類は、たいがいおぼえていた。

「黒いポロシャツを持って来た？　胸のところに枯草色の横縞《よこじま》がはいっているポロシャツよ」

「これだね」とミゲルは、たたんだポロシャツをとりだして顕子に示した。

「それよ。わたし、それが好きよ。あなたにとても似合うわ」

「それじゃ、これを着て晩めしに出かけよう」

近くに小さな港町があって、そこへ行くと海鮮料理の飲食店が多いはずだ、とミゲルは見当をつけていた。海鮮料理の店は、海岸にのぞんでいるそうである。

「海が御馳走《ごちそう》さ。テラス席があるといいね」

　ミゲルが浴室に姿を消すと、にわかに部屋が静かになったように感じられた。客も出はらっているのか、パラドール全体が無人のようなけはいである。湯あがりに体をうごかすのもおっくうで、顕子は窓ぎわの椅子にかけようとして、そのまま窓辺に立った。

　赤土の目立つ庭の向こうに、地中海のひろがりがあった。二階の部屋である。窓の並びにバルコニーへ出るドアがあった。窓にはレースのカーテンがかかっていて、カーテンをめくると、海は群青色《ぐんじょういろ》に輝いていた。

　鮮血に染まった人体が、ふと顕子の目に浮かんだ。少年の金髪もよみがえった。ひとつの死、あるいはふたつの死が、顕子を生のほうへ押しもどしたのであろうか。顕子自身、分明ではなかった。顕子は、よけいな考えをふり切るようにカーテンから手を放すと、厚手のカーテンもかけてベッドにはいった。

　ミゲルも、やすんでいるようにすすめて浴室にはいったのだった。シエスタをとらなくちゃね、と語っていたが、午睡だけですむはずはなかった。ここしばらく、ミゲルは顕子の体に接していないのである。バカンスには性の愉楽もふくまれるのであって、顕子はミゲルをこばむつもりはなかった。

　この日、ふたりは二度抱き合った。入浴後と、夕食をとってきたあとの二回である。シエスタまえは室内にあかるみがあって、ミゲルが顕子を引き寄せると、顕子の体はこわばりかけたが、夜の反応はちがった。岸壁のテラス席でゆっくり夕食を楽しんだのが、よかったのかもしれない。顕子は、ほろ酔い加減でパラドールの部屋にもどると、ミゲルの首に抱きついて接吻《せっぷん》を求めた。

翌朝は、ふたりながら寝すごした。日ごろは早起きのミゲルも、顕子と前後して起きだした。食堂に降りると空席が目立った。パラドール専用のプールにのぞんだ食堂である。朝食後は喫茶室にかわるらしく、椅子もテーブルも簡素であったが、カフェ・テラスへつづくドアは開け放されていて、さわやかな空間だった。

ここの朝食は、ヴァイキング方式だった。おそらく、外国人の宿泊客が多いせいであろう。卵料理もあれば、ハムやベーコンも用意してあった。パンも、トーストのほかにクロワッサンがあった。

顕子は、さすがに疲れが出て食欲がなかったけれど、食べなければ体に力がつかない。顕子はトーストとコーヒーのほかに、ボイルド・エッグを一個えらんだ。ミゲルは習慣どおり、二枚のトーストとコーヒーだけである。顕子は、ミゲルのために卵を一個つけ足して食卓についた。

「卵を食べなくちゃだめよ」

「イギリス人のまねをするわけかね」ミゲルは肩をすくめて、卵を顕子の前に押しやった。「アキコが食べなさい。元気が出るよ」

彼は、食習慣に固執したわけではない。顕子は、あかるくふるまってはいたが、疲れが顔に浮き出ていた。目の下に隈《くま》ができ、顔の色つやもわるくて、二度のまじわりで体力を消耗したのはあきらかだった。まして、三百キロの道のりを走破した直後である。ここに来た理由を考えると、顕子の疲労は積みかさなっていたにちがいない。

顕子は、ミゲルがあたえた卵に手をつけなかった。パンの耳も残して、行儀がわるいわね、と首をすくめた。

「アキコは寝直してはどうかね」とミゲルはコーヒーを飲み干して言った。

「午前中のホテルはうるさいのよ。掃除機の音はするし、メイドがベッド・メーキングをしてまわるし、安眠妨害ね」

「不自由なもんだね」

「ほら、そこにカフェ・テラスがあるわ」と顕子が笑顔で戸外の席に目をやった。「お客もいないわ。居眠りだってできそうよ」

戸外に席を移すと、客がないばかりか、目前のプールを泳いでいる者もなかった。カフェ・テラスは、プールの奥まった位置にのぞんでいるらしい。食堂の向こうの方角からつたわってくる水音や子どもの声が、のびやかにミゲルの耳にとどいた。プールの水の色は涼しげで、食後の休憩には手ごろな席だった。

顕子は、しぼりたてのオレンジ・ジュースを飲んで、これがけさの最高の味だ、と言った。気のせいか、顕子の肌に張りがもどったようであった。

ミゲルは、危機を脱したものとみなしていたが、安心しきっていたわけではない。モハカルに滞在中に顕子を説得して、ふたりの今後について実のある約束をかわしたかった。そのためには顕子の疲労を取り去り、ひいては心を解きほぐすのが先決であった。

この日は休養にあてた。昼食と夕食は外で楽しみ、顕子には充分午睡をとらせた。ミゲルも顕子にふれずにシエスタをとったのであるが、夜は抑制がきかなかった。食べて、畑に出ることもないのだから、欲望がきざすのは当然である。顕子もまた、朝とは別人のように生気を取りもどしていた。ミゲルは、なるべく顕子に体重をかけぬように注意をはらって体を合わせた。

ミゲルは、顕子の体調を案じながら寝入ったのであるが、ひと夜明けると、意外にも顕子のやつれは目立たなかった。目は少し落ちくぼんでいたが、顔色はわるくはなく、立居に落ちつきがもどって、きのうの朝の憔悴《しょうすい》はみとめられなかった。

三日目である。帰宅する直前に話を切りだしてはゆとりがなく、バカンスの中間にあたる三日目あたりが適当と思われた。ただし、ミゲルも朝のうちから顕子を説得するつもりはなかった。

ミゲルの胸に、あらたな不安が生じていた。顕子は、まったくマリアについてふれないのである。スペイン人の女であれば、マリアばかりか父親のミゲルをもなじるであろう。ところが顕子は、マリアの名さえ口にしなかった。わすれようとしているのか、それとも礼節を重んじてのことか、東洋人の心の奥底ははかりかねた。顕子が黙している以上、ミゲルのほうから娘の名をだすわけにはいかない。顕子にとって不快な名にちがいなく、肝要な話をひかえていた。いずれはマリアの名にふれざるをえないのであって、ミゲルも顕子とともに、くつろいでいるべきだった。

顕子は食堂に向かいながら、きょうは外へ出かけよう、と言った。「車でこのへんを見てまわりましょうよ。小さな町や村ってすてきよ」

「アキコのおのぞみしだいだよ。行きたいなら、フランスの村まで突っ走るさ」

「フランスには興味がないわ」

食後にカフェ・テラスで一服すると、ふたりは外出のしたくをして車に乗りこんだ。顕子は帽子をかむり、薄茶色のサングラスをかけていた。そういえば、モハカルに到着後、顕子は色の濃い眼鏡を用いなかった。外へ出る場合は、きまって薄茶色のサングラスである。縹色《はなだいろ》の薄地のブラウスに、白のパンタロンという服装だった。

ミゲルは、まずガタ岬の手前を目指した。顕子の言う村落や小さな町は、岬の北に点在しているのだった。砂岩色の岩山が入り組み、道ばたに外国人の別荘らしい奇妙な外観の真あたらしい住宅が立ち並んでいたが、顕子は関心を示さなかった。要塞《ようさい》みたい、と言っただけだった。

村落や古びた町は素通りできなかった。一区劃《くかく》も進まぬうちに、なにかしら顕子の目をひくものがあって、ミゲルは車を停めねばならなかった。顕子は、路上に降り立つと、素早く日蔭《ひかげ》にはいる習慣を身につけていた。空気の乾燥したこの地方では、日蔭はひんやりと心地よいのである。モハカルの周辺には樹木が少ないから、陽光を避けるとすれば建物の蔭ということになる。路上で、車の中で、顕子はさかんに話しかけた。

これ、教会かしら？　やっぱり教会ね。鐘楼がありますもの。あぶなっかしい鐘楼だわ。ずいぶん古い教会のようね。石積みの教会なんてめずらしいわ。ミゲル、そこの角に物売りが出てるわ。あら、物売りじゃないわ。椅子を直してるんだわ。台所用のスツールよ。この坂道を下りましょうよ。待って、ミゲル。あれは、なんの木？　左手の塀からのぞいている木よ。実がたくさんついてるわ。レモンですって？　ミゲル、車を停めて。ゆっくり見たいわ。ほんとにレモンだわ。レモンの木を見るなんてはじめてよ。あかるい色ね。太陽のかけらを枝いっぱいにつけているようだわ……。

レモンのこずえ越しに海がみとめられた。海もまた、光り輝き、こずえの上には煮えたぎるような空があった。周囲に音はなく、あっても顕子の耳にはとどかず、顕子は光のただなかで、ひそかにひとりごちた。

わたしは、このひとときを生涯わすれないだろう。いつ、生を終えるのかはともかく、死のまぎわによみがえってほしいのは、金色のレモンであり、海と天空の青だ。くずれ落ちそうな教会のたたずまい、椅子を修繕していたジプシーのひたいのしわ、肩に置かれているミゲルの手の重みも大事にしまっておこう。このあと五感にふれるすべてのものを記憶にとどめておこう。

間道を縫って海岸へくだると、そこは海水浴場だった。ミゲルの話によると、モハカルからつらなる海水浴場の西端の砂浜だった。なるほど、西がわに丘陵が海へなだれ落ちていて、そこが海沿いの道のはずれらしかった。

ふたりは葭簀《よしず》張《ば》りの店でひと息入れると、海沿いの道をモハカルへ向かった。むろん、ときどき車を停めながらである。間近に海浜を見るのははじめてで、顕子は潮風にふれるだけでも心地よかった。おおかたはひなびた海水浴場で、人出も多くはなかった。故国の混雑した海浜とは大ちがいである。顕子の目をひいたのは、棕櫚《しゅろ》の葉で編んだらしい日除《よ》けであった。傘型の日除けが立ち並んでいるさまは、いかにも南国の海水浴場だった。その下に人影がないのは、小石まじりの砂地のせいだろうか。ここは、砂の色まで赤茶けていた。海は少し波立っていて、ヨットのかたむいた帆は孤独な海鳥のつばさのようだった。

ところどころに貸別荘があった。ひと目で安普請《やすぶしん》とわかる家ばかりである。小さな漁港もあって、岸壁に水揚げした魚を無造作に並べてあった。一見、スズキに似た魚で、すでに頭を落してあった。漁港に特有の生ぐさい匂《にお》いがただよい、男たちの声がとびかっていた。

顕子は、気持よくパラドールにもどった。これほど楽しいドライヴは最初であり、最後にちがいない。顕子は、雑念を寄せつけまいとしてはいたが、ミゲルとの別離は心底で定まっていた。ただし、モハカルに滞在中に口にしたくはなかったし、彼女自身わかれを考えるのはつらかったから、ミゲルとの今後にも蓋《ふた》をしておいたのである。

夕食は早めにとりに出かけた。早くに行くと、岸壁の欄干寄りの席をとることができたし、五時を過ぎるとミゲルは酒が欲しくなるのである。顕子をくつろがせるためにもミゲルは、食事に時間をかけたかった。

六時をまわったばかりで、欄干寄りの席は空いていた。陽の高い時刻であったが、ふたりがオリーブ漬や塩茹《ゆ》でのエビを肴《さかな》にワインを飲みだすうちにも、席はふさがっていった。ひなびた海水浴場を目にした顕子にとっては、首をかしげたくなるような人出であった。

客は、おおむね軽装だった。短パン姿の男もちらほらまじっていて、やはり行楽地のテラス席である。顕子は、到着した日の夕食に身につけたワンピースを着ていたが、二日前とおなじ服装であっても、まったく気にならなかった。よもや、モハカルに何日も滞在することになるとは思いもしなかったので、顕子が持参した衣服は少なかった。機械的に衣類を用意したのであるが、一枚だけ、手もふれなかった衣裳《いしよう》がある。マリアをむかえた日に着用したオフ・ホワイトのワンピースである。

ミゲルと顕子は、九時近くにパラドールへ帰りついた。ミゲルは飲みたりなかったのか、部屋でコニャックを飲むと言いだした。

「アキコも飲むかね」

「わたしはエスプレッソとミネラルウォーター」

「せっかくの酔いがさめるよ」

「舌びらめを食べたのよ。おいしいコーヒーがほしいわ」

ミゲルがルームサービスの番号を調べているあいだに、顕子は外気にふれたくなってバルコニーへ出た。外気は生あたたかかったものの、手すりにもたれると視界がひらけて、顕子は思わず歎声《たんせい》をもらした。

地形の関係か、ここの日没はロサーレス村より早いようだった。空は、夕暮れめいた薄青にかわり、海は昼の輝きを失っていた。庭木と砂丘にさまたげられて、渚《なぎさ》はのぞめないのであるが、水平線はゆるやかに弧をえがいて、かえって海のひろがりが感じられた。

まもなく、ミゲルもバルコニーに顔をだした。ここはいいね、飲み物はここに運ばせよう、とミゲルが言った。

こぢんまりしたバルコニーであるが、丸テーブルがあり、クッションを置いた籐《とう》製の椅子《いす》も二脚あった。風雅な外灯が壁を飾ってもいる。外灯には、まだ灯がはいっていなかった。

　ミゲルは、顕子の肩を抱いて手すりに寄った。

「アキコは海が好きなんだね。ドライヴの最中も、じつに楽しそうに海を見ていたよ」

「南の海は好きよ」

「いつか、流氷に乗って流れついたアザラシの仔《こ》を見たと言ったね。旅先で見たのかね」

「アザラシの仔を見かけたのは子どものころね。旅先ではありません。クリル列島に近い港町がわたしの故郷です」

「クリル列島というとソ連領かね」

「ええ」

「それはまた、遠方だな」

　故郷の波打ちぎわが、ふと顕子の目に浮かんだ。冬の海辺ではなく、海霧の這《は》う海辺でもない。秋口らしい澄んだ光が射《さ》しこむ波打ちぎわである。その光の中で、若い男女がたわむれている。犬も男女の足もとでとびはねている。ふたりのうごきはスローモーションのようにゆるやかで、顔かたちもはっきりしないのだけれど、男は、あきらかに若々しい和彦であり、女は二十代の顕子であった。釧路の公宅は海岸へ出やすかったから、ときたま、ふたりは、ヒポクラテスをつれてあそびに行ったのだった。

和彦の死後の年月は、顕子にとって余生にひとしかった。なんと、長い余生であったろう。その余生の果てに、顕子はミゲルとめぐり合ったのである。

顕子は、胸がつまったけれど、折よく呼び出しのチャイムが鳴った。ミゲルがボーイを迎え入れ、ボーイを送りだした。ボーイが立ち去るより早く、顕子はエスプレッソの濃い香りを嗅《か》ぎとっていた。

ふたりはテーブルについて、それぞれの飲み物に口をつけた。

「どうだい、うまいかね」とミゲルがからかいぎみにたずねた。

「もちろん、おいしいわよ」

「これこそバカンスというものだな。海辺でバカンスをとるのははじめてだよ。バカンスといえば、グラナダへ帰ることだったからね。おふくろにも会いに行ったな。ロサーレスの、あの家だよ」

ミゲルは遠くを見るまなざしになったが、コニャックをすすって口調をあらためた。

「ところで、アキコは離婚の手つづきをとってきたと言ったね」

顕子は、はっとした。つぎにミゲルが口にすることばは、おおよそ察しがついた。ミゲルは返答を待たずに言った。

「離婚が成立しだい、わたしと結婚してほしい。日本では離婚後、何年で再婚できるのかね」

「女の場合、半年後のはずです」と顕子は小声でこたえた。

「半年？　男はすぐにでも再婚できるのかね」

「よく存じません」

「おどろいたね。わたしにとって、日本はありがたい国だよ。半年待てば夫婦になれる。わたしのほうにはなんら問題はない。スペインはカトリック国で、離婚にしろ再婚にしろ、おいそれとはゆかんのだが、配偶者の一方が死亡するか、はなればなれになった場合は再婚も可能だ。かなりの年数をおいてだがね。イネスが行方をくらまして九年になる。わたしは、あすにでも結婚できるのだよ」

もちろん、とミゲルはつづけた。わたしはアキコを大事にするし、経済的な苦労もかけないつもりだ。さいわいなことに、オリーブ畑からあがる収益もふえてきた。去年よりは今年のほうがましだったし、来年はさらにふえるだろう。ぜいたくはできんが、グラナダでアングラスを食べるていどのことはできる。エンカルナも雇いつづけよう。なんなら、週に二日来てもらってもよい。女中のなり手なら大ぜいいるが、いまのところはエンカルナでよかろう……。

「アキコは、なにもしなくていいんだよ。わたしのそばにいてくれるだけでよい」

「待って、ミゲル」と顕子はさえぎった。「わたしがどういう女か知ってるの？」

「知ってるとも。何週いっしょに暮したか、わすれたのかね」

ミゲルが最もおどろき、意外でもあったのは、金銭に対する顕子のありようだった。ミゲルは、二週間おきに生活費を顕子に渡していたのであるが、顕子は日ごとの出費をノートに記入して、金を渡すたびにミゲルにノートを見せていた。ノートを前にして小さな電卓をたたいている顕子の姿は、平気でリッツに泊ったり、レンタカーを借りっぱなしにする女と同一人とは思えなかった。几帳面《きちようめん》なんだね、とミゲルが声をかけると、顕子ははにかんだ笑顔を向けたものである。

いまは、はにかまなかった。ミゲルが家計簿の件にふれると、即座にことばが返ってきた。

「あたりまえじゃありませんか。あなたのお金なのよ」

「当然のことをなおざりにする女も多いさ」

「わたしは浪費家にもなるし、お金のやりくりも知ってるわ。でも、そんなことは、わたしの一面にすぎないわ。ひとの心の奥にはなにが棲《す》みついているか知れたものじゃないわ」

「アキコ、打ちあけてほしい。悩みごとがあるなら、ふたりで解決しよう」

「エル・エスペホ・デ・ラ・ビルヘン……」と顕子がぽつりとつぶやいた。

「なんだって？　村の泉なら、アキコとなんの関係もなかろう」

顕子は口をつぐんだ。かなしみのひそんだ静かな面持ちだった。ミゲルは顕子を見つめながら、はっと思いあたった。最初に集落へ案内したさい、顕子は泉をみとめてたじろいだのである。ミゲルの腕をつかんだ記憶がある。泉が、顕子となんらかのつながりがあるのはたしかだった。

気づかぬうちに外灯がともって、テーブルの上に黄色い光を投げかけていた。ミゲルのブランデー・グラスも、顕子のデミタス・カップもからになっている。砂糖壺《つぼ》やミネラルウォーターのボトルの肩が、にぶく光っていた。

海は暮れきろうとしていた。海面は灰色にかわり、沖は銅色にかげっていた。顕子が目をやるうちにも、海は夜の色にひたされていった。

顕子の酔いはさめていた。おそらく、泉の名をつぶやくと同時に、正気に返ったにちがいない。あの名を口にした以上、ミゲルに伏せておくわけにはいかなくなった。話すことによって、ミゲルのおもいがかわったとしても、やむをえなかった。もともと、別離を考えていた相手だった。

顕子は、ひと口水を飲んで話しだした。できうるかぎり客観的に、あたかも他者の出来事であるかのように、純との出会いから和彦が生命を絶つまでのいきさつを語りつづけた。湿原のありさまもミゲルに理解しやすいように説明した。遺体の発見者が父であったむねも知らせた。顕子がふれなかったのは、和彦の死後に生じた死への希求だった。

ミゲルをおどろかせたのは、和彦の死よりも、和彦の存在そのもののようだった。ノトの前にも亭主がいたのか、と彼は声をあげた。あとは、ときたま口をはさむだけで、だまって顕子の話に聞き入っていた。顕子が話し終えるとミゲルは、ひとつ大きく息をついた。

「やれやれ、わたしまでえらい目に遇《あ》ったようだぞ。アキコの父親になったような気分だ。運転手付きの車に乗れるような身分じゃないがね」

「会社の車だと言ったじゃありませんか。それに、父は十年以上もまえにお墓にはいったのよ」

「待て、待て。酒をたのんでくる」とミゲルは電話をかけに立った。

顕子は気がぬけて、ぼんやりテーブルに目を落していた。胸に風穴があいたようなたよりなさである。ミゲルも気持を整理したかったのかもしれない。バルコニーにもどって、たばこに火をつけると真顔になった。

「アキコは、死ぬつもりでスペインへ来たんじゃないかね」

顕子は、うろたえながら否定した。「気ばらしにあそびに来ただけよ」

「そうかね。わたしは話を聞いているうちに、いろんなことを思いだしたよ。そもそもの最初からアキコはおかしかった。ジプシーの言いなりに紙ナプキンを買っていたし、村へ行く途中でも崖《がけ》を見上げたね。飛び降りたら、即死はまちがいない急な崖だ。村に着いてからも危険な場所ばかり見たがった。まずはアラブの城跡だったな。きみは自殺を考えていたとしか思えん」

ミゲルの推測にあやまりはなかった。集落で暮しだしてからも顕子は、ことあるごとにミゲルとわかれようとした。ただ、スペインへ入国した当初とちがって、死は顕子の逃げ道にかわっていたのかもしれない。

「アキコ、二度とばかな考えを起こしちゃいかん。むかしの出来事なんだし、ノトとは他人になるんだからね」

チャイムが鳴って、ボーイが注文品をとどけにきた。ボーイは、手ぎわよくテーブルの上を片づけて、トレイを運びこんだ。コニャックのグラスが二個と、フレッシュ・チーズがひと皿である。チーズにはジャム入りの小壺がついているし、ミネラルウォーターのボトルもあって、テーブルの上はいっぱいになった。ボーイは、手品師のように灰皿もかえ、ミゲルが心づけを渡すと、礼を言って出て行った。すらりとした色白の青年だった。

ミゲルは、顕子にコニャックを飲むようにすすめた。落ちつくよ、と言って、ゆっくりコニャックをすすってたしかめた。

「ノトはアキコを利用したわけだね」

「商才もあったのではありませんか」と顕子は、さりげなく応じた。

「わたしは、ノトよりもコバヤカワに腹が立つ。ノトのような男なら、どの国にもいる。しかし、コバヤカワはとうてい理解できない。女房を寝とられて、なんの手も打たんとはな。アンダルースならどうすると思うかね。即刻、女房をうばい返しに行く。女房が承服しなければ、女房はもとより、間男も刺し殺すだろうね。わたしも血まなこになってイネスをさがした。手がかりひとつなかった。わたしは殺人を犯さずにすんだが、母の死を早めるあやまちを犯した」

ミゲルは、母親の死の前後の事情を物語ると、湿原に話を転じた。ミゲルの話によると、この国にも沼沢地があった。ミゲル自身は見たためしもないというが、セビーリャの近くに広大な沼沢地があって、そこにも底無し沼があり、ひとびとは目《オホ》と呼んでいた。

顕子は不思議な気持で聞いた。アンダルシアの沼沢地がいかなるものか、顕子は想像もつかなかったが、底無し沼があるのは釧路湿原とおなじである。ヤチマナコを説明するにあたって、顕子も「湿原のオホ」と言ったのである。どの国であれ、自然に対するひとびとの畏怖《いふ》にかわりはないようだった。

「ところもあろうに、アキコが好いていた沼沢地で死ぬとはな」とミゲルはことばをつづけた。「死ぬ人間は、生き残った者にあたえる苦痛を考えもせぬ。だからこそ、自殺は罪悪なのだ。アキコが死ぬ気になったのも、もとをただせばコバヤカワのせいだ。死ぬほどなら、なぜ、アキコをうばい返さなかった？」

ミゲルの顔は紅潮していた。酔いによる紅潮ではなかった。コニャックは、いくらも減ってはいなかったし、ミゲルの光った目には怒りがこもっていた。

「父も小早川には批判的でした」と顕子は言った。「でも、父は古風な気質でしたし、なにより日本人ですから、小早川の気弱さも素直な性格も知っていました。能戸に対しては批判すらしなかったわ。父は生涯、能戸に会おうとはしませんでした」

「コバヤカワにみれんがあるのかね」

「ないわ」と顕子は言った。「でも、実生活がうとましければうとましいほど記憶は美化されます。たとえ、つらい思い出であってもね。わたしには湿原の記憶しかないようなものでしたから、記憶がわたしの生そのものだったのでしょうね」

顕子は、ことばを切ってグラスに口をつけた。胃の腑《ふ》に酒がしみわたると、にわかに顕子は腹だたしくなって、立てつづけにコニャックを呷《あお》った。

「アキコ、なにを怒っているのかね」とミゲルが心配そうにたずねた。

「洗いざらい聞きだして、さっぱりした顔つきね。あなたのおかげで、わたしはもぬけのからよ。わたしは、あなただけはほかの男とちがうと思っていた。心も体も分厚くて、大きなひとだと思っていた。わたしは、あなたも、あの村も大好きだったのよ」

顕子の目に涙がたまって、ミゲルはうろたえた。

「ことばが過ぎたのは、アキコを愛するあまりだよ。アキコ、聞いてくれ。イネスは南米にいるらしいが、居所なんぞ知りたくもない」ミゲルは、イネスとの馴《な》れそめから、イネスの母親の話までした。「イネスが逃げたばかりに、母親はマリアやルイスとも会えずじまいだ。マリアが言うには、イネスは落ちぶれてもグラナダにもどらんそうだが、あの女が落ちぶれるものかね。イネスとは、そういう女だ」

「マリアねえ」と顕子は皮肉な目色になった。

「マリアも、わたしらが結婚すればかわる。婚約しただけで態度をあらためるよ。アントニオもいることだし、マリアについてはなんの心配もない」

「結婚なんてまっぴらよ」と顕子は、さっとミゲルのブランデー・グラスをうばいとった。

ミゲルは、さからわずに説得をつづけた。

結婚して、いちばんよろこぶのは誰だかわかるかね。知るもんですか。ドミンゴさ、あいつ、きっとさみしがってるぞ。ドミンゴなら、正真正銘の恋びとよ、あなたは二ばんめ。村の連中も祝福してくれるよ、居住権の問題もあるしね。

顕子は観光客として滞在しているのであって、未婚のうちは、三ヵ月ごとに出国して再入国をしなければならなかった。

「村からでは、ポルトガルかモロッコになるね」

「モロッコ？　すてきだわ。タンジール行きのフェリーから身投げしようかと考えてたところよ。エスパニョールを愛してしまったんだから、この国で死ぬわけにいかないわ」

「物騒な話はやめて、そろそろやすまんかね。おそくなったよ」

「先に寝てよ。わたしは海をながめてるわ」

「舟ひとつ見えやせんよ」

「ハゲ頭のネプチューンがあらわれるはずよ。わたし、そいつに文句がある」

顕子は、酔いがまわったようである。ミゲルは、椅子から顕子を引きはなすと、抱きあげて室内に運んだ。顕子は足をばたつかせたけれど、ベッドにおろすと、すとんといぐあいに眠りに落ちた。ワンピースを脱がせるひまもなかった。目尻《めじり》に涙の痕《あと》があって、あそび疲れた子どものような寝顔であった。案外、顕子は、足をばたつかせながらも無心に返っていたのかもしれない。ミゲルは、いとおしさがつのったけれども、寝入った女を抱くわけにはいかなかった。

早朝、ミゲルはドアがきしむ音で目をさました。ぎくりとして半身を起こすと、顕子がバルコニーからもどってきたところだった。知らないうちにパジャマに着かえていた。

顕子はベッドに近寄ると、起こしちゃって、ごめんなさい、と小声でわびた。

「お水を飲んできたのよ。ぬるかったわ」

外はまだ真っ暗、と言いながら、顕子は自然にミゲルのかたわらにすべりこんで明りを消した。くちびるを重ねても、顕子はさからわなかった。肉体の反応にも変化はない。決して声はあげなかったが、呼吸と全身のうごきで顕子の高まりが感じとれた。

ふたりは、ふたたび寝入ったので、起きだしたのはおそかった。顕子は、食欲がないと言うし、ミゲルも寝起きに朝食をとる気になれず、まっすぐカフェ・テラスへ出向いて飲み物をとった。ミゲルはカフェ・コン・レチェであり、顕子は、いつもどおりのオレンジ・ジュースである。

「ゆうべはあなたを困らせたわね」と顕子がはにかんだ笑顔を向けた。

「九歳の女の子のようだったよ」

ミゲルは、なじみになったプールの水面を見やりながら、霧にけむるという北方の沼沢地におもいを馳《は》せた。

「アキコ、村の泉はわれわれふたりのものだよ。わたしが愛の告白をしたのは泉のほとりだからね」

「アマポーラの草むらじゃなかった？」

「キスをしたのが泉のそばさ。ところで、ヒデッグは結婚に同意してくれるかね」

顕子は当惑しながらこたえた。「兄なら、父ほど頑固じゃないわ」

「ヒデッグも案じているんじゃないかね。村へ帰ったら、早速手紙を出すんだね」

「そうね」

顕子は、やましさをおぼえたものの、英嗣に手紙を出すつもりはなかった。純が離婚を承諾したかどうかは、いずれ、国際電話で問い合わせたほうが簡単である。もとより顕子には、集落へもどるつもりはなかった。バカンスの終りが、すなわち恋の終りなのである。パラドールへ泊る必要上、顕子はパスポートを持っていたから、身ひとつで姿を消すことも可能であった。

ドミンゴのぬれた鼻面と、なめらかな毛の感触がよみがえった。顕子は、いま一度ドミンゴとたわむれたかった。そう思うはしから、レモンのこずえ越しに見た海の色が目に浮かんだ。あの海の底こそ、顕子が行くべきところなのかもしれなかった。海の青に金茶色の犬のすがたがかさなって、はっと顕子はバカンスが終ってはいないことに気づいた。

「ミゲル、散歩に行きたいわ。歩くと、おなかがすくわよ」

「そうだね」

「村へ行ってみましょうよ」

パラドールの近くにモハカルの集落がある。岩山に貼《は》りついたような集落で、急な坂道にのぞんで数軒のみやげ物屋があった。モハカルの集落も顕子のなじみになっていて、みやげ物屋でものぞいてみると気が晴れそうだった。

顕子は、ミゲルとつれだって集落へ向かった。坂道の石畳は傷《いた》んで、歩きにくかった。明けがたに抱き合ったのがこたえたのか、顕子は息切れがして口をきくのも面倒になった。

顕子が目をつけていたみやげ物屋は急坂の上方にあった。こぢんまりした店であるが、品数がそろっていて、客も多い。外国人の観光客もまじっていて、聞きなれないことばが耳についた。

顕子は品物をひやかしているうちに、エンカルナとテレサに贈物を買い求めたくなった。贈物なら、ミゲルのボストンバッグに詰めてもらえば、どこでわかれようが、エンカルナとテレサの手に渡るはずだった。

「買うのかね」とミゲルが笑顔でたずねた。「そうか、エンカルナにだね」

エンカルナにはブローチをえらんだ。龍舌蘭《りゅうぜつらん》を抽象化したような、大ぶりなブローチである。花弁の部分は金色で、芯《しん》は模造ダイヤになっていた。大柄なエンカルナに似合いそうなブローチである。テレサへのみやげは肩掛けにした。高地の集落は陽が落ちると涼しくなるから、肩掛けは何枚あってもよいものだった。黒地に銀のラメがとび散った肩掛けだった。

顕子は、クレジット・カードで支払いをすませて店を出た。ミゲルが肩掛けの包みを持ってくれた。

「ずいぶん高いみやげになったね。しかし、アブエラもエンカルナも……」

ミゲルが、ふいによろめいた。「うっ」と短い声をあげたようであった。顔がやや蒼《あお》ざめていた。

「ミゲル、どうしたの？」と顕子はあわててミゲルの腕をとらえた。

ミゲルは、ちょっと立ちどまっていたが、なにごともなかったように坂道をくだりだした。

「ミゲル、気分がわるいんじゃない？」

「なに、おんぼろの石畳に蹴《け》つまずいただけさ。トラックに乗りつづけていると、足と腰をやられる。わたしの体も多少はガタがきているかもしれんが、まだまだ達者だよ」

顕子は、ミゲルのことばを鵜《う》呑《の》みにできなかった。ミゲルの声には日ごろの張りがあり、血色ももどりかけていたものの、目の下はたるみ、首のすじやしわが目立って、老いがあらわになったような感じを受けた。顕子は、肩掛けを渡すように言ったが、ミゲルは取りあわなかった。

顕子の疑念は消えなかった。つまずいたていどで顔色がかわるだろうか。声をあげるだろうか。瞬時の低い呻《うめ》きにせよ、たしかに顕子は、ミゲルの呻きを聞いたのである。

もしかすると、ごく軽い心臓の発作であったのかもしれない。心臓病の前兆のようでもあった。当人は、つまずきによって動悸《どうき》が高まったと思っているのかもしれない。早朝の共寝が足にきたとみているのかもしれない。顕子も、そう思いたかったが、疑念はぬぐえなかった。

ミゲルは長年、苛酷《かこく》な労働にしたがい、五年間もひとりで暮してきた男である。妻の失踪《しっそう》を知った時期と母親の死が重なったとすれば、ミゲルの心労は尋常ではなかったはずである。ミゲルの内臓が蝕《むしば》まれても不思議ではない。顕子は、ミゲルにしのび寄っている死を直感して、あやうく立ちすくみそうになった。

顕子の不安をよそに、ミゲルは楽しげに話していた。

――帰ったら、早速婚約の披露をしよう。ディエゴの店を借りきるといいね。ぺぺの家族は当然として、娘の一家とアリシアにも来てもらおう。そのうち、セビーリャにもつれて行くからね。そうだ、オリンピックにはいっしょに出かけよう。バルセローナなら、わたしはくわしいからね。

顕子は、聞いてはいられなかった。オリンピックなんぞと言ったけれど、それまでミゲルは無事にすごせるだろうか。あかるい見通しは立たなかった。

聖母様、と顕子は思わず心の中で呼びかけた。ミゲルをお護《まも》りください。いましばらく、わたしとミゲルに平安な日々をおあたえください……。

「アキコ、どうしたのかね。やけに生まじめな顔をしてるよ」とミゲルがいぶかしげに顕子を見た。

「兄のことを思いだしてたのよ。いままでわすれていたのに、勝手ね」

顕子は、とっさに言いつくろうと、固くミゲルの手をにぎってパラドールへ向かった。

解説

道浦母都子

原田康子というと、挽歌《ばんか》なる言葉が反射的に浮かんでくる。挽歌は、原田康子のデビュー作のタイトルなのだから、言葉というより、物語が浮かんでこなくてはならないのだが、なぜか、そうではない。

『挽歌』が刊行されたのは、一九五六年。今から半世紀近く前のことだ。当時私は、十歳になるかならないかの年齢である。それなのに母の本棚から、こっそりと『挽歌』を抜き取り、夢中で読み耽《ふけ》った記憶がある。

挽歌なる言葉は、元来、古代中国で、ひつぎを引く人々が歌ったうたに起源があり、短歌にとって、相聞《そうもん》と共に大きなウェイトを持つジャンルである。そんな意味合を知ったのは、ずっとずっと後になってからのこと。少女だった私が知るはずはなかった。だが、「ばんか」なる言葉のどこか沈んだ響きの重さと、その物語にあふれていたエキゾチックでモダンな、北の国のしゃれた空気、自己中心的で何者をも恐れない主人公・怜子の大胆不敵なイメージは、忘れがたいものとなった。

何が私に、それほどまでの印象を与えたのかは、今となっては測りがたいが、十代の終りから短歌をつくりはじめ、三十三歳の年、初めての歌集を刊行するにあたり、歌集名を『青春の挽歌』と付けたぐらいなのだから、原田康子の『挽歌』から私が受けた印象は、単なる印象どころか、ある種のショックのようなものだったのだろう。（もっとも、このタイトルは、原田さんの『挽歌』の影響が強すぎるとの周囲の意見で、ボツとなってしまったのだが……）

『聖母の鏡』との出会いも偶然だった。

さる新聞社の読書委員会の席で、所狭しと並べられた多くの本の中で、ひきつけられるように手にしたのが、『聖母の鏡』との出会いだった。

大冊は苦手。何しろ普段、余白をたっぷりと残しながら、三十一文字の短歌だけが並んでいる歌集ばかり読んでいるせいか、活字のぎっしり詰った本は、余程のことがないと読まなくなってしまっていた。そんな私が、目立って厚いその本に吸い寄せられるように近付いてしまったのだから不思議だ。

一言でいうと『聖母の鏡』は、大人の愛の物語である。

大人という言い方も、現代のような長寿社会においては、ずい分と巾《はば》があると思うが、主人公の二人は五十代。人生の後半を静かに歩みつつある世代、老いを意識しはじめた世代といっていいだろう。

舞台はスペイン。アマポーラやエニシダが群れ咲くスペイン南部アンダルシアの小村、ロサーレスである。

主人公の男性は、ミゲル・ゴンサレス、五十五歳。スペイン東部バルセロナで長く国際便のトラック運転手として働き、長年の夢だった生まれ故郷のロサーレス村に戻り、オリーブ畑を守り育てるやもめ男だ。

相手の女性は能戸顕子、日本からたった一人でスペインにやってきた旅行者である。

グラナダのビブランブラ広場で、ジプシーにバッグを奪われそうになった顕子、それを未然に防いだのがアメリカ人青年とミゲルだった。

御礼にとミゲルを昼食に誘った顕子。顕子と二人で食事を共にして以来、急速に彼女に魅《ひ》かれていくミゲル。だが、顕子は多くを語ろうとはしない。それどころか、サングラスをはずさないままでの対応なのである。レンタカーを自ら駆っての、女ひとりの気ままな旅。ミゲルは彼女に、自分の故郷、アンダルシアを見せたくなる。オリーブや小麦畑がえんえんと続き、地中海のやわらかな風が吹きなびくロサーレスの村を。

ミゲルと顕子は、その日のうちにベッドを共にし、顕子はミゲルの家で、翌朝を迎える。夫とはもちろん、男性とベッドを共にするなんて、ずい分久しくなかったことだ。深酔いのせいだったのか。いえ、前日見た「エル・エスペホ・デ・ラ・ビルヘン」と呼ばれる低い石垣で囲まれた美しい泉のせいなのか。顕子は自らも予期せぬ事実の前で、けんめいに理由を探す。

「エル・エスペホ・デ・ラ・ビルヘン」とは「聖母の鏡」との意味。あの泉の水に映し出されたミゲルと顕子。二人は、その瞬間、それぞれがそれぞれ背負ってきた半生をお互いに認め合ったのだろう。遥《はる》か離れた異国で、全く違う生き方をしてきた二人だが、たった一瞬のうちに相通じる何かを感じ合ったのは、彼も彼女も、今に至る人生の中で、深い傷を負っていたからだ。

傷ついた者だけがわかる傷ついた者の寂しさ。傷ついた者だけが持つ深く傷ついた者の優しさ。ミゲルと顕子は、互いに瞬間的にそれを感じ取り、「エル・エスペホ・デ・ラ・ビルヘン」が、そんな合わせ鏡のような二人を結びつけたのだ。

それは愛なるものが生まれる際の偶然であり、必然ともいえる。

私は、先に、この小説は、大人の愛の物語だと書いたが、ことの成り行きのあまりのテンポの速さと順調さに、ややお伽噺めいた物語、とのことわりを付けたい気がしないでもない。だが、きっとこれはお伽噺《とぎばなし》ではなく、現代の大人、四十代以降の世代が共通に抱いている夢の実現であり、あっても不思議はない愛のかたちだともいえる。

愛の不毛、現代の男女の愛の有様の複雑さ、貧しさが指摘されて久しい。若者たちのみならず、中・高年の夫婦を営む男女の愛も、決して豊かとはいえない。

本書に登場するミゲルは、娘の結婚直後に、長年連れ添った妻に失踪《しっそう》されるという苦い体験を持つ男だ。顕子にしても、恵まれた結婚生活を自ら放棄し、若く無謀な男性の元へと飛び込み、かつての夫を死に追いやってしまったという過去をひきずっている。

実をいえば、顕子のスペイン行は、死に場所を求めるための旅であった。

運命は皮肉、いえ、捨てたものではないといった方が、ふさわしいかもしれない。

スペイン語を学び、スペインで死ぬ。着々と進めていた顕子の計画は意外な方向に展開をみせた。


愛に絶望した顕子が、死ぬために向かった遠い異国の地で、一生に一度かもしれない本当の愛に巡り合うのである。愛に絶望し、孤独をかみしめていた男との偶然の出会いによって。

かいつまんで、この物語のエッセンスの紹介を試みてみたが、『聖母の鏡』の魅力は、その構成の巧みさに負う部分が大きい。これは、六百ページを越す大冊を一気に読み通さない限り味わえない、この小説の醍醐味《だいごみ》の一つだが、前半はミゲルの物語、顕子はずっと後になってからしか登場しない。ミゲルと顕子と結びあってからも、顕子の過去は、依然として謎《なぞ》のままである。そこが、この小説をミステリー小説を読むようなスリルある一篇としている。加えて愛の小説として欠かせない性愛の描写シーンも登場する。しかも、それが何ともカラッとしていて、初々《ういうい》しいのが、私にとって嬉《うれ》しいことだ。たとえば、

顕子がこれまで性のかかわりを持った相手は、和彦と純のふたりであるが、当然のことながら、ミゲルの肉体は彼らとちがっていた。胸はいうまでもなく、腕や脚も体毛におおわ

れていた。意外であったのは、体毛のやわらかさである。小鳥の柔毛をおもわせる体毛であった。ふんわりと厚い胸毛にふれるたびに、顕子はめまいに似た心地よさをおぼえた。

こうした件《くだ》りを読むと、顕子が五十代終りの女性だなんて、とうてい信じられない。二十歳前後の娘のような感応ぶりである。ひるがえって、五十代終りだからこそ、これほど初々しく接し合えるのかもしれないが。

そうした意味では、顕子とミゲルの出会いと愛は、今の時代を先取りしているともいえる。実際、『聖母の鏡』を読んだ私の友人で、ずっと、やもめ暮らしを続けていた、さる新聞社勤務の五十半ばの男性が、私と同年の女性と、この小説に触発され、結婚にゴールインしたというエピソードが現実としてある。彼曰《いわ》く、黄昏《たそがれ》世代の愛だからこそ、ピュアでストレートなのだそうだ。

作者が描き出したかったのは、案外、その辺りにあるのかもしれない。『挽歌』以降、四十年余り経《た》っての『挽歌』の終章として――。

原田康子さんに直接お目にかかったことがある。ここ数年、年に二、三回、話をうかがっている女性誌でのインタヴューに、どうしても、と私からお願いしての北海道行きであった。

お会いしたのは、原田さんの現在の住居がある札幌だが、原田さんの生まれは釧路《くしろ》である。海霧のたちこめる港町、釧路。原田さんの曾《そう》祖父は、佐賀から釧路に移り住み、事業家として成功した人物である。『聖母の鏡』に描き出される北の町の、グランドピアノがさりげなく置かれている富裕な家庭は、原田さんの生いたちと重なるものであろう。

そのとき、うかがった話の中で印象的だったのは、「北海道という地は、悪く言うと植民地ですからね。いろんな地から集まった人々が開いた地ですから、本州のようなかた苦しい因習がない。それに女の人がとても自由。離婚率も高くて、女性が好きに生きる地でもあるの」、北海道という地の独自性と、そこに生きる女性のあっけらかんとした資質についての話だった。

北海道には梅雨がない。

ずっと、そのことにこだわっていた私は、原田さんの言葉から、梅雨のない風土の中で育《はぐく》まれる、ある種の精神の独自性を知る気がした。私たち本州生まれ、本州育ちの者たちにはない、もっと軽やかで、清々《すがすが》しく、広大な北の原野を吹き抜ける乾いた風のような資質。けれど、だからこそ、『挽歌』にも『聖母の鏡』にも登場する、ひとを死におびき寄せるような魔力を持つヤチ、じとじとと湿気を帯び、霧にまかれる湿原に彼女たちはひきつけられるのかもしれない。

これまでの原田さんの人生の中で絶望はあったのだろうか。もし、あったとしたら、怜子や顕子、ミゲルのように本当の絶望に立ち会った人物を描いたりしないのではないか。さまざまに思いを巡らせてみたが、私にはわからない。ただし、原田さんの小説には、絶望を抱きしめた人物が登場しながら、それらの人物が、死を願いながらも生への確かな希求を、どこかに持ち続けていることが救いでもある。

インタヴューの終りに、原田さんの小説に登場する男性は、たいてい理想的な男性で、悪人じゃないんですよね。そんなことを述べた私に、そこが私の小説の弱いところ、と原田さんは笑って答えて下さった。


レモンのこずえ越しに海がみとめられた。海もまた、光り輝き、こずえの上には煮えたぎるような空があった。周囲に音はなく、あっても顕子の耳にはとどかず、顕子は光のただなかで、ひそかにひとりごちた。

わたしは、このひとときを生涯わすれないだろう。いつ、生を終えるのかはともかく、死のまぎわによみがえってほしいのは、金色のレモンであり、海と天空の青だ。


ミゲルに別れを告げるために出かけたモハカル近くで見た、海を描写したこのシーンが私は好きだ。

死への願望から生への希求へ。

ここで顕子の心が動いている。凍結したままだった彼女の心が海の青に包まれるようにして、溶けはじめたのだ。

海はミゲル。ミゲルの献身的な愛。またまた、お伽噺云々《うんぬん》に戻りそうな気配だが、原田康子の小説の根底に横たわる人間への深い信頼を、私はこの時代において、あらためて貴重なものだと考える。そして、それに対する感謝の意味をこめて、拙《つたな》い私の一首を献《ささ》げたい。

人に傷つけば人に寄り添い癒《いや》すべし　海はひたすら打ち返す波　母都子

(平成十三年七月)

この作品は平成九年三月新潮社より刊行された。

原田康子著
挽歌
女流文学者賞受賞

霧に沈む北海道の街で知り合った中年の建築家桂木を忘れられない怜子。彼女の異常な情熱は桂木の家庭を壊し、悲劇的な結末が……。

井上ひさし著
父と暮せば

愛する者を原爆で失い、一人生き残った負い目で恋に対してかたくなな娘、彼女を励ます父。絶望を乗り越えて再生に向かう魂の物語。

遠藤周作著
夫婦の一日

たびかさなる不幸で不安に陥った妻の心を癒すために、夫はどう行動したか。生身の人間だけが持ちうる愛の感情をあざやかに描く。

遠藤周作著
母なるもの

やさしく許す〝母なるもの〟を宗教の中に求める日本人の精神の志向と、作者自身の母性への憧憬とを重ねあわせてつづった作品集。

織田作之助著
夫婦善哉《めおとぜんざい》 決定版

思うにまかせぬ夫婦の機微、可笑しさといとしさ。心に沁みる傑作「夫婦善哉」に、新発見の「続 夫婦善哉」を収録した決定版！

川端康成著
愛する人達

円熟期の著者が、人生に対する限りない愛情をもって筆をとった名作集。秘かに愛を育てる娘ごころを描く「母の初恋」など9編を収録。

聖《せい》母《ぼ》の鏡《かがみ》

新潮文庫　は－3－10

平成十三年九月一日発行
平成三十年一月三十日二刷

著者　原《はら》田《だ》康《やす》子《こ》

発行者　佐藤隆信

発行所　株式会社新潮社
郵便番号　一六二―八七一一
東京都新宿区矢来町七一
電話　編集部(〇三)三二六六―五四四〇
　　　読者係(〇三)三二六六―五一一一
http://www.shinchosha.co.jp

価格はカバーに表示してあります。

乱丁・落丁本は、ご面倒ですが小社読者係宛ご送付ください。送料小社負担にてお取替えいたします。

印刷・大日本印刷株式会社　製本・憲専堂製本株式会社

ISBN978-4-10-111410-1　C0193